MAYA BANKS

KGI

Verloren im Dunkel

Über das Buch:
Für den Elitekämpfer Hancock zählt allein die Pflicht: Nichts und niemand drängt sich zwischen Hancock und seine Mission! Als er aber eine Gefangene bewachen muss, geraten seine Prinzipien gehörig ins Wanken. Honor ist die Einzige, der es jemals gelang, die Mauern einzureißen, die der Kämpfer um sein Herz errichtet hat. Aber kann Hancock jemals seinen Gefühlen folgen, oder muss er die Liebe seiner Mission opfern?

Maya Banks bei LYX:
Die KGI-Reihe:
1. KGI – Dunkle Stunde
2. KGI – Tödliche Rache
3. KGI – Blutiges Spiel
4. KGI – Gefährliche Hoffnung
5. KGI – Stummes Echo

5.5 KGI – Nach der Dunkelheit
(Bonusstory, exklusiv als E-Book erschienen)

6. KGI – Riskante Vergeltung
7. KGI – Stählerne Gefahr
8. KGI – Jenseits des Sturms
9. KGI – Unheilvoller Morgen
10. KGI – Verloren im Dunkel

Die Slow-Burn-Reihe:
1. Slow Burn – Dunkle Hingabe
2. Slow Burn – Verhängnisvolle Begierde
3. Slow Burn – Gefährliche Lust
4. Slow Burn – Entfesseltes Verlangen
5. Slow Burn – Eine einzige Berührung

Die Breathless-Trilogie:
1. Breathless – Gefährliches Verlangen
2. Breathless – Geheime Lust
3. Breathless – Verheißungsvolle Sehnsucht

Die Dark-Surrender-Trilogie:
1. Dark Surrender – Leidenschaft
2. Dark Surrender – Lust
3. Dark Surrender – Liebe

Weitere Romane der Autorin sind bei LYX in Vorbereitung.

MAYA BANKS

VERLOREN IM DUNKEL

KGI

Roman

Ins Deutsche übertragen von
Richard Betzenbichler

LYX

LYX in der Bastei Lübbe AG
Dieser Titel ist auch als E-Book erschienen.

FSC www.fsc.org
MIX
Papier aus verantwortungsvollen Quellen
FSC® C083411

Die Originalausgabe erschien 2014 unter dem Titel »KGI 10 – Darkest Before Dawn« bei The Berkley Publishing Group, a division of Penguin Group Inc., New York, USA.

This edition published by arrangement with The Berkley Publishing Group, a member of Penguin Group (USA) Inc
Dieses Werk wurde vermittelt durch die Literarische Agentur Thomas Schlück GmbH, 30827 Garbsen.

Für die deutschsprachige Ausgabe:

Textredaktion: Alfons Winkelmann
Umschlaggestaltung: © Guter Punkt, München | www.guter-punkt.de
unter Verwendung von Motiven von © closeupimages/thinkstock; HyperionPixels/thinkstock; Aleramo/thinkstock
Satz: Greiner & Reichel, Köln
Gesetzt aus der New Caledonia
Druck und Verarbeitung: CPI books GmbH, Leck – Germany
Printed in Germany
ISBN 978-3-7363-0690-5

1 3 5 7 6 4 2

Sie finden uns im Internet unter www.lyx-verlag.de
Bitte beachten Sie auch: www.luebbe.de und www.lesejury.de

1

Honor Cambridge klebte eines der bunten Pflaster mit den gelben Smileys über den winzigen Stich auf dem Arm des vierjährigen Jungen und lächelte ihn freundlich an. In makellosem Arabisch lobte sie ihn, weil er so tapfer gewesen war und seiner Mutter nicht noch mehr Sorgen gemacht hatte.

Er antwortete mit einem Grinsen, in dem bereits trotz seines jungen Alters die männliche Arroganz zu erkennen war, als wollte er sagen, dass er *natürlich* tapfer gewesen sei.

Honor hatte zwar keinen medizinischen Abschluss, aber sie war schon weit fortgeschritten in ihrer Ausbildung und hatte eine Menge in akuten Notsituationen gelernt. Offiziell war sie als Helferin tätig und unterstützte in allem, was gerade nötig war, die Armen und Unterdrückten in den Dörfern, die zwischen verfeindeten Lagern und dem nie endenden Kampf um die Vorherrschaft in der Falle saßen.

Ihre Familienangehörigen stärkten ihr durchaus den Rücken, aber sie wusste, dass sie ihrer glühenden Leidenschaft, ihr Leben dem Dienst an anderen zu widmen, auch skeptisch gegenüberstanden. Sie waren stolz auf sie, gleichzeitig wünschten sie, sie hätte sich andere, weniger unsichere Orte für ihre Hilfstätigkeit ausgesucht. Nicht den vom Krieg gebeutelten Nahen Osten, wo die Bedrohung nicht nur von anderen Nationen ausging, sondern auch von Gruppen innerhalb des Landes, die sich in ihren religiösen, politischen und kulturellen Unterschieden gegenseitig nicht tolerieren konnten. Sie alle wollten die jeweils anderen zwingen, sich ihrem Lebensstil zu unterwerfen. Noch immer erstaunte und entsetzte es Honor, wie weit sie bereit waren zu gehen, um denen ihren Glauben aufzuzwingen, die nicht ihrer Ideologie anhingen. Eigentlich hätte sie inzwischen abgehärtet sein müssen. Nichts hätte sie mehr schockieren sollen. Und dennoch … Jeden Tag war sie aufs Neue überrascht, denn immer wieder kam etwas nie Gekanntes dazu. Wenn sie glaubte, alles gesehen zu haben, geschah regelmäßig etwas, das sie unvorbereitet traf.

Aber abgestumpft und zynisch zu werden, würde ihr den Todesstoß versetzen. Der Tag, an dem sie nicht mehr mit den Unschuldigen und Unterdrückten mitfühlte und nicht mehr wütend über die sinnlose Gewalt und Verzweiflung wurde, die sich in dieser Region so hartnäckig hielten, wäre der Tag, an dem sie eine seriöse, langweilige Arbeit mit festen Arbeitszeiten suchen und ein Leben führen müsste, in dem das Gefährlichste der Feierabendverkehr war.

Honor legte die Hand auf den Arm des Jungen und führte ihn zu seiner wartenden Mutter, die bereits das große Hilfspaket in Händen hielt. Es enthielt Dinge, die für die meisten Menschen selbstverständlich waren, die aber in Dörfern, in denen fließend Wasser ein Luxus war, kostbare Güter darstellten.

Plötzlich erbebte das gesamte Gebäude, und der Boden unter Honors Füßen wölbte sich wie bei einem Erdbeben.

Niemand schrie. Aber rundum war das nur allzu vertraute Entsetzen in den Gesichtern der Menschen zu sehen, die Honor ans Herz gewachsen waren. Es folgte eine unheimliche Stille, und dann …

Die Welt um sie herum explodierte in einem grausigen Sturm, einem Wirbel aus Hitze, Feuer und dem beißenden Geruch nach Sprengstoff.

Und Blut.

Der Tod hatte seinen ganz eigenen Geruch. Und Honor hatte bereits genug Blut und Tod gesehen, hatte den entsetzlichen Anblick ertragen müssen, wie das Leben langsam aus einem eben noch pulsierenden Körper herausfloss. Ein unschuldiges Kind. Eine Mutter, die nur ihre Kinder schützen wollte. Ein Vater, der vor seiner gesamten Familie abgeschlachtet wurde.

Chaos brach aus. Die Menschen rannten los, ohne zu wissen, wohin, und dennoch beobachtete Honor ruhig, was geschah, als wäre sie losgelöst von ihrem Körper und würde den Angriff auf das Hilfszentrum ohne Gefühle wahrnehmen. Eine ihrer Mitarbeiterinnen – ihre Freundin – schrie sie an, Deckung zu suchen, dann stand sie auf einmal seltsam still da, mit toten Augen, auf ihrer Brust ein riesiger Blutfleck. Sie sackte wie eine Marionette in sich zusammen, und auf ihrem Gesicht zeigte sich nicht Schmerz, sondern nur unendliche Trauer. Und Bedauern.

Tränen traten Honor in die Augen, und jetzt endlich setzte sie sich in Bewegung. Es galt, Kinder zu beschützen. Frauen zu retten. Die brutale Extremistengruppe würde sie nicht alle erwischen. Das war ein Schwur, eine Litanei, die sie ununterbrochen in ihrem Kopf wiederholte, während sie Kinder wie Mütter aus dem Hintereingang und hinaus in die Wüstenhitze scheuchte.

Als Honor sich umdrehte, um wieder hineinzugehen, griff eine der Frauen nach ihrer Hand und bat sie auf Arabisch, mit ihnen zu kommen. Davonzulaufen. Sich in Sicherheit zu bringen. Die Extremisten würden keine Gnade kennen. Besonders bei Menschen nicht, die aus dem Westen kamen.

Honor entzog sich sanft dem verzweifelten Griff. »Möge Allah euch beschützen«, flüsterte sie, und betete, dass Gott, irgendein Gott, *jeder* Gott, den Hass und das Blutvergießen beenden möge. Das sinnlose Töten der Guten und Unschuldigen.

Dann drehte sie sich um und lief zurück in das Gebäude oder besser in das, was davon noch übrig war. Am Rande nahm sie wahr, dass sie die leichten, aber kühlen Flipflops, die sie normalerweise trug, irgendwo in dem Chaos verloren hatte. Jedoch war der Schutz ihrer Füße das Letzte, was wichtig war, wenn ihr Leben auf dem Spiel stand.

Fieberhaft suchte sie nach ihren Kolleginnen und Kollegen. Nach den beiden Ärzten, die unermüdlich Tag und Nacht arbeiteten, manchmal auch die ganze Nacht durch, weil der Bedarf an medizinischer Hilfe so groß war. Nach den Krankenschwestern, die Arbeiten verrichteten, wie das in den USA meist nur Ärzte taten, und das mit sehr viel weniger modernen Hilfsmitteln oder Diagnosemöglichkeiten.

Wo immer sie sich hinwandte, sah sie nur Blut, Ströme von Blut. Und Tod. Der Gestank brachte ihren Magen zum Rebellieren, und sie schlug die Hand vor den Mund, um sich nicht zu übergeben und um den Schrei zu ersticken, der aus den Tiefen ihrer Seele heraufdrängte.

Wohin sie auch schaute, nirgendwo bot sich etwas Tröstliches dar. Zumindest konnte sie dankbar sein, nicht die Leichen zu vieler Kinder und ihrer Mütter zu sehen. Die meisten hatten fliehen können. Sie waren an solche Angriffe gewöhnt und wussten damit umzugehen. Honors Kameraden, ihren Freunden, den Menschen, die derselben Berufung gefolgt waren wie sie, war es nicht so gut ergangen.

Die Erde selbst explodierte unter ihr. Um sie herum. Steine und Trümmer prasselten auf sie herab und versetzten sie in Angst und Schrecken. Sie machte einen Schritt und zuckte zusammen, als etwas Scharfes in ihre zarte Fußsohle schnitt. Und dann brach das bereits eingesunkene Dach zusammen und presste sie schmerzhaft auf den zerfurchten Boden. Weitere Trümmer regneten auf sie herab. Nein, das war die Decke, die sich wie ein Käfig über sie stülpte und sie zwischen Steinen, Schutt und einem zerbrochenen Balken einklemmte. Die Wolke aus Staub und Rauch war so dick, dass sie keine Luft mehr in ihre gequälten Lungen saugen konnte.

Sie war sich nicht sicher, ob es an dem dicken Rauch und dem zerbröselten Putz lag, dass sie kaum noch atmen konnte, oder an dem Trümmerberg, unter dem sie begraben war. Gnadenlos presste er sie in den Boden, bis sie sich sicher war, dass jeder Knochen in ihrem Körper zerquetscht werden würde, weil er einem derart unglaublichen Druck einfach nicht standhalten konnte.

Der Schmerz war da. Das wusste sie. Aber er war ein Stück weit entfernt. Als versuche er, den dichten Nebel zu durchdringen, der sie umgab. Heimtückisch schlich sich Taubheit über und in ihren Körper, und sie hätte nicht sagen können, ob es ein Segen war, den vermutlich unerträglichen Schmerz nicht zu spüren, oder der Fluch des Todes.

Ihres Todes.

Ihre Augenlider flatterten, während sie verzweifelt versuchte, bei Bewusstsein zu bleiben. Wenn sie der herannahenden Dunkelheit nachgäbe, so fürchtete sie, würde der Tod diesen Kampf letztlich gewinnen.

Der Tod war ihr nicht fremd. Sie wurde täglich mit ihm konfrontiert. Auch hatte sie sich nie Illusionen über das enorme Risiko einer Arbeit in einem Land gemacht, das nicht nur dauernd im Krieg mit seinen Nachbarn lag – alle mit unterschiedlichen Interessen, Glaubensrichtungen und diversen Ausprägungen von Fanatismus –, sondern auch innerhalb der eigenen Grenzen geteilt war. Jede Region war darauf aus, die Macht im gesamten Land zu übernehmen und ihre Sichtweise allen Andersdenkenden aufzuzwingen.

Und dann gab es noch die, die keinen Grund brauchten,

um ihre Landsleute zu töten, zu terrorisieren und zu Opfern zu machen. Das waren die Schlimmsten. Unberechenbar. Sie stanken förmlich nach Fanatismus, und ihr einziges Ziel bestand darin, alle in Angst und Schrecken zu versetzen, die ihnen über den Weg liefen. Sie wollten Ruhm. Sie wollten von ihren Feinden gefürchtet und von den Gruppierungen verehrt werden, die es nicht wagten, gegen sie zu kämpfen.

Sie wollten, dass die Welt sie wahrnahm. Wusste, wer sie waren. Sie wollten, dass die Leute ihren Namen flüsterten, aus Angst, sie könnten plötzlich vor ihnen stehen, wenn sie zu laut über die Monster sprachen. Sie hatten schnell gelernt, welches die beste Methode war, ihren Status zu erhöhen, weltweite Medienaufmerksamkeit zu erlangen und die Elite, die Besten der Besten zu rekrutieren, jene, die keine Angst hatten, ihr Leben für ihre Sache zu opfern, und willig die Rolle des Märtyrers akzeptierten. Die beste Methode war, Menschen aus westlichen Ländern ins Visier nehmen. Vor allem Amerikaner.

Die Medien in den USA gaben den Ruhmsuchenden genau das, was sie wollten. Bei jedem neuen Übergriff wurde rund um die Uhr berichtet. Diese Aufmerksamkeit weckte den Ehrgeiz nach mehr. Sie waren dreister geworden, hatten ihr Netzwerk in rasantem Tempo erweitert, und ihre Macht ließ gerade die Länder verstummen, die einen derartigen Hass auf den Westen normalerweise verurteilt hätten.

Solch eine Machtfülle machte die Führer der reichen Ölstaaten nervös. So nervös, dass ein Gipfeltreffen einberufen worden war, wie es noch nie stattgefunden hatte, das Todfeinde an einen Tisch gebracht hatte, um über das unvermindert wachsende Problem einer fanatischen Gruppe mit Macht, Reichtum, militärischer Überlegenheit und einer noch nie dagewesenen Zahl an täglich neuen Rekruten zu diskutieren.

Männer und Frauen aus allen Ecken und Enden der Welt.

Was konnte bloß diesen Hass auslösen? Dieses Verlangen nach Schmerz, Gewalt, Verletzung und Leid?

Honor überlief ein Schauder, als die Hülle aus Dumpfheit, die sie umgab, kurzzeitig löchrig wurde und der Schmerz auf sie losging und ihr den Atem endgültig raubte. Vor ihren Augen wurde es schwarz, das Licht verblasste immer mehr. Ihre Tränen brannten wie Säure, aber sie weigerte sich, ihnen freien Lauf zu lassen. Sie war am Leben. Noch zumindest. So viel Glück hatte keiner der anderen Helfer gehabt.

Das Gebäude sah aus, als wäre ein Meteor durch die Erdatmosphäre gerast und hätte das gesamte Grundstück in eine Mondlandschaft verwandelt. Das halbe Dach war eingestürzt, und so wie der Rest bei jedem Windhauch knarrte und stöhnte, würde er bald folgen.

Sie würde niemals hier herauskommen. Vielleicht war ihren Kolleginnen und Kollegen doch irgendeine höhere Macht etwas gnädiger gewesen. Ein rascher Tod war sicherlich besser als das, was Überlebende erwartete, wenn sie von den blutrünstigen Barbaren entdeckt wurden, die solch eine Zerstörung angerichtet hatten.

Warum war sie verschont geblieben, um zu leiden? Warum wurden ihr nicht Gnade und Mitleid zuteil? Welche Sünde hatte sie begangen, dass sie überlebte, nur um zur Hölle verdammt zu sein, einem Schicksal, schlimmer als der Tod? In ihrem zerschlagenen Körper breitete sich eine eisige Kälte aus und bemächtigte sich ihrer Knochen und ihres Bluts. Sie fror in den tiefsten Tiefen ihrer Seele, obwohl die Welt um sie herum lichterloh brannte und die Flammen der Hölle gierig die Opfer verzehrten.

»Reiß dich zusammen, Honor«, murmelte sie. Sie konnte nur noch lallen, ein typisches Zeichen, dass sie unter Schock stand.

Da jammerte sie, weil sie noch am Leben war. Sie hatte wider alle Wahrscheinlichkeit überlebt, im Gegensatz zu ihren Kolleginnen und Kollegen, und da wagte sie es, diese zu beneiden? Sie war verschont worden, und das war keinem der anderen zuteilgeworden. Irgendetwas musste das zu bedeuten haben. Ihr Leben hatte einen Sinn. Es gab noch viel für sie zu tun. Gott war noch nicht fertig mit ihr, und hier lag sie unter dem Schutt der Zerstörung und führte sich wie ein undankbares Kind auf, weil sie überlebt hatte. Noch nie hatte sie sich so geschämt. Was würde ihre Familie denken? Sie wäre bestimmt nicht unglücklich, dass Honor noch am Leben war. Ihr Tod würde ihnen endloses Leid bereiten. Sie war das Baby. Die Jüngste von sechs Geschwistern, und alle liebten sie von ganzem Herzen. Es mochte ihnen vielleicht nicht gefallen haben, dass sie sich solch einem Risiko aussetzte, aber sie verstanden ihre Berufung und unterstützten sie. Sie waren stolz auf sie. Wenn für niemanden sonst, dann würde sie für ihre Familie überleben.

Laute Stimmen, gebellte Befehle und das Geräusch, das beim Wegschieben von Schutt entsteht, drangen an Honors Ohr, und sie erstarrte. Panik erfasste sie, und ihr Herz begann zu rasen. Das Atmen, das ihr schon schwer genug fiel, wurde noch mühseliger. Sie schloss die Augen und zwang sich, keinen Laut von sich zu geben.

Die Milizen arbeiteten sich durch die Ruinen, einzig und allein auf der Suche nach Leuten aus dem Westen – den Leuten, die in dem Hilfszentrum arbeiteten und allen Geflüchteten Unterstützung boten. Ihr Triumphgefühl über den Erfolg des Angriffs bereitete Honor Übelkeit. Sie hörte ihre schadenfrohen Rufe, während sie einen toten Kollegen nach dem anderen entdeckten. Die Tränen ballten sich in ihrer Kehle zu einem Kloß zusammen, als vorgeschlagen wurde, die Leichen aus der Klinik zu schleppen und draußen aufzureihen, um Fotos zu machen und der Welt zu zeigen. Eine Warnung an andere, dass ihre Anwesenheit nicht erwünscht war.

Himmel, was würde geschehen, wenn sie sie fanden? Sie gingen bei ihrer Suche systematisch vor, fast als wüssten sie, wer die Helfer waren und wie viele. Wenn sie sich über so viele Tote freuten, wie begeistert würden sie dann erst sein, eine lebendige Geisel zu haben? Jemanden, an dem man ein Exempel statuieren konnte?

Das Gebäude knarrte und stöhnte, die verbliebenen Wände protestierten gegen die Instabilität des Baus. Weitere Trümmer prasselten herab. Honor gelang es gerade noch, einen Schmerzensschrei zu unterdrücken, als etwas auf die Trümmer über ihr donnerte, so dass sie jetzt noch tiefer auf sie herabsanken.

Auf einmal wurden die Eindringlinge vorsichtig und besprachen sich, ob es noch sicher sei, ihre systematische Zählung der Leichen fortzusetzen. Einer von ihnen schlug vor, das Gebäude unverzüglich zu verlassen – bevor ihnen der Rest auch noch um die Ohren flog –, und da brach eine wilde Diskussion los. Die lauten und barschen Stimmen waren für Honors Geschmack viel zu nah.

Sie waren nicht weit von ihr entfernt und kamen immer näher. Sie meinte schon fast, die Männer in ihrem Nacken atmen zu hören, obwohl sie wusste, dass das unmöglich war. Aber sie fühlte sich in der Falle. So, wie sich ein Beutetier fühlen musste, wenn es der Jäger in die Ecke gedrängt hatte, um es zu töten.

Sie schloss die Augen und betete um ihr Leben, nachdem sie sich nur Sekunden zuvor darüber beklagt hatte, dass sie nicht gestorben war. Das inbrünstige Gebet, nicht nur zu leben, sondern zu überleben, wurde in ihrem Kopf zu einer Litanei. Unversehrt dem schrecklichen Schicksal zu entkommen, das sie erleiden würde, sollte sie entdeckt werden. Diese Männer hatten keine Hemmungen, Frauen zu vergewaltigen, zu foltern und zu töten.

Ein Schauder durchlief ihren Körper, ohne dass sie es verhindern konnte, und sie hielt den Atem an und hoffte, dass sie sich nicht verraten hatte. Sie zwang sich zur Ruhe und blendete den Schmerz und die lähmende Angst aus. Noch nie hatte sie sich so sehr gefürchtet wie jetzt. Alle Vorbereitung und alle Beinahezusammenstöße mit militanten Kräften, die nur auf Zerstörung aus waren, hatten sie nicht einmal ansatzweise auf eine solche Situation vorbereiten können, auch wenn sie sich monatelang darauf eingestellt hatte.

Sie hatte es für unausweichlich gehalten, dass sie Angst und Schmerz kennenlernen würde, aber nie hatte sie den Gedanken zugelassen, sie könnte bei dem, was sie als ihre Berufung empfand, getötet werden. Ihre Eltern hatten versucht, es ihr auszureden. Am Anfang hatten sie sie angefleht, waren sogar so weit gegangen, ihr zu sagen, sie würden ihr »Baby« nicht verlieren wollen.

Ihre vier älteren Brüder und ihre ältere Schwester hatten sich extra mit ihr zusammengesetzt, um sie zu überreden, nicht zu gehen. Sie hatten voll auf die Tränendrüse gedrückt, hatten ihr gesagt, sie müsse unbedingt eine Rolle im Leben ihrer Nichten und Neffen spielen. Ihre Schwester hatte unter Tränen Honors Hand in ihre genommen und mit erstickter Stimme gesagt, sie würde sie gern bei ihrer Hochzeit dabeihaben, an ihrer Seite – dabei hatte ihre Schwester gar nicht vor, in nächster Zeit zu heiraten.

Beinahe hätte sie dieser emotionalen Erpressung nachgegeben. Sie zuckte innerlich zusammen. Es Erpressung zu nennen war zu hart. Alles, was sie gesagt und getan hatten, war aus Liebe geschehen. Irgendwann hatte Honors Mutter gespürt, wie hin- und hergerissen Honor zwischen den Wünschen und dem Glück ihrer Familie und dem Bedürfnis war, Menschen in umkämpften und von Terrorgruppen heimgesuchten Gebieten zu helfen. Sie hatte die Familie zusammengerufen und leise, aber nachdrücklich darauf bestanden, dass sie Honor in Ruhe ließen.

Es hatte so viel Liebe und Verständnis – und Stolz – in ihrem Blick aufgeblitzt, als sie Honor mit Tränen in den Augen angesehen hatte. Für Honor war es wie eine Flutwelle gewesen, die sie verschlingen wollte. Die Liebe ihrer Mutter hatte sie innerlich zermalmt und ihr gleichzeitig das Herz gewärmt wie nie etwas zuvor.

Nein, ihre Mutter hatte nicht gewollt, dass sie ging, aber sie hatte sie verstanden, und sie hatte ihrem Mann und ihren anderen Kindern gesagt, dass es an der Zeit sei, Honor flügge werden zu lassen. Sie sein zu lassen, wer sie sein wollte. Ihre Zeit, sich zu entfalten, war gekommen, zumal sie in ihrem jungen Leben immer die Ruhige gewesen war, die sich mit den Leistungen und dem Glück ihrer Geschwister identifiziert hatte, während jeder von ihnen seinen eigenen Weg ging.

Die Worte ihrer Mutter hatten ihre Geschwister und ihren Vater beschämt, auch wenn Honor das nie gewollt hatte. Jeder von ihnen hatte ihr seine bedingungslose Unterstützung angeboten. Ihr Vater hatte sie fest in die Arme genommen und ihr mit rauer Stimme versichert, dass sie immer sein Baby bleiben würde und dass sie ihm versprechen müsse, heil wieder nach Hause zurückzukehren.

Bei dem Gedanken, sie könnte dieses Versprechen vielleicht nicht halten, wurde ihr eng ums Herz.

Wieder erbebte das zerstörte Gebäude, und weitere Trümmer und Deckenteile stürzten herab. Sie hörte die Männer husten und fluchen, und dann fasste sie neuen Mut, nachdem sie die Hoffnung schon fast aufgegeben hatte.

Die Extremisten kamen zu dem Schluss, dass sie das Gebäude verlassen mussten, bevor sie darin in der Falle saßen. Oder getötet wurden.

Die Gespräche wurden leiser, und einigen der Stimmen, die für das Verlassen des Gebäudes plädiert hatten, war die Erleichterung deutlich anzuhören. Ihr Argument war, dass die Toten nirgendwohin gingen und niemand die Explosionen oder die Schüsse der Scharfschützen überlebt haben konnte, die die Fliehenden ins Visier genommen hatten.

Honor hätte beinahe laut aufgeschluchzt. So viel sinnloses Sterben, und weshalb? Weil sie Menschen geholfen hatten, die dringend Hilfe benötigten?

Die nächsten Worte, die Honor – jetzt schon aus einiger Entfernung – hörte, ließen sie bis ins Mark erstarren.

Sobald die Gefahr vorbei war, würden sie zurückkehren und jedes einzelne Opfer suchen, bis sie sicher sein konnten, dass keiner der Helfer mit dem Leben davongekommen war. Himmel. Sie kannten jeden einzelnen Helfer. Hatten ihre Opfer genau beobachtet. Selbst wenn Honor sich befreien konnte, bevor sie zurückkamen, würden sie wissen, dass sie nicht gestorben war, sobald sie ihre makabre Zählung abgeschlossen hatten.

Was bedeutete, dass sie sie gnadenlos jagen würden, denn noch weniger als alles andere duldete diese Gruppe Versagen. Und wenn auch nur eine – nämlich Honor – davonkam, dann hatten sie ihr Ziel nicht erreicht.

2

Honor erwachte und wusste nicht, wo sie sich befand und was geschehen war. Sie versuchte verzweifelt, die Situation zu begreifen. Doch sofort fiel der Schmerz über sie her, als hätte er nur darauf gewartet, dass sie wieder zu Bewusstsein kam, und wäre zornig, dass sie sich seiner harten Strafe durch Ohnmacht entzogen hatte.

Sie schnappte leise nach Luft, betrachtete die Mengen von Schutt, die auf ihr lagen, und begann vorsichtig, ihren Spielraum darunter auszuloten. Sie wollte nicht nur feststellen, ob die Schmerzen schlimmer wurden und auf ernstere Verletzungen hindeuteten, sondern auch, ob irgendeine Chance bestand, sich aus dem Trümmerhaufen zu befreien.

Es war stockdunkel, die Nacht musste also inzwischen hereingebrochen sein. Sie atmete erleichtert auf, doch dann wurde ihr bewusst, dass sie noch lange nicht außer Gefahr war. Die Dunkelheit half ihr nur, wenn sie sich aus ihrem Gefängnis befreien konnte und beweglich genug war, um in den Schutz der Nacht zu fliehen.

Bevor ihre Verzweiflung endgültig die Oberhand gewinnen konnte, schob sie die negativen Gefühle energisch beiseite. Sie war in großer Gefahr, auch ohne dass sie sich noch zusätzlich einredete, keine Chance zu haben. Zu diesem Zeitpunkt war Hoffnung das Einzige, was ihr noch blieb. Und ein starker Überlebenswille. Der Wille, sich nicht von Männern besiegen zu lassen, die Schmerz, Angst und völlige Unterwerfung eines jeden genossen, der nicht ihrer Ideologie anhing.

Sie würde nach Hause kommen. Sie würde eine Möglichkeit finden. Und sobald ihr das gelungen war, würde sie der Terroristenzelle, die ihre Kollegen – ihre Freunde – ermordet hatte, ein riesiges »Leckt mich am Arsch« senden und sie wissen lassen, dass eine einfache amerikanische Frau ihnen trotz allem entkommen war.

Mit neuer Entschlossenheit machte sie sich daran, herauszufinden, was sie bewegen und wie sie sich am ehesten aus dem Trümmerfeld befreien konnte, auf dem sie gefangen war.

Die Minuten vergingen unendlich langsam. Der Schmerz war ihr ständiger Begleiter. Sie war schweißgebadet, aber die Nässe konnte nicht ausschließlich Schweiß sein. Sie wusste, dass sie blutete. Nicht stark, sonst hätte sie nicht das Bewusstsein wiedererlangt. Aber ihre Haut fühlte sich klebrig und warm an, und jetzt, wo der durchdringende Geruch nach Schimmel, Putz, zerbrochenen Steinen und zerborstenem Holz sowie der chemische Gestank des Sprengstoffs vom Nachtwind davongeweht worden waren, konnte sie es auch riechen.

Sie nahm sich Zeit, einen Körperteil nach dem anderen zu testen, beginnend bei ihren Füßen. Sie wackelte mit den Zehen, dann dehnte sie die Füße und drehte die Beine, so gut es ging. Als ihr Knie gegen einen spitzen Stein stieß, zuckte sie leicht zusammen. Die Wände der Klinik waren alle aus Ziegeln, die Decke, die von schweren Balken getragen wurde, bestand aus Holz. Der Boden war aus Beton, und wie oft sie ihn auch gefegt oder gewischt hatten, immer war alles voller Sand gewesen, der sich auf jeder Oberfläche absetzte. Das hatte es äußerst schwierig gemacht, eine sterile Umgebung herzustellen, und Infektionen waren eine ständige Sorge unter Ärzten und Krankenschwestern gewesen.

Ihr Knie fühlte sich geschwollen und steif an. Sie beugte es behutsam, um nicht noch mehr Schaden anzurichten, falls es ernsthaft verletzt sein sollte. Allerdings musste sie ihre Beine unbedingt einsetzen können. Ihre Arme waren nicht so wichtig. Aber sie brauchte einfach ihre Füße und Beine, um von hier wegzukommen. So schnell wie nur irgend möglich.

Auf Hilfe von außen brauchte sie nicht zu hoffen. Niemand würde sie retten. Das Auswärtige Amt hatte in einem Erlass alle US-Amerikaner aufgefordert, die Region zu verlassen, und gewarnt, dass man denjenigen, die diese Warnung ignorierten, nicht zu Hilfe kommen würde. In dieser Region gab es auch kein US-Militär. Keine US-Botschaft. Überhaupt keine amerikanische Präsenz.

Und aus Angst vor Vergeltungsaktionen wagten auch keine andere Gruppe und kein Militär eines anderen Landes, sich mit den militanten Barbaren anzulegen. Sie waren gerade zu sehr damit beschäftigt, ein Gipfeltreffen abzuhalten, bei dem jeder das Thema zu Tode diskutierte, statt etwas zu tun – eine Tatsache, die Honor unglaublich wütend machte.

Wie konnten die Regierungen einhellig dem Leid und Schmerz unzähliger Männer, Frauen und Kinder in dieser derart weitläufigen Region den Rücken kehren? Warum gab es keinen lauteren öffentlichen Aufschrei? In den Medien wurde weiß Gott genügend darüber berichtet. Waren alle so ermüdet von der Rund-um-die-Uhr-Berichterstattung, dass sie alles nur noch gelangweilt zur Kenntnis nahmen und sich innerlich längst davon distanziert hatten? Oder waren sie einfach so selbstgefällig und hatten es sich in ihrer sicheren Umgebung so gemütlich gemacht, dass die Notlage anderer ihnen egal war?

Sie machte sich die hilflose Wut, die an ihr nagte, zunutze, um ihre Entschlossenheit und Kraft zu steigern und sich zu befreien.

Nachdem sie ihre Glieder und den Teil ihres Körpers untersucht hatte, der die lebenswichtigen Organe schützte, war sie zuversichtlich – vielleicht aber auch nur hoffnungsvoll –, dass sie es schaffen würde.

Mit bloßen Händen begann sie, allen Schutt um sich herum beiseitezuschieben. Sie fluchte, als sie an scharfe Kanten geriet, die ihr die Haut aufkratzten, bis sie blutete. Ihre Fingernägel rissen ein, aber der Schmerz war nichts im Vergleich zu dem im Rest ihres Körpers, allenfalls ließ er ihre Entschlossenheit nur wachsen. Je schwieriger es wurde, desto wütender wurde sie. Adrenalin verdrängte den Schmerz und die selbstzerstörerischen Gedanken, an denen sich ihr Gehirn festgebissen hatte.

Aufgrund ihrer Lage – halb auf dem Bauch, halb verdreht auf der Seite – war es keine leichte Arbeit. Sie konnte fast nur die eine Hand einsetzen, diejenige, die nicht unter ihrem Körper lag und somit keine große Reichweite hatte.

Sie hatte keine Ahnung, wie viel Zeit verging, sie spürte nur den Drang, noch vor Anbruch der Morgendämmerung zu fliehen, bevor die Mörder garantiert zurückkamen, um die Zählung der Leichen zu vervollständigen. Sie biss sich auf die Lippe, um die Tränen zurückzuhalten. Sie würde sich von ihnen nicht aufhalten lassen. Nur sie konnte die Geschichte der jetzt toten Helden und Heldinnen erzählen, die ihr Leben der Hilfe anderer gewidmet hatten. Nur sie konnte die Gräueltaten bezeugen, die hier begangen worden waren, und sie wollte, dass die Welt von dem Mut und der Selbstlosigkeit ihrer Kollegen erfuhr. Jedenfalls, wenn es nach ihr ging.

Stunden schienen vergangen zu sein, bis sie ihren Oberkörper endlich ausgegraben hatte. Sie legte einen Moment die Wange auf den Boden und ruhte sich für den nächsten Schritt aus. Irgendwie musste es ihr gelingen, sich umzudrehen und sich so weit wie möglich aufzurichten, damit sie die untere

Hälfte ihres Körpers ausgraben konnte. Ihre Beine. Nur dann hatte sie eine Chance, zu fliehen.

Sie sammelte ihre Kraft, nahm ihren ganzen Mut zusammen und fing an, sich zu drehen und zu winden, wobei jeder Muskel gegen die ungelenken Bewegungen protestierte. Sie fühlte sich schwach wie ein neugeborenes Kätzchen. Schweiß tränkte ihre zerrissene Kleidung, und zusammen mit dem Blut, das Teile ihres Körpers bedeckte, klebten Hose und T-Shirt an ihr wie festgewachsen.

Ihr verletztes Knie würde ihr die meisten Probleme bereiten. Sie musste die gesamte untere Körperhälfte drehen, egal, welches Gewicht sie nach unten presste.

Sie biss die Zähne zusammen, drückte eine Hand fest auf den Boden und drehte den Oberkörper so weit, dass die andere Hand ein paar Zentimeter über dem Boden schwebte. Sie schob sich hoch, drehte sich weiter und schnappte nach Luft, weil ein heftiger Schmerz durch ihre Beine schoss. Durch beide.

Himmel, würde sie am Ende doch nicht gehen können? Hatte sie beide Beine gebrochen und stand nur zu sehr unter Schock, um die Brüche spüren zu können? Der einzige Schmerz, den sie identifizieren konnte, saß in ihrem Knie.

Wieder bewegte sie Zehen und Füße. Sie wollte sich vergewissern, sich eben nicht nur eingebildet zu haben, dass dies möglich war. Diesmal spürte sie noch genauer hin und konzentrierte sich bei jeder kleinen Bewegung, wo genau ein Schmerz ausgelöst wurde.

Dann kam ihr auf einmal der Gedanke, dass der Grund, wieso sie keinen Schmerz empfand, darin liegen könnte, dass sie ihre Beine überhaupt nicht spüren konnte. Als sie merkte, welche Panik das in ihr auslöste, schob sie diese Vorstellung energisch beiseite. Irrationale, hysterische Gedanken konnte sie jetzt nicht brauchen. Wäre sie gelähmt, hätte sie ihre Füße nicht bewegen und auch nicht wissen können, dass sie sie bewegen konnte, und den pochenden Schmerz in ihrem Knie würde sie dann auch nicht wahrnehmen.

Sobald sich ihre Angst wieder auf ein erträgliches Maß reduziert hatte, betrachtete sie entschlossen den Schutthaufen, der ihre untere Körperhälfte bedeckte. Obwohl es absurd schien, war sie begeistert, als sie die kalte Nachtluft über die Zehen ihres linken Fußes streichen spürte. Wieder bewegte sie sie, diesmal mit mehr Aufmerksamkeit, und stellte fest, dass sie aus dem Schutt herausragten.

Ein Schauder durchlief sie. Ein Glück, dass die Milizen ihr nicht nahe genug gekommen waren, um ihre Zehen hervorschauen zu sehen. Sie hätten sie ausgegraben, um zu prüfen, ob sie tot war wie die anderen. Und wenn sie festgestellt hätten, dass sie noch lebte? Sie wollte diesen Gedanken nicht weiter verfolgen. Sie hatten sie nicht gefunden. Sie würden sie nicht finden. Also war es überflüssig, sich damit zu quälen, was hätte sein können. Sie musste sich an das halten, was passiert war.

Sie drückte die Lippen aufeinander, damit ihr ja kein Laut entschlüpfte, und versuchte, sich diesmal mit größerer Entschlossenheit umzudrehen. Dabei presste sie die Zähne so fest zusammen, dass ihr die gesamte Kinnpartie wehtat.

Ihre Willenskraft hatte gesiegt. In diesem Moment war die Möglichkeit, sich nicht befreien zu können, nicht einmal ansatzweise denkbar. Ein Zischen entfuhr ihr, und sie übte schwer atmend mehr Druck aus und strengte sich heftig an, Hüfte und Beine zu verdrehen.

Die Rückseiten ihrer Beine brannten wie Feuer, während sie über die scharfen Kanten von Stein, Metall, Holz und Glas glitten. Als sie mit dem Knie gegen einen unbeweglichen Gegenstand stieß, machte ihr Magen Anstalten, seinen Inhalt von sich zu geben. Sie sah Sterne, und Tränen traten ihr in die Augen. Es machte sie nur noch wütender, bis sie schließlich vor Wut zitterte.

»Wieso hilfst du mir nicht?«, tobte sie, den Blick nach oben gerichtet, doch sofort schämte sie sich für ihren Ausbruch. »Entschuldige«, murmelte sie und schloss die Augen. »Aber ich könnte deine Hilfe gerade wirklich brauchen. Ein Engel wäre nett, falls du selbst zu sehr beschäftigt bist.«

Sie atmete tief ein und fand die Ruhe wieder, die sich unter ihrer Wut verbarg. Gott anzuschreien, würde sie nicht weiterbringen. Und wie sagte doch das alte Sprichwort? Hilf dir selbst, dann hilft dir Gott. Im Moment tat sie nichts auch nur ansatzweise Hilfreiches. Jammern, sich wünschen, gestorben zu sein und dauernd gegen die Tränen anzukämpfen, waren nicht das Markenzeichen eines Menschen, der das Geschenk des Lebens verdient hatte. Und doch lag sie hier. So nahe der Freiheit, während die Seelen der anderen, die um sie herum lagen, längst diese Welt verlassen hatten.

Sie hatte ein Ziel. Ja, sie hatte eines. Das stärkte ihren Geist und nahm ihr einige der Ängste, die sie von innen aufzufressen drohten. Vielleicht diente alles, was bisher geschehen war, nur dazu, dass sie den wahren Sinn ihres Lebens erkannte, auch wenn sie den Sinn schon bisher zu kennen geglaubt und nach ihm gelebt hatte. Das würde sie niemals herausfinden, wenn sie sich nicht davonmachte, bevor die Sonne aufging.

Mit all der Wut, die sich wie die Lava eines Vulkans kurz vor dem Ausbruch in ihr aufgestaut hatte, und ohne auf den Schmerz und die Einschränkungen ihres Körpers zu achten, versuchte sie, sich umzudrehen. Diesmal gab sie nicht auf, als ihre Beine zerkratzt wurden und ihr empfindliches, geschwollenes Knie protestierend aufschrie. Sie weigerte sich, erneut zu versagen, und schließlich standen beide Fersen fest auf dem Boden, Vorderfuß und Zehen nach oben gerichtet.

Ihr Knie pochte wütend, da das Bein jetzt ausgestreckt dalag. Hastig richtete sie sich auf, beugte sich vor und setzte die Handfläche in den Schutt.

Obwohl ihre Augen sich daran gewöhnt hatten, dass es nirgendwo Licht gab, war es unmöglich, Einzelheiten zu erkennen, weil das ganze Gebiet unter einer erstickenden Decke aus Dunkelheit lag. Zaghaft streckte sie die Hände aus, tastete über ihre Beine und streifte mit den Fingern leicht über die Hindernisse, die zwischen ihr und ihrer Freiheit lagen.

Als sie an den schweren Balken stieß, der, wie sie sich jetzt wieder erinnerte, bei der Explosion auf sie gefallen war, fluchte sie laut. Er war es, der ihr Knie erwischt hatte, bevor sie mit dem Gesicht nach unten auf dem Bauch gelandet und das Gebäude auf sie gestürzt war. Ursprünglich war sie rückwärts gefallen, hatte sich aber im Fallen instinktiv umgedreht und so versucht, sich möglichst gut zu schützen.

Sie hielt einen Moment lang inne, grub die Fingerspitzen in die Schläfen und massierte sie fest. Vielleicht konnte sie so das dumpfe Dröhnen in ihrem Kopf und den restlichen Nebel vertreiben, durch den sie alles sah, seit sie wieder zu Bewusstsein gekommen war.

Es war nur ihr eiserner Wille gewesen, der sie davor bewahrt hatte, der drohenden Dunkelheit in ihrem Kopf nachzugeben, der erlösenden Vorstellung, dass Schmerz, Angst, einfach alles, aufhören würde, wenn sie losließe. Aber sie wusste, wenn sie – falls sie – erneut erwachte, würde sie in einen Albtraum geraten, der schlimmer war als der Tod, dass sie in die tiefsten Tiefen der Hölle gestoßen und erneut die Tatsache beklagen würde, noch am Leben zu sein. Dieses Wissen half ihr, sich mit aller Kraft auf ihre Aufgabe zu konzentrieren.

Dass sie kurz in einem Moment der Schwäche, des Schmerzes und der Verwirrung nach dem Aufwachen bedauert hatte, überlebt zu haben, bevor sie sich zusammengerissen und ihre eiserne Willenskraft zurückgefunden hatte, war das Eine. Etwas ganz anderes war es, den Feiglingen, die für dieses Massaker verantwortlich waren, die Befriedigung zu verschaffen, sie um ihren Tod betteln zu hören.

Diese Vorstellung erzürnte sie genauso wie der sinnlose Tod so vieler guter und großherziger Menschen, die keiner Seele jemals etwas zuleide getan hatten. Menschen, die nur den brennenden Wunsch gehabt hatten, denen zu helfen, die sich nicht selbst helfen konnten.

Den Teufel würde sie tun und diese Dreckskerle jemals um irgendetwas bitten. Sie würde auf ihren »Glauben« spucken und ihnen den Mittelfinger zeigen. Und sollte sie zu dieser Geste nicht mehr in der Lage sein, würde sie die Botschaft mit jedem Blick, jeder Antwort, sogar jedem Atemzug vermitteln. Auch noch mit ihrem letzten Atemzug.

Aber besser war es, ihnen lebendig den Stinkefinger zu zeigen. Von zu Hause aus, nachdem sie ihren Plan zunichte gemacht hatte, jeden einzelnen Helfer umzubringen. Sie würde hämisch triumphieren und ihnen nicht nur mit Worten sagen: *Ihr habt mich nicht besiegt. Ihr konntet mich nicht besiegen.*

Es war eine Fantasie, ein Ziel, das ihr half, weiter an der Befreiung aus ihrem Gefängnis zu arbeiten. Mit neuer Energie, schneller und wütender, warf sie Steine, Trümmerteile, Teile von Stühlen und Untersuchungsliegen beiseite. Alles außer dem Balken, der quer über ihren Beinen lag.

Sie tastete ihn ab und stellte fest, dass sie alles von ihm heruntergeräumt hatte. Dann beugte sie sich schwer atmend so weit wie möglich vor, fühlte unter ihren Beinen herum und suchte nach einer Möglichkeit, sich unter dem schweren Balken hervorzuwinden.

Nachdenklich runzelte sie die Stirn. Ihre Unterschenkel lagen nicht auf dem Boden, sondern auf einer Schicht Schutt und Trümmer, und waren zwischen dieser Schicht und dem Balken eingeklemmt.

Sie tastete umher, ob der Balken noch auf etwas anderem lag als nur auf ihren Beinen. Er war schwer, aber es fühlte sich nicht so an, als würde das gesamte Gewicht auf ihr lasten. In diesem Fall hätte sie sich unmöglich umdrehen können.

Tatsächlich, der Balken lag zu beiden Seiten auf unebenen Schutthaufen auf. Zwischen ihrem Bein mit dem verletzten Knie und dem Balken blieben gut zwei Zentimeter, aber bei dem anderen Bein drückte er sich in ihre Haut. Allerdings war das Gewicht nicht unerträglich.

Aufgeregt schob sie den Schutt unter ihren Beinen weg und beugte sich vor, mal zur einen, mal zu anderen Seite, um jedes noch so winzige Hindernis zwischen ihren Beinen und dem Boden zu beseitigen. Während ihre blutigen Fingerspitzen über den rauen Betonboden kratzten, entzündete sich Hoffnung in ihr und wurde rasch zu einer lodernden Flamme. Sie würde hier herauskommen, ja!

Nachdem sie alles so weit wie möglich von ihren Beinen weggeschoben hatte, legte sie die Hände hinter sich auf den Boden und lehnte sich möglichst weit zurück. Dann machte sie sich an die schwierige Aufgabe, sich Zentimeter für Zentimeter nach hinten zu schieben. Sie betete, dass sie genügend Platz zwischen Balken und Boden geschaffen hatte, um die letzte Hürde nehmen zu können, die sie von ihrer Freiheit trennte.

Es kostete sie ihre ganze noch verbliebene Kraft. Sie atmete laut ein und aus und sog so viel kostbaren Sauerstoff wie möglich in ihre Lungen, während sie mit vollem Körpereinsatz ihre Beine unter dem schweren Holz hervorzuziehen versuchte.

Jeder Zentimeter verursachte ihr unsägliche Schmerzen. Diesmal verfluchte sie die Tränen nicht, die ihr nicht nur in die Augen traten, sondern ihre Wangen hinabflossen. Sie war zu sehr auf ihr Ziel konzentriert, um sich darum zu kümmern. Außerdem konnte sie die Tränen, so es ihr gelang, sich zu befreien, als Tränen der Erleichterung umdeuten.

Als es einfacher wurde, weil der dickere Teil ihrer Beine heraus war, wuchs ihre Aufregung. Da ihre Beine zu den Füßen hin dünner waren, konnte sie sich nun viel rascher bewegen. Schließlich schlug sie mit den Füßen gegen das Hindernis, und sie musste erst einmal innehalten, Luft holen und Schmerz und Anspannung wegatmen.

Sie streckte die Füße so flach nach vorne, wie es ging. Dann drehte sie sie zur Seite, und das löste solch einen Schmerz in ihrem Knie aus, dass sie die Zähne fest zusammenbeißen musste. Aber es funktionierte. Ihr Fuß glitt ein wenig unter dem Balken hervor und rieb dabei über das raue Holz. Sie spürte, wie sich Splitter in die weiche Haut ihres Fußgewölbes bohrten, aber sie war dem Erfolg zu nahe, um sich davon irritieren zu lassen.

Sie hieß das Gefühl willkommen, das die kleinen Splitter oben auf ihren Füßen auslösten, denn es zeigte ihr, dass sie es fast geschafft hatte. Zum Schluss nahm sie die Splitter gar nicht mehr wahr, nur noch das warme Blut von den Schürfwunden, die sie sich an dem Balken geholt hatte.

Als ihre Füße endlich frei waren, rutschten ihr die Hände weg, und sie wäre beinahe mit dem Rücken auf den Boden geschlagen. Sie richtete sich wieder gerade auf, denn sie wusste, wenn sie sich auch nur einen Moment Ruhe gönnte, würde sie vielleicht nicht mehr die Kraft aufbringen, aufzustehen und zu fliehen.

Das Triumphgefühl wallte heiß und wild durch ihre Adern. Aber als sie aufstand – oder besser gesagt, als sie es versuchte –, fiel sie in sich zusammen wie ein Ballon, aus dem man die Luft gelassen hatte. Ein rasender Schmerz schoss durch ihre Wirbelsäule und weiter hinunter bis zu ihren Füßen, dann wieder hinauf in ihren Kopf, wo er zwischen den Schädelwänden hin und her zu schießen schien. Mehrere Sekunden lang bewegte sich ihr Kopf bei dem Schmerz, der ihr den Hals hinaufjagte, in spasmischen Zuckungen, fast wie bei einem epileptischen Anfall. Sie atmete tief ein und aus, bis sich der Schmerz auf ein erträgliches Maß gelegt hatte. Schließlich ließ auch die Starre in ihrem Nacken nach, und sie konnte sich wieder bewegen.

Sie zitterte wie Espenlaub. Der Versuch aufzustehen, etwas sonst so Unkompliziertes und Selbstverständliches, hatte ihr jegliche Kraft geraubt, sodass sie jetzt wie ein alter Spüllappen schlaff auf dem Boden lag.

Nein. Nicht jetzt. Verdammt. Sie hatte nicht die ganze Nacht lang darum gekämpft, sich unter dem eingestürzten Balken herauszuarbeiten, nur um hier liegen zu bleiben und diesen Männern, die so voller Bosheit waren, deren Hang zu Hass und Gewalt sie nicht im Geringsten nachvollziehen konnte, in die Hände zu fallen. Nein. Sie würden sie nicht in ihre Gewalt bekommen. Lieber würde sie sich umbringen, als diese Monster über ihr Leben entscheiden zu lassen. Aber zum Sterben war sie noch nicht bereit. Sie hatte noch viel vor im Leben. Dies war nur eine kleines – nun gut, ein großes – Hindernis auf ihrem Lebensweg.

Jeder stieß auf Hindernisse. Vielleicht sah sich nicht jeder mit Waffen schwingenden, Raketenwerfer herumschleppenden, gehirnamputierten Irren konfrontiert, die Sprengstoff genauso selbstverständlich einsetzten wie andere atmeten, und die als Transportmittel Panzer benutzten, aber sie hatte relativ unversehrt überlebt. Körperlich unversehrt. Die psychischen Narben würden ihr bis ans Ende ihres Lebens bleiben. Daran bestand kein Zweifel.

Diesmal setzte sie ihre Kraft sehr dosiert ein, stemmte sich mit Hilfe ihrer Hände und ihres unverletzten Knies hoch und achtete sorgfältig darauf, das verletzte Knie nicht zu belasten. Nur mithilfe zweier Hände und einem Bein aufzustehen war nicht gerade die schnellste Methode, aber es würde funktionieren. Diesmal war sie vorbereitet. Sie würde nicht fluchtartig wie eine Idiotin aus dem zerstörten Gebäude rennen, das das ganze letzte Jahr ihr Zuhause gewesen war, nur um sich draußen töten zu lassen.

Sie sah sich gründlich um und erlaubte sich dabei nicht, Trauer zu empfinden. Sie belastete das linke Bein mit dem geschwollenen Knie nur so stark wie nötig, um langsam weiterhumpeln zu können. Sie musste Mittel und Wege finden, ohne Hilfe zu überleben. In einem fremden Land, ohne amerikanische Militärpräsenz, ohne amerikanische Botschaft, ohne Zuflucht oder Unterschlupf, gab es für sie keine Rückkehrmöglichkeit nach Hause, außer es gelang ihr irgendwie, ihre Familie zu verständigen.

Sie hätte den Anblick der zerfetzten, blutigen Leichen nicht ertragen, von denen sie wusste, dass sie hier lagen. Zum Glück waren sie in der Dunkelheit kaum zu erkennen. Sie musste jetzt sehr konzentriert vorgehen, alles genau beobachten und nach Dingen Ausschau halten, die ihr bei ihrer Flucht nützlich sein konnten. Ihrer Flucht nicht nur aus diesem Gebäude und vor den Männern, die sie grundlos angegriffen hatten. Auch aus dem Land als solchem.

Irgendwie musste sie sich auf den langen, gewundenen, beschwerlichen Weg nach Hause machen.

3

»Meine Männer und ich sollen *was* tun?«, fragte Hancock herablassend, ohne sein Gefühl von »Was soll der Scheiß?« zu verbergen.

Guy Hancock, oder Hancock, wie er meist nur genannt wurde – wobei sowieso nur wenige seinen richtigen Namen kannten –, starrte Russell Bristow durchdringend an. Er ließ sich seine Fassungslosigkeit über dessen Dummheit nicht offen anmerken, dennoch war sie spürbar.

Hancocks Identität wechselte mit dem Wind, und manchmal wusste er selbst beinahe nicht mehr, wer er gerade war. Es war eine ermüdende Art zu leben, die ihm von Tag zu Tag mehr zum Hals heraushing. Aber zumindest hatte sein Leben einen Sinn. Oder hatte mal einen Sinn gehabt. Jetzt war er sich da nicht mehr so sicher. Im Laufe der Zeit war ihm sein strikter Ehrenkodex so weit abhanden gekommen, dass er sich manchmal fragte, ob er nicht längst eine Grenze überschritten hatte und selbst zu dem geworden war, was er so unermüdlich bekämpft hatte. Sein Leben hatte nur aus Töten und Manipulieren bestanden. Er hatte die Meister des Bösen bezwungen und auf seine eigene kalte, methodische Art Gerechtigkeit geübt, die nichts mit irgendeiner existierenden Gesetzgebung zu tun hatte.

Schon lange verfügte er über nichts mehr, das man als Gewissen hätte bezeichnen können. Dafür hatte er einen nie infrage gestellten, tief in ihm verankerten Sinn für ehrenhaftes Verhalten, aber nicht jeder wäre damit einverstanden, dass ehrenhaftes Verhalten auch automatisch ein Gewissen bedeutete. Und sein persönlicher Ehrenkodex war genau das: persönlich. Er sah die Welt nicht schwarz-weiß. Sie bestand aus Grautönen. Aus riesigen Schatten, die ihn zu verschlingen drohten. Manchmal fühlte er sich gejagt – was auch de facto so war –, und es war, als wüsste er, dass seine Zeit begrenzt war. Die Dringlichkeit, sein Opfer aus dem Weg zu räumen – ein Opfer, dem er schon lange hinterherjagte –, hatte allmählich manische Züge angenommen. Der Erfolg war ihm bisher verwehrt geblieben, und jetzt lief ihm die Zeit davon. So nah würde er seinem Opfer nie wieder kommen. Dass wusste er. Seine Leute wussten es ebenfalls. Auch sie hatten alle das Gefühl, dass sie auf dieser Mission vermutlich sterben würden. Und dennoch hatte keiner gekniffen. Sie nahmen den Tod als unabänderlich für den Sieg in Kauf.

Russell Bristow verzog angewidert den Mund. Seine Augen funkelten wütend. Das blöde Arschloch war nicht in der Lage, seine Gefühle zu verbergen und sich seine Wut nicht anmerken zu lassen. Das würde ihn noch das Leben kosten. Hancock zuckte innerlich mit den Schultern. Ein Arschloch weniger auf der Welt und eine Person weniger, die er am Ende beseitigen musste. Aber bis er sein eigentliches Ziel erreicht hatte, musste dieser blöde Dreckskerl am Leben bleiben, auch wenn er ihm nur zu gern den Hals umgedreht und die Welt von dieser miesen Kreatur befreit hätte. Bristow war Mittel zum Zweck, deshalb durfte Hancock seine Abscheu nicht zeigen, bis Bristow seinen Zweck erfüllt hatte. *Dann* würde er sterben, denn solch ein verkommenes Etwas würde Hancock niemals am Leben lassen.

»Sie meinen wohl *meine* Männer?«, herrschte Bristow ihn an.

Hancock zog eine Augenbraue nach oben und starrte Bristow nieder. Er wusste, dass dieser Blick andere in Angst und

Schrecken versetzte, und auch Bristow, dessen Hals rot angelaufen war, wurde darunter unruhig wie ein Käfer unter dem Mikroskop. Er schaute zur Seite, dann wieder nach vorn, sah Hancock aber nicht mehr in die Augen. Seine Angst verpestete die Luft und ekelte Hancock und seine Männer an. Nicht immer brauchte man Mut, um erfolgreich zu sein. Entschlossenheit schon. Aber aus Angst erwuchs Dummheit. Angst führte zu Fehlern. Angst konnte dazu führen, dass Menschen sich selbst, ihre Ziele und alle anderen verrieten.

Bristow kannte Loyalität nur sich selbst gegenüber, und Hancock beging nicht den Fehler, etwas anderes anzunehmen oder ihn falsch einzuschätzen – genauso wenig wie irgendjemand anderen. Bristow würde Hancock und alle seine Männer opfern, sobald er das Gefühl bekäme, sein Leben sei in Gefahr. Und das war es. Hancock und seine Männer mussten dafür sorgen, dass sich Bristow sicher und unbesiegbar fühlte. Sie mussten ihn in seiner angeborenen Arroganz bestätigen und in seinem Machtstreben unterstützen. Hätte er gewusst, mit was für einem Gegner er sich eingelassen hatte, hätte er sich längst vor Angst schlotternd in einem tiefen dunklen Loch verkrochen, und Hancocks letzte Verbindung zu seiner Zielperson wäre abgerissen. Nein, er brauchte Bristow mit all seiner Dummheit und Eitelkeit. Auch Maksimov wusste, womit er es zu tun hatte. Mit einer Marionette. Einem Mann, der glaubte, alles im Griff zu haben, und doch problemlos von anderen beherrscht wurde. Es war wie ein Schachspiel – das wichtigste, das Hancock je gespielt hatte. Es musste für Maksimov so aussehen, als könnte er Bristow nach Belieben manipulieren, während Hancock ihn gleichzeitig so manipulierte, dass er Maksimov schließlich dort hatte, wo er ihn haben wollte. Hancock musste also beide so beeinflussen, dass es keinem der beiden bewusst wurde.

»Da Sie alle von mir bezahlt werden und meine Befehle ausführen, sind Sie auch alle meine Männer«, sagte Bristow schließlich. Allerdings klang seine Stimme nicht mehr so gebieterisch wie zuvor. Aber er war ja auch ein Feigling, der die Drecksarbeit immer von anderen erledigen ließ. Stünde er vor der Wahl, bei seinen Männern zu bleiben und zu kämpfen, oder sie im Stich zu lassen und zu fliehen, würde er fliehen. Das taten Leute wie er immer. Genau deshalb hatte Hancock sein eigenes Team bei sich, auch wenn er Bristow gegenüber so tat, als hätte er es für ihn zusammengestellt. Bristow wusste nicht, dass Hancocks Leute seit Jahren mit ihm zusammenarbeiteten und ein verschworenes Team waren. Dass sie nur Hancock gehorchten und sonst niemandem. Niemals.

Hancock lebte in einer Welt, in der er nur wenigen Auserwählten traute. So vertraute er Titan, auch wenn sie nicht länger Titan waren. Sie waren … nichts, Überbleibsel jener Regierung, die sie erschaffen hatte, die ihren Tod vorgetäuscht und sie dann wie Phoenix aus der Asche wieder hatte auferstehen lassen, ihnen neue Identitäten verpasst und sie verpflichtet hatte, alle Verbindungen zur Außenwelt zu kappen. Nur die Mission zählte. Nicht Menschen. Nicht Politik. Und auch nicht der heikle Tanz der Diplomatie.

Was die Regierung erschaffen hatte, waren … Monster. Tötungsmaschinen, die weder Gnade noch Gewissen kannten, ausgebildet, Befehle ohne Rücksicht auf Verluste auszuführen. Die Interessen der Mehrheit galten immer mehr als die der Minderheit. Und als Titan zu mächtig wurde, als sie begannen, ihre Befehle zu hinterfragen, als die Missionen zu persönlich zu werden schienen, zu belanglos für eine Gruppe mit ihrer Ausbildung und ihren Fähigkeiten, hatte man sie aufgelöst und als Verräter und gemeingefährliche Mörder gebrandmarkt. Sogar als Terroristen. Man hatte sie genauso genannt wie die,

die sie gejagt hatten, und das nagte noch immer an Hancock. Nachdem er so viele Jahre ohne Gefühle gelebt, sie willentlich abgeschaltet und seine Arbeit mit eiskalter Effizienz erledigt hatte, hatte er echte Wut kennengelernt. Zuletzt hatte er eine derart überwältigende Wut gespürt, als seine Pflegemutter, die ihm das Gefühl gegeben hatte, etwas wert und Teil ihrer Familie zu sein, ermordet worden war, ein Vergeltungsschlag für eine Mission ihres Mannes. Jene Mission war ein persönlicher Rachefeldzug gewesen. Der einzige. Big Eddie, der Mann, der Hancock seinen Sohn nannte, hatte ihn um Hilfe gebeten. Hatte Rache gewollt. Und selbst wenn Big Eddie ihn nicht gebeten hätte, hätte Hancock Caroline Sinclairs Mörder gejagt.

Aber seitdem hatte sich einiges verändert. Das alles lag Jahre zurück. Damals hatte Titan noch dem Befehl der US-Regierung unterstanden, auch wenn nur wenige Auserwählte von ihrer Existenz gewusst hatten. Sie hatten weitgehend freie Hand gehabt, um die aufzustöbern, die eine Bedrohung für die nationale Sicherheit gewesen waren. Und dann hatte sich ihre eigene Regierung gegen sie gestellt, hatte sie für entbehrlich und leicht zu entsorgen erklärt.

Inzwischen waren die Jäger selbst die Gejagten, und jedes geheime Militärkommando hatte den Befehl, sie zu töten, sobald sie ihrer ansichtig wurden. Nachdem Hancock sich Zugang zu den Computerdateien eines undurchsichtigen CIA-Agenten verschafft hatte, hatte er verdammt viel über das Land erfahren, dem er seinen Treueeid geschworen hatte.

Nein, nicht jeder, der mit der Verteidigung Amerikas und seiner Einwohner betraut war, war schlecht und handelte nur aus Eigeninteresse oder betrog die Menschen, die zu schützen und verteidigen er geschworen hatte. Es gab Männer und Frauen, die sich dieser Aufgabe unermüdlich widmeten. Aber sie alle würden Hancock töten, sobald er ihnen über den Weg lief, weil sie ihn für einen Verräter jener Prinzipien hielten, für die sie lebten und für die sie bereit waren zu sterben.

Titan hatte sich geweigert zu sterben. Sie hatten sich weit über das hinaus entwickelt, was ihre Ausbilder ihnen am Anfang beigebracht hatten. Und jetzt kämpften sie nicht nur, um sogar jene zu schützen, die sie verraten hatten, sowie für zahllose unschuldige amerikanische Leben, nein, sie hatten ihren Einsatzbereich auch auf eine Welt ausgedehnt, in der es genauso Gut und Böse gab wie in der Regierung und dem Militär der USA.

Unschuld kannte keine Grenzen. Keine Nationalität. Niemand war gut oder schlecht, weil er einer bestimmten Nation oder einem anderen Glaubenssystem angehörte. Jeden Tag starben Unschuldige einfach deshalb, weil es niemanden gab, der für sie kämpfte. Nicht einmal ihre eigenen Regierungen. Titan konnte nicht die ganze Welt retten, aber zumindest Teile davon. Einen Teil nach dem anderen.

Maksimov zu beseitigen – endlich –, würde eine Menge Leben retten. Die Zeit, die vergehen würde, bis jemand anderer sich der Überreste seines Reichs bemächtigen und seine Operationen weiterführen konnte, würde ausreichen, dass andere Länder, andere Spezialeinheiten es infiltrieren und zerschlagen konnten, bevor es wieder mächtig wurde.

Denn nach Maksimov … Hancock verfolgte den Gedanken nicht weiter, sondern konzentrierte sich wieder auf die aktuelle Situation. Bristow sollte nicht merken, wie wenig Hancock ihn respektierte. Dass er ihn nicht im Geringsten fürchtete, dass er sich absolut sicher war, Bristows elende Existenz jederzeit vernichten zu können. Auch wenn Hancock versuchte, die vielen Stimmen in seinem Kopf zum Schweigen zu bringen – die ihm von vergangenen Ereignissen erzählten und dafür sorgten, dass seine ungeteilte Aufmerksamkeit dieser Mission galt –, ging ihm immer wieder ein Gedanke durch den Kopf und nistete sich so fest ein, dass er nicht umhinkam, ihn wahrzunehmen. Dieser Gedanke hatte sich tief verwurzelt, und anders als sonst machte Hancock sich diesmal gar nicht erst die Mühe, ihn mit Stumpf und Stiel herauszureißen, um zu vergessen, dass er jemals da gewesen war.

Nach Maksimov kannst du dieses Leben hinter dir lassen. Dann wird der Zeitpunkt gekommen sein, dich auszuruhen.

Beinahe hätte er mit den Zähnen geknirscht. Der Gedanke machte ihm zu schaffen, wo ihm doch sonst nie etwas zu schaffen machte, ihm nichts naheging. Für einen Mann wie ihn konnte »ausruhen« vieles bedeuten. Aber eine Vorstellung und ein Verdacht verfolgten ihn unermüdlich, und zwar, dass für ihn »ausruhen« die ewige Ruhe bedeutete. Und schlimmer als der Gedanke, dass die Ruhe eine ewige sein würde, war die Tatsache, dass er sich nicht davor fürchtete. Er empfand weder Traurigkeit noch Bedauern. Alles was er spürte, war so etwas wie … Vorfreude. Davon erzählte er jedoch weder seinem Team noch den vier Menschen etwas, die er als Familie betrachtete, den einzigen Menschen auf dieser Welt, die ihm etwas bedeuteten. Die einzigen Menschen, für die er wirklich etwas empfand. Liebe. Treue. Respekt. Für jeden von ihnen würde er willig sterben, das wusste er. Nein, wenn sie Bescheid wüssten, würden sie es ihm viel schwerer machen. Sie würden es niemals verstehen. Sie würden wollen, dass er dieses Leben hinter sich ließe. Sie würden wollen, dass er lebte. Mit ihnen. Sie würden nicht verstehen, dass er sich niemals in ein ziviles Leben einfügen könnte – ein normales Leben. Er wusste ja nicht einmal, was »normal« bedeutete. Er passte nicht in eine Welt, in der alles schwarz und weiß war, wo grau nicht akzeptiert wurde. Er konnte kein Leben führen, in dem er – sollte einem geliebten Menschen etwas passieren – die Verantwortlichen nicht jagen und büßen lassen durfte. Man würde von ihm erwarten, dass er sich auf Polizei und Justiz verließ. Wie bescheuert war das?

Er machte sich seine Gesetze selbst, und das würde sich auch nicht ändern. Er wollte auch gar nichts daran ändern. Niemals würde er sich zurücklehnen und zulassen, dass andere taten, was allein seine Pflicht war.

Bristow kochte vor Ungeduld. Hancocks ausgedehntes Schweigen interpretierte er als Geringschätzung und Ungehorsam. So gern Hancock ihm gesagt hätte, er könne ihn am Arsch lecken, so sehr musste er sich doch wegen des übergeordneten Ziels zurückhalten. Bristow war nur ein Mittel zum Zweck. Hancock würde sich seiner noch nicht entledigen. Aber er würde ihm zeigen, wer hier wirklich das Sagen hatte. Bristow würde lernen, Hancock nicht in die Parade zu fahren, auch wenn er nicht verstehen würde, wieso. Hancock würde nichts konkret aussprechen. Aber Bristow würde genau Bescheid wissen.

»Sie bezahlen mich«, sagte Hancock freundlich. »Ich habe *meine* Männer eingestellt und bezahle sie. Sie befolgen *meine* Befehle. Machen Sie sich nicht vor, es wäre anders.«

Obwohl es eine einfache Richtigstellung war, schwang eine Warnung mit, die Bristow durchaus nicht entging. Kurz flackerte ein Hauch von Angst in den Augen des Berufskriminellen auf, bevor er sie ganz offensichtlich mit einem Kopfschütteln verscheuchte und durch einen finsteren Ausdruck ersetzte, der jeden Gedanken an Einschüchterung weit von sich weisen sollte. Er hasste es, sich unterlegen zu fühlen. Hasste es, dass Hancock, der hart und unnachgiebig und nach allgemeinem Standard weder gutaussehend noch irgendwie anziehend war, es fertigbrachte, dass sich ein Mann wie Bristow so … unterwürfig fühlte. Und doch war er sich Hancocks Macht zu sehr bewusst, um den Mann herauszufordern, der für ihn arbeitete. Er hatte … Angst vor ihm. Und das verdross ihn am meisten.

Hancock hätte beinahe gelächelt, aber dafür war er zu diszipliniert. Er wollte, dass das kleine Arschloch Angst vor ihm hatte – und vor seinen Männern. Und dieser machthungrige selbsternannte Herrscher sollte genau wissen, wem die Loyalität seiner Männer galt. Nicht Bristow. Der wäre ein Idiot, würde er sich jemals so etwas einbilden.

»Jetzt zu dieser Frau«, kehrte Hancock zu ihrem vorherigen Gesprächsthema zurück. »Was könnte so wichtig an einer einzelnen Frau sein, dass Sie bereit wären, das Risiko einzugehen, einen der mächtigsten Männer der Welt zu verärgern?«

Wieder flackerte Wut in Bristows Augen auf. Sein rechtes Augenlid zuckte heftig, und er konnte seine Verärgerung kaum zügeln. Bei jedem anderen wäre er längst zur Tat geschritten. Er hätte befohlen, den Mann zu töten, der seine Anordnungen zu hinterfragen wagte und behauptete, nicht er sei der mächtigste Mann der Welt. Er hätte ihm nicht einmal einen raschen, gnädigen Tod gegönnt. Hancock kannte Bristows Verderbtheit aus erster Hand. Er war gezwungen gewesen, ihren Auswüchsen beizuwohnen, um sich zu beweisen. Um in Bristows engeren Kreis zu gelangen, sein Vertrauen zu gewinnen und zu seinem Stellvertreter aufzusteigen.

Der Mann war zutiefst verdorben, und nur das Wissen, dass Hancock ihn, sobald er sein eigentliches Ziel eliminiert hatte, aus dem Verkehr ziehen und seine gesamte Organisation zerstören würde, hatte ihn davon abgehalten, Bristow auf der Stelle zu töten. Aber er brauchte diesen Mann als Schachfigur, so ungern er das zugab. Jeder Idiot mit Bristows Verbindungen wäre genauso gut gewesen. Es ging nicht um Bristow persönlich. Maksimov, das eigentliche Ziel, war ein raffiniertes Dreckschwein, dem Hancock schon so oft nahegekommen war, dass er nicht mehr mitzählen konnte. Doch jedes Mal war ihm der Russe entkommen.

Hancock hatte beschlossen, dass dies die letzte Jagd wäre. Dieses Mal würde alles enden. Er würde jedes einzelne Glied in dieser makabren Kette des Übels aus dem Spiel nehmen. Sie machten die Unschuldigen zu Opfern, stellten die notwendigen Mittel zur Verfügung für jeden, der das Geld und die Mittel hatte, Krieg gegen die Unschuldigen zu führen. Sie waren an so viel Blutvergießen schuld. Strömen von Blut. Hunderttausende von Toten konnten den einzelnen Gliedern der Kette zugeschrieben werden, aber alle waren sie letztlich auf denselben Mann zurückzuführen. Maksimov. Er hatte überall seine Finger im Spiel. Sobald sich eine Gelegenheit ergab, von Leid, Elend und Terrorismus zu profitieren, nutzte er sie.

Ironischerweise versorgte Maksimov gern auch sich feindlich gegenüberstehende Gruppen. Zweifellos fand er es amüsant, wenn sich Gruppen mit Waffen bekämpften, die er ihnen geliefert hatte. Seine Taschen waren prall gefüllt mit dem Geld, das er aus seinem Quasi-Monopol für Waffen, Sprengstoff, jede denkbare Militärwaffe und sogar die nötigen Komponenten für den Bau von Nuklearwaffen schöpfte.

Er stand ganz oben auf der Fahndungsliste jedes zivilisierten Landes. Weltweit war er der meistgesuchte Mann, und dennoch war es noch niemandem gelungen, ihn zu fassen zu bekommen. Während der Jahre, in denen Hancock ihn unablässig gejagt hatte, hatte er mehr Niederlagen einstecken müssen als ihm lieb war. Er hatte alle Wege ausgelotet, die zu Maksimov führten. Hatte Partnerschaften mit denen gepflegt, die weit oben in der Hackordnung standen, an deren Spitze sich Maksimov befand. Hätte Hancock nicht einen Hauch von dem gehabt, von dem er schwor, es gar nicht zu besitzen – ein Gewissen –, hätte er den Dreckskerl schon zweimal dingfest gemacht haben können.

Im Stillen hatte er sich schon hundertmal ausgeschimpft, und doch konnte er nicht wirklich Reue über die Entscheidungen empfinden, die er getroffen hatte. Allerdings hatte er sich geschworen, niemals mehr das Schicksal eines Einzelnen über das der Menge zu stellen. Der Preis war zu hoch. Er hatte sein Ziel für einen einzelnen Unschuldigen geopfert. Nicht nur einmal, sondern zweimal. Auch wenn er sich vorstellte, wie viele Tausende von Unschuldigen gestorben waren – noch immer starben –, nur weil er zwei Unschuldige gerettet hatte, zwei Menschen, die durch und durch gut waren – genau das Gegenteil von ihm selbst –, bestärkte ihn das nur in seinem Beschluss, nie wieder gegen seine Ehre, gegen sein Glaubenssystem zu verstoßen. Ihm war klar, dass der Verlust der beiden Frauen, für deren Rettung er seine Mission hintangestellt hatte, eine Tragödie gewesen wäre. Die Welt brauchte Menschen wie Grace und Maren. Aber ihm blieb keine andere Wahl, als wieder in seine von Gefühlen freie Existenz einzutauchen, die so viele Jahre sein Leben gewesen war, und sich hinter einer dicken Mauer zu verschanzen, damit er nur noch das brennende Verlangen verspürte, seine Mission um jeden Preis zu Ende zu bringen.

Er würde sich nicht schuldig fühlen, weil er die wenigen für die vielen opferte. Vor solch eine Wahl sollte eigentlich niemand gestellt werden, aber zu so einem Menschen war er nun mal gemacht worden. Sein Können war in der Praxis immer mehr verfeinert worden. Gelernt hatte er von den Besten. Dass man eine Mission um jeden Preis zu Ende brachte und dass Versagen keine Option war, war ihm so nachhaltig eingetrichtert worden, dass es zu einem Teil von ihm geworden war. Nein, nicht zu einem Teil. Es hatte ihn völlig verschlungen, war zu seiner ganzen Existenz geworden, so tief in ihm verankert, dass er komplett diese Person geworden war. Bis nichts mehr von dem Menschen übrig geblieben war, der er einst gewesen war. An dessen Stelle war ein rücksichtsloser Kämpfer getreten. Gestählt in der Schlacht. Mit eisernem Willen. Kein Zögern, die ihm aufgetragenen Aufgaben zu erledigen und den einzigen Ehrenkodex aufrechtzuerhalten, an den er sich gebunden fühlte. Seinen persönlichen.

»Sie halten mich wohl für einen Dummkopf«, zischte Bristow, der sich wieder gefangen hatte. »Ich bezahle Sie nicht dafür, dass Sie ein Urteil über mich fällen. Ich bezahle Sie für absoluten Gehorsam. Wenn Sie damit nicht klarkommen, gehen Sie und Ihre Männer besser.«

Jetzt lächelte Hancock doch, aber es war ein herablassendes Lächeln, in dem sich seine Abscheu Bristow gegenüber ebenso ausdrückte wie sein völliger Mangel an Respekt oder Angst vor einem Mann, der beides ganz selbstverständlich gewohnt war.

»Nein, Sie bezahlen mich, damit ich für Sie die Drecksarbeit erledige. Sie bezahlen mich, damit ich Ihre Haut rette. Und Sie bezahlen mich, weil Sie fürchten, dass sich die vielen Feinde, die Sie sich im Laufe der Jahre gemacht haben, rächen werden. Deshalb war es Ihnen wichtig, die Besten anzuheuern, und das ist Ihnen gelungen. Aber wenn Sie sich so sicher sind, dass Sie das alles selbst erledigen können, gehen meine Männer und ich gern woandershin. Jemand mit meinen Fähigkeiten findet immer einen neuen Auftraggeber, der sie mit Sicherheit mehr zu schätzen weiß. Ich bin überzeugt, Sie werden nachts voller Vertrauen auf Ihre Sicherheit bestens schlafen.«

Diesmal blitzte die Angst nicht nur kurz in Bristows Augen auf. Er wurde kreidebleich und musste mehrfach schlucken. Hancock hatte gewusst, dass Bristow nur bluffte, denn nichts fürchtete er mehr als den Tod. Zumindest seinen eigenen. Der

Tod anderer war ihm gleichgültig, und er war gern derjenige, der den Tod über andere brachte. Wenn er über Leben und Tod eines anderen Menschen entscheiden konnte, fühlte er sich mächtig und gottgleich. Und er liebte es, wenn andere wussten, wer und was er war, damit sie ihn fürchteten, anerkannten, Frieden mit ihm schlossen und ihn am besten sogar anbeteten.

Und deshalb kam Bristow mit Hancock nicht klar. Nicht nur hatte sich herausgestellt, dass Hancock keine Angst vor dem Tod hatte, er brachte Bristow auch nicht die geringste Wertschätzung entgegen. Er vertraute auf seine Fähigkeiten und würde niemals jemanden anheuern müssen, der für ihn die Drecksarbeit erledigte. Er war ein Mann, den andere instinktiv fürchteten und dem sie den Vortritt ließen. Bristow sah in dem Mann, den er angeheuert hatte, alles, wonach er sich sehnte und was ihm fehlte, und dafür hasste er Hancock.

Ohne eine Antwort abzuwarten, gab Hancock seinen Männern ein Zeichen, als würde er den Aufbruch befehlen, und drehte Bristow den Rücken zu. Er wusste, zwei seiner Männer hatten Bristow im Visier, damit dieser nicht auf dumme Ideen kam, wie zum Beispiel die Waffe zu ziehen und Hancock in den Rücken zu schießen. Das würde exakt seinem Charakter entsprechen, denn Bristow war sowohl ein Feigling als auch unfähig, sein Temperament zu zügeln.

»Maksimov wird sie haben wollen«, rief Bristow ihm hinterher. »Sie ahnen gar nicht, wie sehr. Sie wissen nicht, wer sie ist, nur, dass ich sie will.«

Sein Ton war flehend. Er hoffte, Hancock und seine Männer zum Bleiben zu bewegen, ohne sie direkt darum zu bitten. Dass er es ihnen nicht befehlen konnte, wusste er nur zu gut. Und zu bitten, hätte seinen sowieso schon angeschlagenen Stolz verletzt. Hancock sollte nicht wissen, wie sehr Bristow ihn brauchte und wie sehr er sich fürchtete, sollte sich Hancock nicht mehr zwischen ihn und seine Feinde stellen.

Es war nicht Bristows Verzweiflung, die Hancock und seine Männer zurückhielt. Es war jenes magische Wort. Maksimov.

Hancock drehte sich langsam um, um sich nicht zu verraten, und starrte Bristow an.

»Maksimov will vieles«, erwiderte er nüchtern. »Was ist so besonders an dieser Frau?«

»Nicht an ihr«, sagte Bristow ungeduldig. »Ich meine, es geht jetzt nicht um sie persönlich. Sie verstehen das nicht. Sie hat einen Überfall auf ein Hilfszentrum überlebt, wo sie und eine Reihe Leute aus dem Westen gearbeitet haben. Sie war die einzige Überlebende. Die militante Gruppe hat nichts dem Zufall überlassen. Sie haben alle Leichen geborgen und mit der Liste der Leute verglichen, die dort arbeiteten. Sie waren das Ziel des Angriffs. Sobald sie festgestellt hatten, dass die Frau nicht unter den Toten und auch sonst nirgends zu finden war, haben sie mit der Suche nach ihr begonnen. Bis jetzt konnten sie sie noch nicht aufspüren.«

Hancock bedeutete seinen Männern, wieder ihre Plätze im Zimmer einzunehmen. Eine Schutzformation, sodass Bristow von allen Seiten gedeckt war. Natürlich war Bristow klug genug zu wissen, dass jede seiner Aktionen beobachtet wurde und man ihn bei einer falschen Bewegung sofort liquidieren würde.

Hancock verschränkte gespielt lässig die Arme vor der Brust.

»Und wieso sollte sich Maksimov für diese Frau interessieren? So sehr, dass Sie wollen, dass ich sie mir schnappe, bevor diese Gruppe sie findet? Ich bezweifle, dass Sie irgendein Interesse haben, sie zu beschützen oder ihr das Leben zu retten, denn wenn ihre Verfolger sie finden – und das werden sie –, wird sie sterben. Oder es sich zumindest wünschen.«

Bristow setzte sich hinter den verschnörkelten Schreibtisch, den er für seine Geschäfte nutzte. Er stank nach Reichtum und Opulenz, aber etwas anderes erwartete Hancock auch nicht von einem Mann, der Wert darauf legte, dass jeder, der mit ihm in Kontakt kam, von seinem Reichtum und seiner vermeintlichen Macht wusste.

Bristows Augen funkelten vor … Aufregung. Offenbar war irgendetwas an dieser Frau, das Bristow in Hochstimmung versetzte. Sein gesamter Körper bebte vor Aufregung und Vorfreude.

»Weil *Eine Neue Ära*, die Terroristenzelle, die das Land auf der Suche nach der Frau auf den Kopf stellt, weithin für ihre Skrupellosigkeit bekannt ist. Sie werden von vielen gefürchtet. Ganze Nationen fürchten sie, und sogar verfeindete Länder haben sich gerade bei einem Gipfeltreffen zusammengesetzt, um ihnen gemeinsam entgegenzutreten. *Eine Neue Ära* wird von Tag zu Tag stärker. Sie verfügen über unbegrenzte Ressourcen und arbeiten mit Angst und Einschüchterung, um an ihr Ziel zu gelangen.«

»Und was genau ist ihr Ziel?«, fragte Hancock.

»Das ist die Frage, nicht wahr? Was wollen Terroristenzellen wirklich? Sie wollen Macht, Verehrung. Sie wollen, dass die Menschen sie nicht nur fürchten, sondern auch wegen dem respektieren, zu dem sie fähig sind. Sie wollen das gesamte Gebiet beherrschen, nicht nur ein einzelnes Land oder eine einzelne Region. Sie wollen, dass andere Nationen sie fürchten und eingestehen, dass sie jedem Militär überlegen sind. Ihre Zahl steigt ständig. Sie rekrutieren weltweit Männer und Frauen aller Volksgruppen und aller Nationen. Sie sind sehr überzeugend und versprechen Macht und Reichtum in unglaublichem Umfang. Bis jetzt ist es keinem Land, keiner Armee, auch nicht bei gemeinsamer Anstrengung gelungen, ihnen auch nur nahezukommen. Sie verzeichnen nur wenige Gefallene, und die beeinträchtigen sie nicht. Jeder, der sich ihnen anschließt, betrachtet es als große Ehre, für ihre Sache zu sterben, und das macht sie noch gefährlicher, weil sie keine Angst vor dem Tod haben. Sie sind … nicht aufzuhalten.«

»In welcher Verbindung steht Maksimov zu dieser Gruppe, und wieso sollte er Interesse an dieser Frau haben?«, fragte Hancock ungeduldig. Er hatte die Nase voll von Informationen, die er für unnütz hielt.

Unabhängige Zellen, die in einer bereits vom Krieg zerstörten Region die Vorherrschaft zu erlangen versuchten, gab es wie Sand am Meer. Was also unterschied diese von den anderen? Nun, Bristow hatte eine Spur von Angst – und Respekt – vor besagter Gruppe bei Maksimov entdeckt, dabei fürchtete oder respektierte Maksimov niemanden. Was dumm von ihm war, denn er war schwach, und ohne starke, skrupellose Leute, die seine Aufträge ausführten, war er ein Nichts.

»Sie schulden Maksimov Geld. Er ist ihr Hauptlieferant für Waffen und Sprengstoff. Sie glauben, niemand könnte ihnen etwas anhaben, und fürchten Maksimov nicht, diese Idioten. Wenn Maksimov etwas hat, was sie unbedingt wollen, dann ist er im Vorteil. Und sie wollen diese Frau. Es hat sich in der Region bereits herumgesprochen, dass eine einzelne Frau, eine hilflose amerikanische Frau, ihnen entkommen ist, und das schwächt ihre Stellung. Sie stehen wie Idioten da, denen es nicht gelingt, die Frau zu finden. Sie sind zweifellos ungeheuer wütend, und wenn sie sie finden – und das werden sie mit Sicherheit irgendwann, ihr Einfluss und ihre Macht sind sehr groß –, wird sie einen langsamen Tod sterben. Sie werden an ihr ein Exempel statuieren. Sie werden an ihr beweisen, wie skrupellos sie sind, und sie werden sie benutzen, um allen ihren Gegnern eine Botschaft zu senden. Ich zweifle nicht eine

Sekunde, dass Maksimov eine Menge zahlen würde, um ihrer habhaft zu werden. Mehr noch. Er wäre mir etwas schuldig.«

Das Letzte sagte er mit großer Befriedigung und Arroganz, und Gier funkelte in seinen Augen. Das war also sein Ziel: Maksimov etwas unter die Nase halten, was dieser unbedingt haben wollte, derjenige sein, der ihm die Frau auslieferte. Das würde Bristows Ansehen bei Maksimov steigern, und das wiederum würde ihm mehr Macht und Reichtum einbringen. Es würde ihm für die nächsten Jahre seine Position sichern, und wenn erst einmal bekannt war, dass er zu Maksimovs innerem Kreis gehörte und unter seinem Schutz stand, würden seine Feinde sich zurückhalten, wissend, dass jeder Angriff auf Bristow von Maksimov als Beleidigung und Affront gegen ihn selbst betrachtet würde. Und nur wenige wagten es, sich mit Maksimov anzulegen, was ihm erlaubte, immer mächtiger zu werden und sein sowieso schon riesiges Reich mehr und mehr zu vergrößern, zu etwas wirklich Furchteinflößendem. Wenn es Hancock diesmal nicht gelang, ihn aus dem Verkehr zu ziehen, war es zu spät. Er wusste aus erster Hand, wie skrupellos Maksimov sein konnte. Von seiner letzten Begegnung mit dem Mann waren ihm genügend Narben geblieben. Glücklicherweise hatte er damals sein Aussehen so stark verändert, dass Maksimov den Mann vermutlich nicht wiedererkennen würde, den er für den Lakaien des Gegners hielt, der sich damals gegen ihn aufgelehnt hatte. Es war Hancocks einziger persönlicher Kontakt mit dem Mann gewesen, den er schon seit Jahren jagte. Nach dieser Begegnung war Hancocks sowieso schon entstelltes Gesicht voller blauer Flecken und geschwollen gewesen, deshalb war sich Hancock ziemlich sicher, dass Maksimov ihn nicht erkannt hatte. Diesmal hatte er vor, ihm sehr nahezukommen, und vielleicht würde ihm diese Frau, von der Bristow sprach, genau diese Gelegenheit verschaffen.

Interessiert betrachtete er Bristow. Was dieser ihm befahl, erschien ihm nicht länger wie eine unnötige Verzögerung, die er sich nicht leisten konnte, ein sinnloses Unterfangen, das nur seine Chancen verringerte, sich Maksimov bei erstbester Gelegenheit zu schnappen.

»Dann wollen Sie also, dass ich die Frau finde, bevor es diese Männer tun, und sie zu Maksimov bringe?«

Bristow runzelte die Stirn und schüttelte den Kopf. »Nein. Nicht sofort. Bringen Sie sie zu mir. Ich werde sie Maksimov erst übergeben, wenn ich bekommen habe, was ich mir von dem Austausch verspreche. Und das wird dauern. Maksimov lebt sehr zurückgezogen und vorsichtig. Ihn lockt nur selten etwas aus seiner Höhle. Wenn er sie wirklich will – und da bin ich mir ziemlich sicher –, werde ich ihn zappeln lassen, bis er so nervös wird, dass er mir alles gibt, was ich will. Das muss erst einmal verhandelt werden. Wenn ich von Maksimov nicht bekomme, was ich will, dann werde ich mit den Milizen verhandeln, die so wild auf sie sind. Beide Seiten würden eine Menge geben, um die Frau in die Hände zu bekommen. Vielleicht würden mir die Milizen sogar mehr geben, weil sie dann ihr Gesicht wahren könnten«, fügte er achselzuckend hinzu.

Es war ein dummes und gefährliches Spiel, Maksimov manipulieren zu wollen, aber Hancock unterließ es, Bristow zu warnen. Wenn es zu einem Treffen mit Maksimov kam, bei dem ihm die Frau übergeben wurde, dann passte Hancock das wunderbar. Die Konsequenzen, die das für Bristow haben mochte, waren ihm herzlich egal.

Genauso dumm war es, mit einer fanatischen Gruppe zu verhandeln. Sobald sie Bristow gegeben hätten, was er im Austausch für die Frau wollte, würden sie ihn einfach blutig exekutieren und sich nicht nur alles zurückholen, was sie ihm gegeben hatten, sondern auch alles, was Bristow besaß. Und das würde ihren beträchtlichen Reichtum und ihre Macht weiter vergrößern.

Hancock verspürte Vorfreude, und sein Puls beschleunigte sich. Der Geschmack des Siegs lag ihm bereits auf der Zunge. Wenn er, um an sein Ziel zu gelangen, nur eine Frau aufspüren musste, die sich vor einer Terroristengruppe versteckte, dann würde er das ohne zu zögern tun. Er würde dafür sorgen müssen, dass Maksimov den Köder schluckte, denn wenn Bristow sich an die Terroristenzelle wandte, würde Hancock das nichts nützen. Es musste Maksimov sein.

Er warf seinen Männern einen Blick zu und sah, dass sie zu demselben Schluss gekommen waren wie er. Ihnen war es genauso wichtig wie ihm, Maksimov zu erledigen. Und wie er hatten sie ihre Existenz – beziehungsweise ihre Nichtexistenz – mehr als satt. Die Welt hielt sie für tot. Ihre Regierung hielt sie für Verräter, weshalb man sie zum Tode verurteilt hatte. Für ihre Opfer waren sie Todesengel ohne Gnade oder Mitgefühl. Sie wurden von allen gefürchtet und bedeuteten niemandem etwas. Selbst die stärkste, abgebrühteste Seele konnte solch ein Leben auf Dauer nicht aushalten. Sie alle waren bereit, ihren bisherigen Daseinszweck aufzugeben und andere die Arbeit erledigen zu lassen, die sie ohne Dank oder Anerkennung seit mehr als einem Jahrzehnt leisteten. Sie wollten leben, was ihnen an Restleben noch blieb, wobei sie wussten, dass man sie weiterhin jagen würde, auch wenn sie sich ins Privatleben zurückgezogen hatten.

»Geben Sie mir alles, was Sie an Informationen haben«, sagte Hancock zu Bristow. Seine Entschlossenheit konnte Bristow kaum entgehen. Und Bristow kannte ihn lange genug, um zu wissen, dass Hancock einem nicht grundlos Mut machte. »Ich werde die Frau finden und Ihnen bringen.«

4

Honor hielt das schwere, improvisierte Kleidungsstück, das ihren gesamten Körper bedeckte, mit der Hand zusammen, damit der kräftige Wind den Saum nicht hochwirbeln konnte. Nicht dass es eine Rolle gespielt hätte. Schließlich war sie nur nachts unterwegs, wo niemand sehen konnte, ob irgendwelche Körperteile unbedeckt waren. Aber diese Gewohnheit war ihr, seit sie auf der Flucht war, in Fleisch und Blut übergegangen. Sie durfte unter keinen Umständen auffallen.

Das Tuch, das sie zu einem Bündel geschnürt hatte, war inzwischen leichter als am Anfang, denn die Vorräte waren mehr und mehr zusammengeschmolzen. Immerhin konnte sie so den schwer zu bändigenden Stoff ihres Umhangs mit beiden Händen nach unten drücken, wenn ihn der Wind anhob. Die Last, die sie real zu tragen hatte, mochte leichter geworden sein, doch die, die unsichtbar auf ihren Schultern lag, machte ihr zunehmend zu schaffen und drückte sie mehr und mehr nieder. Sie war müde bis zum Umfallen, und doch hatte sie in dieser Nacht noch viele Meilen vor sich.

Dass sich solch eine poetische Formulierung in ihre Gedanken eingeschlichen hatte, amüsierte sie, und das wiederum erschreckte sie plötzlich. Ihre Situation war nicht einmal ansatzweise lustig, und es schockierte sie, dass sie überhaupt dazu in der Lage war, etwas lustig zu finden. Vielleicht war das eine Folge der Angst und des Stresses der letzten Tage. »Tage« war für sie ein dehnbarer Begriff, denn während des Massakers und ihrer verzweifelten Befreiungsversuche war ihr jeglicher

Zeitbegriff abhandengekommen. Sie hatte keine Ahnung, wie viele Tage vergangen waren, denn sie hatte keine Pause einlegen können, hatte keine Zeit gehabt, langsamer zu werden und den ganzen Kummer zu verarbeiten, der sie zu überwältigen drohte. Und das würde ihm gelingen, wenn sie sich nicht vor ihm abschottete. Sie konnte sich nicht erlauben, über all das Schreckliche nachzudenken, das sie aus erster Hand miterlebt hatte. Sie musste handeln. In Bewegung bleiben. Denn wenn sie innehielte, hätte sie schon verloren.

Sie weigerte sich, es *sterben* zu nennen, wenn sie an einen möglichen Fehlschlag dachte. Sie nannte es auch nicht *leben* oder *überleben*, wenn sie sich vorstellte, wieder in Sicherheit zu sein. Sie hatte daraus ein Spiel gemacht. Ein Versteckspiel, im Rambostil. Das umfangreichste Versteckspiel, das es je gegeben hatte. Sie versteckte sich, und die anderen suchten sie. Denn wenn sie sich die entsetzliche Wahrheit eingestanden und die grausame Wirklichkeit an sich herangelassen hätte, hätte sie genau das heraufbeschworen, was sie mit aller Macht bekämpfte: die Tatsache, dass es um Leben und Tod ging. Also verleugnete sie diese Tatsache und schaffte sich eine Realität, in der alles nur ein Spiel war. Oder eine Abart jener Realityshows im Fernsehen, wo Leute verschiedene Mutproben bestehen mussten. Und derjenige, der auch scheinbar nicht zu bewältigende Hindernisse überwand und am längsten durchhielt, wurde zum Sieger gekürt.

Sie befand sich tatsächlich in einer unmöglichen Situation. Sie war gezwungen, für sich zu kämpfen. Ihr blieb keine andere Wahl. Und wenn sie länger durchhielt als ihre Verfolger, wenn sie dahin gelangte, wo es irgendeine amerikanische Vertretung gab, hatte sie gewonnen. Sie würde das Böse schlagen, daran musste sie einfach glauben. So einfach war das. Sie war klug. Sie liebte Herausforderungen – auch wenn sie eine

Herausforderung wie diese niemals freiwillig gewählt hätte –, und sie scheute keine Widrigkeiten, auch wenn sich ihre Vorstellung von Widrigkeiten unwiderruflich gewandelt hatte. Es gab Widrigkeiten, und dann gab es dies hier. Wogegen sie ankämpfte, war mit Worten nicht zu beschreiben. Und wenn es nach ihr ginge, bräuchte sie diese Spielart von Widrigkeiten nie wieder. Nichts in ihrem jungen Leben hatte sie auf etwas so Schreckliches vorbereitet. Schon Hunderte von Malen hatte sie ihre Berufung hinterfragt, während sie ihren Verfolgern immer einen Schritt voraus bleiben musste – denn Versagen hätte den Tod bedeutet.

Sie schüttelte den Kopf. Sie wollte sich der Realität nicht stellen. Sie war nicht unvorbereitet in diese Gegend gekommen. Sie war nicht einfach eines Morgens aufgewacht und hatte aus einer Laune heraus beschlossen, hierher zu fahren. Sie sprach mehrere der Sprachen dieses Landes fließend, selbst die seltenen, und hatte die Kultur, die vielen verschiedenen Dialekte und die leichten Abweichungen in den verschiedenen Regionen ausgiebig studiert. Sie wusste, welche Gesetze für Frauen galten und wie sie nicht auffiel. Noch nie war sie so froh über all dieses Wissen gewesen wie jetzt.

Ihr Mund war trocken, ihre Lippen waren spröde und rissig. Sie näherte sich dem Dorf, das seit drei Tagen ihr Ziel war, aber sie musste einen Ort finden, wo sie sich ausruhen und das Dorf und seine Bewohner aus der Ferne beobachten konnte, bevor sie es betrat.

Sie war ausschließlich nachts unterwegs gewesen, denn ihr war klar, dass es zu riskant war, sich tagsüber länger zu zeigen. Eine falsche Bewegung, ein falscher Schritt, eine Nachlässigkeit in ihrer Verkleidung, und sie würde Aufmerksamkeit auf sich ziehen. Und sie wusste, dass ihre Gegner nicht weit waren. Vielleicht waren sie ihr sogar voraus und suchten in dem Dorf bereits nach ihr. Eigentlich widerstrebte es ihr, in das Dorf zu gehen, obwohl sie extra ein kleines ausgesucht hatte, das noch nicht den Zorn der blutrünstigen Barbaren auf sich gezogen hatte, die ihre Kollegen ermordet hatten. Sie hatte sich strikt daran gehalten, tagsüber zu schlafen und nachts zu wandern, war immer im Dunkeln geblieben, war immer in Alarmbereitschaft und auf das Schlimmste gefasst gewesen. Es war ein schwer zu ertragendes Leben, das ihr rasch die letzten Kräfte raubte.

Inzwischen hatte sie so gut wie keine Vorräte mehr, und sie musste es riskieren, das Dorf zu betreten, um wenigstens das Nötigste zu besorgen. Sie war so lange und so weit gewandert, wie ihre Verletzungen und ihre Erschöpfung zuließen, weil sie so viel Abstand wie möglich zwischen sich und den Ort des Überfalls und zwischen sich und die Männer bringen wollte, die jetzt hinter ihr her waren. Auch heute Nacht würde sie wie üblich nicht schlafen, sondern weiterwandern, deshalb war es unumgänglich, dass sie vor Morgengrauen ein sicheres Versteck fand, damit sie bis zum Anbruch der Nacht so viele Stunden wie möglich schlief.

In einiger Entfernung vom Dorf blieb sie stehen und sah sich nach einem Platz um, wo sie rasten und abwarten konnte. Sie brauchte einen Ort, der ihr nicht nur Sicherheit und Schutz bot, sondern auch eine gute Aussicht auf die Aktivitäten der Dorfbewohner, sobald sie erwachten und ihre tägliche Arbeit erledigten.

Wenn sie sich beeilte, konnte sie ihre Wunden versorgen und noch eine Stunde schlafen, vielleicht sogar zwei, wenn sie Glück hatte. Die aufgehende Sonne würde sie wecken. Die Wichtigkeit ihrer heutigen Mission würde sie ebenfalls wecken. Sie brauchte jedes bisschen Erholung, das sie bekommen konnte, gerade wenn es unumgänglich war, dass sie stets in Bewegung blieb.

Sie war durstig und hungrig. Aber es war Wasser, wonach sie am meisten gierte, was sie am dringendsten brauchte. Ihre Lippen waren trocken und aufgerissen, ihre Zunge war so bar jeder Feuchtigkeit, dass sie oben am Gaumen festklebte und unangenehm über die empfindliche Schleimhaut kratzte. Honor beschleunigte ihren Schritt, denn sie wusste, dass es nicht sehr sinnvoll war, nachts ihren verhüllten Körper zu verstecken, wenn niemand unterwegs war außer …

Nein. Daran wollte sie nicht denken. Sie schob den Gedanken energisch beiseite, jemand könne sie gerade jetzt beobachten, sei ihr gefolgt und warte nur darauf, dass sie ihre Position preisgab. Oh verdammt, nein. Dieses Spiel war noch nicht zu Ende. Ihrer Ansicht nach lag sie vorne. Sie durfte nur ihren Vorsprung nicht verlieren. Wenn sie ihren Verfolgern immer einen Schritt voraus blieb, war der Sieg ihrer.

Sobald sie das kleine Dorf fast erreicht hatte, suchte sie die umliegenden Hügel ab und fand eine Stelle, wo die Felsen höher aufragten und einen schützenden Ring um eine Vertiefung in ihrer Mitte bildeten. Hier würde sie niemand sehen können. Um sie zu entdecken, musste jemand schon von der Rückseite her auf die Felsen klettern. Gleichzeitig konnte sie von dort aus das Dorf im Auge behalten, während sie selbst unsichtbar blieb.

Sie ließ sich hinter dem größten Fels nieder, dem, dessen Vorderseite dem Dorf zugewandt war. Als sie das Bein streckte, zuckte sie vor Schmerz zusammen. Sie lehnte sich mit dem Rücken an den Stein, was nicht sonderlich bequem war, denn er war rau und voller kleiner Vorsprünge, aber er hielt sie aufrecht, also beschwerte sie sich nicht.

Sie brauchte Wasser und Nahrung. Vor allem Wasser. Aber ihr Durst war nicht so groß wie ihr Bedürfnis nach einer Atempause. Nur ein paarmal tief Luft holen und Schmerz, Trauer und die alles überschattende Angst vor einer Gefangennahme vergessen.

Einen Moment lang saß sie einfach da und ließ die Nacht auf sich wirken. Das war eine nur wenig bevölkerte Gegend, und im Dorf brannten nur vereinzelt Lichter, sodass die Umgebung in tiefe Dunkelheit getaucht war und die Sterne umso deutlicher hervortraten. Sie leuchteten hell, wie etwas Lebendiges, und Honor konnte die Milchstraße meilenweit mit dem Blick verfolgen.

Es war wirklich wunderschön. Noch nie war sie an einem Ort gewesen, wo sie so viele Sterne am samtschwarzen Himmel hatte glitzern sehen. Sie erweckten in ihr die Assoziation von Feenstaub. Die Schönheit der Nacht ließ sie ein wenig inneren Frieden finden. Diese paar Sekunden, bevor sie sich wieder um praktische Dinge kümmern musste, hatte sie dringend gebraucht. Jetzt war sie ein bisschen ruhiger. Sie würde es schaffen. Sie würde gewinnen.

Sie suchte in ihrem Bündel nach dem Antibiotikum, das sie nahm, seit sie den Ruinen der Klinik entflohen war. Sie hatte in den Trümmern rasch zusammengesucht, was ihr zum Überleben nützlich schien. Wasser. Davon hatte sie so viel mitgeschleppt, wie sie in ihrem Zustand tragen konnte, ohne auf andere wichtige Dinge zu verzichten.

Zum Glück hatte sie eine Schachtel mit Proteinriegeln und Fertiggerichten unter einem Trümmerteil entdeckt und mitgenommen. Außerdem Medikamente, Schmerzmittel, Antibiotika, Sonnenschutzmittel und Brandsalbe. Letztere enthielt ein Mittel, das örtlich betäubte, deshalb hatte sie ihr Knie damit eingerieben, dessen Haut aufgerissen und voller Kratzer war.

Nachdem sie alles eingepackt hatte, was ihr nützlich erschienen war, hatte sie ihre Kleidung ausgezogen und daraus einen Hijab gemacht, der bis unter ihre Brüste reichte. Aus Stoff, den das Hilfszentrum an Frauen verteilte, damit sie sich daraus Kleidung nähen konnten, hatte sie sich hastig einen langen Umhang gefertigt, indem sie ein Loch in die Mitte der Stoffbahn geschnitten und sie über den Kopf gezogen hatte.

Der Umhang bedeckte sie vom Kopf bis auf die Füße. Nicht einmal ihre Schuhe schauten beim Gehen darunter hervor. Und er machte den Rest ihrer Verkleidung glaubhaft.

Mit Unmengen von Hansaplast hatte sie kleine Kissen an ihrem Körper befestigt, um pummelig und formlos zu erscheinen. Unauffällig. Sie hatte ihren Bauch ausgestopft, um dicker zu wirken, die Brüste aber eng an ihren Oberkörper geklebt, so eng, wie es mit ihrem üppigen Busen möglich war. Muslime durften keine Kleidung tragen, die irgendetwas enthüllte, und dafür war Honor sehr dankbar. Ihr Busen zog immer Aufmerksamkeit auf sich, was sie schon lange verfluchte. So wie sie jetzt aussah, gab es kaum einen Unterschied zwischen ihrem Bauch und ihrem Busen. Sie wirkte wie eine ältere, rundliche Frau, deren Rücken sich mit zunehmendem Alter gekrümmt hatte.

Wenn sie an ihr Aussehen dachte, holte sie automatisch immer gleich das Rindenstück hervor, mit dem sie die Hennafarbe auftrug und einrieb. Sie kontrollierte ihre Arme, ihre Schultern und ihren Hals, obwohl sie die ganze Zeit bedeckt waren. Dennoch … Sie hielt sich an das Motto, dass man niemals vorsichtig genug sein konnte. Besonders wenn man einen ausgeprägten Überlebensinstinkt hatte.

Sie holte den Spiegel aus ihrem Bündel, das sie aus der Klinik mitgenommen hatte. Als sie die für ihre Flucht benötigten Dinge zusammengesucht hatte, hatte sich in ihrem Kopf bereits eine Vorstellung davon entwickelt, wie sie diese gestalten wollte. Ihr war klar gewesen, dass ein Spiegel unabdingbar war, damit sie sich vergewissern konnte, dass der einzig sichtbare Teil von ihr immer dunkel genug blieb. Genauso wie sie eine

Taschenlampe brauchte, wie klein auch immer. Denn sie hatte gewusst, dass sie überwiegend nachts unterwegs sein würde und tagsüber einen Platz zum Rasten finden und sich zwingen müsste, die Panik einzudämmen, die sie zur Flucht antrieb und ihr nicht eine Minute Ruhe gönnen wollte. Ihr Verstand sagte ihr, dass es nicht sinnvoll sei, dem Körper etwas abzuverlangen, was er nicht leisten konnte. Wenn sie sich zu viel zumutete, würde sie sich nur ruinieren und eine leichte Beute werden.

Sie zog den Schleier bis unter den Nacken hinunter, atmete tief ein und erlaubte dem Wind, durch ihre Haare zu fahren. Es war ein heißer Wind, keine angenehme kühle Brise, aber er trocknete den Schweiß auf Kopf und Hals und würde auch ihr verschwitztes Haar trocknen. Mit der einen Hand hielt sie den Spiegel hoch, mit der anderen die Taschenlampe.

Als Erstes betrachtete sie immer ihre Augen. Es gab ihr eine gewisse Bestätigung, zu wissen, dass es ihre eigenen Augen waren, in die sie schaute. Lebendige Augen. Das rief ihr ins Gedächtnis, dass sie eine Überlebende war.

Sie überstrich auch Stellen, die es vermutlich nicht nötig gehabt hätten, aber es verschaffte ihr das Gefühl, sich besser vor Entdeckung zu schützen. Dann richtete sie ihre Aufmerksamkeit auf ihr Haar. Ihr größtes Problem.

Ihre Augen waren braun, und obwohl sie eher hellhäutig war, hatte die Sonne ihre Haut in ihrer Zeit hier doch stark gebräunt. Dennoch war sie noch immer heller als die der Einheimischen. Zudem waren ihre Haare blond. Ein verräterisches Merkmal, das den Tod bedeuten konnte. In ihrer Panik hatte sie zunächst überlegt, ob sie das Haar nicht einfach abrasieren sollte. Aber eine glatzköpfige Frau würde genauso auffallen wie eine blonde, vielleicht sogar mehr.

Glücklicherweise hatte sich ihr Gehirn wieder eingeschaltet, ihr einen mächtigen Tritt in den Hintern versetzt, das Kommando übernommen und die Panik und all die anderen chaotischen Gefühle beiseitegeschoben, sodass sie sich ganz auf ihre Flucht hatte konzentrieren können.

Sobald sie weit genug vom Ort des Überfalls entfernt gewesen war, dass sie Halt machen und ihre Verkleidung vervollständigen konnte, hatte sie sich kräftig Henna auf alle Hautpartien gerieben, die eventuell zu sehen sein mochten, selbst mit all dem Stoff, der ihren Körper verhüllte. Ihren Händen hatte sie besondere Beachtung geschenkt, und sie hatte vor allem darauf geschaut, dass sie verbraucht aussahen. Sie hatte sie mit Erde eingerieben und ihren Fingern und Knöcheln sogar kleine Kratzer und Schnitte zugefügt, damit sie wie die Hände einer älteren Frau wirkten. Sie konnte nur hoffen, dass das Antibiotikum mögliche Infektionen abwehren würde. Selbst die verbliebenen Fingernägel hatte sie abgerissen. Die meisten waren bereits abgebrochen und zersplittert, als sie sich aus dem Schutt freigegraben hatte. Die Risse und Kratzer, die sie sich beim Ausgraben zugezogen hatte, halfen ihr ebenfalls, denn durch die Schwellungen und Abschürfungen wirkten ihre Hände knotig und deformiert.

Sobald sie das Gefühl hatte, Hände und Haut genügend verändert zu haben, wandte sie sich ihrem größten Problem zu: ihrem Haar.

Sorgfältig hatte sie jede einzelne Strähne mit der dunklen Farbtinktur bestrichen und die Farbe dann auch sorgfältig auf ihre Augenbrauen aufgetragen. Als sie damit fertig war, hatte sie kostbare Minuten lang gewartet, bis die Tinktur eingezogen war, und den Prozess dann noch einmal wiederholt. Und ein drittes Mal. Es war nicht sonderlich gut gelungen und würde kaum jemanden überzeugen, aber sie vertraute darauf, dass niemand sie ohne Kopfbedeckung sehen würde, und außer ihren Augen verschwand alles unter dem Schleier. Sollte sich eine Strähne lösen, würde sie dunkel wirken, und der Bruchteil einer Sekunde, bis sie die Strähne wieder versteckt hätte, würde nicht ausreichen, dass jemand die Farbe ausgiebig mustern und auf ihre Echtheit prüfen konnte.

Mit der winzigen Lichtquelle, die ihr zur Verfügung stand, war es nicht einfach, alles zu sehen. Aber die Taschenlampe wollte sie nicht einschalten, das war zu riskant. Stattdessen färbte sie ihr Haar erneut und achtete auch diesmal darauf, dass sie nicht eine Strähne ausließ.

Nachdem sie endlich mit der Auffrischung all ihrer Schutzmaßnahmen fertig war, holte sie erschöpft einen Proteinriegel aus ihrem Bündel, dazu die Flasche mit dem letzten Wasser, das Antibiotikum und die Schmerztabletten.

Zuerst trank sie gierig, dann aber zwang sie sich, noch einen Rest übrig zu lassen. Rasch schlang sie den Proteinriegel hinunter und spülte mit einem kleinen Schluck Wasser nach. Sie hatte auf die harte Tour lernen müssen, dass man Antibiotika und Schmerzmittel nicht auf nüchternen Magen nehmen sollte. Der erste Tag war die Hölle gewesen: ihr Magen in Aufruhr, ihr Knie äußerst schmerzhaft, außerdem musste sie öfter, als sie zählen konnte, stehen bleiben und würgen.

Nachdem sie beide Medikamente geschluckt hatte, wickelte sie die Binde von ihrem Knie ab – die letzte Aufgabe, bevor sie für einige Zeit die Augen schließen konnte. Vor ihrer Flucht aus der Klinik hatte sie es eng umwickelt und eine elastische Binde und zusätzlich zu dem Antibiotikum, das sie einnahm, eine antibiotische Salbe eingesteckt.

Die Schwellung war ein wenig zurückgegangen, und der schwarze Fleck hatte eine hässliche gelbgrüne Farbe angenommen, was eher beruhigend war. Offenbar war nichts gerissen oder ausgerenkt. Es tat zwar sehr weh, aber der enge Verband hatte ihr die nötige Mobilität ermöglicht, was auf längere Zeit nicht funktioniert hätte, wäre das Knie ernsthaft beschädigt gewesen. Außerdem hätte sie nach dem ersten anstrengenden Tag nur noch geschrien, nachdem sie vierundzwanzig Stunden auf den Beinen gewesen war.

Sie versorgte die Schnitte, prüfte, wie stark das Knie noch geschwollen war, trug etwas von der mit Lidocain versetzten Brandcreme auf und legte dann den Verband wieder an.

Obwohl ihre Hände alt und wettergegerbt aussehen mussten, damit sie zu ihrer Verkleidung passten, trug sie auf die tiefsten Risse etwas von der antibiotischen Salbe auf. Sie konnte es sich nicht leisten, dass sich die Wunden entzündeten und sie so krank wurde, dass sie nicht mehr weiterkonnte. Da sie die Flasche hoffentlich am Morgen würde auffüllen können, verbrauchte sie fast alles an Wasser, was sie noch hatte, um den restlichen Dreck von der Haut zu waschen und die letzten Splitter herauszuziehen. Sie hatte nicht gewagt, sich um sie zu kümmern, und bis jetzt war es ihr gelungen, den Schmerz auszublenden, den sie verursachten.

Als sie sie jetzt vorsichtig herauszog und das letzte bisschen Antiseptikum, das sie mitgenommen hatte, darüber goss, stieß sie vor Schmerz einen Zischlaut aus und hielt den Atem an. Nachdem sie die Stellen gesäubert hatte, trug sie die antibiotische Salbe auf und wickelte einen Verband darum, zumindest für die kurze Pause. Bevor sie früh am Morgen ins Dorf hinunterstieg, würde sie den Verband abmachen und wieder Erde über die Wunden reiben, und sie würde die Finger einrollen, damit von ihren Händen möglichst wenig zu sehen war. Die meiste Zeit blieben sie sowieso unter ihrem Gewand verborgen, aber wenn sie ihre Vorräte erneuerte, würde sie dazu die Hände brauchen, und sie würden für einen kurzen Moment zu sehen sein.

Aus der Nähe war deutlicher zu erkennen, dass ihre Hände nur verletzt waren und nicht einer alten Frau gehörten. Aber aus der Ferne, zumal ihr sonstiges Äußeres etwas anderes vorspiegelte, würde niemand auf ihre Hände achten. Niemand hier betrachtete Frauen allzu genau. Es war verboten. Aus ihrer westlichen Sozialisation heraus verurteilte Honor es, dass Frauen sich nur komplett verhüllt in der Öffentlichkeit zeigen durften, sodass man nur ihre Augen sah – und in manchen Gegenden durften sie nicht einmal diese sehen lassen –, aber jetzt war sie dankbar für die extremen Gesetze, unter denen Frauen hier zur Zeit lebten. Gäbe es diese Gesetze nicht, wäre sie niemals so weit gekommen.

Und da jüngere Frauen sich nicht ohne Begleitung durch ein männliches Familienmitglied oder durch eine ältere Frau wie zum Beispiel eine Schwiegermutter außerhalb ihres Zuhauses bewegen durften, hätte es ihr ungewollte Aufmerksamkeit beschert, hätte man sie als junge Frau wahrgenommen. Sie klopfte sich nicht dafür auf die Schulter, dass ihr in den wenigen Minuten, nachdem sie sich unter den Trümmern des Hilfszentrums hervorgearbeitet hatte, eine dermaßen gute Verkleidung eingefallen war. Sie hatte rein instinktmäßig gehandelt. Außerdem hatte sie sich alles ins Gedächtnis gerufen, was sie über Sprachen und Sitten in der Region wusste und was ihr nützlich sein konnte, um in der Öffentlichkeit nicht aufzufallen. Ansonsten konnte sie nur beten, dass sie es bis zu einem Ort schaffte, der außerhalb des Einflussbereichs der militanten Gruppe lag, die solch ein riesiges Gebiet terrorisierte.

Nachdem sie alles wieder sorgfältig in ihrem Bündel verstaut hatte und sich sicher war, keine Spuren zurückgelassen zu haben, lehnte sie sich erneut gegen den Felsen und schloss die Augen. Sie versuchte, sich nicht von der lähmenden Angst entmutigen zu lassen, die sie beim Gedanken daran packte, in das

Dorf hinunterzugehen und sich zeigen zu müssen, auch wenn außer ihren Augen nichts zu sehen sein würde.

Aber Augen waren das Fenster zur Seele, hieß es. Würde man ihr ihre Angst anmerken? Würden die Leute im Dorf ihren Schmerz und ihre Trauer einfach dadurch spüren, dass sie ihr in die Augen sahen? Würde sie wirken wie jemand, der verfolgt wurde und zum Tode verurteilt war? Zum zweiten Mal? Sie hätte bei dem Überfall sterben sollen, aber irgendwie hatte sie überlebt. Konnte sie ihre Verurteilung zum Tod auch diesmal überleben?

Es ist ein Spiel, Honor. Eins, das du gewinnst. Etwas anderes darfst du dir nicht vorstellen.

Honor schluckte und ließ sich weiter Richtung Schlaf treiben. Sie konnte sich vormachen, was sie wollte. Sie konnte für alle Ewigkeit alles ableugnen. Aber das änderte nichts daran, dass das hier kein Spiel war. Das war ein Kampf und nichts anderes. Der wichtigste Kampf ihres Lebens. *Für* ihr Leben.

Für einen Alternativplan gab es keinen Spielraum. Die Alternative hieß unvorstellbare Schmerzen und Erniedrigung und letztlich Tod. Ihr blieb nur zu kämpfen, wie sie noch nie gekämpft hatte.

Und zu gewinnen.

5

Honor wurde von den ersten Sonnenstrahlen geweckt, die über den Horizont krochen und die Gegend in ein fahles Licht tauchten. Sie stöhnte innerlich auf, denn eigentlich wollte sie nur schlafen. Tagelang. Selbst auf ihrem unbequemen Lager zwischen den Felsen, wo sich der Sand schmerzhaft in ihre Haut grub.

Der Wind hatte aufgefrischt und versprach so kräftig zu werden wie in der Nacht zuvor, als sie hatte kämpfen müssen, dass ihr Umhang nicht hoch wehte.

Sie hätte in der Dunkelheit ins Dorf und zu dem kleinen Fluss hinunterschleichen können, der seine Lebensader war. Dort badeten die Leute, wuschen ihre Wäsche, holten ihr Trinkwasser und erledigten alle möglichen anderen Dinge. Sie hätte ihre Wunden auswaschen und ihre Wasservorräte auffüllen können, aber da sie jetzt kein gereinigtes Wasser mehr hatte, brauchte sie einen kleinen Ton- oder Metalltopf, wie winzig er auch sein mochte, um das Wasser abzukochen.

Außerdem war sie nicht so naiv, zu glauben, sie könne unentdeckt bleiben. Selbst wenn das Dorf ruhig und friedlich dalag und nicht zu denen gehörte, die bereits von Fremden okkupiert waren oder sich gegen einen Angriff von außen verteidigen mussten, war es mit Sicherheit auf einen solchen Angriff vorbereitet. Die Männer, ob jung oder alt, würden den Ernstfall geprobt haben, und sogar die Jungs und einige der Frauen würden auf die Möglichkeit eines Besetzungsversuchs gefasst sein. Zweifellos hatten sie Wachen aufgestellt, um zu verhindern, dass sie Opfer eines nächtlichen Überraschungsangriffs wurden.

Kein Dorf ging mehr davon aus, dass es gegen die Habgier anderer gefeit war, und je mehr Flüchtlinge aus anderen Gegenden in Dörfer wie dieses flohen, desto größer wurde die Gefahr für ihre Einwohner. Terroristenzellen und Fanatiker betrachteten sie als leichte Beute zur Ausdehnung ihres Reichs. Sie sahen keine menschlichen Wesen, gute und anständige Leute, die niemandem etwas zuleide taten, die ihren täglichen Geschäften nachgingen und nur in Ruhe gelassen werden wollten. Terroristen wie die, die derart brutal das Hilfszentrum überfallen hatten, kannten keine Menschlichkeit. Sie hielten sich den einfachen Leuten gegenüber, die nur zu Bauern und Händlern taugten, für überlegen. Dabei stellten ihre Frauen wunderschöne Accessoires her, Kleidung, dekorative Verzierungen, kunstvolle Schleier und lange, fließende Gewänder. An Markttagen kamen die Leute von weither angereist, um den Dorfbewohnern ihre Waren abzukaufen. Das war einfach eine weitere Möglichkeit, den Lebensunterhalt zu sichern.

Honor dehnte und streckte sich vorsichtig, und sofort schossen Schmerzen durch ihren Körper. Sie verzog nur das Gesicht und machte weiter, als hätte sie den Protest ihrer Muskeln nicht gehört.

Am meisten Beachtung schenkte sie ihrem Knie, denn das war ihre schwerwiegendste Verletzung. Sie wusste noch immer nicht recht, was damit nicht stimmte, aber da sie gehen konnte, war es vermutlich nicht so schlimm. Sie musste sich nur ein bisschen bewegen und ihre Muskeln lockern.

Hätte sie doch bloß in der Arzneikammer des Hilfszentrums andere Medikamente gefunden! Muskelentspannende Mittel hätten Wunder gewirkt. Aber sie hatte nur das Antibiotikum und rezeptfreie Schmerzmittel wie Ibuprofen und

Aspirin. Doch selbst wenn sie die stärkeren Schmerzmittel gefunden hätte, hätte sie diese zurücklassen müssen. Sie durfte nichts einnehmen, das betäubend wirkte. Sie musste die ganze Zeit bei klarem Verstand bleiben, und der Schmerz, so wenig willkommen er auch sein mochte, half ihr dabei. Sie konnte sich nicht entspannen, wenn jede Bewegung wehtat, und die Schmerzen ließen sie nicht vergessen, dass sie keinen Moment aus der Rolle fallen durfte, wie eine Filmschauspielerin. Nur dass dies kein Film war. Dies war die Rolle ihres *Lebens*.

Langsam trank sie die letzten Schlucke Wasser und leckte sich dann über die spröden, aufgerissenen Lippen. Hunger hatte sie nicht, aber sie hatte auch nur noch wenige Fertigmahlzeiten und einen Proteinriegel. Ihre Wasserflaschen konnte sie im Dorf auffüllen. Ob sie etwas zu essen bekommen würde, war unsicher. Sie hatte kein Geld und besaß nur einen einzigen Gegenstand, den sie eintauschen konnte. Aber auf Nahrung konnte sie länger verzichten als auf Wasser, also hatte Wasser absolute Priorität. Und wenn sie etwas auftrieb, woraus sie Verbände und vielleicht sogar Kleidung herstellen konnte, dann könnte sie zwischendurch die Kleidung wechseln. Es war gefährlich, jeden Tag denselben Umhang zu tragen, besonders, wenn sie jeden Tag woanders war. Irgendwann würde das jemandem auffallen. Die Leute würden reden. Die Irren, die hinter ihr her waren, würden zwei und zwei zusammenzählen und wissen, dass sie ihr dicht auf den Fersen waren. Schlimmer noch, sie würden genau wissen, wie sie aussah, und sie auf den ersten Blick erkennen.

Sie schloss die Hand um den scharfen Dolch, den sie in den Falten ihres Umhangs verbarg. Er hing an einer Schnur, mit der sie den Stoff zusammenhielt. Sie hatte ihn vor allem zu ihrem Schutz mitgenommen, aber den wahren Grund gestand sie sich von Tag zu Tag mehr ein.

Nach dem Überfall hatte ihre Panik ungeahnte Ausmaße angenommen. Sie hatte gesehen, was diese Monster ihren Freunden angetan hatten, und sie wusste, dass das, was sie ihr antun würden, zehnmal schlimmer sein würde. Sie hatte den Dolch mitgenommen, weil sie sich geschworen hatte, sich nicht kampflos zu ergeben. Aber sollte der Zeitpunkt kommen, wenn feststand, dass alles verloren und die Gefangennahme unvermeidbar war … Sie schloss die Augen und schob den Gedanken beiseite. Aber es gelang ihr nicht. An jenem entsetzlichen Tag hatte sie sich geschworen, dass sie sich lieber umbringen als sich gefangen nehmen lassen würde.

Es lief ihrem Wesen völlig zuwider. So war sie nicht. War sie nie gewesen. Nur in einem schwachen Moment, in den Klauen der Panik, hatte sie bedauert, nicht mit den anderen gestorben zu sein. Und dafür schämte sie sich noch jetzt. Sie war eine Kämpferin. Sie war stark. Sich umzubringen zeugte von absoluter Feigheit. Aber sie war keine Idiotin. Sie wusste, in Gefangenschaft würde sie auf jeden Fall sterben, aber erst nach Tagen, voraussichtlich sogar Wochen endloser Schmerzen, Erniedrigung und Folter. Und sic wollte niemals an den Punkt gelangen, wo sie jemanden anbettelte, sie zu töten. Dafür war sie zu stolz. Diese Befriedigung würde sie ihnen nicht verschaffen. Wenn es so weit kommen sollte, würde sie selbst Hand an sich legen und ihnen diesen schalen Sieg stehlen.

Sie wusste, dass sie, wenn sie ehrlich war, viel zu viel Zeit vergeudete mit dem verzweifelten Versuch, das Unvermeidbare hinauszuschieben, indem sie erst neuen Mut sammelte. Vorsichtig erhob sie sich trotz der Schmerzen, befestigte das Bündel mit den restlichen Vorräten an ihrem improvisierten Gürtel und verbarg ihn in den Falten ihres Umhangs. So blieben ihre Hände frei, falls sie sich verteidigen musste.

Sie hatte den Gürtel so gebunden, dass sie nur einmal fest

daran zu ziehen brauchte, und schon löste sich die Schleife und sie konnte den Umhang abwerfen. Allerdings würde sie mit den ganzen Kissen, die sie mit Meilen von Heftpflaster an ihrem Körper befestigt hatte, trotzdem nicht wesentlich schneller fliehen können.

Aber der Dolch würde sich als nützlich erweisen. Falls sie genug Vorsprung hatte, konnte sie damit das Heftpflaster aufreißen, sich von allen Lasten befreien und so ihre Geschwindigkeit erhöhen. Sie musste nur beten, dass ihr Knie mitspielte.

Als sie um den größten und breitesten Felsen spähte, hinter dem sie Zuflucht gesucht hatte, stellte sie überrascht fest, dass auf der Straße, die in das Dorf führte, für die frühe Uhrzeit reger Betrieb herrschte. Einige Leute gingen in Gruppen, andere allein. Manche zogen kleine Holzwägelchen hinter sich her, andere trieben einen Maulesel an, der einen Karren zog.

Sie ließ den Blick über das Dorf schweifen und sah, dass verschiedene Stände aufgebaut waren, wo die Leute bereits ihre Waren ausstellten und sich auf ihre Kunden vorbereiteten. Offensichtlich war Markttag im Dorf, einer, der viele Menschen aus der Umgebung anzog.

Erleichtert atmete sie auf. Sie überlegte, wie sie sich am besten unter die Leute mischen konnte, die dem Dorf zustrebten. Sich in der Öffentlichkeit verstecken. Ihre Verfolger würden nicht damit rechnen, dass sie am helllichten Tag in einer Menge untertauchte. Nicht nachdem sie bisher nur nachts weitergezogen war und sich tagsüber versteckt hatte. Zumindest redete sie sich das ein. Wenn sie irgendeine andere Möglichkeit auch nur in Betracht zöge, würde sie vor Angst an Ort und Stelle bleiben und so ihre einzige Möglichkeit verpassen, ihre Vorräte aufzustocken, bevor sie sich wieder auf die Flucht in die Freiheit begab.

Als im Fluss der Leute eine Lücke entstand, eilte sie rasch zur Straße hinunter und reihte sich ein, als wäre sie nur eine von vielen auf dem Weg zum Markt. Dabei achtete sie darauf, den gebeugten Gang und das Schlurfen einer viel älteren Frau zu imitieren. Automatisch fasste sie an den Schleier, um sich zu vergewissern, dass alles außer ihren Augen bedeckt war. Sie hielt den Blick die ganze Zeit gesenkt, damit sie niemandem aus Versehen in die Augen sah.

Dann starrte sie auf ihre Hände hinunter und versteckte sie rasch unter ihrem Umhang. Sie waren noch immer geschwollen. Erde bedeckte die Schnitte und Risse, sodass sie aussahen wie die einer Frau, die ihr Leben lang mit den Händen gearbeitet hat. Getrocknetes, verkrustetes Blut hatte sie sorgfältig abgewaschen. Ihre Fingernägel waren so weit abgerissen, dass das Nagelbett freilag, in das sich der Dreck eingegraben hatte.

Sie war am Rand des Dorfs angekommen und vernahm bereits das Stimmengewirr. In der Ferne war sogar Musik zu hören. Das Feilschen hatte begonnen, und die Stände waren belagert von Menschen, die handelten und kauften.

»Guten Tag, Schwester.«

Honor erstarrte, zwang sich aber, nicht zu erschrocken auf den Mann zu reagieren, der so plötzlich neben ihr aufgetaucht war. Sie war zu sehr auf das Geschehen im Dorf konzentriert gewesen und hatte nicht so auf die Leute um sie herum geachtet, wie sie das hätte tun sollen. Der Mann hatte in einem der nicht so gängigen Dialekte gesprochen. Sollte das ein Test sein?

Bevor sie zu einer Antwort ansetzen konnte, sprach er leise weiter, als sollte niemand sonst mitbekommen, was er sagte. »Hier laufen Geächtete herum. Sie sind auf der Suche nach irgendetwas. Sie haben die Umgebung und das Dorf gründlich durchsucht. Die Dorfbewohner sind auf der Hut. Eine Frau, die allein unterwegs ist, kann gar nicht vorsichtig genug sein. Wenn Sie möchten, können Sie mit mir zusammen weitergehen. Es wäre mir eine Ehre, einer älteren Dame unseres Volks zu helfen.«

Wusste er, wer sie war? Wie hätte das sein können? War sie nicht so vorsichtig gewesen, wie sie geglaubt hatte? Warnte er sie, weil er wusste, dass sie diejenige war, nach der die militante Splittergruppe suchte? Und wollte er sie nur beruhigen, dass er sie nicht verraten würde, wenn er sie eine ältere Dame ihres Volks nannte? Oder musste sie Schlimmeres befürchten? War er einer der Männer, denen sie auf keinen Fall über den Weg trauen durfte?

Sie konnte nicht viel tun. Wenn sie plötzlich davonrannte, zog sie nur die Aufmerksamkeit auf sich. Außerdem bezweifelte sie, dass die Arschlöcher, die sie jagten, ihr zutrauten, dass sie in das Dorf ging, wenn sie sich dort aufhielten, und zwar so nah, dass sie sie fast schon riechen konnte. Und wenn sie mit diesem Mann unterwegs war, der schon älter zu sein schien, würde dadurch ihre Verkleidung nur umso glaubwürdiger erscheinen.

Er war jünger, als sie zu sein vorgab, aber er war kein junger Mann mehr und hatte vermutlich eine oder mehrere Frauen und Kinder. Sie schätzte ihn auf Mitte vierzig, aber es war schwer zu sagen, denn die harte Arbeit ließ die Menschen hier frühzeitig altern.

»Ich danke Ihnen, mein Bruder, und wünsche auch Ihnen einen guten Tag.« Dann wandte sie den Kopf in seine Richtung, hielt den Blick aber demütig gesenkt und fuhr, wie man von ihr erwartet hätte, mit ängstlichem Ton fort: »Wieso sind die hier? Ist dies kein friedliches Dorf? Wonach suchen sie? Und sind wir hier sicher?«

Sie hatte sich jedes einzelne Wort gründlich überlegt und ließ ihre Stimme bewusst so alt klingen, wie sie aussah. Sie sprach die Sprachen des Nahen Ostens fließend, sogar die seltenen, die fast schon ausgestorben waren. Erleichtert seufzte sie auf, als sie die Sätze akzentfrei herausgebracht hatte. Sie konnte nur hoffen, dass einem Einheimischen nicht etwas auffiel, das sie selbst nicht hören konnte.

»Es heißt, dass die Gruppe, die sich *Eine Neue Ära* nennt, eine amerikanische Frau sucht, die die Bombardierung eines Hilfszentrums überlebt hat und geflohen ist, während alle anderen Mitarbeiter ums Leben gekommen sind. Sie werden nicht aufgeben, bevor sie sie nicht gefunden haben, deshalb haben sie sich aufgeteilt, um sie in weitem Umkreis suchen zu können. Die Dorfbewohner sind beunruhigt. Sie haben Angst, diese Scheusale könnten ihr Dorf zerstören und das Gebiet ausdehnen, das sie kontrollieren. Sollten die Dorfbewohner diese Frau finden, würden sie sie den Fanatikern ausliefern und hoffen, dass im Gegenzug ihr Dorf verschont bleibt.«

Honor war sich immer sicherer, dass dieser Mann wusste, dass sie die gesuchte Frau war. Warum er ihr seine Hilfe anbot, wusste sie nicht. Vielleicht wollte er sie auch nur in falscher Sicherheit wiegen, damit er sie *Eine Neue Ära* übergeben und die Belohnung kassieren konnte.

Ihr blieb keine Zeit, die Entscheidung gründlich zu überdenken. Damit würde sie sich sofort verraten, zumal keine ältere Frau den Schutz zurückweisen würde, den ihr eine andere Person bot. Deshalb tat sie das Einzige, was sie tun konnte.

»Ich danke für Ihren Schutz und nehme ihn gern an. Ich brauche nur sehr wenige Dinge. Ich möchte nicht in das Abschlachten unschuldigen Lebens hineingeraten.«

»Möge Allah uns beide beschützen, Schwester«, erwiderte der Mann förmlich. »Kommen Sie, gehen Sie mit mir, und dann kaufen wir ein, was Sie brauchen, damit Sie sich wieder auf den Weg machen können.«

Er wusste Bescheid. Er musste es wissen. Und dennoch tat er so, als wollte er ihr helfen. Sie war einerseits erleichtert und dankbar, andererseits halb starr vor Angst. Es war schrecklich, so auf dem Präsentierteller zu sein. Es war grauenhaft, dass jemand wusste, dass sie die von den Eindringlingen gesuchte Frau war. Sie fühlte sich schuldig. Sie wollte nicht für den Tod unschuldiger Menschen verantwortlich sein. Sie wollte nicht dafür verantwortlich sein, dass ein gesamtes Dorf ausgelöscht wurde. Und sie wollte nicht schuld sein am Tod eines Mannes, der wusste, wer sie war und ihr trotzdem half.

Sie ging neben ihm her, und er passte seinen Schritt ihrem langsameren an, damit sie nicht zurückfiel.

»Sind Sie verletzt?«

Er fragte das mit leiser, besorgter Stimme, was Honor nur noch mehr beunruhigte. Sie konnte es sich nicht leisten, irgendjemandem zu trauen. Wenn er sie nun direkt zu den Männern führte, die hinter ihr her waren?

Sie lachte leise auf und sagte mit tiefer Stimme, die rau von Alter und Arbeit klingen sollte: »Wenn man erst mal mein Alter erreicht hat, schmerzen die Knochen, und man kann sich nicht mehr so schnell bewegen wie in der Jugend. Aber mir geht es gut. Ich komme immer noch überall hin.«

Er nickte. Offenbar akzeptierte er ihre Erklärung. Sie gingen schweigend weiter, bis sie die kleine Siedlung erreicht hatten. Unter gesenkten Lidern hervor musterte Honor sorgfältig die Umgebung. Am Fluss, ihrem vorrangigen Ziel, wuschen einige Frauen ihre Wäsche. Sie machten einen unbekümmerten Eindruck, aber vielleicht wussten sie noch nichts von der Gefahr, die in das Dorf eingezogen war.

Sie würde zuerst zum Fluss gehen, denn von dort aus würde sie einen Blick auf die Stände werfen und sehen können, ob es irgendetwas gab, das sie brauchen konnte. Ihr Essensvorrat würde noch ein paar Tage vorhalten, aber es schien trotzdem vernünftig, ihn aufzustocken, falls möglich. Sie wusste nicht, wann sich wieder eine Gelegenheit ergeben würde.

Ihr einziger wertvoller Besitz, der nicht sofort verdächtig wirken würde, war ein schön gearbeitetes, dekoratives Armband, das Geschenk einer dankbaren Familie, um deren verängstigten Sohn sie sich liebevoll gekümmert hatte. Sie wusste, dass es einen gewissen Wert besaß und dass die Familie es nicht einfach so hatte weggeben können. Aber es wäre als Beleidigung aufgefasst worden, wenn sie die Gabe zurückgewiesen hätte, und jetzt war sie froh, dass sie es nicht getan hatte. Es sollte ausreichen, um Essen und Kleidung zu kaufen, damit sie ihr Äußeres verändern konnte.

»Wohin möchten Sie gehen, Schwester?«, fragte der Mann.

»Zum Fluss«, erwiderte sie. »Ich muss mich waschen, und ich brauche Wasser für den Rückweg.«

Er musterte sie einen Moment lang. Offenbar überlegte er, ob sie die Wahrheit sagte.

»Ich werde Wasser für Sie holen. Ich habe Behälter, die ich Ihnen abtreten kann.« Er sagte das, als wüsste er, dass ihre Behälter anders waren als die hier üblichen, dass es sich um Plastikflaschen handelte, die an einem Ort wie diesem hier fehl am Platz waren. »Gehen Sie ins Dorf und besorgen Sie, was Sie brauchen. Ich komme zurück, wenn ich die Behälter aufgefüllt habe.«

Sie nickte und neigte den Kopf als Zeichen ihres Respekts und ihrer Dankbarkeit. Dann drehte sie sich um und schlurfte langsam die Straße mit den Ständen entlang, an denen alles Mögliche feilgeboten wurde. Sie musste einen Stand finden, an dem nicht nur haltbares Essen, sondern auch Kleidung oder zumindest Stoff verkauft wurde, aus dem sie sich einen Umhang schneidern konnte wie den aus dem Stoff vom Hilfszentrum. Sie besaß nur einen Gegenstand, den sie als Zahlungsmittel einsetzen konnte. Wenn sie also keinen Stand entdeckte, der beides verkaufte, musste sie eine Entscheidung treffen.

Sie blieb an einigen Ständen stehen, heuchelte Interesse und tauschte sogar mit den Besitzern einige Höflichkeitsfloskeln aus. Dabei achtete sie darauf, immer mit der rauen, gebrochenen Stimme einer viel älteren Frau zu sprechen.

Die ganze Zeit ließ sie ihre Umgebung nicht aus den Augen. Sie versuchte herauszufinden, ob sich unter den Leuten jemand befand, der hier nicht hingehörte. Die Dorfbewohner schienen nicht beunruhigt zu sein, woraus Honor schloss, dass ihre Verfolger sehr diskret vorgingen und einfach abwarteten, ob sich ihr Opfer zeigte.

Schließlich entdeckte sie einen Stand, an dem es nicht nur eine große Auswahl an leckeren, haltbaren Speisen gab, die wochenlang reichen würden, wenn sie nur das Nötigste zu sich nahm, sondern auch alle möglichen Stoffe. Außerdem hingen dort Schleier und lange, fließende Gewänder in allen Stilen und Farben. Das war alles, was sie brauchte, abgesehen von dem Wasser, das ihr anonymer Beschützer für sie holte. Sie musste sich mit ihrem Einkauf beeilen und das Dorf verlassen, bevor sie Unheil über die unschuldigen Einwohner brachte. Sie würde ihr Leben nicht auf deren Kosten retten. Wie hätte sie hinterher mit dem Wissen leben sollen, dass sie, nur um zu überleben, ein ganzes Dorf voller unschuldiger Menschen geopfert hatte?

Nein, sie würde so schnell wie möglich verschwinden und sich einen Platz suchen, an dem sie sich bis zum Einbruch der Nacht verkriechen konnte, bis sie sich wieder auf den Weg machen würde. Mit jedem Tag kam sie der Freiheit näher und näher, und sie spürte bereits die Euphorie des Siegs. Aber sie war nicht so von sich eingenommen, dass es ihre Wachsamkeit beeinträchtigt hätte, wie nahe die Rettung auch schon sein mochte. Ein solcher Fehler konnte leicht ihren Tod bedeuten.

Der Stand wurde von einer älteren Frau betreut, die trotz ihrer Zurückhaltung eine Herzlichkeit ausstrahlte, die Honor guttat. Um keinen Fehler zu machen, formulierte sie die Worte erst sorgfältig im Kopf. Sie musste nicht nur wie eine alte Frau klingen, sondern auch so akzentfrei wie möglich sprechen.

Ihr Vorteil war, dass im gesamten Land viele unterschiedliche Sprachen gesprochen wurden, obwohl es nicht sehr groß war. Viele seiner Einwohner sprachen seltene Dialekte. Solange sie also weitgehend akzentfrei sprach und ihre amerikanischen Wurzeln nicht durchklangen, würde die Frau irgendwelche Unterschiede in der Sprache Honors Herkunft aus einer anderen Region zuschreiben.

Mit Ehrerbietung und Respekt sagte sie der Frau, was sie brauchte, dann zog sie das kostbare, schön gearbeitete Armband heraus und fragte, ob es reiche als Bezahlung für das Essen und die Kleidung, die sie brauchte.

Die Frau nahm Honor das Schmuckstück aus der Hand, betrachtete es eingehend und drehte es mehrmals, um alle Einzelheiten im Licht erkennen zu können. Dann richtete sie den Blick wieder auf Honor und erwiderte ehrlich: »Es ist zu viel für das, was Sie möchten. Bitte, suchen Sie sich noch etwas anderes aus, das Ihnen gefällt. Das hier ist ein sehr kostbares Schmuckstück.«

Honor ließ den Blick über die Auslage der Frau schweifen. Was konnte sie sinnvollerweise noch mitnehmen? Ein Extraumhang war schon schwer genug. Essen war nicht bedeutsam. Doch dann fiel ihr wieder ein, dass sie eine Schüssel brauchte, um das Flusswasser abzukochen, außerdem etwas, womit sie ein Feuer entfachen konnte, falls das Feuerzeug, das sie aus der Klinik mitgenommen hatte, irgendwann nicht mehr genügend Brennstoff hatte. Glücklicherweise war einer der Mitarbeiter nikotinsüchtig gewesen und hatte immer geraucht, wenn gerade nicht viel los war.

»Eine Schüssel«, sagte Honor. »Und einen Feuerstein, um Feuer zu machen. Haben Sie so etwas?«

Die Frau musterte Honor, als wollte sie ihre geheimsten Geheimnisse in Erfahrung bringen. Honor fühlte sich unter ihrem prüfenden Blick unwohl und verletzlich, und beides war nicht angenehm.

»Sie sehen aus, als hätten Sie Schmerzen«, stellte die Frau sachlich fest. »Mit dem Alter kommen Schmerzen und Gebrechen, über die wir keine Kontrolle haben. Kommen Sie mit zu mir nach Hause, dort stelle ich die Waren zusammen, die Sie wünschen, außerdem gebe ich Ihnen eine Heilsalbe, die Sie in die Muskeln und Gelenke einreiben können, die Sie am meisten schmerzen. Das wird Ihnen Erleichterung verschaffen, ohne Sie irgendwie zu behindern. Mein Mann bewacht meinen Stand, solange wir fort sind.«

Honor fürchtete, paranoid zu werden. Es war, als wüssten alle diese Leute ganz genau, wer sie war, und versuchten aus irgendeinem Grund, ihr zu helfen. Nun gut, zwei Menschen waren nicht »alle«, aber es konnte auch kein Zufall sein, dass die beiden einzigen Menschen, mit denen sie in Kontakt gekommen war, ihre Notlage zu kennen schienen und ihr einen sicheren Ausweg anboten.

Obwohl sie die Geste zu schätzen wusste und es sie zu Tränen rührte, dass es noch so viel Gutes in einer vom Bösen beherrschten Welt gab, wollte sie auf keinen Fall, dass diese Leute litten, weil sie sie nicht nur nicht verraten, sondern auch noch versteckt hatten.

Aber das freundliche Angebot der Frau zurückzuweisen, wäre eine unentschuldbare Beleidigung gewesen, deshalb nickte Honor und dankte ihr leise. Die Frau lächelte und winkte dann einem Mann, der ein paar Meter entfernt mit einem anderen Dorfbewohner sprach.

Mann und Frau redeten leise miteinander, und einmal sah der Ehemann Honor mit überraschtem Blick an. Auch Bewunderung und Respekt erkannte sie in diesem Blick, bevor er ihn rasch wieder abwandte.

Wusste wirklich jeder, wer sie war? Allmählich drohte ihre Panik, die Oberhand zu gewinnen. Sie konnte kaum noch atmen. Sie wusste, dass ihre Verfolger irgendwo hier waren. In der Nähe. Sie lagen auf der Lauer und warteten. Wie Jäger. Sollte Honor entdeckt werden, konnten durchaus auch andere getötet werden, denn außer ihrem Feldzug war nichts für diese Bestien von Bedeutung. Sie wollte nicht an sinnlosem Blutvergießen schuld sein, deshalb zwang sie sich, nicht hysterisch zu reagieren, und ging ruhig mit der Frau zu einem kleinen Wohnhaus, das nicht weit von ihrem Stand entfernt lag.

Sobald sie eingetreten war, erlaubte sich Honor, sich ein wenig zu entspannen. Hier fühlte sie sich nicht so den Blicken ausgeliefert, auch wenn sie wusste, dass sie nicht in Sicherheit war und dass die Wände der kleinen Bleibe nur die Illusion von Schutz boten. Die Tür würde niemanden aufhalten können.

Rasch und effizient suchte die Frau die Sachen zusammen, um die Honor gebeten hatte, und schöpfte dann aus einer Schüssel, die sie auf einem Regal stehen hatte, eine große Portion Salbe, die sie in mehrere Lagen atmungsaktives Tuch einwickelte, bis daraus ein kleines kompaktes Päckchen entstanden war, das Honor unauffällig am Körper oder in ihrem Bündel tragen konnte.

Sie hatte die Sachen, die Honor sich am Stand ausgesucht hatte, mitgenommen und half ihr jetzt, alles in das selbst gebastelte Bündel zu tun. Als sie sah, dass es nur aus einem zusammengeknoteten Leintuch bestand, schnalzte sie mit der Zunge und ließ Honor einen Moment allein. Gleich darauf kehrte sie mit einem Sack zurück, der aus festerem Stoff war und nicht nur ein Zugband hatte, mit dem man ihn fest verschließen konnte, sondern auch einen Riemen, den man sich über die Schulter und quer über die Brust schlingen konnte, sodass Honor die Hände die ganze Zeit frei haben würde.

Sie sah der Frau in die Augen, während diese Honors Besitztümer in den Sack packte. Sie konnte sich nicht länger vormachen, dass ihre Beschützerin nicht genau wusste, wer sie war. Und sie musste wissen, wieso.

»Warum helfen Sie mir?«, fragte Honor leise in der Sprache der Frau. »Sie riskieren sehr viel, wenn Sie dem Willen einer Armee trotzen, wie sie hinter mir her ist.«

Wut blitzte in den Augen der Frau auf, und es dauerte einen Moment, bis sie sich wieder so weit beruhigt hatte, dass sie reden konnte.

»Das sind Scheusale«, zischte sie. »Sie handeln nicht nach Allahs Gebot. Sie sind nicht Allahs Söhne. Sie verraten jeden wahren Gläubigen, alle, die im Besitz der Wahrheit sind. Sie bringen ihre eigenen Leute um. Sie bringen die um, die ihnen widersprechen. Sie bringen die Ausländer um, die gekommen sind, um unseren Leuten zu helfen. Sie handeln nicht nach Gottes Gebot. Sie handeln nach dem Gebot des Teufels. Sie wollen Macht und Ruhm, und sie wollen verehrt und gefürchtet werden. Und wenn sie nicht aufgehalten werden, wird niemand, ob Muslim oder andersgläubig, verschont bleiben, der sich ihrem sündigen Treiben nicht anschließt. Sie werden an den Grenzen der Länder und Regionen, die sie bereits beherrschen und terrorisieren, nicht Halt machen. Schon jetzt breiten sie sich aus wie eine schlimme Krankheit und bringen allen Tod und Zerstörung, die ihnen in die Hände fallen. Sie werden ergebene Diener in die Welt hinausschicken, und wir werden ein Zeitalter erleben, wie es noch nie eines gegeben hat. Wo es keinen sicheren Ort gibt. Kein Land ist sicher. Die ganze Welt wird wissen, wie es sich anfühlt, hier zu leben, einer von uns zu sein, jeden Tag in Angst vor dem Tod oder dem Verlust eines geliebten Menschen durch sinnlose, gottlose Gewalt zu leben. Und dann, was werden wir dann tun? Wohin werden wir gehen? Und wer wird sie aufhalten?«

Die Worte waren so leidenschaftlich und ernst aus der Frau herausgebrochen, dass ihr gar keine Zeit zum Atemholen mehr geblieben war, was sie jetzt nachholte.

»Sie haben viele täuschen können«, fuhr sie fort. »Sie berufen sich auf Gott. Sie kennen sich bestens mit dem Koran aus und sind Meister darin, die heiligen Worte zu verdrehen und ihnen eine Bedeutung zu geben, die sie gar nicht haben. Viele, die ihnen folgen, glauben wirklich, in Allahs Namen zu handeln, ihm zu dienen und dafür eines Tages reich belohnt zu werden.

Und diese Gruppe arbeitet nur mit Angst und Hass«, fügte sie angewidert hinzu. »Sobald man in ihr aufgenommen ist, wird Ungehorsam und alles, was als illoyales Verhalten ausgelegt werden kann, als Verbrechen gegen Allah bezeichnet und mit dem Tod bestraft. Und der ist weder gnädig noch schnell.«

Sie schauderte, und in ihrem Blick lag eine Traurigkeit, als wüsste sie aus erster Hand von den Dingen, die sie Honor erzählte.

»An ihnen wird ein Exempel statuiert, damit die anderen weiter gehorchen. Sie werden gelobt, und ihr Ego wird gestreichelt, weil sie ihre absolute Hingabe an ihre Mission bewiesen haben. Die, die das nicht tun, werden brutal gefoltert, und die anderen, die treuen Mitläufer, müssen die Folter ausführen, was sie abhärten soll. Es wird als *ehrenvoll* bezeichnet, wenn man in der Lage ist, einem Verräter das Leben zu nehmen. Zum Schluss, wenn das Opfer völlig am Ende ist und bereits im Sterben liegt, wird es bei einem Gruppentreffen enthauptet und verflucht. Der ganze Katalog seiner Sünden wird vor versammelter Mannschaft verlesen. Dann, und erst dann wird ihm der Kopf abgeschlagen, und dann *feiern* sie …«

Wieder hielt sie inne und sah Honor durchdringend an. Diesmal spiegelte sich mehr als Traurigkeit in ihren Augen, die auf einmal voller Tränen standen. Honor verstand solcherart Kummer. Es war ein Kummer, der einen erstickte, einem den Lebenswillen nahm, einen stumpf werden ließ, bis nichts mehr blieb außer einem unermesslichen Verlustgefühl. Und man hieß dieses Verlustgefühl willkommen, weil man nichts mehr spüren wollte. Sich an nichts mehr erinnern wollte.

Honor konnte nicht anders, sie musste die Hand auf die der Frau legen und sie tröstend und als Zeichen der Solidarität drücken. Sie wollte ihr zeigen, dass sie ihr glaubte und dass sie alles, was sie ihr erzählt hatte, genauso abscheulich fand.

»Sie haben jemanden durch diese Bande verloren«, sagte Honor leise.

Die Augen der Frau begannen in Tränen zu schwimmen, und sie senkte einen Moment lang den Blick, als müsste sie sich erst wieder sammeln. Sie legte die andere Hand auf Honors, sodass deren Hand jetzt zwischen ihren beiden Händen lag.

»Ja. Einen Sohn. Er war nicht schlecht. Er war fehlgeleitet. Er glaubte an das, wofür die Gruppe stand, für was sie zu stehen behauptete. Er hatte ein ausgeprägtes Ehrgefühl, und er wollte seine Heimat, seine Familie verteidigen. Er wollte für uns sorgen, damit sein Vater und ich nicht mehr so hart arbeiten müssten. Bei Allah, er hat es für uns getan.« Ihre Stimme klang gequält, und sie empfand offensichtlich eine Schuld, die eigentlich nicht auf ihr hätte lasten sollen, es aber dennoch tat.

Auch dieses Gefühl konnte Honor nachvollziehen. Sie fühlte sich noch immer schuldig, weil sie überlebt hatte, weil sie die Einzige war, die dem mörderischen Überfall auf das Hilfszentrum lebend entronnen war.

Die alte Frau sprach nicht weiter, und das Schweigen zwischen ihnen dehnte sich. Es war, als befände sie sich an einem fernen Ort und hinterfragte Entscheidungen, die sie vor sehr langer Zeit getroffen hatte. Vermutlich warf sie sich vor, dass sie ihren Sohn nicht hatte aufhalten können. Honor empfand großes Mitgefühl für die Frau, eine Mutter, die um ihren Sohn trauerte, eine Frau, in deren Herz trotz ihres unerschütterlichen Glaubens und ihrer tiefreligiösen Einstellung ein Hass wohnte, für den sie sich manchmal schämte. Da war sich Honor sicher.

»Was ist mit ihm passiert?«, fragte sie behutsam nach.

Die Frau schluckte, dann griff sie nach einer kleinen Tasse mit Wasser und nippte daran, um die Trockenheit in ihrem Mund zu bekämpfen und weiterreden zu können.

»Am Anfang hat er alles geglaubt. Er war der perfekte Soldat. Er ist rasch aufgestiegen in den Rängen der Gruppe, weil er seine Vorgesetzten mit seiner Intelligenz und seiner ausgeprägten Fähigkeit, strategisch zu denken, beeindruckt hat. Aber je länger er dort war, je mehr er gesehen hat, desto mehr ist ihm ein Licht aufgegangen. Er fing an, Fragen zu stellen. Erst sich selbst, weil er sich erst klar werden musste, was falsch lief, wenn sich doch am Anfang alles so richtig angefühlt hatte.

Aber dann wurden sie rücksichtsloser, aggressiver. Sie verfolgten Unschuldige, aus dem einfachen Grund, weil sie es konnten. Sie fingen an, ihr Territorium zu erweitern, waren machtversessen und wollten immer mehr. Wollten die völlige Unterwerfung. Sie fühlten sich unbesiegbar, glaubten, keine Nation könne sie aufhalten. Nicht einmal die besten Armeen der Welt. Ihre Pläne veränderten sich, und sie begannen, in viel größeren Dimensionen zu denken, angestachelt von ihren vielen Erfolgen. Sie waren rücksichtslose, gottlose Monster, denen es nichts ausmachte, Frauen und Kinder zu töten. Unbewaffnete Männer. Sie zerstörten friedliche Dörfer, die sich nie bekriegt hatten und deshalb auch keine entsprechenden Waffen besaßen. Sie waren leicht einzunehmen, und dann wurden alle getötet, jeder einzelne Mann, jede Frau, jedes Kind. Die Kinder waren als Erste dran, sie wurden vor den Augen ihrer Eltern umgebracht, um diese zu quälen. Die Eltern konnten nur entsetzt zusehen und sich schuldig fühlen, weil sie die Kinder nicht hatten beschützen können. Erst nachdem das letzte Kind abgeschlachtet war, haben sie sich über die Erwachsenen hergemacht. Zuerst haben sie die Frauen erschossen und ihre Männer gezwungen, zuzuschauen. Schlimmer noch, einige wurden vor den Augen ihrer Männer vergewaltigt, und ihre Männer konnten nichts tun. Es trieb sie in den Wahnsinn, und als die Reihe schließlich an ihnen war, war ihnen ihr Tod willkommen, sie beteten um ihn, denn mit dem Horror, die ganze Familie missbraucht und getötet zu sehen, konnten sie nicht länger leben.«

»Sie brauchen nicht weiter zu erzählen«, flüsterte Honor. Das Leid der Frau schnürte ihr die Kehle zu, und sie würde die Tränen nicht mehr lange zurückhalten können. »Das tut Ihnen viel zu weh. Ich will nicht, dass Sie das alles noch einmal durchleben müssen.«

Die Frau versuchte zu lächeln, aber es wurde eher eine Grimasse.

»Jede Nacht, wenn ich zu Bett gehe, durchlebe ich es erneut. Ich durchlebe es jeden Morgen, wenn ich aufstehe. Ich durchlebe es jede Stunde eines jeden Tages. Es verfolgt mich in jeder wachen Minute.«

Honor schloss die Augen, und jetzt endlich flossen ihr die lange zurückgehaltenen Tränen die Wangen hinunter. Sie würde sich noch einmal Henna auf das Gesicht reiben müssen, bevor sie das Haus der Frau verließ.

»Mein Sohn war angeekelt. Die Wahrheit wurde ihm in einer Vision enthüllt, die direkt von Allah kam. Allah enthüllte ihm das wahre Ziel der Gruppe. Dass sie Instrumente des Bösen und alles andere als gut waren. Ganz und gar nicht gut. Und dass mein Sohn sie sofort verlassen sollte.«

Sie holte tief Luft und schluckte, um nicht vom Kummer überwältigt zu werden.

»Er hätte einfach gehen sollen. Sobald sich eine Gelegenheit ergab. Aber das hat er nicht getan. Nachdem er Allahs Wort gehört hatte, war er so überzeugt, dass die Gruppe etwas Falsches vertrat, das nicht den Lehren des Korans entsprach, dass er seine Anführer damit konfrontierte. Er erzählte ihnen von seinem Traum und sagte ihnen, sie müssten aufhören, wenn sie nicht der ewigen Verdammnis anheimfallen wollten. Sie haben ihn nicht sofort umgebracht. Sie haben ihn auch nicht in Haft genommen. Sie haben mit ihm gespielt. Sie haben ihm völlig ernst geantwortet, sie seien dankbar, dass er ihnen von Allahs Wort erzählt habe und dass er ein sehr gottesfürchtiger Mann sein müsse, wenn Allah zu ihm gesprochen habe. Sie würden über alles nachdenken, was er ihnen erzählt habe, und anschließend die Mitglieder zusammenrufen und Veränderungen diskutieren. Dann haben sie ihn gehen lassen.«

Die Frau sah Honor an, als fragte sie sich, ob diese solch eine fantastische Geschichte glauben könne. Aber Honor erwiderte ernst ihren Blick und sog jedes Wort in sich auf. Dennoch schien die Frau das Gefühl zu haben, ihre wilden Behauptungen untermauern zu müssen.

»Falls Sie sich fragen, woher ich das alles weiß, obwohl die

Gruppe so verschwiegen ist: Mein Sohn hat Tagebuch geführt und jede Einzelheit seiner Erfahrungen mit *Eine Neue Ära* festgehalten. Er hat es mir geschickt, gleich nachdem er den Anführern gegenübergetreten war. Vielleicht wusste er, was passieren würde. Vielleicht spürte er, dass sie logen, und wollte, dass jemand erfuhr, wie sie wirklich waren. Und dass ich weiß, was hinterher geschah – der letzte Tagebucheintrag handelt von dem Gespräch mit seinem Anführer –, liegt an einem seiner Freunde in der Organisation, dem, genau wie meinem Sohn, die Aktionen der Gruppe missfielen. Er kam zu mir und erzählte mir, was sie meinem Sohn angetan hatten.«

Diesmal kamen die schmerzvollen Worte aus dem Mund der Frau anscheinend aus den tiefsten Tiefen ihrer Seele. Tränen rannen ihr über die Wangen, und in ihrem Gesicht stand ein derart schlimmer Kummer geschrieben, dass Honor sie nicht ansehen konnte, ohne an den entsetzlichen Tag zu denken, an dem alle ihre Freunde und Kollegen getötet worden waren. Sie wusste genau, was diese Frau fühlte. Sie waren durch eine Erfahrung verbunden, die kein Mensch jemals machen sollte.

»Sie kamen mitten in der Nacht. Mein Sohn hatte seine Sachen gepackt und wollte im Morgengrauen aufbrechen, um zu seinem Vater und mir zurückzukehren. Sie haben ihn aus dem Bett gezerrt und nach draußen geschleift, wo sich die anderen bereits versammelt hatten. Sie haben ihn geknebelt, damit er nicht reden, sich nicht verteidigen konnte. Er hatte keine Chance, die Organisation und ihre Ziele anzuprangern und vielleicht unter den anderen Gefolgsleuten Zweifel zu säen.

Sie haben den anderen gesagt, er habe seine Brüder betrogen. Er habe die unverzeihliche Sünde begangen, ihre Stellung an eine verfeindete militärische Gruppe zu verraten. Er sei gekauft worden und habe jeden einzelnen seiner Brüder für Geld dem Feind ausgeliefert. Er habe sich abscheulich verhalten, nicht nur Allah gegenüber, sondern auch ihrer Mission – Allahs Mission. Als sie damit fertig waren, ihn zu denunzieren, waren die anderen nur zu willig, bei seiner Folter mitzumachen. Sie waren wütend – aufgebracht –, dass er so etwas getan hatte. Sie behaupteten, er sei von bösen Geistern besessen.

Sie haben ihn eine endlose Woche lang gefoltert.« Noch immer liefen der Frau die Tränen herab, und sie vermochte nur noch zu flüstern. »Und in diesem Fall haben sie ihm nicht den Kopf abgeschlagen, als er dem Tod nahe war, wie sie das normalerweise tun. Sie haben gesagt, dass ein Verräter wie er die Gnade eines schnellen und schmerzlosen Todes nicht verdiene. Man hat ihn einfach liegen lassen, damit er langsam an den Folgen der Folter starb. Die ganze Zeit hatte er weder Wasser noch Nahrung bekommen. Es hat drei weitere Tage gedauert!«

Die Frau steckte sich die Faust in den Mund und biss kräftig darauf. Ihr unsäglicher Kummer erfüllte das ganze winzige Haus. Honor konnte nicht anders, es war ihr Wesen, anderen zu helfen und sie zu trösten. Genau deshalb war sie jetzt auf der Flucht. Weil sie sich einen gefährlichen Ort für ihre Hilfeleistungen ausgesucht hatte. Aber es war auch die Region, wo am meisten Hilfe gebraucht wurde, weil so viele nicht wagten, hierher zu kommen.

Honor schlang die Arme um die Frau und hielt sie fest. Gemeinsam weinten sie über so viel schreckliches, sinnloses Sterben.

»Ihr Verlust tut mir aufrichtig leid«, flüsterte Honor. »Es klingt, als wäre er ein guter Mann gewesen und nicht eine dieser hirnlosen Marionetten, die diese Monster heranzüchten und die dem Versprechen von Reichtum und Macht erliegen. Er hat versucht, seine Sünden wiedergutzumachen. Er ist jetzt bei Allah. Daran müssen Sie glauben.«

Die Andeutung eines Lächelns huschte über das Gesicht der

Frau. Sie rieb mit dem Handrücken die Tränen weg, doch als sie die Hand wieder in den Schoß legte, zitterte sie.

»Danke, dass Sie das sagen. Ich muss zugeben, manchmal fürchte ich um seine Seele. Ich habe gebetet, dass er in den Armen Allahs Frieden findet. Und ja, er war ein guter Mensch.« Sie schob das Kinn leicht vor und sah Honor entschlossen an. »Als er die wahren Ziele von *Eine Neue Ära* begriffen hat, hat er sich aufgelehnt. Und dafür bewundere ich ihn. Aber tief in meinem Herzen wünsche ich mir, er wäre einfach gegangen.«

Honor nickte verständnisvoll. Sie wusste, ihre Zeit war begrenzt, und der Mann, der ihr das Wasser besorgen wollte, suchte vermutlich bereits nach ihr. Sie beugte sich vor und griff erneut nach der Hand der Frau.

»Danke für Ihre Hilfe. Ich werde mich für so viel Freundlichkeit niemals erkenntlich genug zeigen können. Aber ich muss jetzt gehen. Ein Mann, der mich ins Dorf begleitet hat und der mir gerade Wasser vom Fluss holt, hat gesagt, dass *Eine Neue Ära* hier ist, im Dorf. Zumindest einige von ihnen. Sie haben das Dorf umstellt und treiben sich sogar auf dem Markt herum. Sie suchen nach mir. Ich muss eine Möglichkeit finden, unentdeckt zu entkommen. Ich darf keine Aufmerksamkeit auf mich ziehen. Und dann muss ich einen Platz finden, wo ich mich ausruhen kann. Ich schlafe tagsüber und wandere nachts weiter, damit ich nicht so leicht entdeckt werde, aber heute Morgen musste ich ins Dorf kommen, weil ich einiges brauchte. Ich hatte nur noch wenig zu essen und überhaupt kein Wasser mehr.«

Diesmal lächelte die Frau wirklich, auch wenn noch immer Tränen in ihren Augen glänzten.

»Sie bleiben hier«, sagte sie triumphierend, als hätte sie gerade ein Riesenproblem gelöst.

Bei Honor schrillten sofort die Alarmglocken, und sie schüttelte automatisch den Kopf. »Nein. Auf gar keinen Fall. Ich werde Sie und Ihren Mann – oder den Rest des Dorfs – nicht einer solchen Gefahr aussetzen. Es ist das Beste, wenn ich diesen Ort so schnell wie möglich verlasse und die Aufmerksamkeit von Ihnen und den Dorfbewohnern abziehe. Sie waren so freundlich, und ich werde Ihre Freundlichkeit nicht vergelten, indem ich Ihre Ermordung riskiere, weil Sie mir Unterschlupf bieten.«

Die Frau lächelte unbeirrt weiter. »Die werden Sie hier nicht finden. Auch nicht, wenn sie hereinkommen und das Haus durchsuchen.«

Sie sagte das offensichtlich aus vollster Überzeugung und auch mit einer gewissen Selbstgefälligkeit. Da war kein Zögern, nichts, was Honor fälschlicherweise in Sicherheit hätte wiegen sollen.

Honor sah sie verblüfft an. »Wie soll das funktionieren?«

»Vor Jahren, als die Kämpfe in dieser Region ein schlimmes Ausmaß erreicht hatten, lebten wir jeden Tag in der Furcht, bombardiert zu werden. Die Angriffe waren nur in der Nacht zu erwarten. Ihren Feinden bei Tag gegenüberzutreten, dazu waren sie zu feige. Also hat mein Mann einen Schutzraum unter dem Boden unseres Hauses gegraben. Er ist breit und hoch genug für zwei Personen. Als wir monatelang von Bombenabwürfen bedroht waren, haben wir jede Nacht dort unten geschlafen. Holen Sie Ihr Wasser und bringen Sie es hierher. Ich koche es ab, während Sie schlafen. Wenn es Nacht wird, wecke ich Sie, und Sie können sich mit Allahs Segen wieder auf den Weg machen.«

»Und was wird Ihr Mann davon halten?«, fragte Honor leise.

»Jeder Sieg über diese Scheusale, die sich als Gesandte Gottes und Instrumente seines Willens bezeichnen, freut meinen Mann. Und niemals würde er einer jungen Frau den Rücken kehren, die so dringend Hilfe braucht. Die werden Sie nicht finden. Mein Mann hat die Öffnung im Boden unauffindbar gemacht. Diese Tiere könnten direkt über Ihnen stehen und würden es nicht merken. Sie brauchen die Ruhe, und Ihre Wunden müssen versorgt werden. Gestatten Sie mir diese kleine Hilfeleistung. Meinem Sohn konnte ich nicht helfen. Ihnen schon.«

»Ich weiß gar nicht, wie ich Ihnen danken soll«, erwiderte Honor, der vor Erleichterung Tränen über die Wangen flossen.

Die Frau griff nach Honors Hand und nahm sie fest in ihre. Die Entschlossenheit ihrer Gastgeberin ergriff auch von Honor Besitz. Sie konnte es spüren. Konnte spüren, dass die Frau ihr nicht nur helfen wollte, sondern auch unbedingt wollte, dass Honor entkam und überlebte.

»Sie können mir danken, indem Sie leben«, erwiderte die Frau. »Eins sollten Sie wissen, Honor Cambridge: Es gibt viele, die dafür beten, dass Sie sicher weiter kommen, und viele, die Ihnen, so gut sie können, helfen würden, aber Sie dürfen niemandem trauen. Denn so, wie es viele Leute gibt, die für Ihre sichere Rückkehr beten, gibt es genauso viele, die Sie für das Kopfgeld verraten würden, das auf Sie ausgesetzt ist.«

Honor starrte sie schockiert an. Die Frau kannte ihren Namen. Ihr Name war weiträumig bekannt gemacht worden.

Die Frau lächelte. »Sie sind innerhalb weniger Tage so etwas wie eine Legende geworden. Die Nachricht von Ihrer Flucht vor den Milizen hat sich von Dorf zu Dorf verbreitet. Alle waren voller Bewunderung, nicht nur weil eine einzelne amerikanische Frau den gemeinen Überfall auf Ihr Hilfszentrum überlebt hat, sondern auch, weil Sie es schon eine Woche lang geschafft haben, Ihren Verfolgern zu entgehen. Sie sind für unser Volk wie ein Lichtstrahl der Hoffnung geworden. Ein Beweis, dass *Eine Neue Ära* nicht so unbesiegbar ist, wie ihr Ruf vermuten lässt. Deshalb müssen Sie auf mich hören und niemandem vertrauen. Es ist für die Milizen sehr peinlich, dass sie zwar über viel Macht verfügen und weithin gefürchtet sind, es aber nicht schaffen, Sie zu finden. Ihre Wut ist riesig, und sie werden von Tag zu Tag aufgebrachter und ungeduldiger.«

»Ich bin nichts Besonderes«, brachte Honor, die sich von ihrer Überraschung noch nicht erholt hatte, mühsam hervor. »Ich bin nur eine durchschnittliche, normale Frau, die unbedingt wieder nach Hause möchte.«

»Sie werden es schaffen«, erwiderte die Frau voller Überzeugung. »Wenn es jemand schafft, dann Sie. Sie haben es bis hierher geschafft, Sie werden es auch weiter schaffen.«

6

Allmählich nahm Honor, die tief und traumlos schlief, die Stimme wahr, die ihr drängend etwas zurief. Obwohl sie den sicheren Kokon keinesfalls verlassen wollte, in dem sie die letzten Stunden geruht hatte, waren ihr Angst und Alarmbereitschaft schon zu tief in Fleisch und Blut übergegangen, als dass sie nicht auf die Stimme reagiert hätte.

Sie riss die Augen auf und sah, dass ihre Beschützerin auf der untersten Stufe der Treppe zum Schutzraum stand und sie besorgt ansah.

»Tut mir leid, dass ich Sie so früh wecke, aber Sie müssen sich fertig machen und aufbrechen, solange die Sonne noch oben am Himmel steht.«

Die Angst, die aus der Stimme der Frau herauszuhören war, ließ Honor aufspringen. Sie griff nach ihrem Bündel und strich den neuen Umhang glatt, den sie erworben hatte. Den Schleier würde sie anlegen, sobald sie oben war, damit sie alle Stellen sah, die nachgefärbt werden mussten.

»Was ist passiert?«, fragte sie, während sie der Frau nach oben folgte

Oben wartete der Ehemann der Frau, der ein grimmiges Gesicht machte.

»Setzen Sie sich«, forderte die Frau Honor auf. »Ich mache Ihnen noch ein bisschen Farbe ins Gesicht und auf die Haare. Ich erzähle Ihnen alles, während ich arbeite. Und ich habe eine Idee, die Ihnen zwar vielleicht nicht gefallen mag, die aber unter den gegebenen Umständen vermutlich der perfekte Weg ist, Sie unversehrt an den Mördern vorbeizuschleusen.«

Honor spürte, wie sich ihr Magen vor Angst zusammenzog, aber sie wollte unbedingt hören, welche Idee die Frau hatte. Deshalb setzte sie sich auf einen der handgeschnitzten Stühle und legte die gefalteten Hände in den Schoß, um zu verbergen, wie sehr sie zitterten.

Der Ehemann ergriff als Erster das Wort.

»Die Geächteten sind hier, und es heißt, dass sie auch nach Sonnenuntergang in der Gegend bleiben werden, weil bekannt ist, dass Sie nur nachts unterwegs sind. Es ist eine Gruppe von Leuten aus dem Norden hier, der Richtung, in die Sie gehen. Sie sind wegen des Markts gekommen. Sie müssen mit ihnen gemeinsam aufbrechen, solange es noch hell ist. Die Milizen werden nicht nach einer Frau suchen, die in einer Gruppe reist, weil Sie bisher immer allein unterwegs waren. Das ist Ihre beste – und einzige – Chance. Wenn Sie heute Nacht aufbrechen, wird man Sie mit Sicherheit abfangen. Und wenn Sie heute Nacht nicht auftauchen, werden sie das Dorf durchsuchen und diejenigen, die Sie aufgenommen haben, auf der Stelle töten.«

Honor schaute das Paar entsetzt an. In was für eine Gefahr hatte sie die beiden gebracht! Ihr war klar gewesen, dass sie eine Menge riskierten, wenn sie ihr halfen, aber es jetzt so unumwunden aus dem Mund des Mannes zu hören, erschütterte sie bis ins Mark. Sie wollte nicht, dass diese Menschen starben, weil sie so nett waren, einer völlig Fremden zu helfen.

»Und jetzt kommt die Idee, die ich dazu habe«, sagte die Frau, die Honors wachsende Panik zu spüren schien. »Die werden nicht damit rechnen, dass Sie sich tagsüber auf den Weg machen, in Begleitung anderer, aber vielleicht hat ihnen jemand verraten, dass Sie sich als ältere Frau mit schlurfendem Gang verkleidet haben.«

Honor konnte ihre Panik kaum noch unter Kontrolle halten. Alles schien auf einmal hoffnungslos und zum Scheitern verurteilt. Da war sie so weit gekommen, war nur noch ein paar Tage von der Grenze zu einem Gebiet entfernt, das sicherer war und in dem sich Amerikaner aufhielten, einer Gegend, in die sich *Eine Neue Ära* noch nicht vorgewagt hatte, und jetzt sollte sie, die Freiheit schon in Sichtweite, gefangen genommen werden? Das war mehr, als sie ertragen konnte. Sie ballte die Hand zur Faust und schob sie sich in den Mund, um diese mutigen Leute nicht sehen zu lassen, wie verzweifelt sie war. Sie hatte das Gefühl, es müsse sie beleidigen, nachdem sie so viel von dem bewiesen hatten, was ihr gerade fehlte.

»Hören Sie mir einfach zu«, sagte die Frau beschwichtigend. »Sie werden mir sicher zustimmen, dass dies eine gute Idee ist. Wir werden Ihr Gesicht und Ihr Haar wieder dunkel einfärben, aber die Falten in Ihrem Gesicht glätten, damit Sie jünger aussehen. Wir entfernen die Wattierung, die Sie dicker aussehen lässt. Auch wenn Ihr verletztes Knie schmerzt, müssen Sie normal gehen, als wären Sie unverletzt. Ich streiche Salbe auf Ihr Knie und auf die anderen Stellen, die schmerzen, das wird Ihnen vorübergehend Erleichterung bringen.

In der Gruppe aus dem Norden befinden sich Männer, und einer von ihnen wird sich als Ihr Ehemann ausgeben und direkt vor Ihnen gehen, wie es üblich ist. Alle diese Veränderungen zusammengenommen werden diejenigen täuschen, die auf eine alte Frau warten, die nur bei Nacht unterwegs ist. Ich glaube, die werden Sie nicht mal eines Blickes würdigen, weil sie etwas ganz anderes erwarten als eine junge Frau, die ein schwingendes, für eine viel jüngere Frau typisches Gewand trägt und mit einer Gruppe von Leuten – einer Familie – unterwegs ist, und das am helllichten Tag.«

»Ich glaube, das ist Ihre einzige Chance«, fügte der Ehemann voller Überzeugung hinzu.

Diese absolute Gewissheit in der Stimme des Ehemanns nahm Honor alle Angst, die sie bei der Vorstellung hatte, sich bei Tag zu zeigen. Sie dachte über den Vorschlag der Frau nach und kam zu dem Schluss, dass er durchaus vernünftig klang. Das wäre tatsächlich das genaue Gegenteil von den, was *Eine Neue Ära* nach den Informationen, die sie bis jetzt hatten, erwarten würde. Vielleicht würde es kein zweites Mal gelingen, aber wenn sie jetzt nicht an ihnen vorbeikam, brauchte sie sich wegen eines zweiten Mals keine Sorgen mehr zu machen. Sie musste einen Schritt nach dem anderen tun. Einer Falle nach der anderen ausweichen. Und wie der Ehemann gesagt hatte, war es tatsächlich ihre einzige Chance. Die einzige Wahl, die sie treffen konnte. Sie musste sich so entscheiden, denn wenn sie bei ihrem üblichen nächtlichen Aufbruch entdeckt würde, würden die Milizen wissen, dass jemand im Dorf ihr Zuflucht gewährt hatte. Sie würden sich rächen, indem sie alle Männer, Frauen und Kinder töteten. Bei dem Gedanken wurde ihr übel. Diese Leute waren freundlich zu ihr gewesen, hatten ihr Leben riskiert, um ihr zu helfen, und sie wäre verdammt, wenn man es ihnen mit Brutalität heimzahlte.

Also nickte sie einfach, und die Frau machte sich daran, zunächst gründlich Honors Gesicht zu reinigen und Erde und Staub abzuwischen, die sich tief in die Haut eingegraben hatten, wodurch Honor ein wettergegerbtes Aussehen erlangt hatte. Dann trug sie behutsam dunkle Farbe auf, die sie auch so lange auf Honors eigentlich honigblonde Haare strich, bis diese schwarz waren. Als Nächstes färbte sie Honors Augenbrauen nach, die bereits braun waren, allerdings hellbraun. Honor, die kein Risiko hatte eingehen wollen, hatte sie schon bei ihrer ersten Hennaanwendung mitgefärbt, um die Verkleidung glaubhaft zu machen.

Als Nächstes rieb die Frau eine dicke Schicht von der geruchlosen Salbe auf Honors geschwollenes Knie und flüsterte dabei ein Gebet. Honor traten Tränen in die Augen, denn die Frau betete in der Sprache des Korans – Hocharabisch – und bat Gott um seinen Segen für Honors Weg in die Freiheit.

Nachdem die Frau auch all die anderen Kratzer und Wunden versorgt hatte, ließ sie Honor die Hände ausstrecken und rieb sie gründlich mit der Farbe ein. Dasselbe wiederholte sie mit Honor Füßen. Anschließend brachte sie ihr ein Paar Schuhe, wie sie die Einheimischen trugen. Sie waren weich und bequem, aber, wie die Frau Honor versicherte, auch robust. Sie würden den Weg durchhalten, den Honor zurücklegen musste.

»Die Schuhe, die Sie getragen haben, verraten Sie«, erklärte ihr die Frau geduldig, »Solche Schuhe würden Frauen hier niemals tragen. Glücklicherweise hat sie niemand gesehen, sonst wäre das sofort aufgefallen. Aber jetzt, wo Sie andere Kleidung und Schuhe wie die Einheimischen tragen und lange vor Sonnenuntergang aufbrechen, sollten Sie es weit über das Dorf hinaus schaffen. Wir haben nichts davon gehört, dass irgendjemand, der den Markt, egal in welche Richtung, verlassen hat, aufgehalten und durchsucht oder befragt worden wäre. Nach dem, was man hört, liegen die Schlangen nur im Gras und warten, dass Sie wie von Zauberhand vor ihnen auftauchen. Man sollte meinen, sie hätten inzwischen gelernt, Sie nicht zu unterschätzen, aber dafür ist ihre Arroganz zu ausgeprägt. Sie denken, sie sind im Vorteil, weil sie jetzt Ihre Gewohnheiten kennen, also haben sie eine Falle aufgestellt und warten einfach, dass Sie hineintappen.«

»Ich habe Ihnen zu danken – Ihnen beiden«, erwiderte Honor. »Ohne Sie wäre ich in diese Falle getappt, denn genau das hätte ich getan, wenn Sie mich nicht gewarnt hätten. Und mir geholfen hätten.«

»Kommen Sie jetzt«, sagte die Frau und reichte ihr den Umhang, den Honor auf dem Weg aus dem Dorf hinaus tragen sollte. »Sie warten an einem der Stände und tun so, als wollten sie etwas kaufen, bis Sie kommen. Aber Sie müssen sich beeilen. Wir wollen nichts tun, was irgendwie verdächtig wirkt.«

Das leuchtete Honor ein, und innerhalb weniger Minuten war sie angekleidet und hatte den Riemen ihres Beutels quer über die Brust geschlungen. Den neuen Schleier und Umhang hatte sie sich sorgfältig über den Arm gelegt. Mit raschem Schritt ging sie zur Tür, um auszuprobieren, ob sie mit ihrem Knie jetzt ohne zu humpeln gehen konnte. Es protestierte gegen die schnellen Bewegungen und das zusätzliche Gewicht, das auf dem Bein lastete, aber der Schmerz war viel erträglicher als vorher, vermutlich dank der Salbe, die die Frau aufgetragen hatte. Doch das Wichtigste war, dass sie normal gehen konnte, ohne dass ihr Gang ihre Verletzung verriet. Es tat weh, das schon. Aber der Schmerz war jetzt dumpfer, und ihre Entschlossenheit würde ihr helfen, sich nichts anmerken zu lassen. An der Tür blieb sie stehen und wandte sich um. Sie musste zumindest versuchen, in Worte zu fassen, wie unendlich dankbar sie den beiden war.

»Danke«, sagte sie. »Sie haben viel riskiert, noch dazu für eine Fremde. Das werde ich niemals wieder gutmachen können.«

»Möge Allah Sie auf Ihrem Weg begleiten«, erwiderte der Ehemann ernst. »Wir werden jeden Tag für Sie beten.«

»Und ich für Sie«, versprach Honor. »Möge Allah immer mit Ihrer Familie sein. Ich werde Sie nie vergessen. Ich werde Sie immer in meine Gebete einschließen.«

»Gute Reise«, sagte die Frau, als Honor die Tür öffnete und in das Sonnenlicht hinaustrat.

Die Frau hatte ihr genaue Anweisungen gegeben, welcher Gruppe sie sich anschließen sollte. Mit ihren Einkäufen in der Hand ging Honor auf sie zu, doch bevor sie sie erreichte, trat ihr ein großer, sie weit überragender Mann in den Weg. Ihr Herz fing an zu rasen, und ihr erster Impuls war, anzugreifen oder davonzulaufen. Sie musste ihre ganze Selbstbeherrschung aufbieten, um untertänig den Kopf zu neigen und im örtlichen Dialekt eine Entschuldigung zu murmeln.

»Sehr beeindruckend, Honor. Das Unerwartete tun. Jetzt verstehe ich, wie Sie so lange in der Lage waren, sich Ihrer Gefangennahme zu entziehen. Und Sie sprechen völlig akzentfrei. Sagen Sie mal – wie viele Sprachen dieser Region sprechen Sie eigentlich?«

Der amerikanische Akzent klang nach Südstaaten, auch wenn er so unauffällig war, dass er kaum herauszuhören war. Aber Honor hatte eine Begabung für Sprachen und nahm Nuancen wahr, die anderen vermutlich entgingen. Allerdings hatte auch der Mann offensichtlich eine Begabung für Sprachen oder zumindest für die, die sie gesprochen hatte, denn obwohl er darauf gehorcht hatte, hatte er keinen Akzent feststellen können.

Ihr Puls beschleunigte sich noch mehr, diesmal aber aus einem anderen Grund. Er war Amerikaner. Er kannte ihren Namen. War er hier, um sie zu retten? Hatte die Nachricht, dass sie überlebt hatte und fieberhaft von den Milizen gesucht wurde, bereits die Öffentlichkeit erreicht? Und wenn ja, wieso hatte er sich und sein Vorhaben dann nicht einfach vorgestellt? Hatte er Angst gehabt, dass ihre Erleichterung sie verraten würde? Dass sie sich in eine hysterische, kreischende Idiotin verwandeln würde, die die Aufmerksamkeit aller im Dorf auf sich zog? Irgendetwas an dieser Sache – an ihm – fühlte sich nicht richtig an.

Vertrauen Sie niemandem.

Die Worte der Frau schossen ihr durch den Kopf und schmälerten ihre Begeisterung. Sie zwang sich, unbeteiligt zu tun, sogar verwirrt, als würde sie die Sprache, die er sprach, nicht verstehen. Sie hob kühn den Kopf und sah ihn mit gespielter Verwirrung an.

Sie legte den Kopf auf die Seite und schüttelte ihn leicht, runzelte die Stirn und sagte im örtlichen Dialekt: »Es tut mir leid. Ich verstehe nicht. Ich spreche Ihre Sprache nicht.«

Seine Augen blitzten amüsiert auf, doch dann verhärteten sich seine Gesichtszüge, und er sah sie ernst an.

Er trug die Kleidung der Einheimischen, und doch vermochte er nicht zu verbergen, wer er war. Ein Weißer. Vielleicht zeigte er nur deshalb keine Angst, weil ihn seine Mitgliedschaft in einer terroristischen Vereinigung schützte.

»Ich habe keine Zeit für Spielchen. Sie haben keine Zeit zu verlieren. Vermutlich wurde Ihnen gesagt, dass die Männer, die auf der Jagd nach Ihnen sind, bis zum Einbruch der Dunkelheit warten, wenn Sie normalerweise unterwegs sind, und dass sie nach einer älteren Frau mit schlurfendem Gang Ausschau halten. Und dass sie niemanden kontrollieren, der das Dorf verlässt. Aber das stimmt nicht. Sie haben das Dorf weiträumig umstellt, damit es nicht so auffällt, dass sie jeden kontrollieren. Tatsache ist, dass sie seit Marktbeginn jede einzelne Person kontrolliert haben, die das Dorf verlassen hat. Sie warten nicht einfach darauf, dass es dunkel wird und Sie ihnen in die Hände fallen. Und obwohl Sie so klug waren, Ihre Verkleidung zu verändern und zu tun, was nicht von Ihnen erwartet wird, wird es Ihnen nichts nützen. Die werden Ihre gesamte Gruppe anhalten und jeden sorgfältig durchsuchen. Und wenn sie feststellen, dass Sie gemeinsam mit dieser Gruppe aufbrechen wollen, wird man jeden Einzelnen grausam töten. Und Sie – lebendig – in Ihren schlimmsten Albtraum entführen.«

Der eiserne Wille, der Honor seit dem Überfall am Leben und in Bewegung gehalten hatte, zerbröselte innerhalb von Sekunden. Sie wusste, dass sich ihre Angst in ihren Augen spiegelte und sie sich einem Mann verriet, dessen Absichten sie nicht kannte. Sie wusste nicht, ob er Freund oder Feind war. Offenbar wusste er eine Menge über sie, während sie nicht die geringste Ahnung hatte, wer er war. Sie wusste nur, dass er Amerikaner war, was sie eigentlich hätte erleichtern sollen – wären da nicht diese harten Gesichtszüge und eine gewisse Rücksichtslosigkeit gewesen, die er ausstrahlte. Im Moment wusste sie nicht, wen sie mehr fürchtete, den Amerikaner oder die Milizen, die auf der Lauer lagen, um sie zu fangen.

»Warum erzählen Sie mir das?«, fragte sie unvermittelt auf Englisch und starrte ihn durchdringend auf der Suche nach einem Hinweis an, woran sie mit ihm war.

Aber er blieb völlig unbewegt, und auch sein Gesichtsausdruck verriet nichts. Es war frustrierend. Jeder verriet irgendetwas, und man musste die Zeichen nur lesen können. Aber dieser Mann war undurchschaubar, als hätte er jahrelang daran gearbeitet, eine perfekte Fassade aufzubauen, die niemand durchdringen konnte.

Vielleicht war er ein Militärangehöriger. Sie hoffte zutiefst, dass er zum US-Militär gehörte und sein hartes Äußeres die Folge von Training und Erfahrung in einem Teil der Welt war, wo Blut häufiger floss als Wasser.

»Weil ich Sie mitnehmen werde, damit Sie nicht von den Männern abgefangen werden, die nicht eher Ruhe geben werden, bis sie ihre Beute geschnappt haben.«

Sie sah ihn lange an. »Dann sind Sie also hier, um mich zu retten? Wer sind Sie? Wer hat Sie geschickt?«

Er zog eine Augenbraue nach oben. Offenbar überraschte ihn ihr Widerstand. Vielleicht hatte er erwartet, dass sie ihm in die Arme sinken, hysterisch schluchzen und ihn für ihren Retter halten würde. Aber sie hätte nicht so lange überlebt, wenn sie alles blind geglaubt hätte. Oder alles für bare Münze genommen hätte. Und sie konnte es sich nicht leisten, jetzt damit zu beginnen. Nicht jetzt, wo sie kurz davor war, den Weg nach Hause zu finden.

»Spielt das eine Rolle?«, fragte er herablassend. »Sie brauchen nur zu wissen, dass meine Männer und ich Sie aus dem Land und aus dem Einflussbereich von *Eine Neue Ära* schaffen werden. Oder würden Sie das lieber mit Ihrer Beschützergruppe riskieren und alle blind in den Tod führen?«

Honor biss sich auf die Lippe. Sie war hin- und hergerissen. Wieso war sie nicht glücklicher, ihn zu sehen? Warum fiel sie ihm nicht tatsächlich in die Arme, dankbar und erleichtert? Wollte sie nicht genau deshalb die Grenze zu einem anderen Land überqueren, um dort auf Amerikaner zu stoßen? Jetzt stand ein Amerikaner vor ihr und bot ihr sicheres Geleit. Vielleicht war es zu einfach, kam es zu gelegen. Der Zeitpunkt war entweder genial oder reiner Zufall. Und Honor glaubte nicht an Zufälle. Besonders dann nicht, wenn es um ihr Leben ging.

»Wenn sie jeden durchsuchen, der das Dorf verlässt, und wenn sie, wie Sie behaupten, in allen Straßen, die aus dem Dorf herausführen, Wachen aufgestellt haben, wie können Sie und Ihre Männer dann so sicher sein, dass Sie an ihren Straßensperren vorbeikommen? Sie haben mir doch gerade erzählt, was passiert, wenn ich das Dorf mit einer Gruppe von Leuten verlasse. Sind Sie nicht genauso eine Gruppe von Leuten?«

Seine weißen Zähne blitzten auf, und irgendwie erinnerte sie das an ein Raubtier, das seine Fänge zeigt, wenn es seiner Beute auf den Fersen ist. Ihr lief ein Schauder über den Rücken, und sie strich sich abwesend durch den schweren Stoff ihres Umhangs über den Arm.

»Ich habe vor, direkt an ihnen vorbeizufahren.«

Honor versteifte sich vor Angst. Die Leute, die auf sie gewartet hatten, hatten offenbar ein ungutes Gefühl bekommen und zogen sich Meter für Meter zurück. Sie wollten nichts mehr mit ihr zu tun haben. Sie wussten sehr gut, was sie riskierten, wenn sie sie in ihrer Gruppe mitreisen ließen, und jetzt, nachdem dieser seltsam aussehende Fremde aufgetaucht war, waren sie noch nervöser. Sie konnte es ihnen nicht verdenken, und sie konnte sie auch nicht dem sicheren Tod in die Arme treiben. Sie konnte nicht riskieren, dass der Mann log. Sie würde sich nicht schuldig machen am Tod dieser Leute.

Einem plötzlichen Impuls folgend winkte sie sie fort, denn es war klar, dass sie wussten, mit ihr würden sie in eine tödliche Falle geraten. Der Amerikaner hatte recht. Sie würde ihre potenziellen Retter nicht der Gefahr aussetzen, abgeschlachtet zu werden, wenn es sowieso keine Hoffnung auf Flucht gab. Er dagegen bot ihr eine Lösung an, und so arrogant, wie er auftrat, schien er tatsächlich zu glauben, er könne Erfolg haben.

Letztlich war es eine Entscheidung für das kleinere Übel. Sie wusste, welches Schicksal sie erwartete, sollte sie in die Hände der Barbaren fallen, die sie jagten. Sie wusste nicht, was der Amerikaner mit ihr vorhatte, aber da die andere Wahl Folter, endlose Schmerzen und Tod bedeutete, schien es logisch, sich für das Unbekannte zu entscheiden.

»Sie haben Ihre Entscheidung getroffen. Also kommen Sie.« In seiner Stimme lag nicht eine Spur Freundlichkeit.

Irgendwie hatte sie sich ihre Rettung ein bisschen anders vorgestellt. Vielleicht durch amerikanische Soldaten, die sie wie eine Schwester begrüßen und sich nach ihrem Gesundheitszustand erkundigen und nicht spöttisch von ihr eine Entscheidung verlangen würden. Dabei fiel ihr ein – hätte er sich nicht als Mitglied des US-Militärs vorstellen sollen? Hätte er sich nicht überhaupt vorstellen sollen?

Sie runzelte die Stirn. Jemand vom Militär gab Leuten doch nicht einfach Befehle, selbst wenn es zu ihrem Besten war, oder? Aber vielleicht geschah genau das quasi täglich bei der Befreiung von Gefangenen oder Geiseln. Zeit war ein nicht zu unterschätzender Faktor, und Befehle zu befolgen war notwendig, um zu überleben.

»In welchem Bereich des Militärs sind Sie tätig?«, fragte sie, während sie neben ihm her stolperte und mit ihm Schritt zu halten versuchte.

Sie biss sich auf die Lippe, um einen Schmerzensschrei zu unterdrücken. Ihr Knie protestierte heftig gegen die ungewohnt schnellen Bewegungen. Es war dumm, aber sie wollte vor diesem Krieger keine Schwäche zeigen. Und er war eindeutig ein Krieger. Er sollte nur Stärke sehen – sie würde ihm keinen Grund liefern, etwas an ihr zu bemängeln. Verdammt, wegen ihr würde er nicht langsamer gehen müssen.

Wieder blitzten seine Zähne auf, aber als Lächeln konnte man das eigentlich nicht bezeichnen. Ehrlich gesagt machte es ihr jedes Mal Angst, wenn er seine Zähne aufblitzen ließ. Er erinnerte sie zu sehr an den großen bösen Wolf, der gleich Rotkäppchen verschlingen würde, nur dass Honor durch die Wüste und nicht durch den Wald gewandert war und es hier keine Wölfe gab. Stattdessen gab es jede Menge Dämonen. Ausgeburten von Satan höchstpersönlich. Das Böse hatte hier festen Fuß gefasst, genährt vom Blut der Unschuldigen.

»Ist es nicht ein bisschen spät, jetzt noch nach einer Identifizierung zu fragen?«, sagte er herablassend.

Sie waren bei einem Wagen angekommen, der wie ein Militärfahrzeug aussah, und zum ersten Mal machte Honors Herz vor Begeisterung einen Satz. Es sah amerikanisch aus, und wenn das auch wie die dumme Vorstellung einer ratlosen Zivilistin klingen mochte, hatte Honor doch schon eine ganze Zeit in dieser Region gearbeitet und alle möglichen militärischen Ausrüstungen und Fahrzeuge gesehen. Sie hatte rasch gelernt, Freund und Feind anhand kaum wahrnehmbarer Kleinigkeiten zu unterschieden, die anderen vielleicht gar nicht aufgefallen wären. Aber wenn das Leben davon abhing, dass man etwas genau wusste, und Vermutungen einen rascher töten konnten als ein Querschläger in einem Kampfgebiet, dann wurde man schnell ein Experte darin, die Unterschiede zwischen Mördern und Rettern zu kennen.

Der Mann schubste sie hinten in den Wagen, setzte sich auf die Rückbank und knallte die Tür zu. Sie war mit dem Kopf voran halb vor der Rückbank gelandet, und mit ihrem schweren, unförmigen Umhang gelang es ihr nur mühsam, sich wieder aufzurichten. Dann fuhr der Wagen an, und wieder rutschte sie nach unten. Es machte sie wütend, dass ihr »Retter« so rücksichtslos mit ihr umging. Sie stützte die Hände auf den Boden und versuchte, sich hochzustemmen.

Schockiert musste sie feststellen, dass er ihr die Hand auf den Rücken legte und sie noch tiefer nach unten drückte. Ein anderer Mann, der bereits hinten in dem Geländewagen gesessen war, schob ihren Kopf unter seine Beine, war beim Umgang allerdings sehr viel rücksichtsvoller als der andere Mann.

Als sie protestieren wollte, legte sich eine Hand warnend um ihren schmalen Nacken. Und obwohl sie den Mann, der sie im Dorf abgefangen hatte, erst wenige Minuten kannte, wusste sie, dass das an ihrem Nacken seine Hand war, nicht die des anderen Manns, der sie mit auf den Boden gedrückt hatte.

Der Mann grub seine Finger erneut in ihren Nacken, doch dann, ganz im Gegensatz zu seinem brutalen Griff und seinem offensichtlichen Desinteresse daran, ob er ihr wehtat oder ihr Angst einjagte, strich er ihr mit dem Daumen beruhigend über die Stelle unter ihrem Ohr, ohne jedoch seinen Griff zu lockern.

»Nicht rühren!«, befahl er.

Etwas, das den Notfalldecken ähnelte, die sie im Hilfszentrum vorrätig gehabt hatten, fiel über sie und hüllte sie in absolute Dunkelheit. Aber das Material war zu schwer, als dass es eine der einfachen Decken hätte sein können, wie man sie in Notfallkoffern fand. Das war eher eine Thermodecke oder vielleicht auch ein noch dichteres Material. Es war schwierig, Stoff und Zuschnitt herauszufinden, wenn die eigene Kleidung einen bereits wie eine Rüstung einschnürte.

Die Hitze nahm ihr den Atem. Ihre Haare und ihre Stirn waren schweißnass. Es fühlte sich an, als würde sie langsam in einem Ofen gegrillt werden. Selbst die Luft, die sie einatmete, war heiß und stickig, und daran waren die schweren Decken schuld, die auf ihr lagen.

Sie war völlig verwirrt. Hatte sie nur die eine Hölle gegen eine andere eingetauscht? Hatte einen Handel auf ihr Leben abgeschlossen, bei dem in beiden Varianten am Ende ihr Tod stand?

Das Fahrzeug raste viel zu schnell über das unebene Gelände, und Honor spürte jeden einzelnen Stoß. Die Hand hielt weiter ihren Nacken fest gepackt, auch wenn der Daumen sie nach wie vor beruhigend streichelte. Also konzentrierte sie sich auf diesen einfachen Trost, nachdem ihr Trost so lange versagt geblieben war, und blendete die Stöße aus, die ihr bereits verletzter und wunder Körper ertragen musste.

Dass der Wagen langsamer wurde, spürte sie sofort, und sie versteifte sich und hielt den Atem an. Sie wusste, dass sie nicht weit gekommen waren. Warum hatten sie angehalten?

Der Amerikaner hatte voller Arroganz behauptet, er habe vor, einfach durch die Straßensperren hindurchzurasen, und irgendetwas in seiner Stimme hatte ihr Hoffnung gemacht, das könne ihm tatsächlich gelingen.

Ihre Angst wurde so groß, dass sie wie gelähmt war. Dass sie aufgehört hatte zu atmen und unkontrolliert zitterte, bemerkte sie erst, als sich sein Griff an ihrem Nacken lockerte und seine Finger durch ihre Haare fuhren.

»Nicht die Nerven verlieren, Honor«, sagte er.

Zum ersten Mal klang er freundlich, und sie hätte sich am liebsten gehen lassen und nur noch geschluchzt. Vielleicht war es einfacher für sie, wenn er ein rücksichtsloses Arschloch war. Solange sie wütend war, war sie konzentriert und selbstbeherrscht.

»Sie müssen sich beruhigen.« Diesmal klang er autoritärer, und von Freundlichkeit war nichts mehr zu spüren. »Sie zittern wie Espenlaub, und die Decken beben, als würde sich darunter ein Wurf aufgeregter Welpen balgen.«

Sie hatte ein brennendes Gefühl in der Brust, aber sie hielt sich an seinen Befehl und versuchte, sich zum Gehorsam zu zwingen.

»Atmen Sie«, sagte er kurz angebunden. »Verdammt, atmen Sie, oder fallen Sie in Ohnmacht. Aber reißen Sie sich zusammen. Sie sind noch nicht außer Gefahr, und jetzt ist nicht der richtige Zeitpunkt, um sich gehen zu lassen.«

Honor hörte leises Fluchen, und sie hätte schwören können, dass jemand »wirklich schlecht« sagte. Vielleicht verlor sie allmählich wirklich den Verstand.

Der Amerikaner packte sie wieder fest am Nacken und schüttelte sie, allerdings nicht so heftig, dass es wehtat. Nur so, dass er ihre Aufmerksamkeit hatte. Und es funktionierte.

»Mir geht es gut«, flüsterte sie.

Gute, heilende Luft floss in ihre nach Sauerstoff gierenden Lungen. Ihr Körper entspannte sich, und das Brennen in der Brust ließ nach. Reglos lag sie auf dem Boden des Wagens, der inzwischen angehalten hatte.

»Endlich, verdammt«, murmelte der Amerikaner, lockerte seinen Griff und zog dann seine Hand zurück.

So absurd die Situation auch sein mochte, als Honor seine warme Hand nicht mehr spürte, fühlte sie sich beraubt, und ihr war kalt. Sie biss die Zähne zusammen, so fest, dass es wehtat, aber nur so konnte sie verhindern, dass sie klapperten.

Es war ein erniedrigendes Gefühl, die Nerven verloren und sich vor diesen Männern wie ein totaler Schwachkopf aufgeführt zu haben, ob sie nun Freund oder Feind waren. So wenig wie sie die Mörder, die sie jagten, angebettelt hätte, sie zu töten und ihre endlosen Qualen zu beenden, so wenig wollte sie sich vor diesen Männern eine Blöße geben. Sie verhielt sich wie die hilflose Heldin eines dramatischen Romans, deren Rolle einzig darin bestand, die heroischen Fähigkeiten des männlichen Helden zur Geltung zu bringen, ihre nutzlose Existenz wieder und wieder zu retten.

Sie war so weit gekommen, hatte so viele Tage überlebt, ganz allein, nur auf sich selbst gestellt und von ihrem Überlebenswillen geleitet. Sie machte sich Vorwürfe und schwor sich, nie wieder vor diesen Männern Schwäche zu zeigen, wer sie auch sein mochten.

Tausend Fragen lagen ihr auf der Zunge. Sie wollte Antworten. Sie musste sich mühsam beherrschen, ihren »Retter« nicht ins Verhör zu nehmen und ihn zu fragen, was zum Teufel er vorhatte und was er mit ihr anzustellen gedachte. Denn sie war sich nicht wirklich sicher, ob er einer von den Guten war, auch wenn sie wusste, dass die Schweine, die hinter ihr her waren, definitiv nicht die Guten waren.

Schweigen breitete sich im Inneren des Wagens aus, dann hörte sie, wie ein Fenster nach unten glitt. Sie blieb reglos liegen, schloss die Augen und versuchte, an nichts zu denken. Nur Ruhe würde sie retten, und so tat sie einfach, was notwendig war, und kuschelte sich in einen Kokon aus Gelassenheit wie in eine jener Decken, die ihre Mutter für ihre Liebsten fertigte.

Sie erlaubte sich, sich in schönen Erinnerungen zu verlieren, beschwor Bilder von ihren Eltern, ihren Brüdern und ihrer Schwester herauf und tauchte in ihre Liebe ein. Das ermöglichte ihr, sich aus der gegebenen Situation zu lösen, die Gefahr zu verdrängen, die wie dichter Nebel über ihr lag, und still und unbeweglich dazuliegen. Alles außer den lächelnden Gesichtern ihrer Liebsten war ausgeblendet.

So tief war sie in diese andere Welt abgetaucht, dass sie gar nicht mitbekam, wie sich der Wagen wieder in Bewegung setzte. Dass sie erneut fuhren, merkte sie erst, als der Amerikaner die Hand unter die Decke schob und sie anhob. Dann legte er die Finger unter ihr Kinn und drehte ihr Gesicht so, dass sie ihn anschauen musste.

»Honor?«

Das eine Wort reichte. Er wollte wissen, was mit ihr los war. Ob sie noch unter ihnen weilte oder ob sie den Kampf um ihre geistige Gesundheit verloren und sich tief in sich selbst zurückgezogen hatte.

»Wer sind Sie?«, fragte Honor mit rauer Stimme.

7

Hancock betrachtete ungerührt die sture, mutige Frau, der er wider Willen Bewunderung zollte, was er sich aber nicht anmerken ließ. Er wollte nichts für eine Frau empfinden, die nicht mehr als ein Bauernopfer war. Ein Mittel zum Zweck. Ein Werkzeug, das er einsetzen würde, wie er Informationen und Waffen einsetzte, um einen Mann zur Strecke zu bringen, durch dessen Hand mehr Menschen umgekommen waren als durch so manchen Krieg. Mit Gefühlen konnte er sich nicht aufhalten.

Es lag nicht in seiner Natur, irgendjemanden oder irgendeine Situation zu unterschätzen, doch musste er zugeben, dass er Honor Cambridge und ihre Findigkeit unterschätzt hatte. Am Anfang. Dann nicht mehr.

Bei seinem Aufbruch war Bristow sauer gewesen, weil Hancock keinen seiner Männer zu seinem Schutz zurückgelassen hatte. So musste Bristow sich ganz auf die Lakaien verlassen, die er als seinen Sicherheitsdienst bezeichnete. Aber Hancock war davon ausgegangen, dass er sein Opfer innerhalb kürzester Zeit erwischen und rasch zurück sein würde. Stattdessen hatte er tagelang Dörfer durchkämmt, Einheimische befragt und den Gerüchten von einer Frau gelauscht, die bereits seit über einer Woche einer gefährlichen Terrororganisation entkommen war.

Mit der Zeit waren die Gerüchte lauter geworden und hatten sich zu so etwas wie einer Legende verdichtet, zu einem Hoffnungsschimmer und einem Symbol für Mut. Für die verletzlichen und unterdrückten Menschen, die ohne Hoffnung und in steter Angst vor *Eine Neue Ära* und ihren unvorhersehbaren Gewalttaten lebten, war sie so etwas wie eine Ikone geworden. Die Rache der Terroristen folgte keiner nachvollziehbaren Logik. Niemand war so dumm, sich sicher vor dem Angriff der militanten Gruppe zu fühlen, die sich zu einem monströsen, gefräßigen Egel entwickelt hatte, der immer mehr Blut und immer mehr Macht forderte. Es war ein fürchterliches Leben, zu wissen, dass man jeden Tag ins Visier dieser Gruppe geraten und einfach umgebracht werden konnte, ohne dass die Mörder etwas dabei empfanden oder bereuten.

Die Geschichten über Honors Überleben und ihre Flucht, die Ehrerbietigkeit und der Respekt, den die Leute bereits für sie empfanden – ihr Stolz auf eine mutige amerikanische Kriegerin, wie sie sie getauft hatten –, hatte Hancock das Gefühl gegeben, die wahre Honor Cambridge bereits zu kennen. Bis dahin hatte er nur die sterilen, wenig aussagekräftigen Informationen über ihr Leben und ihre Ausbildung gehabt sowie über die Länge ihres unermüdlichen, selbstlosen Einsatzes zum Wohl anderer in einem Gebiet, in das sich nur wenige gewagt hätten. Ihr wahres Ich und ihre Motivation waren ihm von denjenigen enthüllt worden, die sie kannten oder von ihr gehört hatten. Viele hielten sie für einen von Allah gesandten Engel. Einen mutigen Racheengel, der ohne Furcht an Orte ging, die die meisten vernünftigen Menschen mieden, weil ihnen das schreckliche Leid derjenigen, die ihr ganzes Leben dort zubringen mussten, gleichgültig war und weil sie garantiert nicht ihr Leben aufs Spiel setzen würden, um Mitgefühl zu zeigen und das Leben der Einheimischen ein wenig einfacher zu machen. Um ihnen auch nur zu einem Moment des Friedens zu verhelfen, wo ihnen ein solcher doch fremd und unbekannt war.

Verdammt, sogar das US-Militär hielt sich von den Gebieten fern, in denen sich *Eine Neue Ära* festgesetzt hatte, weil es keinen blutigen Krieg beginnen und zahllose amerikanische Soldaten in einer Schlacht opfern wollte, die nicht zu gewinnen war. Wenn es nicht gelang, die Welt von dieser rasch wachsenden Armee zu befreien, würde das ein riesiges Unglück bedeuten. Doch selbst wenn ein Großteil der Terroristen besiegt wurde, würde man sie als Märtyrer feiern, und das würde weitere Menschen dazu inspirieren, Rache zu üben. So würden die Terroristen noch aus dem Grab heraus zu Siegern werden.

Natürlich war der Krieg unvermeidbar. Wenn sich die fanatische Gruppe erst einmal mächtig genug fühlte, um ihre Aufmerksamkeit auf US-amerikanische Besitztümer auszuweiten – und das war nur eine Frage der Zeit –, dann mussten die USA zurückschlagen. Und das würde kein leichter oder rasch zu beendender Krieg werden. Es würde jahrelange Kämpfe ohne eindeutige Sieger geben, und zwar unabhängig von jeglicher Propaganda, die man in Umlauf brachte.

Er hatte sich Honor als verängstigte Jungfer in Not vorgestellt, die sich hysterisch in seine rettenden Arme stürzen würde, sobald sie merkte, dass er Amerikaner war und sie aus dem Land schaffen würde. Und sie hatte tatsächlich Angst gehabt. Kein vernünftiger Mensch hätte in solch einer Situation keine Angst gehabt. Aber sie hatte sich beherrscht und sich nicht Panik und Verzweiflung anheimgegeben, die sie zweifellos empfinden musste.

Sie war verletzt und erschöpft. Er hatte die Ruinen des Hilfszentrums gesehen, und es erstaunte ihn, dass sie überlebt hatte. Und dann war es ihr auch noch gelungen, zu fliehen und den skrupellosen Mördern, die sie tagelang gejagt hatten, immer einen Schritt voraus zu sein – einer Gruppe, die über unendlichen Nachschub verfügte und deren Einflussbereich bis weit über die Grenzen des Landes hinausreichte.

Dies war eine starke Frau. Eine Kämpferin. Es tat ihm leid, dass jemand wie sie für das übergeordnete Ziel geopfert werden musste, aber nicht so sehr, dass es ihn von seinem Vorhaben abbringen würde, Maksimov endgültig aus dem Verkehr zu ziehen. Und jetzt, wo Hancock mit eigenen Augen gesehen hatte, wie viele Tote und wie viel Angst und Schrecken auf das Konto von *Eine Neue Ära* gingen, wusste er, dass er nicht bei Maksimov Schluss machen konnte, wie er es vor einiger Zeit beschlossen hatte. Diese Gruppe musste zerlegt werden. Zerstört werden, bevor sie so viel Macht hatte, dass man sie nicht mehr aufhalten konnte.

Er wand sich innerlich, denn er war kein Lügner, und eigentlich hatte er Honor ja auch nicht angelogen. Überhaupt hatte er kaum etwas gesagt. Er durfte sie nicht als Mensch betrachten. Als unschuldiges Wesen. Als eine, die verdiente, gerettet zu werden, weil ihr Leben etwas bedeutete und die Welt mit ihr eine von den Guten verlieren würde. Denn wenn er sich solche gefährlichen Gefühle erlaubte, würden sie ihm bei seinem Rachefeldzug für jene Hunderttausende in die Quere kommen, die niemanden sonst hatten, der in ihrem Namen für Gerechtigkeit sorgte. Ganz abgesehen von denen, die noch folgen würden. Die, die noch nicht Opfer von Maksimovs Gewalt geworden waren, die er täglich ausübte oder ausüben ließ. Diesen Menschen erlaubte Hancock, sich in seinen Gedanken einzunisten. Nicht einer einzelnen Frau. Einer Märtyrerin, die er für sein Ziel opferte. Er würde den Massen nicht den Rücken kehren, wie das so viele getan hatten – und weiter tun würden.

Er hatte der Frau keine endgültige Rettung oder sicheres Geleit nach Hause versprochen. Er hatte ihr nur gesagt, er würde nicht zulassen, dass *Eine Neue Ära* sie in die Finger bekam, und das entsprach der Wahrheit. Mehr hatte er nicht versprochen, und dieses Versprechen konnte sie deuten, wie sie wollte. Es war ein Versprechen, das er garantiert halten würde. Selbst wenn er bei dem Versuch umkam.

Und wenn es an der Zeit war, sie zu … verraten, würde er sie ebenfalls nicht anlügen. Er musste sich beherrschen, dass er bei dem Gedanken, *irgendwen* zu verraten, nicht ein finsteres Gesicht aufsetzte. Es war kein Verrat, auf Kosten einer einzelnen Person – Frau oder Mann – die Mehrheit zu retten. Sich daran nicht zu halten, hatte ihn seiner letzten beiden Chancen beraubt, Maksimov endgültig zur Strecke zu bringen. Und verdammt, das würde ihm nicht noch einmal passieren. Er war kein Held. Er was das Gesicht und der ausführende Arm der Gerechtigkeit. Sonst nichts.

Aber sie würde erfahren, dass ihr Schicksal einen Sinn hatte. Dass ihr Leben etwas bedeutete – alles. Ob sie das tröstete oder nicht, hatte nicht er zu bestimmen. Jedenfalls würde er nicht zulassen, dass sie glaubte, ihr Tod sei nur ein weiterer sinnloser, bedeutungsloser Fall für die Statistik. Und als Tribut an ihren Mut und an ihr Opfer würde er ihre Familie benachrichtigen und sie wissen lassen, dass ihre Tochter, ihre Schwester nicht umsonst gestorben war. Wenn Hancock seinen Plan erfolgreich umsetzen konnte, würde sie mehr unschuldige Leben retten, als man zählen konnte.

Honor sah ihn noch immer erwartungsvoll an, inzwischen allerdings mit zusammengekniffenen Augen, weil er weiterhin schwieg. Ihm fiel wieder ein, dass sie gefragt – oder eher schon gefordert – hatte zu wissen, wer er war. Vermutlich stand ihr zumindest das zu. Und er würde sie in ihrer Vorstellung bestärken, dass man seine Männer und ihn geschickt hatte, um sie zu retten, auch wenn er diese Lüge nicht direkt formulierte. Welche Schlüsse sie zog, war ihre eigene Sache.

»Ich heiße Hancock«, antwortete er. »Und die Männer um Sie herum sind mein Team. Sie sind außerordentlich fähig. Die Besten. Sie werden nicht zulassen, dass Ihnen auf unserer Reise an einen sicheren Ort etwas zustößt.«

Sie musterte ihn misstrauisch. Dass er so vage blieb, missfiel ihr, und sie wusste, dass er ihr etwas verschwieg. Sie war nicht nur hartnäckig und außerordentlich mutig, sie hatte auch einen wachen Verstand und konnte Menschen gut einschätzen.

Er seufzte innerlich. Es war nie einfach. Er wollte keinen Respekt für diese Frau empfinden oder sie gar bewundern. Er wollte überhaupt nichts empfinden. Es wäre viel besser gewesen, wäre sie eine hysterische, geistlose, inkompetente Idiotin gewesen. Solch eine Person hätte er verachten und genervt ignorieren können. Aber Kampfgeist war etwas, das er respektierte. Mut im Angesicht unfassbarer Bedrohung und die Weigerung aufzugeben, selbst wenn man vor unüberwindbaren Hindernissen stand. Das waren Charakterzüge, die er nicht nur bewunderte, sondern auch bei allen seinen Männern gefördert hatte. Das war ihm eingeimpft worden, erst von seinen Pflegeeltern und später von dem Mann, der Titans erster Anführer gewesen war, Rio. Der Mann, der Hancock ausgebildet und ihm die nötigen Fähigkeiten vermittelt hatte, um die ultimative Kampf- und Denkmaschine zu werden. Denn Kämpfe wurden nicht allein mit brutaler Gewalt gewonnen, sondern mit strategischem Denken und der Fähigkeit, den Feind richtig einzuschätzen. Indem man abträgliche Gefühle beiseiteschob und nichts empfand. Indem man mehr Maschine als Mensch wurde.

»Und wo ist dieser ›sichere Ort‹?«, fragte Honor misstrauisch.

»Das sage ich Ihnen, wenn wir dort sind.«

Auch dies war die Wahrheit. Sie würden viel improvisieren

müssen, denn jetzt, wo sich Honor erneut dem Zugriff von *Eine Neue Ära* entzogen hatte, würden die Terroristen noch wütender sein als zuvor schon. Nachdem sie Honor bis zu dem Dorf verfolgt und es umstellt hatten, waren sie sich ihres Sieges sicher gewesen.

Da die Terroristen schwer einzuschätzen waren und niemand genau wusste, wie weit ihr Einfluss reichte und welche geheimen Verbindungen sie haben mochten, gab Hancock sich auch nicht der Illusion hin, dass er die Gegend einfach verlassen konnte, nur weil er Honor sicher aus dem Dorf herausgebracht hatte. Ihre Verfolger würden wissen, dass sie Helfer gehabt hatte, und sie würden zwei und zwei zusammenzählen und zu dem Ergebnis kommen, dass es sich dabei nur um Hancock und seine Männer handeln konnte. Sie würden nicht lange nachforschen müssen, um herauszufinden, dass Hancock und seine Männer nicht waren, was sie zu sein vorgaben – Mitglieder von *Eine Neue Ära*, die sich an der Jagd nach der amerikanischen Frau beteiligten. Sie waren jetzt genauso Gejagte wie Honor.

»Wie weit ist es bis zu diesem Ort, den Sie mir erst nennen, wenn wir dort sind?«

Sie klang von Minute zu Minute wütender, und ihre Stimme triefte vor Sarkasmus.

Er beugte sich hinunter und zog sie behutsam auf den Sitz zwischen Mojo und sich. Vermutlich hatte sie seinen Teamkollegen noch nicht richtig gesehen, sonst wäre sie garantiert vor Angst ausgeflippt.

Mojo war … er war der Inbegriff dessen, was Titan angestrebt hatte und bei seiner Gründung hatte schaffen wollen. Bereits kampfgestählt und unter dem leidend, was die Psychiater posttraumatische Belastungsstörung nannten, war er eine gefühllose Kampfmaschine, die nur selten sprach. Seine Kommentare beschränkten sich in der Regel auf »wirklich schlecht« oder »wirklich gut«.

Mojo war groß und sah zum Fürchten aus. Er war weitgehend glatzköpfig, nur ein paar Stoppeln zierten noch seinen Schädel. Dass er überhaupt Haare hatte, sah man erst aus der Nähe. Sein Gesicht war voller Narben, und seine Nase war mehrfach gebrochen worden. Seine Augen waren kalt und ausdruckslos, und religiöse Menschen bekreuzigten sich bei seinem Anblick und murmelten rasch ein Gebet.

Aber nein, offenbar hatte sie ihn schon zu Gesicht bekommen, denn als er half, sie zwischen Hancock und sich auf die Rückbank zu hieven, starrte sie ihn an, ohne Angst oder Abscheu zu zeigen.

»*Jetzt* wollen Sie mir helfen«, murmelte sie.

Zu Hancocks Überraschung verzog sich Mojos Miene zu etwas, das man fast schon als Lächeln hätte bezeichnen können. So etwas hatte Hancock noch nie bei ihm gesehen.

Mojo ließ seine Zähne aufblitzen. »Wirklich gut.«

»Wie auch immer«, murmelte Honor. »He!«, fügte sie dann an Hancock gewandt hinzu und schlug seine Hand weg, die unter ihren Umhang gewandert war. Er ließ sie ihr Bein hochgleiten und schob dabei den Stoff beiseite. »Was tun Sie da?«

»Ich muss einen Blick auf Ihr verletztes Knie werfen«, erwiderte Hancock, ohne sich um ihre Empörung zu kümmern.

»Sie wollen nur meine Frage nicht beantworten«, warf sie ihm vor.

»Und welche Frage wäre das?«, fragte er in einem Ton, der deutlich machte, wie lästig sie war.

»Wollen Sie sie alle hören?«, fuhr sie ihn an. »Aber fangen wir doch mit der an, wie lange wir bis zu diesem ominösen Ort brauchen, an den Sie mich bringen.«

Ihr Ton war eisig, aber ihre Augen blitzten, und ihm wurde bewusst, dass die wenigen Fotos von ihr, die man ihm zur Verfügung gestellt hatte, ihren Charakter genauso wenig widerspiegelten wie ihre persönlichen Daten.

Auf den Fotos sah sie süß und unschuldig aus, sanftmütig und bescheiden. Wie ein naiver Gutmensch, der die Welt retten wollte, ohne eine Ahnung zu haben, in was für eine Situation er geriet.

Aber in Wirklichkeit war sie weder süß noch bescheiden. Hinter den naiv wirkenden Gesichtszügen verbarg sich ein Kessel voller Feuer. Und sie hatte einen starken Willen. Das zeigte sich daran, dass sie nach dem Überfall geflohen war, und zwar nicht einfach planlos einer Eingebung folgend. Unter Druck blieb sie ruhig, und sie hatte einen wachen Verstand. Ihr gegenüber würde er niemals unaufmerksam sein dürfen. Wenn er ihr zu viel Anlass bot, ihm und seinen Plänen zu misstrauen – wozu sie allen Grund hatte –, würde sie nicht zögern, ihm zu entwischen. Und er hatte keine Zeit, sie eine weitere Woche zu jagen. Beim nächsten Mal würde er sie vielleicht nicht finden, bevor *Eine Neue Ära* das tat.

»Ein paar Tage. Vielleicht mehr. Vielleicht weniger.«

Er zuckte mit den Schultern, als wäre es egal und als wäre er zuversichtlich, dass er sie dorthin bringen würde, wie lange es auch dauerte. Er musste erreichen, dass sie ihm glaubte. An ihn glaubte. Aber er würde sie niemals ermutigen, ihm zu *vertrauen*.

Honor sah ihn verwirrt an. Sie ließ den Blick sogar zu Mojo wandern, als suchte sie Bestätigung. Dann schnalzte sie angeekelt mit der Zunge, als wäre ihr klar geworden, wie lächerlich es war, aus Mojos Gesicht irgendetwas herauslesen zu wollen.

»Sie haben keinen Hubschrauber? So etwas wie einen

Kampfhubschrauber? Welche militärische Einheit schickt denn zur Rettung einen …« Sie fuhr sich aufgebracht mit der Hand durch das gefärbte Haar. »Was bin ich eigentlich? Eine Geisel doch eigentlich nicht. Eine vermisste Person? Aber weiß denn überhaupt irgendjemand, dass ich noch lebe? Dass ich die Bombardierung überlebt habe?«

Kurz flackerte ein Schmerz in ihren Augen auf, kein körperlicher, sondern ein seelischer. Vielleicht dachte sie an ihre Familie und an den Kummer, den sie durchlitt, wusste sie doch nicht, ob Honor lebte oder nicht, ob sie verletzt, verängstigt oder irgendwo in Gefangenschaft geraten war, wo niemand sie finden würde.

Rasch schüttelte sie die Stimmung ab und sah Hancock erneut durchdringend an. Sie war unerwartet … stark. Nicht oft überraschte ihn etwas. Honor schon. Sie war ganz anders als erwartet, und das hatte etwas Erfrischendes.

»Welche militärische Einheit verfügt nicht mal über einen Hubschrauber? Wie wollen Sie hier eigentlich wieder rauskommen, geschweige denn mich hier rausbringen?« Ihre Ungläubigkeit war nicht zu überhören. »Glauben sie etwa, wir fahren einfach außer Landes?«

Und dann runzelte sie die Stirn, als wäre ihr noch etwas anderes aufgefallen. Verdammt, diese Frau stellte zu viele Fragen, statt dankbar zu sein, dass er sie vor den Arschlöchern gerettet hatte, die hinter ihr her waren. Allmählich wurde er sauer. Hätte er sie nicht da rausgeholt, würde sie jetzt schrecklich leiden und Tage, vielleicht sogar Wochen übelste, nicht endende Schmerzen erdulden müssen. Tief in seinem Inneren flüsterte jenes Gewissen, das er von sich abgetrennt hatte, dass er sie demselben Schicksal aussetzen würde. Er zögerte das Unvermeidliche nur hinaus, und schlimmer noch, er machte ihr Hoffnung, dass das Leiden vorbei war. Und das machte ihn nur noch wütender. Er gab sich gar nicht erst die Mühe, diese Wut vor ihr zu verbergen.

Bevor er seinem Ärger Ausdruck verleihen konnte, fuhr sie fort, als wüsste sie nicht, wie gefährlich es war, ihn weiter gegen sich aufzubringen.

»Und Tage? Ich wäre in einem Tag, spätestens in zweien, jenseits der Grenze gewesen, dabei war ich zu Fuß unterwegs. Wir fahren. Wir sollten nur ein paar Stunden brauchen.«

Hancock hielt seine Wut im Zaum – mühsam –, aber er klang noch immer genervt, als er sagte: »Ich denke, Sie verschwenden viel zu viel Zeit damit, sinnlose Fragen zu stellen und einem geschenkten Gaul ins Maul zu schauen.«

Während sie ihm die Hölle heiß gemacht hatte, hatte er den Verband von ihrem Knie abgewickelt, und vor lauter Ärger zog er viel zu fest an dem letzten Stoffstreifen, der irgendeine schlammartige Pampe bedeckte, die auf die nackte Haut rund um ihr Knie aufgetragen war. Als er ihn abriss, löste sich auch eine dünne Schicht Schorf mit ab. Sofort floss Blut, und Hancock fluchte leise. Verdammt, er hatte ihr nicht wehtun wollen. Er musste ihr Vertrauen gewinnen, ohne mehr als nötig auszuplaudern, und sich nicht wie die Terroristen aufführen, die hinter ihr her waren.

Honor zuckte zusammen, biss sich dann aber auf die Lippe. Sie wurde bleich, was die Farbe, die sie sich auf die Haut gerieben hatte, noch dunkler und unnatürlicher wirken ließ.

Hancock fluchte erneut und streckte die Hand nach dem Stück Stoff aus, das Mojo ihm hinhielt. Er tupfte das frische Blut ab und nahm denn die Flasche Wasserstoffperoxid, die Mojo ihm als Nächstes reichte. Er sah Honor an.

»Das wird wehtun«, sagte er entschuldigend.

»Ich werde es überleben«, erwiderte sie und sah ihn abschätzig an.

Dennoch schloss sie die Augen und schwankte gefährlich, als Hancock die Flüssigkeit über ihr gesamtes Knie verteilte und mit dem Stoff die herunterlaufenden Tropfen auffing. Sie sah aus, als würde sie gleich zur Seite wegsacken, und Mojo musste das wohl auch glauben, denn er packte ihren zarten Oberarm mit seiner riesigen Pranke und hielt sie aufrecht.

»Danke«, murmelte Honor, ohne die Augen zu öffnen.

»Wirklich schlecht«, sagte Mojo kopfschüttelnd beim Anblick ihres geschwollenen Knies, mit dem Hancock inzwischen sehr viel behutsamer umging.

»*Eine Neue Ära* kontrolliert hier den Luftraum«, erklärte Hancock zu seiner eigenen Überraschung. Als ob sie Antworten verdient hätte. Verdammt. Das kam einer Entschuldigung so nah, wie das nur möglich war, ohne sich direkt zu entschuldigen. Als er fortfuhr, lag in seiner Stimme noch immer eine Menge Wut, allerdings nicht mehr auf sie. Auf sich selbst, weil er das Bedürfnis spürte, sich jemandem zu erklären. Und weil er seinen Ärger und seinen Frust an ihr ausgelassen hatte. Weil er ihr ungewollt wehgetan hatte. »Sie haben Waffen, mit denen sie einen Kampfjet herunterholen können. Ein Hubschrauber wäre für sie ein Kinderspiel. Ihr Einflussbereich wird von Tag zu Tag größer, und wir müssen ihn umfahren, bevor wir es riskieren können zu fliegen. Also bleiben wir am Boden, bis es sicher ist.«

»Aber wieso entfernen wir uns von der Grenze?«, fragte sie. Diesmal klang ihre Frage nicht anklagend. Nur verblüfft.

Vielleicht sollte er sich einfach von ihr abwenden und Conrad den Job als Babysitter überlassen. Ganz offensichtlich hatte sie keine Angst vor ihm, was ihn ärgerte und sein männliches Ego mehr verletzte, als er zugeben mochte. Conrad dagegen hasste jeden und machte sich nicht die Mühe, das zu verbergen. Seine Loyalität und seine Achtung galten seinem Team, und sonst niemandem. Hancock war der einzige Mensch auf der Welt, von dem Conrad Befehle entgegennahm und sie auch befolgte. Er war genauso wenig begeistert gewesen wie Hancock, dass er wie ein Laufbursche auf die Suche nach einer Frau geschickt worden war, die sie letztlich viel zu viel Zeit und Mühe gekostet hatte.

»Stellen wir uns doch mal einen Moment lang vor, Sie hätten Glück gehabt und wären in der Lage gewesen, an den Männern vorbeizukommen, die rund um das Dorf auf der Lauer lagen – was Ihnen nicht gelungen wäre. Aber nehmen wir es einfach mal an. Nehmen wir an, Sie hätten es bis zur Grenze geschafft, von der Sie geglaubt haben, Sie wären dahinter in Sicherheit. Sie wären erwischt worden, noch bevor Sie eine Meile im Nachbarland gewesen wären. Jedes Kind hätte voraussagen können, welche Richtung Sie einschlagen. Sie wären auf dem kürzesten Weg von A nach B gegangen, vom Ort des Überfalls zu dem, den Sie als rettenden Hafen angesehen haben: den, wo Sie auf Amerikaner stoßen würden. Und hinter der Grenze hätten Sie sich eingebildet, Sie hätten es geschafft, dabei sind die Lakaien von *Eine Neue Ära* überall. Außerdem war eine große Belohnung auf Ihren Kopf ausgesetzt, und dass Sie auf dem Weg zur Grenze waren, hatte man überall bekannt gemacht. Was glauben Sie, wie viele Leute Sie dort erwartet hätten, die Sie liebend gern dem Feind ausgeliefert hätten?«

Ihre Augen funkelten wütend, und ihre Gesichtszüge verhärteten sich. Sie ballte die Hände zu Fäusten, und ihm kam flüchtig der Gedanke, dass sie ihn am liebsten geschlagen hätte. Beinahe hätte er laut gelacht.

»Glauben Sie, ich hätte so lange überlebt, wenn ich derart blöd wäre?«, zischte sie. »Dass ich eine kindische Idiotin bin, die glaubt, nur weil sie eine Grenze überquert hat, kann sie nicht mehr gefangen genommen oder verletzt werden? Ich bin eine allein reisende Frau. Selbst wenn ich nicht von einer Bande von Arschlöchern gejagt würde, wäre ich noch allen erdenklichen Gefahren ausgesetzt. Ich wäre niemals unvorsichtig geworden und werde es auch jetzt nicht, ehe ich nicht in einem Flugzeug nach Hause sitze.«

Sie streckte trotzig und herausfordernd das Kinn vor, um ihm zu zeigen, dass sie weder ihm noch seinen Motiven traute. Nein, dumm war sie nicht. Das hatte er keinen Moment lang geglaubt. Dumm wäre gewesen, sich ihm in die Arme zu werfen und sich, ohne Fragen zu stellen, seiner Gnade auszuliefern, einfach anzunehmen, dass er gekommen war, um sie zu retten. Wäre sie dumm, hätte man sie erwischt, kurz nachdem sie sich aus den Trümmern befreit hatte. Jemand, der dumm war, überlebte nicht mehr als eine Woche in einem heißen, unwirtlichen, unvertrauten Land, ohne Hilfe von außen, nur auf sich allein gestellt.

»Das ist ein sinnloser und kindischer Streit«, sagte Hancock und setzte bewusst ihre eigenen Worte gegen sie ein. »Die Grenze wird streng bewacht. Die Gegend zwischen der Grenze und irgendjemandem, der Ihrem Anliegen wohlwollend gegenüber steht, ist vermint und abgeriegelt. Und wenn wir versuchen, mit einem Hubschrauber hier rauszufliegen, wird man uns abschießen. So, habe ich Ihre lächerliche Neugier jetzt befriedigt? Und können wir aufhören, weiter Zeit zu verlieren?«

»Natürlich. Welches Recht habe ich schon, irgendetwas zu erfahren, das meine Sicherheit betrifft oder zu meinem Tod führen könnte? Ja, das ist wirklich kindisch von mir. Durch und durch, oh Herr und Meister. Machen Sie weiter. Verdammt, ich hoffe nur, Sie wissen, was Sie tun, denn bis jetzt lassen Sie einiges zu wünschen übrig. Ich habe viel Blabla gehört, habe aber nicht den geringsten Beweis dafür bekommen, dass irgendetwas von dem, was Sie sagen, stimmt.«

8

Honors gesamter Körper schmerzte. Ihr Kopf und ihr Knie taten ihr elendiglich weh, während der Wagen sich seinen Weg über unwegsames Gelände bahnte und eine Staubwolke aufwirbelte, die meilenweit zu sehen war. Das schien die Männer nicht sonderlich zu beunruhigen, und Honor fragte sich, warum sie nicht auf den Schutz der Dunkelheit warteten, wie sie das getan hatte. Zumindest hatte sie das bis jetzt am Leben erhalten.

Sie konnte sich nicht erinnern, dass die Schmerzen so heftig gewesen waren, aber sie hatte auch rasch gelernt, sie nicht zu beachten. Ihr war keine andere Wahl geblieben, denn stehen zu bleiben oder auch nur zu zögern hätte ihre Gefangennahme bedeutet. Jetzt, wo die Gefahr, jederzeit entdeckt werden zu können, nicht mehr so groß schien, war es, als könnte ihr Kopf die Schreie ihres Körpers nicht länger ausblenden.

Mehrmals hätte Honor schwören können, dass Hancock und der kräftige, unkommunikative Mann auf ihrer anderen Seite sie vor den schlimmsten Stößen bewahrten, indem sie Honors Körper mit ihren stützten. Aber vermutlich bildete sie sich das nur ein. Sie wurden genauso herumgeworfen wie sie. An ihnen war nichts Weiches, und sie hatten ihr wahrhaftig keinen Grund gegeben, zu glauben, sie sei irgendetwas anderes als eine Last, eine Mission, der sie sich vermutlich widersetzt hatten und die sie nur auf strikten Befehl hin ausführten. Aber von wem kam dieser Befehl? Hatte sich herumgesprochen, dass sie überlebt hatte? Hatte die US-Regierung so viel Interesse an der Rettung einer unbedeutenden Helferin, dass sie das Leben einiger ihrer besten Männer aufs Spiel setzte oder, schlimmer noch, einen inoffiziellen Krieg mit *Eine Neue Ära* riskierte? Oder war ihre Geschichte den Medien zu Ohren gekommen, die sie weltweit als Sensationsnachricht verbreitet und die USA so zum Handeln gezwungen hatten? Und Himmel, was musste ihre Familie durchmachen? Sie wollte Hancock fragen, ob es eine Möglichkeit gab, Kontakt mit ihr aufzunehmen. Nur damit sie wussten, dass sie noch am Leben war. Aber nein, das wäre grausam. Sie war noch nicht außer Gefahr, und ihnen falsche Hoffnung zu machen, wenn sie letztlich doch starb, wäre zu grausam.

Sie wollte Antworten, aber diese Männer waren absolut einsilbig. Hancock beantwortete nicht einmal ihre nicht ganz so verfänglichen Fragen, ohne eine Staatsaffäre daraus zu machen. Als ob ihr Schicksal etwas wäre, das sie nichts anging.

Wieder packte sie die Wut über die dominante Art dieses Arschlochs. Verhielt sie sich denn wirklich so, wie er angedeutet hatte? Nein, er hatte sich nicht auf Andeutungen beschränkt. Er hatte ihr klipp und klar gesagt, sie solle einem geschenkten Gaul nicht ins Maul schauen. Gutes Benehmen durfte sie nicht erwarten. Aber wenn die Männer sie außer Landes und auf den Weg nach Hause brachten, konnten sie sich von ihr aus gern wie die letzten Arschlöcher aufführen.

»Wie schlimm sind Ihre Schmerzen?«

Hancocks leise Frage, mit der er das Schweigen im Wagen brach, überraschte sie. Erstaunt drehte sie den Kopf zu ihm hin und überlegte, ob sie sich die Frage nur eingebildet hatte. Oder die Sorge in seiner Stimme. Zumindest Letzteres musste sie sich einbilden.

Sofort bereute sie, sich so rasch bewegt zu haben. Ein Schmerz schoss durch ihren Kopf, und auf einmal sah sie überall nur noch schwarze Punkte. Die Umgebung verblasste, wurde fast schon schwarz.

Hancock fluchte, und dann spürte sie plötzlich, wie er sie nach unten drückte, bis ihr Kopf auf seinem Schoß zu liegen kam. Der andere Mann hob ihre Beine an und legte sie sich über den Schoß, sodass sie jetzt quer über den beiden Männern lag.

»Sie haben mir nicht gesagt, dass Sie eine Kopfwunde haben«, sagte Hancock grimmig. »Nur dass Ihr Knie verletzt ist.«

Schon tauchten seine Finger in ihr Haar, und sofort verkrampfte sie sich, weil sie damit rechnete, dass er sie unsanft anfassen würde. Aber er tastete unerwartet behutsam ihren Kopf ab.

»Ich wusste es selbst nicht«, brachte sie mühsam heraus. »Wie hätte ich es auch wissen sollen? Nach dem Überfall stand ich unter Schock, und dann gab es nur noch ein Ziel: entkommen – und überleben. Aufgefallen ist mir nur die Verletzung an meinem Knie. Das Gehen war … schwierig.«

»Das kann ich mir vorstellen«, erwiderte Hancock trocken. »Es ist noch immer sehr geschwollen, vermutlich schlimmer geworden vom vielen Gehen.«

Seine Finger glitten über eine Stelle an ihrem Kopf, und ihr wurde übel und schwarz vor Augen.

»Da ist es«, sagte er mit seiner ruhigen, ausdruckslosen Stimme. »Da haben Sie eine ordentliche Beule. Vermutlich eine Gehirnerschütterung.«

»Ich bin noch nicht daran gestorben«, erwiderte sie genervt. »Wenn es so ernst wäre, wäre ich längst umgefallen.«

Sie hörte ein Geräusch, das wie Lachen klang, aber Hancock lächelte weder, noch lachte er, also musste sie das wohl geträumt haben.

»Nein, sterben werden Sie nicht, aber Sie müssen sich ausruhen, damit Sie wieder ganz gesund werden.«

Sie wollte schon empört schnauben, doch dann fiel ihr ein, dass das einfach zu sehr wehtun würde. »Es ist nicht ganz einfach, sich hinzulegen und auszuruhen, wenn man um sein Leben rennt.«

Der Mann, auf dessen Schoß ihre Füße lagen, reichte Hancock etwas, das verdächtig nach einer Spritze aussah. Beziehungsweise nach *drei* Spritzen. Woher hatte er die so plötzlich? Sie hatte nicht mitbekommen, dass er sich bewegt hatte, aber im Moment war sie auch nicht richtig bei Sinnen.

Voller Angst packte sie die Hand des Mannes, gerade als Hancock ihm die Spritzen abnehmen wollte.

»Was ist das und was haben Sie vor?«, fragte sie entsetzt.

»Sie müssen sich beruhigen, Honor. Sie haben genügend Stress, auch ohne dass Sie sich noch unnötig zusätzliche Sorgen machen. Ich gebe Ihnen nur eine Spritze mit Antibiotika und eine mit Schmerzmitteln, damit Sie nicht so viele Schmerzen haben und sich richtig ausruhen können.«

»Ich habe mir eine Spritze mit Antibiotika gegeben, bevor ich aus der Klinik geflohen bin«, erwiderte Honor. »Ich habe Tabletten eingesteckt und sie seitdem zweimal täglich genommen.«

»Kluges Mädchen. Sie behalten wirklich den Überblick.«

War das ein Kompliment? Von Hancock, dem gefühllosen, arroganten Arschloch? Vielleicht war sie doch angeschlagener, als sie zunächst gedacht hatte, denn jetzt bildete sie sich schon Dinge ein, die gar nicht existierten.

»Egal. Sie haben überall Schnitte und Kratzer, und dort könnten üble Infektionen entstehen, die wir gerade wirklich nicht brauchen können. Und das Knie sieht auch ziemlich schlimm aus und ist noch immer auf das Doppelte seiner normalen Größe geschwollen. Deshalb gebe ich Ihnen zusätzlich zu den Antibiotika und dem Schmerzmittel auch noch eine Spritze mit Anabolika, damit die Entzündung schneller abklingt. Ich habe eine Packung Kortisontabletten dabei, die werden Sie, beginnend heute Abend, fünf Tage lang nehmen. Spätestens morgen sollte es Ihnen besser gehen.«

»Wir sind erst in fünf Tagen dort, wo wir hinwollen?«, fragte sie alarmiert.

Sie spürte, wie die Panik erneut nach ihr griff. Fünf Tage schienen wie eine Ewigkeit. Die Tage, in denen sie den Mördern aus dem Weg zu gehen versucht hatte, waren ihr bereits endlos lang vorgekommen. Sie hatte gehofft … sie hatte angenommen, dass sie jetzt, wo sie Hilfe hatte, in kürzester Zeit in Sicherheit sein würde. Bei der Vorstellung, so lange weiter in Gefahr zu sein, wurde ihr angst und bange. Einschließlich ihr waren sie zu siebt. Und bei einer Schießerei würde sie Hancock und seinen Männern nicht helfen können. Ihre Gegner dagegen bestanden aus einer unbekannten Zahl durchgedrehter Kämpfer, die niemals aufgaben, solange sie ihr Ziel nicht erreicht hatten, nämlich sie zu fangen.

Sie konnte fast schon sehen, wie Hancock mit den Schultern zuckte, obwohl sie die Augen geschlossen hatte. Als würde ihn das alles nicht im Geringsten beunruhigen. War er wirklich so überzeugt von seinen Fähigkeiten? Von denen seiner Männer? Eigentlich hätten diese Arroganz und diese Selbstsicherheit sie beruhigen sollen. Aber die verzweifelte Angst, die von ihr Besitz ergriffen hatte, ließ sich nicht abschütteln.

»Das werde ich erst wissen, wenn wir dort sind«, sagte er vage. »Halten Sie jetzt still, damit ich Ihnen die Spritze geben kann. Es brennt vielleicht ein bisschen, aber das hört rasch wieder auf.«

»Mehr wehtun als jetzt schon kann es wohl kaum«, erwiderte sie schmallippig.

Offenbar war die erste Spritze das Schmerzmittel, wofür sie dankbar war, denn die Schmerzen – das musste sie zugeben – waren kaum mehr zu ertragen. Sie war tatsächlich erleichtert, als er ihren Umhang hochschob und ihre Hüfte entblößte. An diesem Punkt war alles, was ihr Erleichterung verschaffte, wichtiger als die Tatsache, dass er mehr von ihr sah, als ihr lieb war.

Der Mann, der ihre Füße hielt, drehte sie gerade weit genug zur Seite, dass Hancock hinten an ihre Hüfte kam. Er reinigte die Injektionsstelle sorgfältig mit Alkohol, bevor er ihr gekonnt beide Spritzen verabreichte.

Innerhalb weniger Sekunden war es vorbei, und Hancock zog ihren Umhang wieder herab. Ihre Umgebung begann bereits angenehm zu verschwimmen, sie fühlte sich wunderbar schwer, und die stets präsenten Schmerzen lösten sich in Wohlgefallen auf.

Dennoch wehrte sie sich dagegen, sich dem Schlaf zu überlassen. Sie setzte sich auf, öffnete die Augen und sah Hancock besorgt an.

»Und wenn wir nun in Schwierigkeiten geraten? Zurzeit könnte ich mich nicht mal aus einer Papiertüte befreien.«

»Überlassen Sie das Kämpfen ruhig uns«, erwiderte Hancock leicht amüsiert. »Im Moment sehe ich noch keine Schwierigkeiten auf uns zukommen. Also nutzen Sie die Gelegenheit, ruhen Sie sich aus und werden Sie gesund.«

Vielleicht war er doch ein Mensch. Vielleicht hatte sie ihn nur falsch eingeschätzt. Immerhin führte er eine Mission aus. Genau wie jeder andere Soldat und jedes Mitglied einer Spezialeinheit oder was immer er sein mochte. Vielleicht gehörte er zu einer Geheimoperation. Verschwiegen genug war er jedenfalls, und er hatte nichts davon verlauten lassen, welcher militärischen Einheit er angehörte. Vielleicht gehörte er zu einer von denen, die offiziell gar nicht existierten und rückte deshalb nicht mit Informationen heraus, die sie später aus Versehen ausplaudern könnte.

Ihr war das egal. Sie würde notfalls auch behaupten, Feen hätten sie gerettet. Hauptsache, sie kam wieder nach Hause. Sicher. Lebendig.

»Danke«, flüsterte sie, mühsam die Augen offen haltend.

Hancock klang echt verwirrt, als er fragte: »Wofür?«

»Dass Sie mich gerettet haben. Dass Sie mir geholfen und dass Sie mir versprochen haben, mich wieder nach Hause zu bringen.«

Sie spürte, wie er sich versteifte, wie die Muskeln in seinen Beinen ganz hart wurden. Er hörte auf, sie zu streicheln, und zog seine Hand weg.

»Das habe ich nicht versprochen, Honor«, erwiderte er mit belegter Stimme.

Vielleicht war ihm nicht wohl dabei, wenn ihm jemand dankte. Falls er offiziell gar nicht existierte, war er es vermutlich nicht gewohnt, dass man ihm für irgendetwas dankte. Seine Männer und er waren Gespenster. Was für ein grässliches Leben. Sein Leben für andere aufs Spiel setzen und nie Dank bekommen.

»Es reicht, dass Sie es versuchen«, murmelte sie. »Sie sind meine letzte und einzige Hoffnung. Also danke.«

»Schlafen Sie, Honor.« Ihm war anzumerken, dass er nicht gern hörte, was sie sagte. »Sie müssen die Gelegenheit nutzen, sich auszuruhen.«

Das war eine Aufforderung, der sie problemlos nachkommen konnte. Sie schlief eh schon fast. Sie musste nur noch die Augen zufallen lassen und dem verlockenden Ruf des Vergessens nachgeben.

9

Viele Stunden später hielt die Gruppe bei einem unterirdischen Versteck an, wo sie sich während der Nacht verkriechen konnten. Es war schon lange dunkel, weshalb sie zum Schluss nur noch sehr langsam durch die Wüste, in der es keine Straße gab, hatten fahren können.

Sie hatten länger gebraucht, als es Hancock lieb war, aber er hätte seine Männer nicht in Gefahr gebracht, indem er sie auf offenem Gelände, das nicht zu verteidigen war, hätte halten lassen. Hier befanden sie sich zumindest in einem gegen Explosionen gesicherten Bunker, und sie würden abwechselnd Wache halten, damit sie merkten, wenn sich jemand näherte.

Seine Männer waren schon lange daran gewöhnt, mit wenig oder gar keinem Schlaf auszukommen. Sie konnten nächtelang aufbleiben und trotzdem wach und im Kampf voll bei der Sache sein, deshalb würden ein paar Stunden Wacheschieben ihre Weiterfahrt kaum behindern.

Er stieg aus, hob Honor aus dem Wagen und ging auf den Eingang zu, den Conrad bereits rasch geöffnet hatte.

»Bringt das Fahrzeug in Deckung«, befahl Hancock, der am Eingang kurz stehengeblieben war. »Mojo, Conrad, ihr übernehmt die erste Wache. Zwei Stunden. Henderson, Viper, ihr übernehmt die zweite.« Er richtete den Blick auf Copeland. »Cope, wir beide übernehmen die letzte Wache. Ich wecke alle auf, wenn es Zeit ist, weiterzufahren.«

»Wieso halten wir jetzt an, Boss?«, erkundigte sich Conrad.

Hancock verstand gut, dass sich seine Leute über einen

derart uncharakteristischen Aufenthalt wunderten. Normalerweise machten sie tagelang ohne Schlaf weiter, um ihr Ziel zu erreichen.

»Die Frau nützt uns nichts, wenn wir ihr nicht genügend Zeit lassen, um sich auszuruhen und zu erholen.«

»Wirklich schlecht«, murmelte Mojo.

»Ich muss sagen, diese Mission kotzt mich an«, meldete sich Cope zu Wort.

Hancock sah ihn überrascht an. Er konnte sich nicht erinnern, dass einer seiner Männer jemals Probleme mit einer Mission gehabt hätte, obwohl viele in dem unscharfen Grenzbereich zwischen Gut und Böse stattgefunden hatten. Einige dieser Missionen hatten ihre Seele aufgefressen, jedes Mal ein bisschen mehr, bis keiner von ihnen mehr viel Menschliches an sich hatte. Das galt auch für Hancock. Diese Mission war wohl kaum eine ihrer schlimmsten. Im Namen des »Guten« und des Schutzes anderer hatten sie viel Schlimmeres getan. Im Namen der Unschuldigen, die sich nicht selbst verteidigen konnten. Das war Titans Aufgabe. Für sie einzustehen. Sie zu verteidigen, während sie den Schlaf der Unwissenden schliefen und keine Ahnung hatten, wie nah sie dem Tod waren.

»Sie hat ihr Schicksal nicht verdient«, fügte Cope erklärend hinzu. Sein Gesichtsausdruck war grimmig, und seine sonst so kalten, gefühllosen Augen funkelten wütend. »Und mir gefällt nicht, dass wir sie täuschen. Sie ist … mutig.« Es klang, als hätte er erst das richtige Wort suchen müssen, um sie zu beschreiben. »Sie verdient es, verschont zu werden. Sie hat sich diesen Arschlöchern über eine Woche lang entzogen und es geschafft, nicht erwischt zu werden. Ich kenne niemanden, der das von sich behaupten kann. Verdammt, sie ist bereits eine Nationalheldin, nicht nur für die Leute hier, sondern auch in den USA.«

»Wirklich schlecht«, wiederholte Mojo, und Hancock wurde bewusst, dass Mojo das Gleiche empfand wie Copeland und er deshalb vorher schon »wirklich schlecht«, gemurmelt hatte.

Verdammter Mist. So eine Komplikation hatte es in seinem Team noch nie gegeben. Nicht ein einziges Mal. Nicht einmal, als sie Grace mit Gewalt aus den Händen von KGI gerissen und dabei einen von KGIs Männern erschossen und später sogar Rio beinahe getötet hatten. Und Grace ebenfalls. Auch nicht, als sie Caldwell gestattet hatten, Maren zu entführen, als sie schwanger und verletzlich war, und sie hinter Schloss und Riegel zu halten. Bis sich Hancock gezwungen sah – von seinem neuerdings entwickelten Gewissen –, einzuschreiten und diese Mission den Bach hinuntergehen zu lassen, um Maren herauszuholen.

»Eine Heldin? Oder die Hunderttausende von unschuldigen Menschen, die Maksimov zum Opfer fallen werden, wenn er nicht endgültig aus dem Verkehr gezogen wird?«, fragte Hancock herausfordernd, um seine Männer an ihre Rolle in dieser Welt zu erinnern. An ihr Ziel. Ihr einziges Ziel. Ihre Mission war nicht, zu urteilen, zu entscheiden, wer wertvoll war und wer nicht. Ihre Aufgabe war es, die Welt von Verbrechern zu befreien, die unschuldige Menschen zu Opfern machten, und das bedeutete nun einmal, dass *sie* manchmal Unschuldige opfern mussten, um ihr Ziel zu erreichen.

Die Uneinigkeit in seinen Reihen spiegelte seine eigenen Gedanken zu genau wider – Gedanken, die er entschlossen beiseite geschoben hatte. Er verbot sich, Schuld zu empfinden. Oder Bedauern. Ihm gefiel dieser Aufruhr ganz und gar nicht, und er musste ihn gleich im Keim ersticken, bevor er außer Kontrolle geriet und sich zu einer Meuterei entwickelte – etwas, das er sich in einer Million Jahre nicht hätte vorstellen können. Dafür waren seine Männer viel zu standfest. Zu zuverlässig. Zu konzentriert auf ihr Ziel. Genau wie er. Sie folgten ihm, ohne seine Anweisungen jemals in Frage zu stellen.

Bis jetzt.

»Kapiert«, murmelte Cope. »Aber ich muss es nicht mögen.«

»Wir *müssen* es nicht mögen«, erwiderte Hancock streng. »Aber wir müssen unsere Arbeit machen. Auch wenn wir dabei eine Unschuldige opfern. Das Gute für die vielen …«

»Ja, ja, wissen wir«, unterbrach Cope ungeduldig seinen Anführer. Auch dies war etwas, das Hancocks Männer niemals wagten. »Das Gute für alle hat Priorität vor dem Guten für Einzelne. Teammotto. Aber egal. Inzwischen hat das Ganze einen ziemlichen Bart, und deshalb höre ich nach Maksimov auf.«

»Du weißt, dass wir gegen *Eine Neue Ära* losziehen müssen«, sagte Hancock leise, der noch immer Honor an seine Brust gepresst hielt.

Seine Teammitglieder sahen sich an. Einige vielsagend. Einige resigniert. Einige unentschieden.

»Wirklich schlecht«, sagte Mojo mit einer Stimme, die seine Verärgerung deutlich zum Ausdruck brachte. Und nicht bezüglich der Mission oder des »übergeordneten Ziels«.

»Und was dann?«, fragte Conrad, der zum ersten Mal das Wort ergriff. »Ich bin dabei. Ich komme mit. Das weißt du. Aber wann ist der Zeitpunkt gekommen, den Kampf für das Gute zu beenden und ihn anderen zu überlassen? Es gibt immer wieder ein neues Arschloch, das aus dem Verkehr gezogen gehört. Nach Maksimov, nach *Eine Neue Ära*, wird es wieder jemanden geben. Es wird *immer* jemanden geben. Wann hört es auf?«

Hancock spürte, wie sich Frustration in ihm breitmachte. Und der Auslöser des Konflikts zwischen seinen Männern und ihm lag zusammengerollt in seinen Armen. Eine kleine Frau. Ein winziger Teil von ihm wünschte sich, sie wäre mit den anderen gestorben. Denn dann wäre er nicht hier und hätte sie nicht durch das halbe Land gejagt. Müsste nicht diese lächerliche Diskussion mit seinen Männern führen, deren Prioritäten in der ganzen Zeit, die sie für ihn gearbeitet hatten, nie ins Wanken geraten waren. Und doch hatte eine kleine Frau ihrer Einigkeit beträchtlichen Schaden zugefügt, und das ärgerte ihn kolossal.

Wenn sie nicht überlebt hätte, wäre alles um einiges unkomplizierter.

»Das entscheidest du«, sagte Hancock geradeheraus. »Du kannst jederzeit aufhören. Niemand zwingt dich, zu bleiben. Ob wir dich brauchen? Verdammt, ja. Ich wüsste nicht, wen ich lieber als Rückendeckung hätte als euch fünf. Aber jeder hier würde verstehen, wenn du gehst, egal zu welchem Zeitpunkt. Wenn du – oder einer von euch anderen – nach Maksimov aufhören willst, wird keiner etwas anderes sagen als ›Gute Reise‹. Ich werde dir immer für deine Dienste dankbar sein. Und falls du mich jemals brauchst, reicht ein Anruf. Wir werden dir immer beistehen. Einmal einer von uns, immer einer von uns. Daran ändert sich nichts, auch wenn du aufhörst.«

Als seine Männer still blieben, warf Hancock ihnen einen ungeduldigen Blick zu, den sie nicht falsch verstehen konnten. *Deckt das Fahrzeug ab und legt euch hin*. Sie hatten bereits genug Zeit verloren. Zeit, die sie nicht hatten.

Dann ging er die roh gehauenen Stufen in den Schutzraum hinunter und legte Honor auf ein Feldbett auf der gegenüberliegenden Seite des kleinen Raums, sodass seine Männer und er zwischen ihr und dem Eingang lagen. Es war der sicherste Ort in dem kleinen Bunker.

Hier waren sie gut geschützt, umgeben von verstärkten

Wänden und Decken, die verhinderten, dass jemand sie von außen mithilfe von Wärmesuchgeräten orten konnte. Und falls nicht jemand eine Atombombe auf sie abwarf, waren sie auch vor Bombardierung sicher. Außer es gäbe einen schweren, andauernden Angriff.

Es war eine übriggebliebene Einrichtung aus den Zeiten, als Titan noch im Auftrag der US-Regierung gearbeitet hatte und es ihnen erlaubt war, ihre Missionen nach eigenem Gutdünken durchzuführen. Sie hatten die beste Ausrüstung gehabt, die für Geld zu haben war. Es war riskant, wieder hierherzukommen. Aber Titan war schon seit langer Zeit aufgelöst, und nur KGI und ein einziger CIA-Mitarbeiter mitsamt seinem Geheimkommando, der nur Resnick, dem CIA-Agenten, unterstand, wussten mit Sicherheit, dass Hancock und seine Männer noch lebten und eine Bedrohung für jeden waren, der sich ihnen in den Weg stellte. In der Führungsetage, bei denen, die bei der Erschaffung von Titan mitgewirkt hatten, bestand durchaus der Verdacht, dass Titan noch aktiv war. Oder besser gesagt: dass Titan im Alleingang Missionen durchführte. Aber nur wenige wussten, dass sie noch lebendig waren – und gefährlicher denn je.

Wegen KGI machte sich Hancock keine Sorgen, auch wenn sie nicht direkt Verbündete waren. Waren sie Feinde? Die Frage konnte nur KGI beantworten. Auf jeden Fall schuldeten sie ihm etwas. Er hatte eine Menge getan, um Grace zu schützen. Und Elizabeth, ein unschuldiges Kind, dessen einzige Sünde darin bestand, Tochter eines Mannes zu sein, der das Böse an sich verkörperte. Auch wenn KGI das zu dem Zeitpunkt vielleicht nicht gewusst hatte. Vielleicht noch immer nicht wusste.

Und er hatte seine Mission für Maren Scofield – jetzt Maren Steele – geopfert, obwohl er noch nie so nah an Maksimov dran gewesen war. Bis jetzt.

Deshalb bezweifelte er, dass KGI ihn jemals verraten würde, auch wenn er dafür verantwortlich war, dass zwei ihrer Männer verletzt worden waren. Sie waren viel zu … ehrenhaft. Richtige Gutmenschen. Alles was Hancock nicht war und auch nicht sein wollte.

Der CIA-Agent war eine andere Sache. Aber seine Regierung hatte sich gegen ihn gewandt, genau wie gegen Titan. Und obwohl Titan Adam Resnick beinahe umgebracht hätte und sich Zugang zu seinen geheimen Dateien verschafft hatte, hatte Resnick innerhalb seiner Reihen nicht mehr genügend Verbündete, um sich zu rächen. Er wäre verrückt, würde er allein gegen Hancock losschlagen wollen, und so blöd war der Mann nicht. Er war verschlossen und klug, und er hatte über jeden, von den höchsten Militärs bis hin zum Weißen Haus und allen dazwischen, belastendes Material gesammelt. Er wurde von vielen gefürchtet und gehasst. Seine Tage waren höchstwahrscheinlich gezählt. Er hatte genug damit zu tun, am Leben zu bleiben und sich von denen fernzuhalten, die seinen Tod feiern würden, ohne sich auch noch Hancock zum Todfeind zu machen.

Die, die jetzt Jagd auf Titan machten, waren nichts anderes als Söldner. Keine organisierten Geheimkommandos. Es fing schon damit an, dass nur wenige in der Regierung von Titans Existenz wussten. Also war es äußerst unwahrscheinlich, dass jemand sie hier suchen würde. Schon gar nicht, wenn *Eine Neue Ära* so viel von dieser Gegend kontrollierte. Ein großes Lösegeld einzukassieren, weil man Titan beseitigt hatte, war das Risiko nicht wert, umgebracht zu werden. Söldner hatten mit selbstloser Aufopferung nichts am Hut. Bei ihren Missionen ging es nicht um Ehre oder ein übergeordnetes Ziel. Ihr einziges Ziel war es, sich die Taschen vollzustopfen und ihren Ruhm zu mehren.

»Alles gesichert«, sagte Viper, als er in den kleinen Raum trat. »Conrad und Mojo stehen Wache, also werden sie mitkriegen, wenn im Radius von einer Meile eine Ameise furzt.«

»Dann leg dich mit den anderen jetzt hin und schlaf, bis ihr mit Wache dran seid«, befahl Hancock. »Bis wir die Frau bei Bristow abgeliefert haben, ist das vielleicht die letzte Nacht, in der wir ein bisschen Schlaf bekommen.«

Er nannte Honor bewusst nicht beim Namen. Seine Männer betrachteten sie sowieso schon nicht mehr als Mittel zum Zweck, einfach ein Pfand, sondern als heldenhaftes menschliches Wesen. Eine unschuldige Frau, die es nicht verdient hatte, dass man sie in falscher Sicherheit wiegte. Was sie tatsächlich taten, auch wenn sie sie nicht direkt anlogen. Sie machten sich der Sünde der Auslassung schuldig, aber im Vergleich zu ihren anderen Sünden war das gar nichts. Für Männer wie sie gab es keine Erlösung. Sie waren zu ewiger Verdammnis verurteilt. Ihre Seelen waren so befleckt, dass sie nie wieder das Licht sehen würden. Wie das alte, aber treffende Sprichwort lautete: Der Weg zur Hölle ist mit guten Vorsätzen gepflastert.

Viper löschte das Licht, und der Bunker versank in Dunkelheit. Die Männer verteilten sich auf die wenigen Feldbetten und die Isomatten, die sie bei sich hatten. Sie hatten gelernt, auf Befehl einzuschlafen, und ihre Körper waren es gewohnt, in Schlaf zu sinken, sobald sich eine Gelegenheit ergab, und sofort beim Aufwachen fit und aktionsbereit zu sein.

Und doch gelang es Hancock nicht, einzuschlafen. Lange nachdem seine Männer bereits schliefen, lag er da, seine Isomatte nur wenige Zentimeter von Honor entfernt, und seine Gedanken kreisten um das Opfer, das er Bristow – und damit letztlich Maksimov – zu Füßen legen wollte.

Er hatte keine Ahnung, wie viel Zeit vergangen war, als er ein Geräusch hörte, das den meisten gar nicht aufgefallen wäre. Aber seine Ohren bemerkten die leiseste Veränderung. Er drehte den Kopf in die Richtung, aus der das Geräusch kam, und stellte fest, dass es von dort kam, wo Honor lag und schlief. Zumindest nahm er an, dass sie schlief.

Das Geräusch war so leise, dass er erst dachte, er bilde es sich ein oder es sei einfach eines, das sie im Schlaf von sich gab. Aber nein, da war es wieder. Es klang wie …

Weinen.

Leises, fast lautloses Weinen.

Verdammt.

Ihm zog sich die Brust zusammen, obwohl er sein Herz bereits gegen diese Frau verhärtet hatte. Sie heulte nicht auffällig oder gab ihrem Kummer lautstark Ausdruck. Er war sich nicht einmal wirklich sicher, ob ihr bewusst war, dass sie weinte.

Bevor er es sich anders überlegen konnte, hatte er sich aufgerichtet, um auf Augenhöhe mit ihr zu sein, und betrachtete sie noch genauer. Er versuchte, in der Dunkelheit herauszufinden, wie weit sie tatsächlich bei Bewusstsein war. Sanft berührte er sie an der Wange, um zu sehen, ob seine Annahme zutraf, und als seine Fingerspitzen ihre Tränen spürten, zog sich ihm die Brust gleich noch mehr zusammen.

Sie weinte im Schlaf. Nur Gott wusste, welche Albträume sie heimsuchten. Sie war in der letzten Woche durch die Hölle gegangen. Unwillig zollte er ihr Bewunderung für ihre Widerstandskraft. Vermutlich war sie die stärkste Frau, die er je kennengelernt hatte. Nein, sie war keine Kriegerin wie die Frauen, die für KGI arbeiteten, die leicht mit einem Mann fertig wurden, der doppelt so groß war wie sie.

Sie war stark, obwohl sie keine Ahnung von Kampftechniken und Selbstverteidigung hatte. Sie war ideenreich und verlor ihre Entschlossenheit auch im Angesicht unüberwindbarer Hindernisse nicht. Die Bedeutung des Worts *aufgeben* war ihr nicht geläufig. Wo viele schon aufgegeben und sich in ihr Schicksal ergeben oder sogar umgebracht hätten, um sich Folter und Erniedrigung zu ersparen, hatte sie stur weitergemacht und um ihr Leben gekämpft.

Behutsam, um sie nicht aufzuwecken, schob er die Arme unter ihren leichten Körper und hoffte, dass sie noch hinüber war von dem Schmerzmittel, das er ihr gespritzt hatte. Er hatte ihr bewusst eine große Dosis verabreicht, damit sie wie eine Tote schlief und die dringend benötigte, kräftigende Erholung fand.

Er hob sie neben sich auf die Isomatte hinunter und redete sich ein, er wolle nur verhindern, dass sie seine Männer aufweckte. Als er sich sicher war, dass sie noch immer schlief, legte er sich neben sie, zog sie an sich und schlang die Arme um sie, einfach, um ihr das Gefühl zu geben, gehalten und getröstet zu werden. Das war das Mindeste, was er tun konnte, wenn er schon vorhatte, sie auf übelste Weise zu verraten.

Mit einer Zärtlichkeit, die er sich gar nicht zugetraut hätte, schob er ihr das Haar aus dem Gesicht und strich glättend über die Falten, die ihr Albtraum in ihre Stirn gegraben hatte. Er konnte ihre Angst deutlich spüren, und etwas tief in seinem Inneren krümmte sich entsetzt, als er feststellte, dass ihr gesamter Körper unter den lautlosen Schluchzern bebte.

Leise, damit seine Männer es nicht hören konnten, fuhr er mit den Lippen über ihre Ohrmuschel und flüsterte: »Du bist in Sicherheit, Honor. Du bist bei mir. Heute Nacht wird dir nichts zustoßen.«

Diese Nacht war alles, was er ihr geben konnte. Er hatte keine Ahnung, was am nächsten Tag sein würde. Aber er wusste, was die baldige Zukunft bereit hielt, wenn er seine Mission erfolgreich zu Ende brachte. Er schloss die Augen, um den Bildern Einhalt zu gebieten, Bildern von Honor, verletzt, gequält.

Tot.

Es war zweifelhaft, ob sie Maksimov unversehrt entkommen konnte. Aber selbst wenn dieser unwahrscheinliche Fall eintreten sollte, würde sie genau der Gruppe ausgeliefert werden, vor der Hancock sie gerade mit allen Mitteln zu schützen versuchte. Welche Ironie. Und ihnen würde sie garantiert nicht unversehrt entkommen – wenn überhaupt. Was immer Maksimov ihr antun würde, es wäre lächerlich im Vergleich zu dem, was sie bei *Eine Neue Ära* erwartete.

Er setzte sein Leben ebenso wie das seiner Männer aufs Spiel. Alles, um Honor aus den Fängen von *Eine Neue Ära* zu befreien, und alles nur, damit Maksimov sie als Verhandlungsmasse benutzen und sie wieder … an *Eine Neue Ära* übergeben konnte.

Ihr Schicksal war besiegelt. Denn es war nun mal das Richtige, sie Maksimov zu übergeben. Nur so bekam Hancock uneingeschränkten Zugang zu dem Mann, den aus dem Verkehr zu ziehen sein einziges Ziel war. Aber das Richtige zu tun, fühlte sich nicht immer richtig an.

Manchmal war es unglaublich beschissen, das Richtige zu tun.

10

Honor wachte auf und streckte sich. Sofort protestierte ihr Körper dagegen, dass sie seine Muskeln in Bewegung setzte. Sie blinzelte, um besser sehen zu können, und schaute sich dann in dem Raum um, in dem vier von Hancocks Männern noch immer schliefen. Hancock und ein anderer fehlten, und Honor nahm an, dass die Männer abwechselnd Wache gehalten hatten.

Sie hatte keine Ahnung, wo sie sich befanden oder wo sie Unterschlupf gefunden hatten. Es fühlte sich an wie eine Höhle, erstickend heiß und klaustrophobisch. Keine Fenster, kein Licht, die Luft schlecht, ohne Austausch oder den geringsten Luftzug.

Sie nutzte die ruhige und einsame Minute, um sich über ihren Gesundheitszustand bewusst zu werden, ohne dass Hancock sie dabei aus Augen beobachtete, die zu viel sahen. Sie beugte das Knie und stellte erleichtert fest, dass es lange nicht mehr so steif und geschwollen war, auch wenn es noch schmerzte und ungern bewegt wurde. Ihr Kopf tat nicht mehr so weh wie am Tag zuvor, aber es konnte sein, dass das Schmerzmittel, durch das sie wie eine Tote geschlafen hatte, noch wirkte.

Endlich hatte sie Zeit, sich mit sich selbst zu beschäftigen, ein Luxus, der ihr während ihrer verzweifelten Flucht nicht vergönnt gewesen war. Sie hatte an mehr als einem Dutzend Stellen blaue Flecken, Schnitte und Schürfwunden, aber die einzigen ernsthaften Verletzungen waren ihre Kopf- und ihre Knieverletzung. Alles andere war beherrschbar, außerdem würde sie sich niemals erlauben, zu einem Problem zu werden, das dem im Weg stand, was sie am meisten wollte.

Ihre endgültige Flucht. Freiheit.

Dafür konnte sie alles ertragen. Sie hatte die letzten Tage bereits alles ertragen und ihren Körper in dem verzweifelten Versuch zu überleben bis über seine Grenzen hinaus gefordert.

Aber jetzt hatte sie Unterstützung. Trotz Hancocks höhnischer Bemerkung, einem geschenkten Gaul solle man nicht ins Maul schauen, würde sie die Dinge nicht verkomplizieren, indem sie nicht voll und ganz kooperierte. Auch wenn sie den Mann nicht mochte und manchmal wegen ihm vor Wut mit den Zähnen knirschen musste, würde sie sich auf die Zunge beißen und ihm keinen Anlass bieten, ihre Rettung zu bereuen. Hauptsache, er brachte sie hier heraus. Mögen konnte sie ihn später noch, denn wenn er sie wirklich heil hier herausbrachte, wäre es lächerlich, ihm wie ein trotziges Kind böse zu sein, weil er nicht gerade die einnehmendste Persönlichkeit besaß.

Sie beschloss, sich nicht mehr wie ein bockiger Dummkopf aufzuführen und ab jetzt den Mund zu halten. Und wenn es sie umbrachte, er würde keine Widerrede und keine Beschwerde mehr von ihr hören.

Sie erschrak, als sie ein Geräusch hörte, und sah rasch in die Richtung, aus der es kam. Hancock und einer seiner Männer kamen die Stufen herunter, die in den kleinen Raum führten, in dem die restlichen Männer schliefen.

Einen Moment lang trafen sich ihre Blicke, und selbst in dem Dämmerlicht war da etwas … Sie schüttelte den Kopf. Der Gedanke, der ihr durch den Kopf geschossen war, hatte sich bereits wieder verflüchtigt, bevor sie ihn zu fassen bekommen hatte. Sie runzelte die Stirn, denn irgendetwas war ihr entgangen. Irgendetwas nagte an ihr.

»Zeit zum Aufbruch.«

Er sprach nicht laut, aber das musste er auch nicht. Offenbar waren es seine Männer gewohnt, auf Befehl wach zu werden und sofort zum Aufbruch bereit zu sein. Der Raum flirrte vor Aktivität. Honor richtete sich auf, und sofort wurde ihr übel. Glücklicherweise erholte sie sich rasch – oder zumindest glaubte sie das –, denn sie wollte ihnen keinen Anlass zur Sorge geben. Nur über ihre Leiche würde sie für eine Verzögerung sorgen, wollte sie doch noch viel schneller hier raus als die Männer.

Aber verdammt, Hancock entging nie etwas. Er kam sofort zu ihr und beugte sich über sie.

»Ist Ihnen schlecht?«, fragte er leise genug, dass seine Männer es nicht hören konnten.

Sie war ihm seltsam dankbar, dass er sie nicht vor den anderen bloßstellte und sie schwach erscheinen ließ. Ihr Stolz war ihr wichtig. Er war alles, was sie noch hatte. Das und ihre Hoffnung. Diese beiden Dinge waren alles, was ihr durch die nächsten Tage helfen würde.

»Nein. Ich habe mich nur zu schnell bewegt. Mir geht es gut. Wirklich.«

»Wann haben Sie zuletzt etwas gegessen?«, fragte er und musterte sie wie mit Röntgenaugen.

»Vorgestern.« Sie verzog das Gesicht bei dem Gedanken an das geschmacklose, fade Fertiggericht, das sie automatisch hinuntergewürgt und mit ihrem letzten Wasser hinuntergespült hatte.

Hancock drehte sich um und rief einem seiner Männer etwas zu. Sofort holte dieser ein Päckchen heraus und warf es Hancock zu. Ein anderer reichte ihm eine vakuumverpackte Schachtel und eine Feldflasche. Hancock riss beide Päckchen auf und legte sie neben Honor auf das Feldbett.

Es war eine Mischung aus getrockneten Nahrungsmitteln,

teils Früchte, teils etwas, das wie Fleisch aussah. Honor musste sich zusammenreißen, um nicht wie ein Wolf kurz vor dem Verhungern darüber herzufallen.

Hancock lehnte die Feldflasche gegen ihren Oberschenkel und richtete sich dann wieder zu seiner vollen Größe auf.

»Essen Sie, was Sie herunterbringen, während wir das Fahrzeug fertig machen und beladen. Das eine Päckchen enthält vor allem Vitamine, das andere Protein. Essen Sie, so viel Sie können, ohne dass Ihnen übel wird.«

Sie nickte und griff sofort nach dem Essen. Zu ihrer Überraschung schmeckte es gut. Es sah nicht mal ansatzweise appetitlich aus und roch nach überhaupt nichts, aber sobald es in Kontakt mit ihrer Zunge kam, explodierten ihre Geschmacksnerven.

Sie genoss den ersten Bissen und hätte ihn am liebsten ewig ausgekostet, aber dann fiel ihr wieder ein, dass Hancock ihr gesagt hatte, sie solle so viel essen wie möglich, während die Männer den Aufbruch vorbereiteten. Was bedeutete, dass sie nicht viel zu essen bekommen würde, wenn sie ihr Tempo beibehielt.

Während sie wie ein Automat das Essen in sich hineinschaufelte und aus der Feldflasche trank, sah sie neugierig den Aufbruchsvorbereitungen um sich herum zu und bewunderte die flüssigen, präzisen Bewegungen der Männer. Sie arbeiteten schweigend, Verständigung war nicht notwendig. Sie wussten einfach, was zu tun war und wie man es am besten tat. Es war, als würde man einer gut geölten Maschine zusehen.

Kurz darauf kam Hancock mit etwas über dem Arm zu ihr, das wie ein ganzer Ballen schwarzen Stoffs aussah. Sie verzog das Gesicht, denn sie wusste sofort, das war für sie gedacht.

»Wir haben das Glück, dass wir durch Gegenden kommen, wo die Burka das gängige Kleidungsstück für Frauen ist. Wenn Sie vorher eine getragen hätten, hätten Sie ungewollt Aufmerksamkeit auf sich gezogen. Es war richtig, dass Sie nicht versucht haben, sich vollständig zu verhüllen.«

Diese Andeutung eines Lobs ließ ihr die Röte in Nacken und Gesicht steigen.

»Hiermit sind Sie komplett verhüllt, und niemand wird sich dort, wo wir die nächsten zwei Tage unterwegs sein werden, über eine Frau wundern, die ein solches Kleidungsstück trägt.«

Obwohl es unter der Burka stickig und sie extrem unbequem sein würde, war Honor außerordentlich dankbar, dass sie von Kopf bis Fuß verhüllt sein würde. Nicht einmal ihre Augen wären sichtbar, und falls sie sich in der Öffentlichkeit zeigen müsste, würde sie unter den anderen Frauen nicht auffallen.

Der Rest von Hancocks Truppe war da schon eher ein Problem. Eine einzelne Frau lief normalerweise nicht mit sechs kräftigen Kriegern aus westlichen Ländern im Schlepptau herum. Männliche Begleitpersonen für unverheiratete und verheiratete Familienmitglieder waren nichts Ungewöhnliches, aber diese Gruppe würde mit absoluter Sicherheit auffallen und könnte auch wohl kaum für Einheimische gehalten werden.

Honor wollte unter der Burka so wenig Kleidung wie möglich tragen, deshalb zog sie sich rasch bis auf das Nötigste aus. Sie achtete darauf, ihren Körper nicht zu weit zu entblößen, obwohl keiner der Männer zu ihr hinsah.

Die überflüssige Kleidung stopfte sie in ihr Bündel, dann schob sie sich den Rest der Rationen in den Mund und spülte sie mit mehreren Schlucken Wasser hinunter.

Als alle Männer wieder drinnen versammelt und bereit zum Aufbruch waren, stellte Hancock ihr kurz jeden mit Namen vor, und sie speicherte sie ab. Im Geiste verdrehte sie die Augen, als die Reihe an Mojo war. Passte genau, da ihm außer den Worten »Good mojo« oder »Bad mojo« sonst nichts über die Lippen gekommen war.

Kurz darauf wurde sie in das schon bereitstehende Fahrzeug gescheucht. Hancock hielt sich neben ihr, ließ sie aber allein in den erhöhten hinteren Teil des Wagens steigen. Vielleicht wollte er sehen, wie beweglich sie war. Aber sie hatte sich längst geschworen, dass keiner dieser Männer denken sollte, sie könne sich nicht auf den Beinen halten, wie sehr ihr Körper protestierte.

Das Einzige, was sie verriet, war ihre verkrampfte Kinnpartie, als sie sich neben Conrad setzte, dem vermutlich zweitgruseligsten Mann in der Gruppe nach Hancock. So lächerlich es klang, Mojo wäre ihr lieber gewesen. Mojo sah zwar wild und einschüchternd aus, aber er war bisher ausnahmslos behutsam und geduldig mit ihr umgegangen. Conrad dagegen hatte etwas … Kaltes. Sein Blick war leer und seelenlos, als wäre ihm schon vor langer Zeit das Leben ausgesaugt worden und er sei mehr Maschine als Mensch und befolge Befehle wie ein Roboter.

Sie zitterte unwillkürlich und fragte sich erneut, ob ihre Rettung nicht furchterregender war als die Alternative. Zwischen zwei Männern zu sitzen, die aussahen, als stünden sie auf sehr vertrautem Fuß mit Tod und Zerstörung, hätte ihre angeschlagenen Nerven eigentlich beruhigen und ihr etwas von der lähmenden Angst nehmen sollen, die ihr ständiger Begleiter der letzten Woche war. Sie sahen so aus, als könnten sie mit allem und jedem fertigwerden, und waren genau die Sorte Männer, die sie brauchte, wenn sie sich dem Zugriff von *Eine Neue Ära* entziehen wollte. Und doch war sie nervös. Die Angst ließ sie trotzdem nicht aus den Klauen, so tief hatte sie sich in ihr eingegraben.

Vielleicht würde sie sich nie wieder sicher fühlen. Vielleicht nicht einmal, wenn sie wieder zu Hause war. Sie weigerte sich, *falls* zu sagen, denn wenn sie nicht wirklich an Hancocks Fähigkeit glaubte, sie wieder nach Hause zu bringen, dann war sie zum Untergang verurteilt, bevor sie auch nur den ersten Schritt gemacht hatte. Sie konnte sich gut vorstellen, dass der Albtraum des Überfalls und des brutalen Mords an ihren Freunden und Kollegen für immer in ihrem Bewusstsein und Unterbewusstsein verbleiben würde.

Über so etwas kam man nicht einfach hinweg. Sie konnte jetzt sehr viel besser nachvollziehen, welche Schrecken Soldaten durchlebten. Wieder und wieder. Und warum so viele nach ihrer Rückkehr so furchtbar litten. Warum so viele die Diagnose Posttraumatisches Stresssyndrom erhielten. Wie sollte jemand auch ein ganz normales Leben ohne Dämonen leben, wenn im Hinterkopf immer die Hölle präsent war? Die Erinnerung lauerte?

Unbewusst lehnte sie sich näher zu Hancock, suchte seine Körperwärme. Als seine Hitze ihre Haut zu wärmen begann, löste sich die Anspannung in ihrer Brust ein wenig.

Doch dann versteifte sie sich, weil eine vage Erinnerung in ihr hochkam, die sich nur schwer greifen ließ. Sie runzelte die Stirn und versuchte, ein genaueres Bild heraufzubeschwören. Sie hatte in Hancocks Armen gelegen, ihre Wangen feucht, ihr Körper angespannt vor Kummer und Angst. Er hatte sie gehalten. Wann?

Letzte Nacht.

Sie musste im Schlaf geweint haben. Hancock musste sie von dem Feldbett gehoben und sie neben sich auf seine Isomatte gelegt haben. Er hatte sie in die Arme genommen, gewiegt und beruhigt und die ganze Zeit zärtliche Worte geflüstert.

Sie musste sich mühsam beherrschen, nicht den Kopf zu drehen und ihn anzustarren, als könnte sie dadurch das Rätsel lösen.

Sie bildete sich das nicht ein. Sie hatte das nicht geträumt.

Sie hatte in seinen Armen gelegen, bis sie so tief eingeschlafen war, dass er sie wieder auf das Feldbett gelegt hatte, ohne dass sie sich daran hätte erinnern können. Bis jetzt.

Sie versuchte, sich ihre Verblüffung nicht anmerken zu lassen, biss sich auf die Unterlippe und fragte sich, wieso sie daraus so eine große Sache machte. Hatte er also doch menschliche Züge, auch wenn sie daran gezweifelt hatte. Die letzte Nacht bewies nur, dass er kein totales Arschloch war und durchaus so etwas wie Mitgefühl kannte. Offensichtlich hielt er seine Gefühle aus was für Gründen auch immer unter Verschluss. Vermutlich zahlte es sich nicht aus, sich irgendwie emotional zu engagieren, wenn er dauernd selbstlos sein Leben für andere aufs Spiel setzte.

Sie konnte verstehen, wieso er sie und die unzähligen anderen, denen er geholfen hatte, als … Dinge sah. Nicht als menschliche Wesen mit Gefühlen. Denn wenn dann etwas schiefging, würde er sehr viel mehr empfinden. Vielleicht war dies sein Weg, nicht den Verstand zu verlieren. Gleich, wie er das handhabte, sie war dankbar, denn es funktionierte. Und sie stand hundertprozentig hinter allem, was sie aus diesem Höllenloch heraus und auf US-amerikanischen Boden zurück brachte.

Dennoch konnte sie es sich nicht verkneifen, rasch einen Blick auf Hancock zu werfen, als er gerade nicht herschaute. Sie musterte seine kräftige Kinnpartei und die wie in Stein gemeißelten Gesichtszüge. Wie mochte wohl seine Vergangenheit aussehen? Was taten seine Männer und er offiziell? Und existierten sie überhaupt offiziell?

Was für ein schreckliches Halb-Leben musste das sein, zu leben und doch der Welt nichts zu bedeuten, für alle ein Niemand zu sein. Ständig sein Leben für Fremde aufs Spiel zu setzen, die sie nicht kannten und niemals wiedersehen würden.

Dankte ihnen jemals irgendwer? Dankte ihnen wirklich? Sie schwor sich, dass sie sich bei jedem von ihnen einzeln bedanken würde, sobald sie dort ankamen, wohin sie fuhren – wann immer und wo immer das sein würde. Sie sollten wissen, dass sie nicht vergessen würde, wer ihr ein neues Leben geschenkt hatte. Wer sie vor Folter und sicherem Tod gerettet hatte.

Gleichzeitig, so unvereinbar das klingen mochte, bestätigte es sie in ihrem Wunsch, weiter Hilfe zu leisten. Niemand würde ihr einen Vorwurf machen, wenn sie sich nie wieder zu einem Hilfseinsatz verpflichtete. Wenn sie auf sicherem Boden innerhalb der Vereinigten Staaten blieb und den Schutz und die Freiheiten genoss, die ihr das Leben innerhalb deren Grenzen bot. Wenn sie in der unwissenden Glückseligkeit lebte, die so viele Amerikaner genossen – und bevorzugten. Die meisten Leute würden sie für verrückt halten, wenn sie sich wieder ins Gefecht stürzen würde, nachdem sie so nah mit dem Undenkbaren in Berührung gekommen war.

Aber es gab Menschen, die Hilfe benötigten. Die jemanden brauchten, der für sie kämpfte. Damit sie etwas tun konnten, was für Honors Landsleute selbstverständlich war. Überleben. Frei sein. Hancock und seine Männer gehörten zu denen, die den Kampf aufnahmen. Sie selbst hatte ihr Leben der Aufgabe verschrieben, anderen zu helfen. Nur weil sie mit Widrigkeiten konfrontiert worden war – und sie überwunden hatte –, gab ihr das nicht die Rechtfertigung, einfach aufzugeben und stattdessen anderen zuzumuten, sich dem Risiko auszusetzen.

Wenn überhaupt, machte das Ganze sie nur noch entschlossener, diesen Arschlöchern nicht zu gestatten, sie von ihrer Mission abzuhalten. Ihrer Familie würde das nicht gefallen. Es würde einen Mordsstreit geben, genau wie beim ersten Mal, als sie in die vom Krieg zerstörte, umkämpfte Region gegangen war. Sie würden Zeit mit ihr brauchen – Zeit, die sie ihnen nur zu gern widmen würde –, damit sie sich vergewissern konnten, dass sie gesund und tatsächlich in Sicherheit war. Am Leben. Unverletzt.

Aber dann würde sie sich wieder auf den Weg machen, und nichts würde sie von ihrer Berufung abbringen. Es ging um etwas, das sie nicht einfach ignorieren und gegen einen Job mit normalen Arbeitszeiten eintauschen konnte. Es ging darum, wer und was sie war, und sich davon abzuwenden, bedeutete nicht nur, die Leute zu verraten, die sie so dringend brauchten, sondern auch sich selbst, ihre Ideale und ihre Überzeugungen.

»Was immer Sie da gerade beschäftigt, ist hoffentlich kein Plan, in den ich nicht eingeweiht werde.«

Hancocks Stimme unterbrach ihren Gedankengang, und sie sah auf und stellte fest, dass er sie intensiv musterte. Was, glaubte er, sie plane, ihm davonzulaufen und ihre Flucht selbst zu organisieren? Unwahrscheinlich. Er war ihre beste und einzige Hoffnung, lebend nach Hause zu kommen, und das wusste sie durchaus.

Sie war so tief in Gedanken versunken gewesen, dass sie ihm antwortete, bevor sie sich ihre Worte überlegen konnte.

»Ich habe mir nur geschworen, dass mich diese Arschlöcher nicht zum Aufgeben bringen werden«, sagte sie.

Ihr leidenschaftlicher Ausbruch war ihr sofort peinlich. Sie zog den Kopf ein, und ihre nächsten Worte murmelte sie nur noch leise vor sich hin.

»Die meisten Leute würden nach Hause laufen und nie wieder zurückgehen. Ich bin nicht wie die meisten Leute, und ich werde hier gebraucht. Und an anderen Orten. An Orten, wo die meisten Leute nicht hinwollen. Aber das sind die Orte, wo der Bedarf am größten ist. Und so wie Sie alle Ihr Leben aufs Spiel setzen, um mich zu retten – eine Person –, werde ich mein Leben aufs Spiel setzen, um zahllosen anderen zu helfen.

Das Risiko, das Sie eingegangen sind, wird nicht umsonst sein. Mein Leben hat eine Bedeutung. Es hat einen Sinn. Ich werde mich nicht leise zurückziehen. Und ich werde auch nicht zulassen, dass diese Schweine mir so viel Angst machen, dass ich den Kopf in den Sand stecke und wie ein Feigling daheim bei Mommy und Daddy bleibe.«

Mit jedem Wort klang ihre Stimme entschlossener und leidenschaftlicher.

Die anderen antworteten nicht, und Schweigen breitete sich im Wagen aus. Einige sahen zu Boden. Andere schauten aus dem Fenster oder starrten ins Nichts. Sie fühlten sich spürbar unwohl. Honor runzelte die Stirn, denn sie verstand nicht, wieso. Waren sie sauer, dass sie ihr Leben für jemanden aufs Spiel setzten, der sich freiwillig immer wieder in Gefahr begeben würde?

Vermutlich wirkte es tatsächlich so, als wäre sie undankbar und scherte sich nicht um das Opfer, das sie brachten. Vermutlich fragten sie sich, warum zum Teufel sie hier mitten in der Wüste herumfuhren und ihr Leben für eine Frau aufs Spiel setzten, die das nicht zu schätzen wusste, oder wieso sie sie nicht rauswarfen und für sich selbst sorgen ließen.

»Ich erwarte nicht, dass Sie das verstehen«, fügte sie leise hinzu. »Aber ich kann diesen Leuten nicht den Rücken kehren. Sie haben niemanden, der für sie kämpft. Niemanden, der ihnen hilft. Und wenn ich Terroristen erlaube, mich von meiner Mission abbringen zu lassen, dann haben sie gewonnen, ob ich nun entkomme oder nicht, ob ich nun lebe oder sterbe.«

Sie sprach weiter, bevor irgendjemand antworten konnte. Nicht dass es den Eindruck machte, als wollte jemand antworten. Gesprächig waren sie nicht gerade. Neben ihnen wirkte Hancock wie ein richtiger Unterhalter, dabei sagte er nur das Notwendigste. Aber seine Männer? Hatten noch weniger zu sagen. Aber vielleicht überließen sie ihm als ihrem Anführer das Reden, während sie fürs Handeln zuständig waren.

»Ich will nicht den Eindruck erwecken, als wäre ich nicht dankbar für das, was Sie getan haben. Was Sie tun. Und ich bin auch nicht hochmütig und ignoriere die Tatsache, dass Sie Ihr Leben riskiert haben, um mich zu retten und hier rauszuholen. Das mag Ihnen vielleicht so vorkommen, aber vermutlich kann ich Ihnen einfach nur nicht erklären, wie wichtig es mir ist, mich nicht durch Angst und Drohungen manipulieren zu lassen.«

Conrad, der neben ihr saß, murmelte einen nicht zu verstehenden Fluch und drehte den Kopf zum Fenster, damit sie seinen Gesichtsausdruck nicht sehen konnte. Sie hätte schwören können, dass ihre Erklärung ihnen allen ein ungutes Gefühl gab … aber nicht aus den Gründen, die sie genannt hatte. Copeland, oder Cope, wie sein Team ihn nannte, sah regelrecht schuldbewusst aus.

Verwirrt richtete sie den Blick auf Hancock und fand es ausnahmsweise einmal tröstlich, dass sein Gesicht eine undurchdringliche Maske war. Kein Gefühl, keine Meinung, keine Verurteilung. In seinem Blick lag weder Zustimmung noch Ablehnung. Er sah sie einfach durchdringend an, und sein Gesicht war dabei so ausdruckslos wie immer.

Offenbar ging ihre Fantasie mit ihr durch, und sie sah Dinge, die gar nicht da waren. Und jetzt, wo sie es wie eine Entschuldigung vor ihnen ausgebreitet hatte … Wem wollte sie etwas vormachen? Es war tatsächlich eine Entschuldigung gewesen, eine Bitte um Verständnis und vielleicht sogar um Zustimmung. Jetzt ärgerte es sie, denn für das, was sie als ihre Mission empfand, brauchte sie keine Erlaubnis. Und die Männer brauchten Honors Anerkennung schon gar nicht, ihnen war schnurzegal, was Honor von ihnen hielt. Warum also sollte sie sich ihnen verpflichtet fühlen, als würde sie ihnen die Bestimmung über ihr Leben überantworten, nur weil sie es ihr gerettet hatten? Ihre Wahl. Ihre Entscheidungen.

Honor gehörte ihnen nicht, genauso wenig wie ihre Gedanken. Und schon gar nicht ihre Entscheidungen. Sie schuldete ihnen Dankbarkeit, das stand außer Frage. Sie schuldete ihnen Respekt und ihre uneingeschränkte Kooperation, solange sie unter ihrem Schutz stand. Aber mehr schuldete sie ihnen nicht, und sie brauchte nun wirklich nicht ihre Erlaubnis, mit ihrem Leben zu tun, was sie wollte, genau wie die Männer ihre nicht brauchten – oder wollten.

Hancock zuckte bloß mit den Schultern. »Was Sie tun, falls Sie wieder nach Hause kommen, ist voll und ganz Ihre Sache. Sie sind eine erwachsene Frau und schulden niemanden eine Erklärung für die Entscheidungen, die Sie treffen.«

Aus irgendeinem Grund machte es ihr zu schaffen, dass er *falls* gesagt hatte, nicht *wenn*. Es machte ihr sogar sehr zu schaffen. Denn Hancock war völlig ruhig und zuversichtlich. Er strahlte absolute Selbstsicherheit und Überzeugung in seine Fähigkeiten und die seines Teams aus. Es war das erste Mal, dass er eine Andeutung machte, sie könne vielleicht aus diesem Albtraum nicht herausfinden. Als gäbe es da zumindest eine winzige Möglichkeit, dass es nicht gelingen würde. Sofort fing ihr Puls an zu rasen, sie spürte ihn in ihren Schläfen klopfen, und schon waren auch die Kopfschmerzen wieder da, die abgeklungen und nicht zurückgekehrt waren. Bis jetzt.

Am liebsten wäre sie wieder in seine Arme gekrochen und hätte sich wie in der vergangenen Nacht an ihn gekuschelt, selbst wenn sie das zu dem Zeitpunkt nicht gewusst hatte. Aber auch jetzt war die Erinnerung noch frisch, wie unglaublich sicher und wohl sie sich gefühlt hatte. Was letzte Nacht geschehen war, war ihr inzwischen eher noch bewusster. Sie wollte wieder so fühlen, und sei es auch nur für ein paar Momente. Nur gerade so lang, dass sie das plötzliche ungute Gefühl abschütteln konnte.

Sie konnte sich nur ausmalen, wie er reagieren würde, sollte sie so etwas tun. Sie sollte nicht wissen, dass er sie in der vergangenen Nacht gehalten und getröstet hatte, das war augenscheinlich. Nichts an seinem Verhalten deutete darauf hin, und er hatte auch keine Anspielung gemacht. Er tat, als wäre es nie passiert, und sie nahm an, dass er, sollte sie ihn darauf ansprechen, alles ableugnen und behaupten würde, sie habe nur geträumt. Obwohl sie genau wusste, dass es tatsächlich passiert war. Nie würde sie vergessen, wie es sich in seinen Armen angefühlt hatte, ebenso wenig würde sie den Trost und die Kraft vergessen, die sie aus diesen wenigen Stunden gezogen hatte – auch wenn es ein bisschen gedauert hatte, bis ihr alles wieder eingefallen war.

Er war liebevoll mit ihr umgegangen, während sie das Schlimmste von ihm angenommen hatte. Aber sie lernte rasch, dass er viele Facetten hatte und sich hinter so vielen Schichten verbarg, dass sie vermutlich ein Leben lang graben und wegschaufeln könnte, ohne jemals alles über ihn in Erfahrung zu bringen. Das Mindeste, was sie tun konnte, war, seinen Wunsch zu respektieren, sich nicht offen zu seinen Handlungen zu bekennen.

Vielleicht hielt er es für Schwäche, aber für Honor war es etwas gewesen, das sie verzweifelt gebraucht hatte. Er hatte ihr Halt gegeben, als sie am schwächsten gewesen war, hilflos ihren Albträumen ausgeliefert und der Verzweiflung, die aus den tiefsten Tiefen ihrer Seele aufgestiegen war.

Was für ihn Schwäche bedeutete, war für sie eine dringend benötigte Infusion von Kraft gewesen. Seiner Kraft.

Sie erwiderte nichts auf die zweideutige Antwort, weil sie

ihn nicht wissen lassen wollte, wie sehr sie dieser kleine Riss in seiner Zuversicht erschütterte. Vielleicht hatte er sich bloß versprochen, aus Versehen das falsche Wort gewählt. Andererseits schätzte sie ihn nicht als jemanden ein, dem unbedacht etwas über die Lippen kam.

Wieder herrschte Schweigen, und Honor konzentrierte sich auf die öde Landschaft, die an ihnen vorbeiflog. Sie war kurz davor, sich in einen hypnotischen Zustand zu versetzen, als Hancock sie aus ihrer Trance riss.

»Wir werden den Wagen einige Meilen weiter auftanken müssen. Es ist ein Bauerndorf, das an einer Straßenkreuzung liegt und hier in der Gegend der einzige Ort ist, an dem man Kraftstoff bekommt. Das heißt, dort ist viel Verkehr aus allen und in alle Richtungen. Aber uns bleibt keine Wahl. Wir schaffen es nicht bis zur nächsten Tankmöglichkeit. Sobald wir in dem Dorf sind, steige ich aus und betanke den Wagen. Es gibt dort eine Toilette. Conrad wird Sie begleiten, aber halten Sie die ganze Zeit den Kopf gesenkt, bleiben Sie einen Schritt hinter ihm und beeilen Sie sich.«

»Ich kenne mich mit der Kultur und den Sitten hier sehr gut aus«, erwiderte sie.

»Ja, davon gehe ich aus«, sagte Hancock, nachdem er sie einen Moment betrachtet hatte. »Aber wenn es um Leben und Tod geht, verlasse ich mich nicht auf Annahmen. Machen Sie sich also darauf gefasst, dass Sie von mir noch mehr hören werden, was Sie bereits wissen.«

Das konnte sie nachvollziehen.

»Wie viele der Sprachen hier sprechen Sie eigentlich?«, fragte er. Seine Neugier überraschte sie.

»Ich spreche fließend Arabisch und siebzehn andere nicht so häufig gesprochene Sprachen dieses Dreiländerecks. Ein Dutzend weitere beherrsche ich recht passabel. Besonders gut bin ich im Nachahmen. Wenn ich einen Dialekt höre, kann ich ihn sofort sprechen.«

Hancock zog eine Augenbraue nach oben. »Wie lange haben Sie die Sprachen des Nahen Ostens studiert?«

»Während der Highschool war ich Autodidaktin. Eigentlich schon im Jahr davor, aber in der Highschool habe ich mich richtig reingekniet. Es gibt im gesamten Land nicht viele Highschools, die Arabischkurse anbieten, von den wenig gesprochenen Regionalsprachen ganz zu schweigen.«

»Sie müssen sehr gut sein, wenn Sie das in weniger als zehn Jahren geschafft haben.«

Sie zuckte mit den Schultern, denn das Kompliment war ihr unangenehm, auch wenn Hancock es nicht als solches gemeint hatte. Es klang eher wie eine Feststellung.

»Ich liebe Sprachen. Zusätzlich zu denen des Nahen Ostens spreche ich auch fließend Französisch und Spanisch und kann einfache Gespräche auf Deutsch und Italienisch führen. Sprachen haben mich immer schon interessiert, und ich lerne sie rasch. Sobald ich auf der Universität war, habe ich jeden Kurs belegt, in dem Sprachen des Nahen Ostens unterrichtet wurden, dazu gleichzeitig etwa ein Dutzend Onlinekurse. Außerdem habe ich drei Semester länger studiert, als ich für meinen Abschluss gebraucht hätte. Ich wusste, was ich nach der Ausbildung tun wollte. Mein Abschluss diente nur dem Zweck, die Kultur besser zu verstehen, in die ich mich hineinbegeben würde.«

»Wie viel bekommt man heutzutage als Engel der Barmherzigkeit?«, knurrte Viper.

Die Frage machte sie wütend. Zu ihrer Überraschung bedachte Hancock den Mann mit einem solch strafenden Blick, dass Viper sich verlegen räusperte.

»Das sollte keine Beleidigung sein«, sagte er, bevor er seine

Aufmerksamkeit wieder auf die Landschaft richtete, die an ihnen vorbeizog.

»Ich bekomme ein steuerfreies Gehalt«, erwiderte sie hoheitsvoll. Dass er ihre Motive infrage stellte, dass er ihre Arbeit auf Söldnerniveau herabstufte, zerrte an ihren Nerven. »Ein sehr kleines Gehalt. Garantiert nichts, wovon man zu Hause leben könnte. Meine Unterkunft hier wird mir gestellt, aber ich teile sie mir – teilte sie mir – mit drei weiteren Helferinnen. Das Essen bekommen wir meistens von den Dorfbewohnern, obwohl sie selbst nur wenig haben. Die ausgebildeten Mediziner verdienen mit Sicherheit mehr – ohne gute Bezahlung lassen sie sich auf solch einen Einsatz nicht ein –, aber Leute wie ich, wir sind quasi Freiwillige.«

Sie schwieg. Mehr würde sie nicht sagen. Sie brauchte sich nicht zu verteidigen, schließlich war sie diesen Männern gegenüber nicht dazu verpflichtet, sich für ihre Entscheidungen zu rechtfertigen. Auch nicht, wenn sie ihr das Leben retteten.

»Da nicht zu übersehen sein wird, dass wir nicht aus der Gegend hier stammen, sprechen Sie – wenn Sprechen gar nicht zu umgehen ist – nur die übliche Sprache, Arabisch«, wies Hancock sie überflüssigerweise an.

Aber dieses Mal erinnerte sie ihn nicht an ihr umfassendes Wissen. Wie er gesagt hatte: Wenn es um Leben und Tod ging, verließ man sich besser nicht auf Annahmen.

11

Obwohl Hancock Honor gewarnt hatte – sie alle –, dass das Dorf an der Kreuzung zweier Straßen lag, war sie nicht darauf gefasst gewesen, dass so viel Verkehr durch ein Dorf floss, das mitten im Niemandsland zu liegen schien. Es war, als wäre dieser Außenposten der zentrale Mittelpunkt für das gesamte Land. Jeder kam hier durch, wenn er diese Region durchquerte.

Bevor sie in das Dorf hineinfuhren, ermahnte Hancock noch einmal alle, sich nicht weit zu entfernen und zusammenzubleiben. Conrad trug er auf, Honor so rasch wie möglich zur Toilette und zurück zu bringen. Das Dorf war nicht nur ein Ort, wo Reisende auf dem Weg Station machten, sondern auch einer, wo man so ziemlich alles kaufen konnte.

Die örtliche Wirtschaft blühte nicht nur wegen ihrer verlässlichen Kraftstoffreserven, die Tag und Nacht von einer Armee bewacht wurden, sondern auch wegen der Waffenhändler, die in jedem zweiten Zelt offen ihre Waren präsentierten. Das war nicht legal, aber die Regierung sah weg und kümmerte sich nicht darum, was in der kleinen Ansiedlung vor sich ging.

Man konnte sich nur schwer vorstellen, dass es ein lebhaftes Markttreiben gab, wenn in allen Richtungen buchstäblich nur nichts war. Zwischen den Zelten, in denen Waffen, Sprengstoff und Defensivausrüstung verkauft wurden, bereiteten Frauen Essen zu und verkauften es, außerdem Kleidung, Vorräte und frisches Wasser. Für Geld war alles zu haben.

Doch der festliche Schein trog. Sobald man näher hinsah

und die Gesichter und die Haltung der Käufer und Verkäufer betrachtete, verlor sich der harmlose Eindruck rasch.

Honor musterte alle Leute, an denen sie auf ihrem Weg zur anderen Seite des Dorfs, wo die Tanklager waren, vorbeikamen. Die Stimmung war eine Mischung aus Grimmigkeit und Wachsamkeit. Alle waren auf der Hut und ließen ihre Waffen – Sturmgewehre – die ganze Zeit über auf offener Straße sehen.

Sie schauderte bei dem Gedanken, wie das tägliche Leben für die Leute hier aussehen mochte. Ja, sie hatte in einer unruhigen Gegend gelebt und gearbeitet. Aber wenn nicht gerade Leute von außen eingedrungen waren, war das Dorf friedlich gewesen. Voller Menschen, die sich nichts als einen geschützten Raum vor der sinnlosen Gewalt wünschten, die hier herrschte, und die nicht jeden Tag wieder aufs Neue gezwungen sein wollten, um ihr Leben zu kämpfen. Bis zu dem Überfall war das Dorf weitgehend unbeachtet geblieben, trotz der Anwesenheit der westlichen Helfer. Honor zweifelte nicht daran, dass ihre Anwesenheit – und die der anderen – von den meisten nicht geschätzt worden war, aber man hatte sie in Ruhe gelassen. Und sie hatten Schutz, Nahrung und sonstige zum Überleben notwendige Hilfe angeboten, die selbst die, die alles verachteten, wofür Honor stand, ohne viel Federlesens angenommen hatten.

Die Leute an diesem entlegenen Ort mit der Kreuzung hatten tagtäglich mit Kampf und Tod zu tun. Sie lebten mitten im Wahnsinn. Reagierten umgehend auf jede Bedrohung, ob eingebildet oder echt.

Ihr lief es kalt über den Rücken, trotz der schweren Burka, die sie von Kopf bis Fuß einhüllte.

»Haltet euch bereit«, sagte Hancock leise mit ernster Stimme.

Aus seinen kalten Augen betrachtete er bereits genauestens die Umgebung. Nur ein leichtes Muskelzucken an seinem Kinn verriet seine Anspannung.

»Meinst du wirklich, sie sollte hier aussteigen?«, fragte Conrad und richtete den Blick auf seinen Teamleiter. »Wir können auch in der Wüste einen Platz finden, wo sie sich hinhocken kann und wo niemand in der Nähe ist.«

Hancock schüttelte den Kopf. »Ich muss wissen, ob wir auf Misstrauen stoßen. Die anderen und ich bleiben in der Nähe, während ihr reingeht und seht, wie viel Aufmerksamkeit Honor erregt. Ich muss wissen, ob man hier informiert ist und weiß, wer sie ist.«

»Und wenn sie es wissen?«, fragte Honor mit erstickter Stimme. »Bedeutet das nicht im Grunde, mich ihnen als Köder vor die Nase zu halten? So, wie man eine Kuh mit verbundenen Augen zum Schlachthof führt?«

»Ja«, erwiderte Hancock offen und ohne einen Anklang von Schuldbewusstsein in der Stimme. »Aber Sie werden nicht einfach in Ihr Verderben geführt. Mein Team und ich werden Sie beschützen. Ich muss wissen, wer Feind ist und wer nicht. Wer weiß, wer Sie sind und vor allem, wo Sie sind.«

»Ich wünschte, ich hätte Ihr Selbstvertrauen«, murmelte sie. »Sie haben leicht reden, schließlich sind Sie nicht das Opferlamm.«

»Da irren Sie sich«, widersprach er. »Sie will man lebendig. Meine Männer und mich? Eher nicht. Wir sind vollkommen entbehrlich. Und wir sind die Einzigen, die denen den Weg versperren, die Sie in die Finger bekommen möchten. Also gehen hier eindeutig wir das größere Risiko ein.«

Sofort schämte sie sich für ihre egoistischen Gedanken. Jetzt, wo er es erklärt hatte, leuchtete es ihr völlig ein. Sie hatte es noch gar nicht aus seiner Sicht betrachtet, und sie kam sich wie eine verwöhnte Diva vor, deren Bedürfnisse wichtiger waren als die aller anderen, egal um welchen Preis. Kaum wurde ihr das bewusst, sah sie Hancock entschuldigend an. Er schien das weder zu merken, noch sie zu verurteilen. Aber dass er und seine Männer das größere Risiko trugen, hatte er auch nicht gesagt, um sie kleinzumachen. Er hatte in seiner sachlichen Art einfach die Tatsachen festgestellt.

Sie fuhren zu dem Tankwagen am Rand des Dorfs, von dem aus man die schnellste Fluchtmöglichkeit hatte, sollte etwas schiefgehen. Conrad führte Honor rasch vom Fahrzeug weg. Sie hielt den Kopf demütig gesenkt und blieb die ganze Zeit leicht seitlich versetzt einen Schritt hinter ihm, während er sie zu einer roh gezimmerten Hütte führte, die als Toilette diente.

Er ging zuerst hinein und vergewisserte sich, dass niemand drinnen war. Dann befahl er Honor, ihr Geschäft so schnell wie möglich zu erledigen und ihn beim Eingang wiederzutreffen, wo er Wache stehen würde.

Sie verlor keine Zeit, kämpfte mit der schweren Burka und hockte sich vorsichtig über das abscheuliche Loch im Boden, das bereits mit menschlichen Ausscheidungen gefüllt war. Sie atmete durch den Mund, damit ihr der grässliche Geruch nicht in die Nase stieg. Nicht dass ihr noch übel wurde und sie kostbare Sekunden damit verlor, sich zu übergeben.

Es war teuflisch unbequem, sich in der Hocke zu halten und dabei den Saum ihrer Burka anzuheben, damit sie nicht schmutzig wurde. Ihr Knie protestierte gegen die zusätzliche Last, während sie sich erleichterte.

Nachdem sie gefühlte sieben Liter gepinkelt hatte, zitterten ihre Beine. Das mit dem verletzten Knie knickte immer wieder zur Seite, sodass sie gefährlich auf dem gesunden Bein balancierte. Rasch wusch sie sich, so gut sie konnte, in dem farblosen

Wasser im Waschbecken und verbot sich jegliches Nachdenken über dessen Sauberkeit. Das würde sie nur noch nervöser machen, als sie schon war.

Sie kehrte zu Conrad zurück, der unruhig von einem Fuß auf den anderen trat und die gesamte Umgebung im Auge behielt. Seine Aufmerksamkeit ließ nicht eine Sekunde nach.

Als er sie sah, nickte er Richtung Wagen, wo Hancock gerade mit Tanken fertig war. Sie ging hinter Conrad her und behielt wie er jeden in ihrer Nähe im Auge.

Dann bogen sie um das Toilettenhäuschen, und Honor wäre beinahe erstarrt. Nur ihre ausgeprägte Selbstbeherrschung hielt sie davon ab, irgendeine Reaktion auf den Anblick des bewaffneten Mannes in Militärkleidung zu zeigen, der sein Sturmgewehr anhob und es auf … Conrad richtete.

Mist!

Sie konnte nicht so tun, als hätte sie es nicht gesehen, und sie musste sofort etwas tun. Ohne Hancocks – und Conrads – strikte Anweisung zu beachten, ja keine Aufmerksamkeit auf sich zu ziehen, tat sie, als wäre sie gestolpert, und warf sich auf Conrad.

Der Adrenalinstoß gab ihr viel mehr Kraft, als sie zu besitzen geglaubt hatte, und der nichts ahnende Conrad fiel vornüber, nur Sekunden bevor ein Kugelhagel dort die Luft durchschlug, wo er gerade noch gestanden hatte.

In Erwartung des Schmerzes – war sie doch überzeugt, die Kugeln müssten sie getroffen haben – fiel sie wie ein Stein zu Boden und rollte sich zusammen. Was dumm war, denn sowohl Conrad als auch sie hätten auf den Beinen bleiben und so schnell wie möglich fliehen müssen. Aber ihr Selbsterhaltungstrieb hatte die Oberhand und schützte sie instinktiv davor, getötet zu werden. Wobei sie gar nicht das anvisierte Ziel gewesen war.

Aus allen Richtungen ertönten laute Flüche. Honor spürte, wie sie brutal hochgezogen wurde, dann warf Hancock sie sich über die Schulter und rannte mit ihr auf das wartende Fahrzeug zu, während sie noch wie ein Fisch auf dem Trockenen nach Luft schnappte.

Conrad war bereits wieder aufgesprungen und lief zwei Schritte vor Honor und Hancock. Hancock warf Honor auf die Rückbank, dann sprangen Conrad und er in den Wagen, der mit quietschenden Reifen losschoss, noch bevor die Türen geschlossen waren.

»Verdammt! Verdammt!«, brüllte Hancock.

Aber es war Conrads Gesichtsausdruck, der Honor das Herz in die Hose sinken ließ. Eiskalte Wut strahlte von ihm aus, und sein Gesicht und sein Blick waren so finster, dass sie zu zittern begann. Er biss so fest die Zähne zusammen, dass die Muskeln an seinem Kinn zuckten.

Alle waren sauer. Auf *sie*. Was sie völlig verwirrte. Zutiefst verwirrte. Sie hatte Conrad das Leben gerettet. Wog das nicht »ungewollte Aufmerksamkeit auf sich ziehen« auf?

»Welcher Teufel hat Sie da eben geritten?«, schrie Conrad sie an. »Welchen Teil von ›Ziehen Sie keine Aufmerksamkeit auf sich‹ haben Sie nicht verstanden? Hiesige Frauen würden so etwas niemals tun. Himmel, Sie müssen wirklich unter Todessehnsucht leiden.«

»Schwachsinn«, fauchte Honor, die sauer war, weil der Mann nicht im Geringsten dankbar war. Immerhin hatte sie verhindert, dass man Schweizer Käse aus ihm gemacht hatte. »Sie vergessen, dass ich in Dörfern wie diesen arbeite. Ich sehe, wie Mütter ihre Kinder beschützen. Ihre Liebsten. Genauso tatkräftig wie die Männer.«

Hancock gab ein Stöhnen von sich, das ahnen ließ, wie knapp sein Geduldsfaden vor dem Zerreißen stand.

»Nicht in diesem Dorf«, erwiderte er grimmig. »Hier werden Frauen selten gesehen und schon gar nicht gehört. Sie mischen sich nicht ein. Schlimmer noch, Sie haben dem Mörder seine Ehre gestohlen, weil Sie, eine unter ihm stehende Frau, sein Vorhaben durchkreuzt haben, und das gesamte Dorf war Zeuge. Dies ist ein Ort voller Banditen, und die einzigen Gesetze sind die, die jene Leute machen, die sie auch durchsetzen können.«

»Gut«, fuhr Honor ihn an. »Ich hoffe, er bringt sich vor Erniedrigung um. Ein Arschloch weniger auf der Welt, wobei … wenn ich nicht eingegriffen hätte, wären es zwei Arschlöcher weniger.«

Sie starrte Conrad abschätzig an.

»Wahrscheinlicher ist, dass er Sie umbringt«, sagte Hancock grimmig. »Ganz egal, ob er weiß, dass Sie gesucht werden, oder ob er ein Freund Ihres Feindes ist. Er würde Sie allein aus dem Grund töten wollen, dass Sie ihn derart beleidigt haben.«

»Es ist üblich, sich zu bedanken, wenn einem jemand das Leben gerettet hat«, fauchte sie zurück. »Nicht demjenigen zu sagen, er sei ein bescheuerter Idiot, der nicht in der Lage ist, eine einfache Anweisung zu befolgen.«

»Wenn man sich den Schuh anziehen will«, murmelte Conrad.

»Wenn Sie so unbedingt sterben wollen, können Sie das gern haben«, schnaubte sie. »Ich erschieße Sie eigenhändig. Aber auf eins können Sie sich verlassen: Ich werde sehr kreativ zielen.«

»Wirklich schlecht«, murmelte Mojo und warf Honor einen Blick über die Schulter zu, in dem verdächtig so etwas wie Respekt aufblitzte.

»Schluss jetzt«, sagte Hancock, um das Hin und Her zu beenden. »Die Sache ist gelaufen. Bring uns so schnell wie möglich hier raus, Viper. Geh ja nicht vom Gas. Und halt die Augen nach Verfolgern offen, vor allem nach solchen mit Panzerfäusten.«

Honor lehnte sich zurück. Ihre Seite schmerzte und brannte. Vermutlich war sie auf irgendetwas gefallen, als sie so heftig gestürzt war. Aber nur über ihre Leiche würde sie vor den Männern zugeben, dass sie sich erneut verletzt hatte, weil sie ihrem undankbaren Arsch von Teamkollegen das Leben gerettet hatte. Wenn es nach ihr ginge, könnten sie allesamt zur Hölle fahren. Gerade als sie angefangen hatte, sich einzureden, dass sie Hancock und seine Männer missverstand und sie gar nicht solch bescheuerte Arschlöcher waren, bewiesen sie ihr das Gegenteil und bestätigten ihre ursprüngliche Annahme.

Der Dämon in ihr, der vor Wut tobende Dämon, konnte das nicht einfach stehen lassen, wie Hancock befahl. Sie drehte den Kopf und starrte Conrad voller Ingrimm nieder. Dass er sie mit zwei Fingern wie einen Zweig hätte zerbrechen können, war ihr völlig gleichgültig.

»Dann wäre es Ihnen also lieber gewesen, wenn ich wie Klein-Doofi dagestanden und zugeschaut hätte, wie man Sie umbringt? Wirklich? Bedeutet Ihnen Ihr Leben so wenig?«

Es gelang ihr nicht, Hohn und Verachtung aus ihrer Stimme herauszuhalten.

Conrads Blick wurde noch finsterer, soweit das überhaupt möglich war. Er sah aus wie eine schwarze Wolkenwand in der Tornadosaison. Die senkrechte Falte auf seiner Stirn war so steil geworden, dass seine Augenbrauen aneinanderstießen und eine durchgehende Linie über seinen Augen bildeten. Und diese Augen blitzten vor Wut.

»Undankbares Arschloch«, murmelte sie, bevor sie den Kopf wegdrehte und ihn keines Blickes mehr würdigte.

Sie sank wieder zurück und lehnte den Kopf an den Sitz, obwohl ihr Schädel auf der von Schlaglöchern übersäten Piste einen Schlag nach dem anderen versetzt bekam.

Sie schloss die Augen und blendete die Männer allesamt aus. Vielleicht hatte sie Glück und konnte einschlafen. Und dann konnten sie sie aufwecken, wo immer sie Halt machten, und sie konnte die brave kleine Jungfer spielen, die nur hilflos die Hände rang, wenn den großen bösen Alphatieren die Eier weggeschossen wurden.

Es konnte keine nettere Männertruppe treffen.

12

Hancock war, wie auch der Rest seines Teams, in Schweigen verfallen, nachdem sie ihnen ihre Undankbarkeit um die Ohren gehauen hatte. Sie hatte keinen Hehl daraus gemacht, dass sie sie alle für gefühllose Ekel hielt.

Sie hatte nicht unrecht.

Seinen Männern war es völlig egal, was irgendjemand von ihnen hielt, wenn sie auf Teufel komm raus ihre Missionen durchzogen. So wie sie Honor am Ende genau den Männern ausliefern würden, vor denen sie sie gerade retteten. Und das war extrem schräg, gleich, von welcher Seite man es betrachtete. Ja, sie gaben normalerweise nicht viel darauf, ob sie wie Heilige oder wie Satan höchstpersönlich auftraten. Aber er konnte es seinen Männern ansehen und spüren, dass ihnen Honor … etwas bedeutete.

Sie respektierten sie, wo sie doch außer ihrem Teamleiter und sich gegenseitig niemanden respektierten. Und wenn das ihre Pläne nicht ernsthaft gefährdete, was dann? Wenn nun ein regelrechter Aufstand ausbrach? Wenn seine Männer plötzlich ein Gewissen entwickelten, so wie Hancock in den letzten Jahren – und er hatte sich geschworen, sich nie wieder bei einer Mission von seinem Gewissen dazwischenfunken zu lassen –, und sich weigerten, Honor an Bristow zu übergeben, dann an Maksimov und letztlich an *Eine Neue Ära*? Zu vieles konnte schiefgehen. Wenn Maksimov nun beschloss, *Leckt mich am Arsch* zu *Eine Neue Ära* zu sagen? An ihn kam *Eine Neue Ära* nicht heran, und vermutlich leitete er die einzige inoffizielle

Organisation, die *Eine Neue Ära* die Stirn bieten konnte. Eine, die diesen Terroristen vielleicht sogar überlegen war, denn Maksimov kannte weder ein übergeordnetes Ziel noch Gefühle. Die Mitglieder von *Eine Neue Ära* wurden von Gefühlen angetrieben, von Wut, einer gewissen Selbstgerechtigkeit und ihrem Rechtsempfinden. Sie hatten kein Problem damit, sich für das übergeordnete Ziel zu opfern. *Ihr* übergeordnetes Ziel.

Keine der Alternativen war für Honor auch nur ansatzweise angenehm. Bristow war ein Dreckschwein, dem es Spaß machte, Frauen zu quälen. Maksimov sprang brutal mit seinen Frauen um und tötete sie manchmal mit seinen abartigen Fetischen. In seiner Welt gab es Frauen wie Sand am Meer, und alle waren sie austauschbar.

Und, nun ja, falls Bristow und Maksimov Honor tatsächlich an *Eine Neue Ära* auslieferten, würde sie unglaubliche Folter und Erniedrigung erleiden. Sie würde beten, sterben zu dürfen, egal wie stark und mutig sie war. Keine Frau und auch kein Mann konnte aushalten, was *Eine Neue Ära* ihr jeden Tag aufs Neue antun würde, bis man sie schließlich tötete. Und auch ihr Tod würde kein gnädiger sein.

Viele andere militante Terroristenorganisationen töteten ihre Geiseln halbwegs human. Normalerweise mit einem Schuss in den Hinterkopf, wie bei Exekutionen. Oder sie schlugen ihnen einfach öffentlichkeitswirksam den Kopf ab, damit die Leute sie fürchteten und ernst nahmen.

Er drehte den Kopf und betrachtete Honor, ihre geschlossenen Augen, die Wimpern, die hübsch gebogen auf ihren Wangen ruhten. So verdammt unschuldig. Eine Unschuldige, die wie die heilige Jungfrau geopfert wurde, damit Hunderttausende leben konnten. Es war nicht fair. Nichts war fair. Aber Hancock hatte sich schon lange damit abgefunden, dass man nicht alles haben konnte. Man musste Opfer bringen, wie hoch der

Preis auch war. Er musste das nicht unbedingt mögen, aber er wusste, so war es nun mal. Und es war die einzige Möglichkeit, Leute wie Bristow, Maksimov und letztlich auch *Eine Neue Ära* zu Fall zu bringen.

Er hätte nicht sagen können, ob sie schlief oder ob sie die Augen nur geschlossen hatte, um sie alle auszublenden. Er konnte es ihr nicht verübeln. Sie war sauer – verständlicherweise. Und sie hatte völlig recht: Keiner hatte sich bei ihr bedankt. Sie waren nur wütend auf sie gewesen, weil sie sich Befehlen widersetzt hatte und beinahe gestorben wäre, noch dazu für einen Mann, den sie nicht mal kannte – oder mochte.

Wieso hatte sie das getan?

Diese Frage beschäftigte ihn schon die ganze Zeit. Ihm fiel nicht ein einziger plausibler Grund ein. Sie hatte sich doch so beherzt und intelligent dem Zugriff durch *Eine Neue Ära* entzogen! Wieso sollte sie dann eine Kugel riskieren, indem sie seinen Teamkollegen aus der Schusslinie schubste?

An Frauen von Honors Kaliber war er nicht gewöhnt. Die einzigen Frauen, die er kannte und die ein Rückgrat aus Stahl und einen eisernen Willen hatten, mehr als irgendein Mann, waren die Frauen der Kellys und die der KGI-Mitglieder. Sie waren Honor sehr ähnlich. Waren genau wie sie. Vielleicht empfand er deshalb widerwillig Respekt für Honor, denn die KGI-Frauen waren unglaublich stark, und Honor war genauso. Eine Kriegerin wie die KGI-Frauen.

»Wir sind fast da«, rief Henderson von vorne. »Weck die Frau besser auf, damit wir keine Zeit verlieren, wenn wir das Fahrzeug verstecken und mit dem anderen weiterfahren. Außer du willst noch mal übernachten?«

Hancock schüttelte den Kopf. »Nein. Wir müssen weiter. Wir wechseln uns mit Fahren ab, damit alle ein bisschen Schlaf bekommen. Einer muss immer mit dem Fahrer zusammen wach bleiben und sich vergewissern, dass wir nicht verfolgt werden und nicht in eine Falle geraten.«

Nachdem Hancock seine Befehle erteilt hatte, richtete er die Aufmerksamkeit auf Honor, deren Augen noch immer geschlossen waren. Ihre Stirn war leicht gerunzelt, die Kinnpartie angespannt, selbst im Schlaf. Fast als hätte sie Schmerzen.

Aber nach allem, was sie durchgemacht hatte, war es wohl eher ein Albtraum.

Er legte die Hand an ihre Schulter und rüttelte sie sanft.

»Honor, Honor, Sie müssen aufwachen. Wir haben wenig Zeit, und wir müssen das Fahrzeug wechseln.«

Ihre Lider flatterten, als würde sie mühsam aus tiefer Bewusstlosigkeit aufwachen. Er runzelte die Stirn, denn bisher war sie immer sofort bereit gewesen, ohne sich zu beschweren, selbst wenn sie starke Schmerzen gehabt hatte. Aber sie hatte nie gemurrt und immer mit seinen Männern und ihm Schritt gehalten. Und wieder: Wie hätte er diese Frau nicht bewundern sollen?

Sie fuhr sich mit der Zunge über die Lippen und runzelte die Stirn, fast als würde es sie verwirren, dass es ihr so schwer fiel, richtig wach zu werden. Schließlich sackten ihre Schultern herab, als hätte sich der Nebel plötzlich gelichtet, der sie eingehüllt hatte. Ihre Augen funkelten entschlossen, und sie sah sich rasch um.

»Wie lange?«, fragte sie.

»Drei Minuten«, rief Copeland von vorne.

Honor nickte und straffte die Schultern.

Wenige Minuten später blieb das Fahrzeug abrupt stehen, und Honor wurde nach vorne geschleudert, bis der Sicherheitsgurt ihren Bauch einschnürte. Zu ihrer Überraschung fing Conrad sie auf, noch bevor Hancock das tun konnte, und drückte sie behutsam zurück in den Sitz.

Conrad stieg als Erster aus, gefolgt von den anderen. Nur Viper blieb hinter dem Steuer sitzen. Hancock beugte sich vor, um Honor vom Sicherheitsgurt zu befreien, und drückte dabei gegen ihre Seite, als er unter den Stoffmengen ihrer Burka nach dem Gurtschloss tastete.

Sie zuckte zusammen und wurde aschfahl. Was zum Teufel war da los?

Rasch löste er den Sicherheitsgurt, doch als er ihr aus dem Wagen helfen wollte, sah er zu seinem Entsetzen auf dem Arm, mit dem er gegen ihre Seite gedrückt hatte, frisches Blut.

Ihn beschlich ein ungutes Gefühl.

Er legte Honor die Hand an die Wange und sah sie durchdringend an.

»Sind Sie verletzt?«, fragte er leise.

Sie starrte ihn entsetzt an, denn sie hatte das Blut auf seinem Arm gesehen.

»Ich weiß es nicht«, brachte sie mühsam heraus. »Die Seite hat mir wehgetan, aber ich dachte, es wäre nur eine Prellung vom Sturz. Aber jetzt tut sie richtig weh.«

Hancock fluchte lautstark. Er fühlte sich auf einmal sehr schuldig, was ihm nur äußerst selten passierte.

»Bringen wir Sie in das andere Fahrzeug. Wir können uns keine Pause erlauben. Aber ich werde mir das ansehen, und falls es ernst ist, müssen wir das Risiko eingehen, Sie ins Krankenhaus zu bringen.«

Sofort schüttelte sie den Kopf.

»Ich lebe. Ich liege nicht im Sterben. Ich habe nur Schmerzen, und damit komme ich schon seit über einer Woche klar. Da werde ich jetzt auch damit klarkommen.«

Auch diesmal konnte er nicht anders, er war stolz auf sie. *Aufgeben* war ein Wort, das sie einfach nicht kannte. Wäre es doch bloß nicht sein Schicksal, sie zu verraten! Sie für das übergeordnete Ziel zu opfern. Die Welt brauchte Menschen wie sie, und es war verdammt beschissen, dass die Guten meist die Opferlämmer waren.

»Lassen Sie mich Ihnen helfen. Wir wissen nicht, was los ist, und ich will nicht, dass Sie es verschlimmern«, sagte er leise.

Sie nickte zustimmend.

Hancock beugte sich in den Wagen und schob einen Arm unter ihre Knie und den anderen zwischen ihren Rücken und den Sitz. Vorsichtig hob er sie hoch, wobei er darauf achtete, ob sie irgendein Zeichen von Schmerz oder Unwohlsein zeigte. Aber er hätte wissen sollen, dass sie sich nichts anmerken lassen würde, wie stark ihre Schmerzen auch waren. Sie war viel zu stolz und zu entschlossen, sich vor seinen Männern nicht schwach zu zeigen.

Er hob sie aus dem Wagen und drehte ihr Gesicht so, dass es an seinem Hals lag, damit ihr der heiße Sand nicht in die Augen blies.

»Mach die hintere Tür auf, Conrad«, sagte er, während er auf das wartende Fahrzeug zueilte. »Ich gehe mit ihr ein paar Meilen lang nach hinten. Ich brauche eine ebene Fläche, um mir ihre Verletzung anzusehen.«

»Verletzung?«, fragte Conrad. »Was für eine Verletzung?«

»Weiß ich noch nicht«, erwiderte Hancock ruhig.

Conrad gab eine Reihe obszöner Flüche von sich und hörte damit auch nicht auf, während er die Tür öffnete und hastig eine glatte Fläche herrichtete, auf der Honor liegen konnte. Dann trat er zur Seite, und Hancock legte Honor behutsam auf die Decken, die Conrad ausgebreitet hatte. Aber Conrad ging nicht weg, sondern blieb mit grimmiger Miene direkt neben Hancock stehen.

Hancock machte seinem Teamkollegen keinen Vorwurf. Er spürte die Sorge hinter Conrads Wut. Und das Schuldgefühl.

Conrad ging davon aus, dass Honor eine für ihn bestimmte Kugel abbekommen hatte, und das würde ihn innerlich auffressen. Hancock und seine Männer, jeder einzelne von ihnen, waren Beschützer. Ja, nicht immer beschützten sie die Guten und Unschuldigen. Manchmal mussten sie genauso werden wie die, die sie gnadenlos jagten, um das Böse in der Welt zu besiegen. Damit die Unschuldigen eine Chance hatten.

Nur: Diese Unschuldige konnte er nicht retten. Ihr Schicksal war bereits entschieden und festgeschrieben. Unabänderlich. Es wäre viel gnädiger gewesen, wenn sie bei dem Überfall auf die Klinik umgekommen wäre. Denn die kurze Zeit, die ihr noch blieb, würde nicht rasch vorbeigehen. Und auch nicht angenehm sein. Im Gegenteil, sie würde sie bis in die Tiefen ihrer Seele erschüttern, bis auch diese schwand und nur noch eine leere Hülle blieb von der starken Frau, die sie einmal gewesen war. Sie würde den Tod willkommen heißen. Um ihn beten. Und das würde ihre Peiniger nur noch entschlossener machen, ihr Leid Stunde um Stunde zu verlängern.

Und er war dafür verantwortlich. Er hätte ihr das angetan. Hätte zugelassen, dass man sie schlechter behandelte als ein Tier. Und wofür? Für das übergeordnete Ziel? Das war die Philosophie, nach der Titan immer gelebt hatte, auch schon, als Rio noch Titans Anführer gewesen war. Der Mann, der Hancock alles beigebracht hatte, was er konnte.

Hancock hatte immer an dieses Motto geglaubt. Er verstand es. Er lebte es, atmete es und riskierte sein Leben, um es hochzuhalten. Aber zum ersten Mal wurde ihm bei der Vorstellung, Honor zu opfern, um Bristow, Maksimov und *Eine Neue Ära* unschädlich zu machen und hunderttausende unschuldige Menschen zu retten … übel. Es widerte ihn an.

Vielleicht war es wirklich an der Zeit, den Job an den Nagel zu hängen. Irgendwohin zu verschwinden und ein neues Leben anzufangen, wo ihn niemand kannte und er nicht gnadenlos gejagt wurde. Irgendwo, wo er allein sein konnte und nichts mit den unbedarften Leuten zu schaffen haben musste, die ihr fröhliches Leben lebten, ohne zu ahnen, dass er dafür seine Seele verloren hatte.

Aber nein. Er hatte Familie. Keine Blutsverwandten, aber Menschen, mit denen ihn etwas verband. Sie waren die einzigen Menschen auf der Welt, für die er etwas empfand. Zuneigung. Liebe. Uneingeschränkte Loyalität. Es gab nichts, was er für sie nicht getan hätte, für jeden einzelnen von ihnen.

Er konnte sich nicht einfach von ihnen absetzen und nie mehr zurückkehren. Sie hatten etwas Besseres verdient, nach allem, was sie für ihn getan hatten. Sie hatten ihn gerettet. Durch sie hatte sein Leben einen Sinn bekommen, und er hatte darin einen Platz gefunden, auch wenn es ein Platz so tief in Schatten und Sünde war, dass er vermutlich nie wieder das Licht sehen würde.

Er hatte schon vor langer Zeit seinen Frieden damit geschlossen, dass er kein guter Mensch war. Er würde niemals ein guter Mensch werden. Aber für seine Familie konnte und würde er das sein, selbst wenn alles nur Lüge war. Big Eddie, sein Pflegevater, und seine Brüder – Raid, der Polizist, und Ryker, ein Ex-Militär, der seit seiner Entlassung im Personenschutz arbeitete. Von Eden hatte er gehört, dass KGI überlegte, Ryker zu engagieren. Aber es war Monate her, dass er mit ihr gesprochen hatte, und da auch nur, um ihr mitzuteilen, dass er auf unabsehbare Zeit nicht zu erreichen sein würde.

Eden. Seine kleine Schwester, die ihm alles bedeutete. Sie war durch und durch gut. Alles, was er nicht war. Er war kein Mann, der sich schnell fürchtete, wenn überhaupt jemals. Im Angesicht von Widrigkeiten blieb er ruhig, und sein Gehirn kalkulierte immer wie ein Computer seine Möglichkeiten. Seine Missionen hielt er grundsätzlich frei von Gefühlen. Niemals ließ er irgendeine Bindung zu irgendjemandem entstehen.

Aber dass er Eden beinahe verloren hätte – sie tatsächlich für einige Stunden verloren hatte, in denen sie schrecklichsten Qualen ausgeliefert gewesen war –, hatte ihn aus dem Tritt gebracht. Er hatte entsetzliche Angst ausgestanden, hatte völlig die Selbstbeherrschung verloren. Hatte gezittert, überwältigt von seinen Gefühlen. Alles, was er in seiner Arbeit als Schwäche definierte.

Selbst wenn er sich überlegte, dass er solche unangenehmen Gefühle und Reaktionen ohne eine Familie niemals haben würde, so wusste er doch, dass er die Sinclairs liebte wie niemanden sonst. Sie waren sein einziger Anker in einer Welt aus Dunkelheit, in die er mit jedem weiteren Tag tiefer hineinglitt.

Er konzentrierte sich wieder auf die anstehende Aufgabe und vergewisserte sich, dass Honor noch bei Bewusstsein war. Das war sie, aber ihre Augen waren getrübt vor Schmerzen, auch wenn nicht ein einziger Laut über ihre Lippen kam und kein einziges verräterisches Zittern durch ihren Körper lief. Der einzige Hinweis, wie schlecht es ihr ging, waren ihre fest geballten Fäuste.

»Ich bin ganz vorsichtig«, versuchte er, sie zu beruhigen.

Eigentlich wusste er nicht, warum er das Bedürfnis hatte, überhaupt etwas zu sagen. Hätte sie sich nicht in die Schusslinie geworfen, hätte sie jetzt keine blutende Wunde. Er hätte immer noch sauer sein müssen, aber sich selbst zu belügen, brachte nichts. Er war nicht wütend gewesen, weil sie seine Befehle nicht befolgt hatte. Er war wütend gewesen, weil ihm das Herz in die Hose gerutscht war, als er gesehen hatte, was sie tat. Er hatte entsetzliche Angst gehabt, sie könnte umgebracht werden. Und das hatte nichts damit zu tun, dass in dem Fall seine Mission gescheitert wäre.

Hör auf mit dem Scheiß. Mit all den dummen Gedanken und Gefühlen. Er schob den schweren Stoff ihrer Burka hoch und stellte erleichtert fest, dass sie darunter Sportunterwäsche und einen Sport-BH trug. Das Letzte, was er jetzt brauchte, war, dass er auch noch von ihrem vermutlich umwerfenden nackten Körper zu fantasieren anfing. Er hatte schon genügend Probleme, auch ohne unpassende lustvolle Gedanken. Er hatte in letzter Zeit schon zu viele Schwächen an sich entdeckt, und das wollte er der Liste nicht auch noch hinzufügen müssen. Himmel, er konnte sich überhaupt nicht erinnern, wann er das letzte Mal Lust empfunden oder sexuelle Bedürfnisse gehabt hatte. Seine Missionen waren seine Geliebten, nur ihnen galt seine unbedingte Treue. Sex war etwas, wofür er weder Zeit noch Kapazitäten hatte, wenn so viele Leben von ihm abhingen.

Ihre rechte Seite war blutverschmiert, bis hinunter zum Oberschenkel, aber woher das Blut kam, sah er noch immer nicht.

Schließlich zog er ihr die Burka über den Kopf und warf sie auf den Boden. Als er den Blick wieder auf ihre Seite richtete, stockte ihm der Atem. Conrad fluchte schon wieder wie ein Kesselflicker.

Zwischen ihrer untersten Rippe und ihrer Hüfte war eine noch immer blutende, mindestens zwölf Zentimeter lange Wunde zu sehen.

»Glücklicherweise nur ein Streifschuss«, murmelte Conrad, aber er klang noch immer wütend.

Hancock tastete den Bereich behutsam ab und zwang sich, auch weiterzumachen, als Honor zusammenzuckte.

»Keine Kugel im Muskel oder im Gewebe zu tasten. Die Wunde hat stark geblutet, ist aber nicht bedrohlich.«

Er blickte hoch und stellte erfreut fest, wie erleichtert Honor nach seiner Diagnose wirkte.

»Sie muss genäht werden«, sagte Conrad und runzelte die Stirn.

Hancock musste sich das Grinsen verkneifen. Conrad war echt besorgt um Honors Wohlergehen, auch wenn er sich wie ein wütendes, undankbares Arschloch aufführte.

»Ja, das stimmt. Ich kann das machen, aber ich bin nicht so gut wie du. Du hast viel mehr medizinische Erfahrung.«

»Ich mache es«, erwiderte Conrad und schob sich mit einem Arztkoffer in der Hand an Hancock vorbei.

Man konnte sehen, wie sofort alle Alarmglocken in Honors Kopf zu schrillen begannen. Zum ersten Mal in dieser ganzen beschissenen Situation war ihr ihre Angst anzumerken. Sie starrte Conrad an, und ihre Abneigung war fast schon mit Händen zu greifen.

»Ich bleibe dabei«, sagte Hancock besänftigend.

Das schien sie nicht im Geringsten zu beruhigen. Nicht eine Sekunde wandte sie den Blick von Conrad ab, und jedes Mal, wenn er etwas aus dem Arztkoffer holte und neben sie hinlegte, wurde ihre Panik größer.

Verdammt, sie fürchtete sich ohne Ende vor seinem Teamkollegen, umso mehr, als Conrad sie angeschrien und ihr kräftig den Kopf gewaschen hatte.

»Können das nicht Sie oder Mojo machen?«, fragte Honor. Ihre Lippen zitterten.

13

Zu Honors Überraschung verzog Conrad das Gesicht, und in seinen Augen flackerte so etwas wie Reue auf. Noch schockierter war sie, als er ihre viel kleinere Hand in seine nahm und sie sanft drückte.

»Sie beurteilen mich durchaus nicht falsch«, sagte er. »Ich bin ein gefühlloses Arschloch. Und als Sie mir das Leben gerettet haben, hätten Sie eine andere Reaktion von uns verdient gehabt. Ich war sauer, ja. Aber nicht aus dem Grund, den Sie wahrscheinlich vermuten. Ich war sauer, weil es meine Aufgabe war, Sie zu beschützen. Nicht umgekehrt. Und wenn ich es richtig gemacht hätte, hätten Sie nicht die für mich gedachte Kugel abbekommen.«

Honor öffnete den Mund, um zu widersprechen, aber Conrad brachte sie mit einem drohenden Blick zum Schweigen.

»Ich verstehe auch, wieso Sie nicht wollen, dass ich die Wunde nähe. Sie vertrauen mir nicht so, wie Sie Hancock und Mojo vertrauen. Das sollten Sie auch nicht. Ich bin kein guter Mensch. Aber eins kann ich Ihnen versprechen: Wenn ich es mache, dann mache ich es richtig, und ich werde mein Bestes geben, damit es so wenig wehtut wie möglich.«

»N…na gut«, sagte sie zitternd. »Bringen wir es hinter uns, damit wir hier wegkommen.«

Hancock sah sie bedauernd an. »Wir fahren jetzt gleich los. Conrad flickt Sie unterwegs zusammen. Es geht nicht anders. Wir können hier nicht längere Zeit auf offener Straße herumstehen.«

»Ich betäube die Wunde.« Conrads Stimme klang so freundlich, wie Honor sie noch kein einziges Mal gehört hatte. »Und vor dem ersten Stich gebe ich Ihnen eine Schmerzspritze. Sie werden nichts spüren. Ich verspreche es Ihnen.«

»Danke«, flüsterte sie. Allmählich entspannte sie sich ein wenig. Sie war ihm dankbar für seine Offenheit und nahm ihm ab, dass er ihr nicht mehr wehtun würde als notwendig.

Wieder verwandelte sich Conrads Gesicht in eine Sturmwolke. Honor ließ sich zurücksinken und fragte sich, ob sie die richtige Entscheidung getroffen hatte.

»Da gibt es nichts, wofür Sie mir danken müssten«, sagte Conrad nachdrücklich. »Ich bin derjenige, der Ihnen so viel Dank schuldet, dass ich diese Schuld vermutlich niemals werde abtragen können. Und Hancock und die anderen sind Ihnen ebenfalls dankbar, auch wenn sie sich wie wütende Arschlöcher aufführen. Sie haben uns allen Angst eingejagt.«

Überrascht starrte sie ihn an.

»Sie sind eine mutige Frau, Honor. Ich habe mit Verbündeten gearbeitet und gegen Feinde gekämpft, und niemand hat sich je vor mich geworfen, damit ich mir keine Kugel einfange und sterbe. Also ja, falls Sie die Wahrheit wissen wollen – ja, wir sind stocksauer. Aber wir sind sauer, weil man Sie beinahe erschossen hätte, und dann hätten wir versagt und unser Versprechen nicht gehalten, Sie außer Reichweite von *Eine Neue Ära* zu bringen.«

Ihre Wangen fingen an zu brennen, und sie musste den Kopf zur Seite drehen, um die Tränen zu verbergen, die ihr auf einmal in die Augen schossen, so dass die Sicht verschwamm.

»Ich werde Ihnen nicht wehtun, Honor«, sagte Conrad so sanft, wie sie ihm das niemals zugetraut hätte. Ihre frühere Annahme, dass sie nicht nur gefühllose, gewissenlose Arschlöcher waren, war wohl doch die richtige gewesen.

Sie betrachtete Conrad genauer. Was mochte dieser Mann alles durchgemacht haben? Er hielt ihrem Blick stand, und noch immer waren ihm Bedauern und Reue anzusehen.

Sie hob leicht die Hand und legte sie auf seine. Er reagierte, als hätte man auf ihn geschossen, und wollte die Hand schon wegziehen. Doch dann hielt er inne und ließ sogar zu, dass sie ihre Finger mit seinen verschränkte.

»Wieso glauben Sie, dass Sie ein schlechter Mensch sind? Was Sie tun, ist außergewöhnlich. Ich sehe nur eine Gruppe Männer, die eher sterben würden, als zuzulassen, dass *Eine Neue Ära* mich findet und entführt. Ich sehe nur das Gute, Conrad«, fügte sie freundlich hinzu. »Ob Sie nun wollen, dass man es sieht, oder nicht. Aber ich sehe es. Und ich sehe Sie, also können Sie die kriegerische Maske fallen lassen und aufhören, sich mir gegenüber wie ein Ekel aufzuführen. Sie retten Menschen unter Einsatz Ihres Lebens. Wer tut das schon?«

»Ja, das tun wir«, sagte Hancock. »Das ist unsere Mission, wenn man es so sehen will. Genau das bin ich immer gewesen – sind wir immer gewesen. Leute, die die Welt vom Bösen befreien, damit die Unschuldigen nicht mehr so leiden müssen wie in der Vergangenheit, und zwar weltweit. Ich schulde der amerikanischen Regierung nicht das Geringste.«

Sein Ton war plötzlich so eisig geworden, dass ihr ein Schauder über den Rücken lief.

»Die Regierung hat sich von uns abgewandt und anschließend versucht, uns zu jagen und jedes einzelne Mitglied meines Teams zu eliminieren. Meine Arbeit ist nicht auf US-amerikanische Interessen oder Drohgebärden beschränkt. Das Böse existiert überall auf der Welt, und genau das wollen wir ändern.«

»Aber wieso halten Sie sich dann für schlechte Menschen? Das ist doch absoluter Schwachsinn. Unschuldige Leben zu retten ist der Inbegriff von Mut und Einsatzbereitschaft. Nur wenige würden ihr Leben dem Kampf gegen das Böse verschreiben.«

Ein Lächeln huschte über Hancocks Gesicht, und ihr fiel beinahe die Kinnlade herunter. Keiner dieser Männer hatte bisher auch nur ein einziges Mal gelächelt. Sie wusste nicht einmal, ob sie Gefühle hatten, ob gute oder schlechte. Ihre Leben waren vorgezeichnet, und bei ihrer Arbeit konnten sie sich keine Gefühle leisten.

»Hancock, mach mir eine Spritze mit einem Schmerzmittel fertig. Die gebe ich ihr als Erstes, dann ist sie entspannt und hat keine Schmerzen, wenn ich die Wunde nähe.«

Das Mittel nahm dem Schmerz die Spitze, doch das Nähen tat trotzdem noch sehr weh. Aber sie war entschlossen, keine Schwäche zu zeigen, und ließ sich in eine Leere fallen, in der sie fern von ihrer realen Umgebung schwebte.

Als Conrad sich allerdings der Mitte der Wunde näherte, wo die Haut besonders empfindlich war, konnte sie nicht verhindern, dass sie zusammenzuckte.

Conrad fluchte und murmelte eine Entschuldigung.

»Schon gut«, sagte Honor. »Machen Sie weiter. Bringen wir es einfach hinter uns. Ich halte das schon aus.«

Conrad schüttelte den Kopf, sah sie aber voller Respekt an. Er tat wie geheißen und nähte die Wunde sorgfältig mit kleinen Stichen, allerdings erst, nachdem er Hancock angewiesen hatte, ihr eine weitere Schmerzspritze zu verabreichen.

Nach der zweiten Dosis musste sie sich nicht länger in ein tiefes, dunkles Loch zwingen. Ihre Umgebung verschwamm, und sie trieb dahin, ohne Schmerz oder Angst zu spüren. Im Nu war Conrad fertig und verband die Wunde professionell, nachdem er sie sorgfältig gereinigt hatte.

»Wir haben eine lange Fahrt vor uns. Sie sollten schlafen«,

sagte er schroff. »Das Schmerzmittel wird helfen, und dann merken Sie die unebene Piste auch nicht so.«

Sie nickte zögerlich, schon halb weggetreten. Doch dann packte sie die Angst, und sie zwang sich, die Augen noch einmal aufzureißen.

»In dem Zustand bin ich hilflos«, sagte sie mit Panik in der Stimme. »Wenn wir nun in Schwierigkeiten geraten? Ich bin völlig nutzlos. Wir werden noch alle wegen mir umkommen.«

Dieses Argument hatte sie auch gebracht, als sie das erste Mal stark sediert gewesen war, nur dass Hancock sie dieses Mal nicht amüsiert ansah. Im Gegenteil, sein Gesichtsausdruck war außerordentlich ernst. Das Versprechen, das in seinen Augen aufblitzte, beruhigte sie. Manchmal sagte ein Blick mehr als tausend Worte.

Hancock strich ihr das Haar aus der Stirn.

»Machen Sie sich deswegen keine Sorgen. Sie sind nutzlos für uns, wenn Sie sich nicht ausruhen und erholen. Wir werden Sie beschützen. Und jetzt schlafen Sie, Honor. Ich wecke Sie, wenn es so weit ist.«

Sie runzelte die Stirn, aber die Medikamente taten bereits ihre Wirkung, und sie konnte sich ihr nicht länger entziehen.

Mit letzter Kraft griff sie nach Conrads Hand, in der Hoffnung, er würde ihrer Bitte mehr Gehör schenken als Hancock.

»Versprechen Sie mir«, setzte sie an, schockiert, wie schwierig es war, die Worte über die Lippen zu bringen. »Versprechen Sie mir, dass Sie mich, wenn ich Sie irgendwie behindere, zurücklassen und sich in Sicherheit bringen. Ich habe dem Tod bereits mehrfach ein Schnippchen geschlagen. Es ist nur eine Frage der Zeit, bis er die Oberhand gewinnt, und ich will nicht, dass Sie sterben, nur um das Unvermeidliche hinauszuzögern.«

»Haben Sie jetzt völlig den Verstand verloren?«, fuhr Conrad sie an.

Aber sie war bereits eingeschlafen, war dem Sog der Medikamente erlegen.

Conrad starrte seinen Teamleiter wütend an. Hancock wirkte auch nicht gerade begeistert über Honors Forderung.

»Himmel«, murmelte Conrad. »Ist die echt?«

»Ja, ist sie«, erwiderte Hancock leise. »Was unseren Verrat an ihr umso verwerflicher macht.«

Conrads Lippen bildeten einen schmalen weißen Strich, und seine Augen funkelten vor Wut und Hilflosigkeit.

»Es muss eine andere Möglichkeit geben, Hancock. Eine, die nicht die Verarsche einer unschuldigen Frau mit umfasst.«

»Meinst du nicht, ich hätte alle Möglichkeiten durchgespielt?«, fauchte Hancock ihn an. Seine mühsam gewahrte Selbstbeherrschung bröckelte gefährlich. Es war ganz uncharakteristisch für ihn, Gefühle zu zeigen. Aber das galt auch für seine Männer. »Meinst du, wenn ich einen anderen Weg wüsste, an Maksimov heranzukommen, würde ich ihn nicht vorziehen? Honor ist unsere einzige Möglichkeit, so nah an Maksimov heranzukommen, dass wir ihn endgültig aus dem Verkehr ziehen können. Wenn es irgendeine andere Möglichkeit gäbe, würde ich mich sofort darauf stürzen und Honor auf der Stelle nach Hause schicken. Aber verdammt, sie ist nun mal unsere einzige Chance. Das muss mir nicht gefallen. Es gefällt uns ja allen nicht. Aber das ändert nichts an den Tatsachen.«

Seine Stimme war voller Bitterkeit. Wut. Selbstverachtung. Reue. Schuld. Gefühle, die er sich sonst nie erlaubte, die zu empfinden er sich gar nicht für fähig gehalten hatte – denn so zu fühlen, hieß, das Versagen heraufzubeschwören. Und er würde kein drittes Mal versagen. Zu viele Leben hingen von dieser seiner letzten – und einzigen – verbliebenen Chance ab, Maksimov endgültig den Garaus zu machen.

»Das hat sie nicht verdient«, sagte Conrad bitter.

Hancock seufzte. Verdammt, genau das hatte er vermeiden wollen. Seine Männer respektierten Honor, bewunderten ihren Mut und ihre Widerstandskraft. Und während sie sich bisher noch nie von ihrem Gewissen hatten behindern lassen, waren sie jetzt strikt dagegen, Honor unvorstellbaren Qualen und letztlich dem Tod auszuliefern. Verdammt, es wäre menschlicher, sie gleich zu erschießen und die Sache zu beenden. Aber dann würde ihnen Maksimov erneut entwischen. Darauf reduzierte sich alles immer wieder: auf Maksimov und die gnadenlose Jagd auf ihn. Auf ein Monster, wie es die Welt noch nicht gekannt hatte. Sie mussten ihn erwischen, um jeden Preis. Verdammt. Um wirklich jeden Preis. Honor. Sie war der Preis, den sie für eine erfolgreiche Mission zahlten. Er hasste sich dafür, dass ihm keine andere Lösung einfiel. Er hatte keine andere Wahl. Verdammt, mit seinem Gewissen würde er für den Rest seines Lebens leben müssen.

»Nein, das hat sie nicht verdient«, gab er zu. »Aber uns bleibt keine Wahl, Conrad. Das weißt du, und deshalb bist du so sauer. Maksimov ist verantwortlich für unzählige Morde und endloses Leid und Elend. Er muss aus dem Verkehr gezogen werden, egal, um welchen Preis. Das gefällt mir genauso wenig wie dir, aber die Mission hat Priorität. Genau wie das übergeordnete Ziel.«

»Ich kann es gar nicht erwarten, den Spruch ›für das übergeordnete Ziel‹ nie wieder zu hören«, erwiderte Conrad verächtlich.

Hancock hatte es genauso satt, diese Fahne vor sich herzutragen und diesem Motto alles unterzuordnen, aber er schwieg. Sobald er die geringste Schwäche zeigte, den geringsten Widerwillen, die Mission durchzuziehen, würden seine Männer rebellieren. Und das konnte er sich nicht leisten. Sie waren so nah dran. Er konnte den Sieg bereits schmecken. Riechen. Sah

Maksimovs Tod vor sich und das Ende einer Herrschaft, die wie keine sonst auf der Welt Angst und Schrecken verbreitete.

Conrads Gesicht war eine grimmige Maske. Er packte alles wieder in den Arztkoffer, dann kletterte er über die Lehne des Rücksitzes nach vorne und ließ Hancock mit der bewusstlosen Honor allein.

Hancock rührte sich lange nicht. Er blieb auf den Knien hocken und starrte auf die mutige Frau hinab. Die mutigste Frau, die ihm je begegnet war. Die selbstloseste Frau, die er je kennengelernt hatte. Und er hasste sich für das, was er tun musste.

Schließlich legte er sich neben sie und schob den Arm unter ihren Kopf, um ihn gegen die Stöße von der holprigen Strecke abzufedern.

Dann legte er den anderen Arm um ihre Taille, zog sie behutsam zu sich heran und lehnte den Kopf an ihren, um ihr im Schlaf ein wenig Trost zu spenden.

14

»Gib ihr ein starkes Beruhigungsmittel«, sagte Hancock grimmig zu Conrad. »Sie soll es nicht mitbekommen, wenn wir das Flugzeug besteigen. Das macht ihr nur falsche Hoffnungen, und ich werde sie nicht belügen. Es ist besser, wenn sie nicht mitbekommt, was los ist, bis wir bei Bristow sind.«

»Wirklich schlecht«, murmelte Mojo, dessen verunstaltetes Gesicht außerordentlich finster aussah.

Viper, Henderson und Copeland sahen nicht viel weniger grimmig drein.

»Es gibt doch nichts Schöneres, als einem Rudel Wölfe ein Lamm vorzuwerfen«, sagte Copeland angewidert.

»Sieh mal«, sagte Hancock, dessen Geduld allmählich am Ende war. »Mir gefällt das genauso wenig wie euch allen. Ich bin nicht *völlig* herzlos.« Auch wenn er noch bis vor Kurzem hartnäckig darauf bestanden hatte, genau das zu sein. Ein gefühlloses Arschloch mit einer schwarzen Seele, dem das Herz schon vor langer Zeit abhandengekommen war. Er bereute es nicht, dass er Elizabeth, ein zehnjähriges Mädchen, gerettet hatte. Er bereute es nicht, Grace, Rios Frau, gerettet zu haben. Er bereute es auch nicht, dass er Maksimov noch einmal hatte davonkommen lassen, um Maren zu retten, eine Frau, die durch und durch gut war und ein Herz so groß wie China hatte. Aber diesmal konnte er nicht zulassen, dass ihn Schuldgefühle, Gewissen oder irgendetwas anderes von seiner Mission abhielten. »Maksimov muss getötet werden. Dass Gefühle mein Urteilsvermögen unterwandern, habe ich nicht nur einmal, sondern zweimal zugelassen, als ich ganz nah dran war, Maksimov in die Finger zu bekommen. Ein weiteres Mal wird sich solch eine Chance nicht bieten. Dies ist unsere letzte und einzige Chance. Ob mir gefällt, was ich tun muss? Verdammt, nein. Aber könnt ihr mit eurem Gewissen leben, wenn wir eine Frau auf Kosten Hunderttausender retten? Maksimov wird von Tag zu Tag rücksichtsloser und mächtiger. Wenn er nicht aufgehalten wird, werden viele leiden. Wenn wir ihn aufhalten, leidet nur eine. Honor.«

»Und deswegen sollen wir uns jetzt besser fühlen?«, murmelte Henderson. Hancock war schockiert, dass Henderson tatsächlich einem Gefühl Ausdruck gab. Alle seine Männer hatten sich in etwas verwandelt, das Hancock nicht mehr wiedererkannte. Waren sie nicht alle gefühllose Automaten? Das machte sie zu erfolgreichen Mördern.

»Es muss doch eine andere Möglichkeit geben.« Conrad blieb hartnäckig. »Können wir denn nicht so tun als ob? Ihm Fotos von Honor schicken, einen Termin für die Übergabe ausmachen und ihm dann den Arsch wegknallen, ohne dass Honor auch nur ein einziges Mal in Gefahr gerät?«

»Du weißt, dass das nicht geht«, erwiderte Hancock leise. »Du vergisst Bristow. Wir bringen sie ihm, weil Honor für ihn eine Möglichkeit ist, seine Beziehungen mit Maksimov zu vertiefen. Und für Maksimov ist sie Verhandlungsmasse im Kontakt mit *Eine Neue Ära*. Er wird sich nichts vormachen lassen. Er ist viel zu klug, um auf solch eine Finte hereinzufallen. Schon beim kleinsten Versuch wird er merken, dass er verarscht wird.«

Alle um ihn herum begannen wüst zu fluchen. Hancock stimmte jedem einzelnen Fluch voll und ganz zu, aber verdammt, ihnen blieb keine Wahl. Manchmal war das mit dem übergeordneten Ziel einfach zum Kotzen. Er war es müde, das übergeordnete Ziel auch nur definieren zu müssen. Er war nicht Richter und Henker, auch wenn genau das in den letzten zehn Jahren seine Rolle gewesen war. Aber die vielen Jahre, in denen er jetzt Richter, Geschworene und ausführendes Organ gespielt hatte, lasteten schwer auf ihm. Und er war müde. Hatte die Täuschungen satt. Hatte es satt, sich dem Feind anzubiedern und so allmählich genau wie die zu werden, die er zutiefst verabscheute. Er wollte einfach nur … Frieden. Er wollte schlafen können, ohne dass die Albträume seiner Vergangenheit ihn Nacht für Nacht quälten. Verdammt, er war ein Idiot, wenn er sich einbildete, das sei möglich. Das wusste er jetzt, während es ihm früher gelungen war, sich vorzulügen, alles werde gut, sobald er aufhörte. Denn Honor würde ihn nicht nur in seinen Träumen, sondern auch in jedem wachen Moment quälen. Er würde niemals Frieden finden. Er hatte ihn auch nicht verdient.

Wortlos schwang sich Conrad über den Rücksitz nach hinten, wo Hancock noch immer mit Honor in den Armen lag. Zu anderen Zeiten hätte er sich lieber den Arm abgehackt als zugelassen, dass seine Männer solch ein liebevolles Gebaren zu Gesicht bekamen, wie er es jetzt mit Honor zeigte. Sie kannten nichts außer der roboterhaften, unmenschlichen Persönlichkeit, die ihm zur zweiten Natur geworden war. Aber jetzt? Jetzt war ihm das alles egal. Alle seine Männer hatten eine Schwäche für Honor. Sie würden es ihm nicht verdenken, dass er sie tröstete. Zumal es das Mindeste war, was er tun konnte, wenn er vorhatte, sie einem Monster auszuliefern.

Conrad schnappte sich den Arztkoffer und bereitete eine Spritze mit einem Beruhigungsmittel vor. Dann richtete er den Blick auf Hancock.

»Wie lange soll sie außer Gefecht sein?«

»Bis wir bei Bristow sind. Mir wäre am liebsten, sie würde

in einem Bett aufwachen und nicht sofort wissen … wie ihr Schicksal aussieht.«

Das Unvermeidliche wurde so nur aufgeschoben, aber zumindest diese letzten Momente wollte er ihr lassen. So lange es ging. Vermutlich war es grausam, ihr noch einmal Hoffnung zu machen. Aber wenn sie wenigstens ein paar Stunden ohne Angst leben konnte, ohne das schreckliche Gefühl, betrogen worden zu sein – das sie haben würde, sobald sie die Wahrheit erfuhr –, dann sollte sie diese paar Stunden bekommen.

Conrad schaute ihn grimmig an, zog aber mehr von dem Beruhigungsmittel in die Spritze.

»Sie wird eine Zeit lang nichts mitbekommen«, sagte er, während er ihr behutsam das Medikament in die Hüfte spritzte.

Als er fertig war, räumte er alles weg und schwang sich ohne ein weiteres Wort wieder über den Rücksitz.

Die Atmosphäre im Wagen war angespannt. Niemand sprach, aber das war nicht ungewöhnlich. Sie waren alles andere als gesprächig. Meistens lief ihre Kommunikation sowieso wortlos ab. Sie hatten zu viele Jahre zusammengearbeitet. Sie konnten die Handlungen der jeweils anderen vorausahnen, ohne dass ihnen etwas gesagt wurde. Außerdem hatten sie ihre eigene Gestensprache, mit der sie sich verständigten.

Aber dieses Schweigen war anders. Es war nicht das Schweigen eines eng zusammengewachsenen Teams. Es war ein wütendes, genervtes, hilfloses Schweigen, und keiner von ihnen war darüber glücklich. Es ärgerte sie, dass es ihnen naheging. Und es ärgerte sie, dass sie – wenn auch nur einen Moment lang – überlegt hatten, ihre Mission im Stich zu lassen, um eine einzelne mutige Frau zu retten.

Honor hatte, wie von Hancock geplant, den Rest der anstrengenden Fahrt durch die Wüste bis zu dem Flugfeld geschlafen, wo das Flugzeug wartete, das sie zu Bristow bringen würde. Hancock wich ihr keine Sekunde von der Seite, und im Schlaf hatte sie sich an ihn gekuschelt, als würde sie seine Wärme suchen. Ihr weicher Körper schien genau zu seinem harten zu passen. Das war ein absurder, dummer Gedanke, aber er konnte nicht verhindern, dass er ihm durch den Kopf schoss. Genau wie er nicht leugnen konnte, dass ihre Nähe etwas Tröstliches hatte. Diesen Trost hatte er nicht verdient.

Instinktiv wusste er, dass sie dies brauchte. Menschliche Wärme. Trost. Kontakt. Sie hatte Schreckliches durchgemacht, und er würde sie noch Schlimmerem ausliefern. Er konnte an ihrem Schicksal nichts ändern, aber zumindest konnte er dafür sorgen, dass sie ein wenig Ruhe fand, Ruhe vor dem unvermeidlichen Sturm. Und es war lange nicht so widerlich, wie er gedacht hatte. Dass er irgendjemandem, noch dazu einer Frau, irgendwie Trost spenden konnte, hätte er nie für möglich gehalten. Und erst recht nicht, dass es ihm gefallen würde. Dass er es *mögen* würde.

Irgendetwas war an dieser kleinen, entschlossenen Frau, das ihm zu Herzen ging. Und das ärgerte ihn. Ihm ging nichts zu Herzen. Nicht wenn es um eine Mission ging. Um das übergeordnete Ziel. Gefühle konnte er sich nicht erlauben. Gefühle konnten dazu führen, dass man umgebracht wurde. Dass seine Männer umgebracht wurden. Und er schuldete ihnen mehr als das. Loyalität untereinander und ihm gegenüber war einer ihrer Grundsätze. Sie würden ihr Leben für ihn aufs Spiel setzen, genau wie er seines schon mehrfach für sie aufs Spiel gesetzt hatte. Sich von etwas wie dieser Frau ablenken zu lassen, die sich da in seine Arme kuschelte, wäre … eine Katastrophe.

Während er dort lag und im Gegensatz zu ihr hellwach war, wurde ihm klar, dass er vor allem sauer war, weil sie ihm vertraute. Vielleicht hatte sie sich das noch nicht eingestanden, aber sie verhielt sich nicht so, wie sie es hätte tun sollen, hatte sie sich doch sicher Gedanken über seine Vertrauenswürdigkeit gemacht. Bei ihm entspannte sie sich, wenn sie verletzlich war. Schmerzgeplagt, verängstigt, allein. Instinktiv suchte sie Trost bei ihm und seiner Kraft und hielt sich an ihm fest, wenn sie nichts sonst auf der Welt hatte, woran sie sich festhalten konnte. Er war zu ihrem Anker geworden. In ihrer Vorstellung war er ihr Retter, dabei war er die allerschlimmste Drecksau.

Er war schlimmer als die Tiere, die sie jagten. Schlimmer als Bristow und Maksimov. Denn keiner dieser Männer würde auch nur versuchen, sie anzulügen. Ihr Vertrauen zu gewinnen. Ihr vorzugaukeln, sie wären jemand, der sie nicht waren. Nur er tat so etwas. Und das brannte wie Säure in seinen Adern.

Er schuldete ihr die Wahrheit, dass er nicht ihr Retter war. Dass er das Instrument ihrer unbeschreiblichen Qualen und ihres nachfolgenden Tods war. *Dann* konnte sie ihn hassen. Konnte sich keine Illusionen mehr machen, wer und was er war. Dann müsste er nicht sehen, wie verraten sie sich fühlte, wenn sie merkte, wie sehr sie sich in ihm geirrt hatte. Aber sie hatte bewiesen, dass sie eine Kämpferin war, und dass sie sich ihm widersetzte, konnte er sich nicht leisten. Sobald sie eine Gelegenheit zur Flucht entdecken würde, wäre sie fort. Wieder und wieder würde sie es versuchen. Dann würden sie viel langsamer vorwärtskommen, und vielleicht bekämen sie sie gar nicht hier heraus. Selbst wenn ihre Rückkehr unvermeidbar war.

Also hatte er gelogen. Nicht mit Worten. Aber mit Auslassungen. Mit dem, was er tat. Er hatte sie in der Annahme gelassen, dass er hier war, um sie nach Hause zu bringen. Er hatte sie ihre eigenen Schlüsse ziehen lassen, hatte sich eingeredet, dass es nicht seine Schuld sei, wenn sie die falschen Schlüsse zog. Das war die übelste Form der Täuschung. Übler als eine richtige Lüge.

Ja, er schuldete ihr die Wahrheit, aber die Wahrheit war das Einzige, das er ihr nicht geben konnte.

Als der Wagen abrupt stehen blieb, zog Hancock sie automatisch noch fester an sich, damit er statt ihrer den Ruck abbekam. Er ließ sie erst los, als die Türen geöffnet wurden. Conrad starrte mit grimmigem Gesicht auf ihn hinunter.

»Der Jet ist bereits startklar. Wir müssen los. Wir sind noch nicht ganz aus der gefährdeten Flugzone heraus, und diese Arschlöcher haben wärmesuchende Raketen, die uns vom Himmel holen könnten.«

Hancock nickte zustimmend. Behutsam, um Honor nicht aufzuwecken, löste er sich von ihr.

»Mach eine weitere Spritze fertig«, wies er seinen Stellvertreter an. »Nicht dass sie während des Flugs wach wird. Sie soll erst wieder wach werden, wenn sie in einem Schlafzimmer liegt, und nicht irgendwo, wo sie sich in unmittelbarer Gefahr glaubt.«

Das war bereits geklärt worden. Es war überflüssig, dass Hancock es erneut erklärte. So etwas tat er nie. Oder hatte es nie getan. Bis jetzt. Es fühlte sich viel zu sehr so an, als würde er sein Handeln und seine Entscheidungen rechtfertigen. Sie verteidigen. Und das machte ihn wirklich ärgerlich.

In Conrads Augen blitzte kurz etwas auf, das einzige äußere Anzeichen, dass ihm diese Mission missfiel, aber er widersprach nicht. Er nickte nur und holte den Arztkoffer vom Rücksitz, während Hancock über Honor hinweg aus dem Wagen stieg.

Cope bot ihm an, ihm zu helfen, Honor aus dem Wagen zu tragen, aber Hancock lehnte ab. Honor war seine Verantwortung. Ganz allein seine. Seine Männer waren bereits unruhig, ihre sonst so unumstößliche Entschlossenheit bröckelte. Er würde ihnen nicht zumuten, noch mehr zu Honors Schicksal beizutragen. Mit dieser Sünde würde er, und nur er, für den Rest seines Lebens leben.

Es würde keine Erlösung geben. Keine Gnade für einen wie ihn. Er war schon lange vor Honor nicht mehr zu retten gewesen, aber selbst wenn er noch eine Chance auf Erlösung gehabt hätte, hätte sein jetziges Vorhaben seine ewige Verdammnis besiegelt. Die Hölle war zu gut für jemanden, der sein Leben lang das Blut anderer Menschen vergossen und Unschuldige für das verdammte übergeordnete Ziel geopfert hatte.

Wie sollte er nach dieser Geschichte seiner Familie unter die Augen treten? Wie sollte er dem Blick des Mannes standhalten, den er als seinen Vater betrachtete? Und dem seiner Brüder? Und Edens? Ein Engel mit mehr Mitgefühl und Güte als jeder andere Mensch, den er je gekannt hatte. Außer … Honor. Irgendwie kam ihm sein Verrat an Honor so unverzeihlich vor, als hätte er Eden geopfert. Er hatte die Gerechtigkeit und die Jagd auf Maksimov schon zuvor zurückgestellt, nicht nur einmal, sondern zweimal, um andere zu retten. Wieso also nicht auch für Honor?

Wenn er wirklich ehrlich wäre, wenn er es sich ernsthaft eingestehen würde, sich und seinen Männern, dann war das mit der letzten Chance Schwachsinn. Wenn man Zeit und Geduld hatte, gab es immer eine weitere Gelegenheit. Aber Geduld war etwas, das ihm immer mehr abhandenkam. Sein Beschluss, die Sache jetzt zu Ende zu bringen, hatte weniger damit zu tun, dass dies seine einzige Chance war, als vielmehr damit, dass er ausgelaugt war und aus dem Ganzen herauswollte.

Sein Egoismus würde Honor … alles kosten. Weil ihn seine Schuldgefühle auffraßen, etwas, wogegen er seit langer Zeit immun zu sein glaubte. Und er konnte diese leere, seelenlose Existenz einfach nicht mehr weiterführen. Die Wahl hieß nicht, Maksimov seinem gerechten Schicksal zuzuführen oder nicht, die Wahl hieß Hancock oder Honor. Ihr Leben opfern, damit er seine letzte Mission zu Ende bringen und sich in ein blasses, sinnloses Restleben verabschieden konnte.

Er würde existieren. Nicht mehr, nicht weniger.

Er könnte alles beenden und sich einfach umbringen, aber das war zu leicht, und den letzten Frieden hatte er nicht verdient. Er verdiente es, jeden Morgen aufzuwachen, in den Spiegel zu schauen und den Mann zu sehen, der eine schöne, selbstlose Frau verraten hatte, damit er sich zurückziehen konnte. Damit die stetig wachsende Schwärze, die sich wie ein böser Fleck über seine Seele ausbreitete, nicht das letzte bisschen Menschlichkeit auslöschte, das ihm noch geblieben war.

Ehrfürchtig, als würde er einen kostbaren Schatz transportieren, hob er Honor hoch und bestieg mit ihr das kleine Flugzeug. Er ging an den drei Sitzreihen im vorderen Teil vorbei nach hinten, wo sich ein Sitzbereich mit einem kleinen Sofa und zwei Ledersesseln befand.

Mit der Schulter drückte er die Tür ganz hinten im Flugzeug auf und betrat das winzige Schlafzimmer, in dem ein Doppelbett stand, auf dessen beiden Seiten gerade Platz genug war, um sich hindurchzuquetschen.

Er hielt ihren leichten Körper mit einem Arm, damit er eine Hand frei hatte, um die Bettdecke zurückzuschlagen und eins der Kissen so zurechtzurücken, dass Honor bequem lag.

Behutsam ließ er sie auf die Matratze und das Kissen hinuntergleiten. Er erschrak, als sie sich ein wenig bewegte, doch nachdem sie den Kopf nur mit einem Seufzer tiefer im Kissen vergraben hatte, atmete er erleichtert auf.

Er wollte gerade die Decke hochziehen, doch dann zögerte er. Er wusste, er musste nach ihrer Wunde sehen, solange das Beruhigungsmittel noch wirkte, und sich vergewissern, dass die Naht gehalten hatte und die Wunde nicht wieder blutete. Das würde er tun, sobald sie in der Luft waren. Jetzt würde er sich erst einmal zu ihr auf das Bett legen. Er fluchte, als er beim Ausziehen seiner Schuhe mit dem Kopf gegen die Wand stieß. Man musste schon sehr aufpassen, wenn man solche Manöver in dem engen Raum ausführen wollte.

Auf einmal hob Hancock den Kopf und stellte den Blick scharf. Es hatte nicht an der Tür geklopft, aber er wusste sofort, dass sie geöffnet worden war, auch wenn er nicht das Geringste gehört hatte.

Conrad sagte nichts. Er sah nicht einmal in Honors Richtung. Tatsächlich wirkte er eher so, als gäbe er sich alle Mühe, dass sie nicht in sein Blickfeld geriet. Sein Gesicht war ausdruckslos, seine Augen waren kalt und dunkel wie die des Mörders, der er war – der jeder von ihnen war. Unbewegt hielt er Hancock die Spritze hin, die dieser angefordert hatte.

Hancock nahm sie ihm aus der Hand, und Conrad drehte sich um und ging. Auch jetzt vermied er es, in Honors Richtung zu blicken.

Hancock hasste sich mit jedem Atemzug ein bisschen mehr. Gemocht hatte er sich noch nie, aber dass er sich eines Tages hassen würde, hätte er nie geglaubt. Er wusste, dass seine Arbeit brutal war. Dass er in den Augen anderer ein herzloses Monster war. Eine Maschine, kein Mensch. Er hatte sich nie gehasst, weil er wusste, dass das, was er tat, notwendig und ehrenwert war.

Aber jetzt?

Sein Selbstekel kannte keine Grenzen. Denn nichts war ehrenhaft daran, eine junge Frau in die Hölle zu schicken, gleich, wie viele Leben dadurch gerettet wurden.

15

Hancock döste nur leicht vor sich hin. Er gestattete sich nicht, fest einzuschlafen. Irgendwie hatte Honor erneut seine Wärme gesucht und sich an ihn gekuschelt wie ein Kätzchen. Sie lag auf ihrer unverletzten Seite und hatte im Schlaf fest seine Hand gepackt. Ihr Kopf ruhte nicht auf dem Kissen, auf dem er sie abgelegt hatte, sondern an seiner Schulter. Ihr Atem strich warm an seinem Hals entlang, und es faszinierte ihn, wie sich etwas so Unschuldiges und Gutes so … gut anfühlen konnte.

Sie einfach nur zu halten, fühlte sich gut an. Richtig. Als ob sie in seine Arme gehörte. Unter seinen Schutz.

Diesen Gedanken schob er mit solcher Gewalt von sich, dass er regelrecht zusammenzuckte. Er war nicht ihr Beschützer. Aber der flüchtige Gedanke hatte ihn unglaublich, wenn auch nur kurz, befriedigt. Er konnte sich nicht erinnern, jemals etwas so Gutes gespürt zu haben. Mit »gut« hatte er nicht viel Erfahrung. Aber er konnte damit umgehen. Konnte es verarbeiten und es aufgliedern. War das etwas Positives? Eher nicht. Dieser flüchtige Gedanke hatte etwas Vergiftendes gehabt, denn einen Moment lang hatte er überlegt, ob er nicht der Gute sein wollte. Der edle Retter, für den Honor ihn zu halten schien. Und das war gefährlich. Nein, nicht gefährlich. Tödlich. Denn er könnte leicht süchtig werden nach einem Gefühl, das ihm bis zu diesem kurzen Augenblick verwehrt geblieben war.

Es gab nicht mehr viele Stunden, die er ertragen und dabei auf sein Ziel konzentriert bleiben musste.

Er schloss die Augen, überwältigt von dem Schmerz, der ihn bei dem Gedanken an das Kommende durchfuhr. Es fühlte sich verdächtig nach … Trauer an, was sich da in sein Herz schlich und es mit unbekanntem Schmerz erfüllte.

Glücklicherweise fing Honor an, sich ruhelos hin und her zu werfen und ihn so von seinen Gedanken und der Gefahr abzulenken, die sie heraufbeschworen. Er wusste, dass sie mühsam versuchte, sich aus dem Nebel des Beruhigungsmittels herauszukämpfen.

Noch nicht. Nicht jetzt, verdammt. Er tastete hinter sich nach der aufgezogenen Spritze, die er extra in Griffweite gelegt hatte, damit er Honor halten konnte, die Spritze aber rasch zur Hand hatte, falls sie zu früh erwachte.

Aber vor allem, weil er ein Feigling war und den Moment hinauszögern wollte, ab dem sie ihn nicht länger wie einen Helden betrachten würde, sondern wie einen Betrüger. Er brauchte ihren anklagenden Blick nicht zu sehen, er konnte ihn sich nur zu gut vorstellen, und das reichte, damit es … wehtat.

»Hancock?«, hörte er sie an seinem Hals flüstern.

Er lag ganz still, während er behutsam mit einer Hand die Kappe von der Spritze streifte. Dann zog er, um Honor nicht zu erschrecken oder ihr Angst zu machen, die Hand langsam zurück und legte sie mit der Spritze zwischen den Fingerspitzen so auf ihre Hüfte, dass sie nur die Wärme seiner Handfläche spürte. Selbst jetzt, wo sie von den Medikamenten beeinträchtigt war, und obwohl sie in den letzten Tagen in ständiger Angst vor Entdeckung gelebt hatte, wusste sie sofort, bei wem sie war. Sie zeigte keine Panik, keine Angst, sie könne von den Leuten angegriffen worden sein, die sie jagten. Sie war völlig entspannt und zuversichtlich, dass sie in Sicherheit war.

»Träume ich?«, fragte sie schläfrig und ein wenig verwirrt.

Es war wie ein Zwang, und er hätte sich ihm nicht entziehen

können, wenn sein Leben davon abgehangen hätte. Er fuhr mit den Lippen über ihre Stirn, oben am Haaransatz.

»Ja, Schatz. Es ist nur ein Traum. Schlaf weiter und träum etwas Schönes.«

Sie runzelte die Stirn, als versuchte sie, seine Aussage zu begreifen und auf ihren Wahrheitsgehalt hin zu prüfen. Doch dann versetzte sie ihm einen unglaublichen Schock, dabei war er kein Mann, den so leicht etwas schockierte.

»Wenn dies ein Traum ist, küsst du mich dann?«, fragte sie leise. »Wenn es ein Traum ist, ist es nicht echt, also macht es auch nichts. Und du wirst niemals erfahren, dass du mich geküsst hast, weil es mein Traum ist, nicht deiner.«

Der Gedanke raste ihm durch den Kopf, bevor er auch nur ahnte, dass er so denken konnte. *Nein. Nicht nur dein Traum. Meiner auch.* Verdammt, diese Mission war wirklich ein einziger Scheißdreck.

Er hielt den Atem an und blieb stocksteif liegen. Noch immer lag sie eng an ihn angeschmiegt, und ihr Körper passte sich seinem perfekt an. Was zum Teufel sollte er jetzt tun?

Ein weiteres, ihm sonst völlig fremdes Gefühl ergriff Besitz von ihm.

Panik.

Wenn er sie küsste, machte das seinen Verrat nur noch schlimmer. Wenn er sie nicht küsste, verweigerte er ihr den Trost, den sie sich offenbar wünschte – den sie brauchte. Und er hatte sich geschworen, ihr so viel Gutes wie nur möglich zu tun, bis der Zeitpunkt gekommen war, sie dem Feind auszuliefern.

Verdammt.

Mist! Er war bereits zur Hölle verdammt. Zu einer Ewigkeit aus Qual, endlosem Schmerz und Folter. Was machte da schon eine weitere Sünde zusätzlich zu all denen, die er bereits begangen hatte? Eine schöne Frau zu küssen, schien eine eher lässliche Sünde im Vergleich zu all dem Blut, das er vergossen hatte.

»Und dass ich dich küsse, ist das, was du dir in deinem Traum wünschst?«, fragte er ganz leise, damit sie nicht noch mehr aus dem Schlaf auftauchte.

Er hielt die Spritze ganz dicht über ihrer Haut, und er wollte vermeiden, dass sie richtig wach wurde. Verdammt, er wollte nicht einmal, dass sie sich an das hier erinnerte. Das würde alles nur verschlimmern, wenn …

Er hatte den Gedanken gerade wieder abgeschüttelt, als er sie flüstern hörte: »Ja. Du bist nicht der eiskalte Widerling, für den dich alle halten sollen. Ich *sehe* dich, Hancock. Andere sehen dich vielleicht nicht, ich schon.«

Schockiert schnappte er nach Luft, und seine Schuldgefühle brachen mit einer Macht über ihn herein, dass er buchstäblich zitterte. Bevor er sich noch weiter auf ein Terrain verirrte, das man besser nicht betrat, setzte er rasch die Nadel an und spritzte ihr das Medikament.

Sie zuckte zusammen und öffnete den Mund. Hancock warf die Spritze fort, hob ihr Kinn an, damit er sich auf ihren Mund stürzen konnte, und verschluckte jeden Protest und jede Frage, die sie vielleicht hatte stellen wollen.

Ein elektrischer Schlag durchzuckte seinen Körper, als wäre er vom Blitz getroffen worden. Jede kitschige Beschreibung, die je verfasst worden war über Chemie, Zusammengehörigkeit, den ersten Kuss, war plötzlich nur zu real. Selbst hier, in einem Flugzeug, hatte er das Gefühl, als würde ihm der Boden unter den Füßen weggerissen. Es war wie ein Erdbeben mitten in der Luft.

Er küsste sie noch leidenschaftlicher, denn er war nicht in der Lage, irgendetwas anderes zu tun. Ihr Mund war wie ein wahnsinnig starker Magnet. Er hätte sich nicht von ihr lösen können. Selbst eine ganze Armee hätte ihre Lippen nicht auseinandergebracht.

Es war, als würde er flüssigen Sonnenschein trinken. Sobald er ihre Lippen mit seinen berührt hatte, hatte sie mit einem leisen Seufzer den Mund geöffnet, und so atmete er sie ein und verschlang sie. Sie schmeckte süßer als alles, was er kannte.

Eigentlich hatte er sie nur ganz leicht küssen wollen, mehr nicht. Nur gerade so, dass ihr Wunsch nach einem kurzen intimen Moment befriedigt war. Nach menschlichem Kontakt. Nach Zärtlichkeit anstelle des Schmerzes und der Gewalt, die sie so viele Tage lang hatte ertragen müssen. Aber sobald er sie schmeckte, sobald ihn der Blitz bis in die Zehenspitzen durchfuhr, war es ihm nicht mehr möglich, es bei einem flüchtigen Kuss zu belassen und sie nur zu halten, bis sie wieder schlief.

Sie gab ein kehliges Brummen von sich, das seine Zunge vibrieren ließ, mit der er gerade ihren Mund erforschte, jeden Zentimeter dieses köstlichen Paradieses. Sie war wie Satin und Seide, samtig weich. Die Hitze zwischen ihnen konnte es gut und gern mit der sengendheißen Wüste aufnehmen, durch die sie gefahren waren. Sie grub ihm die Fingernägel in die Brust, die wenigen, die nicht abgebrochen waren.

Die Kratzer von ihren Nägeln würden ihm eine Zeit lang bleiben und ihn an sie erinnern. Am liebsten hätte er sie auf seiner Haut eintätowiert gehabt. Das wäre eine Erinnerung an den schönsten Moment seines Lebens – und an das, was er kaltherzig zerstört hatte.

Er hielt ihr Kinn weiter fest, um die süße Unschuld, die sie ihm darbot, zu verschlingen. Er war eh zur Hölle verdammt, und dies … dies würde eine Erinnerung sein, die ihm durch die vor ihm liegende Dunkelheit helfen würde. Ein einzelner Moment, den er wieder und wieder statt anderer schrecklicher

Bilder von Honor vor seinem inneren Auge ablaufen lassen konnte.

»Noch nie hatte ich einen schöneren Traum«, lallte sie, die Augen nur noch halb offen, denn das Medikament tat allmählich seine Wirkung. »So viele Albträume. Sie hören nicht auf. Zum ersten Mal träume ich etwas … Gutes. Danke …«

Ihre Stimme erstarb, und er küsste sie erneut, und er küsste sie auch noch weiter, als sie bereits völlig schlaff in seinen Armen hing und ihr Mund sich nicht mehr bewegte. Dann ließ er die Lippen langsam über ihre Wangen nach oben gleiten. Als er ihre Tränen spürte, schnürte es ihm die Kehle zu.

Er schloss die Augen und zog sie fest an sich, wobei er darauf achtete, nicht an ihre verletzte Seite zu stoßen.

Sie hatte ihm gedankt. Herr im Himmel. Und sie hatte geweint, weil sie zum ersten Mal im Schlaf nicht nur Schrecken und Tod erlebt hatte. Er hätte am liebsten gegen die Wand gehämmert, bis seine Faust blutig war. Er wollte jemanden töten. Bristow. Maksimov. *Eine Neue Ära*. Die ganze traurige Bande. Jede einzelne Person, die Honor wehtun und sie terrorisieren wollte – er wollte ihr Blut sehen. Aber vor allem wollte er sein eigenes sehen. Er war das größte Monster von allen. Denn ohne ihn würden diese Schweine sie niemals in die Finger bekommen.

16

Honor kämpfte sich durch schwere Schleier dichten Nebels. Ihre Reflexe waren verlangsamt, und ihre Zunge fühlte sich geschwollen an. Sie war halb wach, konnte aber nicht die Energie aufbringen, die Augen aufzuschlagen.

In ihrem Kopf pochte ein dumpfer Schmerz. Es war, als wäre ihr Mund voller Watte, und ihre Augen waren selbst im geschlossenen Zustand trocken und kratzig, als hätte sie Lider aus Schmirgelpapier.

Allmählich nahm sie mehr und mehr von ihrer Umgebung wahr, und sie stellte fest, dass sie sehr bequem und weich lag. Selbst ihre Kopfschmerzen waren nicht allzu unerträglich, weil ihr Kopf auf einem angenehm weichen Kissen ruhte.

Sie seufzte leise. Das musste ein weiterer richtig guter Traum sein. Nicht so gut wie der, in dem Hancock sie geküsst hatte, aber trotzdem gut.

Sie runzelte die Stirn, während sie über diese letzte Information nachdachte, die ihr schwerfälliges Gehirn ihr übermittelt hatte. Nichts derart Realistisches konnte bloß ein Traum sein. Ungeachtet der Trockenheit in ihrem Mund konnte sie Hancock noch immer schmecken. Da war auch noch immer die Erinnerung an diesen heißen, unglaublich erotischen Kuss. Und diese Erinnerung war köstlich. Als ihr Verstand klarer wurde und ihr wieder einfiel, wie ausgiebig er sie geküsst hatte, hätte sie beinahe aufgestöhnt.

Was hatte er sie doch noch gefragt? *Und dass ich dich küsse, ist das, was du dir in deinem Traum wünschst?*

Das war kein Traum gewesen. Er hatte mit ihr gesprochen, als würde sie träumen, und sich vergewissert, dass sie wirklich von ihm geküsst werden wollte. Aber da war auch ein nagender Zweifel. Wieso hatte er es getan? Hatte er sie wirklich küssen wollen, oder hatte er ihr nur gegeben, worum sie gebeten hatte?

Hancock machte ihr nicht den Eindruck, als täte er jemals etwas, das er nicht wollte. Und zu irgendetwas zwingen konnte ihn garantiert niemand.

Je genauer sie sich wieder an diesen abwegigen Traum – die Realität – erinnern konnte, desto klarer wurde ihr, dass sein Kuss nicht der eines unwilligen Mannes gewesen war. Und es war auch kein einfacher Kuss gewesen, einer, mit dem man nur einen Wunsch erfüllte. Er hatte ihren Mund geradezu verschlungen, und dann war alles wieder wie in Nebel getaucht gewesen.

Wieder runzelte sie die Stirn und rieb sich abwesend über die Hüfte. Er hatte ihr etwas gespritzt. Ein Beruhigungsmittel. Unmittelbar bevor er sie geküsst hatte. Offenbar hatte sie nicht mehr lange bei Bewusstsein sein sollen, nachdem er sie geküsst hatte.

Vielleicht hatte er nicht gewollt, dass sie sich erinnerte …

Das war das Wahrscheinlichste. Und ihr war das nur recht, denn dann konnte sie so tun, als hätte sie nichts mitbekommen. Dann musste sie ihn nicht jedes Mal entsetzt anstarren, wenn sie ihn oder er sie anschaute. Sie würde sich einfach so verhalten, als könnte sie sich an nichts erinnern.

Was nicht bedeutete, dass ihr die Erinnerung nicht teuer und wertvoll war. Sie würde sie bewahren, damit sie, wann immer ihr danach war, den Moment wieder und wieder erleben konnte.

Doch jetzt musste sie die Erinnerung an den Genuss dieser gestohlenen Sekunden beiseiteschieben und sich auf das vor ihr Liegende konzentrieren. Sie musste ihre unwilligen Augen öffnen und herausfinden, wo sie sich befand. Und ob sie in Sicherheit war.

Die Augen zu öffnen, kostete sie sehr viel mehr Anstrengung, als ihr lieb war. Es fühlte sich an, als wären ihre Lider aus Blei. Dann nahm sie einen dünnen Lichtstreifen wahr, und dieser kleine Fortschritt machte ihr Mut. Nachdem sie ein paarmal tief ein- und ausgeatmet und sich vergewissert hatte, dass ihr nicht übel wurde, öffnete sie die Augen mit aller Gewalt.

Zunächst war sie völlig desorientiert. Das war alles zu viel auf einmal. Nichts an ihrer Umgebung war ihr vertraut. Als Erstes stellte sie fest, dass sie in einem sehr bequemen Bett lag. Kein Feldbett, keine Isomatte, kein Notlager. Es war ein richtiges Bett mit Matratze und luxuriöser Bettwäsche. Die Qualität eines Fünf-Sterne-Hotels – nicht dass sie viel Erfahrung mit Fünf-Sterne-Hotels gehabt hätte. Aber dies hier war himmlisch.

Während sich die letzten Nebelfetzen auflösten, musterte sie rasch weiter ihre Umgebung und hielt nach Anzeichen Ausschau, dass sie in Gefahr war.

Die Wände waren in einem hellen Lavendelton gestrichen und so geschickt mit Blumenbildern dekoriert, dass das Zimmer etwas Offenes und Luftiges hatte. Die Möbel waren teuer, sie sahen wie vom Schreiner handgefertigt aus. Das Holz war dunkelbraun und kontrastierte angenehm mit den eher weiblich wirkenden Wänden.

Sie fühlte sich … in Sicherheit. Weder stellten sich ihr die Nackenhaare noch die Härchen auf ihren Armen auf. Aber wo war sie?

Sie drehte sich mit der Absicht in ihrem luxuriösem Bett um, sich aufzusetzen, aufzustehen und … was dann?

Die Frage erledigte sich, als ihr Körper auf ihre Bewegung

mit einem Aufschrei reagierte. Ein Schmerzpfeil raste durch ihre Seite, nahm ihr den Atem und ließ sie blass werden. Ihre Lungen waren wie eingefroren, konnten weder Luft einziehen noch ausstoßen. In ihrer Panik konnte sie sich nicht entscheiden, ob sie sich zurücklegen oder weiter aufrichten sollte. Beides würde teuflisch wehtun.

Ein Geräusch an der Tür ließ sie aufhorchen, und sie zuckte unwillkürlich zusammen, woraufhin erneut ein unerträglicher Schmerz durch ihre Seite raste.

In der Tür stand Hancock, der bei ihrem Anblick zu fluchen begann und rasch auf das Bett zutrat. Er nahm sie in die Arme und zog sie fest an sich, ohne ihr wehzutun. Vorsichtig ließ er sie auf die Matratze zurücksinken, aber obwohl er äußerst behutsam vorging, bereitete ihr das solche Schmerzen, dass ihr die Luft wegblieb.

Tränen verschleierten ihr die Sicht auf Hancocks grimmiges Gesicht, das verschwommen über ihr schwebte.

»Verdammt, Honor. Wieso haben Sie versucht, aufzustehen?«

Einen Moment lang musste sie sich so darauf konzentrieren, trotz der entsetzlichen Schmerzen weiterzuatmen, dass sie keine Antwort gab.

»Wo bin ich?«, brachte sie schließlich mühsam heraus. »Sind wir in Sicherheit?«

Sein Gesichtsausdruck wurde noch grimmiger, und in seinen Augen flackerte kurz etwas auf, bevor er den Kopf wegdrehte und vermied, sie anzuschauen.

»Ja«, sagte er schließlich. »Hier sind wir in Sicherheit.«

Sie schloss die Augen. »Gott sei Dank. Aber wo sind wir? Sind wir wieder zu Hause? Kann ich meine Eltern anrufen?« Eine Träne lief ihr über die Wange. »Sie halten mich vermutlich für tot.«

Wieder fluchte Hancock, und obwohl er das leise tat, war die Wut dahinter zu spüren. Er kniete sich neben das Bett und legte die Hand an ihre Stirn, eine überraschend zärtliche Geste. Verblüfft starrte sie ihn an, denn bisher hatte er Zärtlichkeit nur gezeigt, wenn er glaubte, sie bekäme es nicht mit.

»Konzentrieren Sie sich erst mal darauf, gesund zu werden«, sagte er in seinem üblichen grimmigen Ton. Und dennoch schwang etwas anderes darin mit. Etwas, das sie nicht recht einordnen konnte, und das machte ihr zu schaffen. Er schien sich … unwohl zu fühlen. Dabei war Hancock sonst immer selbstbewusst und undurchschaubar.

»Wie lange?«, fragte sie und bereute es sogleich, denn das Sprechen strengte sie an. Wer hätte gedacht, dass es so anstrengend sein konnte?

Der Schmerz hatte sie jetzt vollkommen im Griff. Es war ein aggressiver, pulsierender Schmerz, der nach der ersten Erleichterung, in einem so bequemen Bett zu liegen, wieder voll zugeschlagen hatte.

»So lange wie nötig«, erwiderte er vage.

Er richtete den Blick wieder auf sie und sah sie so durchdringend an, dass es ihr schon fast unangenehm war. Es war, als könnte er bis tief in sie hineinsehen. Als könnte er den Schmerz spüren, den ihr Körper ausstrahlte. Sein Blick war kalt, seine Lippen waren nur noch ein dünner Strich. Er schien wütend zu sein.

»Sie sind verletzt. Oder erinnern Sie sich nicht mehr, dass Sie eine Kugel abbekommen haben, als Sie einen meiner Männer geschützt haben?«

Ja, er war sauer. Die Stimme erhob er nicht. Das brauchte er auch nicht. Im Gegenteil, hätte er sie angeschrien, wäre sie lange nicht so nervös gewesen. In seiner leisen Stimme lag so viel Autorität, dass seine Worte wie ein Schlag ins Gesicht waren.

Sie fuhr sich mit der Zunge über die Lippen und wollte gerade zu einem Widerspruch ansetzen, als er ihr zwei Finger auf den Mund legte und sie mit seinem Blick zum Schweigen brachte.

»Wir können Sie erst weitertransportieren, wenn Sie nicht mehr in Lebensgefahr sind«, sagte er. »Sie haben eine Menge Blut verloren, deshalb bekommen Sie intravenös Flüssigkeiten zugeführt, außerdem Antibiotika. Ich wollte nachsehen, ob Sie wach sind und Schmerzen haben, und beides trifft zu. Also gebe ich Ihnen ein Schmerzmittel, damit Sie sich ausruhen und Ihre Verletzungen abheilen können.«

Sofort setzte sie zum Protest an. Ihre Verletzungen waren ihr egal. Sie war der Freiheit und ihrem Zuhause so nahe, dass sie beides bereits spüren konnte, und sie wollte keinen weiteren Tag verlieren. Jede Stunde, die sie nicht bei ihrer Familie war, war eine Stunde, in der diese das Schlimmste fürchten musste.

»Ich dulde keinen Widerspruch, Honor«, sagte Hancock mit seiner kalten Stimme, derjenigen, die sie zittern ließ und sie in einen Feigling verwandelte. Das widerte sie an, und es war auch völlig unlogisch, dass sie sich einer ganzen Terroristengruppe widersetzen konnte, die sie wie ein Tier jagte, während ein einzelner Mann die Fähigkeit besaß, sie nur mit Worten in die Knie zu zwingen.

Aber sie war nicht blöd. Dieser Mann brauchte seine Worte nicht mit Taten zu bekräftigen. Niemand, der auch nur ein bisschen Verstand besaß, konnte diese Augen falsch interpretieren. Er war ein rücksichtsloser, kaltblütiger Mörder. Nur jemand, der sehr dumm war, würde sich ihm in den Weg stellen. Und dumm war sie nun wahrlich nicht.

Er holte eine Spritze heraus und nahm die Hülle von ihrem Infusionskatheter ab. Obwohl er bereits gesagt hatte, dass er ihr Infusionen mit Flüssigkeiten und Medikamenten gab, war ihr der Infusionskatheter an ihrem rechten Handgelenk noch gar nicht aufgefallen. Es hätte ihr nicht viel geholfen, wenn sie sich mühsam aus dem Bett gehievt hätte, nur um dann einen Infusionsständer hinter sich her ziehen zu müssen.

»Das dauert nur eine Sekunde. Entspannen Sie sich und lassen Sie das Medikament wirken.« Jetzt klang er sehr viel freundlicher.

Sie runzelte die Stirn, als das Medikament in ihren Adern zu brennen anfing, und zuckte ein wenig zusammen. Automatisch strich Hancock mit der Handfläche über ihren Unterarm, wo es am heftigsten brannte, aber es konnte gut sein, dass ihm das nicht einmal bewusst war. Für diesen Mann schien Zärtlichkeit ein Fremdwort zu sein, doch sie wusste, dass das nicht stimmte. Er hatte sie gehalten, als sie wegen ihrer Albträume kaum hatte schlafen können. Er hatte sie geküsst und sie getröstet, als sie verängstigt und verwirrt aufgewacht war.

Sie wurde nicht recht schlau aus diesem Mann, aber ihr Instinkt sagte ihr, dass er kein schlechter Mensch war. Er war nicht einmal der, der er zu sein glaubte. Und er würde noch auf seinem Sterbebett schwören, dass ihm so etwas wie Freundlichkeit völlig abging.

Sie war sich nicht sicher, wann genau sie beschlossen hatte, ihm zu trauen. Vielleicht hatte sie ihm in gewisser Weise schon ganz am Anfang vertraut, obwohl sie seine Absichten nicht hatte einschätzen können. Sein Motiv. Aber er hatte sein Versprechen gehalten, sie aus der Reichweite von *Eine Neue Ära* zu bringen, denn den Möbeln in diesem Schlafzimmer nach zu urteilen, konnten sie kaum in der Nähe der vom Krieg gebeutelten Region sein, in der er sie aufgegriffen hatte.

Die Medikamente taten bereits ihre Wirkung, sie konnte kaum noch die Augen offen halten. Hancock wollte gerade aufstehen, aber mit letzter Kraft packte sie seine Hand mit derjenigen, in der der Infusionskatheter steckte.

Überrascht sah er sie an, machte aber keine Anstalten, ihr die Hand zu entziehen. Er sagte nichts, sondern wartete ab, was sie sagen wollte.

»Danke«, flüsterte sie.

Er verzog das Gesicht, und ihr wurde klar, dass er es nicht gern hörte, wenn sie ihm dankte. Beim ersten Mal hatte er auch schon so reagiert.

»Dass Sie Ihr Versprechen gehalten haben«, fügte sie trotz ihrer schweren Zunge hinzu.

Bevor ihr die Augen endgültig zufielen, bekam sie gerade noch mit, welch wahnwitzige Wut in seinen Augen funkelte.

Und noch etwas anderes, das sie sogar noch mehr überraschte.

Schuldgefühl.

17

»Ihre Wunde heilt allmählich«, stellte Hancock sachlich fest.

Seiner raschen, unpersönlichen Untersuchung ihrer Naht nach zu urteilen, wollte er nicht, dass sie sich an die zärtlichen Momente erinnerte, von denen sie seines Wissens keine Ahnung hatte.

»Ihr Knie ist fast völlig abgeschwollen. Noch ein Tag, und Sie dürften damit wieder schmerzfrei gehen können.«

»Heißt das, dass ich bald nach Hause kann? Morgen?«, fragte sie hoffnungsvoll.

Seine Augenlider zuckten. Beinahe hätte sie es übersehen, denn er drehte den Kopf rasch zur Seite und tat so, als interessiere er sich für eine ihrer kleineren Wunden. Irgendetwas war da. Irgendetwas, das sie nicht mitbekommen sollte. Es hätte bei ihr alle Alarmglocken schrillen lassen müssen, aber sie hatte keine Angst vor ihm. Sie vertraute ihm. Er hatte ihr versprochen, sie sicher aus der Reichweite von *Eine Neue Ära* zu bringen, und das hatte er auch getan.

Er zuckte mit den Schultern. »Das ist nicht so einfach, wie Sie sich das vorstellen. Es gibt da ein paar Sachen – Pläne –, die noch nicht ganz ausgereift sind. Voreilige Schritte helfen uns jetzt nicht weiter. Wir sind noch nicht außer Gefahr.«

Das war vage und rief ihr doch ins Gedächtnis zurück, dass sie nicht in Sicherheit und vor einem Angriff gefeit waren, auch wenn sie sich mit ihm sicher fühlte. Sie runzelte die Stirn. Nur zu gern hätte sie gewusst, wo zum Teufel sie sich befanden.

Während der Tage, in denen sie in diesem Bett, in diesem isolierten Schlafzimmer gelegen und sich erholt hatte, hatte sie nicht einen von Hancocks Männern zu Gesicht bekommen. Hancock hatte ihr die Mahlzeiten gebracht und ihre Wunden versorgt. Zu ihrem Entsetzen hatte er ihr sogar im Badezimmer geholfen, allerdings mit solch kühler Effizienz, dass es ihr schließlich wie die normalste Sache der Welt vorgekommen war. Geduldig hatte er ihr unter der Dusche jedes Mal mehrmals die Haare shampooniert, um die Farbe herauszubekommen. Und dann hatte er auch noch ihren Körper abgeschrubbt, wobei ihr Gesicht so rot angelaufen war, dass sie vermutlich ausgesehen hatte, als hätte sie einen üblen Sonnenbrand. Aber auch hier hatte er ihr nur gründlich das Henna abgewaschen, und jetzt hatte ihre Haut wieder ihren natürlichen Bronzeton. Falls er versuchte, sie vollkommen von sich abhängig zu machen, leistete er verdammt gute Arbeit, denn allein der Gedanke, jemand anderer könne in ihr – in dieses – Zimmer kommen, war ihr unangenehm.

Dies war nicht ihr Zimmer. Auch wenn es in den letzten Tagen ihres geworden war. Ihr Zimmer war zu Hause. Im Haus ihrer Eltern. Sie hatte in den Staaten keine eigene Wohnung. Das wäre auch nicht sinnvoll gewesen. Sie war häufiger fort als zu Hause, und wenn sie zwischen zwei Einsätzen zu Besuch kam oder einfach eine Pause von dem Elend brauchte, das sie tagtäglich sah und das ihr manchmal über den Kopf zu wachsen und ihre Mission zu bedrohen begann, dann verkroch sie sich bei ihren Eltern. Sie schlief in dem Zimmer, in dem sie ihre Kindheit verbracht hatte und das noch genauso aussah wie damals, als sie Teenager auf der Highschool gewesen war.

Alles, womit sie aufgewachsen war, befand sich noch dort. Ihre Lieblingsstofftiere. Ihre geliebten Bücher. Ihre Sprachbücher und die ganzen Fachbücher über den Nahen Osten, seine Kultur, die Unterschiede und Nuancen zwischen den einzelnen Dialekten, die von Region zu Region variierten.

Sogar ihre Sporttrophäen, obwohl sie darüber gelacht hatte, dass ihre Eltern etwas aufbewahrten, was nicht mehr als eine Anerkennung für Honors Teilnahme war. Weder hatte sie irgendwelche Wettbewerbe gewonnen, noch war sie – ganz anders als ihre Geschwister – eine herausragende Athletin gewesen. Sie war die Außenseiterin der Familie.

So manches Mal hatte sie zu ihren Eltern gesagt, sie müssten sie wohl adoptiert oder auf irgendeiner Müllhalde aufgelesen haben, denn sie war vollkommen anders als ihre Geschwister. Sie war so viel weicher, mitfühlender. Ihr fehlte dieser unbedingte Wille zum Erfolg, mit dem ihre Geschwister sich auf das stürzten, was sie interessierte. Sie nannten sie Weichei. Zu gutherzig und lieb, um in der »richtigen Welt«, wie sie es nannten, zu überleben. Dabei ging es in der Welt, in der Honor lebte, ums nackte Überleben. Nichts ähnelte den sicheren Arbeitsplätzen ihrer Familie, ihrem sicheren Zuhause, ihrem sicheren Leben.

Ihr Vater war ein ehemaliger All-Star-Sportler. Er war in mehreren Sportarten erfolgreich gewesen, aber auf das College war er mit einem Football-Stipendium gekommen und hatte es sogar bis in die Profiliga geschafft. Aber zu dem Zeitpunkt hatte er bereits ihre Mutter kennengelernt und sich in sie verliebt. Seinen Kindern hatte er oft erzählt, dass er sich nichts sehnlicher gewünscht hatte, als bei ihr zu Hause zu sein und mit ihr Kinder zu haben. Ein ganzes Haus voll.

Die meisten hatten bezweifelt, dass es ihm ernst damit war, und Honors Mutter sagte, auch sie sei am Anfang skeptisch gewesen. Sie hatte sich nicht vorstellen können, dass ihr Mann glücklich würde, wenn er solch eine lukrative Karriere im Rampenlicht aufgab. Aber er hatte nie auch nur das geringste Bedauern gezeigt, und schon ein Jahr nach ihrer Hochzeit hatten sie ihr erstes Kind bekommen.

Als Profi wäre er die meiste Zeit des Jahres nicht zu Hause gewesen. Erst kam das Frühjahrstrainingslager. Dann die gesamte Footballsaison und anschließend die Play-offs, falls es das Team so weit schaffte. Ihr Vater hätte zweifellos einer der ganz Großen sein können. Doch stattdessen hatte er einen Trainerjob bei einer Highschool in Kentucky angenommen, wo er mit ihrer Mutter leben und ihre Kinder großziehen wollte.

Es war eine Kleinstadt, nicht so weit nördlich, dass sie zu nahe an der Grenze zwischen Nord und Süd lag. Wie in allen Städten im Süden waren ihre Bewohner offen und freundlich. Sie war klein genug, dass jeder jeden kannte und infolgedessen auch alles über jeden wusste.

Honor und ihre Geschwister hatten, gefördert von ihren liebevollen Eltern, eine glückliche Kindheit gehabt. Jeder ihrer Brüder hatte es in einer Sportart zu etwas gebracht. Genau wie ihre ältere Schwester. Ihr ältester Bruder hatte im College ebenfalls Football gespielt und gute Chancen gehabt, in die Profiliga aufzusteigen. Wie ihr Vater hatte er sich davon nicht verlocken lassen, und niemand hatte diese Entscheidung hinterfragt. Schließlich wusste gerade ihr Vater nur zu gut, dass manche Entscheidungen einfach zu persönlich waren, um hinterfragt zu werden. Sie fielen einfach.

Aber während ihr Vater in seiner Arbeit als Trainer einen passenden Ersatz für eine aktive Sportlerkarriere gefunden hatte, war ihr ältester Bruder zur Polizei gegangen und inzwischen Sheriff ihres County.

Ihr zweitältester Bruder dagegen hatte sich für eine Karriere im Sport entschieden. Anders als sein Vater und sein ältester Bruder stand er nicht auf Football. Schon als Kind hatte er sich dem Baseball verschrieben, und er war ein Naturtalent.

Inzwischen spielte er für ein Profiteam, und kurz bevor Honor zu ihrem Einsatz aufgebrochen war, hatte er einen weiteren lukrativen Langzeitvertrag unterschrieben.

Die zwei jüngeren Brüder waren beide Geschäftsmänner, die schon bei mehreren Unternehmungen zusammengearbeitet hatten. Aber das hieß nicht, dass sie nicht genauso sportverrückt und talentiert waren.

Selbst ihre Schwester, zweitjüngste und einzige andere Tochter neben all den Söhnen, war sportlich und so anmutig und flink wie eine Gazelle. Sie war mit einem Softball-Stipendium auf die Kentucky State University gekommen, hatte kurze Zeit in einem italienischen Profiteam gespielt und arbeitete inzwischen ebenfalls als Trainerin. Honor war sehr stolz auf ihre Schwester. Sie war die jüngste Cheftrainerin der Softballmannschaft, die es an der kleinen Universität, wo sie arbeitete, jemals gegeben hatte.

In den zwei Jahren, seit ihre Schwester Miranda – oder Mandie, wie sie liebevoll genannt wurde – das Training übernommen hatte, hatte es die Mannschaft als erste, seit es das Softballteam an der Uni gab, bis in die Play-offs geschafft. Ihr Arbeitsplatz war ihr definitiv sicher. Dafür hatte die Universität gesorgt. Und sie war dort glücklich, obwohl sie bereits intensiv von größeren, angeseheneren Universitäten mit breiterem Sportangebot und einer längeren Tradition im Collegesport umworben wurde.

Aber Mandie war von Natur aus ein heimatverbundener Mensch, ganz das Gegenteil von Honor. Mandie mochte ihren Job. Sie machte sich gern die Hände schmutzig und baute eine Mannschaft von Grund auf neu auf. Eine bereits erfolgreiche Mannschaft und eher repräsentative Aufgaben zu übernehmen, reizte sie nicht. Sie wollte alle Aspekte des Spiels beeinflussen und verändern können.

Honor schloss kurz die Augen und dachte noch einmal an ihren Bruder und den Vertrag, den er kurz vor ihrer Abreise mit seinem Verein abgeschlossen hatte. Ihr Abschiedsfest war eine Mischung aus Freude über seinen Erfolg und Abschiedsschmerz und Sorge um Honor gewesen. Keinem von ihnen gefiel, was sie tat. Sie verstanden es nicht. Sie versuchten nicht einmal, es zu verstehen. Jeder von ihnen war seinen eigenen Weg gegangen, und nie forderte jemand dafür Rechenschaft von ihnen. Niemand fragte Brad nach den Gründen, weshalb er sich ohne Erklärung vom Profisport abgewandt hatte. Oder wieso seine Familie nie mitbekommen hatte, dass er unbedingt zur Polizei gehen wollte.

Nur sie musste sich immer rechtfertigen. Das lag nicht daran, dass ihre Familie nicht an sie glaubte – das tat sie. Sie liebten sie, daran zweifelte sie nicht eine Sekunde. Sie verstanden sie nur nicht. Verstanden nicht, warum ihre Berufung sie so weit von den Menschen wegführte, die sie liebten, wenn alle anderen ihrer Geschwister Lebenswege gewählt hatten, die sie nicht weit von zu Hause wegführten. Wie hätte sie ihnen dieses tief in ihr verankerte Bedürfnis erklären sollen, an Orten etwas zu bewirken, denen außer Tod und Gewalt selten etwas zukam? Brad hätte sie besser als alle anderen verstehen müssen. Er war ein Beschützer. Der Sheriff. Er war für die Sicherheit vieler Menschen verantwortlich. Er war der Einzige unter ihren Geschwistern, mit dem sie eine gewisse Gemeinsamkeit empfand. Sie beide trugen eine Last. Irgendwoher musste ihr Bedürfnis kommen, andere schützen und retten zu wollen.

»Honor, haben Sie Schmerzen?«

Hancocks leise, besorgte Stimme riss sie aus ihrer Melancholie und ließ sie aufblicken. Er musterte sie, als könnte er ihre Gedanken lesen.

Sie schnappte nach Luft, griff impulsiv nach seiner Hand,

die auf der Bettkante lag, und verschränkte ihre Finger mit seinen. Er zuckte zusammen wie von einem elektrischen Schlag getroffen, aber er zog die Hand nicht zurück oder schob ihre weg, wofür sie sehr dankbar war.

Sie brauchte es gerade, einen anderen Menschen zu berühren. Brauchte Trost. Sehnte sich danach, bald wieder im Schoß ihrer Familie zu sein. Jede Minute, die sie nicht nach Hause kam, war für sie alle die schlimmste Folter. Vermutlich glaubten sie, Honor sei tot. Doch wenn sie sich dessen nicht sicher waren, war das noch schlimmer, denn dann bangten sie, welches Schicksal sie ereilt hatte. Was sie gerade erleiden musste.

Sie betete, dass sie sie für tot hielten, bis sie ihnen das Gegenteil beweisen konnte. Das war gnädiger, als wenn sie sich mit den unzähligen Möglichkeiten herumquälten, was ihr alles zugestoßen sein konnte. Außerdem würde das nicht geschehen. Sie war bei Hancock. Er würde nicht zulassen, dass ihr jemand wehtat.

Es wäre dumm zu glauben, irgendjemand sei unbesiegbar und sicher vor den Übergriffen von *Eine Neue Ära*. Dennoch war sie sich sicher, dass Hancock alles zerstören konnte und würde, was sich ihm in den Weg stellte, und niemals zulassen würde, dass ihr irgendein Leid geschah. Das wusste sie so sicher, wie sie wusste, dass die Sonne im Osten auf- und im Westen unterging.

»Was ist los, Honor?«, hakte Hancock hartnäckig nach und starrte sie dabei mit gerunzelter Stirn an, als könne er so herausfinden, wo ihr Problem lag.

Sie hatte kein Problem.

Sie hatte ein Bedürfnis.

Ihr Hals und ihre Wangen verfärbten sich rot, und sie konnte nur hoffen, dass die Überreste des Färbemittels und ihr langer Aufenthalt in der Sonne ihre Schamesröte kaschierten.

Sie fuhr sich mit der Zunge über ihre trockenen, aufgeplatzten Lippen, dann sah sie zögernd und schüchtern unter gesenkten Lidern zu ihm hoch.

»Küss mich, Hancock«, sagte sie mit zitternder Stimme, die man auch für einen Ausdruck von Angst hätte halten können. Aber sie wusste es besser. Und Hancocks Gesichtsausdruck nach zu urteilen, wusste auch er, dass sie keine Angst vor ihm hatte. Oder vor dem, worum sie ihn bat.

In seinen Augen flackerte Unsicherheit auf, eine Seltenheit bei ihm. Sie wusste das, ohne sich nach dem Grund dafür zu fragen. Sie wusste es einfach. Aber da funkelte auch noch etwas anderes in seinen Augen.

Ein ihrem entsprechendes Bedürfnis. Verlangen. Begierde.

Der Funke erlosch, kaum dass sie ihn wahrgenommen hatte, aber Augen logen nie. Sie waren die Tür zur Seele eines Menschen, wie die Dichter zu sagen pflegten.

Und genau, wie sie wusste, dass Hancock selten, wenn überhaupt jemals, unsicher über etwas war, so wusste sie auch, dass es noch viel seltener vorkam, dass er irgendjemanden sehen ließ, was sie eben in seinen Augen gesehen hatte.

Sie hatte ihn aus seiner Reserve gelockt, und das wusste sie. Sie konnte es kaum glauben.

Himmel, machte sie das glücklich? Was zum Teufel stimmte nicht mit ihr? Sie kannte diesen Mann nicht, und es war voreilig von ihr, um nicht zu sagen arrogant, zu glauben, sie könne irgendetwas an ihm wahrnehmen, wenn andere das mit Sicherheit nicht konnten.

Aber sie hatte bereits diesen gefährlichen Weg eingeschlagen, der sie in Euphorie versetzte. Lebendig. Sie fühlte sich lebendig. Herrlich lebendig, nachdem sie tagelang um ihr Leben hatte bangen müssen.

Sie hatte ihre Freiheit zurück. Hancock hatte gehalten, was

er versprochen hatte. Ihre Rettung vor den schrecklichen Männern, die sie wie skrupellose Raubtiere gejagt hatten.

»Küss mich«, wiederholte sie, ihre Stimme jetzt rauchig und voller Verlangen. »Nur einmal, wenn uns beiden voll bewusst ist, was passiert, und keiner von uns behaupten kann, es sei nie geschehen.«

Alarmiert riss er die Augen auf, dann zeichnete sich Überraschung darin ab. Doch als ihm klar wurde, dass sie Bescheid wusste, verhärteten sich seine Gesichtszüge. Sie erinnerte sich. Vielleicht hatte sie es auch gar nicht erst vergessen, sondern nur Zeit gebraucht, bis die Puzzleteile wieder ein Ganzes ergaben. Nachdem dies jetzt geschehen war, würde sie die Erinnerung daran für immer in ihrer Seele bewahren. Würde diesen reinen, köstlichen Moment zwischen so viel Angst und Chaos und Qual auskosten.

Er fluchte leise, aber noch während er das tat, stützte er ein Knie auf die Matratze und beugte sich mit seinem großen muskulösen Körper über sie. Hitze strahlte von ihm ab und wärmte sie. Zum ersten Mal wurde ihr der Größenunterschied zwischen ihnen bewusst. Er war ein Berg aus massivem Stahl, und nirgendwo an seinem Körper war auch nur ein Gramm zu viel, soweit sie das beurteilen konnte. Und sie hatte eine sehr ausgeprägte Vorstellungskraft.

Aber neben ihm kam sie sich klein und zerbrechlich vor. Verletzlich. Allerdings nicht ängstlich. Sie fuhr sich mit der Zunge über die Lippen und fragte sich plötzlich, ob sie nicht vielleicht doch Angst haben sollte. Immerhin provozierte sie die Bestie ganz bewusst. Vielleicht reichte ihre Vernunft einfach nicht aus, um dem Bedürfnis zu widerstehen, das wilde Tier herauszufordern.

Als sie sich über die Unterlippe fuhr, gab er ein gequältes Stöhnen von sich, beugte sich herab und verschloss heiß und hungrig ihren Mund mit seinem. Von der fast schon behutsamen Zärtlichkeit, mit der er sie so ehrfürchtig geküsst hatte, als er glaubte, sie bekomme es nicht mit, war nichts mehr zu spüren.

Er bemächtigte sich ihres Munds, schmeckte jeden Millimeter ihrer hungrigen Zunge und zeigte ihr den atemberaubenden Unterschied zwischen einem Mann, der einer Frau Trost spenden möchte, und einem Mann kurz vor dem Verhungern, der die Frau seine ganze Dominanz spüren ließ.

Wenn es nicht so wehtäte, würde sie ihm jedes einzelne Kleidungsstück vom Leib reißen, sich nackt ausziehen und sich an ihn werfen. Aber sie brachte nur ein leises Stöhnen zustande, das in einem Summen und dann in einem hingehauchten Seufzer des Vergnügens und der unendlichen Zufriedenheit endete, den er rasch einatmete und hinunterschluckte.

Mit großer Anstrengung löste er seine Lippen von ihren, zog sich aber nicht sofort von ihr zurück. Sie fragte sich, wieso sie das als großen Sieg betrachtete. Überraschend zärtlich legte er seine Stirn an ihre, und sein Atem strich unregelmäßig über ihren pochenden Mund.

»Das war keine gute Idee«, sagte er mit verkniffenem Gesicht. »Verdammt, das war bescheuert.«

Okay, das saß. Sie konnte es zugeben, und selbst andernfalls hätte ihr Zusammenzucken sie verraten.

Sie überlegte fieberhaft, was sie sagen könnte, um die seltsam angespannte Stille zu durchbrechen, die ihre Nerven fast zum Zerreißen brachte.

»Wann werde ich gesund genug sein, dass ich nach Hause kann?«, fragte sie ungeduldig.

Ihre Worte lösten einen Tornado aus. Er machte komplett dicht, und in seinen Augen blitzte eine so ungeheuerliche Wut auf, dass sie am ganzen Körper eine Gänsehaut bekam.

Er richtete sich abrupt auf und drehte ihr den Rücken zu, als wollte er nicht, dass sie irgendetwas von ihm und seiner Reaktion mitbekam.

»Sie müssen erst noch weiter heilen, bevor wir Sie verlegen können«, sagte er tonlos.

Und dann ging er zur Tür, riss sie auf und knallte sie so fest zu, dass eins der Bilder an der Wand gegenüber verrutschte.

18

Hancock wusste, dass er sich hinsichtlich seiner geistigen Gesundheit auf einem schmalen Grat bewegte. Schlimmer noch, er kämpfte gegen das an, was, wie er wusste, getan werden musste. Die Mission. Der Preis, den er für seine Mission zahlen musste. Und alles hing an einer unschuldigen Frau mit mehr Mut und Leidenschaft, als er jemals bei einer Kriegerin erlebt hatte.

Er hatte sich tagelang wie ein Tyrann aufgeführt, hatte dafür gesorgt, dass er und nur er Zugang zu dem Zimmer hatte, in dem sie als … Gefangene gehalten wurde. Es gab keine Möglichkeit, das Zimmer zu verlassen, aber immerhin hatte er dafür gesorgt, dass sie alles an Bequemlichkeit hatte, was sie brauchte oder wollte.

Ihren Fragen war er ausgewichen. Verständlichen Fragen. Fragen, auf deren Antworten sie ein Anrecht hatte. Aber sobald er ihr diese Antworten gab, war alles verloren. Denn er würde sie nicht anlügen. Und er würde ihr ins Gesicht sehen müssen, in diese großen vertrauensvollen Augen, und miterleben müssen, wie das Licht darin erlosch und stumpfer Resignation Platz machte. Schlimmer noch, ihre Augen würden ausdrücken, wie sehr sie sich verraten fühlte. Sie würde wissen, dass er genauso war wie jene, vor denen sie geflohen war und gegen die sie sich gewehrt hatte, die, vor denen sie sich jetzt sicher glaubte. Sie wusste nicht – noch nicht –, dass er sie dem schlimmsten Teufel übergeben würde, der sie geradewegs wieder dem Schrecklichen ausliefern würde, das sie bereits kannte.

Und das konnte er nicht ertragen. Auch wenn er wusste, dass ihm die Zeit davonlief und dass es reine Verzögerungstaktik war, ihr jeden Tag wieder seine wahren Pläne zu verschweigen. Denn er wollte, dass sie diese paar Tage bekam. Verdammt, er wollte diese Tage auch für sich. Nur noch ein paar Stunden, Tage, was immer er herausschinden konnte, solange sie ihn aus diesen warmen braunen Augen noch so zutraulich ansah. Ohne Angst oder Zögern, ihm zu folgen.

Voller Vertrauen.

Sie vertraute ihm, dabei hätte sie eigentlich niemandem trauen sollen. Das hatte er ihr auch gesagt. Aber Honor war nun einmal Honor, und sie wurde ihrem Namen – Ehre – durchaus gerecht. Himmel, wie gut dieser Name zu ihr passte! Wie hatten ihre Eltern wissen können, dass sie die Bürde eines solchen Namens tragen und mit Leben erfüllen würde?

Ihm hatte noch nie jemand getraut. Seine Männer respektierten ihn. Sie gehorchten ihm aufs Wort. Sie würden ohne zu zögern für ihn sterben, genau wie er für sie. Loyalität war ihnen tief eingeimpft worden. Aber sie vertrauten ihm genauso wenig, wie sie ihren Teamkollegen oder sogar sich selbst vertrauten. Dafür war ihnen zu bewusst, wer sie waren. Eiskalte Mörder, die bereit waren, eine unschuldige Frau zu opfern, um ihr Ziel zu erreichen.

»Wann?«, fragte Conrad ohne Umschweife, als sich Hancock und seine Männer vor Bristows riesiger Villa versammelt hatten.

Hancock war sich durchaus der Ironie bewusst, bereits wieder in den Staaten zu sein. Honor glaubte, sich noch immer im Nahen Osten zu befinden, wo jeder ihrer Schritte beobachtet und sie vielleicht entdeckt werden könnte. Wenn sie mitbekam, wie nah sie ihrer Familie war, würde er sie ans Bett fesseln müssen, damit sie sich nicht selbstständig machte.

Er betrachtete seine Männer, die ihn mit angespannten Gesichtern ansahen und warteten, dass es losging.

Es war eins der wenigen Male, an denen Hancock Honor allein gelassen hatte, allerdings erst, nachdem er sich vergewissert hatte, dass sie während seiner Abwesenheit schlief. Und Bristows Männer wussten, welche Konsequenzen es haben würde, sollten sie ihr Zimmer betreten. Hancock hatte allen sehr deutlich gemacht, dass niemand Zugang zu ihrem Zimmer bekam, und hatte das mit ihren Verletzungen begründet.

Bristow war ungeduldig. Aufgeregt und nervös wie jemand, der einen Schatz gefunden hatte, wertvoller als alles Gold und alle Juwelen dieser Welt. Seine Vorfreude war so offensichtlich, dass Hancock ihm die meiste Zeit aus dem Weg ging. Bristows krankes Wesen – dieser faule Gestank, den er permanent absonderte – war für Hancock nur schwer auszuhalten, ohne dass sich gleich seine Sinne vernebelten. Er fühlte sich krank, regelrecht erstickt von so viel Bösem, dass er kaum noch Luft bekam. Es raubte ihm den Atem wie jemandem, der schwer unter Klaustrophobie leidet, und damit hatte er nun wirklich kein Problem. Er konnte tagelang, notfalls auch wochenlang, bewegungslos auf kleinstem Raum ausharren, in den ein Mann seiner Größe eigentlich gar nicht hätte hineinpassen dürfen, und auf die passende Gelegenheit warten. Auf jenes kurze Zeitfenster, das nur jemand mit unendlicher Geduld nutzen konnte.

Bristow hatte Maksimov sofort informieren wollen, aber Hancock hatte ihn gewarnt. Wenn Maksimov von der Frau erfuhr, bevor sie bereit waren, würde er nicht still sitzen bleiben und abwarten, wie Bristow das gerade tat. Er würde sich Honor holen und jeden aus dem Weg räumen, der sich zwischen ihn und seine Beute stellte.

Hancock hatte darauf bestanden, dass Honor erst gesund

werden müsse, bevor sie ihre Übergabe an Maksimov aushandelten, und dass das zu ihren – zu Hancocks – Bedingungen geschehen müsse. Andernfalls würden sie alles an Verhandlungsmasse verlieren, was sie gerade besaßen. Bristow war nur deshalb noch am Leben, weil Maksimov nicht wusste, wo Honor steckte. Hancock hatte Bristow klargemacht, wie gefährlich und mächtig ein Mann wie Maksimov war.

Bristow war ebenfalls gefährlich und verfügte über sehr viel Macht, aber Hancock hatte dafür gesorgt, dass Bristow Maksimov fürchtete, und das zu recht. Hancock sprach von Maksimov in einem Ton, den Bristow kaum falsch verstehen konnte. Als Hancock ihm erklärt hatte, was Maksimov tun würde, um sein Ziel zu erreichen, war Bristow blass geworden. Einem Mann wie Maksimov bedeuteten Leben oder Tod nichts. Er hielt sich nicht nur für unbezwingbar, er war auch fest davon überzeugt, unsterblich zu sein. Ein Gott unter Sterblichen, der kommen und gehen konnte, wie es ihm beliebte. Jemand, der Tod und Zerstörung brachte und nicht aufzuhalten war.

In Maksimovs Fall traf dies sogar fast schon zu. Er war ein gerissenes Arschloch, anders als andere vor ihm, die sich auch für unbezwingbar gehalten, irgendwann dann aber doch Mist gebaut hatten. Das taten sie alle irgendwann. Aber bisher hatte Maksimov noch kein Anzeichen von Sorglosigkeit erkennen lassen. Kein Anzeichen, dass er das, was er war, als gegeben hinnahm: unzerstörbar.

Obwohl er glaubte, es zu sein, sogar völlig davon überzeugt war, umgab er sich mit einem engmaschigen Sicherheitsnetz und räumte jeden aus dem Weg, den er als Sicherheitsrisiko einschätzte. Er war Richter und Henker, und bei Maksimov durfte niemand auf einen gerechten Prozess hoffen. Wenn Maksimov auch nur vermutete, dass ihm jemand nicht treu ergeben war, ihn verraten hatte oder einfach nur nicht tun wollte, was er verlangte, dann wurde er genauso gleichgültig entsorgt, wie Maksimov seinen Müll entsorgte.

Dieses Schreckensregime sicherte ihm eine Menge Loyalität. Auf diese Weise kaufte er sich Männer, die lieber den sicheren Tod wählten, als Maksimov nach einer misslungenen Mission gegenüberzutreten. Er züchtete rücksichtlose, verzweifelte Soldaten heran, die ihr Leben ließen, um Maksimovs Befehle auszuführen, manchmal durch Selbstmord, wenn sie gescheitert waren. Das war immer noch besser, als Maksimov gegenüberzutreten und dem Diktator beichten zu müssen, dass man versagt hatte. Maksimov hatte für Versagen kein Verständnis. Er duldete es weder bei sich noch bei denen, die für ihn arbeiteten.

In all den Jahren, in denen Hancock ihn gejagt hatte, war er bei Maksimov auf keine Schwäche gestoßen, die er sich hätte zunutze machen können. Nicht ein einziger Riss in seiner Rüstung. Dieser Mann sorgte sich um nichts anderes als um sich selbst. Es war verdammt schwierig, einem Mann so nahe zu kommen, dass man seine Schwächen ausnutzen konnte, zumal wenn er offenbar gar nicht erst welche hatte.

Aber Hancock wusste es besser. Irgendetwas gab es da. Irgendetwas gab es immer. Von sich selbst hätte er behauptet, dass er keine Schwächen hatte. Nichts, was man gegen ihn verwenden konnte. Aber er wusste sehr gut, dass das nicht stimmte. Er hatte Big Eddie. Raid und Ryker. Und Eden. Die kostbare, unschuldige und herzensgute Eden.

Er hatte sorgfältig darauf geachtet, dass seine Verbindung zu ihnen nicht publik wurde. Niemand hatte je erfahren, dass es sie gab, denn sonst wäre ihr Leben garantiert jeden Tag in Gefahr gewesen. Verdammt. Er mied sogar die Kellys, weil jeder, der Augen im Kopf hatte, sehen konnte, dass er sie respektierte. Er hielt nicht unbedingt viel von ihnen, ihren Methoden und ihren Moralvorstellungen. Von dem, was er als ihre Schwäche betrachtete. Aber im Laufe der Jahre war ihm klar geworden, dass sie gar nicht so viel anders waren als er. Sie hatten ihre Impulse nur besser unter Kontrolle als Hancock.

Wenn jemand einem der ihren etwas antat, dann schlugen sie zurück und machten mit dem Betreffenden kurzen Prozess. Keinen Prozess, wie ihn sich die meisten Leute vorstellten. Mit dem Rechtssystem hatte das nichts zu tun. Nein, sie übten schon ihre sehr eigene Justiz aus und überschritten Grenzen, die Hancock schon vor langer Zeit überschritten hatte. Dabei hätte er so etwas von ihnen gar nicht erwartet. Dafür waren sie eigentlich zu moralisch. »Gutmenschen« hatte er sie immer höhnisch genannt.

Aber einige der Dinge, die sie im Namen der Gerechtigkeit getan hatten, waren nicht besser als das, was Hancock so manches Mal getan hatte. Wen er besonders bewunderte, war P. J. Coletrane. Die Frau war brutal vergewaltigt worden. Wenn er daran dachte, musste er noch immer vor Wut auf ihr Team mit den Zähnen knirschen, weil es sie einer so gefährlichen Situation ausgesetzt hatte. Weil es sie nicht besser abgesichert hatte. Sie hätte etwas Besseres verdient gehabt, und letztlich hatte sie die Zeche zahlen müssen.

Und dann hatte sie sich von ihrem Team abgesetzt, weil sie es nicht in ihre Racheaktion mit hatte hineinziehen wollen. Es war ihr nicht um Verhaftung und Prozess gegangen. Sondern um kaltblütige Rache. Sie hatte sich jeden einzelnen der Männer vorgeknöpft, die an dem hinterhältigen Überfall auf sie beteiligt gewesen waren, und hatte sie alle getötet. Und am Ende hatte ihr Team sie gefunden, sich ihr zur Seite gestellt und nicht zugelassen, dass sie die Auswirkungen ihrer Aktionen allein tragen musste.

Die Kellys waren ein anderer Menschenschlag. Hancock

hätte mehr wie sie werden können, hätte er einen anderen Weg gewählt. Den richtigen Weg. Sie waren unerschrockene Beschützer. Die Guten. Die, die man rief, wenn man Hilfe brauchte. Sie waren ausgezeichnete Kämpfer, vielleicht so gut wie Hancock selbst, nur dass er den Vorteil hatte, sich bereitwillig auch in jene unübersichtlichen Grauzonen – nein, eigentlich waren das eher schon schwarze Zonen – zu begeben. Das war eine Grenze, die die Kellys nur dann überschritten, wenn es um jemanden ging, den sie liebten. Eine ihrer Frauen. Ihre Teamkollegen. Jede andere Mission würden sie nach den Buchstaben des Gesetzes ausführen.

Nicht ein Einziger von den KGI-Leuten würde sich je auf Hancocks Niveau hinabbegeben. Niemals würden sie eine Frau, die so viel durchgemacht und dann auch noch für einen ihrer Männer eine Kugel abgefangen hatte, erst retten und sie dann zum Dank verraten. Und das alles im Namen des übergeordneten Ziels.

Er sah P. J. Coletrane vor sich, wie sie ihn grimmig anschaute, und musste innerlich schmunzeln. Er konnte sie hören, als stünde sie im Zimmer.

Scheiß auf das übergeordnete Ziel.

Ja, genau das würden sie und der Rest ihres Teams sagen. Vor allem Steele. Der Teamleiter wurde oft mit Hancock verglichen. Adern, in denen Eis floss. Eine gefühllose Maschine. In der Lage, eine Mission durchzuführen, ohne sich von Gefühlen beeinflussen oder gar ablenken zu lassen.

Aber jetzt? Der Eismann war von einer kleinen blonden Frau und einem Baby, das genauso aussah wie seine Mama, in die Knie gezwungen worden. Hancock wusste nicht genau, ob Steele noch derselbe Mann war wie vorher. Außer … außer wenn seine Frau oder seine Tochter in Gefahr wären. Dann würde Steele nichts aufhalten können. Er würde sich in eine skrupellose Tötungsmaschine verwandeln, wie sie die Welt noch nicht gesehen hatte. Hancock war sich nicht sicher, ob er es mit Steele würde aufnehmen können, wenn das Leben seiner Frau und seines Kindes auf dem Spiel standen.

Hancock wurde bewusst, dass seine Männer noch immer wortlos und angespannt auf seine Antwort auf Conrads Frage warteten. Er riss sich aus seinen Gedanken und gab leise ein paar derbe Verwünschungen von sich. Er war abgelenkt, und seine Männer spürten es. Genau wie sie von Tag zu Tag nervöser wurden, je näher der Tag des … Verrats rückte. Der Tag, an dem sie Honor an Maksimov ausliefern würden, wobei sich ihnen hoffentlich die Gelegenheit bieten würde, den Mann endgültig aus dem Verkehr zu ziehen. Aber für Honor wäre es da voraussichtlich schon zu spät. Sie hatten sich bereits mit ihrem Tod abgefunden, und es gab nichts, was sie daran ändern konnten. Aber das bedeutete nicht, dass er nicht jedes Mal, wenn er in die Gesichter seiner Männer sah, hilflose Wut darin erkannte. Er war sich sicher, dass seine Miene die gleiche Wut spiegelte, obwohl er sich alle Mühe gab, vor ihnen zu verbergen, wie sehr ihn Honors Schicksal quälte.

»Bald«, sagte er leise. »Sie erholt sich von Tag zu Tag mehr. Bis jetzt habe ich ihr Bristow noch vom Leib halten können. Er hat Angst vor mir. Aber vor Maksimov hat er noch viel mehr Angst, und ich habe ihm eingeschärft, dass Maksimov über eine kranke und verletzte Honor nicht gerade begeistert wäre, denn dann wäre sie in den Verhandlungen mit *Eine Neue Ära* nicht so viel wert. Ihm gefällt das nicht, aber er fürchtet uns beide zu sehr, um sich mir zu widersetzen. Außerdem hat die ganze Zeit einer von euch vor ihrer Tür gestanden, selbst wenn ich bei ihr im Zimmer war und sie gedrängt habe, zu essen und ihr ein Schmerzmittel verabreicht habe, wenn sie sich mal wieder überanstrengt hatte.«

»Außer jetzt«, konnte Conrad sich nicht verkneifen zu sagen.

»Wirklich schlecht«, knurrte Mojo.

Hancock stellten sich die Nackenhaare auf. Seine Männer hatten recht. Er hatte sie nach draußen gerufen, wo er offen mit ihnen reden konnte. In Bristows Haus hatten die Wände Ohren. Nichts blieb unbemerkt. Deshalb achteten seine Männer und er so sorgfältig darauf, Honor nicht mit zu großer Anteilnahme zu begegnen. Sie behandelten sie wie eine Gefangene, die keinen Schaden nehmen durfte. Mit beschädigter Ware ließ sich schlecht handeln.

Aber sie hatten sie allein gelassen. Bereits eine Stunde lang. Wenn Bristow nun die Gelegenheit genutzt hatte, seinem »Gast« einen Besuch abzustatten? Er war kein geduldiger Mensch, und es hatte ihm eindeutig nicht gefallen, von Honor ferngehalten zu werden. Alles, was Hancock aufgebaut hatte, konnte von Bristow innerhalb weniger Minuten zerstört werden.

Er war zu arrogant gewesen, zu überzeugt, Bristow im Griff zu haben. Dabei hätte er es besser wissen sollen. Bristow hielt sich für unbesiegbar, und auch wenn er vor Hancock Angst hatte, fürchtete er nicht, Hancock könne ihn umbringen. Doch da lag er falsch. Hancock würde ihn mit bloßen Händen erwürgen, sollte er Honor etwas antun.

»Geht wieder rein«, sagte Hancock mit rauer Stimme. »Jetzt sofort. Schaut nach, wo Bristows Männer stecken, und sorgt dafür, dass sie keinen Blödsinn machen. Tötet jeden, der sich widersetzt. Ich kümmere mich um Bristow.«

»Hancock.«

Conrads kalte Stimme schnitt durch die heiße Wut, in die sich Hancock hineingesteigert hatte und die ihn wieder in eine gnadenlose Tötungsmaschine verwandelte.

»Du darfst nicht die Mission aufs Spiel setzen wegen etwas, das er getan hat. Falls er überhaupt etwas getan hat.«

»Und ob ich das darf!«, fauchte Hancock. »Um Honor an Maksimov zu übergeben, brauche ich Bristow nicht. Am Anfang habe ich ihn gebraucht. Aber jetzt ist der Kontakt hergestellt. Jetzt muss nur noch die Übergabe stattfinden, und dann kann ich das Schwein mitsamt seinem Netzwerk aus dem Verkehr ziehen.«

»Aber nicht rechtzeitig genug, um Honor zu retten«, warf Viper ein.

Hancock sah ihn gequält an. »Glaubst du nicht, ich würde sie retten, wenn ich könnte?«

»Würdest du das?«, hakte Henderson nach, das Gesicht zu einer grimmigen Maske verzogen. »Du hast noch nie bei einer Mission gezögert. Wieso jetzt?«

»Du vergisst, dass ich zweimal die Gelegenheit habe sausen lassen, mir Maksimov zu schnappen, nur um unschuldige Leben zu retten«, fuhr Hancock ihn an. »Ein drittes Mal tue ich das nicht. Und jetzt los. Wenn er Honor belästigt hat, wenn er ihr Angst gemacht hat, bringe ich ihn um.«

Keiner seiner Männer sprach aus, wie verlogen es wäre, würde Hancock einen Mann umbringen, der Honor gegenüber zumindest ehrlicher sein würde, als Hancock das gewesen war. Keiner wagte es.

19

Honor hatte es so satt, im Bett zu liegen, dass sie am liebsten laut geschrien hätte. Wenn sie auch nur noch einen weiteren Tag hier liegen und sich von Hancock auf die Frage nach ihrer Heimkehr wie immer mit »noch nicht« vertrösten lassen musste, dann würde irgendjemand büßen müssen. Und wenn sie sich vorstellte, irgendwo hineinzuschlagen, dann schwebte ihr immer ein und dasselbe Gesicht vor. Wenn sie nicht gerade Fantasien über den dazugehörigen Mund nachhing.

Sie war völlig von Sinnen. Total durch den Wind. Kurz vorm Durchdrehen. Das ließ sich nur mit dem Wahnsinn erklären, den sie die letzten beiden Wochen durchlebt hatte. So etwas konnte vermutlich niemand unbeschadet überleben. Sie war da keine Ausnahme. Sie hatte genauso viele Hirnzellen wie Blutzellen verloren, anders ließ sich ihre Fixierung auf diesen mürrischen, fiesen Kerl nicht erklären, der ein einziges Fragezeichen war. Zumindest versuchte sie sich das einzureden. Aber sie scheiterte kläglich.

Wie bescheuert musste sie sein, um sich zu einem Mann hingezogen zu fühlen, den sie nicht einmal kannte? Zu einem Mann, der nur aus Geheimnissen bestand? Es würde Jahrzehnte brauchen, den Menschen hinter dieser Aura des Geheimnisvollen zu entdecken. Und wer hätte schon sagen können, ob sich dahinter überhaupt irgendetwas verbarg?

Sie war verrückt. Das war die einzig vernünftige Erklärung. Beinahe hätte sie laut aufgelacht, dass sie Verrücktheit mit dem Wort *vernünftig* zu erklären versuchte.

Die Tür ging auf, und sofort raste ihr Puls. In den letzten Tagen war immer nur ein und derselbe Mann in ihr Zimmer gekommen. Am Vortag war sie so ruhelos gewesen, hatte sich so eingesperrt gefühlt, dass sie ausprobieren wollte, wie viel Schaden sie genommen hatte. Sie hatte sich gezwungen, aufzustehen, wild entschlossen, dieses Zimmer zu verlassen und herauszufinden, wo zum Teufel sie sich eigentlich befand. Sie brauchte dringend einen Tapetenwechsel. Die lavendelfarbenen Wände und die fröhlichen Blumenbilder trieben sie in den Wahnsinn, zumal sie sich alles andere als glücklich und sorglos fühlte.

Es war anstrengend gewesen, aber ihr Hochgefühl hatte ihr die nötige Kraft verliehen, zur Tür zu schlurfen. Doch dieses Hochgefühl war sofort verpufft, als sie feststellte, dass sich der Knauf nicht drehen ließ. Sie war eingesperrt, und das Schloss ließ sich nur von außen öffnen.

Sie war keine Gefangene. Oder?

Da sie nicht gewusst hatte, was sie sonst tun sollte, und weil ihre Beine unter ihr wegzuknicken drohten, war sie zum Bett zurückgeschlurft und hatte ihren bei jeder Bewegung protestierenden Körper wieder auf die Matratze sinken lassen. Und dann war da plötzlich dieses Geräusch gewesen, das sie erst hatte erstarren lassen, bevor sie sich ganz schnell so hingelegt hatte, wie sie immer lag. Sie war wütend gewesen, dass sie sich so schuldig gefühlt hatte, als wäre sie ein Teenager auf Abwegen, der sich davonzuschleichen versuchte.

Sie war keine Gefangene!

Ihr Puls, der bereits erhöht war, schoss weiter nach oben, als würde man bei einem Sportwagen das Gaspedal durchtreten. Ein Mann, den sie noch nie gesehen hatte, schob sich wie eine schmierige Schlange durch die nur einen Spaltbreit offene Tür. Er passte nicht in diese Welt. In dieses Zimmer. Andererseits – wo befand sie sich?

Sie war diejenige, die nicht hierhergehörte.

Ihr ungutes Gefühl verwandelte sich rasch in Angst, die ihr die Kehle zuschnürte und einen Schauder über den Rücken jagte. Schlimmer noch, sie sah, wie der Eindringling, als er ihre Angst bemerkte, einen Ständer bekam. Die Ausbuchtung in seiner teuren Hose war eindeutig eine Erektion, und das Lachen, das er nicht zurückhalten konnte, war hinterhältig und widerlich. Genau wie er.

»Wer sind Sie?«, fragte sie forscher, als sie sich fühlte.

Obwohl sie vollständig angezogen war, zog sie die Decke bis zum Hals hinauf, um sich vor seinem Blick zu schützen.

Seine Augen waren kalt und ausdruckslos, und wieder überlief sie ein Schauder. Dann, als er an ihr Bett trat, blitzten sie bösartig auf, und Honor öffnete den Mund, um zu schreien. Sofort stürzte er sich auf sie und erstickte ihren Schrei mit einem kräftigen Schlag auf ihren Mund.

Der Schlag brachte sie so aus der Fassung, dass sie nur noch ein leises Wimmern von sich gab.

»Ich bin der Mann, dem du gehörst. Vorübergehend«, fügte er hinzu. Seine Stimme war mehr ein Zischen, als wäre er gar kein lebendiges Wesen, und sie bekam eine Gänsehaut. Er war ein Monster. Genau wie die Monster, die sie in ihren Albträumen verfolgten.

Wo war Hancock?

Innerlich schrie sie nach ihm. Schrie seinen Namen. Wieder und wieder. Wie eine Litanei, mit der sie ihn anflehte, sie zu retten. Wer war dieser Mann? Wie war er in ihr Zimmer gelangt? Hancock hatte ihr versichert, sie sei in Sicherheit.

Oder?

Verzweifelt versuchte sie, sich an seine genauen Worte zu erinnern. Richtige Gespräche hatten sie kaum geführt. Aber was er ihr versprochen hatte, wusste sie genau. Da war sie sich sicher. Die wenigen Zusicherungen, die er ihr gegeben hatte, hatte sie sich gut gemerkt. Sie waren ihr Talisman.

Ihrem verwirrten Gehirn fiel nur noch ein einziges Versprechen ein.

Er würde sie vor der Terroristenzelle retten, die sie jagte und jeden ihrer Schritte beobachtete. Aber sicherlich …

Nein, das wollte sie nicht glauben. Sie weigerte sich, das Einzige zu verlieren, was sie aufrecht hielt. Dass ihr ihre Hoffnung und ihren Glauben bewahrte. Das würde sie sich von diesem Arschloch nicht nehmen lassen.

»So ist es besser«, sagte er mit honigsüßer Stimme. »Du bist von Natur aus unterwürfig. Das spüre ich. Dir werde ich problemlos Gehorsam und Unterwerfung beibringen können. Allerdings ist meine Zeit mit dir leider begrenzt.«

Sie sah ihn mit vor Empörung funkelnden Augen und zusammengepressten Lippen an. Gehorsam? Unterwürfig? Sie wollte ihm die Augen auskratzen und sich dann auf seine Eier stürzen.

Wenn er sie für eine hilflose Idiotin hielt, konnte er sich auf eine Überraschung gefasst machen.

Sie klimperte unschuldig mit den Wimpern und schenkte ihm einen Blick aus ihren »Honoraugen«, wie ihre Familie diesen Blick getauft hatte. Jenen Blick, wegen dem ihr niemand lange böse sein konnte. Den, der ihr sofort aus der Klemme half, wenn sie Mist gebaut hatte.

»Ich glaube, Sie verwechseln mich mit jemandem«, sagte sie ruhig. »Ich weiß nicht, wer Sie sind, und übrigens auch nicht, wo ich bin, aber nichts ist meinem Wesen so fremd wie Unterwürfigkeit. Und wenn Sie auch nur versuchen, mich zum Gehorsam zu zwingen, reiße ich Ihnen das Herz aus.«

Ja, sie hatte ruhig gesprochen, aber voller Überzeugung und mit drohendem Unterton, der auch in ihrem Gesichtsausdruck seine Entsprechung fand. Wäre sie schwach gewesen oder hätte sie sich von ihrer Angst auffressen lassen, hätte sie niemals so lange überlebt.

Er warf den Kopf in den Nacken und lachte. »Sie scheinen sehr selbstsicher zu sein, Honor Cambridge.«

»Und wenn mir das nicht gelingen sollte, wird Hancock die Sache zu Ende bringen«, fügte sie kalt hinzu.

Bei diesen Worten leuchteten seine Augen vor Schadenfreude hell auf. Schadenfreude. Mit äußerst zufriedenem Gesichtsausdruck packte er sie an den Haaren und zog sie zu sich her. Er küsste sie brutal, biss sie so kräftig in die Lippen, dass sie vor Schmerz nach Luft schnappte und seine Zunge eindringen konnte.

Sie wehrte sich mit aller Kraft, aber er war viel stärker, und sie war durch ihre Verletzungen zusätzlich geschwächt. Tränen traten ihr in die Augen, aber sie weigerte sich zu weinen, weigerte sich, diesem Mann die Befriedigung zu geben, ihre Tränen des Schmerzes, der Wut und – schlimmer noch – der Angst zu sehen.

Wo war Hancock?

»Hancock ist für seine Eroberungen bekannt.« Sein Atem strich über ihre zerbissenen, zitternden Lippen. »Es heißt, er kann jeden dazu bringen, nach seiner Pfeife zu tanzen. Er kann jeden glauben machen, was er glauben soll. Sag, Honor, hat er dir versprochen, dich sicher zu deiner Familie zurückzubringen? Denk mal drüber nach. Ich weiß auch, dass Hancock kein Lügner ist. Interessante Moral. Ein kaltblütiger Mörder. Ein Söldner. Mit Moral. Er lügt nicht. Und doch kann er dich dazu bringen, etwas zu glauben, das er dir nie versprochen hat. Wie leicht du seinem Charme erlegen sein musst.«

»Sie werden mich nicht dazu bringen, dass ich glaube, was Sie über Hancock behaupten«, erwiderte sie kühl.

Er vergrub die Hand noch fester in ihrem Haar und zog, wie ein Vampir das mit seiner Beute tun würde, ihren Kopf nach hinten, sodass ihr Hals bloß lag. Himmel, sie musste wirklich kurz vor einem hysterischen Anfall stehen, wenn sie sich ernsthaft überlegte, wie sehr dieser abscheuliche Kerl jenem fiktiven Monster ähnelte.

»Das brauche ich auch nicht«, sagte er selbstgefällig. »Er arbeitet für mich. Ich habe ihn bezahlt, damit er dich zu mir bringt. Du bist ein Verhandlungsgegenstand, der einem übergeordneten Ziel dient. Durch dich bekomme ich, was ich will, und dann bekommt Maksimov durch dich, was er will. Und zum Schluss bekommt *Eine Neue Ära*, was sie will.«

Er musterte sie einen Moment lang, um ihre Pein zu verlängern.

»Dich«, sagte er schließlich triumphierend. »Genau das, von dem du geglaubt hast, ihm entkommen zu sein, wird letztlich dein Schicksal werden. Alles, was du getan hast, war vergebens. Aber davon, dass du ihnen entkommen bist, profitiere ich in großem Stil. In ganz großem Stil«, fügte er hinzu und ließ den Blick über ihren zitternden Körper wandern.

»Komm rein, Hancock«, rief er. Offenbar hatte er etwas gehört, was Honor entgangen war. »Ich hätte wissen sollen, dass du bald zurückkommst, um nach deinem Schätzchen zu schauen.«

Sie spürte, wie sich ihr der Magen umdrehte. Nein. Das konnte nicht wahr sein. Er versuchte, ihr etwas einzureden. Sie schloss die Augen, um sich nicht in dieses abartige Spiel hineinziehen zu lassen.

Ihr Kopf wurde so brutal nach hinten gerissen, dass sie schon fürchtete, ihr Genick würde brechen.

»Mach die Augen auf.« Die Stimme des Mannes war wie ein Peitschenhieb.

Sie gehorchte, nicht weil sie wollte, sondern weil sie musste. Sie musste wissen, ob es die Wahrheit war oder eine Lüge. Zu ihrem Entsetzen sah sie Hancock am Fußende des Betts stehen, von wo aus er sie durchdringend, aber mit leerem und desinteressiertem Blick beobachtete.

»Nein«, flüsterte sie. *Nein!*

Diesmal schrie sie es, und sie schrie auch weiter, als Bristow sie mit einem Fausthieb gegen das Kinn zur Ruhe bringen wollte.

»Sie wissen, dass Maksimov das nicht gefallen wird«, sagte Hancock mit kalter, tonloser Stimme. »Sie sind ein Idiot, Bristow. Honors Heilungsprozess hatte so gute Fortschritte gemacht. Und jetzt hat sie an der einzigen Stelle, an der sie unverletzt war, einen blauen Fleck. Im Gesicht. Sie wissen, Maksimov steht auf hübsche Gesichter. Ihm wird nicht gefallen, dass die Ware durch Sie noch mehr beschädigt wurde.«

Ware? Honor starrte Hancock entgeistert an. Sie konnte nicht verbergen, wie sehr sie sein Verrat schockierte, während er nicht die geringste Regung zeigte. Kein noch so kleines Anzeichen von Reue, nur grimmige Entschlossenheit.

Himmel. Nein.

Honor drehte sich zur Seite, was der Mann geschehen ließ, als wüsste er, was passieren würde.

Sie konnte gerade noch rechtzeitig den Kopf über die Bettkante strecken, bevor sie sich auf den Boden erbrach. Ganz am Rand bekam sie mit, dass es ein Handgemenge gab und die beiden sich wütend anschrien, aber ihr Kopf war vor Schmerz kurz vorm Zerspringen, und sie musste immer weiter würgen, auch als schon nichts mehr aus ihrem Magen hochkam. Außerdem tat ihr ihre verletzte Seite so weh, dass sie kaum noch atmen konnte. Bestimmt war die Naht wieder aufgerissen. Ihr Haar hing ihr wirr vom Kopf herab, den sie einfach hatte hängen lassen, weil sie nicht mehr die Kraft hatte, ihn oben zu halten.

Es war ein makabrer Anblick, wie sich ihre Tränen mit ihrem Blut und dem Erbrochenen vermischten, das überwiegend aus Galle bestand. Noch nie hatte sie sich so elend gefühlt.

Plötzlich spürte sie erstaunlich sanfte Hände über ihre Schultern gleiten. Eine wurde um ihren Nacken gelegt, die andere hob ihren Kopf an, der leblos über die Bettkante hinabging. Sie schauderte, dann fing sie an, sich wie wild zu wehren. Sie kannte diese Hände. Wusste, wie es sich anfühlte, von ihnen berührt zu erden. Was bisher ihr größter Trost gewesen war, war jetzt das widerwärtigste Übel. Noch nie in ihrem Leben war sie derart am Boden zerstört gewesen.

»Verdammt, Honor, hören Sie auf, sich gegen mich zu wehren. Sie tun sich nur noch mehr weh.«

Sie riss den Kopf hoch. Durch den Tränenschleier vor ihren Augen konnte sie gerade noch erkennen, dass der Mann, den Hancock Bristow genannt hatte, verschwunden war, und stattdessen jetzt Hancocks gesamtes Team im Zimmer stand. Die ganze Verräterbande.

»Noch mehr kann es gar nicht wehtun«, sagte sie dumpf.

Irgendwer, mehr als nur einer der Männer, begann zu fluchen, in mehr als einer Sprache, aber Honors Blick blieb auf Hancocks Gesicht gerichtet. Er betrachtete sie gleichgültig, ohne eine Spur von Reue zu zeigen, dass er ihr Vertrauen so kaltschnäuzig missbraucht hatte. Es war idiotisch von ihr gewesen, ihm zu vertrauen. Das war allein ihre Schuld. Andererseits war ihr kaum eine andere Wahl geblieben. Sie hatte sich eingeredet, mit Hancock habe sie eine Chance, dabei war ihr Schicksal bereits besiegelt gewesen, als die Klinik über ihr eingestürzt war. Noch immer konnte sie die Schreie ihrer Kollegen hören, noch immer hatte sie den Gestank nach Blut in der Nase.

Der Schock und das Gefühl, hinterhältigst betrogen worden zu sein, lähmten sie. Sie hatte ihm vertraut. Nicht gleich am Anfang, aber im Lauf der Tage, als er alles dafür getan hatte, sie aus dem Land und aus der Reichweite von *Eine Neue Ära* zu bringen.

Irgendjemand – sie machte sich nicht die Mühe, den Kopf zu heben und zu sehen, wer es war – drückte ihr behutsam einen Becher mit kaltem Wasser in die Hand und hielt ihr dann eine Schale unter das Kinn.

»Spülen Sie sich den Mund aus und spucken Sie in die Schale.« Ihr Kopf dröhnte zu laut, und ihr Herz tat zu weh, als dass sie hätte sagen können, wer da in barschem Befehlston mit ihr redete.

Mechanisch, als wäre sie darauf programmiert, tat sie wie geheißen. Wie eine gefühllose Maschine, die weder denken noch Entscheidungen treffen konnte. Nachdem sie sich den üblen Geschmack aus dem Mund gespült hatte, würgte sie ein paar Schlucke von der kühlen Flüssigkeit hinunter. Ihre Kehle brannte von ihren Schreien, mit denen sie ihrem Unglauben über Hancocks Verrat Ausdruck verliehen hatte.

Sie richtete den Blick wieder anklagend auf Hancock. Garantiert war ihr anzusehen, wie verletzt und verwirrt sie war. Er betrachtete sie stumm und ohne eine Spur von Gefühl. Natürlich verfügte er nicht über so viel Anstand, wenigstens einen beschämten Gesichtsausdruck aufzusetzen. Er war nicht ihr Held, ihr Retter. Er war ihr Todesengel.

»Sie hatten es mir *versprochen*«, flüsterte sie mit brechender Stimme und warf den Becher nach ihm.

Er schüttelte den Kopf. »Ich habe Ihnen nie irgendetwas versprochen, Honor.« In seiner Stimme war nichts von Reue zu hören.

»Nein, aber Sie haben mich in dem Glauben gelassen, ich

wäre in Sicherheit, und das ist noch schlimmer«, fauchte sie ihn an. »Sie hätten es mir sagen können. Sie hätten meine Vorstellung jederzeit korrigieren können. Statt mich die ganze Zeit in dem Glauben zu wiegen, ich käme der Freiheit immer näher. Sie sind ein Monster. Genau wie die anderen. Nur dass die anderen ehrlich sagen, was sie vorhaben. Sie sind schlimmer als diese mordlüsternen Irren.«

Hancock hob eine Braue und überhörte ihre scharfen Worte. »Damit Sie bei der erstbesten Gelegenheit zu fliehen versuchen? Ja, das mache ich mit all meinen Gefangenen. Ich erzähle ihnen genau, was auf sie zukommt, damit sie mir davonzulaufen versuchen.«

Voll hilfloser Wut starrte sie ihn an, wie ein in die Falle gelocktes, verwundetes Tier, das weiß, dass es gleich von seinem Jäger getötet wird. »Als ob ich in der Lage gewesen wäre, Ihnen zu entkommen – und Ihren … Leuten.«

Sie starrte einen nach dem anderen an, und als sie sah, dass keiner von ihnen auch nur das geringste Bedauern zeigte, wuchs ihre Wut ins Unermessliche. Was für herzlose Dreckschweine! Verräter an ihren Landsleuten. Sie konnte ihren Anblick nicht eine Sekunde länger ertragen, ohne dass ihr übel wurde.

»Eine gut organisierte Terrorgruppe, die über deutlich mehr Leute verfügt als ich, hat Sie über eine Woche nicht zu fassen bekommen. Daher: ja. Sie hätten garantiert eine Möglichkeit gefunden, mir zu entwischen.«

Eine Moment lang stierte sie schweigend vor sich hin. Sie wollte keinen von ihnen mehr zur Kenntnis nehmen. Und sie sollten nicht mitbekommen, dass sie vor Verzweiflung nicht mehr ein noch aus wusste. Diese Befriedigung wollte sie ihnen nicht gönnen.

»Sagen Sie mir eins, Hancock«, sagte sie mit erstickter Stimme. Ihre Wut war riesig, aber das Gefühl, betrogen worden zu sein, nahm noch mehr Raum ein. Das Schlimmste war, dass sie das nicht vor ihm verbergen konnte. Sie konnte weder vor ihm noch vor den anderen verbergen, wie weh er ihr getan hatte. Ihr war alles genommen worden, ihre Würde, ihr Stolz, sogar ihre Seele. Ihr war nichts mehr geblieben.

»Wie sieht mein Schicksal aus, Hancock? Sie schulden mir zumindest diese Information.«

Von einer Sekunde auf die anderen waren ihr alle ihre Gefühle abhanden gekommen. Sie war gefährlich ruhig. Ihr Körper war wie abgestorben, als wäre sie nicht länger ein lebender, atmender Mensch mit Hoffnungen und Träumen.

Kurz blitzte in seinen Augen etwas Wildes auf, dann setzte er sich neben sie auf das Bett, ohne sich darum zu kümmern, dass sie so weit wie möglich von ihm wegrutschte. Sie konnte ihn nicht berühren, konnte ihm nicht erlauben, sie zu berühren. Sie würde sich nur wieder übergeben.

»Wieso wollen Sie das wissen?«, fragte er überraschend freundlich.

Himmel, er musste unbedingt das Arschloch bleiben, für das sie ihn gleich am Anfang gehalten hatte. Niemals hätte sie von ihrer ursprünglichen Meinung abgehen dürfen. Bei der Beurteilung eines Menschen vertraute sie immer auf ihren Instinkt. Was also sagte das über sie aus, dass sie sich so schrecklich geirrt hatte?

Sie starrte ihn kalt an. Um ihr Herz, ihren Verstand, ihre Seele bildeten sich gerade Schicht um Schicht aus Eis, die sie in eine bis ins Knochenmark reichende Kälte einhüllten.

»Damit mir genügend Zeit bleibt, dass ich mir ein Loch in mein Gehirn bohre, in dem ich mich verkrieche und sterbe.«

Er zuckte zurück, als hätte sie ihn geschlagen. Sie hörte einen der Männer wild fluchen, dann wurde die Tür so fest zugeschlagen, dass das Bild endgültig von der Wand fiel, das bereits verrutscht war, als Hancock nach ihrer Bitte um einen Kuss Tür knallend aus dem Zimmer gestürmt war.

Was für eine blöde, naive, hoffnungslose Idiotin war sie doch gewesen!

»Welch ehrenhafter Soldat Sie doch sind«, versuchte sie zu spotten.

Aber ihr Schmerz machte ihr einen Strich durch die Rechnung. Wie so vieles andere in letzter Zeit. Sie wollte bitter und wütend klingen, aber sie brachte die Worte kaum heraus, weil sie innerlich noch immer schrie. Ihr Schmerz war so groß, dass sie spürte, wie sie in tausend Stücke zerfiel.

»Um Ihr Ziel zu erreichen, verkaufen Sie sich wie eine Hure. Wie viel genau bekommt man heutzutage für solche Dienstleistungen?«

Hancocks Augen blitzten wütend auf, aber ihr war bereits alles egal. Sie war sowieso schon dabei, sich in sich selbst zurückzuziehen.

Sein Schweigen gab ihr recht. Sie wusste, dass er so etwas auch schon bei seinen vorherigen Missionen getan hatte. Nein, bei seinen Jobs. Bei Missionen dachte man eher an etwas, das Bedeutung hatte. Wert. Ehre. Treue. Gute Taten. Sie war ein Job, wie andere Frauen wahrscheinlich auch Jobs gewesen waren.

»Raus!«, sagte sie mit dem letzten Rest Würde, der ihr geblieben war. »Sie alle. Raus!«

Und während sie dort lag, eine gebrochene Frau, und leise um all das weinte, was sie verloren hatte, wurde ihr bewusst, dass das Einzige, von dem sie geglaubt hatte, Bristow könne es ihr nicht nehmen – Hancock, ihren Talisman und Beschützer – ihr von Anfang an nicht gehört hatte.

Sie besaß nichts mehr, was ihr irgendjemand hätte nehmen können.

Sie besaß nichts, sie war nichts. Nur ein Werkzeug. Ein Pfand. Ein Spielball für skrupellose, üble Männer. Und eine Zeit lang hatte sie sich zum Feind ins Bett gelegt, um es bildlich auszudrücken.

Sie hatte den Fehler gemacht, jemandem zu vertrauen, obwohl sie es eigentlich hätte besser wissen sollen. Aber zumindest würde sie mit diesem Fehler, der ihr das Herz brach, nicht mehr lange leben müssen. Ihr blieb nur noch sehr wenig Zeit. Sie schloss die Augen, voller Angst, was auf sie zukam, das Leid und die Schmerzen, die man ihr zufügen würde, bevor sie schließlich in die Arme des Todes fliehen konnte. Sie bedauerte, dass ihr Tod nicht früher kommen würde.

20

Die Wut fraß Hancock auf, obwohl er sorgsam darauf bedacht war, seine Gefühle nicht zu zeigen – eine Kunst, die er perfektioniert hatte, bis sie ihm zur zweiten Natur geworden war, so selbstverständlich wie Atmen. Aber noch nie hatte er so kurz davor gestanden, seine so sorgfältig gepflegte Selbstbeherrschung zu verlieren.

Er streckte die Hand in Richtung seiner Männer aus, und einer von ihnen drückte ihm einen Arztkoffer hinein.

»Holt Conrad zurück«, fuhr er sie an. »Er muss sich ihre Naht anschauen.«

Cope, Viper und Henderson sahen sich grimmig an. Honor hatte sich bei Hancocks harschem Befehl weggedreht und sich, mit dem Gesicht zur Wand, zusammengerollt, wie um sich zu schützen.

Mit grimmiger Miene rutschte Hancock ihr nach und schob ihr das honigblonde Haar – das durch das häufige Waschen wieder seine ursprüngliche Farbe hatte – zur Seite, damit er ihr Gesicht sehen konnte. Und ihre Tränen.

Ohne sich darum zu kümmern, dass sie sich mehr und mehr von ihm zurückzog, körperlich wie seelisch, betrachtete er ihre zerbissenen Lippen und das Blut, das ihr noch immer nicht nur aus dem Mund, sondern auch aus der Nase lief. Hancocks Wut wuchs ins Unermessliche. Dort, wo dieses Schwein sie berührt, sie verletzt hatte, bildete sich bereits ein übler blauer Fleck. Dieser verdammte Dreckskerl hatte Hand an etwas gelegt, das ihm nicht gehörte.

Hancock hatte gewusst, dass ihm nicht mehr viel Zeit blieb. Die Frage war nur gewesen, wann – nicht ob – sie seine wahren Absichten erkennen und feststellen würde, dass er nicht der Mann war, den sie in ihm gesehen hatte.

Aber jetzt wusste sie Bescheid, und sie sah ihn nicht nur anklagend an, sondern auch so verletzt und enttäuscht, dass sich da nichts mehr wiedergutmachen lassen würde. Und sie hatte recht, wenn sie sagte, dass er ihr viel Schlimmeres angetan hatte – antat –, als *Eine Neue Ära* mit ihr vorgehabt hatte.

Die Männer, die sie gejagt hatten, hatten sie nicht in falscher Sicherheit gewiegt. Sie hatten ihr keine Hoffnung gemacht. Oder sie mit Zärtlichkeit und Fürsorge eingelullt, obwohl sie von Anfang an vorhatten, sie zu opfern. Ihr Leben für das Leben hunderttausend anderer einzutauschen.

Das alles hatte Hancock getan, und er hatte gewusst, dass sie ihn hassen würde. Was er nicht geahnt hatte, war, wie sehr er sich selbst hassen würde. Genauso wenig hatte er geahnt, dass ihn ihr untröstlicher Kummer derart mitnehmen würde.

Er drehte sie auf die Seite, wobei er darauf achtete, ihr so wenig wie möglich wehzutun, obwohl er fest und autoritär auftreten musste. Wie das Arschloch, für das sie ihn jetzt hielt. Und er würde nicht leugnen, dass er genau das war.

»Sie bluten«, sagte er grimmig.

Sie erschauderte unter seinen tastenden Fingern, und er sah, welche Schmerzen ihr diese Bewegung bereitete.

»Wo zum Teufel bleibt Conrad?«, brüllte er.

Sie sollte nicht mehr leiden als nötig. An ihrem psychischen Kummer konnte er nichts ändern, aber zumindest für ihren Körper konnte er etwas tun. Ihr Vertrauen würde er niemals wieder zurückgewinnen. Er hatte es auch nicht verdient. Aber dies kam ebenfalls unerwartet: der Schmerz, den ihm der Verlust von etwas so Kostbarem bereitete.

Conrad kam mit einer Wut hereingestürmt, die wie ein eigenständiges, lebendiges Wesen war. Er weigerte sich, Honor anzuschauen – nicht dass sie ihm auch nur einen Blick gegönnt hätte –, sondern sah nur ungeduldig seinen Teamleiter an und wartete auf dessen Anweisung.

»Gib ihr etwas gegen die Schmerzen und ein Beruhigungsmittel. Ein Teil der Naht ist aufgeplatzt, da bin ich mir ziemlich sicher. Überprüf das und gib ihr noch mal eine Spritze mit Antibiotika.«

»Nein.«

Das kam so leise, dass alle erstarrten, weil sie sich fragten, ob das tatsächlich Honors Stimme gewesen war.

Sie drehte den Kopf, hielt den Blick aber gesenkt, damit niemand den Kummer und die Traurigkeit sah. Doch Hancock, der nah genug saß, um zu sehen, was sie vor seinem Team verbarg, versank regelrecht in den riesigen Teichen, in die sich ihre Augen verwandelt hatten.

»Nein zu allem«, sagte sie, jetzt mit festerer Stimme, aus der auch wieder ihre Wut herauszuhören war. »Und schon gar kein Beruhigungsmittel. Ich habe es satt, anderen Leuten gehorchen zu müssen. Ich habe es bereits verstanden. Ich werde sterben. Aber verdammt, nicht ohne eine Chance, mich zu wehren. Ich gebe nicht kampflos auf.«

Hancock seufzte. Seinen Respekt für sie und ihren unbezwingbaren Kampfgeist konnte er einfach nicht verhehlen. Doch dann verwandelte er sich erneut in das Arschloch, das er war und für das sie ihn hielt.

»Was Sie wollen, ist mir ziemlich egal, Honor. Und Sie bleiben schön hier. Vorläufig«, fügte er hinzu, weil er sich an seinen Schwur erinnerte, sie nicht zu belügen. Nicht dass sie das irgendwie trösten oder aufmuntern würde. Trotzdem würde er sie nicht anlügen. »Und wenn ich Sie festhalten muss, Conrad wird Ihre Wunden versorgen, und das so schmerzlos für Sie, wie es irgend geht. Und dann werden Sie schlafen und sich auskurieren.«

»Haben Sie es eilig, Ihre Gefangene gesund genug zu bekommen, dass Sie sie an das nächste Monster verpfänden können?«, fragte sie mit tränenerstickter Stimme.

Verdammt. Sie brachte ihn um. Langsam aber sicher. Sie zerfraß ihm seine Eingeweide, sein Herz und was noch von seiner Seele übrig war.

Er antwortete nicht auf ihre Frage. Was hätte er auch sagen sollen, schließlich war genau das sein Plan. Aber sein Wunsch, dass sie nicht leiden sollte, hatte nichts mit Maksimov zu tun. Dem Russen wäre es egal, in welchem Zustand er sie bekam, denn er würde ihr garantiert auch so einiges antun, bevor er das, was dann noch von ihr übrig war, *Eine Neue Ära* zum Fraß vorwarf.

Aber Bristow sollte unbedingt glauben, dass Maksimov stocksauer wäre, bekäme er Honor in diesem Zustand. Damit erkaufte er ihr mehr … Zeit. Was gemein war. Das gab er zu. Aber verdammt, er war nicht bereit, sie so rasch dem Verderben auszuliefern. Er brauchte die zusätzliche Zeit. Auch wenn Honor sie nicht wollte.

Wenn Bristow glaubte, Maksimov würde ihn umbringen, sobald er sah, was Bristow ihr angetan hatte, so war das nur gut für Honors Sicherheit. Andererseits hatte das diesen Hurensohn nicht davon abgehalten, die erstbeste Gelegenheit zu nutzen, um zu demonstrieren, dass ihr Schicksal in seinen Händen lag. Vielleicht war es ihm auch um die Befriedigung gegangen, ihr größtmögliche Angst einzuflößen. Er lebte von der Angst, die er anderen einjagte. Sie war ein berauschendes Aphrodisiakum, das seine sadistischen Fantasien beflügelte. Nur dass er diese Fantasien gern Wirklichkeit werden ließ.

Es gab nur einen einzigen Grund, weshalb Hancock Bristow nicht mit bloßen Händen erwürgt hatte, obwohl er es vor seinen Männern für den Fall geschworen hatte, dass Bristow Honor etwas antat. Er hatte mitbekommen, wie einer von Bristows Männern unauffällig einen Anruf getätigt hatte, als plötzlich in Honors Zimmer so viel los gewesen war, und in dem Moment war ihm alles klar gewesen.

Er hatte gewusst, dass Maksimov einen Spion in Bristows Organisation haben musste. Maksimov hatte seine Augen und Ohren überall. Hancock hätte nichts anderes erwartet. Aber er hatte nicht herausfinden können, wer der Spion war. Bis jetzt. Und was er gehört hatte – er hatte ein besseres Gehör als die meisten anderen –, hatte ihm klargemacht, dass er Bristow nicht umbringen konnte. Noch nicht.

Denn Maksimov hatte gerade erst erfahren, dass Honor in Bristows Besitz war. Bristow hatte den Russen noch gar nicht kontaktiert, um die Übergabe zu organisieren. Wieso, das wusste Hancock nicht, aber er hatte eine ziemlich gute Vorstellung.

Bristow wollte Honor erst für sich, bevor er sie weiterreichte. Er mochte zwar Geld, Macht und mehr Einfluss auf Maksimov wollen, aber er war auch ein Perversling. Hancocks Instinkt sagte ihm, dass Bristow erst jede einzelne seiner kranken Fantasien an Honor ausleben wollte, bevor er sie Maksimov überließ.

Und deshalb hatte Hancock so tun müssen, als würde er Bristows Befehlen nachkommen. So tun müssen, als wäre er genau das, was er war. Ein kaltblütiger, bezahlter Mörder ohne Gefühle und Reue, der Honor überzeugte, dass er genau so war, wie Bristow ihn beschrieben hatte.

Er hatte gespürt, wie sie zusammengezuckt war, wie alles in ihr geschrien hatte, dass es nicht stimmen könne, als Bristow sie als *Ware* bezeichnet hatte.

Doch er hatte Bristow nicht töten können, auch wenn er sich kaum hatte zurückhalten können, als er gesehen hatte, was er ihr angetan hatte. Er hatte ihr nicht nur wehgetan, er hatte sie zerstört. Hatte sie seine Dominanz spüren lassen, um sie zu brechen, wobei er gar nicht gemerkt hatte, dass sie bereits gebrochen war. Und dass Hancock der Schuldige war. Nicht Bristow.

Erst wenn Bristow die Übergabe organisiert hatte, wenn alle Einzelheiten geklärt waren und Zeit und Ort feststanden – erst dann konnte Hancock Rache üben und Bristow auseinandernehmen. Er würde weder einen langsamen noch einen gnädigen Tod sterben. Hancock hatte vor, Bristow für jedes einzelne Wort büßen zu lassen, mit dem er Honor gequält hatte. Für jeden Schlag, den er ihr versetzt hatte. Für jede Träne, die sie geweint, für jeden Blutstropfen, den sie verloren hatte.

Nur so konnte er die schreckliche Wut, die ihn schier zerriss, loswerden, denn er wusste, Honor würde genauso entsetzlich leiden wie Bristow, und es gab nichts, was er dagegen tun konnte.

Hancocks Männer spürten den schrecklichen Konflikt, der in ihm tobte. Sie entspannten sich ein wenig, und auf ihren Gesichtern zeigten sich Anteilnahme und Bedauern. Sie hatten ihn gehasst. Zum ersten Mal hatten sie den Befehl gehasst, den er ihnen erteilt hatte. Sie hatten sogar in Erwägung gezogen, sich gegen ihn aufzulehnen. Er konnte ihnen deswegen nicht böse sein. Er konnte ihnen ihren Hass nicht verübeln, denn selbst hasste er sich noch viel mehr, als sie das je gekonnt hätten.

Aber jetzt war ihnen klar, dass ihm die Sache auch nicht besser gefiel. Er hasste das Ganze umso mehr, als diese Mission – Honor – sich zu etwas zutiefst Persönlichem entwickelt hatte. Viel persönlicher als mit Elizabeth, Grace und Maren, und doch hatte er diese Frauen verschont. Honor dagegen verweigerte er die Rettung.

Er war ein Schwein, das es nicht verdiente, ehrenhaft und würdevoll zu sterben. Er verdiente es, gejagt zu werden wie die Bestie, die er nun mal war, und einen langsamen, schmerzvollen Tod zu sterben, bei dem ihm jede einzelne seiner Sünden wie eine niemals endende Litanei allmählich die Seele auffraß.

Er legte Honor die Hand auf die Schulter, doch sie zuckte angewidert zurück, sobald sie seine Berührung spürte. Ihre Haut war kalt, und sie zitterte vor ... Angst. Sie, die nie Angst vor ihm gehabt hatte. Verdammt, sie fürchtete sich vor nichts, auch wenn sie das bestreiten und behaupten würde, sie sei ein Feigling. Er war derjenige, der ihr diese Angst eingeimpft hatte, und er hasste sich von Sekunde zu Sekunde mehr.

Mit festem Griff versuchte er, sie umzudrehen. Sie widersetzte sich, aber er gab nicht nach, sondern ließ nur innerlich ein paar Flüche vom Stapel, als er sah, wie ihr die Schmerzen nicht nur den Atem, sondern auch die Kraft raubten. Schließlich gab sie nach und fiel heftiger auf den Rücken, als er beabsichtigt hatte.

»Verdammt, Honor«, zischte er. »Hassen Sie mich, verachten Sie mich, wenn Sie sich dann besser fühlen. Aber fügen Sie sich nicht noch zusätzliche Schmerzen zu, indem Sie sich gegen mich zur Wehr setzen. Ich werde notfalls alles tun, um Sie gefügig zu machen. In jeder Beziehung, aber vor allem, wenn Sie sich weigern, dass ich etwas gegen Ihre Schmerzen tue.«

»Etwas gegen meine Schmerzen tun?«, fragte sie mit rauer Stimme. »Sind Sie überhaupt ein Mensch? Sie sind doch derjenige, der mir diese Schmerzen zugefügt hat, Hancock. Nicht die Bombe. Nicht die Kugel, die ich für einen Mann abgefangen habe, von dem ich glaubte, er würde sein Leben aufs Spiel setzen, um meins zu retten, und nicht dafür sorgen, dass es ein möglichst baldiges Ende findet. *Sie* haben mir wehgetan, und es gibt auf der ganzen Welt kein Medikament und keine Behandlung, die gegen solch einen Schmerz helfen.«

Sie lag auf dem Rücken, ihre Brust bewegte sich hektisch auf und ab, und rund um ihre malträtierten Lippen hatten sich tiefe Furchen eingegraben. Sie musste unsägliche Schmerzen leiden.

Er nickte Conrad zu, und sofort setzte sich Honor auf. Diese plötzliche Bewegung musste ihre Schmerzen noch einmal verschlimmert haben. Tränen, deren Existenz ihr vermutlich gar nicht bewusst waren, strömten ihr die Wangen hinab.

»Kein Beruhigungsmittel!«, rief sie mit fast schon hysterischer Stimme.

Dann richtete sie den Blick anklagend auf Hancock. »Sie schulden mir etwas, und ich will Antworten. Deshalb wollten Sie, dass er mich in den Tiefschlaf befördert. Deshalb war ich die ganze Zeit in diesem Zimmer eingesperrt, weil Sie nicht wollten, dass ich die Wahrheit herausfinde. Warum? Was für eine Rolle spielt das? Und als ich die Wahrheit herausgefunden habe, wollten Sie meine Fragen nicht beantworten müssen. Deshalb haben Sie Ihrem Lakaien dort befohlen, mir ein Beruhigungsmittel zu spritzen. Weil Sie ein viel zu herzloses Schwein sind, um mir das Einzige zu geben, was mir zusteht. Ich habe Ihrem Mann das Leben gerettet. Meine Belohnung ist die Wahrheit.«

Hancocks Muskel an seinem Kinn zuckte. Ihm war klar geworden, warum sie trotz ihrer Wut, trotz der Stärke, die sie nach außen zeigte, unbedingt bei vollem Bewusstsein sein wollte, wenn Conrad die aufgerissene Naht flickte.

Sie versuchte, für die Schmerzen zu trainieren. Sich auf das vorzubereiten, was auf sie zukam. Denn eine einfache Naht war zwar schmerzhaft, aber eher lästig im Vergleich zu einer

Folter, die so viel Schmerzen wie möglich verursachen sollte, ohne das Opfer zu töten. Die dazu da war, das Opfer so lange durchhalten zu lassen, bis es vor Schmerz wahnsinnig wurde und um seinen Tod flehte. Um die endgültige Freiheit. Um Frieden und Erlösung von seiner elenden Existenz.

Wenn er sich also vorstellte, was ihr bevorstand, wohl wissend, dass sie die gleichen Bilder im Kopf hatte, dann konnte er spüren, wie der Wahnsinn auch ihn zu packen drohte.

Und im Moment war seine geistige Gesundheit alles, was er hatte: der intelligente, berechnende Teil seines Gehirns, der ihn durch jede Mission trug, wie viel von seiner Seele dabei auch draufging. Der Rest von ihm hatte sich bereits ergeben und die alles dominierenden Schuldgefühle und die Verzweiflung akzeptiert.

»Kein Beruhigungsmittel«, sagte er, nachdem er sie noch einen Moment lang gemustert hatte. Er wandte den Blick auch nicht ab, als er den nächsten Befehl gab. »Aber sie bekommt Antibiotika und Schmerzmittel. Und zwar vorher. Bevor du die Wunde betäubst, um sie zu nähen. Und du wartest, bis das Schmerzmittel wirkt, bevor du sie auch nur anfasst.«

21

»Das Schmerzmittel hat denselben Effekt wie das Beruhigungsmittel«, widersprach Honor empört und rutschte von Conrad weg, der an das Bett getreten war. »Es macht mich schläfrig. Und ich will nicht ausgeknipst werden. Verdammt, ich will Antworten auf meine Fragen.«

Wenn eine Gefangene, pure *Handelsware*, Männern, die sie kaltschnäuzig entsorgen und in die Hölle zu Satan schicken konnten, gebieterisch Befehle erteilte und auch noch erwartete, dass man ihr gehorchte, dann musste diese Gefangene tatsächlich den Verstand verloren haben.

Was war das Schlimmste, was sie ihr antun konnten? Sie töten? Sie foltern? Das stand ihr sowieso bevor. Jede Verzögerung machte es nur schlimmer, denn dann blieb ihr umso mehr Zeit, sich Gedanken zu machen, wie sie auch nur einen einzigen Tag in den Händen einer brutalen, unmenschlichen Bestie überleben sollte, deren einziges Ziel es war, sie leiden zu lassen.

»Sie werden wach genug sein, um Ihre Fragen zu stellen«, erwiderte Hancock ohne eine Spur von Gefühl. »Aber wenn es nach mir geht, werden Sie nicht wach genug sein, um Ihre Schmerzen zu spüren.«

Da sie seinen steinernen Gesichtsausdruck bereits kannte, wusste sie, dass sie kein Mitsprachrecht hatte, gleich, wie seine Entscheidung ausfiel.

Die bittere Niederlage führte zu brennenden Tränen, die wie wütende Bienen in ihre Augenlider stachen. Hancock, der noch immer neben ihr saß, versteifte sich und ließ kurz die

Hand über ihrem Arm schweben, bevor er sie dort hinlegte. Sie zog den Arm weg, als hätte sie sich verbrannt, verkroch sich noch tiefer in sich selbst und machte sich so klein wie möglich in einem Zimmer voller unglaublich großer Männer.

Hancock schob den Saum ihres Pyjamaoberteils nach oben und das Unterteil so weit nach unten, dass ihre Hüfte freilag. Es machte sie wütend, so hilflos zu sein – sich so hilflos zu fühlen –, doch ihr blieb nur, reglos dazuliegen. Sie weigerte sich, irgendein Gefühl zu zeigen. Sie sollten sich nicht noch einmal an ihrer Schwäche weiden können.

Sie spürte, wie sich die Nadel durch ihre Haut bohrte, ließ sich aber nicht anmerken, wie sehr das Medikament brannte. Es gelang ihr gerade noch, nicht zusammenzuzucken, als Conrad die Injektionsstelle behutsam zu massieren begann, damit sich das Medikament schneller verteilte und ihr Erleichterung brachte.

Dann, als hätte er sie nicht mit einer Sanftheit berührt, die – wie sie wusste – keiner von ihnen besaß, jagte er rasch die zweite Spritze in ihre Hüfte und spritzte ihr, was vermutlich – hoffentlich – nur das Antibiotikum war, auf dem Hancock bestanden hatte.

Sie wartete auf den Verrat. Wartete auf die dumpfe Müdigkeit, die ein Beruhigungsmittel auslöste. Die Betäubung all ihrer Gefühle, bis sie nur noch wie ein gut handhabbares Gemüse vor sich hin döste und allem widerstandslos ausgeliefert war, was sie mit ihr anstellen wollten.

Aber abgesehen von der Benommenheit, die das Schmerzmittel auslöste, welches bereits den Schmerz zu lindern begann – ihren körperlichen Schmerz –, spürte sie keine betäubende Wirkung.

Offenbar konnte Hancock doch Versprechen halten, wenn es ihm in den Kram passte.

Er betrachtete Honor eine Zeit lang aufmerksam, dann wandte er sich an seine Männer und schickte sie weg. »Behaltet den Dreckskerl im Auge«, war alles, was er sagte. »Und passt auf, dass so etwas nicht noch mal passiert.«

Sie war zu müde und zu unglücklich, um darüber nachzudenken, was er mit diesem kryptischen Befehl meinte.

Sobald seine Männer das Zimmer verlassen hatten und sie allein mit dem Verräter war, stellte sie ihm sofort die Frage, die sie beschäftigte. Sie wollte die Kontrolle über die Situation behalten, auch wenn sie wusste, dass sie eigentlich nicht die geringste Kontrolle besaß.

»Warum?«, fragte sie mit täuschend sanfter Stimme.

Sie spürte, wie ihre wahnwitzige Wut direkt unter der Oberfläche brodelte. Es würde nicht viel brauchen, dass sie aus ihr herausbrach wie Lava aus einem Vulkan.

Hancock seufzte und rückte ein Stück von ihr weg, wofür sie dankbar war. Seine Nähe verstärkte nur ihr Gefühl, in der Falle zu sitzen, verletzlich zu sein. Wenn sie die Sache hier durchstehen wollte, musste sie jeden Vorteil nutzen, der sich ihr bot.

»Ich arbeite schon seit langer Zeit undercover, Honor«, sagte er leise, als fürchtete er, die Wände hätten Ohren.

Noch während er sprach, kam er ihr wieder näher und setzte sich neben sie auf das Bett, diesmal so, dass er genau wie sie mit dem Rücken gegen das Kopfteil lehnte, gestützt vom Kopfkissen.

»Ursprünglich ging es gar nicht um Sie. Sie waren einfach ein … Kollateralschaden. Ein unvermeidliches Opfer für das übergeordnete Ziel.«

Sie gab ein leises Knurren von sich, weil er um das Thema herumredete, wo sie doch nur die nackten Tatsachen hören wollte.

»Ich arbeite für Bristow.« Ein eiskaltes Lächeln huschte über sein Gesicht. »Zumindest möchte er das glauben. Dass ich keine Bedrohung für ihn bin. Und das dient meinem Ziel perfekt. Er wird die Wahrheit erst erfahren, wenn es zu spät ist.«

»Er hat behauptet, Sie hätten die Fähigkeit, Leute glauben zu machen, was sie glauben sollen«, sagte sie. Ihre Stimme klang wie aus weiter Ferne. »Vielleicht weiß er mehr, als Sie denken.«

»Ja, er weiß um mein Talent. Nur hält er sich für unantastbar. Da irrt er sich. Ich manipuliere ihn, seit ich angefangen habe, für ihn zu arbeiten. Ich brauche ihn nur, weil er Kontakt zu einem Russen namens Maksimov hat. Einem Mann, der Tausende und Abertausende unschuldiger Menschen auf dem Gewissen hat. Frauen. Kinder. Das ist Maksimov völlig egal. Er ist nicht aufzuhalten. Zweimal war ich ganz dicht an ihm dran, aber dann ist er mir doch durch die Lappen gegangen. Ein drittes Mal werde ich das nicht zulassen.«

Wenn er so überzeugt davon sprach, Maksimov diesmal garantiert in die Finger zu bekommen, dann hatte das vor allem mit ihr zu tun. Das wusste sie, und das machte ihr unglaubliche Angst.

»Was könnte ich denn überhaupt haben, das irgendjemand will?«, fragte sie verächtlich. Sie versuchte, sich ihre lähmende Angst nicht anmerken zu lassen, genauso wenig wie den Fatalismus, der sie bei der Vorstellung ergriff, ein recht großes Teil des Gesamtbilds zu sein. Vielleicht das einzige Teil, das im Moment von Bedeutung war. Wie und warum, war ihr völlig unklar. Sie war unbedeutend. Ein Niemand. Wie konnte sie nicht nur für eine, sondern gleich für drei mächtige Männer – und Organisationen – wichtig sein? Sie wusste, wieso *Eine Neue Ära* sie wollte. Um das Gesicht zu wahren. Aber wieso Bristow? Und wieso dieser Maksimov?

Sie saß in der Falle. Sie würde nie mehr nach Hause kommen. Niemals ihre Familie wiedersehen. Tränen verschleierten ihr die Sicht, aber sie unternahm keinen Versuch mehr, sie zurückzuhalten. Sie trauerte um das, was nie mehr sein würde. Sie trauerte um den Verlust des einen, das ihr durch so viele lange, schmerzvolle Tage geholfen hatte. Das sie trotz aller Hindernisse hatte weitermachen lassen. Hoffnung. Hoffnung, die in dem Moment erloschen war, als Hancock ihr seine ausweichenden Antworten, seinen ungerührten Betrug eingestanden hatte. Ohne Hoffnung blieb nur die Niederlage … und der Tod.

Voller Bedauern erinnerte sie sich an den kurzen Moment der Schwäche, als sie das Messer in Händen gehalten und sich überlegt hatte, ihr Leben an jenem Punkt zu beenden. Und an später, als sie sich aus den Trümmern befreit hatte, unter denen sie begraben lag, an ihren Schwur, sich lieber umzubringen, als *Eine Neue Ära* die Genugtuung zu gönnen, sie um ihren Tod betteln zu sehen. Himmel, hätte sie diesem Impuls doch bloß nachgegeben! Dann hätte sie wenigstens das eine gefunden, was ihr jetzt für alle Zeit verwehrt bleiben würde. Frieden.

»Sie sind *Eine Neue Ära* entkommen«, sagte Hancock. »Sie sind für ein unterdrücktes Volk zu einer Ikone der Hoffnung geworden. Sie haben ihm Hoffnung gemacht, als es keine Hoffnung mehr zu geben schien. *Eine Neue Ära* hat Maksimov bei einem Geschäft beschissen. Und Maksimov ist kein Mann, der mit sich spaßen lässt. *Eine Neue Ära* schuldet ihm sehr viel Geld. Bristow versucht, bei Maksimov etwas herauszuschlagen. Er ist nicht so blöd, zu glauben, er könne den Russen unschädlich machen und seine Geschäfte übernehmen. Er will bloß ein Stück vom Kuchen. Er will eine wichtige Funktion innerhalb von Maksimovs Organisation übernehmen. Deshalb hat er mich losgeschickt, um Sie zu finden, bevor Sie *Eine Neue Ära* in die Finger fielen. Und das wäre passiert, wenn ich nicht rechtzeitig gekommen wäre.«

Sie öffnete den Mund, um ihm voller Wut zu widersprechen, aber Hancock drückte besänftigend ihre Hand. Ihre Finger waren ineinander verschränkt, aber sie konnte sich nicht erinnern, wie es dazu gekommen war. Doch als sie versuchte, ihre Hand wegzuziehen, packte er sie noch fester, strich aber gleichzeitig mit dem Daumen über die empfindliche Haut an ihrem Handgelenk.

»Bristow arrangiert ein Treffen mit Maksimov, bei dem er Sie dem Russen übergeben will. Der wiederum wird Sie *Eine Neue Ära* vor die Nase halten wie dem Esel die sprichwörtliche Karotte. Für *Eine Neue Ära* hat Ihre Flucht einen großen Gesichtsverlust bedeutet, und sie werden alles tun, um Ihrer wieder habhaft zu werden, damit ihre Ehre und ihr Stolz nicht dauerhaft von einer Frau besudelt bleiben. Sobald Sie in Maksimovs Besitz sind, wird er Sie *Eine Neue Ära* ausliefern, und das wird die Terroristen viel mehr kosten, als sie ihm schulden. Aber deren Stolz ist größer als ihr gesunder Menschenverstand, und das weiß Maksimov. Daraus wird er seinen Vorteil schlagen. Er wird bekommen, was er will, und *Eine Neue Ära* ebenfalls.«

»Mich«, flüsterte sie.

Sie sackte in sich zusammen, entriss Hancock die Hand und schlug beide Hände vor das Gesicht, um ihre Schluchzer zu unterdrücken, die sich aber nicht unterdrücken ließen.

»Himmel, warum bin ich an jenem Tag nicht gestorben? Warum musste ich als Einzige überleben? Zuerst habe ich geglaubt, das hätte einen bestimmten Sinn. Mein Überleben würde einem Zweck dienen. Ich würde es nach Hause schaffen, und sei es auch nur, damit die Welt erfuhr, was diese Tiere getan hatten. Meine Flucht würde zeigen, dass sie nicht die totale Kontrolle über die Region haben. Aber es war alles umsonst. Die ganze Flucht, die Schmerzen, die Angst, all die Nächte, in denen ich nicht schlafen konnte, weil ich Albträume hatte und dauernd fürchtete, entdeckt zu werden. Ich hatte nie eine Chance, oder?« Ihre Stimme klang unglaublich verletzlich.

Hancocks Stimme dagegen klang böse und wütend. Dabei sagte er nur ein Wort, und doch schwang unendlich viel Gefühl mit.

»Nein.«

Sie grub die Handflächen in die Augen und wiegte sich vor und zurück. Ihr Kummer war so groß, dass ihr nicht einmal bewusst war, was sie tat oder wie zerbrechlich sie wirkte.

»Das Medikament hatte jetzt genug Zeit, um zu wirken«, fuhr Hancock nüchtern fort, als hätte er nicht wenige Sekunden zuvor noch äußerst wütend geklungen.

Ihr wurde erst klar, zu wem er gesprochen hatte, als Conrad auf der anderen Seite an ihr Bett trat. Sie hatte gar nicht mitbekommen, dass er noch da war, zumal sie angenommen hatte, dass auch er gegangen war, als Hancock die anderen aus dem Zimmer geschickt hatte. Aber er war geblieben, um die aufgerissene Naht zu flicken. Und sie hatte sich schmerzlich entblößt, nicht nur vor Hancock, sondern auch vor Conrad. Einem Mann, dem sie das Leben gerettet hatte.

Schweigend ließ sie es über sich ergehen, dass er rasch die Reste der Fäden aus ihrer Haut zog und die Wunde dann erneut nähte, wobei er unverständliche, tief aus seiner Kehle kommende Laute von sich gab. Fast wie das Knurren eines wütenden Raubtiers.

Sie zog sich in sich selbst zurück und baute Mauern um sich herum, um zu prüfen, wie stabil sie waren und wie gut es ihr gelingen würde, jemand ganz anderer, etwas ganz anderes zu werden.

Es dauerte eine Zeit lang, bis sie bemerkte, dass Conrad bereits fort und es im Zimmer ganz still geworden war. Nur Hancock war noch anwesend.

»Sie können jetzt gehen«, sagte sie tonlos.

»Honor, hören Sie mir zu.« Die Dringlichkeit in seiner Stimme ließ sie zusammenzucken wie bei einem Elektroschock.

Sie starrte abweisend vor sich hin, den Blick in die Ferne gerichtet, und zog sich immer tiefer in den stillen Raum zurück, den sie um sich herum errichtet hatte.

»Verdammt, Honor. Jetzt hören Sie mir doch wenigstens einmal zu. Ich weiß, dass Sie mich hassen. Mich verachten. Dazu haben Sie jedes Recht. Aber Sie müssen mir zuhören. Ihr Opfer wird *nicht* umsonst sein. Ihr Mut wird nicht verschwiegen oder vergessen werden. *Sie* werden niemals vergessen werden. Das schwöre ich Ihnen bei meinem Leben.«

»Na und?«, fragte sie tonlos. »Ich werde als Feigling sterben, der um seinen Tod bettelt und aus tiefster Seele zu sterben wünscht. Was ist daran mutig? Ich will nicht, dass meine Eltern jemals die wahren Umstände meines Tods erfahren. Es ist rücksichtsvoller, ihnen zu sagen, ich sei bei der Bombardierung ums Leben gekommen. Können Sie mir zumindest das versprechen, Hancock? Können Sie ihnen gegenüber so viel Rücksicht zeigen, wenn Sie das, wie ich weiß, schon nicht für mich können?«

»Nein«, erwiderte er genervt. »Nein, ich werde Ihre Eltern niemals im Glauben lassen, Sie seien einfach gestorben. Ich werde ihnen die Wahrheit sagen. Dass Ihr Leben und Ihr Tod eine Bedeutung hatten. Dass Ihr Tod Hunderttausende Leben gerettet hat. Ihre Eltern sollen nicht glauben, dass Ihr Tod sinnlos und zufällig war. *Das* ist die Wahrheit, die sie verdienen.«

»Es spielt also keine Rolle, was ich will, aber das ist ja nichts Neues.« Sie hasste sich dafür, auch nur eine Sekunde geglaubt zu haben, es könne anders sein.

Sie richtete den Blick auf Hancock und sah, wie er vor irgendetwas Schrecklichem darin zurückzuckte. Vielleicht war es aber auch die Ausdruckslosigkeit darin, die ihn erschütterte. Die Leblosigkeit. Die Sinnlosigkeit. Dass es ihr inzwischen gleichgültig war und sie aufgegeben hatte. Dass sie endgültig besiegt war.

»Warum haben Sie mich geküsst?«, flüsterte sie heiser. Dass sie ihre Schwäche so zur Schau stellte, verstärkte noch ihren Hass auf sich selbst. »Wieso lag Ihnen daran, Gefühle in mir zu wecken? Wollten Sie mich glauben machen, dass Sie zumindest auf einer Ebene menschlicher Gefühle fähig sind? Verachten Sie mich denn so sehr? Ich kann nicht verstehen, was für ein Hass Sie antreibt.«

Schaudernd fuhr sie sich mit den Händen über die Arme. Von Minute zu Minute sank sie mehr in sich zusammen, wurde immer kleiner und bedeutungsloser. Sie probte ihre Abwehrmechanismen und stärkte sie in Vorbereitung auf die schreckliche Zukunft, die vor ihr lag.

»Sie bedeuten mir durchaus etwas«, widersprach er heftig. »Sie bedeuten mir viel zu viel, und deshalb bin ich so verdammt wütend, Honor. Weil Sie mir nichts bedeuten dürften. Ich bin ein Mörder. Ein Söldner. Nennen Sie mich, wie Sie wollen, es ist alles richtig. Jede grässliche Einzelheit, die Sie sich vorstellen können. Es stimmt alles. Aber eins können Sie nicht behaupten, dass Sie mir egal sind, verdammt. Weil Sie mir viel zu viel bedeuten.«

In diesem Moment wurde Honor vieles klar. Sie begriff, dass Hancock nicht so gefühllos war, wie sie gedacht hatte. Dass er vermutlich hasste, was er tun musste. Aber das würde ihn nicht aufhalten, denn er glaubte an seine Mission. Und um, wie er es formuliert hatte, Tausende andere Leben zu retten, musste ihres geopfert werden.

Und das hasste er.

Aber dass sie ihm etwas bedeutete, hasste er noch mehr.

Wie einsam und öde musste sein Leben sein! Ohne all das, was sie, die in einer großen, liebevollen Familie aufgewachsen war, die sie bedingungslos geliebt und unterstützt hatte, für selbstverständlich hielt. All das hatte er offenbar nie gehabt – würde er auch nie haben, weil er sich das niemals gestatten würde.

Er glaubte nicht, dass ihm das zustand oder dass er es wert war.

Sie hasste ihn dafür, dass er sie verriet, aber in gewisser Weise konnte sie ihn verstehen. Auf seine Art war er ein ehrenwerter Mensch. Er tat, was die wenigsten tun konnten, was aber getan werden musste, um die Welt von Monstern zu befreien. Und dabei so zu werden, wie die, die man jagte. Ein Monster schlimmster Güte.

Wenn er sie nicht dazu gebracht hätte, ihn zu mögen, als Mann, wäre sie vielleicht nicht so verletzt und würde sich nicht so betrogen fühlen. Vielleicht würde sie dann sogar besser verstehen, dass ihr Opfer, wie er es nannte, notwendig war.

Aber sie konnte das nicht so leicht beiseiteschieben wie er und abstellen, was sie zu einem Menschen machte. Es tat trotzdem weh. Mehr sogar als der Gedanke an Folter und Tod. Es tat ihr weh, dass sie ihm vertraut hatte, dass sie ihm intensive Gefühle entgegengebracht hatte. Dass sie diese Intimität miteinander erlebt hatten, die es für sie bisher noch mit niemandem gegeben hatte, und dass ihr dann alles um die Ohren geflogen war.

Ihm hatte es nicht dasselbe bedeutet wie ihr, und deshalb kam sie sich dumm und erniedrigt vor.

War ihr verletzter Stolz wirklich den Verlust so vieler Leben wert? Spielte es überhaupt eine Rolle, wie sie starb oder wie sie geopfert wurde, wenn so viele andere durch eine einzige Frau gerettet werden konnten? Durch sie?

Und warum versuchte sie gerade, ihn von der schrecklichen Schuld freizusprechen, die sie ganz kurz in seinen Augen hatte aufblitzen sehen? Was für ein naiver Dummkopf musste sie sein, dass sie glaubte, sie könne ihm Absolution erteilen oder ihm zum inneren Frieden verhelfen?

»Ich verstehe, Hancock«, sagte sie. Die Kälte in ihrer Stimme war gewichen und hatte Ernsthaftigkeit Platz gemacht. »Und ich vergebe Ihnen, falls Ihnen das hilft. Sie haben recht. Was bedeutet das Heil eines Einzelnen schon im Vergleich zu dem Heil so vieler?«

Hancock begann, wüst zu fluchen, und sprang so unvermittelt vom Bett auf, dass es heftig wackelte. Halb betäubt von den Medikamenten machte sie sich auf das Schlimmste gefasst. Er lief im Zimmer auf und ab wie ein Tier im Käfig, und seine Wut war mit Händen zu greifen.

»Wehe, Sie vergeben mir jemals!«, fauchte er sie an. »Wehe, Sie wagen es, mir eine Entschuldigung anzubieten, die sich als Verständnis tarnt.«

Traurig und resigniert sah sie ihn an.

»Sie haben keine Kontrolle über meine Gefühle, Hancock. Über mein Schicksal schon. Sogar über mein Leben. Aber Sie haben keine Kontrolle über *mich*. Sie können es sich nicht aussuchen, ob ich Ihnen verzeihe oder Sie verstehe oder mich dafür entschuldige, dass ich nicht edelmütig bin, dass ich einfach nicht aufhören kann zu kämpfen, nicht akzeptieren kann, dass mein Tod das Leben so vieler anderer unschuldiger Menschen rettet.«

Hancock blieb stehen und starrte sie an. Er hatte die Hände zu Fäusten geballt und zitterte vor unkontrollierbarer Wut. Sie schnappte nach Luft, als für einen kurzen Moment ein unglaublicher Schmerz in seinen Augen zu sehen war, etwas, das er normalerweise nie jemanden hätte sehen lassen. Aber sie sah es, auch wenn es vielleicht niemandem sonst aufgefallen wäre. Jeder andere hätte vermutlich nur gedacht, Hancock sei gefährlich wütend.

»Ich gebe nicht oft ein Versprechen, Honor. Und selbst wenn ich eins gebe, sollten Sie mir nicht vertrauen, dass ich es auch halte. Aber eins schwöre ich Ihnen: Sie *werden* in Erinnerung bleiben. Ihr Opfer wird *nicht* unbeachtet bleiben. Ihre Familie wird die Wahrheit erfahren. Denn das verdienen Sie und Ihre Familie. Ihr Leben wird nicht in Vergessenheit geraten. Und verdammt, Sie sind von Bedeutung. Sie sind es.«

Er senkte den Blick. Unaufhörlich öffnete und schloss er die Fäuste, was ihm vermutlich nicht einmal bewusst war. Als er wieder zu ihr hochschaute, stockte ihr der Atem bei dem, was er sie in diesem ungeschützten Moment sehen ließ.

»*Mir* bedeuten Sie etwas«, sagte er mit heiserer Stimme.

Und dann kam er wie das Raubtier, das er war, rasch auf ihr Bett zu, doch als er sich jetzt wieder zu ihr setzte, war etwas Wildes in seinen Augen, das nichts mit dem Raubtier zu tun hatte, sondern nur mit ihm, dem Mann.

Er nahm ihr Gesicht zwischen seine Hände und küsste sie. Alle seine Gefühle flossen in diesen Kuss. Er verschlang ihren Mund wie ein Mann kurz vor dem Verhungern. Heiß glitt seine Zunge über ihre und raubte ihr den Atem. Er küsste sie, als gäbe es kein Morgen, als wäre dieser Moment alles, was sie hatten, alles was zählte.

Er hörte nicht auf, sie zu küssen, bis sie nachgab und sich in die Wärme seines muskulösen Körpers kuschelte. Dann drückte er zu ihrer Überraschung winzige Küsse auf jede Stelle ihrer Lippen, hielt an den Mundwinkeln inne, fuhr zärtlich mit der Zunge darüber, und schließlich presste er einfach den Mund auf ihren und ließ ihn dort, bis sie beide nach Luft schnappen mussten.

»Du bedeutest etwas, Honor«, flüsterte er. »Glaub ja niemals etwas anderes. Mir bedeutest du etwas«, wiederholte er seine Worte von vorher. »Du bedeutest mir viel zu viel.«

Die Qual in seiner Stimme brachte sie schier um.

22

Als Honor erwachte, war das Erste, was sie sah, Hancock, der auf der Kante ihres Betts saß.

Anklagend starrte sie ihn an, noch immer mitgenommen von den letzten Momenten, bevor die Medikamente ihre Wirkung getan hatten.

Hancock seufzte. »Es war nur ein Schmerzmittel, Honor. Du warst erschöpft, nachdem wir geredet hatten, nicht nur körperlich, sondern auch seelisch. Nichts hätte verhindern können, dass du einschläfst. Ich habe dir gegeben, was du wolltest: Antworten.«

Er hatte ihr so einiges mehr gegeben als nur die Antworten auf die Fragen, die sie gestellt hatte. Viel mehr. Und sie hatte noch keine Zeit gehabt, mit der Flut an Gefühlen fertigzuwerden, die über sie hereingestürzt waren. Sie war verwirrt, und Kopf und Herz waren alles andere als im Einklang.

»Nicht alle«, murmelte sie.

»Die wichtigen«, erwiderte er.

Sie setzte sich auf, um zu prüfen, ob ihre Verletzungen das zuließen. Zufrieden stellte sie fest, dass es ging, ohne dass man ihr ansah, wie viel Schmerzen sie dabei hatte.

»Es war eine Kurzfassung. Wie man sie etwa bei einer Besprechung gibt. Keine Lüge, aber auch nicht die ganze Wahrheit.«

Er nickte. Dass ihr das aufgefallen war, überraschte ihn nicht. Nicht viele Menschen konnten hinter die Maske blicken, die er immer, wirklich immer, aufgesetzt hatte. Sie aber blickte so viel tiefer, sah den Mann hinter der Maske aus Eisen, und das gefiel ihm ganz und gar nicht.

»Ich will alles wissen«, sagte sie leise. »Wenn dies mein Schicksal ist, wenn dies geschehen muss, dann verdiene ich zumindest … alles. Und diesmal kommt mir keiner mit einer Nadel in die Nähe.«

»Und danach?«, fragte er herausfordernd. »Wenn du vor Erschöpfung fast umkippst und ganz blass bist vor lauter Schmerzen, die du offensichtlich jetzt schon hast, wirst du mich dann auch bekämpfen, oder wirst du mir erlauben, dir diese kleine Wohltat zukommen zu lassen – ein paar Stunden, in denen du keine Schmerzen hast und dich nicht an meinen Verrat erinnerst?«

Sie hätte schon blind sein müssen, um den Schmerz zu übersehen, dessen Aufblitzen er nicht verbergen konnte. Nicht vor ihr. Wenn es um sie ging, war er wie ein offenes Buch. Verdammte Scheiße, sie hatte sich bei ihm entschuldigt! Weil sie selbstsüchtig war. Nicht edelmütig genug. War ihr nicht bewusst, dass sie mehr Mut hatte, als die meisten Männer jemals haben würden? Mut war nichts, was man lernen konnte. Er wurde im Feuer geboren, in der Hölle. Er war Tapferkeit in der Abwesenheit von Angst, oder vielleicht maskierte er die Angst.

Sie war die mit Abstand stärkste Frau, die ihm je begegnet war, und er wusste, eine wie sie würde es nie wieder geben. Er konnte die ganze Welt durchkämmen und nie wieder einer Frau – oder einem Mann – wie ihr begegnen.

»Danach«, stimmte sie zu. Ihm war klar, dass sie mit ihrer knallharten Entschlossenheit nur die psychischen und körperlichen Schmerzen überspielte, die sie auch jetzt hatte. »Aber erst will ich die ganze Wahrheit wissen. Nicht nur die verwässerte Version, die du mir wie einer Kranken gefüttert hast. Ich möchte wissen, wer dieser Maksimov ist und wieso er eine solche Bedrohung darstellt. Warum ein skrupelloser Mann wie Bristow Angst vor ihm hat und warum du so sicher bist, dass er mich ohne zu zögern an *Eine Neue Ära* ausliefern wird.«

Hancock strich sich mit der Hand über das Haar und legte sie dann, offensichtlich aufgewühlt, in den Nacken. Dass ihm ihre Frage nicht gefiel, war nicht zu übersehen. Er machte nicht einmal den Versuch, seine Abneigung zu verbergen, und dass er so heftig reagierte, machte ihr eine Heidenangst. Dennoch wusste sie, dass er ihr die Antworten geben würde, die sie einforderte. War sie bereit, wirklich bereit, für die ungeschminkte, hässliche Wahrheit?

»Maksimov ist ein Monster, schlimmer, als du es dir in deinen schlimmsten Fantasien vorstellen könntest. Er ist durchtrieben und skrupellos und hat kein Gewissen.« Beschämt fügte er hinzu: »Genau wie ich.«

Sie hatte schon heftig den Kopf geschüttelt, bevor es ihr auch nur bewusst wurde. Wütend starrte sie ihn an.

»Vergleich dich ja *niemals* mit ihm«, sagte sie voller Überzeugung. »Du kannst mich nicht täuschen, Hancock. Versuch gar nicht erst, zu lügen oder mir etwas einzureden. Ich sehe dich. Und du bist *nicht* Maksimov.«

Er wirkte … verunsichert, als hätte er keine Ahnung, wie er auf ihre leidenschaftliche Feststellung reagieren solle. Lange Zeit herrschte Schweigen.

»Zurück zu Maksimov?«, schlug sie vor.

»Töten ist seine zweite Natur. Töten ist für ihn so normal wie Atmen. Wie essen oder trinken. Wenn er auf diesem Weg bekommt, was er will, tut er es. Er weidet sich an Schmerz, an Qual.« Wieder wand sich Hancock. »Folter. Vergewaltigung. Die kranken, sadistischen Dinge, die er mit Frauen anstellt, kannst du dir gar nicht vorstellen. Es gibt kein Verbrechen, das er nicht begangen hat. Er kennt keine Loyalität, außer sich selbst gegenüber. Er handelt mit Drogen, Waffen, Bomben. Und mit Menschen. Er ist ein abartiger Pädophiler, der Kinder nicht nur missbraucht, sondern auch an Leute verkauft, die genauso pervers und abartig sind wie er.«

Hancock bebte vor Wut. Er war wie ein Vulkan kurz vor dem Ausbruch. Seine Augen waren eisiger denn je, und dabei hatte sie diesen kalten, ausdruckslosen Blick schon zuvor gesehen, aber niemals in dieser Gefrierstufe. Dies waren die Augen eines Mörders. Augen, die jeden in Angst und Schrecken versetzten, der ihrem Blick ausgesetzt war.

»Geld anzuhäufen ist für ihn ein Spiel. Und egal wie viel er besitzt, er will mehr. Denn für ihn bedeutet Geld Macht, und Macht, so viel Macht wie möglich, ist das, was er am meisten begehrt. Er betrachtet sich als Gott. Er wird niemals aufhören, deshalb muss ihn jemand zur Strecke bringen.«

»Du«, flüsterte sie.

Er nickte kurz. »Ich bin dazu am besten geeignet, weil ich, anders als andere, kein Herz und kein Gewissen habe. Ich bin mehr Maschine als Mensch. Eine programmierte Tötungsmaschine, die bereit ist, alles zu tun, was nötig ist, um ihn aus dem Spiel zu nehmen. Sogar bereit, so zu werden wie er. Ich *bin*, was er ist. Ich bin nicht besser als er.«

»Du bist keine herzlose Tötungsmaschine«, widersprach sie ihm vehement. Sie war schon wieder stocksauer. »Sag mir eins, Hancock. Gehst du da raus und suchst dir eine unschuldige Frau, die du vergewaltigst und folterst, deren Leid du verlängerst, bis sie nicht mehr kann und die du dann wie Müll entsorgst? Machst du Kinder zu Opfern? Bist du ein abartiger Pädophiler, der gern unschuldige Kinder quält und ängstigt?«

Schockiert und angeekelt sah er sie an. »Nein. Niemals! Himmel, nein!«

Sie lächelte zufrieden, während er alles andere als begeistert aussah, dass sie bei ihm die richtigen Knöpfe gedrückt und exakt die Reaktion bekommen hatte, die sie offenbar von ihm wollte.

»Es ist ein Unterschied, ob man so ähnlich wird wie jemand, um sich in seine Organisation einzuschleichen, damit man ihn töten und Tausende von Leben retten kann, oder ob man selbst zu solch einem Monster wird, wenn man nicht auf der Jagd nach einem ist«, erwiderte sie leise. »Du kannst dich anlügen, so viel du willst, Hancock. Du kannst versuchen, dir einzureden, du seist nicht besser als Maksimov, aber du und ich, wir kennen beide die Wahrheit. Auch wenn du sie dir niemals eingestehen wirst. Was du tust, tust du, um Tausende Unschuldige zu retten, aber du hasst es, und du hasst dich selbst. Aber so bist du nicht. Und so wirst du auch niemals sein. Die Welt ist ein besserer Ort, weil es dich gibt. Lass das Böse nicht gewinnen und dich davon überzeugen, dass du schlecht bist«, fügte sie noch leiser hinzu. »Dass du ein gefühlloses Ekel bist, das gern tötet, foltert und Blut vergießt. Denn wenn du anfängst, das tatsächlich von dir zu glauben, *dann* wirst du genau zu dem, was du am meisten hasst.«

»Himmel Arsch. Verdammt, ich weiß wirklich nicht, was ich mit dir anstellen soll, Honor.« Es war nicht zu übersehen, wie aufgewühlt er war.

Sofort brach alles wieder über sie herein, und sie drehte sich von ihm weg, damit er ihr Gesicht nicht sehen konnte. Sie wussten beide genau, was er mit ihr tun würde. Und sie wollte nicht, dass er sich noch schlechter fühlte.

Wie abartig war das, dass sie ihn vor ihrem Schmerz schützen wollte? Dass sie *ihm* keinen Schmerz zufügen wollte? Seiner ohnehin schon befleckten Seele nicht eine weitere Last – Sünde – hinzufügen wollte? Er hatte sie verraten. Er hatte sie die ganze Zeit betrogen. Sie sollte ihn hassen. Sie sollte sich keine Gedanken darüber machen, wie viel Schmerz sie ihm oder er sich selbst zufügte. Aber sie konnte es nicht lassen. Sie verstand sie nicht, diese … Verbindung, oder was immer da zwischen ihnen sein mochte. Sie wusste nur, sie existierte. Wie ein lebendiges Wesen, gegen das sie machtlos war. Sie konnte es nicht abstellen und kalt und gefühllos werden wie Hancock, sobald er es wollte. Das lag nicht in ihrer Natur. So war sie nicht, genauso wenig wie Hancock derjenige war, der zu sein er vorgab.

»Das war gemein«, knurrte Hancock. »Verdammt, Honor, es tut mir leid. Das war beschissen und unverzeihlich.«

»Ich dachte, ich hätte bereits klargemacht, dass allein ich entscheide, was beschissen und unverzeihlich ist«, erwiderte sie leichthin.

Dann sah sie ihn mit düsterem Blick an und bedeutete ihm, zu ihr zu kommen.

Widerwillig kam er und setzte sich neben sie auf das Bett. Diesmal war sie diejenige, die nach seiner Hand griff, wo sie doch vorher versuchte hatte, jeden Körperkontakt mit ihm zu vermeiden. Sie verschränkte die Finger mit seinen, woraufhin er sich versteifte, doch sie wartete einfach und erlaubte ihm nicht, sich ihr zu entziehen.

Schließlich seufzte er, entspannte sich und strich mit dem Daumen über ihre Fingerknöchel.

»Schau mich an, Hancock«, bat sie leise.

Zuerst weigerte er sich, aber schließlich hob er den Blick. Er sah schrecklich … gequält aus. Etwas tief in ihrem Inneren zuckte schmerzlich zusammen und raubte ihr den Atem. Sein kummervoller Gesichtsausdruck tat ihr richtig weh. Sie hätte ihm diesen Kummer am liebsten abgenommen. Hätte gern diesen unsäglichen Schmerz gelindert, der ihn im Griff hatte.

»Ich weiß, dass du mir nicht glaubst. Das musst du auch nicht. Aber du wirst dir anhören, was ich dir zu sagen habe. Und du wirst mich nicht ausblenden, weil du nicht hören willst, was ich zu sagen habe. Hast du mich verstanden?«

Er saß stocksteif da und wirkte eher noch gequälter, als fürchtete er ihre nächsten Worte. Aber er nickte zögerlich und wich ihrem Blick nicht mehr aus. In seinen schönen grünen Augen schien solch ein abgrundtiefer Schmerz auf, dass es wehtat, den Blickkontakt zu halten. Aber sie schaute nicht weg. Womöglich hätte er das als eine Zurückweisung dessen empfunden, für wen und was er sich hielt.

»Ich hasse dich nicht«, sagte sie, seine Reaktion beobachtend. »Zuerst habe ich dich gehasst, das schon«, gestand sie. »Ich habe mich verraten gefühlt. Ich hatte dir vertraut. Mit dir hatte ich mich zum ersten Mal seit langer Zeit sicher gefühlt.«

Jedes Wort war wie ein Dolchstoß, das sah sie in den unergründlichen Tiefen dieser grünen Augen.

»Ich sage das nicht, um dir wehzutun«, fuhr sie fort und ließ zu, dass ihr der Schmerz, den sie empfand, anzuhören war. »Ich sage das nur, damit du mich verstehst.«

»Ich habe viel Schlimmeres verdient«, sagte er grimmig.

Sie ignorierte ihn.

»Aber ich verstehe, Hancock. Du glaubst nicht, dass ich das tue, weil du es nicht glauben *willst*. Aber ich verstehe, wieso dies geschehen muss. Ich habe dir bereits verziehen. Was du damit anfängst, ist deine Sache, verziehen habe ich dir jedenfalls. Du kannst mich nicht dazu bringen, das zurückzunehmen. Ich werde es nicht zurücknehmen. Das ist meine Sache, und du hast nicht zu entscheiden, was ich verzeihe und was nicht. Akzeptiere es oder akzeptiere es nicht, verziehen ist dir jedenfalls, und wenn ich jemandem etwas verzeihe, nehme ich das auch nicht mehr zurück. Nie.

Will ich sterben? Natürlich nicht. Ich habe noch so viel, für das sich zu leben lohnt. So viele Träume …« Sie schwieg. Ihr war klar, dass dies zu nichts führte und er sich so nur noch elender fühlen musste. Sie schüttelte den Kopf, um ihre Gedanken in eine andere Richtung zu lenken.

»Aber ich weiß, dass mein Tod unumgänglich ist. Und wenn mein Tod bewirkt, dass Maksimov nicht mehr so viel Elend über so viele Menschen bringt, dann kann ich in Frieden sterben. Ich werde wissen, dass mein Leben einen Sinn gehabt hat. Dass es zu etwas gedient hat, dass ich den Überfall überlebt habe. Zu etwas sehr Wichtigem. Und das reicht mir. Ich kann dem Tod ohne Furcht gegenübertreten, weil ich mir all diese Frauen und all diese jungen Mädchen vorstelle, die in Sicherheit sein werden, sobald du Maksimov aus dem Verkehr gezogen hast.«

Er stieß ein wütendes Knurren aus, unterbrach sie aber nicht.

»Du warst freundlich und umsichtig«, fuhr sie leise fort. »Du hast mir nicht wehgetan, und wir wissen beide, andere hätten das getan. Sie hätten sich nicht darum geschert, in welchem Zustand ich Maksimov ausgeliefert worden wäre. Aber du hast mich beschützt, und auch das wissen wir beide. Und dafür danke ich dir. Aber am meisten danke ich dir dafür, dass du mir die Wahrheit gesagt hast. So muss ich meinem Tod nicht einsam und verängstigt entgegensehen. Ich werde bei meinem letzten Atemzug wissen, dass mein Leben nicht sinnlos war.«

Schockiert stellte sie fest, dass in Hancocks Augen Tränen glitzerten. Er sah aus wie am Boden zerstört. Er wirkte wie ein Mann, der von Dämonen gefoltert wurde, die ihm in aller Ewigkeit keine Ruhe gönnen würden. Sie wünschte sich inbrünstig, sie könnte sie ihm nehmen. Damit er frei sein könnte. Am ärgsten machte ihr zu schaffen, dass ihr Tod ihn für den Rest seines Lebens quälen würde.

»Um zwei Dinge muss ich dich bitten, Hancock. Nur zwei. Und sie sind unkompliziert. Ich werde nie wieder um etwas anderes bitten, und ich werde mich dir nicht widersetzen. Ich werde nicht versuchen zu fliehen. Ich habe durchaus meine Würde, und ich habe mich mit dem, was unabänderlich ist, abgefunden. Aber ich möchte, dass du mir zwei Dinge versprichst.«

»Alles, was du willst.« Seine Stimme klang rau.

»Versprich mir, dass mein Tod nicht umsonst sein wird. Schwöre mir, dass du Maksimov aus dem Verkehr ziehst.«

»Das werde ich.« Jetzt klang Hancocks Stimme drohend. »Ich schwöre es, Honor. Dein Opfer wird nicht umsonst gewesen sein. Auf gar keinen Fall.«

Sie schloss kurz die Augen, um sich für die zweite Bitte zu stählen.

»Bitte erspare meinen Eltern die Einzelheiten. Du kannst ihnen sagen, dass mein Tod einem Irren und seinem gesamten Reich ein Ende gesetzt hat. Aber schwöre mir, dass du ihnen sagst, mein Tod sei kurz und schmerzlos gewesen. Versprich mir, dass du ihnen nicht erzählst, *wie* ich gestorben bin. Das würden sie nicht überleben. Sie sollen nicht wissen, dass ich um meinen Tod gebettelt habe oder schreiend und um meinen Tod bettelnd gestorben bin. Sie sollen nicht wissen, was mir alles angetan wurde. Bitte, Hancock. Bitte, ich flehe dich an. Tu das für mich. Für *sie*.«

Hancock nahm ihre Hand in seine und drückte so fest, dass sie sich beherrschen musste, um nicht zusammenzuzucken. Sie wusste, er wollte ihr nicht wehtun. Es war die Intensität seiner Gefühle, die er sich nicht zu zeigen erlaubte, im Gegensatz zu ihr. Sie sah ihn. Sah tief in sein Herz. Sah hinter die Fassade, die er ein Leben lang perfektioniert hatte.

»Deine Familie wird nur erfahren, was für eine starke, mutige und großherzige Frau du warst. Sie wird erfahren, wie viele Leben du gerettet und wie viel Mut du die ganze Zeit bewiesen hast. Als ich gesagt habe, dass du wichtig bist, dass du niemals vergessen sein wirst, meinte ich damit nicht, dass man sich daran erinnern wird, wie du … gestorben bist.«

Die letzten Worte klangen sehr gequält, als würden sie ihn zutiefst schmerzen. Er wandte den Kopf zur Seite, weil er ihrem Blick nicht länger standhalten konnte. Sie sollte nicht sehen, was er so verzweifelt zu verbergen suchte.

»Danke«, flüsterte sie mit tränenerstickter Stimme.

»Wie kannst du mir danken? Schließlich bin ich derjenige, der dich in den Tod schickt«, fuhr er wütend auf. »Wie kannst du deinem Henker verzeihen und ihn verstehen? Du solltest mich hassen, Honor. Du solltest mich verachten. Du solltest dir überlegen, wie du mich töten, mir entfliehen kannst, wie du mich um welchen Preis auch immer aus dem Weg räumst. Aber du bittest mich nur darum, dafür zu sorgen, dass Maksimov stirbt und deine Familie keine Einzelheiten über deine Folter und deine Leiden erfährt?«

Ihre Gesichtszüge entspannten sich. Liebevoll strich sie ihm über die Wange.

»Du bist nicht mein Henker.«

»Und ob ich das bin!«, erwiderte er aufgebracht. »Verdammt, ich bin kein Held. Ich bin ein gnadenloser Mörder, der bereit ist, alles zu opfern, was auf dieser Welt gut ist, damit er seine Mission zu Ende bringen kann. Ich bin genauso mies wie Maksimov, egal, was du sagst oder denkst.«

Er sprang auf, und ohne seine Nähe war ihr sofort kalt.

»Du musst dich jetzt ausruhen«, sagte er barsch. »Du hast Schmerzen. Und streite es ja nicht ab. Conrad wird dir noch eine Spritze geben. Ich will, dass du schläfst.«

Sein Befehl hatte nur zum Teil damit zu tun, dass er glaubte, sie brauche Ruhe und eine Pause von den anhaltenden Schmerzen, das wusste sie. Er hielt es nicht länger aus, ihr in die Augen zu sehen. Konnte nicht länger die Schuld und die überwältigende, hilflose Wut ertragen, ohne die Beherrschung zu verlieren.

Sie wussten beide, dass ihr Schicksal unabwendbar war. Er hasste sich dafür, dass es keine andere Lösung gab. Keine Alternative. Es war ihm unerträglich, dass sie das im Gegensatz zu ihm so leicht akzeptieren konnte. Schlimmer noch, sie verstand und verzieh ihm, und beides hatte er seiner Ansicht nach nicht verdient.

23

»Die Übergabe ist vereinbart«, sagte Bristow und strahlte vor Zufriedenheit. Hancock wusste das längst. »Maksimov war ganz begeistert, als ich ihm erzählt habe, dass die Frau in meinem Besitz ist.«

Hancock stand abwartend da und schwieg. Seine Männer, die sich hinter ihm aufgestellt hatten, schwiegen ebenfalls, aber er spürte die Anspannung, unter der sie standen. Sie wussten, sobald Bristow Honor übergeben hatte, war sie schutzlos. Und keiner von ihnen machte sich etwas vor, wie ihr weiteres Schicksal aussehen würde. Maksimov würde sich Honors bedienen, sich eine Zeit lang mit ihr amüsieren und sie dann *Eine Neue Ära* aushändigen.

»Sie brechen in zwei Tagen auf. Ich habe die Koordinaten und alle Informationen, die Sie brauchen. Maksimov hat genaue Anweisungen gegeben, wie die Übergabe zu erfolgen hat. Ich erwarte, dass Sie sie allesamt befolgen.«

Hancock nickte nur und nahm den Ordner, den Bristow ihm hinhielt.

»Betrachten Sie die Sache als erledigt«, erwiderte er kalt.

Bristow schob ihm einen dicken Briefumschlag hin. »Die Hälfte Ihrer Bezahlung jetzt, die andere, wenn die Übergabe erfolgt ist.«

Hancock musste seine gesamte Willenskraft aufbieten, um den Mann nicht auf der Stelle zu töten. Der Umschlag verbrannte ihm die Hand. Blutgeld. Er würde es an seine Männer weitergeben. Sie hatten es verdient. Aber er würde nicht einen verdammten Cent dafür nehmen, dass er Honor in den Tod schickte.

»Sie können jetzt gehen«, sagte Bristow arrogant. »Ich kümmere mich um die Reisevorbereitungen. Natürlich wird alles ganz diskret vonstatten gehen müssen.«

»Die Pläne mache ich«, widersprach Hancock abschätzig. »Sie haben mich für diesen Job engagiert, aber ich mache ihn so, wie ich es für richtig halte. Meine Männer. Meine Mission.«

»Auch recht. Solange Sie erledigen, wofür ich Sie bezahle, ist es mir egal, wie Sie vorgehen.«

Hancock drehte sich ohne ein weiteres Wort um und ging aus dem Zimmer, bevor er die Beherrschung verlor und dem Mann die Kehle aufschlitzte.

Seine Männer folgten ihm, und das Einzige, was das Schweigen durchbrach, war ein leises »wirklich schlecht«.

Wirklich sehr schlecht.

Er konnte seinen Männern nicht in die Augen sehen. Er sagte ihnen nur, sie sollten sich ausruhen und ihre Reisevorbereitungen treffen. Niemand widersprach. Keiner gab auch nur einen Laut von sich. Sie verzogen sich einfach in ihre Zimmer. Keiner sah ihn an, genau wie er ihren Blick mied.

Er bezweifelte, dass einer von ihnen in den nächsten beiden Nächten schlafen würde.

24

Honor wurde davon wach, dass eine Hand auf ihrem Mund lag und eine andere ihre Brust roh und schmerzhaft quetschte. Mühsam kämpfte sie gegen die durch die Medikamente ausgelöste Benommenheit an. Ihr Herz raste wie wild.

»Diesmal wird er dich nicht retten, du kleine Schlampe. Er ist zu sehr damit beschäftigt, deine Übergabe an Maksimov zu planen, und ich habe vor, das bisschen Zeit zu nutzen, das mir noch bleibt, bis ich dich Maksimov ausliefere. Einem Mann wie Maksimov macht beschädigte Ware nicht viel aus. Er wird dich *Eine Neue Ära* garantiert nicht übergeben, bevor er seinen Spaß mit dir hatte.«

Bristow.

Himmel. Wo war Hancock? Hatte Bristow ihn betäubt, damit er keine Bedrohung darstellte? Oder plante Hancock tatsächlich die Übergabe, wie Bristow behauptete?

Als er ihr das T-Shirt zerriss und ihre Brüste entblößte, begann sie, sich zu wehren. Die Wirkung der Medikamente ließ rasch nach, denn jetzt machte sich das Adrenalin bemerkbar, und sie kämpfte mit all ihrer Kraft.

Er gab ihr nicht wie beim letzten Mal eine Ohrfeige. Er ballte die Hand zur Faust und boxte sie auf den Mund. Der Schmerz war so heftig, dass ihr die Luft wegblieb. Dann strafte er sie mit seinem Mund, küsste sie brutal und leckte ihr das Blut von den aufgeplatzten Lippen.

Schließlich stopfte er ihr einen übel schmeckenden Lappen in den Mund. Entsetzt stellte sie fest, dass er mit irgendeiner Droge getränkt sein musste. Zudem verschloss er ihr den Mund mit Klebeband, damit der Lappen festsaß.

Aber so einfach würde sie es ihm nicht machen. Ja, sie hatte sich mit ihrem Schicksal abgefunden, aber das bedeutete nicht, sich von diesem Arschloch vergewaltigen zu lassen. Lieber würde sie sterben, als das über sich ergehen zu lassen.

Seine Hände misshandelten sie, strichen besitzergreifend über ihren Körper, glitten unter den Bund ihrer Hose und zerrten ungeduldig daran. Er fluchte, weil sie sich noch immer wehrte. Vielleicht hatte er geglaubt, die Droge hätte sie bereits wehrlos gemacht, aber in letzter Zeit hatte sie so viel an betäubenden Medikamenten bekommen, dass sie eine gewisse Immunität dagegen entwickelt hatte und sich länger gegen ihre Wirkung wehren konnte.

Sie kämpfte geräuschlos, und dass sie keinen Laut von sich geben konnte, machte sie panisch. Sie konnte nicht um Hilfe rufen. Nicht nach Hancock schreien.

Er griff brutal zwischen ihre Beine, und sie bäumte sich wie wild auf, trat nach ihm und kämpfte unter Einsatz aller Kraft und allen Willens. Sie spürte die Wirkung der Droge, spürte, wie schwerfällig sie wurde, aber sie schöpfte aus Reserven, von deren Vorhandensein sie gar nichts geahnt hatte.

Er fluchte und schlug sie wieder und wieder, aber sie hörte nicht auf. Sie konnte nicht aufhören.

Er biss ihr so kräftig in die Brüste, dass die Abdrücke seiner Zähne zu sehen waren. Tränen der Wut und der Hilflosigkeit brannten ihr in den Augen. Sie hatte es satt, hilflos und machtlos zu sein.

Es gelang ihr, eine ihrer Hände freizubekommen. Sie riss an dem dicken Klebeband und schnappte nach Luft, als es sich löste und ein Stück Haut mit abging. Sie gab dem Lappen, obwohl sie der Geschmack anwiderte, mit der Zunge einen Stoß, und es gelang ihr wahrhaftig, ihn auszuspucken und dann laut zu schreien.

Er schlug sie so kräftig auf den Kopf, dass sie beinahe das Bewusstsein verloren hätte. Und schon fiel er wieder über sie her, wobei er gleichzeitig an seiner Hose zerrte, um seine riesige Erektion zu befreien. Sie war nackt, ihre Kleidung hing in Fetzen. Etwas drückte sich in ihre Hüfte – ein Messer, das er an seinem Gürtel befestigt hatte. Er hatte nicht vor, seine Hose auszuziehen. Er wollte sie nur weit genug hinunterschieben, dass er in ihren sich widersetzenden Körper eindringen konnte.

Sie wusste, dies war ihre einzige Chance. Sie packte das Messer am Griff, drückte mit dem Daumen den Verschluss auf, mit dem es gesichert war, und zog so kräftig, wie sie konnte. Im nächsten Moment rollte sie sich zur Seite, ließ das Messer aufspringen, glitt vom Bett und rutschte auf den Knien in eine der Ecken des Zimmers.

»Glaubst du, du kannst mich damit umbringen?«, fragte er spöttisch.

»N…nein«, erwiderte sie zitternd. »Aber ich kann mich selbst umbringen, dann war es das mit Ihrem Deal mit Maksimov. Und nach allem, was ich gehört habe, verdirbt man es sich lieber nicht mit ihm. Er wird stinkwütend sein, dass Sie die Ware nicht wie vereinbart liefern.«

Er kniff die Augen zusammen. »Du bluffst außerordentlich schlecht.«

Sie legte die Klinge an ihr Handgelenk und machte einen schmalen Schnitt, gerade breit genug, dass Bristow sah, wie das Blut ihren Arm hinablief und auf den Boden tropfte.

Sein Blick wurde panisch, und er trat einen Schritt zurück.

Der Adrenalinschub verlor rasch seine Wirkung. Sie wusste, Bristow würde einfach abwarten, bis sie nicht mehr konnte. Es erfüllte sie mit großer Trauer, dass Tausende anderer ebenfalls sterben mussten, wenn sie sich jetzt umbrachte. Alles weil sie es nicht über sich brachte, sich von diesem Mann vergewaltigen zu lassen. Etwas, das garantiert wieder und wieder passieren würde, sobald sie erst Maksimov und dann *Eine Neue Ära* in die Hände gefallen war. Wie ein Sack Müll. Wertlos. Dreck.

Als das von der Klinge verursachte Brennen intensiver wurde, schluchzte sie auf. Ohne es zu merken, hatte sie sie fester in ihr Handgelenk hineingebohrt. Sie hatte sich tief in sich zurückgezogen, in eine schützende Hülle, die den Horror um sie herum von ihr fernhielt.

Nutzlos. Ein Opferlamm. Etwas, das man missbrauchte, vergewaltigte, schlug, folterte. Wertlos. Ein Nichts. Namenlos und gesichtslos. Nur eine weitere Zahl in der Statistik.

Von ferne meinte sie, ein Geräusch zu hören. Seltsamerweise klang es wie das Brüllen eines Löwen, aber sie blendete es aus, genau wie alles andere außer dem Messer, mit dessen Hilfe sie langsam das Blut aus sich herausfließen ließ. Aber Moment. Ein Handgelenk würde nicht reichen, und wenn sie die Pulsader auf der anderen Seite nicht auch sofort aufschnitt, würde sie nicht mehr die Kraft dazu haben.

Unbeholfen nahm sie das Messer in die andere Hand. Sie war überrascht, wie glitschig es war und wie schwach sie sich fühlte.

Ohne den Schmerzen Beachtung zu schenken, setzte sie die Klinge an und betrachtete interessiert, als stünde sie außerhalb ihres Körpers, wie nun auch aus diesem Handgelenk Blut floss. Es war seltsam faszinierend, wie das Blut hervorsprudelte, über ihre Haut rann, auf den Boden tropfte und ihr Bein verschmierte.

Wieder hörte sie ein Geräusch. Sie packte das Messer fester. Das hier dauerte zu lange. Also hob sie das Messer hoch, wiederum überrascht, wie schwach sie war, und drückte es an ihren Hals. Eine arterielle Blutung würde viel schneller zu ihrem Tod führen.

25

Hancock hielt das Treffen mit seinem Team kurz. Er teilte ihm mit, welche Informationen er von Bristow bekommen hatte und wie sie vorgehen würden. Es war eine grimmige, meist mit Schweigen aufgenommene Ansprache, die nur gelegentlich von einem »wirklich schlecht« seitens Mojo unterbrochen wurde.

Es gefiel ihm nicht, Honor allein zulassen, nicht einmal für die halbe Stunde, die er hierfür brauchte. Er hatte ihr noch eine kleinere Dosis Schmerzmittel verabreicht und gewartet, bis sie eingeschlafen war. Sie mochte den Nebel nicht, wie sie es nannte. Sie fühlte sich dann verletzlich und behindert. Also war er einen Kompromiss eingegangen, weil er andererseits nicht ertrug, dass sie Schmerzen litt, wo ihr doch noch so viel an Schmerzen bevorstand.

Er entließ sein Team und machte sich sofort auf den Weg zu dem Flügel des Hauses, in dem Honors Zimmer lag. Er hatte bereits die Hälfte des Wegs hinter sich gebracht, als ihm das Blut in den Adern gefror.

Ein Schrei zerriss die unheimliche Stille im Haus. Honors Schrei.

Hancock rannte los, obwohl ihn die Furcht beinahe lähmte. Nur sein verzweifelter Wunsch, zu ihr zu gelangen, sie zu beschützen, besiegte die Lähmung. Adrenalin überschwemmte seinen Körper und verwandelte ihn rasch in den geübten Mörder.

Er war auf das Schlimmste gefasst, aber als er in Honors

Zimmer stürzte, wäre sein Herz beinahe stehen geblieben. Es war sehr viel schlimmer, als er sich jemals hätte vorstellen können.

Bristow stand in einer Ecke des Zimmers, Honor hatte sich in die gegenüber liegende Ecke gedrückt und hielt sich ein scharfes Messer an die Kehle. Ein dünnes Blutrinnsal lief ihren Hals hinab, außerdem waren beide Handgelenke aufgeschnitten, und aus beiden floss Blut.

Auch ihr Gesicht war blutverschmiert. Ihr Mund und ihr Kinn waren geschwollen, und dort bildeten sich bereits blaue Flecken.

Ihn packte eine mörderische Wut. Er wollte das Schwein mit bloßen Händen erwürgen, aber dazu blieb ihm jetzt keine Zeit. Honor blieb keine Zeit.

Ihre Augen waren bereits leer und ausdruckslos. Sie hatte sich tief in sich selbst zurückgezogen, vermutlich hatte sie nicht einmal mitbekommen, dass er da war. Zu spät. Es war ihm nicht gelungen, sie zu schützen. Wieder einmal.

»Ich habe Bristow«, sagte Conrad mit eisiger Stimme, in der eine Wut mitschwang, die nicht geringer war als Hancocks. »Kümmere dich um sie. Du wirst ihr das ausreden müssen. Sie ist nicht mehr bei Sinnen.«

»Nicht vor ihr«, fuhr Hancock ihn an. »Sie ist schon traumatisiert genug.«

»Moment mal«, brauste Bristow auf. »Sie vergessen wohl, dass Sie für mich arbeiten. Bis ich sie Maksimov übergebe, gehört sie mir, und ich tue mit ihr, wozu ich Lust habe.«

Conrad packte Bristow und zwang den nach Luft schnappenden Mann auf die Knie. Dann drehte er ihm den Arm auf den Rücken und drückte ihn nach oben, bis man einen Knochen brechen hörte. Genauso rasch beförderte er ihn aus dem Zimmer. Bristow war ein toter Mann.

So gern Hancock den Dreckskerl selbst getötet hätte, und zwar weder kurz noch schmerzlos, so wichtig war es jetzt, sich auf Honor zu konzentrieren, damit sie nicht durch eigene Hand starb. Ihn packte das blanke Entsetzen, denn Honor war vollkommen nackt. Übersät mit Wunden, Bissspuren und Kratzern. Hatte dieses Schwein sie vergewaltigt? Hatte Bristow sie hierzu getrieben? War sie so traumatisiert, dass ihr der Tod die einzige Fluchtmöglichkeit zu sein schien?

»Honor?«

Er sprach leise, weil er erst einmal ausloten wollte, wie weit sie ihre Umgebung ausgeblendet hatte und ob sie überhaupt noch irgendetwas wahrnahm.

Sie zeigte nicht die geringste Reaktion, und als sie die Klinge einen Zentimeter tiefer in die Haut oberhalb der Halsschlagader drückte, packte ihn die Panik.

Er traute sich nicht, sich ihr zu nähern. Sie hätte es als erneuten Angriff deuten können. Er verfluchte sich, dass er Bristow nicht beim ersten Mal umgebracht hatte, und dass er Honor volle dreißig Minuten allein gelassen hatte, nur weil Bristow das Haus verlassen hatte. Hancock hatte ihn wegfahren sehen, und nur deshalb hatte er das kurze Treffen mit seinen Männern abgehalten.

Dieser Dreckskerl hatte das Ganze offensichtlich nur inszeniert, weil er Honor missbrauchen wollte, bevor er das, was dann noch von ihr übrig war, an Maksimov weiterreichte. Hancock hoffte nur, dass Conrad das Arschloch nicht zu schnell ins Jenseits beförderte. So wütend, wie seine Stimme geklungen hatte, würde es ihm sicher großes Vergnügen bereiten, Bristow langsam und sehr qualvoll zu töten.

»Honor, Schatz, ich bin's, Hancock. Bristow ist fort. Er ist ein toter Mann. Er wird dir nie wieder wehtun. Das verspreche ich dir.«

Er klang wütend, obwohl er versuchte, gleichmäßig und beruhigend zu sprechen.

Jetzt blinzelte sie, und dann richtete sie den Blick misstrauisch auf Hancock. Seine Erleichterung war grenzenlos, und zum ersten Mal, seit er sie in diesem Zustand gesehen hatte, wagte er zu atmen. Sie schien ihn zu erkennen, doch in ihren schönen Augen spiegelten sich Qual und Kummer.

Seine größte Sorge war, dass sie das Messer noch immer fest gegen ihre Kehle drückte. Ihre Handgelenke bluteten heftig, mehr als der oberflächliche Schnitt an ihrem Hals. Er musste rasch handeln und die Blutung stoppen, bevor er Honor verlor.

»Ist er wirklich tot?«, flüsterte sie.

»Er ist tot«, erwiderte Hancock grimmig.

Sie sank in sich zusammen und fügte sich dabei mit dem Messer noch mehr Schaden zu. Es gab keine andere Lösung, er musste es ihr sofort abnehmen.

Langsam, Schritt für Schritt, bewegte er sich auf sie zu.

Er kniete sich vor sie hin und fluchte leise, als er sah, wie stark sie verletzt war. Sie war missbraucht worden, gebrandmarkt wie ein Tier.

»Schatz, gib mir das Messer«, sagte er schmeichelnd. »Du blutest, und ich muss die Blutung stoppen, bevor es zu spät ist.«

In ihrem Blick lag so viel Kummer, dass es ihm einen Stich ins Herz gab.

»Es tut mir leid, dass ich nicht stärker war«, flüsterte sie. »Ich weiß, du brauchst mich, um an Maksimov heranzukommen. Aber ich konnte nicht … Oh Gott, Hancock, ich konnte nicht hinnehmen, dass er …«

»Pscht, Liebes, schon gut.«

Ihm war zum Heulen, weil sie sich schon wieder dafür entschuldigte, dass sie nicht stark genug war, dabei war sie der stärkste Mensch, dem er je begegnet war.

Mit zitternden Händen hielt sie ihm das Messer hin. Er nahm es ihr ab und klappte es zu, damit sie nichts mehr damit anrichten konnte.

»Ich hebe dich jetzt hoch und trage dich zum Bett, damit ich deine Wunden behandeln kann«, sagte er liebevoll.

Sofort verkroch sie sich noch tiefer in die Ecke, zog die Beine an, legte die Arme schützend um die Knie und wiegte sich mit irrem Blick vor und zurück.

»Nein. Niemals.« Sie schüttelte heftig den Kopf. »Nicht in das Bett. Nein. Ich bleibe hier.« Sie zitterte am ganzen Körper.

»Dann bringe ich dich in mein Zimmer«, versuchte er sie zu beruhigen. »Aber, Schatz, du verlierst eine Menge Blut. Ich muss die Blutung umgehend stoppen.«

»Versprichst du es mir?«, fragte sie heiser.

Er wusste, was sie mit ihrer Frage meinte. Ob er ihr versprach, sie nicht wieder in das Bett zu legen, in dem Bristow auf sie losgegangen war. Wo er sie vielleicht vergewaltigt oder es zumindest versucht hatte.

Er schob die Arme unter ihren zarten Körper, hob sie hoch und drückte sie behutsam an seine Brust.

»Ich verspreche es. Du bleibst bei mir. Ich lasse dich keine Minute mehr allein. Ich schwöre es dir.«

Sie nickte, dann legte sie den Kopf an seinen Hals und brach in Tränen aus.

Er bebte vor Wut, und sein Wunsch, sich an Bristow zu rächen, war kaum noch bezähmbar. Rasch eilte er mit ihr den Flur entlang zu dem Flügel des Hauses, wo seine Männer und er untergebracht waren.

Conrad kam ihm mit grimmigem Gesicht entgegen.

»Was hat diese Drecksau ihr angetan?«, knurrte er.

»Nicht jetzt«, fertigte Hancock ihn ab. »Hol mir einen Arztkoffer und Nadel und Faden. Wir müssen ihre Handgelenke nähen und die Blutung stoppen. Sie hat schon zu viel Blut verloren. Der Schnitt am Hals ist nicht so schlimm, der braucht nicht genäht zu werden. Und bring Schmerzmittel und auch ein Beruhigungsmittel mit. Nach dem, was passiert ist, wird sie sonst nie wieder schlafen.«

Conrad fluchte, eilte aber davon, um alles Nötige zu holen.

Hancock legte Honor vorsichtig auf sein Bett, wo sie sich sofort zusammenrollte.

»Ich gebe dir eins meiner T-Shirts«, sagte er, um ihr zumindest eine Sorge zu nehmen.

Sie blickte entsetzt an sich hinunter, als wäre ihr soeben erst wieder eingefallen, dass sie völlig nackt war. Wieder begann sie leise zu weinen.

Er wählte ein T-Shirt, das Conrad Zugang zu allen Stellen gewähren würde, die behandelt werden mussten, und zog es ihr an wie einem Kind, das diese Aufgabe noch nicht allein bewältigen kann. Dann feuchtete er ein paar Waschlappen an und holte einige große Verbände, damit er Druck auf die Handgelenke ausüben konnte, bis Conrad die Blutung unter Kontrolle und die Wunden genäht hatte.

»Kannst du mir erzählen, was passiert ist?«, fragte er leise. »Was hat dieses Schwein mit dir angestellt?«

»Er hat mich angefasst.« Sie schauderte vor Ekel.

»Hat er dich vergewaltigt?«

Sie zuckte zusammen und sah weg. Er konnte den Anblick kaum ertragen. Sie hatte die Haltung einer Frau, die schwer misshandelt worden war, die man gezwungen hatte, einen Blick in die Hölle zu werfen. Hancock war kurz davor, die Beherrschung zu verlieren, und das war das Letzte, was sie jetzt brauchte.

Sie brauchte Zärtlichkeit. Zuwendung. Etwas, dessen er sich, bis er sie kennengelernt hatte, nie für fähig gehalten hatte.

»Nein«, flüsterte sie schließlich so leise, dass sie kaum zu verstehen war. »Aber er wollte. Er hat es versucht. Ich habe mich gewehrt, und da ist er wütend geworden. Er hat mich geschlagen. Er hat mich angefasst. Ich habe ihm das Messer entwendet und ihm gesagt, ich würde mich umbringen. Dann würde sein Deal mit Maksimov platzen und er wäre ein toter Mann, weil er nicht länger liefern könnte, was er versprochen hatte.«

In Hancocks wahnwitzige Wut mischte sich auch Stolz auf sie. Auf ihre Wildheit und ihr wendiges Denkvermögen.

»Er hat mir nicht geglaubt, deshalb habe ich mir das Handgelenk aufgeschnitten. Und dann wurde mir klar, dass ich, wenn ich zu lange warte, nicht mehr die Kraft haben würde, das andere aufzuschneiden. Und schließlich habe ich mich an meine Halsschlagader gemacht, weil ich wusste, dass ich innerhalb von Sekunden ausbluten würde. Erst dann hat er von mir abgelassen.«

Einen Moment lang blieb Hancock die Luft weg. Es war der Gipfel der Scheinheiligkeit, wenn es ihn schier zerriss, weil Honor so verängstigt gewesen war, dass sie sich hatte umbringen wollen – schließlich wäre es das erträglichere Schicksal für sie gewesen.

Aber er war ein Feigling. Er würde Honors Tod aus der Ferne erleben. Er würde nicht mitbekommen, was mit ihr geschah, wenn sie nicht mehr unter seinem Schutz stand. Und er hatte ihr versprochen, dass ihr nichts zustoßen würde, solange sie bei ihm war. Zweimal hatte er dieses Versprechen nicht gehalten. Zweimal war Bristow über sie hergefallen, als sie am wehrlosesten war.

Conrad kam wortlos herein, die Lippen fest zusammengepresst, und seine Wut war mit Händen zu greifen.

Mit kühler Effizienz begann er, die Wunden an ihren Handgelenken zu säubern. Honor schaute mit angstvollem Blick zu ihm hoch, und es war deutlich zu spüren, wie nervös sie war und wie unwohl sie sich fühlte.

»Es tut mir leid«, murmelte sie. »Ich hätte beinahe die Mission vereitelt. Ich hätte beinahe alles kaputt gemacht. Ich konnte nicht mehr vernünftig denken. Er hat mir … wehgetan.«

Sie verfiel in Schweigen, als wäre es ihr peinlich zuzugeben, dass er ihr wehgetan und ihr Angst gemacht hatte. Und jetzt – was wollte sie jetzt? Dass sie ihr vergaben?

Conrad hielt inne und schnappte sichtbar nach Luft. Dann sah er ihr mit einem Blick in die Augen, dem man nicht ausweichen konnte.

»Sie entschuldigen sich nicht bei mir. Bei niemandem. Niemals. Wir sind diejenigen, die sich bei Ihnen entschuldigen müssen, weil wir Sie in Ihrem verletzlichen Zustand allein gelassen haben, auch wenn es nur für kurze Zeit war. Sie sind eine unglaubliche Frau, Honor Cambridge, und es ist mein voller Ernst, wenn ich sage, es ist ein Privileg, dass ich Sie kennenlernen durfte. Ich werde Sie nie vergessen.«

Tränen glitzerten wie Diamanten auf ihren Wimpern. Verblüfft starrte sie Conrad an.

»Ich war ein Feigling«, sagte sie angewidert.

»Allmählich machen Sie mich echt wütend«, erwiderte Conrad unwirsch. »Halten Sie die Klappe und lassen Sie mich meine Arbeit machen.«

Sie schwieg, und Hancock grinste in sich hinein.

Conrad wurde aus Honor nicht schlau. Sie verwirrte ihn. Sie war ein Rätsel, das er noch nicht hatte lösen können, und das machte ihm zu schaffen. In der Welt, in der Titan lebte, gab es keine Menschen wie Honor. Menschen, die selbstlos, mutig und tapfer waren. Menschen, die andere über sich stellten.

»Er gibt dir ein Schmerzmittel und ein Beruhigungsmittel«,

sagte Hancock in einem Ton, der keine Widerrede duldete. »Du musst dich ausruhen.«

Wie erschöpft und am Boden zerstört sie war, zeigte sich daran, dass sie nicht ein einziges Wort des Protests äußerte.

Sie schwieg während der ganzen Zeit, in der Conrad ihre Handgelenke nähte. Obwohl sie stark geblutet hatten, waren die Schnitte nicht so tief, wie Hancock befürchtet hatte, und der Schnitt an ihrem Hals war so oberflächlich, dass ein Schmetterlingsverband ausreichte.

Als alles erledigt war, packte Conrad seine Sachen zusammen und ging mit Hancock zusammen zur Tür.

»Hancock?«

Die Angst in ihrer Stimme brachte ihn abrupt zum Stehen. Er drehte sich um und kehrte zurück zum Bett, während Conrad das Zimmer verließ.

»Ich will nicht allein sein«, flüsterte sie. »Bleibst du bitte bei mir? Ich belästige dich auch nicht. Ich werde versuchen, dir keine Umstände zu machen«, fügte sie hastig hinzu. »Ich verspreche es.«

Er beugte sich hinunter und ließ die Lippen federleicht über ihre gleiten. Dann verschränkte er die Finger mit ihren und drückte beruhigend ihre Hand.

Als er sprach, war sein Ton unendlich sanft, als fürchtete er, sie könne zerbrechen. Noch nie hatte er sie so verletzlich gesehen, war sie doch vorher immer voller Energie gewesen.

»Ich wollte dich nicht verlassen, Honor. Ich gehe nicht weg. Ich wollte Conrad nur vorübergehend die Teamleitung übertragen, damit ich bei dir bleiben kann. Solange ich hier bei dir bin, wird er meine Augen und meine Ohren sein.«

Ihr erleichterter Blick hätte ihn beinahe endgültig geschafft. Klein und besiegt lehnte sie weinend gegen das Kissen. Tränen schimmerten hell auf ihren langen Wimpern.

»Wenn du mir jetzt dankst, dann, das schwöre ich dir, werde ich dich packen und schütteln«, warnte er sie.

Ein leichtes Lächeln huschte über ihre Lippen.

»Versprichst du mir, dass du auch bleibst, wenn das Beruhigungsmittel wirkt?«, fragte sie stockend.

Es wirkte bereits, das merkte er an ihren verlangsamten Antworten und ihrem leichten Lallen. Beides hatte nicht nur mit dem Trauma zu tun, das sie erlebt hatte.

»Ich bleibe hier, neben dir, die ganze Nacht«, versprach er. »Und wenn du einen Albtraum hast, halte ich dich fest und trete ihm für dich in den Hintern.«

Wieder lächelte sie, und seine Knie verwandelten sich in Pudding. Ihm wurde klar, dass ein Mann verdammt viel tun würde, um eine Frau wie Honor zum Lächeln zu bringen.

Sie öffnete den Mund, aber er starrte sie warnend an.

»Kein Wort, außer es ist weder ein Dank noch eine Entschuldigung.«

Sie lachte leise, schloss den Mund aber wieder. Dennoch war ihr anzusehen, wie dankbar sie ihm war, auch wenn sie es nicht aussprach.

»Und ja … sehr gern geschehen«, flüsterte er und beugte sich hinunter, um mit den Lippen über ihre Augenbraue zu fahren.

26

Selbst unter der Wirkung des Beruhigungsmittels warf sich Honor ruhelos hin und her. Hancock wich nicht von ihrer Seite. Er lag neben ihr und schützte ihren zarten Körper mit seinem viel größeren. Als sie zitterte und leise kehlige Laute von sich gab, die ihn an ein in die Falle geratenes Tier erinnerten, blieb er trotz seiner Wut still liegen und streichelte und massierte ihr den Rücken.

Seine Berührung schien beruhigend auf sie zu wirken. Sobald sie unruhig wurde, streichelte er sie, und dann lag sie wieder eine Zeit lang still.

Zu seiner Überraschung erwachte sie bereits wenige Stunden, nachdem Conrad ihr das Beruhigungsmittel verabreicht hatte. Conrad und er hatten den mit Drogen getränkten Lappen gefunden, den Bristow Honor in den Mund gestopft hatte, um sie gefügig zu machen. Deshalb hatte Conrad ihr nur eine kleinere Dosis gegeben, mehr um sie zu beruhigen und nicht so sehr, um sie quasi bewusstlos werden zu lassen. Keiner der beiden wollte sich den Vorwurf machen müssen, ihr das Gleiche anzutun wie Bristow.

»Hancock?«, flüsterte sie und rutschte von ihm weg.

Automatisch zog er sie fester in seine Arme.

»Ja, Honor, ich bin's.«

Sie entspannte sich, offensichtlich erleichtert. Eine Zeit lang ließ sie die Hand auf seiner Brust liegen, und ihre verbundenen Handgelenke riefen ihm ins Gedächtnis, wie nah sie dem Tod gekommen war. Wie verzweifelt sie in diesen dunklen Momenten gewesen sein musste, als Hancock nicht wie versprochen da gewesen war.

Eine weitere Sünde auf seiner unendlichen Liste.

Ihr schien etwas durch den Kopf zu gehen. Er spürte ihr Zögern und … ihre Angst. Als wollte sie ihn etwas fragen, brachte es aber nicht über die Lippen.

Er legte die Hand auf ihre. »Was ist los, Honor? Brauchst du irgendetwas? Hast du Schmerzen?«

Sie schnappte nach Luft. »Ich weiß, ich habe gesagt, ich würde keine weitere Bitte äußern …«

»Aber?«, hakte er sanft nach. Er wusste verdammt gut, er würde ihr auch den Mond holen, wenn sie ihn darum bat. Das Einzige, was er ihr nicht geben konnte, war das, was sie beide am meisten wollten. Ihre Freiheit. Der Schmerz über das, was getan werden musste, schwappte in Wellen über ihn hinweg. Sie akzeptierte ihr Schicksal leichter als er, und das ärgerte ihn am meisten. Sie sollte ihn hassen. Sie sollte gegen ihn wüten, ihn mit jedem üblen Schimpfwort belegen, das ihr einfiel. Er verdiente sie alle.

Sie sah ihn flehend an, und er war verloren. Das war gefährlich, denn wenn sie ihn jetzt darum bat, würde er sie tatsächlich gehen und die Mission im Stich lassen. Und dann würde sich nie wieder die Gelegenheit ergeben, Maksimov umzubringen.

Sie legte die Hand an die Schläfe und massierte sie, aber Hancock hatte nicht den Eindruck, dass sie Schmerzen hatte. Sie rang nur mit etwas, worüber sie nicht so leicht reden konnte. Also wartete er einfach, ließ ihr die Zeit, die sie brauchte, und setzte sie nicht unter Druck.

Sein Blick fiel auf ihr verbundenes Handgelenk, und wieder packte ihn die Wut. Wenn eine so heldenhafte und mutige Frau wie Honor – die ganz und gar kein Feigling war, auch wenn sie sich so bezeichnete – so verzweifelt war, dass sie sich umzubringen versuchte, dann musste es schlimm gewesen sein. Himmel, was hatte das Schwein ihr angetan?

»Er hätte mich vergewaltigt«, flüsterte sie. »Er wollte es. Er hat mich a…angefasst. Und es hat wehgetan.«

Hancock spürte eine Enge in der Brust und knirschte mit den Zähnen, während er darum kämpfte, nicht die Beherrschung zu verlieren. Er strich ihr durch das seidene Haar und massierte sanft ihre Kopfhaut.

Sie wandte den Blick ab. Offenbar war ihr irgendetwas peinlich. Aber was? Dass Bristow sie überfallen hatte? Dass er sie vergewaltigt hätte? Schämte sie sich dafür?

»Ich bin noch Jungfrau«, brach es aus ihr heraus. »Ich habe noch nie mit jemandem Sex gehabt.«

Hancock schwieg. Er wusste nicht, was er darauf sagen sollte. Was er tun sollte. Er war völlig erstarrt und froh, dass sie ihn im Moment nicht ansah. Herr im Himmel, er war kurz davor, Maksimov eine Jungfrau zu liefern, den diese Entdeckung außerordentlich freuen und der ihr eine besonders grauenhafte Entjungferung antun würde. Er würde es genießen, einer Unschuldigen möglichst viel Schmerzen zuzufügen.

Doch dann richtete sie den gequälten Blick auf ihn und sah ihn flehentlich an.

»Ich weiß, was mit mir passieren wird«, brachte sie mühsam heraus. »Aber ich wollte fragen, ob du etwas für mich tun würdest. Es würde mir …« Sie holte tief Luft. »Es würde mir alles bedeuten.«

Er hob ihr Kinn an und rieb mit dem Daumen über den blauen Fleck, den Bristow ihr verpasst hatte.

»Sag es ruhig, Honor. Was ist es, das du mich nur so schwer fragen kannst?«

»Würdest du … würdest du mit mir schlafen? Jetzt? Bevor du mich Maksimov aushändigst? Würdest du mir wenigstens einmal zeigen, wie es sein *sollte*, damit ich es weiß? Damit ich die Erinnerung an etwas Schönes habe, etwas, das mir niemand mehr nehmen kann? Das nie mehr verfälscht werden kann, was man mir auch antut? Wenn mir dann ein anderer Mann … wehtut, kann ich mich an diesen Moment zurückerinnern und mich daran festhalten. Alles ausblenden außer dieser einen perfekten Nacht. Würdest du das für mich tun?«

Hancocks Herz drohte, ihm die Brust zu sprengen. Er bekam keine Luft mehr. Seine Qual war so deutlich körperlich spürbar, dass auch Wünschen, egal, wie intensiv, nicht dagegen ankam. Sie bat ihn. Sie flehte ihn regelrecht an.

»Es tut mir leid«, sagte sie leise und beschämt. »Ich hätte dich das nicht fragen sollen. Verzeih mir bitte. Ich werde es nie wieder erwähnen. Ich schwöre es. Du kannst jetzt ruhig gehen. Mir geht es gut.«

Etwas von seiner entsetzlichen Pein musste sich in seinem Gesichtsausdruck gezeigt haben, denn sie wandte beschämt den Blick ab, zog die Decke bis zum Kinn hoch und vergrub das Gesicht an den hochgezogenen Knien, schlang die Arme darum und wiegte sich aufgewühlt vor und zurück. Sie war so weit wie möglich von ihm weggerutscht, als er ihr kostbares Geschenk zurückgewiesen hatte.

Ein Geschenk, das er ganz und gar nicht verdiente.

Aber wie stand es um das, was sie verdiente?

Er hatte keine Erfahrung mit Jungfrauen. Mit Unschuldigen. Sex spielte in seinem Leben keine große Rolle. Sex war eine Ablenkung, die er sich nicht leisten konnte. Wenn nötig, kümmerte er sich um seine Bedürfnisse, aber Sex war für ihn, wie so vieles in seinem Leben, etwas rein Mechanisches. Ohne Gefühl, ohne Herz. Nur körperliche Erleichterung.

Und er wusste, wusste es einfach, dass er sich mit Honor nicht in seiner eisernen Rüstung würde verstecken können.

Sie hatte so eine Art, Schicht um Schicht abzutragen, bis er nackt und verletzlich vor ihr stand, ohne irgendetwas von dem Schutz, den er sonst um sich herum aufbaute.

»Honor.«

Es war nur ein Flüstern. Er konnte ihren Namen kaum über die Lippen bringen, geschweige denn, ihn laut aussprechen.

»Schau mich an«, bat er.

Zuerst weigerte sie sich und starrte weiter vor sich hin ins Nichts. Ihm war sofort klar, was sich da abspielte. Sie war immer rascher in der Lage, sich tief in sich zurückzuziehen und sich für das zu stählen, was vor ihr lag. Schmerz. Erniedrigung. Und schließlich der Tod.

Aber verdammt, bei ihm brauchte sie sich nicht in sich zurückzuziehen. Bei ihm nie.

»Honor, bitte schau mich an.«

Widerstrebend richtete sie den Blick auf ihn, und als er sah, wie gekränkt sie war, schnürte sich ihm die Kehle zu. Er bekam keine Luft mehr, konnte dem Schmerz in seiner Brust nichts mehr entgegensetzen. Er saß so tief, dass nichts mehr dagegen ankam. Er würde für alle Ewigkeit tief in sein Herz eingebrannt sein.

»Ich habe nicht dich zurückgewiesen, Liebling. Niemals würde ich das tun. Ich war nur völlig überrumpelt. Ich bin mir klein vorgekommen. Und ich hatte Angst«, gab er zu.

Überrascht riss sie die Augen auf. »Angst? Wovor?« Sie war offensichtlich verwirrt. Sie konnte sich nicht vorstellen, dass er vor irgendetwas Angst hatte. In ihren Augen war er unbezwingbar. Und damit hatte sie auch weitgehend recht. Aber sie hatte keine Ahnung, dass seine einzige Schwäche vor ihm lag und ihn um etwas bat, das sein Herz, sein Kopf und sein Körper unbedingt tun wollten. Sie zärtlich berühren. Sie lieben, wo er doch noch nie in seinem Leben eine Frau geliebt hatte. Sex war Sex.

Aber Sex mit Honor? Es wäre das erste Mal in seinem Leben, dass er einer Frau mehr als seinen Körper anbot, um ihr Lust zu verschaffen. Mit Honor würde er alles teilen, was er war und was er nicht war. Und das machte ihm eine Heidenangst.

»Weil du etwas viel Besseres als mich verdienst«, sagte er ehrlich. »Ich weiß nicht, ob ich dir geben kann, was du brauchst. Du verdienst es, liebevoll behandelt zu werden, wie der Schatz, der du bist. Du verdienst es, verehrt und respektiert zu werden, und ich bin kein guter Mann. Ich bin egoistisch. Ich habe keine Erfahrung mit Jungfrauen. Und ich würde mich hassen, wenn ich dir wehtäte. Ich würde mich verachten. Es würde mich umbringen, wenn ich dir wehtäte, Honor.«

Er schloss die Augen, denn das, was er sagte, war völlig absurd. Er hatte ihr bereits wehgetan. Und er würde ihr wieder wehtun. Er würde sie einem Mann übergeben, der ihr unaufhörlich wehtun würde. Der sie dann an Männer weiterreichen würde, die sie erniedrigen und foltern würden, bis sie mit jedem schmerzvollen Atemzug um Gnade und um ihren Tod betteln würde. Noch nie hatte er sich so gehasst wie in diesem Moment. Er verabscheute, wer und was er war, auch wenn er es bisher als ein für seine Arbeit notwendiges Übel akzeptiert hatte. Nötig, um die Welt zu einem besseren Ort zu machen. Honor zu opfern, machte nichts auch nur ansatzweise besser.

»Du irrst dich«, sagte sie und schob trotzig das Kinn vor. »Du würdest mir nicht wehtun. Du würdest zärtlich und sanft sein. Und du irrst auch darin, dass du es für ein Geschenk von mir hältst. Es wäre ein Geschenk von dir an mich. Diesmal werde ich nicht um noch mehr bitten. Das schwöre ich dir. Ich werde nichts tun, dass du dich noch elender fühlst, weil du etwas tun musst, bei dem dir, wie wir beide wissen, keine andere Wahl bleibt. Aber heute Nacht … heute Nacht können wir entscheiden, was wir tun wollen. Keine Regeln. Keine Mission. Keine

Welt, die gerettet werden muss. Das bleibt einem anderen Tag vorbehalten. Heute Nacht möchte ich etwas anderes spüren als Angst und Hass und Schmerz.«

Ihr Blick bekam etwas Gehetztes, das der seine bestimmt schon hatte.

»Ich will heute Nacht nicht allein sein, Hancock«, fuhr sie leise fort, als wäre es ihr peinlich, dass sie diese Schwäche eingestehen musste. Dass sie jemanden brauchte, der sie tröstete und berührte, und sei es auch nur für eine Nacht.

»Du wirst mich *nicht* um irgendetwas bitten«, sagte er barsch. »Wenn ich könnte, würde ich dir die Welt schenken, Honor. Ich schwöre, das würde ich. Wenn ich nur …«

Er schloss die Augen und blendete die Wünsche und die »wenn nurs« aus, denn diese Gedankengänge führten nur zu unermesslichem Schmerz, wie er genau wusste.

»Nicht«, sagte sie voller Traurigkeit.

Um ihrer Aussage mehr Kraft zu verleihen, legte sie sanft einen Finger an seine Lippen. Solch einer Versuchung konnte er einfach nicht widerstehen. Er streckte seine Zunge heraus und sog ihre Fingerspitze in den Mund.

»Niemand kann sich darauf verlassen, dass es für ihn noch ein Morgen gibt«, sagte sie leise und versuchte, ihre Gefühle nicht zu zeigen, weil sie wusste, dass ihm das wehtat. Und sie wollte, dass sie in dieser Nacht beide ihren Schmerz vergaßen. Nur für ein paar gestohlene Stunden.

»Aber wir haben heute Nacht. Bristow ist keine Bedrohung mehr. Deine Männer werden dich gut bewachen. Bitte, erfülle mir diesen letzten Wunsch, Hancock. Ich möchte gern wissen, wie es sein *sollte*. Ich möchte nicht sterben, ohne Lust kennengelernt zu haben.«

»Du bist dir so sicher, dass ich dieser Fantasieliebhaber sein kann«, knurrte er.

Sie schüttelte den Kopf, und ihre Augen blitzten. »Fantasien sind für Menschen, die nicht sehen und für das kämpfen können, was sie wollen. Ich will keine Fantasie, Hancock. Ich will *dich*. Und da ich es noch nie gemacht habe, werde ich kaum wissen, ob du es verkehrt machst«, fügte sie lächelnd hinzu.

»Ich werde es nicht verkehrt machen«, erwiderte er grimmig. »Ich würde dich nie anders als äußerst zärtlich anfassen, jedenfalls soweit mir das gegeben ist. Ich bin kein liebevoller Mann. Ich bin hart und fordernd. Ich kann mir nicht vorstellen, dass ich sein kann, was du gerade brauchst. Was ich will, würde dich vermutlich schreiend unter das Bett kriechen lassen.«

Sie riss die Augen weit auf, aber nicht aus Angst oder gar vor Schock. Nein, das war eindeutig Neugier. Und Interesse. Sie lief rot an, und ihre Augen bekamen diesen gewissen Glanz, der Hancock verriet, dass seine Worte, und wie er sie ausgesprochen hatte, sie erregten.

Das war nicht seine Absicht gewesen. Er hatte ihr Angst machen wollen, damit sie sich diesen Wahnsinn noch einmal durch den Kopf gehen ließ. Aber dem Egoisten in ihm gefiel es sehr, dass sie so reagierte und die Lippen wie eine stumme Einladung geöffnet hatte.

Himmel, was er mit diesem Mund gern alles anstellen würde!

Er schlug sich die groben, niedrigen Vorstellungen aus dem Kopf, die seinen Schwanz so hart werden ließen, dass es sich anfühlte, als würde er unter dem Druck gleich platzen.

Sie verdiente eine sanfte Initiation. Nicht dreckigen Sex. Er schloss die Augen und fluchte über den Weg, den seine Gedanken einschlugen. Bei der Vorstellung, wie andere Männer sie niederdrückten und wie geistlose Tiere vergewaltigten, wurde ihm schlecht. Seine Erektion sank in sich zusammen, und Trostlosigkeit machte sich in ihm breit.

»Heute Nacht«, rief sie ihm in Erinnerung, als hätte sie in seinen Kopf gegriffen und seine Gedanken herausgeholt.

Sie drehte sich um, beugte sich über ihn, ließ sich auf seine Brust sinken und stieß dabei entzückend ungeschickt mit der Nase gegen seine. Aber verdammt, sie sollte doch auf ihre Naht und ihre Verletzungen aufpassen!

So behutsam es ging, ohne dass sie es als Zurückweisung interpretieren konnte, legte er sie wieder auf den Rücken. Er achtete darauf, dass sie so zu liegen kam, dass er ihre Verletzungen nicht verschlimmerte.

»Du wirst so liegen bleiben, wie du jetzt liegst«, sagte er mit einer rauchigen Stimme, die er kaum als seine erkannte. »Du wirst dir nicht wehtun, wirst dir nicht die Naht aufreißen und dir auch sonst keinen Schaden zufügen.«

Sie schluckte sichtlich, aber ihre Augen funkelten vor Erregung, ihre Lippen waren einladend geöffnet, ihre Wangen vor Lust gerötet. Sie war das Schönste, was er in seinem faden, farblosen Leben je gesehen hatte.

»Ich werde so sanft, zärtlich und geduldig sein, wie je ein Mann war, der eine Frau geliebt hat«, schwor er, bevor er seinen Körper auf ihren herabsenkte und den Mund auf ihren presste.

Er passte auf, dass er ihren zarten Körper nicht mit seinem Gewicht belastete, denn er wollte ihr auf gar keinen Fall wehtun. Er konnte ihr nichts bieten. Er konnte ihr nicht geben, was sie beide am meisten wollten. Aber dieses eine Geschenk, um das sie bat, konnte er ihr geben. Er würde sie lieben und ihr zeigen, wie es zwischen Menschen war, die … sich etwas bedeuteten. Das Wort hatte sich hinterlistig in seinen Kopf geschlichen, und er konnte sich nur eingestehen, dass Honor Cambridge ihm in gewisser Weise tatsächlich sehr, sehr viel bedeutete.

Er bewunderte sie zutiefst. Respektierte sie. Hielt sie für eine Frau, die ihresgleichen suchte. Er konnte sich nicht vorstellen, dass er in seinem Leben irgendetwas richtig gemacht haben könnte, um diese Nacht mit ihr zu verdienen. Unmittelbar bevor er sie in die Hände des Teufels weiterreichte.

Er ließ sich Zeit, betrachtete und erforschte jeden Zentimeter ihres herrlichen Körpers. Er küsste jeden Biss, jeden blauen Fleck, jede Wunde und fuhr dann zärtlich mit der Zunge darüber, um den Schmerz zu lindern, den er möglicherweise ausgelöst hatte.

Sie legte die Hände an seinen Kopf, wenn sie ihn erreichen konnte, während er seine ausführliche Erforschung ihres Körpers fortsetzte. Als sie zitterte, nicht vor Schmerz, sondern vor Erregung, wurde er forscher und fordernder, verlor aber nicht aus den Augen, wie zerbrechlich sie war.

Er saugte und knabberte an ihrem Hals und fand rasch heraus, dass dies, genau wie ihre Brüste, eine ihrer empfindlichen Körperstellen war. Zumindest so weit er bisher auf seiner Entdeckungsreise gekommen war. Noch hatte er ihren weiblichen Nektar nicht geschmeckt, und er wollte sich – und ihr – noch Zeit lassen mit dieser Erfahrung.

Mehrfach kam er ganz in die Nähe, fuhr mit Zunge und Lippen über ihren Bauch und streifte mit den Zähnen darüber, direkt oberhalb ihres Venushügels. Sie stöhnte leise und gab dann den frustrierten Laut einer Frau von sich, die am Ende ihrer Geduld ist.

Er lächelte, hob den Kopf und sah sie voller Begierde an. In ihrem Blick spiegelte sich die gleiche Begierde, und das war ein über alle Maßen befriedigendes Gefühl.

Schließlich gab er nach und überließ sich dem, was sie beide wollten.

Federleicht glitt er mit den Fingerspitzen über ihre Scham,

atmete den Geruch ihrer Lust ein und sah ihre zarte rosa Haut unter dem Beweis ihrer Erregung schimmern.

Dennoch ermahnte er sich, langsam vorzugehen. Sie nicht zu überfordern. Sie war klein. Eine Kämpferin, das schon, eine Kriegerin, die einfach nicht aufgeben konnte. Aber sie hatte einen zarten Körperbau. Er konnte mit den Händen problemlos ihren schmalen Brustkorb umfassen, konnte ihre Hüften leicht gepackt halten und auf das Bett drücken.

Er senkte den Kopf wieder, und sie gab erst ein leises Wimmern von sich, dann schnappte sie heftig nach Luft, als er die Zunge zu ihrer Knospe gleiten ließ, die pulsierte und sich seiner Zunge entgegenreckte.

Er umspielte sie mit der Zunge, reizte sie, quälte sie und zog daraus genauso viel Vergnügen wie sie.

Sie wurde immer erregter, aber er wollte sicher gehen, dass sie bereit war – in der Lage war –, ihn aufzunehmen. Er war groß, überall. Kräftig. Muskulös. Hoch aufgeschossen. Eine Waffe, gebaut, um zu zerstören und zu verführen.

Ja, er hatte Frauen verführt, um an Informationen zu kommen. Nie hatte er einer wehgetan, im Gegenteil, er hatte dafür gesorgt, dass es ihnen großen Spaß gemacht hatte. Aber er selbst? Er hatte den Akt mechanisch abgespult und sich niemals erlaubt, eine derartige – fast schon obsessive – Begierde zu empfinden.

Er trank von ihrer Süße. So viel Unschuld. Solch eine Unschuld hatte er noch nie gehabt. Er leckte sie, bis er sie gewaltsam auf die Matratze hinunterdrücken musste, damit sie sich nicht wehtat.

Als er überzeugt war, dass sie erregt und feucht genug war, um ihn aufzunehmen, schob er sich über sie und sah ihr in die halbgeschlossenen Augen.

»Bist du dir sicher, Honor?«, fragte er.

»Noch nie in meinem Leben war ich mir bei etwas so sicher. Bitte, Hancock. Tu es. Für mich.«

Er wollte so tief und fest mit ihr verschmelzen, dass sie durch nichts mehr getrennt waren. Dass sie für diese wenigen kostbaren Sekunden ein einziges Wesen waren. Ein Herz, eine Seele.

Aber er beherrschte sich, schob sich langsam in sie hinein und beobachtete, wie sich ihre Augen weiteten, als er sie dehnte. Dann verzerrte sich ihr Gesicht, und er hielt inne.

»Nein«, protestierte sie. »Zieh dich entweder zurück oder stoß zu. Schnell, bitte. Ich spüre, wie sich etwas dehnt, als wäre es kurz vorm Reißen, und so, wie es jetzt ist, tut es weh. Bitte sorg dafür, dass es aufhört.«

Wenn er sich zurückzog, musste sie noch einmal ganz von vorn anfangen, und das wollte er ihr ersparen. Er schloss die Augen, biss die Zähne wie im wohligsten Schmerz fest zusammen und stieß tiefer in sie hinein.

Sie schrie und bäumte sich unter ihm auf, obwohl er sie fest in die Matratze drückte. Sofort überhäufte er ihr Gesicht, ihre Augen, Stirn, Nase, Lippen mit Küssen, zwischen denen er jedes Mal »tut mir leid« sagte.

»Es tut mir so leid, dass ich dir wehgetan habe, Honor«, sagte er und ließ es zu, dass sein Bedauern auch in seiner Stimme Ausdruck fand.

Ihr Lächeln zerriss ihm schier das Herz.

»Beweg dich mit mir«, lud sie ihn mit heiserer Stimme ein. »Es tut schon kaum mehr weh. Und wenn du …«

Beschämt schwieg sie und wandte den Blick ab.

Ihre Reaktion berührte ihn zutiefst.

»Was brauchst du, was kann ich für dich tun, Liebling?«, fragte er liebevoll.

»Berühr mich«, flüsterte sie. »Küss meine Brüste.«

Er schob die Hand zwischen ihre aneinander gepressten Körper, ließ einen Finger über ihren feuchte Mitte gleiten, nahm eine ihrer sich ihm entgegen reckenden Brustwarzen in den Mund und lutschte daran. Er ließ sich Zeit, liebkoste sie mit der Zunge und zog eine feuchte Spur rund um den bebenden Hügel. Dann richtete er die Aufmerksamkeit auf ihre andere Brust und ließ ihr die gleiche Behandlung zukommen, bis Honor sich atemlos unter ihm wand.

»Jetzt?«, brachte er mühsam heraus.

»Jetzt«, stimmte sie zu. Ihre Augen glänzten vor Lust, und das versuchte sie auch nicht vor ihm zu verbergen.

Er packte ihre Hüften, nicht um ihr wehzutun, sondern um sie festzuhalten, damit sie sich nicht wehtat. Er zog sich zurück, und jede Bewegung in ihr fühlte sich so gut an, dass ihm dabei so etwas wie Elektroschocks durch die Wirbelsäule jagten. Seine Eier zogen sich so heftig zusammen, dass es schon wehtat, aber hier ging es nicht um ihn. Er nahm nicht. Er gab. Sein letztes Geschenk für sie.

Diesen Gedanken musste er rasch wieder zur Seite schieben, denn der Schmerz bemächtigte sich seines Herzens, seiner Lunge, sogar seiner Seele. Stattdessen konzentrierte er sich darauf, dies so angenehm wie möglich für sie zu gestalten.

Er glitt tief in sie hinein, hielt inne, schloss die Augen und überließ sich einfach seinem Lustgefühl. Noch nie hatte er etwas so Köstliches erlebt, und das Netz aus Ekstase zog sich immer fester um ihn herum zusammen.

»Bitte«, sagte sie mit angespannter Stimme. »Ich brauche dich jetzt, Hancock. Ich bin so kurz davor … aber ich weiß nicht, was ich tun soll.«

Sie klang unsicher. Er schlang die Arme um ihren zerbrechlichen Körper und hielt sie so fest, wie sie das verdiente, wenn sie zum ersten Mal geliebt wurde. Nur seine Hüften bewegten sich, während er tief in sie eindrang und sich wieder zurückzog.

Aber als sie anfing, an seinem Hals zu lecken und zu knabbern, ihn dann hoch zu seinem Ohr küsste und sein Ohrläppchen in den Mund sog, sah er Sterne, und sein Körper gehörte ihm nicht länger. Er gehörte ihr. Nur ihr.

Wieder und wieder stieß er in sie hinein.

»Ja«, stöhnte sie. »Das, Hancock. Das. Bitte, hör nicht auf. Ich bin so nah dran, aber ich weiß nicht, an was.«

Die Frustration und die Unschuld in ihrer Stimme gaben ihm den Rest. Er schob einen Arm unter ihren reizvollen Hintern und hob ihn an, damit er noch tiefer in sie eindringen konnte. Und dann bewegte er sich in einem Tempo, dass sie beide nur noch nach Luft schnappen, stöhnen und sich winden konnten.

Sie schlang die Beine um seine Taille und hielt sich an ihm fest.

»Genau so, Liebling«, flüsterte er. »Nimm mich mit den Beinen in die Zange und halt mich fest gepackt. Vertrau mir, ich bringe dich dahin, wo du hin willst. Hab keine Angst. Ich bin da, um dich aufzufangen. Lass dich einfach fallen.«

Zwei Stöße später war sie so weit. Sie explodierte in seinen Armen, zitterte, bebte, und ihre Schreie hallten durch die Nacht. Ihre Feuchtigkeit raubte ihm das letzte bisschen Selbstbeherrschung, und er folgte ihr gleich hinterher, sobald er sicher war, dass sie zuerst gekommen war und ihr Vergnügen gehabt hatte. Erst als ihr Orgasmus bereits am Abklingen war, stieß er noch einmal fest in sie hinein, blieb dort und entleerte sich tief in ihren Körper.

Noch nie hatte er ein Gefühl von Heimkehr gehabt, das dem ähnelte, wenn sich zwei Herzen, Körper und Seelen berührten. Er wusste, er würde es nie wieder erleben.

27

Hancock hielt Honor fest in den Armen, wobei er darauf achtete, dass sie nicht auf ihrer verletzten Seite lag oder sonst wie Druck darauf ausübte. Stille hatte sich herabgesenkt, und keiner von ihnen unternahm den Versuch, die friedliche Stimmung zu zerstören.

Sie kuschelte sich noch enger an ihn, als könnte sie sich in ihn hineinwühlen und dort für alle Zeit bleiben. Wusste sie nicht, dass ihr das bereits gelungen war? Dass er immer einen Teil von ihr in sich tragen würde, wohin es ihn in seinem Leben noch verschlagen sollte? Zusammen mit all der Trauer um das, was niemals hatte sein dürfen.

Er hasste sich. Sein Hass war ein lebendiges, Feuer spuckendes Wesen, das ein Eigenleben entwickelt hatte und ihn langsam auffraß, bis schließlich nur noch die leere Hülle einer menschlichen Maschine übrig sein würde. Denn kein Mann würde jemals zulassen, dass der Frau, die in seinen Armen lag, etwas zustieß.

Sie schwieg, aber als er sie ansah, stellte er fest, dass sie die Stirn gerunzelt hatte und ein Schatten über ihrem Gesicht lag. Er erschrak. Hatte er ihr doch wehgetan? Bereute sie, worum sie ihn gebeten hatte? Er selbst spürte nicht die geringste Reue, dass er sie zur Seinen gemacht hatte. Dass er etwas genommen hatte, das nun niemand mehr bekommen würde. Ihre Unschuld. Ihre Jungfräulichkeit. Die Ehre, der erste Mann zu sein, der je mit ihr geschlafen hatte.

Wenn ihn das zu einem primitiven, sich auf die Brust trommelnden Neandertaler machte, dann war es eben so. Man hatte ihn garantiert schon Schlimmeres genannt.

»Was denkst du?«, fragte er leise. »Habe ich dir wehgetan? Bereust du, was wir gemacht haben?«

Sofort blitzten ihre Augen empört auf. »Nein. Niemals! Ich werde das niemals bereuen. Es ist nur …«

Sie senkte den Kopf, und ihre Wangen liefen rot an.

Sanft hob er ihr Kinn wieder an. »Was ist los, Honor? Du kannst mir alles erzählen.«

»Selbst wenn ich damit ein Versprechen nicht halte, das ich dir gegeben habe?«

Diesmal war er derjenige, der die Stirn runzelte. Viele Versprechen hatte sie ihm nicht gegeben. Nur dass sie ihn um nichts Weiteres bitten würde. Aha! Damit musste sie gerade kämpfen. Sie hatte eine weitere Bitte, aber sie traute sich nicht, sie zu äußern, denn sie hatte versprochen, nicht um mehr zu bitten. Und sie war eine Frau, die ihre Versprechen hielt.

»Sag mir, was du möchtest.« Er fuhr über ihr Kinn, bis sie sich an ihn schmiegte und genüsslich die Augen schloss.

»Ich weiß, ich habe gesagt, dass ich dich nicht um noch mehr bitten werde, nur dass du mit mir schläfst, aber …«

»Aber?«, hakte er nach.

»Aber ich würde dich sehr gern berühren«, erwiderte sie ernst. »Ich möchte dich schmecken. Ich möchte dir so viel Lust verschaffen, wie du mir verschafft hast.«

Er stöhnte. »Liebling, wenn du glaubst, ich hätte nicht auch mein Vergnügen gehabt, dann müssen wir beide mal ein ernstes Gespräch führen. Noch nie in meinem Leben habe ich so viel Lust empfunden wie eben. Noch nie.«

Sie riss erstaunt die Augen auf. »Aber, Hancock, ich war Jungfrau. Ich hatte keine Ahnung, was ich tat! Wie kann das für dich lustvoll gewesen sein?«

»Glaub mir, Liebling, wäre es noch besser gewesen, wäre ich jetzt tot.«

Ihre Augen lachten, doch dann wurden sie wieder ernst. »Würde es dir sehr viel ausmachen, wenn ich dich so berühren und schmecken würde, wie du das bei mir gemacht hast?«

»Für das, was du da anbietest, würden Männer töten, Honor. Ich bin da keine Ausnahme. Aber ich möchte, dass du mir im Gegenzug etwas versprichst.«

Sie sah ihn verwirrt an.

»Du machst nichts, was dir wehtut. Wenn ich auch nur den Verdacht habe, dass du Schmerzen hast, hören wir sofort auf. Und da lasse ich auch nicht mit mir reden, Honor.«

Ihm war anzuhören, dass es ihm todernst war. Er wollte sie nicht verärgern, aber er wollte auch nicht, dass sie litt, während sie ihn befriedigte, verdammt noch mal. Ihn, der doch nichts anderes verdiente als Hass und eiskalte Verachtung von dieser innerlich wie äußerlich schönen Frau. Einer Frau, die wie ein Sonnenstrahl leuchtete und Stellen in ihm erwärmte, die nichts anderes als Kälte und Dunkelheit kannten.

Aber sie lächelte ihn nur mit strahlenden Augen und so großherzig an, dass er ganz bescheiden wurde.

»Ich verspreche es«, sagte sie. »Aber, Hancock, eins sollte dir klar sein: Wenn ich dich berühre und dir auch nur ein Zehntel der Lust verschaffe, die du mir verschafft hast, wird mir das garantiert nicht wehtun… Gönn mir das. Und gönn es auch dir«, fügte sie liebevoll hinzu, als wüsste sie, dass er glaubte, so etwas nicht verdient zu haben, dass er es andererseits aber wollte, so wie er atmen wollte.

Dann senkte sie den Blick, und ihre Wangen verfärbten sich rosa, als würde sie sich schämen.

Wieder hob er ihr Kinn an, damit er ihr in die Augen sehen und herausfinden konnte, was ihr zu schaffen machte.

»Sag mir, wovor du Angst hast, Honor.« Er gab sich Mühe, so geduldig und einfühlsam zu klingen, wie es ihm möglich war.

Sie schluckte, dann holte sie tief Luft. »Ich weiß nicht recht, wie ich dich befriedigen soll, aber ich will es unbedingt, Hancock. Du hast mir so viel gegeben. Ich hatte mir nie vorgestellt, dass es so sein könnte. Ich mache mir nicht vor, dass ich dir auch nur einen Teil dessen geben könnte, was du mir gegeben hast, aber ich möchte, dass du dich gut fühlst. Ich möchte, dass sich das, was ich mit dir mache, gut für dich anfühlt. Aber ich weiß nicht, wie.«

Letzteres sagte sie voller Frustration, fast schon wütend. Wütend auf sich selbst.

»Kannst du es mir zeigen?«, flüsterte sie. »Kannst du mir zeigen, was ich tun muss und wie?«

Seine Eichel war bereits in Feuchtigkeit gebadet, und ihr Blick wurde von diesen Perlen magisch angezogen. Fast als könnte sie nicht anders, weil sie der Anblick so reizte, beugte sie sich hinab und leckte zart einen der Tropfen weg.

Sein Schwanz ruckte nach oben, genau wie seine Hüften. Er fluchte, ballte die Hände zu Fäusten und klammerte sich damit an den Bettlaken fest wie ein Ertrinkender.

Sofort zog sie den Kopf weg und sah ihn schuldbewusst an. In ihre Augen traten Tränen.

»Es tut mir leid«, beeilte sie sich, ihm zu versichern, als fürchtete sie, ihn wütend gemacht zu haben. Dann schlug sie sich mit der Faust gegen das Bein, und er griff sofort nach ihrer Hand, damit sich die Nähte an ihren Handgelenken nicht wieder öffneten. Zärtlich strich er mit dem Daumen über ihre Haut, dann legte er ihre Hand an seinen Mund und küsste jeden einzelnen Fingerknöchel. Jede Fingerspitze, die er zudem in den Mund nahm, um daran zu saugen.

Dann erlaubte er jedem Finger tieferen Zugang zu seinem

Mund, während er erst die Fingerspitzen und dann die Unterseite ihrer zarten Finger leckte, die er bis hinten in die Kehle schob und um die herum er schluckte.

Auf einmal wurde ihr klar, was er tat, und sie riss die Augen weit auf. Er zeigte ihr, wie sie ihn befriedigen sollte. Wie sie seinen Schwanz in den Mund nehmen und was sie mit ihm machen sollte.

»Honor, du hast *nichts* verkehrt gemacht.« Ihm fiel gar nicht auf, wie viel Zärtlichkeit auf einmal in seiner Stimme mitschwang, die jetzt heiser und verführerisch klang, als würde er die wichtigste Frau auf Erden umwerben. Eine, die er besitzen musste, oder er würde zugrunde gehen.

»Himmel, wenn du irgendetwas noch richtiger machen würdest, würde es mich zerreißen. Schau mich an, Liebling. Sieh genau hin. Wirklich genau.«

Widerwillig hob sie den Blick und sah ihn an.

»Mache ich den Eindruck, als würde mir irgendetwas nicht gefallen, was du tust? Schau mich an, Honor. Schau dir an, was du mit mir machst. Ich bin nackt und verletzlich wie ein Neugeborenes. Und glaub mir, so fühle ich mich nicht gern. Außer …« Er machte eine Pause, um die Spannung zu erhöhen. »Außer für dich. Mit dir. Nur mit dir.«

Das brachte sie zum Lächeln. Ihre braunen Augen strahlten vor Erleichterung und wärmten ihn bis tief in seine Seele.

»Du könntest nichts tun, das mir nicht gefallen wird. Immer werde ich um mehr betteln – ja, stimmt, Honor, ich sagte betteln. Einmal von dir berührt zu werden, reicht aus, dass ich auf die Knie falle und mich deiner Gnade unterwerfe. Dein Mund. Deine Brustwarzen. Dein Körper. Ich will alles.«

»Dann macht dir meine Unerfahrenheit also nichts aus«, sagte sie erfreut.

Er legte die Hände an ihr Gesicht, vergrub die Finger in ihrem Haar und fiel atemlos über ihren Mund her. Dann zog er sich zurück, streichelte aber weiter ihr seidiges Haar, als könnte er einfach nicht genug davon bekommen, sie zu berühren.

»Ich liebe es, dass ich der einzige Mensch bin, der dich jemals so intim berührt hat. Ich bin froh, dass ich der einzige Mann bin, den du je so intim berührt hast. Der einzige Mann, der seinen Schwanz in deinem süßen Mund hatte und die Berührung durch deine samtweiche Zunge spüren durfte. Himmel, was du mit mir machst, Honor. Verdamme mich zur Hölle, dass ich ein so kostbares Geschenk annehme, wenn ich außer einem gebrochenem Herzen und Verrat nichts zurückzugeben habe.«

Tränen traten ihm in die Augen, aber er tat nichts, um seine Gefühle vor ihr zu verbergen. In der Vergangenheit hätte er das niemals zugelassen, egal, bei wem. Niemand sah in ihn hinein. Nicht einmal seine Familie. Sie erhaschten ab und zu einmal einen Blick in sein Inneres, aber nur auf etwas, das er sie sehen lassen wollte. Gerade genug, um sie wissen zu lassen, dass er sie liebte. Aber Honor bekam alles zu sehen. Alles, was er ein Leben lang unterdrückt hatte. Um alles, was ihm etwas bedeutete, hatte er eine uneinnehmbare Festung gebaut, bis er schlichtweg nicht mehr existierte. Er war geworden, was er hatte werden wollen. Ein eiskalter Mörder. Ohne Gefühle, die ihm im Weg standen und seine Missionen behinderten.

Aber er wusste bereits seit einiger Zeit, dass er nicht mehr mit Überzeugung dabei war. Dass er schon lang kein Herz und keine Seele mehr hatte. Honor war der letzte Nagel in seinem Sarg, und nach dieser Mission – nach ihr – würde er weggehen und nie mehr zurückschauen. Er würde das Leben leben, das sich Honor für ihn wünschte – zumindest würde er es versuchen. Wie sollte ein Mensch jemals im Einklang mit sich leben, wenn er wusste, dass er etwas unfassbar Gutes zerstört hatte? Selbst wenn es dem Zweck gedient hatte, die Verkörperung des Bösen ins Jenseits zu befördern und Tausende von unschuldigen Frauen, Kindern und Männern zu retten?

War es das wirklich wert?

Wirklich?

Honor starrte ihn aus zusammengekniffenen Augen an. »Du siehst gerade nicht sonderlich begeistert aus.«

Er lächelte. Lächelte wirklich, erlaubte sich, die Dämonen zu vergessen, die ihn quälten und den Rest seines Lebens quälen würden, denn nichts sollte ihm diesen einen kurzen Moment in der Sonne verderben. Er würde sich in Honors Licht und in ihrer Güte sonnen und diesen Moment für immer in seinem Herzen tragen.

»Nur weil dein Mund nicht da ist, wo er sein sollte«, murmelte er und fuhr mit dem Daumen erst über ihre Lippe, dann sanft über ihre Zungenspitze.

»Dann zeig es mir«, sagte sie atemlos. Ihre Brustwarzen hatten sich in harte, spitze Kiesel verwandelt.

Hancock konnte nicht länger widerstehen. Er ließ die Hand zwischen ihre Schenkel gleiten, steckte einen seiner langen Finger in sie hinein und genoss das lustvolle Stöhnen, das ihren Lippen entfuhr.

Oh ja, sie war feucht und erregt. Erregt von der Vorstellung, ihn zu befriedigen.

Er warf ein Kissen auf den Boden neben dem Bett, hob sie ehrfürchtig und behutsam hoch und ließ sie mit den Knien auf das Kissen sinken, das sie vor dem harten Boden schützen sollte.

Er setzte sich auf die Bettkante und spreizte die Beine. Sein Schwanz stand so aufrecht, dass er schon gegen seinen Bauch drückte. Honor betrachtete ihn und leckte sich unbewusst über die Lippen, was ihm ein Stöhnen entlockte.

»Liebling, du musst damit aufhören«, sagte er mit rauer Stimme. »Ich komme sonst schon, bevor ich in deinem süßen Mund war, und im Moment würde ich sterben, um dorthin zu gelangen.«

»Dann tu es«, erwiderte sie mit einer Unschuld, die über ihn floss wie ein reinigender Regenschauer. »Tu du es, Hancock. Ich möchte, dass du die Kontrolle behältst. Zeig mir, was du magst. Ich werde dich nicht enttäuschen.«

Heiliges Kanonenrohr! Wie hätte sie ihn enttäuschen sollen? Allein ihre Berührung erregte ihn. Er wusste schon lange, dass er zur Hölle verdammt war, aber mit ihr zusammen zu sein, sie zu küssen, sie zu berühren, so tief in ihr zu sein, dass sie miteinander verschmolzen – das hatte ihm einen kurzen Blick in den Himmel gewährt, und noch nie in seinem Leben hatte er sich etwas so sehnlichst gewünscht.

Er verschwieg, was er dachte, denn dann wäre er endgültig verloren gewesen. Stattdessen vergrub er die Finger in ihrem Haar, legte die Hände an ihre Wangen und zog sie zu sich heran.

»Öffne den Mund«, sagte er barsch. »Aber pass auf deine Zähne auf. Zähne sind … schmerzhaft. Und nicht auf angenehme Art.«

Sie lächelte, als er sie zu sich zog, und öffnete gehorsam den Mund.

»Jetzt entspann dich und vertrau mir. Wir fangen langsam an, damit du dich daran gewöhnen kannst. Spiel mit der Spitze. Reize sie. Vor allem unterhalb. Benütze nur deine Zunge.«

Sie tat genau wie geheißen. Machte es zu gut. Als sie das erste Mal zögernd ihre Zunge über ihn gleiten ließ, warf er den Kopf in den Nacken. Das war himmlisch. *Sie* war himmlisch. Ein Engel.

Sie leckte seine Schwanzspitze, dann fuhr sie am Rand entlang und bis zu seinem Schaft hinauf.

Sein Atem ging zischend, und er krallte die Hände noch fester in ihre Haare, aber sie beschwerte sich nicht. Sie zuckte nicht einmal zusammen, und dennoch zwang sie ihn, behutsamer mit ihr umzugehen, denn ihm fiel wieder ein, wie viele Verletzungen sie hatte. Sie sollte so etwas eigentlich gar nicht machen. Man hatte sie angegriffen, es war auf sie geschossen worden, und dann hätte Bristow, dieser Hurensohn, sie auch noch beinahe vergewaltigt. Was dachte er sich dabei, ihr das hier zuzumuten, wo sie doch viel eher in seinen Armen liegen und sich ausruhen sollte?

Und doch konnte sich der Egoist in ihm dieses Vergnügen nicht entgehen lassen. Das Einzige, was er jemals für sich selbst gewollt hatte. Das Einzige, was er je *gebraucht* hatte. Er, der nichts und niemanden brauchte. Außer ihr. Sie brauchte er.

Widerwillig löste er sich von ihren satinweichen Lippen und saß dann einfach da. Sein heftiger Atem hallte laut durch das kleine Zimmer.

»Eine Minute nur, Liebling«, brachte er mühsam heraus.

»Dann gefällt es dir?«, fragte sie scheu. »Mache ich es so, wie du es magst?«

Er beugte sich hinunter, um sie zu küssen und ihr zu zeigen, wie verdammt gut es ihm gefiel.

»Ich mag es nicht nur. Verdammt, ich liebe es.«

Sie belohnte ihn mit einem Lächeln, das ihm den Atem raubte.

»Ich will jetzt mehr«, sagte sie.

»Das bekommst du«, versprach er.

Wieder legte er die Handflächen an ihre Schläfen, vergrub die Finger fester ihn ihrem Haar als beabsichtigt und führte sie zurück zu seinem steifen Schwanz.

»Ich werde mit kurzen Stößen beginnen, damit du Zeit hast, dich daran zu gewöhnen. Ich will nicht, dass du Panik bekommst. Atme durch die Nase. Wenn ich das Gefühl habe, dass du so weit bist, stoße ich tiefer. Ich werde sehr tief stoßen, fügte er warnend hinzu. Dies war ihre letzte Gelegenheit, doch noch den Rückzug anzutreten.

Aber sie zögerte nicht eine Sekunde. Sie nickte nur, und ihre Augen leuchteten vor Lust und Erregung.

»Vertrau mir«, sagte er. »Das Lustgefühl ist unbeschreiblich. Aber keine Panik. Ich werde wissen, wann du atmen musst, und dann ziehe ich mich zurück. Aber ich werde dich fordern, Honor. Ich werde ausprobieren, wie viel du vertragen kannst. Sollte es zu irgendeinem Zeitpunkt zu viel sein, solltest du eine Pause brauchen oder wollen, dass ich aufhöre, drückst du mir die Daumen in die Beine.«

Er ergriff ihre bandagierten Hände, und erneut überfiel ihn die Traurigkeit darüber, dass sie so verzweifelt gewesen war, sich das anzutun. Zu versuchen, ihrem kostbaren Leben ein Ende zu setzen.

Behutsam, als wären sie die zerbrechlichsten und geschätztesten Gegenstände der Welt, legte er ihre Hände auf seine Oberschenkel, die vor Muskeln nur so strotzten, Muskeln, die er in den vielen Jahren unablässigen Trainings und Einsatzes aufgebaut hatte.

Er presste ihre Daumen in seine Haut und sah sie dabei an. »Das ist alles, was du tun musst. Dann höre ich sofort auf. Auf der Stelle.«

Sie runzelte die Stirn und schüttelte den Kopf. »Hancock, ich fasse dich gern an. Ich bin mir sicher, ich werde dich oft drücken. Es muss doch ein anderes Zeichen geben. Ich werde meine Hände niemals still halten können.«

Er lächelte. »Doch. Das wirst du. Weil ich es dir befehle.

Halt deine Hände still, Honor. Außer du willst, dass ich aufhöre. Hast du verstanden?«

Sie zitterte, als er so dominant zu ihr sprach. Ihre Unterwerfung, was für ein Geschenk! Wenn er es nur sein ganze Leben lang haben könnte! Er würde jeden Aspekt ihres Lebens kontrollieren. Aber keine Frau würde jemals mehr verwöhnt, mehr verhätschelt und so über alle Maßen geschätzt werden wie sie. Seine Dominanz würde sich aus Liebe speisen und aus seinem Bedürfnis, sie zu beschützen und für sie zu sorgen. Nie würde er sie einsetzen, um sie zu bestrafen, um ein sie kontrollierendes Arschloch zu sein. Alles. Es würde alles für ihn sein. Sein Leben. Seine ganze Existenz. Sein einziges Ziel würde sein, sie glücklich zu machen.

»Ich verstehe«, flüsterte sie. Ihre Augen funkelten vor Begierde. Sie hatte den Mund geöffnet und leckte sich über die Lippen, als könnte sie keine Sekunde länger warten.

Er gab ihn ihr, Zentimeter für Zentimeter und hielt zwischendrin nur inne, damit sie sich an seine Größe gewöhnen konnte. Er wusste ohne falsche Bescheidenheit, dass er kein kleiner Mann war. Er war auch nicht durchschnittlich. Frauen hatten ihn schon zurückgewiesen, nachdem sie seine Größe gesehen hatten. Andere hatten aufgestöhnt, weil sie ihr Glück nicht fassen konnten.

Für ihn war er einfach ein zusätzliches Glied. Eine weitere Waffe in einem Arsenal, das er ständig mit sich herumtrug. Jetzt allerdings war ihm bewusst, dass er Honor damit verletzen konnte. Dass er ihr Angst machen konnte. Dass seine Größe ihr durchaus Furcht einflößen und sie glauben lassen konnte, sie sei nicht in der Lage, ihn zu befriedigen. Niemals.

»Okay?«, fragte er, als sein Schwanz halb in ihrem seidigen Mund steckte.

Ihre Augen antworteten für sie. Sie funkelten und luden ihn

eindeutig zu tieferem Eindringen ein. Verdammt, das war ein Befehl. Aber ihre Hände blieben still liegen, genau wie er es ihr gesagt hatte. Er wusste auch, dass sie ihn niemals aufhalten würde, wie weit er auch ging, und das vergaß er nicht eine Sekunde.

Er hielt inne, zog sich zurück und stieß dann kräftiger zu. Ihre Wangen blähten sich auf, und sie schnappte nach Luft. Aber sie entspannte sich rasch wieder, atmete durch die Nase aus und sog ihn tiefer in sich hinein.

Von Mal zu Mal stieß er tiefer, drang weiter in sie ein, achtete aber die ganze Zeit auf ihre Reaktion, auf Anzeichen, dass er zu weit gegangen war. Dass er ihr Angst machte. Ihr wehtat. Und jedes Mal sah sie ihn so gierig an, dass er wusste, sie wollte mehr.

Sobald er überzeugt war, dass er ihr nicht weh tun würde, ließ er dem wilden Tier in sich freien Lauf. Er wollte dominieren, das Kommando übernehmen und sich untertan machen, was ihm zumindest für diese Nacht gehörte.

Nicht ein einziges Mal spannten sich ihre Finger auch nur an. Statt ihm ihre Daumen in den Schenkel zu drücken, das Signal, dass es ihr zu viel wurde, streichelte sie ihn, fuhr in leichten Kreisen über seine Haut und summte befriedigt an seinem Schwanz vorbei.

Allein ihn zu berühren, verschaffte ihr Lust.

Es verblüffte ihn. Er verstand diese Verbindung einfach nicht. Dass sie ihn so problemlos akzeptierte. Den, der er war. Seine Bedürfnisse, die viele abartig nennen würden. Krank. Pervers. Sie akzeptierte sie so selbstverständlich wie die Notwendigkeit zu atmen.

Er wurde ungestümer, auch wenn er sich jeder einzelnen ihrer Wunden bewusst blieb und nie vergaß, wo er sie berühren durfte und wo nicht.

Aber dann hielt er es nicht länger aus. Er packte ihr Gesicht mit beiden Händen, hielt es fest und ließ ihr keine andere Wahl, als dort vor ihm zu knien und hinzunehmen, was immer er zu tun beschloss. Er vögelte sie kräftig und lange, mit Pausen, wenn er ganz tief in ihr war, und genoss, wie sie um seine Eichel herum schluckte.

Er wusste, sie ging davon aus, dass er in ihrem Mund kommen würde, aber er hatte andere Vorstellungen. Primitive. Animalische. All diese Wesenszüge, die er kannte, lebten in dem Monster, das er war.

Dann glitt er aus ihrem Mund heraus und ließ sie zu Atem kommen. Er starrte auf sie hinab und erlaubte ihr, zu sehen, was sich in seinen Augen zeigte: dass sie für ihn von Bedeutung war. Er hatte es oft gesagt, aber diesmal bekam sie den Beweis. Das, was er nie jemandem gab: Sich selbst, ohne auf der Hut zu sein. Seine Augen, ungeschützt. Sie schnappte nach Luft, und Tränen traten ihr in die Augen, die langsam ihre Wangen hinabliefen und auf die Hände trafen, die sie so fest an Ort und Stelle hielten.

»Ich werde dich richtig durchvögeln, Honor«, sagte er brüsk, wenn auch voller Leidenschaft.

»Bitte«, erwiderte sie leise, sein Schwanz an ihren Lippen. »Gib mir alles, Hancock. Ich will dich so sehr. Dir zurückgeben, was du mir gegeben hast. Nichts, was du tust, kann mich dazu bringen, dich zurückzuweisen.«

Mit einem kehligen Aufschrei stieß er fast schon strafend bis in ihre Kehle in sie hinein und raubte ihr den Atem. Doch dort hielt er sich nicht lange auf. Er war so kurz davor. So kurz davor, zu kommen. Und er wollte dies. Wollte ihren Mund besitzen. Sie markieren. Heute Nacht gehörte sie ihm. Und das würde sie spüren.

Als er spürte, wie sich der erste Schwall auf ihre Zunge ergoss, hätte ihn seine eiserne Selbstbeherrschung beinahe im Stich gelassen, und er wäre dort verharrt und hätte ihren Mund gefüllt.

Stattdessen gestattete er ihr nur eine kleine Kostprobe. Nur diese eine. Damit sie ihn roch, wenn sie einschlief, mit seinem Geschmack im Mund.

Als er sich zurückzog, protestierte sie und sah ihn gekränkt an, als würde sie glauben, sie hätte etwas falsch gemacht. Er streichelte ihre Wange mit der einen Hand, mit der anderen hielt er seinen geschwollenen Schwanz.

Er ließ die Hand unter ihr Kinn gleiten und hob es an, bis ihr Hals frei lag, und begann, seinen Schwanz kräftig zu bearbeiten, bis er sich an ihrem Hals ergoss und dann, als sich der letzte Erguss ankündigte, glitt er wieder hart und fest in ihren Mund und blieb dort, während seine Eichel gegen ihre Kehle pulsierte. Dort in ihrem nach Honig schmeckenden, seidigen, üppigen Mund verharrte er, bis der letzte Tropfen aus ihm herausgeflossen war.

Er hätte für immer dort bleiben mögen.

Sie leckte über seinen allmählich erschlaffenden Schwanz und saugte behutsam daran, als wüsste sie, wie überempfindlich er jetzt nach seinem Orgasmus war. Sie legte die Hand um seine Eier und streichelte sie liebevoll, während sie ihm die letzten Tropfen vom Schwanz leckte.

Als er sich schließlich aus ihrem Mund zurückzog, legte sie die Hände an die Reste seiner Erektion, presste einen Kuss darauf und leckte noch einmal zart darüber, während sie ihn weiter streichelte.

Dann sah sie zu ihm hoch, mit Tränen in den Augen, die wie Diamanten auf ihren Wimpern glitzerten.

»Danke«, flüsterte sie mit rauchiger Stimme. »Ich werde diese Nacht nie vergessen. Oder dich.«

28

Honor war in Hancocks Armen, ihre Wange ruhte auf seiner Brust, sein Kinn oben auf ihrem Scheitel. Sie lagen völlig still da. Honor hatte den Arm fest um Hancocks Taille geschlungen, als wollte sie ihn so lange wie möglich dort an ihrer Seite halten. Mit jeder Minute rückte die Morgendämmerung näher und damit das Ende ihrer gemeinsamen Nacht.

Er fuhr mit den Fingern durch ihr Haar, wieder und wieder. Es war nur ein mechanisches Streicheln, als wäre er mit den Gedanken ganz woanders.

Sie liebte ihn.

Ein Schmerz, der schlimmer war als alles, was sie bisher erlebt hatte, schoss durch ihren Körper. All die Wunden, die Verletzungen, die sie sich bei dem Überfall zugezogen hatte, die Kugel, die sie statt Conrad abbekommen hatte, Bristows zwei Angriffe auf sie – nichts tat mehr weh, als diesen Mann zu lieben und zu wissen, dass er sie am übernächsten Tag an Maksimov ausliefern und sie ihn nie wiedersehen würde.

Es war unglaublich hart, und sie musste ihre ganze Selbstbeherrschung aufbieten, um nicht um all das zu weinen, was verloren war. Aber sie weigerte sich, aufzugeben. Denn auch Hancock litt. Das wusste sie. Er war still. Er hatte kein Wort mehr gesagt, seit er sie, nachdem sie ihm gedankt hatte, zärtlich auf die Stirn geküsst und gesagt hatte: »Nein, Honor, mein Schatz. Ich danke *dir*. Mit dir habe ich zum ersten Mal eine Ahnung vom Sonnenschein bekommen.«

Dann hatte er sie ins Badezimmer und unter die Dusche gebracht, wo er jeden Zentimeter ihres Körpers gewaschen hatte. Dabei war er mit ihren Verletzungen ganz besonders vorsichtig umgegangen. Er hatte ihr sogar das Haar gewaschen, hatte das Shampoo sanft einmassiert und ihre langen Haare dann gründlich ausgespült. Nachdem er sie von Kopf bis Fuß abgetrocknet hatte, hatte er verbunden, was verbunden gehörte, außerdem hatte er eine antibiotische Salbe mit einem betäubenden Inhaltsstoff auf ihre Wunden gestrichen, damit sie keine zu schlimmen Schmerzen hatte. Nachdem er ihr das Haar geföhnt hatte, hatte er sie zurück ins Schlafzimmer getragen, sich auf das Bett gesetzt, den Rücken an das Kopfteil gelehnt, sie zwischen seine Beine gezogen und ihr das Haar ausgekämmt.

Sie schien schon fast zu schlafen, als er sie auf ihre unverletzte Seite legte, sich an sie ankuschelte, ihren Kopf unter sein Kinn schob und sie dann einfach hielt.

Aber beide schliefen sie nicht, und beide schwiegen sie. Was hätte es schon zu sagen gegeben? Sie wussten, was getan werden musste. Was geschehen würde. Und nur eins bedauerte sie. Nur eins. Nicht den Angriff auf die Klinik, nicht ihre von Angst geprägte Flucht, nicht Hancocks anfänglichen Verrat, nicht einmal Bristows Vergewaltigungsversuch. Nein, ihr tat lediglich leid, dass sie nur diese eine Nacht mit ihm hatte.

Er hatte ihr die schönste Nacht ihres Lebens beschert, aber er hatte ihr auch gezeigt, was sie nun niemals haben würde, und sie sehnte sich so sehr danach, wie sie sich noch nie nach etwas gesehnt hatte. Mit Hancock zusammen zu sein? Seine Dominanz zu genießen, seine Fürsorge, seinen Schutz, seine Hingabe, mit der er alles tat, was sie glücklich machte?

Sie hätte am liebsten geweint, denn so sehr sie diese Nacht gewollt hatte, so wünschte sie sich jetzt fast schon, sie hätte nie einen Geschmack von dem bekommen, was von nun an unerreichbar war. Um etwas, das man nie gehabt hatte, konnte man auch nicht trauern.

Hancock war angespannt und aufgewühlt. Sie spürte, wie sein Körper vibrierte, wie fest er sie hielt. Sein Griff tat ihr zwischendrin immer mal wieder weh, aber sie sagte nichts, denn sie wollte nicht, dass er sie losließ. Wenn er glaubte, er täte ihr weh, würde er sofort wegrücken, und das hätte sie nicht ertragen. Ein gelegentlicher Schmerz war kein hoher Preis dafür, dass sie für die wenigen Stunden, die ihnen gemeinsam blieben, in seinen Armen liegen durfte.

Sie hatte ihn nur um *diese Nacht* gebeten. Nur diese Nacht. Aber würde er sie in der kommenden Nacht ebenfalls lieben? Wenn er wusste, dass es ihre letzte gemeinsame Nacht sein würde? Dass sie am Morgen darauf aufbrechen würden, um Honor an Maksimov zu übergeben?

Oder würde er sich in dieser Nacht bereits wappnen, sich wieder in den Hancock verwandeln, den jeder außer ihr sah? In die Maschine? In den gefühllosen Söldner, der sich nichts dabei dachte, eine Frau einem Mann auszuliefern, wenn er auf diesem Weg sein Ziel erreichte?

Ja, das war die wahrscheinlichere Variante. Er würde sich von ihr distanzieren. Wenn er sie weckte, würde sie seine kalten Augen und sein unbewegtes Gesicht sehen. Er würde sie wie die Gefangene behandeln, die sie war. Er würde ihr nicht körperlich wehtun, das nicht. Aber er würde sie wie einen Gegenstand behandeln. Leidenschaftslos und als hätte sie nicht die geringste Bedeutung. Denn nur so wäre er in der Lage zu tun, was er sich vorgenommen hatte. Und sie wusste, dass es ihm wehtat. Niemand sonst würde das wissen. Nur sie.

Es verletzte sie nicht, dass er sich abschotten und in eine Hülle seines wahren Ichs verwandeln würde. Sie wusste, das war sein Weg, wie er all diese Jahre der Einsamkeit ertrug – ertragen hatte. Weh tat nur, dass sie ihn nie mehr wiedersehen würde. Nichts, was Maksimov oder *Eine Neue Ära* ihr antun würden, würde ihr so wehtun können wie die Tatsache, dass sie die Liebe nur so kurz hatte kennenlernen dürfen, eine Leidenschaft, die keinesfalls gewöhnlich sein konnte. Eine intime Verbindung mit dem wahren Hancock. Dem Hancock, den nur sie sah und nie wieder sehen würde.

Was immer Maksimov und *Eine Neue Ära* ihr antun würden, sie würde damit fertigwerden. Sie würde es sogar begrüßen, denn es würde sie von ihrem wahren Schmerz, den Verlust Hancocks, ablenken. Und wenn der Tod kam, würde sie ihn ebenfalls begrüßen, denn dann würde sie gar nichts mehr fühlen.

Sie schloss die Augen und überließ sich diesem Gefühl des Friedens. Ihr Leben war nicht umsonst gewesen. Eine magische Nacht lang hatte sie die Liebe erleben dürfen. Sie hatte geliebt und war geliebt worden. Diese Nacht war alles wert, was zuvor geschehen war und noch geschehen würde. Denn sie hatte ihr dieses Erlebnis beschert, und das war es wert, dafür zu sterben.

»Ich kann dich nicht gehen lassen.«

Hancocks Stimme klang gepresst. Seine verzweifelten Worte zerstörten die Stille und rissen sie aus ihren Gedanken.

Sein Griff wurde so fest, dass sie es kaum mehr aushielt. Er merkte es nicht einmal.

»Ich kann es nicht tun, Honor. Ich kann es nicht. Ich werde es nicht, verdammt, ich werde es nicht tun!«

In ihm tobte es, sein gesamter Körper war angespannt, seine Muskeln vibrierten vor Wut. Sein Gesicht hätte sie in Angst und Schrecken versetzt, hätte sie nicht den Mann dahinter gekannt. Er sah aus wie das, als was man ihn sein ganzes Leben lang bezeichnet hatte: ein skrupelloser, gnadenloser Mörder.

Behutsam löste sie sich aus seinen Armen, gerade so weit, dass sie sich aufsetzen und ihn ansehen konnte.

»Hancock?«, flüsterte sie, ohne ihre Überraschung zu verbergen. Sie hatte keine Ahnung, wovon er redete. Was er damit sagen wollte. Sie war völlig verwirrt.

Sein Gesicht war schmerzverzerrt, und in seinen Augen spiegelte sich so viel Kummer, als trüge er das Gewicht der Welt auf seinen Schultern. Hatte er darüber in den letzten Stunden so intensiv nachgegrübelt, während sie still da gelegen hatten und er sich an ihr festgeklammert hatte, als würde er befürchten, sie könne sich einfach in Luft auflösen? Hatte er es die ganze Zeit geplant, oder war es eine impulsive Entscheidung? Ein irrationales Angebot, um diese Nacht zu verlängern, genauso, wie sie es sich wünschte?

Er berührte ihre Wange, und sie konnte nicht anders, sie lehnte den Kopf gegen seine Hand und drehte ihn dann, um ihn auf die Handfläche zu küssen. Doch dann hielt sie inne und sah ihn fragend an. Sie verstand nicht, was hier vor sich ging. Was immer es war … es war riesig und es machte ihr große Angst. Nicht um sich. Aber um ihn.

»Du musst mir zuhören, Honor. Und du musst es unbedingt verstehen. Ich werde dich *nicht* aufgeben«, sagte er leidenschaftlich. »Nichts auf dieser Welt ist so gewaltig, dass ich dich jemals aufgeben würde. Verstehst du mich?«

Sie runzelte die Stirn. »Aber Maksimov …«

»Scheiß auf Maksimov«, erwiderte er brüsk. »Und Scheiß auf das übergeordnete Ziel. Mein ganzes Leben lang bin ich ein Instrument für das übergeordnete Ziel gewesen, und nie, *nie*, habe ich etwas für mich selbst verlangt. Nie habe ich irgendetwas für mich selbst erwartet. Nie habe ich etwas besessen, das nur mir gehört. Mir allein. Aber ich habe dich, Honor. Und ich werde dich nicht aufgeben. Niemals.«

Honor spürte den bitteren Geschmack der Angst in ihrem Mund. Sie starrte Hancock an und ließ zu, dass er sah, wie entsetzlich sie sich fürchtete. Sie war völlig außer sich vor Angst. Um ihn und wegen dem, was er da redete.

»Aber, Hancock, wenn du Maksimov nicht gibst, was er will … Du hast mir doch erzählt, wer und was er ist. Er wird dich umbringen. Er wird dich jagen wie ein Tier. Nach allem, was du mir über ihn erzählt hast, kann ich mir gut vorstellen, dass ihm Zeit nichts bedeutet. Dass er Monate, Jahre warten wird, egal wie lange, aber er wird dich umbringen. So lange es eben braucht, bis er sich rächen kann. Er wird warten, und dann wird er zuschlagen. Ich kann das, ich werde das nicht geschehen lassen, Hancock. Dauernd sagst du mir, dass ich etwas bedeute. Verdammt, Hancock, *du* bedeutest etwas. Du bist wichtig! Du bist wichtig für diese Welt. Die Welt braucht dich, und *mir* bedeutest du etwas. Du hast gesagt, dass mein Opfer nicht umsonst sein würde, dass es dem übergeordneten Ziel dienen würde. Also lass mein Opfer nicht umsonst sein. Ich würde mein Leben niemals für deins eintauschen. *Niemals*!«

»Glaubst du etwa, du bedeutest mir nichts?«, tobte er. »Glaubst du, ich werde dich ihm einfach übergeben und weggehen, obwohl ich weiß, dass er dich immer wieder vergewaltigen wird, dass seine Männer dich vergewaltigen werden? Jeder, den er belohnen möchte, wird dich vergewaltigen. Er wird dich foltern, einfach weil es ihm Spaß macht. Und dann wird er dich an *Eine Neue Ära* weiterreichen, und sie werden dir alles Schreckliche antun, das du dir nur vorstellen kannst. Wenn du fast schon tot bist und ihrer dauernden Brutalität nicht mehr standhalten kannst, dann – und erst dann – werden sie dich umbringen, aber es wird kein gnädiger und auch kein leichter Tod sein. Sie werden dich in die Mitte des Dorfs zerren, das sie gerade besetzt haben, und dir so viele Wunden wie möglich zufügen, damit du langsam und elendig krepierst. Und dann werden sie deine Leiche einfach liegen und vor sich hin rotten lassen, und niemand wird sie anrühren aus Angst, dann ebenfalls getötet zu werden.«

Die lebendigen Bilder, die er malte, ließen sie schaudern. Tränen rannen ihr die Wangen hinab. Ihrer beider Situation war ausweglos, das wusste sie, auch wenn er das nicht zugeben wollte. Sie waren Verdammte. Sie würden nie zusammen sein können. Wenn sie nicht starb, würde er sterben.

»Ich werde mein Leben nicht für deins eintauschen«, wiederholte sie. Ihre Wut wurde immer größer, bis sie schließlich ein tobendes Inferno war. »Du bist ein guter Mann. Mir ist egal, wer oder was du zu sein glaubst. Ich sehe dich, Hancock. Ich *sehe* dich. Die Welt braucht dich.«

»Und ich brauche dich«, brauste er auf. »Du bist das eine, was ich mehr als alles andere will – brauche. Ich *brauche* dich, Honor. Was für ein Mensch wäre ich, wenn ich dich Vergewaltigung, Folter und letztlich dem Tod ausliefern würde? Glaubst du ernsthaft, ich könnte weitermachen, als wäre nichts geschehen? Glaubst du, ich würde das überleben? Ich könnte weitermachen, für das Gute kämpfen, für das übergeordnete Ziel, wenn du doch das eigentlich Gute bist und *ich* dich umgebracht habe? *Ich* wäre dein Mörder. *Ich* hätte zugelassen, dass du vergewaltigt und gefoltert wirst. Glaubst du, ich könnte nachts schlafen, wenn ich mir dich in ihren Händen vorstelle? Glaubst du, mit mir darin wäre die Welt ein besserer Ort? Ich würde mich in ein Monster verwandeln, wie es die Welt noch nicht gesehen hat. Das übergeordnete Ziel wäre mir scheißegal, wenn ich das einzig Gute, was ich je besessen habe, eigenhändig zerstört hätte.«

Sie lehnte die Stirn an seine, und ihre Tränen tropften auf sein Gesicht. »Was sollen wir tun?«, flüsterte sie ratlos.

»Wir werden die Übergabe vollziehen.«

Schockiert sah sie ihn an.

»Wir werden sie so inszenieren, dass sie exakt so aussieht, wie es sein soll. Und dann werden meine Männer und ich uns Maksimov schnappen. Ich werde dich ihm nicht ausliefern, Honor. Hörst du mich? *Ich werde dich ihm nicht ausliefern.*«

Sie schluckte. Das war ein zarter Hoffnungsschimmer, aber sie versuchte mit aller Macht, ihn zu unterdrücken, denn Hoffnung war etwas sehr Gefährliches. So leicht genährt, und so leicht zerstört.

»Ich vertraue dir«, sagte sie, ohne zu zögern.

Er beugte sich zu ihr und küsste sie.

»Dann vertrau mir, dass ich es hinbekomme. Ich muss jetzt gehen. Du ruhst dich aus. Richtig aus. Und, Honor, wenn du das nicht tust, lasse ich dir von Conrad eine Beruhigungsspritze geben. Ich muss mich mit meinen Männern zusammensetzen, denn uns bleiben nur gut vierundzwanzig Stunden, um einen komplett neuen Plan zu entwerfen.«

Sie lächelte bedauernd. »Nach der Bombe, die du gerade hast platzen lassen, holst du besser Conrad, denn jetzt werde ich garantiert nicht schlafen können. Ich werde einfach wach liegen und mir Sorgen machen …« Dann fuhr sie im Flüsterton fort, als wäre es ein schlechtes Omen, wenn sie es laut aussprach: »Und Hoffnung. Ich habe Angst, mir Hoffnung zu machen, Hancock.«

»Ich heiße Guy«, erwiderte er leise und überraschte sie mit dem abrupten Themenwechsel. »Niemand außer meiner Familie nennt mich so. Eigentlich sogar nur Eden, meine Schwester. Pflegeschwester, um genau zu sein. Mein Pflegevater und meine beiden Pflegebrüder nennen mich meistens Hancock. Mir würde es gefallen, wenn du mich bei meinem Vornamen nennst, aber nur wenn wir allein sind.«

»Guy«, probierte sie aus, wie es klang. »Guy«, wiederholte sie. »Das passt zu dir. Es gefällt mir viel besser als Hancock.« Sie schwieg einen Moment, dann sah sie ihm in die Augen und legte alles, was sie empfand, in ihren Blick, in der Hoffnung, er könne es sehen.

Er musste sichtbar schlucken, und in seinen Augen spiegelten sich die gleichen Gefühle.

»Es gefällt mir viel besser, weil du deinen Namen mit mir teilst«, fügte sie leise hinzu.

Sie streichelte sein Kinn und lächelte ihn voller Liebe an. Sie hoffte, er sah sie, denn sie konnte – wollte – es nicht laut sagen. Nicht jetzt. Das hätte nach emotionaler Erpressung geklungen, und sie waren noch nicht aus der Gefahrenzone heraus. Alles konnte noch schrecklich schiefgehen. Sie würde nichts tun, was die Sache noch schlimmer machte.

Er küsste sie noch einmal, während er sich bereits seine Jeans anzog. »Ich werde dich nicht enttäuschen«, sagte er voller Überzeugung. »Ich habe dich wieder und wieder enttäuscht, Honor. Aber diesmal nicht. Nie wieder. Ich weiß, ich verlange viel von dir, wenn ich dich bitte, mir zu vertrauen. Ich habe dein Vertrauen enttäuscht. Ich verdiene es nicht, aber ich bitte dich trotzdem. Es bedeutet mir etwas. Es bedeutet mir viel.«

Sie schenkte ihm die Worte direkt aus ihrem Herzen, ohne Rückhalt, den Blick unbeirrt auf ihn gerichtet. Sie hätte genauso gut *Ich liebe dich* sagen können, und der Entschlossenheit nach zu urteilen, die in seinen Augen aufblitzte, glaubte sie, dass er das Echo des *Ich liebe dich* mithören konnte, als sie ihm versicherte, dass sie ihm vertraute.

Und für sie war Vertrauen Liebe. Liebe war Vertrauen. Für sie war beides eins.

29

»Würdest du das noch mal wiederholen, Boss?«, bat Viper, dem die Verblüffung ins Gesicht geschrieben stand.

Seine Teamkollegen sahen ähnlich verblüfft aus, aber was ihnen vor allem gemeinsam war, das war … Erleichterung. Conrad sah nicht nur erleichtert, sondern geradezu zufrieden aus. Er wirkte, als würde er am liebsten eine richtige Reaktion zeigen und so etwas Uncharakteristisches machen wie die Hand zur Faust ballen und sie in die Luft recken. Conrad, der niemanden mochte, hatte eine Frau ins Herz geschlossen, die mehr Mut besaß als neunundneunzig Prozent der Männer, mit denen sie gedient hatten. Sie genoss seinen Respekt und jetzt auch seinen Schutz. Von all seinen Männern war Conrad am meisten erleichtert. Es hatte an ihm genagt, dass eine Frau, die ihm das Leben gerettet hatte, als Opferlamm dienen sollte und er an diesem widerlichen Akt beteiligt war.

»Du hast mich verstanden«, erwiderte Hancock kurz angebunden. Ihm fehlte die Geduld, noch einmal zu wiederholen, was alle eindeutig gehört hatten. »Die Mission hat sich geändert.«

»Wirklich gut«, sagte Mojo, und das klang diesmal lebhafter als sonst. Er wirkte richtiggehend glücklich.

»Nicht dass ich etwas dagegen hätte, und wenn ich noch beim Militär wäre, würde ich jetzt *Hooyah* schreien«, warf Cope ein. »Aber bekommen wir einen Hinweis, was sich seit unserem letzten Treffen vor zwölf Stunden geändert hat?«

»Alles«, knurrte Hancock. »Wir werden Maksimov nicht aus

dem Verkehr ziehen, indem wir eine unschuldige Frau foltern und ermorden lassen. Ich habe die Schnauze voll vom Credo des Wohls der Gesamtheit, und ich schwöre bei Gott, derjenige, der das in meiner Gegenwart noch mal sagt, bekommt einen Tritt in den Arsch.«

»Echt klasse«, sagte Conrad.

»Wirklich gut.«

»Weiter so, Kumpel«, ließ sich Henderson vernehmen.

Viper und Cope nickten zustimmend.

»Wir schnappen uns Maksimov, indem wir so tun, als würden wir ihm liefern, was er will. Und dann ziehen wir ihn und jede andere mögliche Bedrohung aus dem Verkehr. Mir ist scheißegal, wie sauber oder wie dreckig. Und mir ist auch scheißegal, ob wir sein Reich zerstören oder nicht. Soll doch irgendein anderer die Scherben aufsammeln.«

»Du bist heute Nacht echt gut drauf«, sagte Conrad trocken.

»Erzähl mir, wie Bristow gestorben ist«, wechselte Hancock abrupt das Thema.

Conrad zuckte mit den Schultern. »Vielleicht lebt er noch. Vielleicht auch nicht. Ich dachte mir, ein paar Stunden hält er durch, aber er ist ein Weichei. Ich bezweifle, dass er länger als eine Stunde durchgehalten hat. Schade eigentlich.«

Die anderen Teammitglieder waren auch nicht begeistert, dass er so schnell gestorben sein sollte, und äußerten das auch.

»Sein Plan war, sie für die Übergabe unter Drogen zu setzen«, lenkte Hancock das Gespräch wieder auf das ursprüngliche Thema.

Conrad runzelte die Stirn. »Wirst du das tun?«

Hancock schwieg, was unüblich war. Normalerweise antwortete er sofort und voller Überzeugung. Er hatte die Situation immer vollkommen im Griff und wusste, was er wollte. Seine Männer bemerkten den Anflug von Unsicherheit. Es hätte ihn wütend gemacht, hätten sie es nicht gemerkt, aber es machte ihn auch wütend, dass seine Unsicherheit sichtbar geworden war. Seine Männer waren darauf trainiert, Unterschwelliges wahrzunehmen. Oft waren es die winzigsten Einzelheiten, die einem das Leben retteten.

Hancock seufzte. »Ja.«

Die anderen sahen ihn überrascht an.

»Wenn ich die andere Möglichkeit für besser halten würde, würde ich sie nicht unter Drogen setzen.«

Niemand stellte die Frage, die alle beschäftigte, aber Hancock sah ihnen an, was in ihnen vorging. Schweigend warteten sie auf die Erklärung ihres Teamleiters.

»Honor darf nicht wissen, dass wir nur so tun, als würden wir sie ausliefern, und sie darf nicht bei Bewusstsein sein, und das nicht nur, weil Maksimov es zur Bedingung gemacht hat. Sie ist einfach zu ehrlich. Man muss ihr nur in die Augen schauen, schon weiß man alles. Maksimov würde ihr nie abnehmen, dass sie ist, was sie sein sollte. Eine verängstigte, niedergeschlagene Gefangene, die gleich einem Monster ausgeliefert wird. Also muss ich sie betäuben und … verdammt, anlügen muss ich sie auch.«

Er hörte selbst, wie wütend das klang, zudem hatte er einen bitteren Geschmack im Mund. Es war ein notwendiges Übel, eins, das ihr das Leben retten und, wenn sie Glück hatten, dazu führen würde, dass sie Maksimov umbringen konnten. Aber das hieß nicht, dass er sie gern betrog. Wieder. Verdammt, er hasste es. Vor allem nach der letzten Nacht. Außerdem hatte sie ihm ihr uneingeschränktes Vertrauen geschenkt. Bei dem Gedanken, sie könne auch nur eine Sekunde lang glauben, er habe sie verraten, wurde ihm richtig schlecht.

»Wir tun, was sich nicht umgehen lässt«, sagte Viper, der leiser sprach als sonst.

»Wirklich gut«, kam es zustimmend von Mojo.

»Du weißt, dass das die einzige Möglichkeit ist«, sagte Conrad, aber Hancock sah, dass ihm dieses Täuschungsmanöver genauso wenig gefiel wie ihm. Und Conrad wusste, dass Hancock sich schuldig fühlte. Conrad hatte schon immer die Fähigkeit besessen zu wissen, was in seinem Teamleiter vorging. Deshalb wusste er, wie sehr Hancock hasste, was zu tun war. Genau wie er gewusst hatte, wie sehr Hancock den ursprünglichen Plan gehasst hatte, Honor zu übergeben und sich nicht weiter um sie zu kümmern.

»Ja, das stimmt«, erwiderte Hancock. »Und jetzt brauchen wir einen Plan. Einen verdammt guten Plan. Für Fehler ist kein Spielraum. Maksimov muss sterben, und Honor darf auf keinen Fall irgendetwas zustoßen. Sie, nicht Maksimov, ist unser Fokus. Ja, wir benutzen sie, um so nah an Maksimov heranzukommen, dass wir ihn töten können. Aber Honors Sicherheit hat Priorität. Selbst wenn es bedeutet, dass Maksimov uns entkommt. Wieder.«

»Wird gemacht«, sagte Cope sofort.

Und dann stellte sich das ganze Team in Habachtstellung vor Hancock auf, was es nicht mehr getan hatte, seit sie aus dem Militär ausgeschieden waren.

»Du hast unser Wort. Wir werden Honor Cambridge unter Einsatz unseres Lebens verteidigen«, sagte Conrad ausdrücklich.

Jeder der Männer wiederholte Conrads Schwur, und Hancock schwoll vor Stolz die Brust. Sie wurden gehasst, verunglimpft. Ihre eigene Regierung, für die Titan jahrelang die Drecksarbeit erledigt hatte, hatte sich gegen sie gewandt und versucht, sie umzubringen. Als das nicht gelungen war, hatte die Regierung einen Preis auf ihren Kopf ausgesetzt.

Seine Männer waren *gute* Männer. Gute Männer, die im Namen der Gerechtigkeit schreckliche Dinge getan hatten. Und alles für das Wohl der Gesamtheit. Sie hatten Leben gerettet, sogar die Leben derer, die sie jetzt vernichten wollten. Sie arbeiteten unter keiner Flagge, für kein Land. Sie hatten kein richtiges Heimatland. Und sie würden immer von den wenigen gejagt werden, die überhaupt von ihrer Existenz wussten.

Das Land, für dessen Schutz sie so unermüdlich gekämpft hatten – noch immer kämpften –, hatte sie alle an den Pranger gestellt. Hatte ihnen den schlimmsten Vorwurf gemacht, den man ihnen nur machen konnte angesichts der Tatsache, wie viele terroristische Akte sie verhindert hatten. Terroristen nannte man sie. Landesverräter. Dabei hatten sie für dieses Land ihr Leben geopfert. Man hatte ihnen ihre Ehre aberkannt, sie offiziell für tot erklärt, schon bevor sie die Spezialgruppe Titan geworden waren, und man hatte ihnen sogar ihre Staatsbürgerschaft aberkannt. Sie hatten keine Heimat, keinen Ort, den sie als Heimat hätten bezeichnen können. Keine Verpflichtungen irgendjemandem gegenüber außer sich selbst. Ihr Ziel, ihre Mission, war gleich geblieben. Daran hatte sich nichts geändert, nicht einmal, als sich alles andere geändert hatte. Die Unschuldigen beschützen. Das Böse jagen. Ungeachtet der Nationalität.

Und seine Männer hatten nicht ein einziges Mal gezaudert. Sie waren Hancock und den Prinzipien treu geblieben, die sie sich gesetzt hatten, als sie gezwungen worden waren, allein weiterzumachen. Welch ein Schurkenstreich! Trotz allem war Hancock nie in der Lage gewesen, das Land zu hassen, das er noch immer als seines betrachtete, selbst wenn es ihn nicht als einen seiner Bürger anerkannte. Er liebte Amerika. Er liebte die Menschen. Sein Hass beschränkte sich auf die wenigen, die sie verraten hatten und sie schon seit einem Jahrzehnt von

Mördern jagen ließen, während seine Männer und er die ganze Zeit für das Gute gekämpft hatten.

Die vergangene Nacht hatte ihn auf mehreren Ebenen erschüttert. Am meisten erschüttert hatte ihn vielleicht, dass er zum ersten Mal, seit ihm sein Land zurückgewiesen und ihm keinen Ort mehr gelassen hatte, den er sein Zuhause nennen konnte, endlich in Honors Armen wieder ein Zuhause gefunden hatte. *Sie* war sein Zuhause. Und nichts hatte sich jemals in seinem Leben so richtig angefühlt – so friedlich und beruhigend.

»Ich habe noch eine Bitte«, sagte Hancock so ausdrücklich wie zuvor seine Männer. »Wenn ich sterbe, wenn mir irgendetwas zustößt, schaut, dass ihr so schnell wie möglich mit Honor dort herauskommt. Egal, was passiert, Maksimov darf sie auf keinen Fall in die Finger bekommen, selbst wenn es bedeutet, die Mission aufzugeben und das Schwein davonkommen zu lassen. Ich weiß, wir haben immer geschworen, niemals ein gefallenes Teammitglied zurückzulassen. Aber ich bitte euch darum, weil ich mein Leben ohne Weiteres gegen Honors eintauschen würde. Sie verdient es. Sie verdient zu leben. Sie dient einem höheren Ziel, und mit ihr ist die Welt ein besserer Ort.«

»Wenn wir versagen, dann nur, weil wir alle tot sind.« Vipers Worte waren wie ein Schwur.

Die anderen nickten zustimmend.

»Wir werden sie nach Hause bringen«, sagte Conrad leise. »So oder so. Ich werde sie bis zum letzten Atemzug beschützen.«

30

Hancock balancierte das Tablett in der einen Hand, während er mit der anderen die Tür zum Schlafzimmer öffnete. Honor hatte sich, wie er gebeten hatte, eine bequeme Hose und ein T-Shirt angezogen. Nur ihre Füße waren nackt. Sie saß im Schneidersitz auf dem Bett und begrüßte ihn mit einem einladenden Lächeln, das wie ein Messerstich in den Bauch war.

Er musste sich in Erinnerung rufen, dass dies nötig war, um ihre Sicherheit zu garantieren. Um ihr Leben zu retten und sie nach Hause zu bringen, wie er es ihr versprochen hatte. Ein Versprechen, das er unbedingt halten wollte.

Er zwang sich, ihr Lächeln zu erwidern, dann trug er das Tablett ans Bett und setzte es vor ihr ab.

»Frühstück im Bett?«, fragte sie mit gespielter Überraschung. »Dir ist schon klar, dass ich mich an solch eine fürstliche Behandlung gewöhnen könnte?«

Sie strahlte. Sie lächelte so glücklich. Die Schatten, die ihre Augen so lange verdunkelt hatten, waren verschwunden. Sie wirkte fröhlich. Und hoffnungsvoll.

»Ich will, dass du das alles isst und trinkst«, sagte er mit ebenfalls gespielter Ernsthaftigkeit, um sich ihrer fröhlichen Stimmung anzupassen.

Er wusste, irgendwann würde sie ihm Fragen stellen. Sie würde wissen wollen, wie der Plan aussah. Sie würde jedes kleinste Detail wissen wollen, denn sie würde sich um *ihn* Sorgen machen. Deshalb wollte er, dass sie aß und trank, bevor sie über Dinge sprachen, die besser unhinterfragt blieben.

Sie schaute auf den Teller hinunter und griff seufzend nach der Gabel.

»Oh, oh«, sagte er und runzelte die Stirn, um sie zum Lachen zu bringen.

Er deutete auf die Antibiotikumtabletten auf dem Teller. »Die zuerst. Und spül sie mit viel Saft hinunter. Dann kannst du essen.«

Sie verdrehte die Augen, tat aber wie geheißen und schluckte die Tabletten mit der Hälfte des Safts hinunter. Das war gut, aber noch nicht genug.

Er ließ sie ein paar Bissen von ihrem Frühstück essen, zusammengestellt von Mojo, einem Künstler in der Küche. Er hatte Crêpes gemacht, was immer das sein mochte. Für Hancocks Geschmack sahen sie viel zu raffiniert aus. Außerdem gab es Beignets, die Hancock kannte und mochte. Wer mochte schon keine Beignets zu seinem starken, schwarzen New-Orleans-Kaffee?

Dann gab es noch leckeres Rührei mit gekochtem und geräuchertem Schinken.

»Was hat er gemacht, ein Schwein geschlachtet?«, fragte Honor. Ihre Augen blitzten fröhlich.

Hancock deutete auf den Saft. »Der ist frisch gepresst. Mojo wäre beleidigt, wenn du etwas übrig lässt.«

Sie hätte sich beinahe an dem Bissen verschluckt, den sie gerade im Mund hatte. »Mojo hat das Frühstück gemacht?«

Hancock lächelte. »Er hat viele verborgene Talente.«

»Offensichtlich«, murmelte Honor und trank den Rest des Safts.

Sie machte sich über den ersten der beiden Crêpes her und aß einen großen Bissen. Doch dann runzelte sie die Stirn, versuchte aber rasch, es zu verbergen. Hancock tat, als hätte er nichts bemerkt, aber ihm wurde bereits das Herz schwer.

Sie stocherte einen Moment im Rührei herum, spießte eine Gabel voll auf, führte sie zum Mund, legte dann aber die andere Hand auf ihren Magen und ließ die Gabel fallen, die laut klappernd auf den Tisch fiel.

»Hancock, mir ist schlecht. Ich habe fast nichts gegessen. Aber ich fühle mich …«

Sie schwankte, und drückte die Hand noch fester gegen ihren Bauch. Ihr Kehlkopf bewegte sich, als würde sie mühsam versuchen, sich nicht zu übergeben. Sofort rieb er ihr den Rücken in der Hoffnung, sie und ihren Magen zu beruhigen.

Sie zuckte zusammen, und dann sah sie ihn so entsetzt und verletzt an, dass es ihm schier das Herz brach.

»Was ist los?«, fragte sie verwundert. »Was hast du mit mir gemacht?«

Er nahm ihr Gesicht fest in beide Hände und küsste sie zärtlich, obwohl sie sich widersetzte. Er legte alle seine Gefühle in diesen Kuss, alles was er sich nie zu fühlen erlaubt hatte, bis er sie kennengelernt hatte.

Er schmeckte ihre heißen Tränen. Spürte ihr Gefühl, betrogen worden zu sein, als hätte man ihn selbst betrogen. Und jetzt hasste er sich noch viel mehr für das, was er tun musste.

Wieder küsste er sie, dann flüsterte er: »Vertrau mir, Honor. Kämpf nicht dagegen an. Schlaf jetzt. Schlaf einfach ein.«

»Sterbe ich?«, fragte sie mit erstickter Stimme. Lautlos liefen Tränen ihre Wangen hinab. »Küss mich«, flüsterte sie. Ihre Augen glitzerten von all den herzerweichenden Tränen. »Küss mich ein letztes Mal, bevor ich sterbe. Tu noch einmal so als ob, für mich.«

Es brach ihm endgültig das Herz, dass sie glaubte, er habe seine Leidenschaft nur vorgetäuscht. Dass er sie benutzt, ihre Gefühle manipuliert und sie dazu gebracht hatte, ihm zu trauen. An ihn zu glauben.

Aber er gab ihr, was sie wollte. Was er wollte. Ein letztes Mal vor ihrem Aufbruch schwelgte er in der Süße ihres Munds. Dann löste er die Lippen von ihren und sah sie so durchdringend an, dass sie wissen musste, wie ernst es ihm war.

»Nein, Liebling«, sagte er zärtlich und strich ihr durch das seidige Haar. »Vertrau mir. Nur dieses eine Mal. *Vertrau mir*. Der Tod holt heute keine Unschuldigen.«

Aber sie hatte die Augen bereits geschlossen, und hätte er die Hand nicht an ihrem Kopf gehabt, wäre sie bewusstlos zur Seite gesunken. Er fluchte kräftig. Auch ihm standen jetzt Tränen in den Augen. Sie hatte das Bewusstsein verloren in dem Glauben, dass sie nicht nur ihren letzten Atemzug tat, sondern auch, dass er derjenige war, der sie vergiftet hatte. Sein endgültiger Verrat, nachdem sie ihm wieder und wieder ihr Vertrauen geschenkt hatte, nur damit er es wieder und wieder enttäuschen konnte.

Sein Bedauern kannte keine Grenzen. Einen Moment lang nahm er sie einfach in den Arm, hielt sie an sich gedrückt und vergrub das Gesicht an ihrem weichen Hals. Er atmete tief ein, um diesen einen Moment zu genießen, in dem keine Hindernisse zwischen ihnen standen, die einfach nicht aus dem Weg geräumt werden konnten.

Er trauerte lautlos und hielt die Frau in den Armen, die den Lauf seines Schicksals für immer geändert hatte, seine gesamte Zukunft. Und dann überließ er sich wieder der vertrauten, eisigen Kälte der Gleichgültigkeit. Er verwandelte sich von einem Mann mit Menschlichkeit und Seele in einen gefühllosen Mörder. Eine Maschine, programmiert, die Mission um jeden Preis zu Ende zu bringen oder bei dem Versuch zu sterben.

Wortlos hob er sie hoch, ging mit ihr zur Tür und hinaus in den Flur, wo seine Männer warteten. Alle noch verbliebenen Überreste seiner tiefen Verbindung mit Honor hatte er gekappt, und er weigerte sich, darüber nachzudenken, dass er sie vielleicht wirklich in den Tod führte.

Seine Männer machten alle grimmige Gesichter, denn ihnen gefiel ihre Aufgabe genauso wenig wie Hancock. Aber sie hatten keine Wahl. Es war ihre einzige Chance, Honor zu retten und Maksimov endlich aus dem Verkehr zu ziehen. Mochte Gott verhüten, dass etwas schiefging.

Mochte Gott verhüten, dass sie Honor verloren, Hancock aber überlebte. Dann würde ihn niemand mehr aufhalten können. Nicht einmal der Teufel höchstpersönlich.

31

Die Mitglieder von Titan schlichen lautlos durch das Unterholz und umgingen so die Route, die Maksimov vorgegeben hatte, um in seinen Rücken zu gelangen, von wo er keinen Angriff erwartete. Zahllose Stunden hatten sie alle Möglichkeiten durchgespielt und sich sowohl auf den schlimmsten als auch auf den leichtesten Fall eingestellt. Schließlich war der Weg des geringsten Widerstands manchmal … einfach nur das.

Zum ersten Mal führte Hancock seine Männer nicht an, indem er vorausging. Sein Team – ihre Sicherheit – lag in seiner Verantwortung, aber heute galt sein einziges Interesse Honor.

Die anderen rahmten Honor und ihn ein, bildeten einen Schutzwall um ihn und die bewusstlose Frau, die er so behutsam in den Armen trug. Er hatte dafür gesorgt, dass die Droge, die er ihr gegeben hatte, stark genug war, dass sie das Bewusstsein erst wiedererlangen würde, wenn alles vorbei war. Wenn sie in seinen Armen erwachte und gewiss sein konnte, dass alles vorbei war. Dass Maksimov nicht länger eine Bedrohung darstellte und sie endlich in Sicherheit war. Außerhalb der Reichweite von *Eine Neue Ära*.

Und dann, ein paar Gerüchte gestreut, den richtigen Medien ein paar Tipps gegeben, und schon würde sich die Nachricht wie ein Lauffeuer verbreiten, dass Honor Cambridge von *Eine Neue Ära* getötet worden war. So konnten die Terroristen das Gesicht wahren und mussten sich nicht entehrt fühlen. Das Bild, das sie in der Öffentlichkeit abgaben, bedeutete ihnen alles, und solange Honor sich bedeckt hielte, würde sie innerhalb der USA gefahrlos leben können.

Aber hinsichtlich ihres Schwurs, sich nicht von *Eine Neue Ära* an ihrer Arbeit hindern zu lassen, würden sie noch ein sehr ernstes Gespräch führen müssen. Auf gar keinen Fall würde sie zu ihrer alten Arbeit zurückkehren. Nur über seine Leiche würde sie sich noch einmal einer derart gefährlichen Lage aussetzen. Und er wusste, in ihrer Familie würde er Verbündete finden.

Sie hatte ihm erzählt, dass ihre Familie verzweifelt versucht hatte, sie davon abzuhalten, wegzugehen, sie zum Schluss aber in ihrer Entscheidung unterstützt hatte. Sobald sie die Wahrheit erfuhr – und sie würde die ganze Wahrheit erfahren, ohne die ekligen Details, die ihr nachts den Schlaf rauben würden –, würde sie sich mit ihm verbünden und entschlossen mithelfen, dass Honor sich nicht wieder in Lebensgefahr brachte.

Plötzlich lag irgendetwas in der Luft, das bei Hancock die Alarmglocken schrillen ließ. Er hörte immer auf seinen Instinkt. Schon als er Honor von seiner Brust hob und sich über die Schulter legte, damit er nach seiner Pistole greifen konnte, hörte er Mojo »wirklich schlecht« murmeln.

Ein Gefühl, das auch die anderen hatten, die stehen geblieben waren und wie Raubtiere auf der Jagd die Luft prüften. Oder wie Beutetiere, die ihren Gegner einzuschätzen versuchten.

Hancocks linke Schulter explodierte vor Schmerz, der ihm den Atem raubte. Heißes Blut rann seinen Arm und seine Seite hinunter. Verdammt. Er hatte einen Anfängerfehler gemacht. Solange er Honor auf den Armen getragen hatte, hatte niemand freie Schusslinie auf ihn gehabt. Sobald er sie sich aber über die Schulter gelegt hatte, war seine gesamte linke Seite exponiert.

Er fiel auf die Knie, achtete aber darauf, dass er die Wucht des Sturzes auffing, damit Honor nicht durch den plötzlichen Aufprall das Bewusstsein wiedererlangte. Das Letzte, was er jetzt brauchen konnte, war, dass sie wach wurde, überzeugt, er habe sie verraten und dem Feind ausgeliefert. Und verdammt, wer konnte schon sagen, dass er nicht genau das gerade tat?

Sein Arm wurde taub. Er versuchte, sich aufzurichten, damit er sich schützend über Honor beugen konnte, aber er schlug hart auf, und die Waffe fiel ihm aus der nutzlos gewordenen Hand. Um ihn herum fingen seine Männer an zu schießen. »Runter! Runter!«, brüllten sie. »Scharfschütze! Hinter uns! Gebt Hancock Deckung, verdammt! Er ist getroffen!«

Hancock hatte sich so weit wie möglich zur Seite gedreht, um die Wucht des Aufpralls abzufangen. Jetzt lag Honor, die er noch immer fest im Arm hielt, wie eine Stoffpuppe neben ihm.

Die Welt um ihn herum hatte sich in eine Hölle verwandelt. Ein Hinterhalt. Einige seiner Männer waren angeschossen worden, andere lagen bereits im Sterben.

»Es tut mir so leid«, flüsterte er Honor kaum hörbar ins Ohr. »Es tut mir so leid, Honor.«

Der Schusswechsel war heftig und unerbittlich. Seine Männer wehrten sich, so gut sie konnten, aber Maksimov war nirgendwo zu entdecken. Hancock blieb nur, Honor so gut wie möglich Deckung zu geben und mit seinem jetzt nutzlos gewordenen Arm irgendwie an seine Waffe zu kommen, die feucht von seinem Blut, aber sein einziges Mittel war, Honor zu beschützen.

Wie aus weiter Ferne hörte er Copeland brüllen: »Mojo!«

Hancock schloss die Augen. Verdammt, *nein*! Mojo war offenbar getroffen worden, und so entsetzt, wie Cope klang, musste es ihn böse erwischt haben.

Es zerriss ihm schier das Herz, als er nun auch Viper aufgewühlt auf Mojo einreden hörte. »Mojo! Bleib bei uns, verdammt. Wage ja nicht aufzugeben. Hörst du mich? Kämpfe, verdammt! Kämpfe gefälligst!«

Copeland hatte Mojo hinter eine massive Felsnase gezogen, die eine gute Deckung bot und hinter die nur auf einem Weg zu gelangen war. Jeder, der dorthin wollte, würde sich der Mündung von Copes Gewehr gegenübersehen, und Cope war so stinksauer, dass er jeden dieser Dreckskerle auf der Stelle umgebracht hätte.

»Mojo, Mann! Halt durch. Rede mit mir«, flehte Cope seinen Teamkollegen an und schüttelte ihn.

Blut floss über Mojos Lippen, und Cope wusste sofort, dass das nichts Gutes verhieß. Lungenschuss.

Während Cope noch auf Mojo einredete, ja durchzuhalten, flüsterte Mojo: »Wirklich gut.«

Dann lächelte er zur Verblüffung seiner Teamkollegen. Mojo lächelte *nie*. Er wandte seinen Teamkollegen das tränenüberströmte Gesicht zu, ein Gesicht, das Gefühle ausdrückte, die sie nie bei ihm gesehen hatten. Er war stoisch und reserviert. Hatte nie viel zu sagen. Jetzt war er so überwältigt, dass er kaum sprechen konnte, weil ihm die Tränen die Kehle zuschnürten.

»Ich dachte immer, für all das, was ich in meiner Zeit auf Erden getan habe, würde ich in die Hölle kommen. Aber das *muss* der Himmel sein. Es ist das Schönste, was ich je gesehen habe.«

Er sprach voller Ehrfurcht, aber dann versagte ihm die Stimme, sein Blick wurde starr, und doch sah er so friedvoll aus, dass es Cope die Kehle zuschnürte. Er legte Mojo die Hand auf die Brust und spürte dessen letzten, mühevollen Atemzug.

Seine Augenlider fielen zu, und plötzlich sah er viel jünger aus. Die Falten glätteten sich, und der Horror, den sie alle gesehen und an dem sie Teil gehabt hatten, verschwand aus seinem Gesicht. Seine Mundwinkel zeigten nach oben, fast als hätte er die Arme ausgebreitet, um den Tod wie eine vor langer Zeit verlorene Geliebte zu begrüßen.

Hancock spürte, wie ihm jemand gegen das Bein trat. Er packte Honor so fest, dass sie garantiert einen blauen Fleck bekommen würde. Noch nie in seinem Leben hatte er so große Angst gehabt. Er war absolut nicht in der Lage, sie zu beschützen. Er konnte nichts tun, um zu verhindern, dass man sie ihm wegnahm. Aber eins wusste er: Er würde die ganze Welt auseinandernehmen, um sie wiederzufinden.

»Tja, vielleicht habe ich mich geirrt.« Als Hancock den starken russischen Akzent hörte, versteifte er sich noch mehr und packte Honor noch fester. »Vielleicht hat er sein Herz doch nicht so sehr an das Mädchen gehängt, und meine Informanten haben mir etwas Falsches berichtet.«

Natürlich würde Maksimov mehr als einen Informanten gehabt haben, der ihm alles berichtete, was in Bristows Haus vor sich ging. Wen hatte Hancock übersehen? Den ersten hatte er ziemlich schnell entdeckt, aber wie hatte Bristow davon erfahren, dass Hancock »sein Herz an Honor gehängt« hatte? Außer …

Nein, er würde nicht zulassen, dass ihn auch nur der leiseste Zweifel überfiel. Seine Männer waren verlässlich. Sie würden ihn nicht verraten. Es musste unter Bristows Leuten noch jemand anderen geben, der Maksimov mit Informationen versorgt hatte. Hancock hatte blöderweise den Fehler begangen, die Nerven zu verlieren und Bristow umbringen zu lassen, als dieses Arschloch ein weiteres Mal versucht hatte, Honor zu vergewaltigen. Das musste Maksimov den entscheidenden

Hinweis geliefert haben, denn er musste wissen, wie eiskalt Hancock war. Der Mann ohne Gefühle. Kalt wie ein Eisberg und menschlicher Regungen völlig unfähig. Maksimovs Informant würde alles übermittelt haben, was für Maksimov nützlich sein konnte.

»Vielleicht wollte Bristow, dieser Idiot, sie töten oder sie so hernehmen, dass weder Sie noch *Eine Neue Ära* sie noch gewollt hätten«, mutmaßte Ruslan, Maksimovs Stellvertreter. »Sie haben alle Informationen über ihn und seine Männer erhalten. Sie wissen, dass sie ihre Missionen sehr ernst nehmen, und für beschädigte Ware hätten Sie Bristow nicht bezahlt. Das bedeutet, seine Männer und er wären ebenfalls nicht bezahlt worden. Er ist Söldner. Ich bezweifle, dass ihn außer seiner Bezahlung irgendetwas interessiert.«

»Vielleicht«, stimmte Maksimov zögernd zu. »Zumindest hat er sie betäubt, wie ich es von ihm verlangt hatte, und wie es aussieht, wollte er sie mir auch übergeben. Ach ja, man sollte nicht übervorsichtig sein.«

Maksimov klang überrascht und auch ein wenig amüsiert bei der Vorstellung, er könne sich irren. Er stupste Hancock mit dem Zeh an und beugte sich dann hinunter, um Honor hochzuheben. Als sie ihm genommen wurde, versuchte Hancock noch verzweifelt, ihre Hand zu greifen, doch schon wurde sie ihm gewaltsam entrissen.

»Oh nein, ich hatte mich ganz und gar nicht geirrt«, sagte Maksimov selbstgefällig. Hancock sah Maksimovs Gesicht verschwommen über sich schweben. »Ich frage mich, was du damit erreichen wolltest, mir das Mädchen höchstpersönlich auszuliefern.« Er lachte, dann zielte er mit seiner Pistole auf Hancocks Brust und schoss.

Trotz der schusssicheren Weste, die Hancock genau wie alle seine Männer trug, fühlte es sich an, als hätte ihm die Kugel ein paar Rippen gebrochen oder irgendetwas Lebenswichtiges getroffen. Kein Wunder auf diese kurze Distanz, zumal Maksimov sogenannte Hartkernmunition verwendete, die sogar eine kugelsichere Weste durchschlagen konnte. Es war, als würde man von der Mistgabel eines Teufels aufgespießt. Was gut passte, würde er doch schon bald vor den Toren der Hölle stehen. Die Tore würden weit geöffnet sein, und man würde ihn willkommen heißen wie ein verlorenes Kind oder einen entkommenen Sünder, der bereits in einem seiner früheren Leben vor dem Richter gestanden hatte und für schuldig befunden worden war.

Lange Zeit hatte ihm die Vorstellung gefallen, er habe – wie alle glaubten – jegliche Ähnlichkeit mit einem menschlichen Wesen verloren und sei der gefühllose Eismann. Denn das bedeutete, dass man niemals etwas bedauerte. Es bedeutete, dass man niemals einen Verlust spürte, der so allumfassend war, dass er einen verschlang und einem die Seele zerfraß, bis nichts mehr übrig war. Überhaupt nichts mehr, das es sich lohnte zu fühlen. Jetzt kannte er es, denn jetzt spürte er *alles*. Und es war schlimmer, als eine Schusswunde je sein konnte. Ihm wurde schwarz vor Augen. Eine Träne rann ihm aus dem Augenwinkel über die Schläfe und verschwand in seinem Haar.

Das Atmen fiel ihm immer schwerer, und der Schmerz in seiner Brust war unerträglich. Ob es an der Kugel oder an seiner Verzweiflung lag, hätte er nicht sagen können. Vermutlich eine kräftige Dosis von beidem.

Er hatte seinen Männern gegenüber versagt. Genau wie seinem Land gegenüber, auch wenn es ihn weder haben noch ihm Anerkennung zollen wollte. Er hatte sich selbst gegenüber versagt, aber vor allem hatte er dem Einzigen gegenüber versagt, das ihm wirklich etwas bedeutete. Es ging nicht um den Quatsch mit dem übergeordneten Ziel. Denn Honor *war* das übergeordnete Ziel. Sie war das übergeordnete Ziel in Person.

Sie war so, wie ihr Ziel sein sollte. Wie es immer hätte sein sollen.

Und jetzt war eine Unschuldige zur Hölle verdammt, einem Ort, wo Engelsflügel niemals von gierigen, um sich greifenden Flammen verbrannt werden sollten, sodass sie nicht mehr in die Himmel hinauffliegen konnten, in den Honor gehörte.

32

KGI-HAUPTQUARTIER
STEWART COUNTY, TENNESSEE

In der KGI-Einsatzzentrale herrschte ungewöhnlich lockere Stimmung. Sam hatte ein »Mitarbeiter«-Treffen einberufen, allerdings zogen ihn die anderen auf, dass es nur ein Vorwand war, um alle zusammenzutrommeln, damit Swanny und Donovan ihre Fähigkeiten an Grill und Herd vorführen konnten.

Seit vier Wochen hatten sie keine Mission mehr an Land gezogen. Vier friedliche, glückselige Wochen, die sie mit ihren Familien verbracht hatten. Mit ihren Frauen, Kindern, den Menschen, die ihnen etwas bedeuteten. Gute Zeiten.

Alle lachten, als Garrett »verdammt« sagte und sofort Drohungen von mindestens drei seiner Männer erhielt. Sie wussten, dass Sarah jetzt, da sie ein kleines Mädchen hatte, noch rigoroser war. Sie wollte nicht, dass das erste Wort ihres Kinds »verdammt« war.

Als das Gelächter erstarb, hörte man ein Telefon klingeln, und ringsum erhob sich Stöhnen. Sam fluchte kräftig und übertraf sogar noch Garrett. Musste ausgerechnet jetzt jemand auf dem abhörsicheren Telefon anrufen? Ausgerechnet heute? Wo das Wetter nicht schöner hätte sein können? Herbst am Kentucky Lake. Die Frauen waren alle auf dem Weg zum zentralen Versammlungsort, Frank und Marlene Kellys neu gebautes Haus, das ein Duplikat jenes Hauses war, in dem die sechs Kelly-Brüder aufgewachsen waren. Das neue Herz des KGI-

Geländes. Außerhalb dieser gesicherten Einrichtung lebte nur noch der einsame Verweigerer, Joe. Nun ja, und die Teammitglieder. Aber von den Kellys lebte nur noch Joe in Sams alter Hütte, die er die perfekte Junggesellenbude nannte. Wenn er nicht zu viel Zeit auf dem Gelände verbrachte, dann konnte er seiner Mutter und seinen Schwägerinnen – die er über alle Maßen liebte – leichter entrinnen, wenn sie ihn mal wieder zu verkuppeln versuchten.

Verdammt. Mist. Sam hatte sich darauf gefreut, Zeit mit seiner geliebten Frau zu verbringen. Seiner schönen Sophie und ihrem kleinen Ebenbild, Charlotte oder Cece, wie ihre in sie vernarrten Tanten, Onkel und Großeltern sie riefen. Und mit seinem kleinen Sohn. Jeden Tag, gleich, wo auf der Welt er sich befand, gleich, wie schwierig oder schlimm die Umstände waren, nahm er sich die Zeit, Gott für das Wunder seiner Familie zu danken. Noch immer stand er staunend davor, dass all dies seines war, und er wusste, seine Brüder und viele seiner Teammitglieder taten das ebenfalls. Rio, einer der Teamleiter. Steele, ein weiterer Teamleiter. Nathan, Co-Teamleiter seines Zwillingsbruders Joe, der auch der einzige noch unverheiratete Kelly unter Mama Kellys wachsamen Augen war.

Im Laufe der Jahre hatte KGI diverse traumatische Erfahrungen machen müssen, die eine schwächere Familie gelähmt und zerstört hätten. Aber die Kellys waren stark und belastbar, Eigenschaften, die die Kinder – eigene wie angenommene – von Frank und Marlene geerbt und eingeimpft bekommen hatten, dem Patriarchen und der Matriarchin des sich immer mehr vergrößernden Kelly-Clans. Dem eigentlichen Herzschlag der gesamten Familie.

Marlenes Einfluss erstreckte sich nicht nur auf ihre eigenen Kinder, sondern weit darüber hinaus. Sie hatte den Hang, Streuner zu adoptieren, wie ihre Söhne das ironisch nannten, was sie als Beleidigung empfand. Aber sie hatte viele unter ihre Fittiche genommen. Den jetzigen Sheriff von Stewart County, Cameron. Rusty Kelly, die seine Eltern adoptiert hatten, obwohl sie zu dem Zeitpunkt gar nicht mehr minderjährig gewesen war. Aber es hatte ihr mehr als alles andere in ihrem jungen, schwierigen Leben bedeutet, und Sam war sich sicher, dass seine Mutter Rusty das Leben gerettet hatte.

Swanny, der nach Monaten in Gefangenschaft als Folge einer misslungenen Mission genauso traumatisiert heimgekommen war wie Nathan. Und dann die KGI-Teammitglieder, einschließlich ihrer Teamleiter, und sie machten sich nicht einmal die Mühe, es abzustreiten. Sie mochten manchmal protestieren und so tun, als wären sie genervt, aber sie liebten es genauso wie die eigenen Söhne, von Marlene bemuttert zu werden.

Und Maren Steele, Steeles Frau und Mutter ihrer Tochter. Auch sie war eins von Marlenes Adoptivkindern.

Wütend marschierte er zu dem gesicherten Telefon, dessen Klingeln diesen perfekten Tag störte. Einen Tag, an dem sie ihr gesegnetes Leben genießen und feiern wollten, dass sie eine Familie waren, in der es so viel Zusammenhalt gab. Vielleicht wurde er im Alter aber auch einfach nur zu rührselig. Wenn ein Mann die Liebe seines Lebens fand und sah, wie die Frau seine Kinder unter dem Herzen trug, bekam alles einen ganz anderen Stellenwert.

»Sam Kelly«, sagte er barsch. »Und wehe, es geht nicht um was Wichtiges.«

»Kelly«, sagte der Mann am anderen Ende zur Begrüßung. Die Stimme kam Sam bekannt vor, aber er kam ums Verrecken nicht darauf, zu wem sie gehörte.

»Ich kann Ihre Stimme leider nicht einordnen«, sagte er leicht genervt. »Wer sind Sie und woher haben Sie diese Nummer?«

Die Stimme des Manns klang gequält. Erschöpft. Als hätte man ihren Besitzer zur Hölle und zurück geschleift, und er hätte nur gerade so überlebt. »Ich bezweifle, dass Sie sich an meinen Namen erinnern, aber Sie müssten meinen Teamleiter kennen. Ich bin Conrad. Ich arbeite für … Hancock.«

»Scheiße!«

Alle im Raum horchten auf und kamen näher. Sie versuchten, Sams Körpersprache zu deuten und etwas von dem mitzubekommen, was am anderen Ende der Leitung gesagt wurde.

»Und wieso rufen Sie mich – uns – an?«, fragte Sam. »Ich gehe mal davon aus, dass Sie nichts Privates mit mir bereden wollen.«

»Schauen Sie, ich habe nicht viel Zeit. *Er* hat nicht viel Zeit. Wichtiger noch, *sie* hat überhaupt keine Zeit.« Er klang immer aufgebrachter. »Ich habe kein Interesse, rumzulabern, wer den Größten hat. Ich – wir – brauchen Ihre Hilfe. So viele Leute, wie Sie zur Verfügung stellen können. Und Sie müssen sofort aufbrechen. Ich würde Sie nicht bitten, wenn es nicht um Leben und Tod ginge, und damit meine ich nicht nur Hancocks Leben, das vielleicht nicht mal auf dem Spiel steht, und auch nicht den Mann, den wir bereits verloren haben. Aber Maksimov hat sich eine unschuldige Frau geschnappt, der Mann, den wir schon zweimal beinahe erwischt hätten, wenn wir unsere Mission nicht hätten sausen lassen, um zwei Ihrer Frauen und eins Ihrer Kinder zu retten.«

Rio spannte sich merklich an und streckte die Hand nach dem Hörer aus. Es war keine Bitte. Sam überließ ihn ihm, ohne eine Frage zu stellen, aber er drückte auf die Lautsprechertaste, damit alle mithören konnten. Rio war früher Titans Teamleiter gewesen. Er kannte diesen Mann, und Sam vertraute Rio und seinen Instinkten. Rio würde keine falsche Entscheidung treffen.

»Hier ist Rio«, sagte er.

»Rio, ich bin's, Conrad.«

Conrad war seine Erleichterung deutlich anzuhören.

»Ich habe keine Zeit für lange Erklärungen«, fuhr Conrad fort. »Es sieht übel aus, Rio. Richtig übel. Wir hatten Maksimov im Visier. Wieder einmal. Wir hatten eine Frau, die er unbedingt wollte, und wir hätten sie nur übergeben müssen, schon hätten wir ihn gehabt.«

»Eine Frau?«, riefen P.J. und Skylar wie aus einem Mund. Beide machten sie grimmige Gesichter. »Gewinnt ihr so bei Titan eure Kämpfe?«

»Sie sollte ihm nie näher als eine Meile kommen«, erwiderte Conrad ungeduldig. »Hört mal, ist eure Ärztin in der Nähe? Wenn sie mir nicht sagen kann, wie ich Hancock wieder zusammenflicke, wird er sterben. Und verdammt, wir brauchen eure … Hilfe.«

Zu jedem anderen Zeitpunkt hätte solch eine Aussage zu einer endlosen Kette von Schikanen, Anzüglichkeiten, Selbstgefälligkeit und Arroganz geführt, die auf beiden Seiten in Blutvergießen ausgeartet wären. Alles natürlich nur im Spaß. Außer dass es sehr reale Differenzen zwischen den beiden Gruppen gab. Aber sie waren Hancock auch etwas schuldig, und Sam bezahlte alle seine Schulden. Bis auf den letzten Cent. Und sie schuldeten Hancock eine Menge.

»Maksimov hat sie jetzt«, sagte Conrad mit Schmerz in der Stimme. Als machte ihm das etwas aus. Als hätte er ein Herz.

Die anderen sahen sich verblüfft an. Die Mitglieder von Titan waren nicht gerade berühmt für ihre menschlichen Qualitäten. Es war fraglich, ob sie überhaupt menschliche Wesen waren, allerdings hatte Rio dieses Team einst angeführt. Und er war der Beweis, dass irgendein Rest von Menschlichkeit in den Männern vorhanden sein musste.

»Bleiben Sie dran, Conrad«, sagte Sam mit seiner Kommandostimme. »Erzählen Sie uns, was wir wissen müssen, ich lasse unterdessen Maren holen. Dann kann sie per Telefon aufgrund Ihrer Auskünfte den Schaden abschätzen und Ihnen Anweisungen geben, wie Sie vorgehen müssen.«

»Ich rufe sie an«, sagte Steele. »Normalerweise braucht sie zwei Minuten hierher. Sie wird in weniger als einer hier sein, das garantiere ich.«

Daraufhin gab Conrad ihnen eine knappe Zusammenfassung ihrer Mission, ihres Eindringens in Bristows Organisation und wie Honor zum Kollateralschaden wurde, ihnen aber gleichzeitig die beste Gelegenheit lieferte, die sich ihnen nach Jahren der Jagd auf Maksimov bot.

Die Leute von KGI wussten sehr gut, wer und was Maksimov war und dass ihn die meisten Regierungen fürchteten und ihn gewähren ließen. Sie wussten auch von Hancocks vorherigem Zusammenstoß mit Maksimov, als dieser ihn beinahe totgeprügelt hätte, weil er Maren gerettet und zurück zu KGI gebracht hatte – und zu Steele.

»Er hat es nicht über sich gebracht«, sagte Conrad leise. »Er hat bis einen Tag vor der Übergabe an Maksimov an seinem Kurs festgehalten, aber dann hat er sich geweigert. Seine exakten Worte lauteten: *Scheiß auf das übergeordnete Ziel*. Honor sei das übergeordnete Ziel, und er habe es satt, Gutes für ein Land zu tun, das uns weder anerkennt noch uns dafür dankt, dass wir sogar die Leute beschützen, die versucht haben, uns umzubringen. Und für was? Was haben wir davon? Wir haben kein Zuhause, keine Heimat. Niemand fühlt sich für uns zuständig. Wir existieren nicht einmal. Verdammt, wir sind Gespenster, von denen erwartet wird, dass sie den Dreck aufkehren, um den sich niemand kümmern mag, und die Schurken aus dem Verkehr ziehen, die die Unschuldigen vernichten. Tja,

Scheiß drauf. Verdammt, Honor Cambridge hat eine Kugel für mich abgefangen. Für *mich*. Einen Mann, der sie verraten hat, indem er ihr weisgemacht hat, er sei ihre Rettung. Dass ich sie vor einer Terrororganisation gerettet hätte, obwohl ich sie ihr gleich wieder ausliefern wollte. Sie hat mehr Feuer, Mut, Herz und Loyalität in ihrem kleinen Finger als die meisten Männer, mit denen ich je gedient habe. Also ja, Scheiß auf das übergeordnete Ziel und Scheiß auf Maksimov. Wir brauchen eure Hilfe, denn über meine Leiche und über die Leiche unseres gefallenen Kameraden, ganz zu schweigen von der Hancocks – der sehr viel mehr geopfert hat, als irgendeiner von uns jemals erfahren wird –, wird Honor ganz bestimmt nicht wieder nach Hause zurückkehren. Und ich bin nicht zu stolz, euch anzubetteln, falls nötig, denn ich schulde Honor Cambridge mehr, als ich je zurückzahlen könnte. Und verflucht will ich sein, wenn diese Rückzahlung aus Vergewaltigung, Folter und Schmerz besteht, zugefügt von Maksimov, der sie dann an *Eine Neue Ära* übergibt, wo man sie endlos quälen und so lange wie möglich am Leben halten wird, damit sie so schrecklich leidet, dass sie um ihren Tod bitten und betteln wird, denn nur dann wird sie wirklich frei sein.«

»Ich bin dabei«, murmelte Skylar. »Scheiß auf das übergeordnete Ziel. Vor allem wenn es bedeutet, dass eine unschuldige Frau bestraft wird, deren einziges Verbrechen darin besteht, dass sie Leuten geholfen hat, die allen anderen auf der Welt scheißegal sind, und dass sie zur falschen Zeit am falschen Ort war.«

Donovan hatte einen grimmigen Gesichtsausdruck aufgesetzt. Sein Beschützerinstinkt, wenn es um Frauen und Kinder ging, machte sich mal wieder voll bemerkbar. Er sah aus, als würde er es auch mit einer ganzen Armee aufnehmen und jeden in Stücke reißen, der eine hilflose Frau missbrauchte.

»Und wie zum Teufel sollen wir wissen, dass wir, wenn wir euch helfen, Honor Cambridge zurückzuholen, nicht nur den Job zu Ende führen, den ihr angefangen habt und offensichtlich nicht abschließen konntet? Ich – KGI –, wir lassen uns nicht dazu missbrauchen, eine unschuldige Frau – überhaupt irgendeine Frau – einem Schicksal zu überlassen, das schlimmer ist als der Tod. Und wir alle wissen, dass das, egal ob mit Maksimov oder mit *Eine Neue Ära*, ein Albtraum aus unvorstellbaren Schmerzen und Erniedrigung wäre.«

»Dieser verdammte Bristow hat versucht, sie zu vergewaltigen, bevor er die gebrauchte Ware an Maksimov weitergeben wollte«, sagte Conrad in einem Ton, dem die Wut deutlich anzuhören war. »Um sich zu retten – oder verdammt, vielleicht wollte sie sich auch wirklich umbringen –, hat sie sich an beiden Händen die Pulsadern aufgeschnitten und sich das Arschloch dann vom Leib gehalten, indem sie sich das Messer an die Kehle gesetzt hat. Sie hat ihm gesagt, wenn sie sterben würde, dann würde er ebenfalls sterben, denn Maksimov würde ihn umbringen, weil er sie nicht wie vereinbart übergeben könnte.«

»Heiliger Strohsack«, flüsterte P. J., die aussah, als stünde ihr die eigene Vergangenheit wieder vor Augen. Vermutlich merkte sie nicht einmal, dass sie zitterte. Sie lehnte sich an Cole, aber auch das war ihr vermutlich nicht bewusst. Sie war nicht der Typ Frau, der sich vor anderen verletzlich zeigte. Schon gar nicht vor ihrem Team.

»Haben Sie ihn umgebracht?«, fragte Garrett sachlich.

»Verdammt, ja, das habe ich. Und ich habe dafür gesorgt, dass sein Tod weder schnell noch gnädig war. Hancock hätte es selbst erledigt. Er hätte Bristow am liebsten mit bloßen Händen erwürgt, aber er war der Einzige, der Honor ihr Vorhaben ausreden konnte, und das hat er auch geschafft. Aber wenn Sie ihn in dem Moment gesehen hätten, wenn Sie ihn gesehen hätten, als er den Befehl gab, die Mission sei ab sofort eine andere, dann würden Sie sein – unser – Motiv nicht hinterfragen. Sie bedeutet uns allen etwas, Kelly«, fügte er hinzu und meinte sie alle. »Sie gehört uns, und wir überlassen sie nicht diesem sadistischen Stück Scheiße. Wir hatten lediglich so tun wollen, als würden wir Honor übergeben, und dann wollten wir ihn umbringen. Scheiß auf sauber und ordentlich und auf Beweise sammeln, damit man sein Reich zerschlagen kann und die Länder sich streiten können, wer was von seinem Besitz bekommt. Wir wollten, dass der Arsch stirbt, alles andere war uns egal.

Maksimov hatte mehr als einen Spion in Bristows Organisation. Von einem wussten wir. Wir haben Bristow umgebracht, weil wir ihn nicht länger brauchten. Und selbst wenn wir ihn noch gebraucht hätten, wäre er nach dem, was er getan hatte, ein toter Mann gewesen. Aber Maksimov war sich trotzdem nicht ganz sicher, und so tauchte er persönlich auf, nachdem er uns in einen Hinterhalt gelockt hatte. Hancock hat seine Gefühle für Honor verraten, als er versucht hat, Maksimov davon abzuhalten, sie ihm zu entreißen. Ein Scharfschütze hatte ihm bereits eine Kugel in die Schulter gejagt. Diesmal hat Maksimov aus nächster Nähe mit Hartkernmunition auf ihn geschossen, und es geht ihm nicht gut. Ganz und gar nicht gut. Ich habe bereits einen verdammt guten Mann verloren, und verdammt, Hancock werde ich nicht auch noch verlieren. Und schon gar nicht verliere ich Honor Cambridge an dieses kranke Arschloch, das sich für einen Gott hält.«

Maren kam hereingestürmt, die Brille verrutscht, das Haar in Unordnung, als wäre sie den ganzen Weg gerannt. Sofort nahm Steele ihr Olivia ab und führte sie sanft zum Telefon.

»Conrad, Maren Steele, die Ärztin unseres Teams ist hier. Sagen Sie ihr, was mit Hancock ist, damit sie weiß, ob es noch Hoffnung für ihn gibt.«

»Mich interessiert viel mehr, ob es für uns noch Hoffnung gibt. Vor allem für Honor«, knurrte Conrad.

»Regen Sie sich ab. Wir müssen da ein bisschen länger drüber nachdenken als nur drei Sekunden. Reden Sie mit Maren. Lassen Sie sich von ihr helfen, damit Sie Hancock helfen können.«

Als Hancocks Name fiel, riss Maren besorgt die Augen auf. Steele legte ihr tröstend die Hand in den Nacken, aber seine Miene war grimmig.

»Sie brauchen dich, Schatz. Hancock braucht dich.« Er seufzte. Trotz seiner Zweifel an Hancock war ihm durchaus bewusst, dass er ihm das Leben seiner Frau und seiner Tochter verdankte, genau wie Rio. »Es sieht nicht gut aus«, fügte er hinzu. »Du musst sofort mit seinem Teamkollegen reden und ihm so gut wie möglich helfen, während wir unseren Aufbruch vorbereiten.«

Maren griff nach dem Telefon, stellte aber zu Sams Kummer den Lautsprecher aus. Sie sah ihn mit gerunzelter Stirn an und schüttelte den Kopf. »Verdammt, Sam, ich muss nachdenken.«

Sie entfernte sich von den anderen und stellte Conrad die nötigen Fragen, ruhig und sachlich, damit er nicht in Panik verfiel.

»Was zum Teufel soll das, Sam?«, fragte Garrett leise. »Das ist eine extrem gefährliche Geschichte. Für so etwas sind nicht einmal wir stark genug.«

»Was sonst könnten wir tun?«, fragte Rio, in dessen dunklen Augen es warnend blitzte. »Hancock ist unberechenbar, das schon. Aber er hat seine eigene Moral. Dir und mir mag sie ziemlich schräg erscheinen, aber er ist ein ehrenhafter Mann. Bevor ihr euch jetzt halb tot lacht, erinnert euch bitte daran, dass er sich Grace jederzeit hätte schnappen können. Die Hälfte des Wegs aus den Bergen raus habe ich sie auf meinem Rücken getragen, und den Rest des Wegs hat sie unter schrecklichsten Schmerzen selbst zurückgelegt, bis sie nur noch sterben wollte. Meine Männer und ich waren so gar nicht darauf vorbereitet, einen Überfall von Titan abzuwehren. Aber Hancock hat uns ziehen lassen. Nur diesmal, hat er gesagt, aber das war Schwachsinn. Er wollte nur sein Gesicht wahren und hat deshalb so getan, als wäre er mir was schuldig, weil ich ihm das Leben gerettet hätte. Dabei haben wir das als Team sowieso füreinander gemacht. Niemand hat mitgezählt. Das war Schwachsinn. Wir haben getan, was nötig war, und wir haben uns weder entschuldigt noch uns bedankt. Und dann hat er mich gewarnt. Er hat mir alle notwendigen Informationen gegeben, damit ich wusste, wer und was hinter Grace her war. Nur das Warum, das hat er mir verschwiegen, und wollt ihr mal raten, weshalb?«

»Nein, aber ich bin sicher, du wirst es uns erzählen«, erwiderte Donovan lustlos.

»Weil er wusste, dass Grace viel zu schwach war, um auch nur ein Kätzchen zu heilen. Dass sie vermutlich sterben würde, wenn er sie sofort zu Farnsworth brachte und dieser sie zwang, seine Tochter zu heilen. Also hat er auf Zeit gespielt und gewartet, schließlich wusste er, dass Grace bei mir in guten Händen war. Und sobald er wusste, dass sie gesund genug war, um Elizabeth retten zu können, hat er sie sich geschnappt. Er hat ihr nie auch nur ein Haar gekrümmt. Aber sie war auch verdammt stark, und das hat er sehr an ihr bewundert.«

»Führt das zu irgendwas? Die Zeit läuft nämlich«, knurrte Garrett.

»Ja, das tut es«, fauchte Rio zurück.

»Lasst ihn reden, ich habe nämlich auch einiges zu sagen«, mischte sich Steele ein. Seine Stimme klang eisig.

»Er hat Grace erst entführt, als er sich sicher war, dass sie gute Chancen hatte, Elizabeth' Heilung zu überleben. Er hätte Farnsworth jederzeit umbringen können. Wieso hätte er warten sollen? Wieso hätte ihm ein Kind so viel bedeuten sollen?«

Joe räusperte sich. »Es ist schwer zu glauben, dass ihm eine unschuldige Frau so viel bedeuten könnte.«

»Er wollte Elizabeth retten«, sagte Rio leise. »Und er wollte Grace retten. Ich habe das erst kapiert, als die Sache mit Maren passiert ist, und ich habe es nur Steele erzählt. Aber ihr wisst alle, weil ich es euch erzählt habe, dass Titan immer eine superharte Truppe war. Versagen war gleichbedeutend mit unehrenhaftem Tod. Und dennoch hat Hancock die Chance sausen lassen, Maksimov endgültig aus dem Verkehr zu ziehen, weil er fürchtete, Maren würde keine weitere Nacht als Coldwells Gefangene überstehen. Sie war schwanger und völlig verängstigt, deshalb hat er mich angerufen und sie dort rausgeholt.«

»Ich denke, an der Stelle mache ich weiter«, ergriff Steele das Wort und warf einen Blick auf seine Frau. Ein Schatten huschte über sein Gesicht, als würde er alles noch einmal durchleben.

»Irgend jemand hatte ihn übelst zusammengeschlagen, als er bei mir vor der Tür stand. Noch nie hatte ich jemanden gesehen, der solche Prügel bezogen hatte, und das nur, weil er Maren hatte gehen lassen und Coldwall nicht mehr im Griff hatte. Maksimov hatte ihm eine Botschaft zukommen lassen. *Leg dich nicht mit mir an. Niemals.* Und dann hat er eine Kugel abgefangen, die eigentlich meine Frau und mein Kind hätte treffen sollen.« Steele kochte vor Wut bei der Erinnerung. »Und als der Hubschrauber abgestürzt ist, hat er sie mit seinem eigenen Körper geschützt. Ich weiß bis heute nicht, wie er das überlebt hat.«

»Der Mistkerl hat neun Leben«, sagte Garrett grimmig. »Okay, ich verstehe. Wir müssen eingreifen, aber wir greifen nicht ein, solange wir nicht wissen, mit was wir es zu tun bekommen. Das hier ist größer als jeder Auftrag, den wir je angenommen haben. Maksimovs Einflussbereich erstreckt sich über den gesamten Globus. Ich vertraue niemandem, der nicht in diesem Raum ist, und das bleibt auch so.«

Marens Stimme wurde lauter. »Natürlich gehe ich nicht davon aus, dass Sie in einem Notfallkoffer eine Pleuraldrainage haben. Sie sind schließlich kein Chirurg. Sie müssen einfach etwas finden, das sich sterilisieren und als Pleuraldrainage zweckentfremden lässt. Hat man Ihnen das nicht beigebracht? Improvisieren und das Problem lösen?«

Ihre Antwort wurde mit einigen lauten *Hooyahs* und *Oorahs* und »oh ja, das ist unser Mädchen« bedacht.

Steele machte ein grimmiges Gesicht, wirkte aber gleichzeitig unglaublich stolz auf seine kleine Frau, in deren winzigem Körper so viel Energie steckte. »Meine Frau. Nur meine.«

»Ich glaube nicht, dass es so schlimm ist, wie Sie denken«, sagte Maren besänftigend ins Telefon.

»Verdammt, er kriegt kaum Luft, und er blutet wie ein Schwein«, brüllte Conrad laut genug, dass alle im Raum es hören konnten. »Wie kann es dann nicht so schlimm sein, wie ich glaube?«

Steele wand Maren den Hörer aus der Hand, obwohl sie lautstark protestierte und ihn mit einem Blick bedachte, der nichts Gutes verhieß.

»Passen Sie auf, wie Sie mit meiner Frau reden, und behandeln Sie sie gefälligst so respektvoll, wie sie das verdient. Das steht ihr zu«, sagte Steele gefährlich leise. »Wenn sie sagt, es ist nicht so schlimm, wie Sie glauben, dann ist es das auch nicht. Also halten Sie die Klappe und machen Sie endlich, was sie sagt, oder Ihre Mission geht noch mehr den Bach runter.«

Maren verdrehte die Augen und riss den Hörer wieder an

sich. Dann erklärte sie Conrad, dass die Pleuraldrainage nötig war, um das Blut und die Luft abzusaugen, die Hancocks Lunge daran hinderten, sich mit Sauerstoff zu füllen. Die Kugel hatte zwar nicht in die Lunge eindringen können, nur in die Weste, aber der Einschlag war heftig genug gewesen, um ihm ein paar Rippen zu brechen und die Lunge zu verletzen. Die Wunde in seiner Schulter war ein glatter Durchschuss, hier musste nur die Blutung gestillt und sofort eine Bluttransfusion veranlasst werden. Außerdem sollte Conrad ihm ein Antibiotikum geben, da den Umständen entsprechend ein hohes Infektionsrisiko bestand.

»Wollen wir wirklich alle für Hancock unser Leben aufs Spiel setzen?«, fragte Dolphin, der nicht recht fassen konnte, wie aus diesem gewöhnlichen Nachmittag etwas wie aus einer bizarren Verschwörungstheorie geworden war.

Dolphin hatte mehr Grund als die anderen, Hancock nicht zu mögen. Er war von einem seiner Scharfschützen angeschossen worden, als Hancock sich Grace geschnappt hatte. Obwohl er wusste, dass der Schuss ihn nicht hatte umbringen sollen, merkte er sich so etwas grundsätzlich sehr lange. Und besonders nachtragend war er, wenn ihn etwas für längere Zeit von der Arbeit fernhielt.

Als Maren Dolphins Frage hörte, wurden die Falten auf ihrer Stirn noch tiefer, und sie presste den Hörer gegen den Oberschenkel, damit Conrad sie nicht hören konnte.

»Eden würde das, glaube ich, anders sehen«, sagte sie leise. »Genau wie ich auch. Er hat mich gerettet. Dreimal. Er hat sich um mich gekümmert. Keiner von euch hat all diese Monate mit ihm verbracht, so wie ich.« Ihr durchdringender Blick machte vor niemandem im Raum Halt. »Er war … liebevoll. Richtig besorgt. Selbst wenn er höllisch bedrohlich war, hatte er noch etwas Sanftes, und er hat mir versichert, er würde niemals zulassen, dass mir oder meinem Kind etwas zustößt. Er hätte sterben können, weil er mich gerettet hat. Er wäre beinahe tatsächlich gestorben.«

»Ich verdanke ihm viel«, sagte Steele unwillig. »Ich verdanke ihm *alles*.«

Es war nicht zu übersehen, wie viel Überwindung es ihn kostete, seine Verletzlichkeit zuzugeben oder zu zeigen, wie sehr ihn auch heute noch gelegentlich die Erinnerung quälte, Maren und Olivia beinahe verloren zu haben.

»Ich auch«, stimmte Rio ihm zu. »Was er getan hat, hat mehr als aufgewogen, dass ich ihm das Leben gerettet hatte. Einem Teamkollegen das Leben zu retten, ist kein Gefallen. Das wird nicht auf irgendeiner Punktekarte festgehalten. Das gehört einfach zum Job, und wenn du deinen Teamkollegen nicht retten kannst, kriegst du eine fette Sechs im Zeugnis.«

»Wir schulden ihm alle etwas«, ließ sich Swanny leise vernehmen. Sein Blick wanderte durch den Raum. »Er gehört zu Edens Familie. Also ist er jetzt auch meine Familie. Und wenn ihr alle es ernst meint, wenn ihr immer sagt, dass wir eine Familie sind, dann gehört Hancock für euch ebenfalls zur Familie. Eden wird euch nie verzeihen, und ich auch nicht, wenn ihr ihn einfach sterben lasst. So sind wir nicht. So sind wir nie gewesen, und ich bete zu Gott, dass wir so auch nie sein werden.«

»Wenn du endlich mal den Mund aufmachst, dann lässt du aber auch gleich immer eine Bombe fallen«, sagte Sam mürrisch.

»Verdammt«, explodierte Garrett, der wusste, dass sie in der Falle saßen. »Verdammt, verdammt, verdammt, verdammt. *Verdammt*! Und mir ist übrigens scheißegal, wer mich jetzt an Sarah verrät. Wenn ich in dieser Situation nicht hundertmal verdammt sagen darf, wann dann?« Er raufte sich die Haare. »Dieser scheißverdammte Hancock. Ich schwöre bei Gott, sollte auch nur einer von uns bei dem Versuch, dieses blöde Arschloch zu retten, ums Leben kommen, dann bringe ich diesen Mistkerl eigenhändig um.«

Donovan hob beschwichtigend die Hand. »Keiner hat je behauptet, wir würden einfach wegsehen. Die Frage lautet, wer geht und wer nicht. Nicht ob wir was unternehmen oder nicht. Das steht sowieso außer Frage. Was ich für niemanden und für keine Mission tun werde, ist, die Teilnahme zur Verpflichtung zu machen. Niemand wird mit unzureichenden Informationen in eine Situation geschickt, in der wir unsere Gegner nicht einschätzen können.«

Maren gab dem Mann, der Hancock versorgte, inzwischen wieder leise Anweisungen, aber sie hörte auch genau zu, was um sie herum geredet wurde. Vielleicht fürchtete sie, man würde sie nicht mitnehmen. Würde sie zurücklassen und hinter Schloss und Riegel setzen, wo Hancock doch drei Mal ihr Leben gerettet hatte. Sie verdankte ihm alles, und diese Schuld würde sie auch in tausend Jahren nicht tilgen können.

»Diese Mission ist nur für Freiwillige«, sagte Donovan leise. »Ich bin dabei.«

»Ich auch«, sagte Rio, und seine Männer nickten zustimmend. Terrence kannte Rio schon seit ihrer gemeinsamen Zeit bei Titan, als Rio einen jungen Rekruten namens Hancock ausgebildet hatte, was allerdings nur wenige wussten. Rio bezweifelte sogar, dass Sam davon Kenntnis hatte. Da alle, die jemals mit Titan in Verbindung gestanden hatten, zum Abschuss freigegeben waren, hätte das für die Mitglieder und die Familien von KGI das Todesurteil bedeutet.

Aber Rio war nicht blöd. Er hatte so etwas wie eine Versicherungspolice. Eine »Du-kommst-aus-dem Gefängnis-frei«-Karte. Er hatte genügend belastendes Material über hochrangige Regierungsangestellte, im In- wie im Ausland, und er hatte deutlich gemacht, dass dieses Material öffentlich bekannt würde, sollte er unter welchen Umständen auch immer ums Leben kommen. Dieses Material konnte ganze Länder destabilisieren. Eine Freikarte, wie er sie in Händen hielt, konnte ihm in einer Situation wie dieser sehr zupasskommen und Hancock vielleicht sogar das Leben retten, vorausgesetzt, er fiel in Zukunft nicht weiter auf.

»Ich bin dabei«, sagte Steele. »Mein Team trifft seine Entscheidung selbst.« Er richtete nie mehr fragend den Blick auf P. J., wenn ihnen Missionen angetragen wurden, die solch einen schrecklichen Hintergrund hatten. Er respektierte, dass sie sich gut genug kannte, um zu wissen, was sie nach ihrer entsetzlichen Begegnung mit den drei Vergewaltigern aushalten konnte und was nicht.

P. J. war ihrem Teamleiter äußerst dankbar, dass er nicht jeden einzeln nach seiner Entscheidung fragte und so die Aufmerksamkeit auf ihre Vergangenheit lenkte.

»Ich bin dabei«, sagte sie entschieden. »Ich werde niemals zulassen, dass eine Frau durchmachen muss, was ich durchgemacht habe. Jedenfalls nicht, wenn ich es verhindern kann.«

Ihr Team – und die andern – sahen sie überrascht an. Im Blick ihres Ehemanns Cole war auch Stolz zu erkennen. So lange hatte sie nie ein Wort darüber verloren. Es war ein ungeschriebenes Gesetz. Was geschehen war, war stets präsent, aber es wurde niemals darüber gesprochen. Bis jetzt. Cole drückte ihre Hand und flüsterte ihr leise ins Ohr, damit es niemand sonst hören konnte: »Ich bin verdammt stolz auf dich, P. J. Jeden Tag danke ich Gott, dass du mich auserwählt hast. Dass du mich liebst und dass ich mit der stärksten Frau verheiratet bin, die mir je über den Weg gelaufen ist.«

Ihre Wangen verfärbten sich ein wenig. Aber im Lauf der

Zeit hatte sie sich daran gewöhnt, dass Cole seine Liebe, seine Zuneigung und seinen Stolz so offen zur Schau stellte, obwohl es ihr schwergefallen war.

»Niemand sollte je solch eine Demütigung und Erniedrigung erfahren müssen«, fuhr P. J. fort. »Niemand sollte sich je so schämen müssen, dass er seinem nicht enden wollenden Leid durch Selbstmord ein Ende setzen möchte. Und dann entschuldigt sie sich auch noch, dass wegen ihr beinahe die Mission schiefgelaufen wäre!« P. J.s Augen blitzten vor Zorn. »Sie hat sich dafür entschuldigt, dass sie *schwach* war, Himmel noch eins! Weil sie nicht in der Lage war, all diese Leute zu retten, weil sie einen Moment lang nur noch sterben wollte, damit das Leid endlich aufhörte. Kein Wunder, dass Hancock sie Maksimov nicht überlassen will. Eins schwöre ich, wenn er das tun würde, dann gäbe es auf dieser Welt keinen Ort mehr, an dem er sicher wäre. Ich würde ihn auftreiben und ihm genauso viel antun, wie sie erleiden musste.«

»In den Chor kann ich nur mit einstimmen«, sagte Skylar, deren sonst so fröhliches Gesicht mit dem ansteckenden Lächeln zu einer grimmigen Maske erstarrt war.

Nathan und Joe sahen erst sich, dann ihr Team an. Bevor sie etwas sagen konnten, preschte Swanny, der steif da gestanden hatte, vor, ohne wie die Mitglieder von Rios und Steeles Team abzuwarten, was ihr Teamleiter beschloss.

»Ich bin dabei«, sagte Swanny entschlossen.

»Wir auch«, meldete sich P. J., die Cole fest an der Hand hielt. Dass P. J. nicht zögerte, kam für viele überraschend. Es war kein Geheimnis, dass sie Hancock nur zu gern in das Fadenkreuz ihres Zielfernrohrs genommen hätte. Eins ihrer Teammitglieder war von einem von Hancocks Männern angeschossen worden, als bei der Mission zu Graces Rettung alles schiefgelaufen war. Sie hatte geschworen, ihm das Fell über die

Ohren zu ziehen, sollte sie ihm jemals irgendwo in einer dunklen Seitenstraße begegnen.

Zane und Skylar stellten sich wortlos neben Swanny. Sie brauchten nichts zu sagen, allen war klar, was das bedeutete.

»Ich glaube, wir haben es mit einer Meuterei zu tun«, sagte Joe und lächelte ironisch.

Nathan schüttelte den Kopf. »Als würde unser Team ohne uns irgendwohin gehen.«

Jetzt richtete sich die Aufmerksamkeit aller auf Sam und Garrett, die sich als einzige noch nicht geäußert hatten.

»Na gut, ich bin dabei.« Garrett hob beschwichtigend die Hände und fluchte ein paarmal kräftig.

Sam seufzte. »Glaubt ihr wirklich, ich lasse euch Kinder allein losziehen? Scheiß drauf. Ich bin dabei, und sei es auch nur, um eure armseligen Ärsche zu retten.«

Alle zeigten ihm den Vogel, und das löste die Spannung, die sich im Raum aufgebaut hatte. Dann wies Sam sie an, sich zum Aufbruch fertig zu machen. Hancock blieb nicht viel Zeit, dem grimmigen Ausdruck nach zu urteilen, den Marens zartes, hübsches Gesicht angenommen hatte.

»Und damit das klar geht, ich bin ebenfalls dabei«, sagte sie mit einer Entschiedenheit, die der ihres Manns in nichts nachstand. »Olivia kann bei Marlene bleiben.«

Steeles Gesicht wurde bei dem Gedanken, dass er seine Frau – sein ganzes Leben – einer solch gefährlichen Situation aussetzen würde, zu einer eisernen Maske, an der ein Stein zerschellt wäre. Aber er wusste auch, dass Hancock nur mit Marens Hilfe überleben konnte. Mit einem resignierten Seufzer, der kundtat, wie sehr ihm das Ganze missfiel, nickte er kurz und wurde zum Dank mit einem Lächeln belohnt, das ihn dahinschmelzen ließ.

Sam gab den Befehl zum Aufbruch. Er hatte vor, Resnick anzurufen, sobald sie in der Luft waren, und so viel an Informationen aus ihm herauszuquetschen wie möglich. Resnick würde einer abgehen, wenn er glaubte, er könne nicht nur Maksimov umbringen, sondern auch *Eine Neue Ära* ernsthaft treffen. Sam war sich auch nicht zu schade, die beiden Sondereinheiten anzufordern, die Resnick zur Verfügung standen. Wenn sie Honor retten wollten, würden sie jede Verstärkung brauchen, die sie auftreiben konnten. Die große Frage war, ob Honor noch lebte. Wenn nicht, würde Hancock, so man Conrad glauben konnte, auch nicht mehr viel lebendiger sein als sie.

Maren redete immer noch geduldig auf Conrad ein, dessen hilflose Wut immer größer wurde, weil er nicht noch mehr tun konnte, um Hancock zu stabilisieren. Aber Maren versicherte ihm, dass Hancock besser Luft bekommen würde, sobald die Pleuraldrainage richtig saß. Er würde die paar Stunden, die der Flug dauerte, durchhalten, und dann konnte sie genau feststellen, wie viel Schaden die Kugel angerichtet hatte. Auf einmal wurde sie unendlich traurig, und ihr traten Tränen in die Augen. Rasch drehte sie sich weg, denn Steele wurde immer panisch, wenn er sie weinen sah.

Aber er hatte es doch gesehen, deshalb eilte sie rasch zu ihm, um ihm zu erklären, was die Tränen ausgelöst hatte. Sie hatte plötzlich die Vorstellung gehabt, es könnte Steele sein, der nicht von einer Mission zurückkehrte, oder eins der anderen KGI-Mitglieder.

»Es tut mir leid, dass Sie einen aus Ihrem Team verloren haben«, sagte sie ehrlich betroffen zu Conrad. »Ich werde alles tun, was ich kann, um Hancock zu retten.«

»Danke«, sagte Conrad mit rauer Stimme.

»Schatz.« Steele hatte seine große Hand auf Marens Bein gelegt und drückte es sanft. »Es wird keinem von uns etwas passieren. Daran musst du fest glauben.«

Sie sah zu ihm auf, dann ließ sie den Blick über die anderen wandern. In ihren Augen glitzerten Tränen. »Es könnte aber sein«, flüsterte sie. »Es ist nie auszuschließen, dass ich einen Anruf wie diesen bekomme, und es geht um einen von euch. Und ich liebe euch alle von ganzem Herzen. Ich kann keinen von euch verlieren, auch wenn ich weiß, ihr müsst das machen. Wir müssen das machen. Versprecht mir nur, dass ihr vorsichtig sein werdet, und versprecht mir, dass ihr diese arme Frau aus der Hölle befreit, in die sie geraten ist. Hancock hat mich davor bewahrt, aber sie kann er jetzt nicht beschützen.«

33

Honor kam allmählich wieder zu Bewusstsein. Sie war verwirrt, gleichzeitig schrillten bei ihr alle Alarmglocken. Ihr Kopf schmerzte heftig, aber als sie die Hand an die Schläfe legen wollte, um sie zu massieren, war sie nicht dazu in der Lage.

Nach und nach nahm alles Konturen an, doch gleichzeitig fuhr ein schrecklicher Schmerz – das Gefühl, verraten worden zu sein – wie ein Messer in sie hinein und zerstückelte sie in kleinste Teile. Sie war nur noch ein nebulöses Etwas, das irgendwo zwischen Leben und Tod ausharrte. Im Fegefeuer.

Hancock hatte ihr versprochen, sie nicht an Maksimov auszuliefern. Hancock hatte sie unter Drogen gesetzt. Er hatte sie wie eine beliebige Ware an Maksimov ausgehändigt. Hancock war nirgendwo in der Nähe, wo auch immer sie sich befinden mochte.

Sie fragte sich, wie sie bloß so leichtgläubig hatte sein können. All der Blödsinn, dass sie für das übergeordnete Ziel geopfert werden sollte. Dass ihr Opfer dazu dienen würde, Maksimov – und *Eine Neue Ära* – unschädlich zu machen und so Hunderttausende unschuldige Menschen zu retten. Sie hatte eher den Eindruck, dass es bei diesem Austausch nur ums Geschäft ging. Um Geld. Hancock hatte nie abgestritten, Söldner zu sein.

Aber warum ging er so … grausam vor? So unmenschlich? Wieso tat er, als wäre er liebevoll und fürsorglich, wenn er es gar nicht war? Sie hätte ihm doch sowieso nicht entkommen können. Wozu also das ganze Getue? Wozu hatte er sich überhaupt erst die Mühe gemacht, sie zu trösten? Brutalität und sogar Vergewaltigung wären ihr lieber gewesen als das, was sie für etwas Schönes und … Echtes gehalten hatte.

Vielleicht war das seine Art, sein Gewissen zu beruhigen. Andererseits – er hatte ja keins. Er hatte weder Herz noch Seele. Wozu also? Die Frage ließ sie nicht los, und sie hätte am liebsten vor Enttäuschung gekreischt. Warum war er liebevoll zu ihr gewesen? Wieso hatte er ihr Zärtlichkeit vorgegaukelt? Warum so getan, als würde sie ihm etwas bedeuten? Und Himmel noch eins, wieso hatte er ihr falsche Hoffnungen gemacht?

Das war das Grausamste an der ganzen Geschichte. Dass er ihr auch nur einen Moment lang Hoffnung gemacht hatte, sie müsse das Schicksal, mit dem sie sich bereits abgefunden hatte, doch nicht erleiden.

Sie sah sich gehetzt um, versuchte, ihre Umgebung zu erkennen, sich irgendwie von den lautlosen Schmerzschreien abzulenken. Doch was sie erblickte, verstärkte ihre Angst und ihren Kummer nur noch.

Sie befand sich in einem … Käfig. An Handgelenken und Knöcheln hatte sie Ketten wie ein Tier. Sie hatte so wenig Platz, dass sie sich nicht ausstrecken konnte, sondern sich zusammenfalten musste wie die Meisterleistung eines Magiers.

So dumm. So idiotisch. So naiv.

Wie musste sich Hancock über ihre Unschuld amüsiert haben! Wie musste es ihm gefallen haben, Maksimov und sogar Bristow zuvorzukommen und sie als Erster zu besitzen! Die unschuldige kleine Jungfrau. Das vermeintliche Geschenk, das zu empfangen er sich so geehrt gefühlt hatte. Ihre Trauer wetteiferte mit Bedauern. So viel Bedauern, dass kein Platz blieb für Angst, wie ihr weiteres Schicksal aussehen würde. Nach einer kurzen Atempause hatte sie sich jetzt mit ihrem Schicksal abgefunden. Einem kurzen Zeitfenster, in dem sie der Hoffnung zu wachsen erlaubt hatte. Was für eine Idiotin war sie gewesen, das Verbotene zu nähren. Sie wusste es besser, und doch hatte sie zugelassen, dass ihre Hoffnung größer wurde, ungehindert in ihrem Herzen wuchs und ihre ganze Seele erfüllte.

Ihr Atem ging stoßweise, während sie sich in ihrem Gefängnis umsah. Der kleine Käfig hing von der Decke herab. Selbst wenn es ihr irgendwie gelingen sollte, sich von den Ketten zu befreien, die ihr in die Haut schnitten, und die Käfigtür zu öffnen, wäre sie immer noch mindestens dreieinhalb Meter über dem Boden. Nicht dass sie jemals in der Lage sein würde, sich eigenhändig zu befreien. Die Ketten hatten ihr die Haut aufgeschabt, und ihre Hände und Füße kribbelten, weil die Blutzirkulation durch die enganliegenden Fesseln stark beeinträchtigt wurde.

Die Höhe machte sie schwindlig, aber ihre Angst vor engen Räumen war noch viel schlimmer. Seit sie eine ganze Nacht unter dem Schutt der eingestürzten Klinik gelegen war, hatte sie eine ausgeprägte Phobie, was kleine geschlossene Räume ohne Luftzufuhr betraf. Immerhin war der Käfig gut belüftet.

Auf einmal raste ein unerwarteter Schmerz kreischend durch ihren Körper – aber nein, dieses hohe Kreischen kam von ihr, war das Kreischen eines Menschen mit unerträglichen Schmerzen. Ihre Haut stand in Flammen. Sie konnte spüren, wie diese Flammen an ihr leckten und sie aufzufressen begannen. Wurde sie lebendig verbrannt? Vage erinnerte sie sich an etwas wie einen Viehtreiberstock, ein Instrument, das, wenn es ihre Haut berührte, eine Stromladung durch ihre Körper jagte, die ihre Nervenenden in Brand steckte. Einen Moment lang war es, als hätte sie einen Kurzschluss, und sie hatte keine Ahnung, was soeben passiert war. Nur dass ihr das schon einmal angetan worden war.

Dann sah sie ihn. Den Mann, der Maksimov sein musste. Er hielt einen langen Stab in der Hand, den er gegen ihre Haut gepresst und ihr so einen vernichtenden elektrischen Schock verpasst hatte, der ihre Nerven noch immer vibrieren und ihre Muskeln unwillkürlich zucken ließ. Sie hatte ihren Körper nicht im Geringsten unter Kontrolle.

Zusammengekrümmt saß sie da und weinte, nicht nur wegen des Schocks, den ihr Körper erlitten hatte, sondern auch über Hancocks endgültigen Verrat. Es war ihre eigene Schuld, dass sie ihm ihre Vergebung angeboten hatte. Dass sie ihm ihr Vertrauen geschenkt hatte, wo er doch bewiesen hatte, dass er es nicht verdiente.

Aber das machte den Schmerz nicht besser. Hancock hatte erreicht, was nichts und niemand sonst geschafft hatte.

Hancock hatte sie gebrochen.

Nicht die Bombardierung der Klinik. Nicht *Eine Neue Ära*. Nicht Bristows zwei Versuche, sie zu vergewaltigen. Nicht einmal dieses Arschloch, das da neben ihrem Käfig stand, mit den glänzenden Augen eines Raubtiers. Er genoss Schmerzen – wenn er sie anderen zufügte. Das machte ihn an. Sie war sicher, hätte sie mehr von ihm sehen können als nur sein Gesicht, hätte sie festgestellt, dass er einen Ständer hatte, genau wie Bristow, als er ihr wehgetan hatte.

Aber keiner der beiden Männer, sei es Bristow oder Maksimov, hatte sie gebrochen oder würde sie brechen.

Hancock hatte sie gebrochen, und ihr war es egal, ob sie lebte oder starb. Ihr war es egal, was man ihr antat, denn nichts konnte an das heranreichen, was ihr bereits von Hancock angetan worden war.

»Ich glaube, ich werde dich noch ein bisschen behalten, bevor ich *Eine Neue Ära* über meinen kostbaren Fund informiere«, sagte er, während er ihren Käfig umkreiste. »Du bist überraschend stark. Für eine Frau«, fügte er in höhnischem Ton hinzu, in dem sich seine ganze Verachtung für das »schwächere« Geschlecht ausdrückte. »Ich glaube, mit dir werde ich so manchen Tag mein Vergnügen haben. Du wirst eine Herausforderung sein, und ich mag Herausforderungen. Aber ich werde dich brechen. Du wirst lernen, was von dir erwartet wird.«

»Sie können mich nicht brechen«, erwiderte Honor leise. Es war das erste Mal, dass sie sprach.

Sie klang abwesend, fast schon desinteressiert, als wäre sie mit ihren Gedanken woanders und Maksimov nur eine lästige Ablenkung. Es würde ihm nicht gefallen, dass er sie nicht zwingen konnte, sich ganz auf ihn zu konzentrieren. Er war es gewohnt, dass sich alle ehrerbietig zeigten. Tja, Pech gehabt, von ihr würde er das nicht bekommen.

Er wirkte ein wenig verblüfft, als spürte er etwas anderes als Trotz – wie er solch eine Aussage normalerweise eingeordnet hätte.

»Wieso das?«, fragte er in einem recht milden Ton, der ihr zeigte, dass sie ihn nicht verärgert hatte. Noch nicht. Nein, er war wirklich neugierig.

Sie wusste, dass der Blick leer war, den sie auf ihn richtete. Leblos. Bereits nicht mehr von dieser Welt. Er kniff die Augen zusammen, als würde auch er es sehen. Und aus irgendeinem Grund, der ihr ein Rätsel war, schien ihm das etwas auszumachen. Was lächerlich war, schließlich fuhr er darauf ab, andere so lange leiden zu lassen, bis sie genauso leblos und hoffnungslos wurden, wie sie es schon war. Und er hatte gerade erst begonnen. Vielleicht war er auch nur wütend, weil sie sich bereits so weit aus dieser Welt – aus der Realität – verabschiedet hatte.

»Weil Sie nicht brechen können, was bereits gebrochen ist«, kamen ihre Worte leise über ihre tauben Lippen.

Er dachte einen Moment lang über das nach, was sie gesagt

hatte. Vielleicht bildete sie es sich nur ein, aber sie hätte schwören können, dass sein Blick freundlicher wurde. Vielleicht verlor sie aber auch nur endgültig den Verstand, der ihr bisher in allen Lebenslagen geholfen hatte, jetzt aber nicht mehr gebraucht wurde. Sie brauchte keinen Schutzschild mehr.

Hätte sie doch nur …

Sie empfand nicht einmal mehr Scham oder Reue, dass sie es nicht geschafft hatte, sich das Leben zu nehmen. Hätte sie auch nur den Hauch einer Ahnung gehabt, dass Hancock sie betrügen würde, hätte sie sich ohne zu zögern die Halsschlagader aufgeschlitzt, um sich ihnen allen zu entziehen. Hancock, Maksimov und *Eine Neue Ära*.

Maksimov betätigte einen Schalter, und der Käfig senkte sich zum Boden hinab. Dann griff er durch die Stäbe, strich leicht über die Verbände an ihren Handgelenken und musterte sie.

»Wahrscheinlich nicht«, murmelte er. »Doch das werden wir noch sehen, nicht wahr? Aber, Frau, versuch gar nicht erst, dich mir zu widersetzen. Du würdest es sofort bereuen.«

Sie lächelte kaum wahrnehmbar, dennoch blieb ihr Gesicht genauso ausdruckslos wie ihre Augen. Achselzuckend sagte sie: »Es gibt keinen Grund, warum ich mich Ihnen widersetzen sollte. Mein Schicksal ist besiegelt. Ich weiß, wie es aussieht. Ich habe keinen Grund zu leben, wieso sollte ich mich also gegen meinen Tod auflehnen, indem ich das Unvermeidliche bekämpfe?«

Wieder runzelte er die Stirn, als würde er nicht schlau aus ihr. Als wäre er noch nie jemandem wie ihr begegnet. Und seinem Gesichtsausdruck nach zu urteilen, hielt er nicht viel von Rätseln, die er nicht lösen konnte.

Jeder Idiot hätte gewusst, was mit ihr los war. Man musste kein Genie sein, um zu begreifen, dass hier ein Mensch über seine Grenzen hinaus belastet worden war. Dass sie nur noch die leere Hülle eines menschlichen Wesens war. Nichts konnte sie mehr berühren, gleich, was ihr ab jetzt bis zu dem Zeitpunkt noch angetan würde, wenn die Monster genug von ihren kranken, quälenden Spielen hatten und ihr endlich den ewigen Frieden gönnen würden.

Sie schloss die Augen und stellte sich vor, wie sie bei den Engeln ruhte. Sie spürte fast schon ihren zarten Flügelschlag und den Trost ihrer schützenden Umarmung.

»Bald«, machte sie sich leise Mut. »Bald.«

34

Sobald ganz KGI an Bord des Jets war, zog Sam das gesicherte Telefon heraus und tippte die Nummernfolge ein, mit der er Resnick an den Apparat bekam, und zwar zu jeder Tageszeit und unter allen Umständen. Resnick hob beim zweiten Klingeln ab.

»Sam«, sagte er zur Begrüßung. Er klang wach und misstrauisch.

»Adam«, erwiderte Sam trocken.

»Nachdem wir die Höflichkeitsfloskeln damit erledigt hätten – welchem Umstand verdanke ich die unerwartete Ehre?«

Das klang sehr sarkastisch, aber Sam ignorierte es. Resnick frotzelte gern, genau wie Hancock, und machte Witze, wo immer er konnte. Aber hier ging es um Geschäftliches, und für Geplänkel hatten sie keine Zeit.

»Ich will keinen Gefallen von Ihnen«, sagte Sam.

»Na, wenigstens etwas«, murmelte Resnick. »Immer wenn Sie mich um einen Gefallen bitten, kostet mich das beinahe mein Leben.«

»Sie sind noch sehr lebendig«, erwiderte Sam. »Hören Sie, was würden Sie davon halten, wenn ich Ihnen sage, dass wir gleich Maksimov endgültig aus dem Verkehr ziehen werden und dass die Chancen nicht schlecht stehen, dass wir *Eine Neue Ära* gleich mit unschädlich machen?«

Vom anderen Ende der Leitung kam ein erstickter Ton, als hätte Resnick gerade an seiner Zigarette gezogen und der Rauch würde ihm viel zu rasch aus Mund und Nase entweichen. »Sie wollen mich wohl verarschen. Das gibt es doch gar nicht. Sie haben endgültig den Verstand verloren.«

Dann hakte er misstrauisch nach: »Wir jagen Maksimov seit Jahren. Verdammt, jeder ist schon seit Jahren hinter diesem Dreckskerl her, und noch nie ist ihm einer nah genug gekommen, um ihn umzubringen, ohne selbst dabei draufzugehen.«

»Sie kennen doch Titan«, sagte Sam nachsichtig. Er wusste, Resnick hatte keine guten Erinnerungen an diese Sondereinheit. »Vor allem Hancock. Und Hancock jagt Maksimov schon sehr lange. Zweimal war er ihm schon ganz nah, aber beide Male hat er ihn davonkommen lassen, um Unschuldige zu schonen.«

Resnick schnaubte. »Hancock würde seine eigene Mutter verkaufen, um eine Mission zu Ende zu bringen.«

»Und genau da irren Sie sich«, erwiderte Sam mit tödlich sanfter Stimme und rieb Resnick damit unter die Nase, dass er nicht die geringste Ahnung von Hancock hatte. »Maksimov hat diesmal richtig großen Scheiß gebaut. Er hat etwas, das für Hancock sehr wichtig ist. Glauben Sie mir, wenn ich sage, dass Maksimov ein toter Mann ist.«

»Erzählen Sie mir, wie wir über Maksimov an *Eine Neue Ära* rankommen.« Resnick klang jetzt aufgeregt, und Sam konnte hören, wie er wiederholt an seiner Zigarette zog.

»Versprechen kann ich Ihnen nichts. Aber was Hancock will, ist dasselbe, was *Eine Neue Ära* will, und *Eine Neue Ära* würde eine Menge Geld hinblättern, um es zu bekommen. Der Plan war, den Austausch vorzutäuschen, Maksimov umzubringen und dann einen ähnlichen Austausch mit *Eine Neue Ära* zu arrangieren.«

»Und das ist schiefgelaufen«, vermutete Resnick ganz richtig.

»Genau.«

»Was hat Maksimov, das sowohl Hancock als auch *Eine Neue Ära* so unbedingt haben wollen?«, fragte Resnick.

»Eine Frau«, entgegnete Sam.

Resnick stöhnte. »Leck mich am Arsch. Eine Frau? Ihr Kellys und die verdammten Weiber. Also echt.« Und dann fügte er hinzu, als hätte er inzwischen die wahre Bedeutung von Sams Worten begriffen: »Hancock hat wegen einer *Frau* den Verstand verloren?«

Es entstand eine längere Pause, in der Resnick vermutlich erst einmal mit seiner Ungläubigkeit fertigwerden musste.

»Nun gut. Dass Hancock den Verstand wegen einer Frau verliert, mag ja schockierend sein, aber was zum Teufel sollte *Eine Neue Ära* mit genau dieser Frau anfangen können?«

»Sagt Ihnen der Name Honor Cambridge etwas?«, fragte Sam.

»Natürlich. Sie wurde bei einem Überfall getötet, für den sich *Eine Neue Ära* verantwortlich erklärt hat.«

»Sie hat überlebt.«

»Von wegen«, widersprach Resnick vehement. »Es gab keine Überlebenden.«

»Sie hat überlebt«, widersprach Sam ruhig. »Und nicht nur das, sie haben sie auch eine Woche lang nicht aufspüren können. Sie hat *Eine Neue Ära* wie unfähige Idioten dastehen lassen. Für *Eine Neue Ära* war das ein großer Gesichtsverlust, und für die unterdrückte Bevölkerung wurde sie zu einem Hoffnungsschimmer. *Eine Neue Ära* will sie, und zwar unbedingt. *Eine Neue Ära* hat Maksimov bei einem Geschäft betrogen. Keine gute Idee. Bristow, der Mann, für den Hancock gearbeitet hat, um an Maksimov ranzukommen, erfuhr, dass Honor überlebt hatte, und hat Hancock losgeschickt, damit er sie sich schnappte, bevor *Eine Neue Ära* das tat. Bristow wollte in Maksimovs Organisation eine größere Rolle spielen. Also wollte er

Honor an Maksimov übergeben, damit Maksimov sie an *Eine Neue Ära* zurückgeben konnte, und zwar für eine Stange mehr Geld, als sie ihm ursprünglich schuldeten.«

»Okay«, sagte Resnick nachdenklich. »Das leuchtet alles so weit ein. Bis auf den Teil, wo Hancock ausrastet, weil Maksimov die Frau hat, die Hancock ihm sowieso von Anfang an ausliefern wollte.«

»Hören Sie, Sie wissen jetzt genauso viel, wie ich zu diesem Zeitpunkt weiß. Hinzufügen kann ich nur noch, dass Conrad, Hancocks Stellvertreter, erzählt hat, Hancock habe den ursprünglichen Plan in der Nacht vor der Übergabe verworfen. Er hatte die Idee, die Übergabe nur vorzutäuschen, Maksimov in die Falle zu locken und auf der Stelle zu töten. Maksimovs Verbindungen waren ihm scheißegal, ebenso, wohin er Interpol, CIA und Gott weiß wen sonst noch hätte führen können. Er wollte lediglich Maksimov aus dem Verkehr ziehen, damit Honor ihm nicht in die Hände fiel.«

»Offenbar hat der Plan nicht funktioniert, sonst würden Sie mich jetzt nicht anrufen«, sagte Resnick grimmig.

»Hancock hat einen seiner Männer verloren. Mehrere sind verletzt. Hancock schwebt in Lebensgefahr. Ich weiß nicht einmal, ob er noch lebt. Sein Stellvertreter hat uns angerufen und um Hilfe gebeten. Sie wollen Honor befreien, egal wie. Maksimov ist ein sadistisches Arschloch, und jede Stunde, die sie sich in seiner Gewalt befindet, dürfte die Hölle sein.«

»Ich schicke Kyle Phillips Team und zwei weitere. Sie werden alles an Leuten brauchen, was Sie kriegen können. Ich nehme an, Sie haben alle Ihre Leute dabei.«

Sam hielt es für unter seiner Würde, darauf eine Antwort zu geben.

»Ich schicke Ihnen die Koordinaten. Ihre Männer müssen in spätestens einer halben Stunde bereit sein. Und, Adam?«

»Ja?«

»Zwei Sachen noch. Wir sind hier im Blindflug unterwegs, deshalb brauche ich von Ihnen alles an Informationen über Maksimov, was Sie haben. Mir ist scheißegal, wie geheim die sind. Ich brauche sie. Und zwar schon vorgestern, wenn wir die Frau retten und Maksimov aus dem Spiel nehmen wollen.«

»Wird erledigt. Was noch?«

»Honor Cambridge ist wirklich bei dem Überfall ums Leben gekommen. Sie dürfen auf keinen Fall durchsickern lassen, dass sie überlebt hat. Noch nicht. Wenn wir rechtzeitig genug kommen, um ihr das Leben zu retten und sie nach Hause zu ihrer Familie zu bringen, kann man unauffällig bekannt geben, dass sie durch die Zusammenarbeit mehrerer Spezialeinheiten gerettet wurde.«

Resnick schnaubte. »Als ob solch eine Information jemals unbeachtet bleiben würde. Das wird der totale Medienzirkus.«

35

Die heruntergekommene Hütte in dem Kuhdorf in West Virginia, in dem sich Titan verschanzt hatte, roch nach Blut und Tod. Resnick hatte gemeint, es sei kein Wunder, dass niemand Maksimov je erwischt habe, traf er sich mit Leuten doch immer nur irgendwo am Arsch der Welt.

Rio führte sie nach drinnen, denn ihn kannte Titan. Wobei ihn das beim letzten Zusammenstoß mit Titan nicht vor einem überaktiven Finger am Abzug einer Waffe bewahrt hatte.

Conrad trat Rio an der Tür entgegen. »Mojo«, brachte er mit schmerzverzerrter Stimme heraus.

Rio schloss einen Moment die Augen. Er hatte Mojo gemocht. Ruhig, aber eine gequälte Seele, wie so viele in den Reihen von Titan. Doch Mojo war ein zutiefst loyaler Mann gewesen, und sein Tod traf Rio mehr, als er nach all der Zeit erwartet hätte.

Er hatte dieses Leben aufgegeben. Ein Leben auf der dunklen Seite, wo man immer am Abgrund zum Bösen entlangbalancierte. Und manchmal konnte man sich einfach nicht für das Gute entscheiden. Aber beim Anblick der Männer, die ihm einst gefolgt waren und die jetzt Hancock folgten, kam vieles wieder hoch, was er versucht hatte zu vergessen.

»Es tut mir leid«, sagte Rio, ohne seine Trauer zu verbergen. »Er war ein guter Mann.« Er richtete den Blick auf den Boden, wo Conrad an seinem Teamleiter herumgewerkelt hatte. »Hancock?«

Conrad stellte sich wieder neben seinen Teamleiter, den Maren bereits untersuchte. Conrad hatte ihm ein Schmerzmittel gegeben, allerdings nicht so hoch dosiert, dass es die Atmung verlangsamt hätte. Niemand wusste, wie stark seine Lungen geschädigt waren, und ein Mittel, das die sowieso schon gestörte Atmung noch zusätzlich verlangsamte, konnte eine tödliche Wirkung entfalten.

Maren beugte sich über Hancock, der sie aus trüben Augen ansah, in denen nur kurz Erkennen aufflackerte. Und Erleichterung.

»Maren. Gott sei Dank. Ich brauche dich.« Er fuhr sich mit der Zunge über die trockenen Lippen. »Sie haben sie. Ich habe sie nicht gerettet, wie ich dich gerettet habe. Ich muss sie aber retten«, brachte er mühsam heraus.

»Hancock«, sagte sie mit gespielter Strenge und stemmte die Hand in die Hüfte. »Habe ich dir nicht gesagt, du sollst nicht mit Waffen spielen?«

Steele hatte sich lautlos neben seine Frau gestellt, als sie an Hancocks Lager getreten war. Er sah Hancock lächeln, wirklich und wahrhaftig lächeln, aber das Lächeln war sofort wieder verschwunden. In seinen Augen spiegelte sich so viel Schmerz und Kummer, dass Steele der Atem stockte. Und es musste schon einiges passieren, um Steele solch eine Reaktion zu entlocken. Auch Maren hatte es bemerkt, denn er sah, wie ihr Tränen in die Augen traten. Während der Rest von KGI ein eher gespaltenes Verhältnis zu Hancock hatte, mochte Maren ihn wirklich gern und machte auch keinen Hehl daraus. Sie stand fest zu ihm, und wenn jemand in diesen Genuss kam, dann konnte er sich auch hundertprozentig auf sie verlassen.

»Wie schlimm ist es?«, fragte Hancock, dem man die Anspannung deutlich ansah. Er musste schlimme Schmerzen haben. Schweiß stand ihm auf der Stirn, und er war blass und hatte tiefe Furchen im Gesicht. Er wirkte auf einmal älter, wo er sonst doch immer etwas Altersloses gehabt hatte. Dass man ihn sowohl für 25 als auch für 45 und alles dazwischen halten konnte, war Teil seiner chamäleonhaften Fähigkeit, sich überall unauffällig einzufügen. Aber jetzt sah er erschöpft und zutiefst verzweifelt aus.

»Ich muss wieder auf die Beine kommen. Ich habe nicht viel Zeit.« Sein kummervolles Gesicht schockierte Steele, aber mehr noch schockierten ihn die Tränen, die in den Augen des hartgesottenen Burschen glitzerten. »Vielleicht komme ich schon zu spät«, sagte er heiser.

»Du wirst überleben«, entgegnete Maren leichthin. »Conrad hat mit den Mitteln, die ihm zur Verfügung standen, exzellente Arbeit geleistet. Er verdient großes Extralob. Er hat dir das Leben gerettet.«

»Ich habe nur meinen Job gemacht«, fuhr Conrad auf. Es machte ihn wütend, dass man ihn vor allen anderen lobte, weil er seinen Teamleiter gerettet hatte. Als ob etwas anderes auch nur zur Debatte gestanden hätte.

Steele schoss herum und bedachte Conrad mit einem Blick, der so ausdruckslos war wie sonst Hancocks. »Passen Sie auf, wie Sie mit meiner Frau reden.«

Conrads Gesicht verfinsterte sich. »Das war nicht respektlos gemeint, Dr. Steele. Aber er ist mein Boss. Ich würde mein Leben für ihn opfern.«

»Halt endlich die Klappe, Conrad«, herrschte Hancock ihn an. »Wir haben keine Zeit für so einen Scheiß.« Dann richtete er den Blick wieder auf Maren, packte ihre Hand und drückte sie. Man hätte das für eine Geste der Zuneigung halten können, aber Steele wusste es besser.

»Sei ehrlich zu mir, Maren. Ich muss unbedingt zu ihr. Jede Stunde … verdammt, jede Minute, die sie in seiner Gewalt ist …« Er brach ab und schloss die Augen, doch alle im Raum hatten den Kummer und die Angst in seinem Blick gesehen, und die KGI-Mitglieder waren völlig verblüfft.

Sie wurden Zeuge von etwas, das noch viel bedeutsamer war als zuzusehen, wie Steele, einst der Eismann, einer zierlichen, blonden, blauäugigen Frau und einem kostbaren kleinen Mädchen verfiel, das genau wie seine Mama aussah.

Die Gefühle, die sich auf den Gesichtern abzeichneten, reichten von Verblüffung über Belustigung bis zu Unglauben, begleitet von gemurmelten »Was zum Teufel …?«

P. J. machte keinen gequälten Eindruck, wie man hätte erwarten können. Ja, es hatte eine Zeit lang gedauert, bis sie nicht mehr so heftig reagiert hatte, wenn sie vom Missbrauch an einer Frau erfuhr, aber inzwischen hatte sie ihre Gefühle wieder besser unter Kontrolle.

Hancock richtete den Blick auf Resnick und ließ ihn dann unbewegt über die Teams wandern, die hinter dem Mann standen, dem eine gerade angezündete Zigarette im Mundwinkel hing. Schließlich sah er Sam zweifelnd an. Sein Unbehagen war ihm deutlich anzumerken.

Sam wusste, wie Hancocks Frage lautete. »Er ist vertrauenswürdig«, sagte er. »Wir brauchen alles an Verstärkung, was wir kriegen können. Maksimov aus dem Verkehr zu ziehen, wird nicht leicht werden. Außerdem müssen wir ihn erst mal finden, und für so etwas hat sich Adam in der Vergangenheit als besonders nützlich erwiesen.«

»Das dürften Sie ja wissen«, sagte Resnick angewidert. »Sie haben auf mich geschossen und sich in meinen Computer eingehackt.«

Hancock versuchte gar nicht erst, den Reuevollen zu spielen. Sie alle wussten, dass zu ihrem Job oft auch sehr unangenehme Missionen gehörten, und jeder Einzelne im Raum war zu irgendeinem Zeitpunkt gezwungen gewesen, für den guten Zweck gegen die eigenen Moralvorstellungen zu verstoßen.

Hancock ignorierte Resnicks Sticheleien und wandte sich wieder an Maren. »Cope ist verletzt. Du musst ihn dir ansehen. Viper auch. Du hast selbst gesagt, dass ich nicht sterben werde. Noch nicht. Kümmere dich um die beiden.«

Dann richtete er den Blick wild auf Rio, wobei dieser Blick auch Sam mit einschloss, der neben Hancocks früherem Teamleiter stand. Obwohl Sam KGI leitete, machte es ihm nichts aus, dass Hancock Rio anschaute. Rio war für Hancock gewesen, was Sam für Rio und den Rest von KGI war.

»Honor hat Priorität. Maksimov ist mir scheißegal. Ein anderes Mal. Es gibt immer ein anderes Mal. Aber keine andere Honor. Sie muss an oberster Stelle kommen. Schwöre es mir. Sie muss Priorität haben.«

Rio kniete sich neben Hancock und schüttelte ihm von Krieger zu Krieger die Hand.

»Du hast mein Wort, Bruder.«

Es war das erste Mal, dass sich Rio öffentlich zu der engen Verbindung bekannte, die einst zwischen dem Mann, den er ausgebildet hatte, und ihm bestanden hatte. Und Sam konnte nachvollziehen, was in Hancock vorging. Jeder der Männer konnte das. Sie alle waren schon einmal an dem Punkt gewesen, wo klar war, dass die Frau, die sie liebten, vor allem anderen Vorrang hatte. Vor der Mission. Vor dem übergeordneten Ziel. In manchen Fällen war das Wohlergehen eines einzelnen Menschen durchaus wichtiger als das Wohlergehen vieler.

»Ich bin bereits dabei, ihn zu lokalisieren«, meldete sich Resnick zu Wort. »Der verdammte Kerl könnte überall sein, aber ich prüfe, was am logischsten ist, ausgehend von unserem derzeitigen Standort und den Verstecken, von denen ich Kenntnis habe. Zu wissen, wo er sich aufhält, war nie das Problem. Trotzdem ließ er sich nie erwischen. Das ist ein richtiger Entfesselungskünstler. Gerade war er noch da, im nächsten Moment ist er weg.«

»Ich war überheblich«, gab Hancock mit schmerzverzerrtem Gesicht zu und richtete den Blick auf Swanny, der mehr oder weniger sein Schwager war. »Ich hätte sie mit einem Peilsender ausstatten sollen, wie du das bei Eden gemacht hast. Aber es blieb nur so wenig Zeit, und ich war mir so sicher, dass ich ihn umbringen könnte, bevor Honor auch nur aufwachte.«

»Wieso haben Sie sie eigentlich unter Drogen gesetzt?«, fragte P. J. wütend.

Ihre Teamkollegen sahen sie aufmerksam an, und Cole stellte sich rasch neben sie.

»So war sie doch völlig hilflos. Und Sie haben sich nicht auf den schlimmsten Fall vorbereitet. Sie bereiten sich doch immer auf den schlimmsten Fall vor«, fügte sie mit heiserer Stimme hinzu.

Hancock schloss die Augen. »Ich hatte keine Wahl. Ich habe ohne Netz und doppelten Boden gearbeitet. Maksimov wollte, dass sie ihm betäubt übergeben wird. Und es musste echt aussehen, sonst wären wir ihm niemals nah genug gekommen, um ihn umzubringen. Nicht dass es uns irgendetwas genützt hätte.«

Das klang bitter und voller Selbstverachtung.

»Ich hatte herausgefunden, wer sein Spitzel in Bristows Organisation war, aber offenbar gab es noch einen weiteren. Oder einer meiner Männer hat oder hatte Dreck am Stecken, und das kann ich nicht glauben.«

»Du weißt, dass du keine voreiligen Schlüsse ziehen darfst«, ermahnte Rio seinen vormaligen Schüler.

»Du kennst sie doch auch alle, Rio. Schau sie dir an. Schau ihnen ins Gesicht und schau dir an, wie sie Honor gegenüber empfinden. Und dann sag mir, dass einer von ihnen sie – uns – verraten hat.«

»Wie schlimm ist er verletzt, Maren?«, fragte Steele und unterbrach damit den angespannten Dialog. »Ist er in der Lage, mitzumachen? Ich habe nämlich keine Lust, ihn dabei zu haben, wenn ich fürchten muss, dass irgendjemand von uns wegen ihm ums Leben kommt.«

»Frei bewegliches Ende einer gebrochenen Rippe«, erwiderte Maren nüchtern. »Die Weste hat ihm das Leben gerettet. Bei der Munition, die verwendet wurde, kann er froh sein, dass sie die Weste nicht durchschlagen hat. Conrad hat den Druck auf seine Lunge verringert und Blut und Luft abgesaugt, damit er wieder atmen kann. Ich sage nicht, dass er kampftauglich ist, aber ich werde ihn nicht aufhalten. Vorausgesetzt, er ruht sich aus und rührt sich nicht mehr, bis wir aufbrechen.«

Hancock nickte. Sam war überrascht von seinem raschen Einverständnis. Blass und schweißüberströmt, wie er war, musste er viel schlimmere Schmerzen haben, als er zugab. Aber seine körperlichen Schmerzen waren nichts im Vergleich zu seinen seelischen.

»Dann lasst uns das Arschloch auftreiben und kurzen Prozess mit ihm machen.« Es war das erste Mal, dass Garrett sich äußerte.

Alle im Raum – KGI, Titan, Resnicks Teams – waren derselben Meinung. Eine unschuldige Frau befand sich in den Klauen eines Monsters. Das allein war Grund genug, einem der gefährlichsten Männer der Welt das Handwerk zu legen. Und hinzu kam, dass es sich nicht um irgendeine Frau handelte.

Sie war die einzige Frau, wegen der sich Hancock jemals verletzlich gezeigt hatte, und das machte sie noch wichtiger.

36

Honor lag in ihrem Käfig und hatte die Knie bis ganz zum Kinn hochgezogen. Sie spürte Maksimovs Enttäuschung und seine wachsende Wut. Und seine Verblüffung über ihre Fähigkeit, seinen wiederholten Versuchen zu widerstehen, ihr Schmerz zuzufügen. Aber sie empfand einfach überhaupt nichts mehr. Es war schwierig, jemandem wehzutun, dem das völlig gleichgültig war und der nichts mehr hatte, wofür sich zu leben lohnte.

Sie war keine Idiotin. Es würde keine Rettung geben. Wenn Maksimov seine Spielchen leid wurde, würde er zusehen, dass er das Einzige bekam, wozu sie ihm nützlich war. Geld. Von *Eine Neue Ära*. Sie wusste, es würde bald so weit sein. Mit jedem Tag, der verging – und sie hatte sie nicht mehr gezählt –, wurde er wütender und enttäuschter, dass ihm seine Beute nicht die Befriedigung verschaffte, mit der er gerechnet hatte.

Als er an diesem Morgen in das winzige, fensterlose Zimmer getreten war, in dem ihr Käfig von der Decke hing, hatte sie die Veränderung in ihm gespürt. Er hatte sich nicht die Mühe gemacht, ihr Essen und Wasser zu bringen. Sie hätte sowieso nichts essen können. Sie hätte alles nur wieder erbrochen. Aber Wasser, dafür hätte sie ihre Seele verkauft, nur dass sie keine mehr hatte.

Tote Menschen hatten keine Seele und auch nichts anderes.

»Du hast dich als Enttäuschung entpuppt«, sagte er griesgrämig. Fast wie ein Kind, dem man sein Lieblingsspielzeug vorenthielt. Aber letztlich war er auch nicht mehr als ein verwöhnter Tyrann, der es nicht gewohnt war, seinen Willen nicht durchsetzen zu können.

Er war es gewohnt, so gefürchtet zu werden, dass er den Menschen problemlos seinen Willen aufzwingen konnte, und das hatte bei Honor nun so gar nicht funktioniert.

»Ich werde eine Zeit lang fort sein«, sagte er mit einem unheimlichen Lächeln, das ihr früher vielleicht Angst gemacht hätte. »*Eine Neue Ära* ist sehr erpicht darauf, dich in die Finger zu bekommen. Du wirst bald auf die Reise gehen. Ich glaube, das Ziel kennst du schon. Zumindest wirst du keine Sprachprobleme haben.«

Sie reagierte nicht. Diese Befriedigung wollte sie ihm nicht gönnen. Außerdem kam sie dem Tod so wieder einen Schritt näher, also sollte es ihr nur recht sein. Sie hatte damit gerechnet, dass er sie noch ein paar Tage länger behielt, um endlich seinen Spaß mit ihr zu haben und vor allem, um endlich ihren Willen zu brechen, sah er in dem Ganzen doch einen Kampf zweier willensstarker Charaktere.

Wenn er wüsste ... Es gab keinen Kampf. Sie hatte keinen Grund zu kämpfen. Sie wollte nur noch ihre Ruhe haben. Sie hoffte, im Jenseits Frieden zu finden, allerdings war ihr Glaube heftig erschüttert worden, und sie war sich nicht mehr sicher, was sie nach dem Tod erwartete. Zu oft hatte sie das Böse gewinnen sehen, um noch überzeugt zu sein, dass das Gute existierte. Dass es über alles triumphierte und dass die, die für das Gute kämpften, am Ende belohnt wurden.

Maksimov machte sich nicht einmal die Mühe, sie zum Abschied noch einmal zu quälen, sie dazu zu bringen, vor Schmerz aufzuschreien. Vielleicht wusste er, dass ein weiterer Versuch auch nicht erfolgreicher sein würde als alle vorherigen.

Er machte einfach auf dem Absatz kehrt und verließ den Raum. Sie hörte die Luftschleuse zischen, mit der der Raum versperrt wurde. Er hatte verstärkte Wände, und es gab keine Möglichkeit, dort einzudringen. Vermutlich lag er unter der Erde, obwohl sie das nur aufgrund des leicht modrigen Geruchs und der fehlenden Fenster vermuten konnte. Das Neonlicht brannte die ganze Zeit und sorgte dafür, dass sie sich nie in die tröstende Umarmung der Dunkelheit flüchten konnte. Es war nichts als ein weiterer Versuch, die bereits Gebrochene zu brechen.

Sie richtete den Blick auf die gegenüberliegende Wand, stellte sich farbenfrohe Muster darauf vor und ließ Erinnerungen an ihre Familie hochkommen. Dieses Ritual vollzog sie immer wieder, vor allem, wenn Maksimov sie folterte. Sie baute eine Mauer um sich herum, denn ihr stand noch viel Schlimmeres bevor. Dass sie dem mit Freude entgegensah und erleichtert sein würde, wenn der Tod sie endlich holte, bedeutete nicht, dass sie heulend, bettelnd und schluchzend sterben würde.

Sie mochte zwar keinen Stolz mehr haben, aber hier ging es auch nicht um Stolz. Es ging darum, ihren Peinigern nicht den Sieg zu gönnen, sich an ihrer Qual zu weiden. Sie würde so ruhig und friedlich sterben, wie das nur möglich war.

Dieses Versprechen hatte sie sich selbst gegeben. Und ihrer Familie.

»Wie Sie mit Sicherheit wissen, Hancock, ist das Problem weniger, in eins von Maksimovs Besitztümern hineinzukommen«, sagte Resnick. »Er ist ein gerissenes, paranoides Arschloch mit geheimen Schlupfwinkeln und Verstecken, die man selbst dann noch übersehen kann, wenn man schon darüber stolpert.«

Hancock nickte. Er bewegte sich langsamer, als ihm lieb war. Noch immer hatte er Schwierigkeiten mit dem Atmen, aber er konzentrierte sich nur darauf, Honor zu finden, und dies war bereits ihre dritte Suchaktion. Ihnen lief allmählich die Zeit davon, und seine Verzweiflung wuchs von Minute zu Minute.

»Im Nordflügel bewegt sich etwas.«

P. J.s Stimme, die aus dem Funkgerät kam, klang ungewohnt aufgeregt. Sie, Cole, Skylar und zwei von Resnicks Scharfschützen hatten sich um das Gebäude herum verteilt, während die anderen an allen möglichen Eingängen Position bezogen hatten.

An zwei der Betonwände hatten sie Explosivstoffe angebracht, um sich weitere Eingänge freizusprengen. Jetzt warteten sie nur noch auf das Zeichen zum Angriff.

»Im Südflügel auch«, meldete Cole. »Sieht aus wie Wachleute.«

Hancock spürte, wie seine Hoffnung wuchs, obwohl er alles versuchte, sie zu unterdrücken, damit er nicht wieder enttäuscht wurde. Aber die anderen Gebäude, die sie durchsucht hatten, waren verlassen gewesen. Hier stießen sie zum ersten Mal auf Leben.

»Wir müssen die Menge der Infrarotsignaturen wissen«, mischte sich Hancock ein.

Ja, er war ziemlich ramponiert, aber nicht außer Gefecht, und er würde sich nicht mit einer Nebenrolle begnügen. Dies war seine Mission. Sein Misserfolg. Er würde sich Honor zurückholen, um jeden Preis.

»Ich habe hier drei«, gab P. J. durch.

»Hier zwei«, kam von Cole.

»Im Hof bewegt sich ebenfalls etwas«, ließ sich Edge leise vernehmen. »Sieht so aus, als würden sie demnächst rauskommen.«

Hancocks Puls beschleunigte sich genauso wie seine Atmung, und bei dem raschen Ausdehnen seiner Lunge fuhr ihm ein heftiger Schmerz in die Brust. Aber er ignorierte ihn, denn wenn sich dort etwas bewegte, konnte das durchaus heißen, dass sich Honor hier befand und Maksimov Vorbereitungen traf, sie an *Eine Neue Ära* zu übergeben. Hancock war nicht zu spät gekommen.

Der Kummer zerfraß ihn regelrecht. Er mochte vielleicht früh genug gekommen sein, um sie vor dem Zugriff von *Eine Neue Ära* zu schützen, aber er war Tage zu spät, um sie vor all dem zu schützen, was Maksimov ihr angetan haben mochte.

Schieb es zur Seite. Das hatte Steele ihm geraten, und der hatte Erfahrung mit solchen Situationen. Er hätte beinahe Maren verloren und mit ihr seine eiserne Selbstbeherrschung. Hancock tat Honor keinen Gefallen, wenn er durchdrehte. Er tat ihr keinen Gefallen, wenn er vor Kummer verrückt wurde. Es führte womöglich dazu, dass sie und die anderen starben.

»Bleibt auf euren Positionen«, befahl Sam. »Ein Fahrzeug kommt gleich durch das vordere Tor. Sobald ich den Befehl gebe, stürmen wir. Wir müssen vor allem schnell sein. Wie blutig es wird, ist mir scheißegal. Aber passt ja auf, dass Honor nicht in die Schusslinie gerät.«

Alle kannten ihre jeweilige Aufgabe, und so herrschte Schweigen in der Leitung. Die Scharfschützen würden ihre Zielpersonen töten, sobald sie sicher sein konnten, dass Honor nicht in der Schusslinie war.

»Ich habe eine Infrarotsignatur, die völlig bewegungslos ist und offenbar mitten in der Luft hängt«, sagte Skylar leise.

Hancock wusste, sie hätte die Funkstille nicht durchbrochen, wäre sie sich nicht sicher, dass es sich um Honor handelte.

»Ich brauche eine Minute, um sie genauer anvisieren zu können«, fuhr sie fort. Dann fing sie an zu fluchen, und Hancock gefror das Blut in den Adern.

»Die Signatur kommt von unter dem Haus und ist sehr

schwach. Garantiert ein gesicherter Raum im Untergeschoss. Verstärkte Wände. Genau der Ort, wo man eine Gefangene unterbringen würde.«

Dass Skylar gesagt hatte, die Wärmequelle sei vollkommen bewegungslos, versetzte Hancock in Panik. Und dass sie nur schwach wahrnehmbar war. Aber nein. Wärme bedeutete Leben. Und wenn Skylar recht hatte und es einen unterirdischen Raum mit verstärkten Wänden gab, dann ließ sich die Schwäche des Signals auch dadurch erklären. Aber nicht die Bewegungslosigkeit.

Doch sie lebte, und nur darauf musste er sich konzentrieren, sonst würde er den Verstand verlieren.

»Gebt mir Deckung«, sagte Hancock leise. »Das Untergeschoss gehört mir.«

Rio fluchte. »Aber nicht allein. Und versuch gar nicht erst, mir zu widersprechen.«

Ein Lächeln huschte über Hancocks Gesicht. »Du bist nicht mehr mein Teamleiter, Rio.«

»Das heißt nicht, dass du mir nicht mehr unterstehst«, erwiderte Rio aufgebracht.

»Rio und ich geben dir Deckung, und die anderen machen den Weg frei«, sagte Conrad und stellte sich damit auf Rios Seite.

»Wagen hat angehalten«, hörten sie Nathans Stimme. »Drei Männer. Sonst niemand. Sie sind alle drinnen. Wir müssen sofort losschlagen.«

»Los!«, brüllte Sam.

Und dann war die Hölle los.

Schüsse fielen. Explosionen ließen die Erde beben, und Hancock wäre beinahe gestürzt, hätten Rio und Conrad ihn nicht aufgefangen. Gemeinsam stürmten sie in das Haus und suchten nach dem Zugang zum Untergeschoss.

Resnicks Teams überschwemmten die Räume und schossen auf alles, was sich ihnen in den Weg stellte. Hancock konzentrierte sich nur darauf, den Zugang zum Untergeschoss zu finden. Rio und Conrad liefen neben ihm, aber er wurde kein Mal langsamer oder wartete, bis sie ihm wieder Deckung geben konnten. In der einen Hand trug er ein Sturmgewehr, in der anderen, auf der Seite, wo die Kugel seine Schulter durchschlagen hatte, eine Pistole. Eine erste Suche nach dem Zugang zum Untergeschoss brachte kein Ergebnis, und Hancock fluchte lauthals. Was übersahen sie?

»Reg dich ab und konzentriere dich«, sagte Rio ruhig. Dann sagte er in sein Funkgerät: »Sky, kannst du uns die Position der Wärmequelle im Untergeschoss durchgeben? Wir können nichts finden. Wir brauchen deine Augen.«

»In der Mitte«, erwiderte Skylar gelassen. »Genau in der Mitte. Ihr steht direkt darüber. Dort ist sie.«

Hancock ließ sich auf die Knie sinken, und Conrad und Rio taten es ihm nach. Alle drei tasteten sie den Boden nach irgendeinem Zugang ab. Dann hob Hancock den Blick und ließ ihn über die Wände gleiten. Ein Schalter, natürlich. Es gab keine sichtbare Tür, und der Boden war völlig ebenmäßig.

»Da, die Schalter«, brüllte er Conrad zu. »Versuch sie alle. Da auf der rechten Seite sind sechs nebeneinander. Einer von ihnen muss für den Zugang zum Untergeschoss sein.«

Conrad sprang auf und betätigte einen Schalter nach dem anderen. Beim letzten Versuch glitt ein Teil des Bodens lautlos zur Seite und gab eine Treppe frei. Rio kam ins Stolpern und wäre beinahe nach unten gestürzt.

Hancock verlor keine Sekunde. Aus dem winzigen, hell erleuchteten Raum drang Licht durch die Bodenöffnung. Er stürmte die Treppe hinunter, aufs Schlimmste gefasst, und doch war er nicht vorbereitet auf das, was er sah.

Seine Knie gaben nach, und sein Magen revoltierte, als er den unglaublich kleinen, von der Decke hängenden Käfig sah, in dem Honor ganz klein zusammengerollt lag. Selbst in dieser Position passte sie kaum in den Käfig.

Der Käfig begann, sich herabzusenken. Überrascht sah Hancock sich um. Rio hatte einen Schalter betätigt, der den Käfig langsam von der Decke heruntergleiten ließ.

Hancock stürzte auf den Käfig zu. Seine Kehle war wie zugeschnürt, und als er Honor besser sehen konnte, brach es ihm das Herz.

Ihre Handgelenke und Fußknöchel waren offene, blutige Wunden, die Haut von den zu engen Fesseln durchgescheuert. Wozu die Fesseln? Sie hätte keine Möglichkeit gehabt, sich aus dem Käfig zu befreien. Aber Maksimov genoss es, anderen Schmerzen zuzufügen.

Himmel.

Er gab einen Ton von sich wie ein verletztes Tier und merkte nicht einmal, dass er derjenige war, der ihn ausstieß.

Honor war in einem schrecklichen Zustand. Ihr Haar war grässlich verfilzt, ihr Gesicht voller Blut und blauer Flecke. Schlimmer noch, auf dem Boden unter dem Käfig lag ein Elektroschocker. Und überall am Körper, dort wo Maksimov sie offenbar mit dem Gerät traktiert hatte, hatte sie Brandmale.

Tränen ließen ihm die Sicht verschwimmen. Er brüllte seine aufgestaute Wut heraus, wobei er am ganzen Körper zitterte. Dann packte er die Stäbe, als könne allein sein Wille ausreichen, sie zu zerbrechen und Honor zu befreien.

Er war nicht aufzuhalten. Rio und Conrad sahen rasch ein, dass es keinen Sinn hatte, ihn beruhigen zu wollen, und suchten stattdessen nach einer Vorrichtung, mit der sich der Käfig öffnen ließ. Als sie sie schließlich fanden, hatte Hancock bereits blutige Hände von seinen Versuchen, Honor zu befreien.

Hancock riss die Tür auf, doch dann hielt er inne. Seine Frustration hatte den Siedepunkt erreicht.

»Der Schlüssel«, sagte er mit kratziger Stimme. »Wo zum Teufel ist der Schlüssel, mit dem wir sie aus diesen Scheißfesseln rauskriegen?«

Conrad gab keine Antwort. Stattdessen zog er einen Dietrich aus seinem Kampfanzug und machte sich daran, Honor von ihren Fesseln zu befreien.

Hancock war so darauf konzentriert gewesen, Honor zu finden und zu befreien, dass er noch gar nicht gemerkt hatte, dass ihre Augen offen standen. Er erstarrte, als er ihren vollkommen leeren Blick sah. Kein Funke. Leblos wie der Tod. Absolut keine Reaktion, kein Anzeichen, dass sie auch nur von ihrer Anwesenheit wusste.

Zögernd strich er ihr über die Wange. Er hatte Angst, sie könne auseinanderbrechen, wenn er sie berührte.

»Honor?«

Seine Stimme klang heiser und besorgt, erstickt von den Tränen, die er nicht zurückhalten konnte. Sie liefen ihm die Wangen hinab, und da vergrub er das Gesicht in ihren Haaren. Unterdessen löste Conrad die letzte Fessel an ihrem Knöchel.

Hancocks gesamter Körper bebte, während seine Tränen ihr Haar durchnässten.

»Sie ist frei«, sagte Conrad leise. »Lass mich sie tragen, Hancock. Du weißt, dass du nicht kräftig genug bist. Und wenn sie wach wird und dich so sieht, wirst du ihr höllische Angst machen.«

Hancock stimmte widerwillig zu, wenn auch nicht aus den Gründen, die Conrad genannt hatte. Hancock wusste, wenn Honor wieder zu sich kam, würde sie ihn als den Verräter ansehen, der er war. Als den Versager, der er war. Als den Mann, der seine Versprechen wieder und wieder nicht gehalten hatte.

»Nur bis wir beim Flugzeug sind«, erwiderte Hancock bestimmt. »Dann soll sie ein Schmerzmittel und ein Beruhigungsmittel bekommen. Ich will nicht, dass sie hier zu sich kommt, unter diesen Umständen. Und auch nicht im Flugzeug. Ich will, dass sie an einem Ort wach wird, wo sie sich sicher fühlt.«

»Ich kümmere mich drum«, sagte Conrad, der sehr wohl wusste, was in Hancock vorging. »Und, Hancock, wir alle haben versagt. Nicht nur du.«

»Ich habe sie verraten«, widersprach Hancock aufgewühlt. »Ich war derjenige, der ihr versprochen hat, dass sie nicht an Maksimov ausgeliefert würde, dass ich einen Ausweg finden würde. Ich war derjenige, der sie unter Drogen gesetzt und ihr nicht gesagt hat, was wir vorhaben. Ich war derjenige, von dem sie geglaubt hat, er habe sie verraten, als sie mit Maksimovs Händen auf sich wach wurde. Das hier ist meine Schuld. Nur meine. Und ich bin derjenige, der für den Rest seines beschissenen Lebens damit leben muss.«

37

»Ich bin gerade auf eine Goldmine gestoßen«, sagte Donovan, der sich wie wild in Maksimovs verschlüsselte Computerdateien eingehackt hatte. Begeistert stieß er die Faust in die Luft und lehnte sich dann zufrieden zurück.

Das Flugzeug war vor einer Stunde gestartet, und Honor lag in dem kleinen Schlafzimmer und schlief, nachdem sie ein Beruhigungsmittel bekommen hatte. Die anderen hockten im Wohnbereich auf Stühlen, Sofas und sogar auf dem Boden.

Eines von Resnicks Teams hatte den anderen Jet genommen, um ein Auge auf Honors Familie zu haben. Sam hatte Sean gebeten, das Gelände abzuriegeln und unter gar keinen Umständen irgendjemanden in den Sicherheitsbereich hineinzulassen.

Sie hatten bereits entschieden, dass Nathans und Joes Team auf dem Gelände bleiben und für die Sicherheit der Familie sorgen sollte, während alle anderen verfügbaren Teammitglieder gemeinsam mit Titan auf die Jagd nach Maksimov gehen würden.

»Spuck's aus«, knurrte Hancock.

Er war der Einzige, der nicht saß, obwohl er am dringendsten Ruhe benötigt hätte. Aber er lief in dem kleinen Wohnbereich auf und ab und sah immer wieder zur Schlafzimmertür, hinter der Honor schlief. Die Tür stand einen Spalt offen, für den Fall, dass sie wach wurde und Panik bekam.

»Wenn es irgendein anderer wäre, würde ich eine Falle befürchten«, sagte Donovan. »Aber Maksimov ist ein arrogantes Arschloch. Er glaubt wirklich, er sei unbesiegbar und nicht aufzuhalten. Ich habe die Koordinaten, den Ort und die Zeit für die Übergabe an *Eine Neue Ära*, und Maksimov ist bereits unterwegs. Deshalb war er nicht mehr hier. Er verhandelt mit *Eine Neue Ära* und holt aus seinem ›Fund‹ heraus, was geht. Er hat seine Männer losgeschickt, damit sie Honor zu ihm und zu *Eine Neue Ära* bringen. Ein regelrechtes Traumszenario, das wir da haben. Wir können uns beide zur gleichen Zeit schnappen. So eine Gelegenheit kommt so bald nicht wieder, also müssen wir los und zuschlagen.«

Sam runzelte die Stirn. »Für so einen Coup haben wir nicht genug Leute. Wir sind gut, aber zahlenmäßig deutlich unterlegen. Ohne das Team, das Honors Familie bewacht, und ohne Nathans und Joes Team, das daheim das Gelände abriegelt, haben wir nicht die geringste Chance gegen Maksimov und *Eine Neue Ära* gleichzeitig.«

»Da irren Sie sich«, widersprach Resnick voller Überzeugung. »Ich trommle alles zusammen, was ich bekommen kann. Ich habe vier SEAL-Teams, die bereitstehen, ich habe zwei Geheimeinheiten, außerdem zwei Spezialeinheiten und die Besten der Besten, Army Rangers und mehrere Luftlandeeinheiten. Die werden gar nicht wissen, wie ihnen geschieht. Uncle Sam würde nichts lieber tun, als zwei Fliegen mit einer Klappe schlagen, und wir bekommen alles, was wir brauchen. Hauptsache, wir machen sie alle unschädlich. Für diese Mission geben die mir auch den Schlüssel zum Königreich. Echt wahr.«

»Ihr werdet irgendeinen Köder brauchen«, sagte P. J. nachdenklich. »Wenn ihr Honor nicht vorweisen könnt, kommen wir niemals nahe genug an sie ran.«

»Nein!«, schrie Cole wutentbrannt auf. Er wusste genau, wohin das führte. Hancock sah den entsetzlichen Schmerz in Coles Augen und wusste, er erinnerte sich an das letzte Mal, als

KGI einen Köder eingesetzt hatte – P. J. – und an das grauenhafte Ergebnis. Sie war vergewaltigt und misshandelt worden, und jedes einzelne KGI-Mitglied trug noch immer schwer an der Schuld, aber keiner mehr als Cole.

»Kommt gar nicht infrage«, sagte Cole mit eisiger Stimme, der man seine Wut deutlich anhörte. »Ich setze dein Leben nicht noch einmal aufs Spiel, P. J. … Das kannst du nicht von mir verlangen. Nicht nach allem …«

Er konnte nicht mehr weitersprechen. Tränen standen ihm in den Augen.

»Natürlich kann sie das nicht«, sagte Skylar besänftigend, legte Cole die Hand auf den Arm und drückte ihn tröstend. »P. J. sieht Honor nicht im Entferntesten ähnlich. Das würde niemals hinhauen.«

Cole war so erleichtert, dass ihm die Knie nachgaben. Er zog P. J. an sich und vergrub das Gesicht in ihren Haaren. Sie ließ es geschehen, denn sie wusste, wie aufgewühlt ihr Mann war.

P. J. war nicht der Typ Frau, der sich eine Schwäche erlaubte oder vor anderen zeigte, dass sie Schutz oder Trost brauchte. Sie war eine verdammt starke Kämpferin. Honor war genauso stark, nur auf andere Art.

»Ich wäre die logische Wahl«, fügte Skylar ruhig hinzu.

Sofort erhob sich überall in der Kabine Protest, der von *Verdammt, nein* bis *Nur über meine Leiche* reichte. Edge war aufgesprungen. Der Riese schien den gesamten Raum der ohnehin schon überfüllten Kabine einzunehmen. Seine Augen blitzten vor Wut.

»Das wirst du *nicht* tun, Sky.«

»Du bist nicht mein Teamleiter, Zane«, sprach Skylar ihn liebevoll mit seinem richtigen Namen an.

Die beiden wohnten zusammen und waren gute Freunde. Beste Freunde. Ihre Beziehung hatte nichts Romantisches. Es war mehr wie bei sich sehr nahestehenden Geschwistern. Aber das bedeutete nicht, dass Edge nicht einen ausgeprägten Beschützerinstinkt hatte, was Skylar betraf.

»Nein, aber wir sind es«, sagte Nathan barsch und deutete mit dem Daumen erst auf sich und dann auf Joe. »Und das Risiko, dich als Köder einzusetzen, werden wir nicht eingehen. Nie wieder werden wir jemanden in eine Situation bringen, wie P. J. sie erleben musste. Sie hat dafür einen verdammt hohen Preis gezahlt, und wir hätten sie beinahe verloren. Dich werden wir nicht verlieren, und das ist ein Befehl.«

Skylar warf ihnen allen einen genervten Blick zu. P. J. und sie sahen sich rasch auf diese schwesterliche Art an, die einem mentalen Augenverdrehen gleich kam. Sie waren sehr gut ausgebildete, tödliche Waffen, die ihren männlichen Kollegen in nichts nachstanden, aber KGI schätzte und beschützte seine Frauen. Alle. Ehefrauen, Schwestern, Mütter und sogar ihre Teamkolleginnen.

»Wenn wir einen Mann als Köder bräuchten, würde irgendeiner von euch auch nur eine Sekunde zögern, sich freiwillig zu melden?«, fragte Skylar herausfordernd. »Ich meine, mich noch zu erinnern, dass Joe den Platz des Piloten eingenommen hat, der Maren und Caldwell weiß der Teufel wohin fliegen sollte. Da war nicht die Rede davon, dass wir sein Leben riskieren.«

Die KGI-Männer sahen sich mit unbehaglichem Gefühl an, denn sie wussten, sie saßen in der Zwickmühle. Wenn sie darauf bestanden, Skylar nicht der Gefahr aussetzen zu wollen, sandten sie das falsche Signal aus. Dass sie nämlich nicht gleichberechtigt war, obwohl sie es auf allen Ebenen war. Dass sie ihr nicht zutrauten, auf sich aufzupassen und ihre Arbeit zu erledigen.

»Also hört auf mich, bevor ihr von eurer hohen Warte herab eure Entscheidungen fällt«, sagte sie sarkastisch.

»Honor ist klein. Wir haben fast die gleiche Größe. Sie ist dünner als ich, aber sie ist auch durch die Hölle gegangen, da ist das kein Wunder. Aber wir sind beide blond, und ich muss ihnen nicht so nahe kommen, dass sie genau hinschauen können. Sie müssen nur glauben, dass ich Honor bin, verschnürt wie ein Thanksgiving-Truthahn, der *Eine Neue Ära* auf dem Silbertablett überreicht wird.

Wir verpassen mir noch ein paar blaue Flecke. Nicht wirklich«, fügte sie rasch hinzu, als alle im Flugzeug sie entsetzt anstarrten. »Make-up ist etwas sehr Nützliches. Wir lassen mich so aussehen, wie sie aussah, als wir sie gefunden haben. Und ich werde so tun, als wäre ich bewusstlos, womit sie rechnen dürften. Schließlich haben sie anscheinend eine Vorliebe für unter Drogen gesetzte Frauen«, fügte sie angewidert hinzu.

»Tatsache ist, wenn ich Honor spiele, ist das unsere Eintrittskarte. Den Rest erledigen wir, Resnicks Teams und wen immer Uncle Sam uns zu schicken geruht. Ihr wisst, das ist ein verdammt guter Plan, und wenn ihr mal für zwei Sekunden eure männlichen, noch aus dem dreizehnten Jahrhundert stammenden Egos beiseite lassen könntet, müsstet ihr zugeben, dass das der einzige Weg ist, wie wir an unser Ziel kommen.«

»Verdammte Scheiße«, murmelte Garrett.

Edge sah jetzt auch nicht glücklicher aus als am Anfang, aber er presste die Lippen fest zusammen, offenbar um sich davon abzuhalten, lautstark zu widersprechen.

»Sie hat recht«, sagte Sam leise. »Verdammt, ich muss das nicht mögen. Ich mag es nicht. Ich hasse es. Nur – sie hat recht. Aber ich will, dass sie die ganze Zeit Deckung hat.«

P. J. ergriff Skylars Hand und drückte sie. »Danke. Ich wollte nicht erreichen, dass du dich anbietest. Ich wollte nicht, dass du der Köder wirst. Ich hätte es selbst gemacht, hätte mir das Haar gefärbt, was auch immer nötig gewesen wäre. Aber …«

Sie wirkte so peinlich berührt und so verletzlich, dass Cole ihr die Hand in den Nacken legte und ihn tröstend drückte.

»Ich bin mir nicht sicher, ob ich es wirklich hätte tun können«, räumte P. J. ein. »Ich weiß nicht, ob ich mich wirklich darauf verlassen kann, dass ich nicht durchdrehen würde, und dafür schäme ich mich, vor allem, weil ich *erleichtert* bin, dass du es machst und nicht ich. Ich bin so ein schrecklicher Feigling«, fügte sie angewidert hinzu. Ihre Gefühle standen ihr, die sich sonst nie etwas anmerken ließ, ins Gesicht geschrieben.

Hancock hatte es satt, dass sich diese tapfere Frau unter Druck setzte, wo sie doch eine der stärksten Frauen war, die er je kennengelernt hatte. Er ging zu ihr, ohne darauf zu achten, dass Cole sofort empört schnaubte und P. J. hinter sich zu bugsieren versuchte.

Hancock blieb vor P. J. stehen und kniete sich dann hin, um auf Augenhöhe mit ihr zu sein.

»Schimpfen Sie sich ja nie wieder einen Feigling«, sagte er und machte gar nicht erst den Versuch, seinen Ärger zu verbergen. »Sie haben das Herz einer Kriegerin. Und Sie sind einer der mutigsten Menschen – genau Menschen, nicht Frauen –, die mir je begegnet sind. Ich bin mir sicher, Sie könnten jeden Einzelnen Ihrer Teamkollegen im Kampf besiegen, und das wissen Sie auch. Wir alle wissen das. Was Sie getan haben, was Sie durchgemacht haben, war das Selbstloseste, was ich je erlebt habe. Bis Honor …«

Er schwieg, von Trauer überwältigt.

Cole war völlig verblüfft, dass Hancock P. J. so leidenschaftlich verteidigte. Hancock und er sahen sich verstehend an, und in Coles Augen blitzte so etwas wie Respekt auf. Der Rest von KGI wirkte nicht weniger überrascht. Außer Rio, der den Eindruck machte, als hätte er nichts anderes erwartet.

Hancock riss sich zusammen, denn er war noch nicht fertig.

Abrupt stand er auf und ging zu Skylar, und wie bei P. J. kniete er sich vor ihrem Sessel hin. Sanft nahm er ihre Hände in seine, achtete dabei aber darauf, dass er die Wut, die in ihm kochte, nicht auf seinen Griff übertrug.

»Danke«, sagte er leise. »Danke, dass Sie Ihr Leben für eine Frau riskieren, die Sie gar nicht kennen, und für einen unwürdigen Mann, der Ihnen allen in der Vergangenheit eine Menge Ärger gemacht hat. Ich verdiene die Hilfe nicht, die Sie so selbstlos anbieten, aber ich bin Ihnen von ganzem Herzen dankbar. Und eins müssen Sie wissen.«

Er schwieg einen Moment und sah sie lange durchdringend an, bis er sich sicher war, dass sie ihn auch wirklich wahrnahm. So wie er war.

»Sollten Sie jemals Hilfe brauchen, sollten Sie jemals irgendetwas, egal was, benötigen, brauchen Sie mich nur zu kontaktieren. Ich werde kommen. Was auch geschieht. Ich kann nicht hoffen, dass ich jemals wiedergutmachen kann, was Sie alle für mich tun, aber ich kann es zumindest versuchen.«

Zu seiner Überraschung umarmte ihn Skylar, sehr behutsam, um ihm nicht noch mehr wehzutun. Er versteifte sich, weil er mit so etwas überhaupt nicht gerechnet hatte und nicht wusste, wie er darauf reagieren sollte. Niemand umarmte ihn. Außer Honor und seine Schwester.

»Das wird schon wieder, Hancock«, flüsterte Skylar ihm ins Ohr. »Noch ist nicht alles verloren. Sie haben aufgegeben, aber das dürfen Sie nicht. Ist sie es wert, dass man um sie kämpft? Wenn ja, dann tun Sie es. Hören Sie? Kämpfen Sie gefälligst, Guy Hancock.«

Er umarmte sie ebenfalls und legte ihr das Kinn auf den Scheitel.

»Sie sind eine ganz besondere Frau, Skylar«, sagte er. Es war nicht zu überhören, wie erschöpft er war.

»Gehen Sie zu Honor, Hancock«, sagte Donovan leise. »Sie sind im Moment nicht bei der Sache. Sie müssen sich erst vergewissern, dass mit ihr alles in Ordnung ist. Wir halten Sie auf dem Laufenden. Wir wollen Sie nicht auf die Ersatzbank abschieben, obwohl Sie im Grunde zu nichts anderem zu gebrauchen sind, als in einem Krankenhausbett zu liegen. Aber wenn es um Eve oder eine unserer Ehefrauen ginge, würden wir uns auch nicht aufhalten lassen, nicht mal, wenn wir schon im Sterben lägen. Ich verspreche Ihnen hoch und heilig, Sie werden alles erfahren.«

»Wenn sie eins wirklich nicht braucht, dann, dass sie erwacht und mich sieht«, erwiderte Hancock düster. »Ich werde ihr nicht noch mehr wehtun, als ich das bereits getan habe.«

»Sie ist bewusstlos«, sagte Conrad. »Sie wird nicht so bald wieder zu sich kommen. Hör auf, dir Vorwürfe zu machen. Wir wissen beide, dass es nicht deine Schuld war.«

»Und ob es das war!« Der Schmerz und die Verzweiflung in seiner Stimme ließen die anderen zusammenzucken.

Conrad lag falsch, und das wusste Hancock. Es *war* sein Fehler. Er hatte sie verraten, und er hatte sie im Stich gelassen. Aber er glaubte Conrad, dass er Honor ein so starkes Beruhigungsmittel gegeben hatte, dass sie erst wieder aufwachen würde, wenn sie an einem sicheren Ort war. Und er musste sie unbedingt sehen. Musste sie berühren, auch wenn er beides nicht verdiente. Aber er musste einfach wissen, wie schlimm Maksimov sie zugerichtet hatte.

Er nickte kurz, dann trat er leise in das kleine Schlafzimmer, in dem Honor bewusstlos auf dem Bett lag. Selbst so hatte sie sich schützend zusammengerollt, und sie sah so verletzlich aus, dass ihm der Schmerz schier das Herz zerriss.

Er liebte sie. Verdammt, er betete sie an. Noch nie hatte er jemanden geliebt außer seiner Pflegefamilie, Eddie und Caroline Sinclair, die ihm die Eltern ersetzt hatten, die er nie gehabt hatte, und seinen Brüdern, Raid und Ryker, sowie seiner kostbaren kleinen Schwester, Eden, die er ebenfalls im Stich gelassen hatte. Wie es aussah, tat er immer genau denen weh, die ihm am meisten bedeuteten. Wie sollte er, nach allem, was er getan hatte, Big Eddie jemals wieder unter die Augen treten? Früher hatte er immer gewusst, dass das, was er tat, ein notwendiges Übel war.

Aber auf jemanden wie Honor war er ganz und gar nicht vorbereitet gewesen. Sie hatte seine sorgfältig errichteten Mauern eingerissen. Und irgendwie war sie ein lebender, eigenständiger Teil von ihm geworden. Seine andere Hälfte. Jetzt wusste er, was die Kellys dazu antrieb, ihre Frauen unter allen Umständen zu beschützen. Er spürte es jetzt selbst. Nur dass die Kellys ihren Frauen nicht angetan hatten, was er Honor angetan hatte, was er am Anfang ohne Bedauern oder schlechtes Gewissen geplant hatte.

Jetzt war das etwas, das ihn den Rest seines Lebens verfolgen würde.

Er legte sich auf das Bett und rückte Zentimeter um Zentimeter näher an sie heran, um sie zu riechen, ihre Wärme zu spüren, sie zu berühren. Eine Ewigkeit schien zu vergehen, bis sie schließlich in seinen Armen lag, und erst dann konnte er sich ein wenig entspannen.

Er vergrub das Gesicht in ihrem verfilzten Haar. Ihm machte es nichts aus, dass es nach Erde und nach Blut roch. Und dann weinte er. Er weinte um all das, was ihm geschenkt worden war und was er so gleichgültig weggeworfen und verraten hatte. Was jetzt für alle Zeiten für ihn verloren war.

Honor hatte ihn verwandelt. Sie hatte ihn ganz grundlegend verändert, und auch wenn sie ihn jetzt hasste, würde er in Zukunft so leben, wie sie das für ihn gewünscht hätte. Er wollte der Mann sein, für den sie ihn gehalten hatte. Sie war der einzige Mensch, der jemals etwas jenseits der Dunkelheit gesehen hatte, die ständig in seiner Seele herrschte. Er war fertig mit Titan. Er war fertig mit dem Kampf für das übergeordnete Ziel. Er wollte nicht mehr der Mann sein, der sich nicht im Spiegel anschauen konnte, weil er den, der ihm daraus entgegenstarrte, nicht mehr kannte.

Sie hatte sich ihm geschenkt, ihm das Beste von sich gegeben, und er hatte es weggeworfen. Alles für das übergeordnete Ziel.

38

Hancock schreckte hoch und versteifte sich, als er spürte, wie sich Honor bewegte. Verdammt! Er war eingedöst, weil er Schlaf brauchte und seine Verletzungen auskurieren musste, aber er hatte nicht vorgehabt, so lange zu bleiben. Und sie hatte nicht wach werden sollen, bevor sie nicht bei ihrer Familie war. Er hatte nicht einmal eine Spritze da, die er ihr rasch hätte geben können, damit sie nicht wach wurde.

Er sah sie besorgt an. Hoffentlich war sie nur unruhig und würde gleich wieder in Tiefschlaf versinken. Aber dieses Glück war ihm nicht vergönnt.

Ihre Lider zitterten, und dann öffnete sie die Augen. Angespannt wartete er auf ihre Verachtung und ihren Hass, und er machte sich auf all das gefasst, was er verdiente. Aber sie sah ihn nur aus leeren, ausdruckslosen Augen an und zeigte keine Reaktion. Nichts. Eine schreckliche Angst bemächtigte sich seiner, denn sie war einfach nicht da.

»Ich hätte es wissen sollen«, sagte sie mit monotoner Stimme. »Dass du derjenige sein würdest, der mich zu *Eine Neue Ära* bringt. Nicht Maksimov. Ironisch, nicht wahr? Du ›rettest‹ mich vor *Eine Neue Ära*, und dann bist du derjenige, der mich zu ihnen zurückbringt. Ein geschlossener Kreislauf.«

Ohne ein weiteres Wort drehte sie sich von ihm weg, stöhnte auf, weil ihr die Bewegung Schmerzen bereitete, und rollte sich erneut schützend zusammen. Sie schloss ihn aus, zog sich in sich zurück, an einen Ort, wo ihr nichts mehr wehtat.

Ihre Worte bohrten sich in seine Seele, als hätten sie bösartige Klauen, mit denen sie ihn zerrissen. Alles in ihm sehnte sich danach, sie zu halten. Sie zu trösten. Ihr alles zu erzählen, was ihm auf dem Herzen lag. Aber sie würde ihm nicht glauben. Sie würde ihm nie mehr glauben. Wie all das andere Kostbare, das er verloren hatte, hatte er auch ihr Vertrauen verloren.

Beinahe hätte er ihr die Hand auf die Schulter gelegt, aber im letzten Moment zog er sie zurück, weil er ihr nicht noch mehr Schmerzen bereiten wollte und erst noch herausfinden musste, wie schlimm sie verletzt war.

»Was hat das Schwein dir angetan?«, fragte er. Es gelang ihm nur mühsam, die Wut aus seiner Stimme herauszuhalten.

Sie zuckte kaum merklich mit den Schultern. »Spielt das eine Rolle?«

»Und ob es das tut! Was hat Maksimov dir angetan, Honor?«

Sie versteifte sich, und er konnte spüren, welche entsetzlichen Schmerzen sie haben musste. Am liebsten hätte er wie ein Kind losgeheult.

»Du solltest es wissen, Hancock«, sagte sie müde, als würden die Mauern und die alternative Realität, die sie sich erschaffen hatte, um zu überleben, allmählich in sich zusammenbrechen. »Du hast mir erzählt, was Maksimov tun würde. Genau wie du mir erzählt hast, was *Eine Neue Ära* tun wird. Möchtest du all die ekligen Details wissen? Macht es dich glücklich, wenn du weißt, dass ich gelitten habe? Hast du Angst, dass er *nicht* all das mit mir gemacht hat, was du mir vorausgesagt hast?«

Er bekam keine Luft mehr. Sein Herz schien auf einmal eine Tonne zu wiegen. Eine Angst, wie er sie noch nie gekannt hatte, lähmte ihn, und er konnte nicht mehr sprechen. Nicht mehr denken. Nicht vergessen, wie er Honor beschrieben hatte, was Maksimov und *Eine Neue Ära* alles mit ihr machen würden. Und er hatte geschworen, dass er das nicht geschehen lassen würde, dass er die Mission sausen ließe. Und nun glaubte sie, das sei alles Lüge gewesen.

»Was hat er getan?« Hancocks Stimme klang rau und tränenerstickt. Er war nicht mehr Herr seiner Gefühle, und er konnte nicht mehr vernünftig denken.

»Nichts Schlimmeres, als schon vorher geschehen war«, erwiderte sie in einem Ton, als spielte es keine Rolle. »Er hat mir nicht wehgetan, Hancock. Das warst du. *Du* hast mich zerstört. Und in gewisser Weise sollte ich dir vermutlich dankbar dafür sein. Denn du hast mir wehgetan, wie das noch nie zuvor jemand getan hat, und dagegen ist das, was Maksimov getan hat, verblasst. Es hat wehgetan. Ich weiß, dass es wehgetan hat. Das muss es doch, oder? Aber ich habe es nicht gespürt. Weil die Toten nichts spüren können. Und an dem Tag, als du mich verraten hast, bin ich gestorben. Also heiße ich alles willkommen, was *Eine Neue Ära* mit mir vorhat. Denn es wird keine Rolle spielen. Nichts hat noch irgendeine Bedeutung, und so wie bei Maksimov kann ich sie immerhin des Vergnügens berauben, mich schreien zu hören. Oder betteln. Das wird nicht geschehen. Sie werden sich darauf freuen, mich zu brechen. Aber wie ich schon zu Maksimov gesagt habe, als er mich selbstgefällig informiert hat, dass *er* mich brechen würde: ›Was bereits gebrochen ist, kann man nicht brechen‹.«

Hancocks Herz zersprang in tausend winzige, rasiermesserscharfe Teile. Von diesem Schlag würde er sich nie wieder erholen. Er blutete innerlich. Und diese Blutung würde nie zum Stillstand kommen. Tränen liefen ihm die Wangen hinab. Sein Kummer verschlang ihn, bis nichts mehr von ihm übrig war. Genau wie Honor beschrieben hatte, dass nichts mehr von ihr übrig war.

Gebrochen. Er hatte sie gebrochen, wo doch nichts anderes sie hatte brechen können.

Er hatte dieses kostbare Geschenk zerstört.

»Ich weiß, dir ist egal, was ich will«, sagte sie mit müder Stimme. »Aber ich habe wirklich Schmerzen, Hancock, und ich weiß, mir bleibt nicht mehr viel Zeit, bis das letzte Kapitel beginnt. Könntest du mich wenigstens in Ruhe lassen? Dich zu sehen, mit dir zu reden, hat mich aus meinem Rückzugsort gerissen, den ich mir so mühsam geschaffen habe. Aus einem Ort, an dem mich nichts und niemand verletzen oder berühren kann. Wo ich keinen Schmerz empfinde. Ich empfinde … nichts. Und das brauche ich. Du hast bekommen, was du wolltest. Würdest du mich jetzt bitte in Frieden lassen, damit ich mich auf das vorbereiten kann, was auf mich zukommt?«

Hancock drehte sich weg. Er traute sich nicht, sie noch einmal anzuschauen, denn er wusste, das würde ihn umbringen. Sie hatte Schmerzen. Auch wenn sie behauptete, Maksimov habe ihr nicht wehgetan, hatte sie das nicht im eigentlichen Sinn des Worts gemeint. Sie hatte nur gemeint, dass Maksimov sie nicht hatte brechen können, weil Hancock sie bereits gebrochen hatte.

Er ging in den Wohnzimmerbereich zurück, wo er sofort spürte, dass alle an seinem Gesichtsausdruck ablesen konnten, was er gerade Schreckliches erlebt hatte.

Er konzentrierte sich auf Maren und versuchte, ruhig und gefasst aufzutreten, auch wenn er innerlich starb. Er blutete aus Tausenden von Wunden, verursacht durch sein zersplittertes Herz.

»Sie hat Schmerzen. Ich weiß nicht, was er ihr angetan hat, und sie hasst mich. Aber sie hat Schmerzen, und du musst sie dir anschauen. Sie braucht ein Schmerzmittel, und, Maren, bitte gib ihr auch ein Beruhigungsmittel. Sie ist … gebrochen. Ich habe sie gebrochen.« Ihm versagte beinahe die Stimme. »*Ich* habe sie gebrochen. Nicht Maksimov. Ich. Sie leidet jede Sekunde, die sie bei Bewusstsein ist, denn sie ist innerlich tot. Bitte verschaff ihr ein bisschen Frieden. Für mich. Bitte.«

Maren sah ihn ergriffen an, und dann schlang sie, wie vorher Skylar, die Arme um ihn und zog ihn sanft an sich. Er spürte, wie ihre Tränen sein T-Shirt durchnässten. Wegen ihm. Himmel.

Behutsam schob er sie weg und richtete dann den Blick seiner toten Augen auf sie.

»Versuche nicht, mich zu verteidigen oder ihr irgendetwas zu erklären, Maren. Wenn sie glaubt, dass du mehr für mich bist als jemand, den ich bezahle, um sie wieder halbwegs herzustellen, bevor sie an *Eine Neue Ära* weitergereicht wird, dann wird sie dir nicht trauen und jegliche Behandlung verweigern, Schmerzmittel und vor allem Beruhigungsmittel. Bitte sorge dafür, dass sie es so angenehm wie möglich hat, und versuche herauszufinden, was dieses Schwein ihr angetan hat. Ich muss es wissen. Verdammt, ich muss es wissen, denn diese Sünde wird mir für alle Ewigkeit auf dem Gewissen lasten.«

»Aber …«

»Bitte. Für sie, Maren. Tu ihr diesen Gefallen. Ich habe keinen verdient, aber sie. Gib ihr das Gefühl, du würdest mich hassen. Erzähl ihr, ich hätte dich entführt und gezwungen, dich um ihre Wunden zu kümmern. Tu alles, was nötig ist, um sie zu überzeugen, dass du nicht das Geringste mit mir zu tun hast, sonst wird sie sich nicht von dir helfen lassen.«

Maren seufzte, nickte aber und holte ihren Arztkoffer. Mit einem letzten mitleidsvollen Blick auf Hancock verschwand sie im Schlafzimmer.

Hancock wandte sich Resnick zu. »Ich habe kein Recht, Sie um irgendetwas zu bitten, aber bitte stellen Sie Ihr bestes Team vor das sichere Haus, in dem wir Honor unterbringen. Sagen Sie ihr, dass mich das US-Militär abgefangen und sie gerettet hat – sie glaubt, ich sei derjenige, der sie an *Eine Neue Ära* ausliefert – und dass sie in Sicherheit und auf US-amerikanischem Boden ist, aber erst zu ihrer Familie kann, wenn Maksimov, *Eine Neue Ära* und … ich … endgültig besiegt sind. Ihre Familie darf noch nicht wissen, dass sie am Leben ist. Erklären Sie ihr und ihrer Familie die Gefahr und sagen Sie ihr, dass ihre Familie ebenfalls bewacht und beschützt wird und Ihr Team sie zu ihrer Familie bringt, sobald die Gefahr vorüber ist.«

»Wird gemacht«, entgegnete Resnick, ohne zu zögern. »Aber eins müssen wir an dieser Stelle mal festhalten, Hancock. Sie sind gar nicht das herzlose Arschloch, als das Sie sich immer hinstellen. Allerdings war ich alles andere als begeistert, angeschossen zu werden, aber jetzt kenne ich den Grund und weiß, das war durchaus gerechtfertigt.«

»Sie irren sich«, widersprach Hancock. »Ich bin genau das und noch viel Schlimmeres.«

39

Als Maren eine Stunde später in der Schlafzimmertür erschien, flogen alle Köpfe zu ihr herum. Hancock drehte sich der Magen um, denn Maren sah aus, als stünde sie kurz vor dem Zusammenbruch. Steele war bereits aufgesprungen und zu ihr geeilt, bevor Hancock nach Honor fragen konnte.

»Komm bitte mit rein, Jackson«, bat Maren mit tränenerstickter Stimme.

Sie war die Einzige, die ihn bei seinem Vornamen nannte, und es klang seltsam, denn *Steele* passte viel besser zu ihm.

Hancock sprang auf, um zu protestieren, aber Maren hob abwehrend die Hand. »Sie schläft. Sie wird nicht mitbekommen, dass Jackson im Zimmer ist. Ich … ich brauche ihn eine Weile.«

Steele nahm seine Frau in die Arme, ging mit ihr in das Schlafzimmer und schloss die Tür hinter sich.

Maren brach in Tränen aus und vergrub das Gesicht an der kräftigen Brust ihres Manns.

»Nicht weinen, Schatz«, sagte Steele verzweifelt. Alle wussten, wenn Maren weinte, ging Steele in die Knie und war hilflos wie ein neugeborenes Baby.

»Sie leidet so schrecklich, Jackson«, brachte Maren mühsam heraus. »Beide leiden sie. Hancock hatte recht. Sie ist völlig gebrochen. Sie ist gar nicht richtig da. Sie hat keinen Überlebenswillen mehr. Sie will sterben.«

Steele hielt sie fest, strich ihr über den Rücken und tröstete sie, so gut er konnte. Sie war ein durch und durch guter

Mensch. Sie hatte ein weiches Herz, und sie war Licht und Sonnenschein. Alles was er nicht war, durch sie aber erleben durfte. Mit ihr. Himmel, wie war sein Leben bloß gewesen, bevor er sie kennengelernt hatte?

Er sah über den Kopf seiner Frau hinweg zu Honor, die zusammengerollt auf dem Bett lag, und zuckte zusammen. Honor sah schrecklich mitgenommen aus.

»Was hat das Schwein mit ihr gemacht?«, fragte er mit gefährlich leiser Stimme, der seine Wut deutlich anzuhören war.

»Er hat sie gefoltert. Er hat sie mehrfach mit einem elektrischen Viehtreiber verbrannt. Sie hat überall am Körper Brandmale. Sie hat blaue Flecken. Sie ist geschlagen worden. Aber, Jackson, das ist noch nicht das Schlimmste. Von den Verletzungen wird sie sich wieder erholen. Aber sie ist gebrochen. Sie hat einfach aufgegeben. Ihr ist alles egal. Sie hasst nicht. Sie liebt nicht. Sie ist nicht wütend. Sie kann überhaupt nichts fühlen. Sie ist eine leere Hülle, bereits tot, nur dass ihr Herz noch schlägt. Aber auf allen Ebenen, die von Bedeutung sind, ist sie bereits nicht mehr unter uns.

Sie hat keine Angst davor, an *Eine Neue Ära* weitergereicht zu werden. Sie akzeptiert es. Sie heißt es willkommen. Himmel! Sie empfindet einfach nichts. Ich weiß nicht, ob sie das überleben wird. Sie hat versucht, sich umzubringen, als Bristow versucht hat, sie zu vergewaltigen. Beide Handgelenke sind genäht, und die Schnitte sind tief. Ich fürchte, wenn ihr klar wird, dass man sie nicht an *Eine Neue Ära* aushändigt, wird sie beenden, was sie angefangen hat, und ihrem körperlichen Leben ein Ende setzen, denn ihre Seele ist bereits tot.«

»Hurensohn!«, fluchte Steele und rieb sich über die Brust, die ihm auf einmal so wehtat. »Diese Frau hat Unglaubliches mitgemacht. Sie hat überlebt, wo sonst keiner überlebt hätte. Sie hat gekämpft. Nie hat sie aufgegeben. Aber offenbar liebt sie Hancock, und sein vermeintlicher Verrat hat geschafft, was nichts sonst geschafft hat. Er hat sie zerstört.«

Maren sah Steele mit Augen voller Tränen an. »Und wie soll ich da rausgehen und Hancock all das erzählen, was ich dir gerade erzählt habe? Hast du ihn dir angeschaut? Er ist innerlich genauso tot und zerstört wie sie. Er wird das genauso wenig überleben wie sie.«

Steele legte zärtlich die Hand unter ihr Kinn und küsste sie auf die Lippen. »Du lässt es nicht zu.«

»Das wird er nicht akzeptieren«, widersprach sie. »Er wird durchdrehen. Er quält sich doch bereits mit der Frage, was Maksimov ihr angetan hat. Es nicht zu wissen bringt ihn um.«

»Du sagst ihm nur das Wichtigste. Berichte von den Verletzungen. Aber erzähle ihm nichts von all dem, was du mir eben erzählt hast. Das führt zu nichts. Im Gegenteil, das könnte unsere Mission entscheidend beeinträchtigen. Denn wenn du ihm alles erzählst, was du mir eben erzählt hast, wird er komplett durchdrehen. Er wird nicht aufzuhalten sein. Er wird zu einer Belastung werden. Sein einziges Ziel wird sein, den Mann zu töten, der ihr wehgetan hat, und die Männer, die ihr noch wehtun werden. Ihm wird egal sein, ob er stirbt. Wie du sagtest, er ist bereits tot. Aber er könnte verdammt viele von uns mit in den Tod reißen. Er muss so ruhig und konzentriert wie möglich bleiben, also erzähle ihm nur, was du ihm unbedingt erzählen musst, und sonst nichts. Ich werde niemanden von KGI gefährden, nur weil Hancock den Verstand verliert und unsere gesamte Mission gefährdet.«

Seufzend lehnte sich Maren an ihn. Er schlang die Arme um sie und hielt sie fest, weil er wusste, dass sie das jetzt am meisten brauchte.

»Du hast natürlich recht«, entgegnete sie. »Aber, Himmel, Jackson. Es hat mir wehgetan, diese junge Frau so zu erleben, völlig am Ende und in ihr Schicksal ergeben. Ich könnte wirklich heulen.«

Er lächelte. »Schatz, du heulst doch bereits. Du hast mich ganz nass geweint.«

Sie zog die Nase hoch. »Das hättest du nicht merken sollen.«

Er nahm ihre Hand und drückte sie. »Komm, reden wir mit Hancock, bevor er das Flugzeug in seine Einzelteile zerlegt.«

»Ich liebe dich«, sagte sie mit erstickter Stimme. »Ich glaube, zum Teil nimmt mich Honors Schicksal so mit, weil das auch mir hätte passieren können.«

Steele zog sie fest an sich. Schauder liefen ihm über den Rücken. Nie konnte er vergessen, dass er sie damals beinahe verloren hätte. Kein Tag verging, an dem er nicht daran dachte, an dem er sich nicht an jene Augenblicke erinnerte, als er glaubte, sie verloren zu haben. Denn, Himmel, von diesen Augenblicken hatte es mehrere gegeben.

»Ich liebe dich auch«, sagte er mit rauer Stimme. »Du und Olivia, ihr seid mein Leben.«

»Und es tut mir weh, Hancock so zu erleben«, fuhr sie mit schmerzerfüllter Stimme fort. »Er ist ein guter Mensch. Er ist nicht der Mensch, für den ihn alle halten. Er ist nicht der Mensch, für den er selbst sich hält, der zu sein er fest überzeugt ist. Er hat sich die ganze Zeit um mich gekümmert, als ich in Gefangenschaft war. Er hat mich beschützt, und er war sanft und liebevoll. Er hat mich beruhigt und getröstet, wann immer ich es brauchte. Nicht ein einziges Mal hat er mich bedroht, und er hat seine Mission geopfert, um mich zu retten. Und dann hat er mich erneut gerettet. Er war bereit, für mich zu sterben. Er hat das nicht verdient, Jackson. Beide haben sie das nicht verdient.«

Steele fuhr ihr mit der Hand durch das Haar. Er wusste sehr gut, dass er Hancock mehr schuldete, als er jemals zurückzahlen konnte. Hancock verdankte er es, dass er Maren und ihr kostbares Mädchen hatte. Nein, Hancock hatte es nicht verdient, so am Verlust der Frau zu leiden, die er liebte. Steele hoffte von ganzem Herzen, dass sich irgendwie noch eine Lösung finden würde und zwei Menschen, die beide langsam starben, einander irgendwie wiederfanden, damit sie wieder ganz sein konnten.

40

Als das Flugzeug auf dem Landestreifen aufsetzte, wo sich die Teams trennen würden – eins würde Honor zu dem sicheren Haus bringen und sie bewachen, das andere die Mission gegen Maksimov und *Eine Neue Ära* planen –, bestand Hancock darauf, Honor zu dem Jet zu tragen, in dem sie mit Resnicks Team fliegen würde.

Er bat um ein paar Momente allein mit ihr, bevor die anderen an Bord gingen, und sie kamen seiner Bitte gern nach. Die Stimmung war ernst, und Traurigkeit lag über der gesamten Gruppe.

Hancock bettete Honor ehrfürchtig auf die Couch und achtete darauf, dass sie so bequem wie möglich lag. Seine Hände glitten über die aufgerissene Haut an ihren Handgelenken. Zusätzlich zu den Schnitten, die sie sich selbst zugefügt hatte, hatten sich die Fesseln tief in ihr Fleisch gegraben.

Er legte die Hand an ihre Stirn und strich durch ihr verfilztes Haar, dann beugte er sich hinab und presste einen Kuss auf ihre leblosen Lippen. Er atmete tief ein, genoss, wie sie roch, wie sie schmeckte, und speicherte beides für alle Zeit in seinem Herzen.

Der Kummer überwältigte ihn so sehr, dass er sich nicht mehr rühren konnte. Wohin auch immer er in seinem bedeutungslosen Leben gehen würde, er würde stets einen Teil von ihr mit sich nehmen. Und dieser Teil würde das Beste – das einzig Gute – an ihm sein.

»Es tut mir so leid, Honor«, flüsterte er. »Ich liebe dich. Ich werde dich immer lieben. Nur dich. Es wird niemals eine andere geben, die ich so liebe wie dich. Es tut mir so verdammt leid, dass ich nicht der Mann sein konnte, den du gebraucht hättest. Dass ich kein guter Mann für dich sein konnte. Ich hoffe, du wirst glücklich werden. Ich hoffe, ich habe etwas Kostbares wie dich nicht endgültig zerstört. Die Welt braucht mehr Menschen wie dich, Honor. Sie braucht deine Zugewandtheit, deinen Kampfgeist, deine Leidenschaft und deinen Mut. Und dein Mitgefühl. All das, was mir fehlt und was ich nur eine kurze Zeit durch dich erfahren durfte. Werde glücklich, Liebe meines Lebens. Und werde wieder gesund. *Lebe*.«

Er wusste, wenn er jetzt nicht auf der Stelle ging, würde er nie mehr gehen. Widerwillig stand er auf, ließ die Finger aber noch einen Moment durch ihr Haar gleiten, bis hinunter zu den Spitzen, dann ließ er die Hände sinken. Er empfand den Verlust so intensiv, als wäre sie gestorben.

Nie wieder würde er sie berühren. Nie wieder sie küssen, sie in den Armen halten, in ihre Lieblichkeit eintauchen, und er würde auch nie wieder dieses Lächeln sehen, das ihn an einen Sonnenaufgang erinnerte.

Er schloss die Augen und drehte sich um. Dann ging er in den vorderen Teil des Flugzeugs und die Treppe zu der geteerten Landebahn hinunter. Er wusste, wie er aussah. Warum sich die anderen weigerten, ihn anzusehen. Denn sie würden etwas zutiefst Erschreckendes erkennen. Zu erschreckend, um ihm ins Auge zu sehen. Nie wieder würde er in den Spiegel schauen, denn ohne Honor, das wusste er genau, würde er nur ein seelenloses Monster erblicken, das einer Unschuldigen alles geraubt hatte.

»Also los«, sagte er mit einer Stimme, die er nicht wiedererkannte.

41

Honor erlangte allmählich das Bewusstsein wieder. Am Anfang hatte sie sich mit Händen und Füßen gegen die Beruhigungsmittel gesträubt, weil sie nicht dadurch eingeschränkt werden wollte. Sie hatte rasche Reflexe und einen klaren Verstand gebraucht.

Aber jetzt? Jetzt verschafften sie ihr eine willkommene Atempause, die sich außerdem gar nicht so sehr von ihrem wachen Zustand unterschied, also war es ihr weitgehend gleichgültig.

Sie öffnete die Augen und stellte fest, dass sie sich nicht mehr in einem Flugzeug befand. Sie befand sich in einem Schlafzimmer. Einem nett möblierten Schlafzimmer mit einem richtig komfortablen Bett. Sie hätte beinahe hysterisch aufgelacht, unterdrückte das Lachen aber. Sie erinnerte sich daran, wie sie in Bristows Haus erwacht war und geglaubt hatte, sie sei gerettet und in Sicherheit.

Diesen Fehler würde sie nicht noch einmal machen. Nie wieder würde sie so vertrauensselig und naiv sein.

Sie hörte ein Geräusch und drehte langsam und ohne wirkliches Interesse den Kopf.

In der Tür stand ein großer, muskulöser Mann in Militäruniform. Als er sah, dass sie wach war, trat er ins Zimmer, ließ aber viel Abstand zwischen sich und dem Bett. Fürchtete er, ihr Angst zu machen? Sie hätte beinahe hysterisch aufgelacht. Sie war jenseits von Angst und Schrecken. Inzwischen akzeptierte sie einfach ihr Schicksal.

»Miss Cambridge, ich bin Kyle Phillips vom Marinecorps der Vereinigten Staaaten. Wir hatten von dem geplanten Austausch einer Geisel zwischen einem russischen Waffenhändler und einer terroristischen Organisation erfahren und die notwendigen Schritte unternommen, um Sie zu retten und zurück in die USA zu bringen.«

Sie riss nicht einmal überrascht die Augen auf. Erwartete er tatsächlich, dass sie diesen Schwachsinn glaubte? Überhaupt – wieso machte er sich eigentlich die Mühe zu lügen? Offenbar spielten Monster gern Psychospielchen. Hancock war darin eindeutig ein Meister.

»Bis die Terrororganisation zerschlagen und Maksimov eliminiert ist, werden Sie rund um die Uhr bewacht und beschützt. Sie sind keine Gefangene. Sie können sich frei im gesamten Haus bewegen. Wir fürchten auch, dass Ihre Familie bedroht werden könnte, deshalb haben wir, bis die Gefahr vorbei ist, auch für sie Schutz organisiert. Aber Ihre Familie darf auf keinen Fall erfahren, dass Sie am Leben sind, bevor nicht …«

»Ja, ja«, murmelte Honor. »Bevor nicht alle bösen Buben tot sind. Aber eins kann ich Ihnen sagen: Sie werden niemals tot sein. Sie waren niemals lebendig. Sie können niemanden töten, der keine Seele hat.«

Der Mann, Kyle, wie er sich vorgestellt hatte, runzelte die Stirn und musterte sie besorgt.

»Sobald ich den Befehl bekomme, bringe ich Sie persönlich zurück zu Ihrer Familie. Sie haben mein Wort.«

»Worte sind Schall und Rauch«, erwiderte sie bitter.

Sie drehte ihm den Rücken zu, um ihn auszublenden. Es überraschte sie, dass sie überhaupt etwas gesagt hatte. Einen Moment lang war sie tatsächlich … wütend gewesen. Hatte etwas anderes als die Gleichgültigkeit gespürt, die sie völlig beherrschte, und das gefiel ihr nicht. Ganz und gar nicht. Die Mauer, die sie mühsam aufgebaut hatte, um nichts zu empfinden, hatte einen Riss bekommen. Dabei hatte sie sich in diese nicht zu erobernde Festung zurückgezogen, um nichts zu … fühlen. Zumindest hatte sie das geglaubt. Sollte diese Mauer jetzt etwa bröckeln, wo sie sie am dringendsten brauchte?

Zu schade, dass niemand mehr mit einer netten kleinen Beruhigungsspritze hereingekommen war. Dann hätte sie wieder davonschweben können. Ins Nichts.

Stattdessen schloss sie die Augen und machte sich daran, mental die Mauern wieder hochzuziehen, die sie während ihrer Gefangenschaft so mühsam aufgebaut hatte, und sich ganz dem Gefühl der schwarzen Leere hinzugeben.

»Wann zum Teufel kann ich sie nach Hause bringen?«, fragte Kyle Phillips barsch, als er Sam Kelly am Apparat hatte.

»Sobald wir Maksimov und *Eine Neue Ära* ins Jenseits befördert haben«, erwiderte Sam genervt.

»Sie schwindet dahin«, sagte Kyle, dem allmählich der Geduldsfaden riss.

Sam schwieg einen Moment. »Was soll das heißen? Sie haben ihr doch gesagt, dass sie gerettet ist und dass sie und ihre Familie bewacht werden? Und dass sie nach Hause kann, sobald Maksimov und *Eine Neue Ära* eliminiert sind?«

Kyle schnalzte ungeduldig mit der Zunge. »Glauben Sie wirklich, eine Frau, die nur verarscht und angelogen worden ist, die eben noch mit einem Mann im Flugzeug war, von dem sie annimmt, er liefere sie an eine Terrorgruppe aus – glauben Sie, die nimmt einem ab, wenn man ihr sagt, die Marines hätten sie gerettet, aber, tut uns leid, Sie können noch nicht nach Hause, aber das kommt noch. Irgendwann mal.«

»Beschreiben Sie ›dahinschwinden!«, herrschte Sam ihn an.

»Sie glauben, ich erzähle Ihnen irgendeinen Scheiß.« Kyle war jetzt richtig wütend. »Sie isst nicht. Sie trinkt nicht. Verdammt, ich musste sie von einem meiner Männer festhalten lassen, um ihr einen Venenzugang zu legen, damit ich sie wenigstens vor dem Austrocknen bewahren kann. Ja, das hat Spaß gemacht. Eine Frau terrorisieren und quälen, die bereits durch die Hölle gegangen ist, steht ganz oben auf der Liste meiner Pflichten. Tolle Art, seinem Land zu dienen, nicht wahr?

Sie redet nicht. Sie reagiert nicht. Die Lichter sind an, aber es ist niemand zu Hause. Und das meine ich nicht nur sprichwörtlich. Sie wird sterben, Sam. Wenn sich nichts ändert, bald ändert, wird sie sterben. Und das Schlimmste ist, sie wartet darauf. Sie *will* sterben. Man muss leben wollen, um für sein Leben zu kämpfen, aber ihr ist völlig egal, was mit ihr passiert.«

Sam ließ eine Reihe von Flüchen vom Stapel, die die meisten Menschen verstört hätten. Für Kyle war das Alltag.

»Morgen ist Aufbruch«, sagte Sam. Kyle wusste, er hätte ihm das eigentlich gar nicht sagen dürfen. »Machen Sie, was immer nötig ist, dass sie bis morgen durchhält, und dann rufe ich Sie an, und Sie bringen sie so schnell wie möglich zu ihrer Familie zurück. Bevor sie ihre Familie nicht sieht, wird sie nichts glauben.«

»Haben Sie es endlich kapiert«, murmelte Kyle.

Hancock stand über Maksimov, der blutverschmiert am Boden lag, und starrte ihn so hasserfüllt an, dass Maksimov zutiefst entsetzt und resigniert zugleich wirkte. Nichts von dem Blut war seines. Als der Angriff begonnen hatte, hatte Maksimov mehrere Männer vor sich geschubst und als lebenden Schutzschild missbraucht. Das Ergebnis war, dass er mit dem Blut der fünf Männer vollgespritzt war, hinter denen er sich feige verkrochen hatte.

Resnick und KGI hatten ihr Wort gehalten und Maksimov ganz allein Hancock überlassen. Resnick wies gerade seine Teams an, die überlebenden Terroristen an einer Stelle zusammenzutreiben, und die zu zählen, die nicht überlebt hatten.

Niemand außer Resnick, KGI und Hancock würde jemals wissen, wie Maksimov geendet hatte.

Hancock wollte sich mit Maksimov irgendwohin zurückziehen und ihn einen langsamen, qualvollen, gnadenlosen Tod sterben lassen. Er wollte ihn foltern, wie er Honor gefoltert hatte. Die Brandmale an ihrem Körper, die übel zugerichtete, zerfetzte Haut an ihren Handgelenken von den Fesseln, die sich so tief eingegraben hatten, dass sie sie nur mühsam herausbekommen hatten – das alles stand ihm lebhaft vor Augen, und er wollte es Maksimov mit gleicher Münze heimzahlen.

Genau das hätte Hancock Jahre zuvor getan, verdammt, sogar noch einen Monat zuvor. Aber das war vor Honor gewesen. Bevor er *Güte* tatsächlich kennengelernt und erfahren hatte. Er wollte, dass Maksimov litt, wie noch niemand vor ihm gelitten hatte. Aber das machte ihn nicht besser, nicht anders als das Monster, das Honor und zahllose andere gequält hatte. Dieser Mann wollte er nicht mehr sein. Er wollte ein Mann sein, auf den Honor stolz gewesen wäre. Er wollte sie wert sein. Er wollte wie sie sein.

»Du verdienst keine Gnade nach allem, was du angerichtet hast«, sagte Hancock mit einer Stimme, in der sowohl Wut als auch Kummer mitschwangen. »Aber ich bin ein besserer Mensch als du, und ich werde mich nicht auf dein Niveau herablassen. Ich werde nicht wie du werden.«

Er drehte sich um, warf den Männern, die Wache standen, aber nur einen kurzen Blick zu. Den Männern, die Honor gerettet hatten. Die noch immer bereit waren, ihn mit Maksimov anstellen zu lassen, was immer er wollte, und zu schwören, dass sie nicht wussten, was mit ihm geschehen war. Gute Männer, die er mit sich in die Hölle hinabgezogen hätte, wenn er seinen Rachegefühlen freien Lauf gelassen hätte.

»Gebt ihn Resnick«, sagte Hancock angewidert. »Ich habe keine Verwendung für dieses dreckige Stück Scheiße.« Die überraschten und respektvollen Blicke ignorierte er. Er ging an den Männern vorbei, ging einfach immer weiter, denn er wollte nur noch weg von diesem Ort und den Erinnerungen, die sich tief in sein Gedächtnis eingegraben hatten. Er wollte die Augen verschließen vor all dem, was er innerhalb solch kurzer Zeit – die ihm wie ein ganzes Leben vorkam – gewonnen und wieder verloren hatte.

»He, Moment mal«, rief Rio und rannte seinem ehemaligen Teamkollegen hinterher.

Hancock blieb stehen, obwohl er eigentlich nur noch allein sein wollte.

»Soll ich dich zu Honor bringen? Bis wir wieder in den Staaten sind, müsste sie bereits im Haus ihrer Familie sein.«

Einen Moment lang konnte Hancock nicht atmen, so sehr überwältigte der Schmerz seinen Körper, sein Herz, seine Seele.

»Nein«, erwiderte er schließlich leise.

Rio sah ihn überrascht an. »Was ist los, Mann? Du gibst auf?«

Hancock drehte sich zu ihm um. Sein Gesicht war wutverzerrt.

»Ich habe sie verraten. Ich habe so viele Versprechen nicht gehalten, dass ich sie schon gar nicht mehr zählen kann. Ich verdiene sie nicht, und sie verdient wahrlich etwas Besseres als mich. Sie hasst mich, aber nicht mehr, als ich mich selbst hasse.«

»Tu das nicht, Mann«, sagte Rio und sah ihn voller Mitgefühl an. »Tu nichts, was du den Rest deines Lebens bereuen wirst.«

»Zu spät«, erwiderte Hancock knapp, dann drehte er sich um und ging endgültig.

42

Kyle Phillips stand im Wohnzimmer von Honors Eltern, vor ihm die gesamte Familie. Ihre Mutter, ihr Vater, vier Brüder und ihre Schwester. Sie sahen ihn kummervoll an, denn sie rechneten mit dem Schlimmsten.

In der Nacht zuvor war bekannt gegeben worden, dass die Terrorgruppe, die für den Angriff auf das Hilfszentrum verantwortlich war, in dem Honor gearbeitet hatte, in Zusammenarbeit mehrerer Spezialeinheiten und SEAL-Tams vollständig aufgerieben worden war. Honors Familie war darauf vorbereitet, dass Kyle ihnen offiziell den Tod ihrer Tochter bestätigen würde, der bereits in den Tagen nach dem Angriff überall in den Nachrichten gemeldet worden war. Den Berichten zufolge hatte es keine Überlebenden gegeben, allerdings war Honors Leiche nie gefunden und in ihre Heimat überführt worden, und deshalb hatte sich ihre Familie nach wie vor stur an ihre Hoffnung geklammert. Aber jetzt? Jetzt erwarteten sie nur noch die offizielle Bestätigung des Tods ihrer Tochter.

Nachdem Kyle sich vorgestellt hatte, bat er sie, Platz zu nehmen, und wartete, bis alle seiner Bitte nachgekommen waren. Es gab keine leichte oder schonende Art, ihnen beizubringen, was geschehen war, und er war nicht der Typ, der um den heißen Brei herumredete. Direkt zur Sache zu kommen, kostete deutlich weniger Zeit.

»Ihre Tochter lebt«, sagte er mit möglichst neutraler Stimme und betrachtete ihre Gesichter, auf denen sich plötzlich wieder vorsichtige Hoffnung abzeichnete.

Keiner sagte ein Wort. Alle sahen ihn nur überrascht an. Schockiert. Und dann schien einzusinken, was er gerade gesagt hatte. Ihre Mutter brach in Tränen aus, genau wie ihre Schwester. Ihre Brüder beugten sich vor und stützten das Gesicht in die Hände, das Gesicht des Vaters wurde aschgrau.

»W…was?« Mandies Stimme zitterte. Sie sah den Marine ungläubig an. »Aber uns wurde gesagt, sie sei tot. Dem ganzen Land wurde gesagt, sie sei tot. Seit dem Angriff auf das Hilfszentrum, in dem sie gearbeitet hat, war in den Nachrichten nichts anderes zu hören. Was um Himmels willen sagen Sie da?«

»Sie hat überlebt«, erwiderte Kyle ruhig. »Ich verstehe, dass das für Sie ein Schock ist …«

Er konnte nicht weitersprechen, denn sogleich wurde er mit Fragen bombardiert.

»Wo ist sie?«, fragte Honors Mutter mit heiserer Stimme. Tränen liefen ihr die Wangen hinab.

»Geht es ihr gut?«, fragte ihr Vater. »Wieso ist sie nicht hier? Wieso sind Sie hier und Honor nicht? Was verschweigen Sie uns? Ist sie verletzt?«

»Wieso zum Teufel sind wir nicht früher informiert worden?«, fragte Brad wütend. Seine Augen funkelten erleichtert und misstrauisch zugleich.

Kyle hob beschwichtigend die Hände, um das Stimmengewirr zu beenden.

»Bitte, hören Sie mir genau zu. Was ich zu sagen habe, ist sehr wichtig, und deshalb bin ich auch erst einmal allein gekommen. Sie ist bereits auf dem Weg hierher. Sie ist nicht mehr weit entfernt, aber ich musste vor ihr hierherkommen, um Sie … vorzubereiten.«

»Uns vorbereiten?«, flüsterte Honors Mutter voller Angst.

Alle spürten, dass Kyle ihnen etwas Wichtiges mitzuteilen

hatte. Sie beugten sich schweigend vor und sahen ihn ängstlich an.

Kyle erzählte ihnen von Honors Flucht und ihrer erneuten Gefangennahme, ließ dabei aber einige Details aus. Ansonsten erzählte er ihnen alles, was passiert war. Außer allem, was mit Hancock zusammenhing. Es war Honors Entscheidung, ob sie ihrer Familie von Hancock erzählen wollte, da würde er nicht vorgreifen.

»Ich musste ihr zwangsweise eine Infusion geben, während wir gewartet haben, dass es sicher genug war, sie wieder zu Ihnen zu bringen. Sie hat aufgegeben.« Kyle war anzuhören, wie sehr ihn das schmerzte. »Sie war stark. Tapfer. Mutig. Noch nie habe ich jemanden wie sie kennengelernt. Aber zum Schluss war es einfach zu viel. Zu viel Schmerz und Qual und, schlimmer noch, der endgültige Verlust der Hoffnung, die sie so lange aufrechtgehalten hatte. Sie glaubt, ich lüge, wenn ich ihr sage, dass sie frei ist. Sie glaubt, dass ich sie verspotte – psychische Folter – und ihren Tod nur hinausschiebe, mit dem sie sich bereits abgefunden hat. Sie ist gebrochen, Ma'am«, fügte er, an Honors Mutter gerichtet, hinzu.

Ruhig erläuterte er ihnen, was sie sich bereits selbst gedacht hatten. »Ihre Tochter ist nicht mehr dieselbe junge Frau, die sie war, als sie von hier aufgebrochen ist, und darauf möchte ich Sie vorbereiten. Sie hat sich tief in sich selbst zurückgezogen. Sie hungert. Weigert sich zu essen. Wenn ich sie nicht zwangsernährt hätte, wäre sie bereits gestorben. Sie hat viele und sehr verschiedenartige Verletzungen. Sie wird Ihre Liebe, Ihre Unterstützung und vor allem Ihre Geduld brauchen. Sie benötigt medizinische Versorgung. Aber vor allem braucht sie einen Grund zum Leben.«

»Oh mein Gott, oh mein Gott«, stammelte ihre Schwester, unterbrochen von Schluchzern.

»Sie lebt!«, rief einer ihrer Brüder aus. »Sie kommt nach Hause!«

»Wir werden ihr helfen«, schwor ihr Vater. »Egal, was sie braucht. Was immer nötig ist. Es ist ein Wunder, dass sie wieder zu uns zurückkehrt, und da werde ich sie nicht noch einmal verlieren. Das lasse ich nicht zu.«

»Es gibt nichts, was ich für meine Kleine nicht tun würde«, sagte ihre Mutter bestimmt. »Nichts.«

Kyle nickte. Ja, dachte er. Ihre Familie würde sie ins Leben zurückholen. Er sah die Liebe und die Entschlossenheit in ihren Blicken. Sie waren stark. Er wusste genau, woher Honor das hatte.

Aber wer würde Hancock retten?

Honor öffnete vorsichtig die Augen, schloss sie aber sofort wieder. Angst bemächtigte sich ihres verwirrten Verstands. Hoffnung – etwas, das man ihr wieder und wieder zerstört hatte, bis sie sich keine Hoffnung mehr gestattet hatte – machte sich hinterlistig in ihr breit und brachte ihren Puls zum Rasen, bis sie kaum noch Luft bekam. Sie schüttelte den Kopf. Nein. Nicht schon wieder. Nie mehr. Das letzte Mal, als sie ihrer Hoffnung zu wachsen erlaubt hatte, hatte sie das endgültig zerstört. Manche Lektionen lernte man nur auf die harte Tour.

Als der SUV in die Oakwood Street einbog, verlor sie ihre mühsam aufgebaute Selbstbeherrschung und brach in Tränen aus. Sie schlug die Hände vor das Gesicht und versuchte, die heiseren Schluchzer zu verbergen, die aus ihrer Kehle drangen. Sie wiegte sich vor und zurück, während sie sich immer mehr ihrem … Zuhause näherten.

»Anhalten!«, schrie sie. »Himmel, halten Sie an!«

Der Fahrer ging sofort auf die Bremse, und Honor beugte sich vor und schob den Kopf zwischen die Knie, um mit der Panikattacke fertigzuwerden und wieder atmen zu können.

Kyle Phillips, der vor dem Haus auf sie gewartet hatte, eilte dem Wagen entgegen, setzte sich neben Honor, wies den Fahrer an, zu warten, legte Honor die Hand auf den Rücken und massierte ihn mit kreisenden Bewegungen.

»Honor? Müssen Sie sich übergeben? Ist alles in Ordnung? Kommen Sie, Liebes, atmen Sie, mir zuliebe.«

»Ich kann da nicht hineingehen«, sagte sie weinend.

Sie hob den Kopf. Tränen liefen ihr die Wangen hinab. Kyle sah sie verblüfft an.

»Das verstehe ich nicht«, sagte er, ohne einen Hehl aus seiner Verblüffung zu machen. »Ihre Familie weiß, dass Sie kommen, Honor. Deshalb bin ich vorgefahren. Ich wollte sie vorbereiten. Ich wollte Sie Ihrer Familie nicht einfach so vor die Füße werfen.«

»Meine Familie darf mich so nicht sehen«, erwiderte sie. »Schauen Sie mich doch an!« Sie deutete auf ihren ausgemergelten Körper, auf die noch im Heilen befindlichen Wunden, auf die nur langsam verblassenden Brandmale und die noch deutlich sichtbaren Verletzungen an ihren Handgelenken und Fußknöcheln, nur dass letztere zumindest nicht zu sehen waren.

»Das wird sie umbringen«, flüsterte sie. »Ich kann das nicht tun, Kyle. Bitte, wenn Sie auch nur über eine Spur Mitgefühl verfügen, dann sagen Sie ihnen, ich werde sie anrufen. Und ich werde nach Hause kommen. Wenn ich wieder gesund bin. Ich werde essen. Ich schwöre es. Ich mache alles, was Sie mir befehlen. Aber bitte, lassen Sie mich um Himmels willen nicht in diesem Zustand dort hingehen.«

Kyle wirkte zutiefst betroffen. Er sah sie so mitfühlend und verständnisvoll an, dass sie erneut in Tränen ausbrach.

Sanft zog er sie hoch, nahm sie in die Arme und wiegte sie beruhigend.

»Ich verstehe, was in Ihnen vorgeht, Honor«, sagte er ruhig. »Wirklich, das schwöre ich Ihnen. Aber, Liebes, Ihre Familie weiß, auf was sie sich gefasst machen muss.«

»Sie haben es ihnen erzählt?«, fragte sie entsetzt.

»Nicht alles«, erwiderte er beschwichtigend. »Nur was Ihren körperlichen und seelischen Zustand betrifft. Hancock habe ich mit keinem Wort erwähnt. Ob Sie von ihm erzählen oder nicht, ist Ihre Entscheidung. Aber sehen Sie das alles mal aus der Sicht Ihrer Familie, Honor. Sie haben gerade erfahren, dass die Tochter, die sie für tot gehalten haben, unter den Lebenden weilt und in Kürze nach Hause kommt. Natürlich sind sie aufgewühlt und wütend, dass Sie so viel erdulden mussten. Aber was sie wollen, was sie jetzt unbedingt brauchen, ist, Sie zu sehen. Sie in die Arme zu schließen. Den Beweis zu bekommen, dass Sie tatsächlich leben. Es gibt nichts, wofür Sie sich schämen müssten.«

Er schob sie ein wenig von sich, damit er die Hand an ihr Kinn legen konnte. Er fuhr mit dem Daumen über ihre Wange und zwang sie, ihm in die Augen zu sehen.

»So, und jetzt zeigen Sie mir die Honor Cambridge, die der mächtigsten und skrupellosesten Terrorgruppe im Nahen Osten entkommen ist. Sie werden Ihr Zuhause nicht beschämt und mit gesenktem Kopf betreten. Ihre Familie ist außer sich vor Freude. Die zählen schon die Sekunden und warten darauf, dass das Auto in die Einfahrt biegt, damit sie Sie endlich sehen, berühren, in die Arme nehmen können. Und Ihnen sagen können, wie sehr sie Sie lieben. Wollen Sie ihnen das vorenthalten?«

»Nein«, brachte sie mühsam heraus. »Es tut mir leid. Es tut mir leid, dass ich Ihnen nicht geglaubt habe. Sie waren nett zu mir, aber ich hatte gelernt, dass auf Nettigkeit Verrat folgt, und deshalb habe ich Ihnen nicht geglaubt. Ich konnte es nicht. Nur so konnte ich überleben, weil ich mir das eine, was die Kraft hatte, mich komplett zu zerstören, nicht erlaubt habe: Hoffnung.«

»Pscht, nicht entschuldigen. Mit Ihnen würde ich jederzeit in den Krieg ziehen, Honor Cambridge. Sie haben das Herz eines Marine, daran gibt es nichts zu rütteln. So, kann ich Anthony jetzt sagen, dass er weiterfahren soll?«

Sie lächelte, dann schlang sie ihm impulsiv die Arme um den Hals, denn sie sehnte sich nach dem, was sie schon lange vermisste: menschliche Wärme. Trost. Das hatte sie nicht mehr gehabt seit …

Nein, daran würde sie jetzt nicht denken. Was sie mit Hancock geteilt hatte, oder besser gesagt, was er ihr genommen hatte, zählte nicht. Denn es war nicht wirklich.

Als würde er ihre Sehnsucht nach menschlicher Wärme spüren, legte Kyle ebenfalls die Arme um sie und hielt sie so lange, bis sie sich wieder gefangen hatte.

Schließlich löste sie sich von ihm und erlaubte sich, Hoffnung und Erleichterung bis tief in ihre stumpfe Seele fließen zu lassen.

Schließlich kam ihr Haus am Ende der Sackgasse in Sicht, und ihre Aufregung wuchs ins Unermessliche. Fast rechnete sie schon damit, dass ihre gesamte Familie im Vorgarten auf sie wartete, aber Kyle hatte gesagt, er habe ihre Familie vorbereitet, also hatte er ihnen vermutlich erzählt, wie zerbrechlich sie war.

Als sie hinter dem vertrauten Minivan ihrer Mutter anhielten, blieb Honor wie angewurzelt sitzen und nahm gierig alles in sich auf, was sie nie wieder zu sehen geglaubt hatte. Auf einmal fühlte sie sich unsicher, ihre Handflächen wurden feucht, und sie spürte, dass eine weitere Panikattacke bevorstand.

Kyle nahm ihre Hand und drückte sie aufmunternd.

»Ich bleibe die ganze Zeit dabei«, sagte er ruhig.

Sie lächelte ihn an. Es war ein Lächeln, das von Herzen kam, und er schien entzückt.

»Danke«, sagte sie voller Ernst.

»Vergeben Sie mir, wenn ich etwas so Abgedroschenes sage, aber es war mir wirklich eine große Ehre, Sie kennenzulernen, Honor Cambridge.«

Sie erwiderte den Druck seiner Hand, dann holte sie tief Luft, und zum ersten Mal öffneten sich ihre Lungen wieder weit und machten ihr das Atmen einfach.

»Packen wir es an«, sagte sie.

43

Cynthia Cambridge rang verzweifelt die Hände, während sie den Blick über ihre Familie schweifen ließ. Alle waren da, außer Honor, die sich in ihrem Schutzraum, der Bibliothek, verkrochen hatte. Brad war, ohne Fragen zu stellen, direkt von der Arbeit gekommen. Keith hatte sich vom Herbsttraining seines Teams freistellen lassen, sobald er von Honors Heimkehr gehört hatte, und war noch nicht wieder zurückgefahren. Tate und Scott besaßen mehrere Geschäfte vor Ort und wohnten in der Nähe, deshalb waren sie innerhalb von Minuten eingetroffen. Mandie war genau wie Keith noch nicht zu ihrer Arbeitsstelle zurückgekehrt.

Sie alle sahen ihre Mutter – ihre Frau – besorgt an. Cynthia wirkte ausgelaugt und verstört, und ihr Gesicht war so kummervoll, dass sie alle das Schlimmste fürchteten.

»Das muss aufhören«, sagte Cynthia, die den Tränen nahe war.

Mike, ihr Mann, nahm sie in die Arme. Er war genauso besorgt wie sie, aber das hielt er fest unter Verschluss, denn er spürte, wie sehr seine geliebte Frau mit den Nerven am Ende war.

»Es geht ihr nicht besser. Sie ist krank. Sie will nicht darüber reden – über nichts.«

»Wir wussten, dass es nicht einfach werden würde, Mom«, sagte Brad, ihr ältester Sohn.

Er trug seine Uniform und war herbeigeeilt, sobald sein Vater ihn angerufen und ihm gesagt hatte, dass er zu Hause gebraucht wurde. Seine Leute konnten in seiner Abwesenheit die Stellung halten. Die Familie – seine Schwester – war wichtiger.

»Sie erholt sich körperlich«, sagte Tate vorsichtig. »Am Anfang, als sie zurückkam, hätte sie schon ein Windhauch umwehen können. Sie hat zugenommen. Sie isst.«

»Ich stimme Mom zu«, sagte Mandie entschieden. »Sie erholt sich von ihren Verletzungen. Die kann man schon kaum noch sehen. Abgesehen von ihren Handgelenken«, fügte sie mit gerunzelter Stirn hinzu.

Der Marine, der Honor zu ihnen nach Hause gebracht hatte, hatte ihnen erzählt, dass sich die Fesseln so tief in ihr Fleisch eingeschnitten hatten, dass man das Metall hatte herausschneiden müssen. Aber darunter waren andere Wunden zum Vorschein gekommen. Schnitte, die genäht worden waren. Sie wussten nichts, aber sie hatten ihre Vermutungen. Dennoch erwähnten sie es nie, denn das hätte bedeutet, sich einzugestehen, wie schlecht es Honor gegangen sein musste, wenn sie sich sogar das Leben hatte nehmen wollen. Und es war mehr, als sie ertragen konnten, die Gewissheit, dass sie so verzweifelt gewesen war, dass sie sich hatte umbringen wollen.

»Aber sie *ist* krank«, fuhr Mandie fort. »Irgendetwas stimmt nicht mit ihr. Sie kann nichts bei sich behalten. Sie ist blass und so zerbrechlich. Ich mache mir Sorgen. Große Sorgen. Ich glaube, wir sollten mit ihr zum Arzt gehen.«

Ihr Vater seufzte. Honor hatte sich geweigert, noch einmal zu dem Arzt zu gehen, der sie am Anfang untersucht und behandelt und ihr regelmäßige Vitamingaben verordnet hatte. Psychotherapie hatte sie abgelehnt, obwohl alle sie gedrängt hatten, mit jemandem zu reden, weil sie ihnen gegenüber stumm blieb. Und wenn nicht bald etwas geschah, würde sie zerbrechen. Er war sich nicht sicher, ob sie sie diesmal retten konnten. Wenn seine Frau und seine Tochter vorhatten, Honor zum Arzt zu schleppen, stünde ihnen ein gewaltiger Kampf bevor.

»Wir haben Honor alle mit Samthandschuhen angefasst«, sagte Cynthia. »Vielleicht waren wir zu behutsam. Aber jetzt müssen wir geschlossen auftreten und ihr keine Wahl lassen. Mandie und ich bringen sie zum Arzt. Ich habe bereits in der Klinik angerufen und für heute einen Termin für sie bekommen.«

»Und uns braucht ihr als Verstärkung«, sagte Keith ironisch.

»Nein, zur Unterstützung«, verbesserte ihn seine Mutter. »Wir lieben sie, und ich weigere mich, sie dahinsiechen zu lassen. Sie wird mich vielleicht hassen, aber zumindest wird sie am Leben sein, um mich hassen zu können.«

»Ich werde dich niemals hassen, Mom«, sagte Honor, die in der Küchentür stand, leise.

Sie waren so in ihr Gespräch vertieft gewesen, dass sie nicht gehört hatten, wie Honor in die Küche getreten war.

»Es tut mir leid, dass ich euch Sorgen gemacht habe. Euch allen«, fügte sie hinzu und sah die Familienmitglieder eins nach dem anderen traurig und entschuldigend an. »Wenn ihr euch weniger Sorgen macht, wenn ich zum Arzt gehe, dann gehe ich. Ich bin sicher, es ist nur eine Magenverstimmung oder irgend so etwas. Nach all dem anderen, was mir passiert ist, ist mir das gar nicht so aufgefallen«, fügte sie offenherzig hinzu.

Bei der Erwähnung, was sie alles hatte erleiden müssen, verzog Brad hasserfüllt das Gesicht. Er war Sheriff, und er hatte den Eid geleistet, für die Einhaltung der Gesetze und für Gerechtigkeit zu kämpfen. Getreu den Buchstaben des Gesetzes. Aber bei allem, was ihm heilig war – hätte er die Dreckskerle in die Finger bekommen, die Honor gefoltert hatten, hätte er sie auf der Stelle getötet und es keine Sekunde bereut.

»Ich komme mit«, sagte Mandie, hängte sich bei ihrer

Schwester ein und drückte liebevoll ihren Arm. »Auf keinen Fall lasse ich zu, dass du Mom ganz allein ausgeliefert bist. Sie kann gnadenlos sein. Wahrscheinlich bringt sie den Arzt so weit, dass er während der gesamten Untersuchung nur noch stammeln kann.«

Honor lächelte. Mandie konnte jede Situation mit ihrem Witz und ihrem Humor entschärfen. Das war einer der vielen Gründe, weshalb sie ihre Schwester so sehr liebte. Sie liebte sie alle, und sie stellte beschämt fest, dass sie nicht die einzige war, die litt. Sie war egoistisch und nur mit sich selbst beschäftigt gewesen, während ihre Familie eindeutig mit ihrem Latein am Ende war.

»Es tut mir so leid«, sagte sie ehrlich. »Es war nicht meine Absicht, eine solche Last für euch zu sein und euch solche Sorgen zu machen. Ich war egoistisch.«

Ihre Mom kam um die Kücheninsel herum und nahm sie fest in die Arme.

»Du bist keine Last. Du bist nicht egoistisch, und ich dulde nicht, dass du das sagst. Du bist unser Baby, Honor. Herz und Seele der gesamten Familie. Immer die Friedensstifterin, immer die Erste, die einlenkt. Die Erste, die anbietet, einen in den Arm zu nehmen. Du hast immer gewusst, was jeder braucht, und hast es ohne zu zögern gegeben. Von allen, die ich kenne, hast du das größte Herz. Natürlich machen wir uns Sorgen. Denn gerade du hast das nicht verdient, was dir zugestoßen ist.«

Tränen flossen, und Honor hätte nicht mehr sagen können, ob ihre Mutter sie oder sie ihre Mutter umarmte.

Brad löste die beiden sanft voneinander und nahm Honor selbst in die Arme. Immer der große Bruder. Ihr Beschützer. Sie war sein Schatten gewesen, seit sie als kleines Kind Laufen gelernt hatte, und ihm hatte das nie etwas ausgemacht, nie war er zu beschäftigt für seine kleine Schwester gewesen. Wie sie sie alle liebte! Sie hatte ihre Familie vermisst. Die Nähe. Die bedingungslose Liebe. Eine Familie, in der alle zusammenhielten.

»Ich bin wütend«, flüsterte er ihr ins Ohr. »Jeden Tag sehe ich die schlimmsten Dinge, aber nichts lässt sich mit dem vergleichen, was dir angetan wurde. Verdammt, gerade du hattest so etwas nicht verdient. Du stehst für alles, was auf dieser Welt gut ist, Honor. Keiner von uns hätte tun können, was du getan hast. Du bist selbstlos bereit, Menschen zu helfen, denen sonst niemand helfen würde. Du kanntest das Risiko und hast es auf dich genommen, obwohl du wusstest, dass es dich dein Leben kosten könnte. Eine Last? Du bist ein Geschenk, Kleines, und dass du das ja nie vergisst: Ich liebe dich mehr als alle anderen. Ich werde dich immer lieben. Seit dem Tag, als du geboren wurdest, wusste ich, dass du etwas Besonderes bist und dass du zu Großem fähig sein wirst. Ich hatte mir nur nie vorgestellt, welche Opfer du bringen musst, wenn du deiner Berufung folgst.«

Honor traten Tränen in die Augen, dabei hatte sie nicht mehr geweint, seit sie nach Hause gekommen war. Sie wusste, ihre Familie befürchtete, dass sie alles verdrängte. Dass sie sich nicht ihren Dämonen stellte, sondern sie nur unterdrückte. Aber die Wahrheit war, dass sie wie taub war und um etwas trauerte, von dem sie keine Ahnung hatten. Himmel, wären Folter und Missbrauch doch bloß alles, womit sie klarkommen musste! Aber über Hancock und seinen Verrat würde sie nie hinwegkommen. Mochte Gott ihr beistehen, sie liebte Hancock immer noch. Nach allem, was er getan hatte, nach all den Versprechen, die er nicht gehalten hatte, nachdem er sie geliebt und ihr weisgemacht hatte, dass er genauso für sie empfand wie sie für ihn. Sie brachte es nicht über sich, ihn richtig zu hassen, und das machte sie wütend. Unglaublich wütend.

»Wenn wir pünktlich zu dem Termin kommen wollen, müssen wir jetzt los«, sagte ihre Mutter und wischte sich die Tränen aus den Augen. »Ich gehe davon aus, dass die Männer heute das Abendessen vorbereiten, denn meine Töchter und ich werden erst spät wieder da sein. Sie haben Honor heute als letzte Patientin noch dazugenommen.«

Tate grinste. »Ich denke, das kriegen wir hin.«

Zwei Stunden später kam Honor wie betäubt in das Wartezimmer zurück, in dem Mandie und ihre Mutter saßen. Ihre Mom war nicht begeistert gewesen, als Honor darauf bestanden hatte, allein zum Arzt hineinzugehen, hätte sie doch gern selbst die Diagnose gehört. Aber Honor wusste, ihre Mutter hätte den Arzt mit einem Wortschwall übergossen. Sie wären noch immer im Untersuchungszimmer, hätte Honor nicht darauf bestanden, dass ihre Mutter und ihre Schwester draußen warteten.

Die beiden spürten sofort, wie erschüttert und mitgenommen Honor war. Beide sprangen sie auf und stürzten auf sie zu.

»Schatz, was ist los?«, fragte ihre Mutter eindringlich.

Honor hob abwehrend die zitternde Hand. Sie war vollauf damit beschäftigt, die Beherrschung nicht zu verlieren und nicht vor den wartenden Patienten zusammenzubrechen.

»Bitte, nicht hier«, flüsterte sie. »Bitte, lasst uns einfach nach Hause fahren. Dort erzähle ich euch alles. *Bitte*.«

Ihre Mutter wollte schon protestieren, aber Mandie, die spürte, wie nah am Zusammenbruch Honor war, legte ihr stützend den Arm um die Taille und führte sie aus der Klinik hinaus zum Parkplatz.

»Du fährst, Mom«, sagte Mandie bestimmt. »Ich setze mich mit Honor nach hinten.«

Honor drückte Mandie dankbar die Hand, als sie sich zu ihr

auf die Rückbank setzte. Mandie spürte, dass ihre Schwester mühsam die Tränen zurückhielt, und drückte ihr ebenfalls die Hand.

Als ihre Mutter den Motor anließ, flüsterte Mandie Honor ins Ohr: »Was es auch ist, Honor, wir unterstützen dich. Wir stehen das gemeinsam durch. Mach dir keine Sorgen. Du bist jetzt wieder zu Hause, und du wirst nie wieder von uns getrennt sein.«

Honor kuschelte sich an Mandie, die überrascht war von Honors Bedürfnis nach Nähe. Die ganze Zeit war sie sehr distanziert gewesen, hatte ihnen nur die Zuneigung zukommen lassen, die sie zu brauchen schienen, hatte die Zuneigung ihrer Familie aber nie gesucht.

Mandie nahm Honor fest in die Arme und begegnete dabei dem Blick ihrer Mutter im Rückspiegel. Cynthia, sonst eine sehr vorsichtige Fahrerin, setzte sich über alle Verkehrsregeln hinweg, um ihre Tochter so schnell wie möglich nach Hause zu bringen.

Ihr Vater und ihre Brüder würden bereits warten. Cynthia hatte darauf bestanden, dass sie blieben, und sie hatten fest versprochen, dass sie bei ihrer Rückkehr alle da sein würden. Wie sollte Honor ihnen mit dem, was sie zu sagen hatte, gegenübertreten? Mit dem, was sie ihnen nie gesagt hatte? Jetzt würden sie jedes beschämende Detail ihres Leidenswegs erfahren.

Sie bogen in die Auffahrt ein, und Honor löste sich rasch aus dem festen Griff ihrer Schwester und eilte nach drinnen. Wie sie erwartet hatte, saßen ihr Vater und ihre Brüder im Wohnzimmer und taten wenig, ihre Ungeduld und ihre Sorge zu verbergen.

Mandie und ihre Mutter kamen gleich hinter ihr ins Haus, und ihr Vater und ihre Brüder sahen sie erwartungsvoll an. Es war einfach zu viel.

Zum Entsetzen ihrer Brüder, vor allem zu Brads Entsetzen, brach sie in Tränen aus, lief an ihnen vorbei und riss die Tür zur hinteren Terrasse auf, wo sie sich auf die Hollywoodschaukel flüchtete, auf der sie in ihrer Kindheit so oft Trost gefunden hatte, und den Tränen freien Lauf ließ.

»Was zum Teufel ist los, Cynthia?«, fragte Mike, der Honor verblüfft hinterherstarrte.

»Ich weiß es nicht«, erwiderte Cynthia frustriert. »Sie hat nichts gesagt. Sie hat ausgesehen wie ein Geist, als sie ins Wartezimmer zurückkam, und als ich sie gefragt habe, was los ist, hat sie nur gesagt: ›Nicht hier‹. Sie hat mich angefleht, nicht dort darüber reden zu müssen. Sie meinte, sie würde es uns erzählen, sobald wir zu Hause sind.«

»Lass mich mal mit ihr reden«, sagte Brad besänftigend.

Brad hatte immer eine enge Beziehung zu seiner kleinen Schwester gehabt. Er hatte schon sehr früh begriffen, dass sie etwas ganz Besonderes war. Anders. Weichherzig und gut. Nie hatte sie über irgendjemanden etwas Böses gesagt, und für jemanden, der in Schwierigkeiten steckte, hatte sie immer alles getan.

Er hatte sich am vehementesten gegen den Nahen Osten ausgesprochen, aber er hatte auch verstanden, was Honor antrieb. Dennoch hatte er nicht gewollt, dass sie dorthin ging. Er wollte, dass sie blieb, wo er sie beschützen konnte. Wo ihr nichts zustoßen konnte. Und das, was er am meisten befürchtet hatte, war geschehen.

Aber sie lebte. Es war ein Wunder. Doch jetzt litt sie und hatte sich sogar von ihrer Familie zurückgezogen, wo sie doch sonst immer so offen und ehrlich gewesen war. Was immer da nicht stimmen mochte, war schlimmer als das, was sie ihm bereits anvertraut hatte, und das machte ihm unglaubliche Angst. Was konnte noch schlimmer sein als das, was sie durchgemacht hatte? In seinem Beruf als Sheriff bekam er die übelsten Dinge zu sehen, aber immer gelang es ihm, sich nicht von der Angst überwältigen zu lassen. Doch jetzt? Jetzt war er wie gelähmt vor Angst, so sehr, dass er kaum noch zu atmen vermochte.

Bevor irgendjemand widersprechen konnte, drehte er sich um und folgte Honor auf die Terrasse. Dort sah er sie weinen, als würde ihr das Herz brechen – als wäre es bereits gebrochen –, und ihm schnürte sich die Kehle zu, und er musste selbst gegen die Tränen ankämpfen. Doch er durfte nicht weinen, denn er musste jetzt stark sein für Honor. Jetzt mehr denn je.

Leise, um sie nicht zu erschrecken, setzte er sich neben sie in die Hollywoodschaukel und zog ihren zerbrechlichen Körper behutsam an sich.

»Was ist los, Kleines?«, fragte er liebevoll. »Du weißt, dass du über alles mit mir reden kannst. Was immer es ist, wir kriegen es wieder hin.«

»Das hier nicht.« Sie klang unendlich traurig. »Das kann niemand wieder hinkriegen. Ich bin schwanger, Brad. Meine Güte, ich bin *schwanger*.«

Er schnappte nach Luft und sah sie verblüfft an, doch dann bekam sein Blick etwas Mörderisches. »Du hast uns nicht erzählt … ich meine, du hast uns insgesamt nicht viel erzählt. Nur von den Schmerzen und der Folter. Du hast nicht erzählt, dass du vergewaltigt worden bist.«

Er sah sie kummervoll an, zog sie an sich, hielt sie und wiegte sie sanft vor und zurück. Er zitterte vor Mitgefühl.

Sie schmiegte sich an ihn, genoss seine Kraft und seine Liebe. Immer ihr großer Bruder und Beschützer.

»Ich bin nicht vergewaltigt worden«, flüsterte sie. »Einige haben es versucht, aber der Mann, der der Vater meines Kindes ist, hat mich beschützt. Er hat dafür gesorgt, dass ich nicht vergewaltigt wurde. Aber … er hat mich verraten. Ich habe ihm vertraut. Er hat mir versprochen, dass er mich nach Hause bringt, dass ich in Sicherheit und er die ganze Zeit bei mir sein würde. Aber dann hat er mich betäubt und Maksimov übergeben, und ich verstehe einfach nicht, wieso. Wieso hat er mich betrogen? Wieso sollte ich glauben, dass ich ihm etwas bedeute? Wieso hat er mich verführt und mir erzählt, er würde mich zu meiner Familie zurückbringen, und mich dann unter Drogen gesetzt? Als ich wach wurde, war ich Gefangene eines Mannes, der zweimal versucht hat, mich zu vergewaltigen. Und dann hat er mich einem Mann ausgeliefert, der mich gefoltert hat. Mir Elektroschocks verpasst hat. Mich geschlagen hat. Er wollte mich brechen, aber dafür kam er zu spät. Das hatte Hancock bereits getan. Niemand sonst.

Bis dahin war ich stark. Ich habe mich geweigert, aufzugeben. Ich habe gekämpft, und ich hätte mich nicht ohne Kampf ergeben. Aber als er mich verraten hat, habe ich aufgegeben. Ich hatte nichts mehr, wofür es sich zu kämpfen gelohnt hätte. Es war mir egal. Ich hatte nichts mehr, wofür ich leben wollte. Und ich wollte nicht, dass mich meine Familie jemals so schwach und zerstört sieht.«

»Oh, Schatz«, sagte ihr Bruder mit erstickter Stimme, die zudem von ihrem Haar gedämpft wurde. »Es tut mir so leid, was du alles durchmachen musstest. Noch immer durchmachst.« Er küsste sie auf den Scheitel und hielt sie eine Zeit lang einfach nur fest. Allmählich ebbten ihre Schluchzer ab, und Stille senkte sich herab. Ab und zu gab er der Schaukel mit dem Fuß ein wenig Schwung. Er wollte ihr keinen Druck machen, mehr zu erzählen, als sie bereit war, mitzuteilen. Obwohl er insgeheim diesen verdammten Marine ausfindig machen wollte, der Honor bei ihnen abgeliefert hatte, und ihn über diesen Typen namens Hancock ausquetschen wollte. Vor allem, wo Brad ihn finden konnte. Und dann wollte er auf klassische Weise Rache nehmen, auch wenn das seine Karriere bei der Polizei abrupt beenden würde. Das wäre es ihm wert.

Seufzend strich er ihr über den Rücken. »Ich weiß, das ist ein Schock. Und du hast Unvorstellbares durchgemacht. Aber du kannst dich frei entscheiden, Schatz. Wenn es zu qualvoll ist, das Baby zu bekommen, wenn es dich ständig an Schmerz und Verrat erinnert, dann kannst du die Schwangerschaft beenden. Oder du gibst das Kind zur Adoption frei. Du kannst tun, was für dich das Beste ist. Verstehst du das? Denk bitte einmal an dich selbst. Das ist kein Verbrechen. Schon gar nicht nach allem, was du durchgemacht hast. Niemand würde dir einen Vorwurf machen. Niemand würde dich verurteilen.«

»Nein«, widersprach sie heftig. »Das Kind ist unschuldig. Dieses Baby hat nichts Falsches getan, und ich werde nicht so egoistisch sein, es nicht haben zu wollen, nur weil es schlimme Erinnerungen aufwühlt. Dieses Kind – *mein* Kind – verdient zu leben, und ich werde es auch nicht hergeben. Ich werde fortgehen. Ich will keine Schande über dich und den Rest der Familie bringen. Das hat keiner von euch verdient.«

»Einen Teufel wirst du tun!«, erwiderte Brad aufgebracht. »Du brauchst deine Familie jetzt mehr denn je. Und wenn du auch nur einen Moment lang glaubst, wir würden dich gehen lassen, damit du keine Schande über uns bringst, dann hast du wirklich den Verstand verloren. Noch nie gab es eine mutigere, großzügigere Frau als dich, und ich lasse unter gar keinen Umständen zu, dass du die Sache allein durchstehst. Deine Familie wird dich auf jedem Schritt deines Wegs begleiten. Schande über uns bringen? Nie hatte eine Familie mehr Grund, stolz auf ihre Tochter und Schwester zu sein als wir. Und mir ist völlig egal, was andere denken oder sagen. Ich stehe hundertprozentig hinter dir und meinem Neffen oder meiner Nichte, und

Scheiß auf alle, die meinen, sich das Maul zerreißen zu müssen.«

»Dein Bruder hat recht«, hörte sie die Stimme ihres Vaters von hinten.

Honor fuhr herum. Als sie sah, dass die gesamte Familie Brad auf die Terrasse gefolgt war und jedes einzelne Wort mitbekommen haben musste, senkte sie den Kopf.

»Du wirst nicht mit gesenktem Kopf herumlaufen, als müsstest du dich für irgendetwas schämen«, sagte ihre Mutter fest. »Du warst ein Opfer. Dies ist nicht deine Schuld. Du kannst nichts dafür. Und ich schwöre bei Gott, wir werden dich *alle* auf jedem Schritt deines Wegs begleiten.«

Honor schaute hoch. In den Gesichtern ihrer Familienmitglieder war bei allen die gleiche Entschlossenheit zu sehen, und wieder brach sie in Tränen aus.

Mandie eilte zu ihr und setzte sich auf den freien Platz auf Honors anderer Seite, sodass Honor in der Mitte zwischen ihr und Brad saß.

»Erzählst du uns jetzt alles, Honor? Wir wissen, dass du ganz viel zurückgehalten hast. Dass dich etwas ganz schrecklich verletzt hat, du dich aber geweigert hast, darüber zu sprechen. Das stehst du aber nur eine gewisse Zeit durch. Irgendwann zerbrichst du daran.«

»Ich bin bereits zerbrochen«, erwiderte Honor freudlos.

Brad legte ihr die Hand unter das Kinn und zwang sie, ihn anzusehen. »Teufel noch eins, das bist du nicht. Du bist eine der stärksten Frauen, die ich kenne. Du bist vielleicht am Boden, aber nicht am Ende. Nicht auf Dauer. Und wenn du zulässt, dass wir dir helfen, wenn du dich uns anvertraust, dann können wir dir auch helfen. Du kannst das nicht länger mit dir allein ausmachen. Stütz dich auf uns, Schatz. Dafür ist Familie da. Du würdest für uns das Gleiche tun, und das weißt du auch.

Du würdest bei keinem von uns akzeptieren, dass er schweigt, wenn du wüsstest, dass derjenige leidet. Und verdammt, wir werden das bei dir genauso wenig akzeptieren. Ich glaube an dich, Honor. Auch wenn du selbst im Moment nicht an dich glaubst.«

Honor lehnte sich an ihn, schlang die Arme um seinen Hals und hielt sich an ihm fest, als ginge es um ihr Leben. Sie schloss die Augen, dennoch rannen ihr die Tränen geräuschlos die Wangen hinunter. Ihr ersticktes »Ich liebe dich« wurde von ihrem Bruder mit rauer Stimme erwidert.

Und dann erzählte sie ihnen alles, was sie bisher ausgelassen hatte. Wie sie sich in Hancock verliebt und er ihr versprochen hatte, nachdem sie sich geliebt hatten, dass er einen Ausweg finden würde. Dass er sie nicht für das übergeordnete Ziel opfern würde. Und dass er gelogen hatte und dass das und nichts sonst sie zerstört hatte.

Als sie geendet hatte, war sie erschöpft, und ihr war schwindlig. Ihre Familie war wütend, das sah und hörte man ihnen an.

Aber sie umhegten sie mit Liebe und ihrer bedingungslosen Unterstützung. Pläne wurden geschmiedet. Die Besuche bei der Frauenärztin wurden unter den Familienmitgliedern aufgeteilt, damit immer einer von ihnen sie begleiten konnte. Ihr Vater machte sofort Pläne für einen Anbau an ihr Schlafzimmer, damit das Baby ein Kinderzimmer hatte, aber nah genug war, dass Honor es immer hören konnte.

Honor ließ die Hand über die leichte Ausbuchtung ihres Bauchs gleiten. Sie hatte das für ein Resultat der Gewichtszunahme gehalten, die so wichtig gewesen war, nachdem sie sich fast zu Tode gehungert hatte. Wie hatte sie es bloß bis jetzt nicht merken können?

Rückblickend war ihr klar, dass die Anzeichen und Symptome alle vorhanden gewesen waren. Überwältigende Müdigkeit, Übelkeit, empfindliche Brüste und überbordende Gefühle. Aber wie hätte sie das nach allem, was sie durchgemacht hatte, für etwas anderes als die Nachwehen dieser Zeit halten sollen?

Irgendwie, so seltsam es war, freute sie die Vorstellung, Hancocks Baby zu bekommen, einen Teil von ihm, der durch sie weiterleben würde. Das Beste von ihnen beiden. Und falls es ein Junge wurde, würde sie sein Kind so erziehen, dass es der Mann wurde, der Hancock gern gewesen wäre, von dem er aber nicht glaubte, es jemals sein zu können. Er würde Hancocks Antrieb haben, andere zu beschützen, und die Kraft und den Mut seiner Mutter.

Falls es ein Mädchen wurde, würde es Hancocks eisernen Willen und seine Entschlossenheit haben, für Gerechtigkeit zu sorgen. Und Honor würde ihr beibringen, sich niemals geringzuschätzen. Ihrem Herzen und ihren Träumen zu folgen und niemals die Straße zu meiden, die die wenigsten gingen.

Sie würde dieses Kind und das Geschenk, das es darstellte, hegen und pflegen. Sie bedauerte nur, dass Hancock sein Kind nie kennenlernen und niemals erfahren würde, dass er fähig war, zu lieben und zu beschützen, und niemals etwas zu verletzen, das ihm gehörte.

Sein Kind war sein Blut. Honor nicht. Honor mochte er für seine Mission opfern, aber niemals, da war sie sich sicher, sein eigen Fleisch und Blut.

44

Honors Mutter trat mit gerunzelter Stirn auf die hintere Terrasse. »Da ist ein Mann, der dich sprechen möchte. Er sagt, es sei wichtig.«

Honor sah hoch. Ein beklemmendes Gefühl machte sich in ihr breit. Aber nein, sie brauchte keine Angst zu haben. Ihre Familie war hier. Ihr würde nichts passieren.

»Schick ihn nach hinten«, sagte sie leise. »Und bitte, lass uns allein, bis ich weiß, was er will.«

Ihre Mutter sah aus, als wollte sie widersprechen, aber Honor sah sie so entschlossen an, dass sie die Lippen aufeinanderpresste, nickte und verschwand. Honor wartete besorgt auf ihren unerwarteten Besuch.

Kurz darauf wurde die Tür geöffnet. Einen Moment lang weigerte sie sich hochzuschauen, doch dann schluckte sie, beschloss, nicht länger der Feigling zu sein, der sie so lange gewesen war, und blickte auf. Der Schock traf sie wie ein Blitzschlag.

»Conrad?«

Er nickte grimmig.

»Wir sind gleich hier drinnen«, sagte Honors Mutter, mehr zu Conrad als zu Honor. Das war eindeutig eine Warnung, aber eine, die Conrad zum Lächeln brachte.

»Ich habe nicht vor, Ihrer Tochter etwas anzutun, Mrs Cambridge«, sagte er freundlich. »Aber ich würde gern unter vier Augen mit ihr sprechen.«

Cynthia nickte und zog sich widerstrebend zurück. Honor

wusste, dass die gesamte Familie sich drinnen versammeln und sie die ganze Zeit beobachten würde.

»Sie sehen echt übel aus«, sagte er offen, als er sich auf einen Stuhl gegenüber der Hollywoodschaukel setzte, in der Honor saß.

»Das könnte ich von Ihnen genauso sagen«, erwiderte sie trocken.

»Stimmt«, gab er zu. »Aber Sie sind diejenige, um die ich mir Sorgen mache, Honor. Sie sehen wirklich nicht gut aus.«

Sie runzelte die Stirn. »Wieso sind Sie hier, Conrad?«

»Aus verschiedenen Gründen«, erwiderte er. »Zum einen wollte ich Ihnen danken, dass Sie mir das Leben gerettet haben. Zum anderen wollte ich mich dafür entschuldigen, dass ich Sie so enttäuscht habe. Aber der wichtigste Grund, weshalb ich hier bin, ist, Ihnen zu sagen, dass Hancock Sie nicht verraten hat, Honor.«

Sie versteifte sich und sah ihn abweisend an. »Ich habe kein Bedürfnis, über Hancock zu reden. Wenn das alles ist, worüber Sie reden wollten, dann können Sie jetzt gehen.«

Conrads Gesichtsausdruck wurde genauso hart und entschlossen wie ihrer.

»Ich gehe erst, wenn ich gesagt habe, was ich sagen will. Was Sie mit dem machen, was ich Ihnen erzähle, liegt voll und ganz bei Ihnen, aber ich werde Ihnen auf jeden Fall erzählen, was wirklich passiert ist.«

Honor schloss die Augen, denn der Kummer überwältigte sie von Neuem. In den Wochen, seit sie wusste, dass sie mit Hancocks Kind schwanger war, hatte sie alles versucht, Hancock und seinen Verrat zu vergessen. Nach vorne zu schauen, nicht zurück. Sich auf das winzige, unschuldige Leben in ihr zu konzentrieren, das sie noch mit ihrem letzten Atemzug verteidigen würde.

»Also reden Sie«, erwiderte sie mit heiserer Stimme. »Und dann raus mit Ihnen.«

»Sie wissen, dass er den Plan geändert hatte. Dass wir die ganze Nacht aufgeblieben sind, um eine Alternative zu planen. Und dann hat er sie betäubt, aber es war ihm zutiefst zuwider. Er hat sich gehasst für das, was er tun musste. Aus zwei Gründen tun musste: Zum einen hatte Maksimov gefordert, dass Sie nicht bei Bewusstsein sind, und wir waren gezwungen, mitzuspielen. Zum Zweiten, wären Sie bei Bewusstsein gewesen, hätte Maksimov niemals gesehen, was er unbedingt zu sehen bekommen musste. Sie sind zu ehrlich, Honor. Wenn Maksimov Sie gesehen hätte, hätte er sofort gewusst, dass sie nicht die verängstigte, misshandelte und gebrochene Gefangene sind, mit der er gerechnet hat. Er hätte die mutige, aufmüpfige Frau gesehen, die ihn eher angespuckt als ihm erlaubt hätte, sie einzuschüchtern.«

»Und das hat er dann ja auch getan«, erklärte Honor. »Ich würde das Verschwendung eines guten nächtlichen Schlafs nennen.«

Conrad schüttelte den Kopf. »Sie verstehen nicht. Er konnte Ihnen den Plan nicht verraten. Himmel, er hätte es nur zu gern getan. Ihm gefiel es ganz und gar nicht, Sie zu hintergehen, wo Sie ihm doch Ihr Vertrauen geschenkt hatten. Wo er doch geschworen hatte, Ihr Vertrauen nicht zu enttäuschen. Aber zu viel hing davon ab, dass Sie es *nicht* wussten. Sie durften nicht Bescheid wissen, das hätte die gesamte Mission gefährdet und uns alle umbringen können. Und Hancock hatte allen klar gemacht, dass Sie oberste Priorität besaßen. Dass Sie um jeden Preis beschützt werden mussten, auch wenn das hieß, dass Maksimov davonkam.«

Honor sah ihn verwirrt an, denn sie verstand kein Wort.

»Wir hatten einen Hinterhalt geplant. Schauen Sie, der ursprüngliche Plan war, Sie an Maksimov zu übergeben, um Zugang zu ihm zu bekommen. Um endlich Teil seines inneren Kreises zu werden, nachdem wir jahrelang nur über Mittelsmänner wie Bristow Kontakt mit ihm hatten. Maksimov hätte Sie an *Eine Neue Ära* weitergereicht, während wir seine gesamte Organisation systematisch von innen her aufgerollt hätten. Alle Beteiligten, alle kriminellen Verbindungen. Wir wollten sein gesamtes Netzwerk zerstören. Und dann hätten wir ihn umgebracht. Aber das hätte Zeit gebraucht. Viel Zeit. Sie wären von *Eine Neue Ära* getötet worden, bevor wir unsere Zerstörung von Maksimovs gesamter Organisation abgeschlossen hätten.

Doch Hancock entschied sich dagegen. Bristow hat die Übergabe organisiert, und Maksimov hat die Bedingungen diktiert, aber wir hatten ihn in einen Hinterhalt locken wollen. Wir wollten nur nah genug an Maksimov herankommen, um ihn umzubringen, und dann so schnell wie möglich verschwinden. Hancock war egal, dass die Verbindungen bestehen bleiben würden, dass jemand anderer einfach Maksimovs Reich übernehmen würde. Er wollte nur, dass Maksimov starb und Sie in Sicherheit waren, und dann wollte er abhauen. Mit ihnen. Maksimovs weitläufiges Reich zu zerstören, wollte er jemand anderem überlassen.«

»Aber wie …?«

Sie runzelte die Stirn, denn sie verstand noch immer nichts. Sie war in einem Käfig erwacht, und Maksimov hatte sie gequält. Er hatte sie *tagelang* gefoltert. Und dann war sie in einem Flugzeug wach geworden, neben ihr Hancock, der sie zu *Eine Neue Ära* brachte.

»Maksimov hatte offenbar mehr als einen Spion in Bristows Organisation. Wir haben nur den unschädlich gemacht, den wir ausfindig machen konnten, und der andere muss berichtet haben, dass Hancock die Nerven verloren und Bristow umgebracht hat, als er versucht hat, Sie zu vergewaltigen. Also hat Maksimov uns in einen Hinterhalt gelockt statt andersherum. Wir haben Mojo verloren.« Conrads Stimme klang schmerzerfüllt. »Viper und Cope wurden beide schwer verletzt, und Hancock hat zwei Schüsse abbekommen. Er wäre beinahe gestorben, aber selbst da hat Maksimov Sie ihm noch mühsam entreißen müssen. Hancock hat bei einer Organisation, mit der es bereits viel böses Blut gab, Hilfe angefordert, denn er hatte noch einiges gut bei denen. Wir sind nicht direkt Feinde, aber auch keine Verbündeten. Hancock war das gleichgültig. Er kannte keinen Stolz, wenn es um Sie ging. Er hat diese Leute angebettelt, ihm zu helfen, damit wir Sie finden und in Sicherheit bringen können. Er hat sich endlos gequält, weil er wusste, dass Maksimov Sie in den Fingern hatte und er nichts daran ändern konnte. Er hat sich die Schuld daran gegeben. Er glaubt, er habe Sie verraten. Er habe Sie im Stich gelassen. Alles, was Sie von ihm glauben, glaubt er ebenfalls. Aber er hat Sie nicht verraten, Honor. Die Mission ist einfach grandios schiefgelaufen. Wir haben viel verloren, aber er wollte nicht aufgeben, obwohl er eigentlich unbedingt ins Krankenhaus gehört hätte.«

Honor schüttelte verunsichert den Kopf.

»Ich verstehe nicht.« Offenbar war das alles, was sie von sich geben konnte. Es war zu viel auf einmal. Wie sollte sie begreifen, dass alles, was sie die letzten Monate geglaubt und worum sie getrauert hatte, sich in Sekundenschnelle ganz anders darstellte?

»Er liebt Sie, Honor«, sagte Conrad freundlich. »Hancock hat in seinem Leben nie jemanden geliebt, abgesehen von seiner Pflegefamilie. Er hatte nie das Gefühl, Liebe zu verdienen. Er hält sich für ein Monster. Er hält sich für schlimmer als Maksimov. Mit jedem Tag, der vergeht, stirbt er ein bisschen mehr. Er leidet, er quält sich. Er liebt Sie, weiß aber, dass er Sie nicht wert ist, dass er Sie nicht verdient. Er hat Sie im Stich gelassen. Er hat Sie verraten. Er hat zugelassen, dass Maksimov Ihnen Schmerzen zufügte, und das wird er sich nie verzeihen.«

»Warum erzählen Sie mir das alles?«, flüsterte sie.

»Weil ich glaube, dass Sie genauso leiden wie er. Ich glaube, dass Sie ihn genauso lieben wie er Sie. Ich glaube, dass Sie beide sterben, beide aufgegeben haben. Und ich weiß, dass Sie die Einzige sind, die ihn retten kann. Ich konnte nicht zulassen, dass Sie glauben, was er selbst nicht vehement abstreiten würde, weil er es selbst alles glaubt. Nämlich, dass er Sie verraten hat. Im Stich gelassen hat. Verletzt hat. Manipuliert hat. Angelogen hat. Aber, Honor, Sie haben ihn nicht gesehen, als er uns erzählt hat, die Mission sei jetzt eine andere. Sie haben nicht die Entschlossenheit in seinen Augen gesehen, als er uns gesagt hat, dass Sie oberste Priorität genießen, dass Ihre Sicherheit wichtiger ist als alles andere. Ihm war die ursprüngliche Mission völlig egal, und ihm war auch egal, ob er Maksimovs Organisation zerstörte. Er hat versucht zu tun, was anständig ist, nämlich Sie zu verschonen und trotzdem eine ernsthafte Bedrohung für Tausende von Unschuldigen auszuschalten. Und als Ergebnis hat er *alles* verloren.«

Tränen rannen Honor die Wangen hinunter, und sie schlang die Arme um ihren Körper und wiegte sich auf der Schaukel vor und zurück.

»Warum hat er mir das nicht erklärt? Im Flugzeug? Nachdem er mich aus Maksimovs Händen befreit hatte. Warum hat er mich im Glauben gelassen, dass er mich an *Eine Neue Ära* ausliefert? Warum hat er es nicht wenigstens versucht?«

»Weil Sie es steif und fest geglaubt haben. Sie waren nicht bei sich, Honor. Sie waren Lichtjahre weit weg. Und Sie hätten nichts von dem gehört, was er gesagt hätte. Außerdem ist es schwierig, sich zu verteidigen oder etwas zu erklären, wenn man das Gefühl hat, dass man tatsächlich an allem Schuld hat, was einem vorgeworfen wird. Er hat sich nicht verteidigt, weil er wusste, dass er an allem schuld war, was Ihnen angetan worden ist. Und er liebt Sie so sehr, wie er sich selbst hasst.«

»Wo ist er?«, fragte sie.

Conrad schloss die Augen. »Ich weiß es nicht. Nachdem Maksimov und *Eine Neue Ära* besiegt waren, ist er verschwunden. Titan existiert nicht mehr. Wir haben alle aufgehört. Uns hat es gereicht. Er ist ein einsamer Wolf, Honor. Er hat sich irgendwo verkrochen, um einen langsamen, schmerzvollen Tod zu sterben, denn er kann mit dem, was er Ihnen angetan hat, nicht leben. Aber eins weiß ich: Er liebt Sie mit jedem Atemzug. Ich habe mit ihm gearbeitet, bin ihm gefolgt, war ihm über ein Jahrzehnt lang treu ergeben. Und bevor Sie kamen, hat all das, was man von ihm behauptet hat, gestimmt. Er war mehr Maschine als Mensch. Keine Gefühle. Er hatte seine eigene Moral, und nach der hat er gelebt. Das übergeordnete Ziel. Und das bedeutete manchmal, Unschuldige zu opfern. Er hat es gehasst, aber er wusste, es war ein notwendiges Übel.

Aber Sie haben alles verändert. Sie haben *ihn* verändert. Plötzlich wollte er der Mann sein, den Sie in ihm gesehen haben. Er wollte ein besserer Mensch sein. Für Sie. Sie haben ihm gezeigt, wie man liebt. Wie man fühlt. Wie man menschlich ist. Und er wird nie wieder eine andere lieben. Er wird Sie immer lieben, genau wie er sich in alle Ewigkeit für das hassen wird, was er Ihnen angetan hat.«

»Wie kann ich ihn dann finden?«, fragte sie frustriert. »Verdammt, Conrad, Sie können nicht einfach hier hereinplatzen, mir all das erzählen und dann wieder gehen, ohne mir irgendeinen Hinweis zu geben. Ich werde nicht zulassen, dass er sich das antut. Auf keinen Fall. Ich liebe ihn. Können Sie sich auch nur ansatzweise vorstellen, wie weh es getan hat, als ich geglaubt habe, er hätte mich benutzt, verraten und zugelassen, dass Maksimov mich foltert?«

Conrad sah sie mit gequältem Blick an. »Ich habe Ihnen gegenüber auch versagt, Honor. Das war nicht nur Hancock. Wir alle haben versagt.«

»Schwachsinn«, widersprach sie wütend.

Dann sah sie ihn voller Trauer an. »Es tut mir so leid um Mojo. Er war ein guter Mensch. Er hatte es nicht verdient, wegen mir zu sterben. Weil Hancock die Mission abgeändert hatte. Sind Viper und Cope inzwischen wieder gesund?«, fügte sie besorgt hinzu.

Conrad lächelte, nahm ihre Hand und drückte sie sanft. »Immer machen Sie sich Sorgen um andere. Sie sind eine bemerkenswerte Frau, Honor. Mein Leben ist besser, weil ich Sie kennenlernen durfte. Und wenn Sie Hancock retten können, werde ich Ihnen ewig dankbar sein. Ja, Mojo war ein guter Mensch, und er ist friedlich gestorben. Er hat Erlösung gefunden, etwas, wovon keiner von uns jemals zu träumen gewagt hätte. Und Viper und Cope geht es gut. Ich weiß nicht, wo Hancock steckt, ich schwöre es. Aber ich kann Ihnen Leute nennen, die es vielleicht wissen oder Ihnen zumindest bei der Suche behilflich sein können.«

Sie beugte sich gespannt vor. »Sagen Sie es mir.«

»Ich bringe Sie selbst hin«, erwiderte er. »Ich werde Sie nicht ohne Schutz losziehen lassen. Außerdem ist es nicht weit. Dover, Tennessee, nur ein paar Meilen südlich der Grenze zu Kentucky. Wie schnell können Sie fertig sein?«

Sie war bereits aufgestanden. »Geben Sie mir fünf Minuten.«

Conrad lächelte vor sich hin, während er ihr nachsah. Ihr Blick war entschlossen. Dumpfheit und Leblosigkeit, die wie eine zweite Haut gewirkt hatten, waren verschwunden, und sie sah wieder aus wie die Honor, die er damals kennengelernt hatte. Kampflustig und leidenschaftlich. Tapfer und mutig.

Wenn irgendjemand Hancock retten konnte, dann sie. Der Mann tat ihm fast schon leid. Fast. Denn er würde gar nicht begreifen, wie ihm geschah, wenn Honor Cambridge ihm die Leviten las.

45

Honors Familie war strikt dagegen, dass sie mit einem Mann wegging, den sie nicht kannten, und wollte sie auf keinen Fall allein mit Conrad losziehen lassen. Brad bestand darauf, sie zu begleiten, und Conrad und Honor bestanden beide darauf, ohne ihn zu gehen.

Es folgte eine wilde Diskussion, in der jedes einzelne Familienmitglied darauf bestand, mitzukommen.

»Ich muss das einfach tun«, sagte Honor ruhig.

»Mir ist klar, dass Sie mich nicht kennen und keinen Grund haben, mir zu trauen«, sagte Conrad beschwichtigend. »Aber ich werde Honor unter Einsatz meines Lebens beschützen. Ich gebe Ihnen mein Wort. Und da, wo wir hinwollen, droht ihr keine Gefahr. Dort wird sie die ganze Zeit eine regelrechte Armee um sich haben. Das ist wichtig für Ihre Tochter. Sie muss gesund werden, und genau dafür will ich sorgen. Wenn Sie sie lieben, und ich weiß, dass Sie das tun, und wenn Sie ihr vertrauen, und auch da weiß ich, dass Sie das tun, dann lassen Sie sie gehen. Sie braucht dies, wenn sie jemals wieder ganz werden soll.«

»Ich habe nicht viel Zeit«, sagte Honor ungeduldig. »Vertraut mir, dass ich weiß, was ich tue. Ich melde mich. Conrad wird euch auf dem Laufenden halten. Aber wenn ich überleben will, muss ich das tun.«

Die ganze Familie sah sie schockiert und besorgt, aber auch resigniert an, ähnlich wie damals, als sie so entschlossen gewesen war, in den Nahen Osten aufzubrechen, um den Ärmsten der Armen zu helfen.

Sie nahmen sie in die Arme, küssten sie mit Tränen in den Augen und sagten ihr, dass sie sie liebten. Und dann richtete Brad den Blick auf Conrad und sah ihn durchdringend an.

»Ich kenne Leute wie Sie. Ich weiß, was Sie im Namen der Gerechtigkeit anstellen. Nicht dass ich Sie verurteile. Aber beschützen Sie meine Schwester. Sorgen Sie für Ihre Sicherheit. Und sollte etwas schieflaufen, holen Sie sie da raus. Mir ist egal, was sie will oder sagt. Sie bringen Sie nach Hause, wo sie hingehört.«

Conrad nahm Haltung an, eine Respektbezeugung, die dem Gesetzeshüter galt.

»Ich würde mein Leben für sie geben«, sagte er wahrheitsgemäß. »Sie hat mir das Leben gerettet, und ich zahle meine Schulden. Ich schwöre Ihnen, dass sie bei mir in Sicherheit ist.«

Honor nahm jeden aus der Familie noch einmal in den Arm, dann drängte sie Conrad zur Tür, damit sie endlich loskamen.

»Wie weit ist es? Fahren wir oder fliegen wir?«

»Wir fliegen. KGI hat eine eigene Landebahn auf dem Gelände, und das Gelände ist gesichert. Es ist nicht nur der schnellste Weg, sondern auch der sicherste.«

Ihre Erleichterung war riesig, aber jetzt, wo sie Bescheid wusste, war jede Minute eine Qual. Jede Sekunde ohne Hancock kam ihr wie eine Ewigkeit vor.

Honor schluckte nervös, als einer der Männer, der sie an der Landebahn abgeholt und zur Einsatzzentrale gefahren hatte, den Zugangscode eingab und die Türen in einem verblüffenden Tempo auseinanderglitten.

Sie hatte bewusst weite, übergroße Kleidung angezogen, denn sie war jetzt schon fast im fünften Monat schwanger, und ihr kleines Bäuchlein hatte sich zu einer festen Kugel entwickelt. Aber nach dem ganzen Gewichtsverlust und dem

Hungern wirkte es eher so, als würde sie allmählich ihr normales Gewicht wiedererlangen.

Außerdem wollte sie, dass Hancock *sie* wollte. Dass er sie unabhängig von allem anderen liebte. Und sie wusste, er würde sich niemals abwenden, wenn sie mit seinem Kind schwanger war, ob er sie nun liebte oder nicht, ob er sie nun wollte oder nicht.

Es war nicht ihre Art, jemanden zu täuschen. Aber sie wollte ihn auch keineswegs manipulieren oder zwingen, eine Entscheidung zu treffen, die er normalerweise nicht getroffen hätte, hätte er nicht gewusst, dass sie schwanger war. Erst musste sie wissen, was bei ihrem Grundsatzgespräch mit Hancock herauskam.

Sobald sie in den Hauptraum geführt worden war, sah sie, dass offenbar alle, die für KGI arbeiteten, anwesend waren, dabei brauchte sie lediglich eine Person, die ihr sagen konnte, wo Hancock zu finden war. Nicht einen ganzen Raum voller durchtrainierter Superagenten.

Auf einmal wurde sie stocksauer. Sie hatte es satt, immer wieder von Soldaten, Söldnern, Terroristen, Arschlöchern, irgendwem eingeschüchtert zu werden. Wenn diese Leute meinten, sie müssten sie einschüchtern, konnten sie sie allesamt am Arsch lecken.

Sie kniff die Augen zusammen und trat hinter Conrads schützendem Rücken hervor.

»Sagen Sie mal, wissen alle zwanzig, die Sie ungefähr sind, wo Hancock steckt, oder wollen Sie mich verarschen und einschüchtern? Denn wenn das alles ist, was Sie haben, dann nur zu.«

Begrüßt wurde sie mit breitem Lächeln, einige lachten auch laut auf, und sie hätte schwören können, dass eine weibliche Stimme sagte: »Recht so, Mädel.«

Einer der Männer trat lächelnd auf sie zu. Er hatte dunkelblondes Haar und die klarsten blauen Augen, die sie je gesehen hatte. Er streckte ihr die Hand entgegen, und ihr blieb nichts anderes übrig, als sie widerwillig zu nehmen.

»Miss Cambridge, es ist mir eine Ehre, Sie wiederzusehen. Ich bin Sam Kelly.«

Sie sah ihn leicht verwirrt an, doch dann dämmerte ihr, dass er dabei gewesen sein musste, als man sie aus Maksimovs Händen befreit hatte. Was bedeutete, dass sie einem Raum voller Leute gegenüberstand, die alle mitbekommen hatten, wie sie damals ausgesehen hatte.

Sie drückte das Rückgrat durch. Sie würde sich deswegen nicht schämen. Dinge, für die sie nichts konnte, würden ihr nicht mehr peinlich sein, und sie würde sich auch nicht mehr so leicht einschüchtern lassen. Sie musste aufhören, sich wie ein verängstigtes Mäuschen aufzuführen. Vielleicht sollte sie sich ein Beispiel an den beiden einzigen weiblichen KGI-Mitgliedern nehmen. Die sahen nun wirklich nicht wie verängstigte Mäuschen aus.

»Wer kann mir sagen, wo ich Hancock finde?«, fragte sie energisch und sah die Gruppe streitlustig an. Mit diesem Blick, behauptete Brad immer, sah sie aus wie ein niedliches Kätzchen, das zum ersten Mal faucht.

Genervt zupfte sie an ihrem Haar und wartete gar nicht erst die Antwort ab.

»Was soll das eigentlich, dass Männer eigenmächtig Entscheidungen treffen und glauben, auf alle Fragen des Universums die richtige Antwort zu kennen? Was soll das, dass sie sich quälen, weil sie glauben, jemanden betrogen oder verletzt zu haben? Und ja, auch wenn es für die betroffene Person so aussehen mag, als wäre sie verarscht worden, weiß der Mann doch, wie es in Wirklichkeit war, aber er macht sich nicht die

Mühe, alles zu erklären, weil *er* glaubt, er sei schuldig, weil er sie verraten und verletzt habe. Also schwelgt er in gigantischem männlichen Selbstmitleid und brütet und schmollt und weiß der Himmel, was Männer wie Sie sonst noch tun.« In ihrer Stimme klang eine Spur von Verachtung mit. »Aber ich weiß, was Hancock *nicht* tun wird, und wenn nicht einer von Ihnen bald ein paar Informationen ausspuckt, werden Sie sich noch umschauen.«

Die anderen hatten sie mit offenem Mund angestarrt, doch als Honor ihre Standpauke beendet hatte, fingen sie an zu lachen, bis ihnen die Tränen kamen. Sie war wütend, dass sie sie auslachten, wo es hier doch um ihr Leben ging. Um ihre Zukunft. Die Zukunft ihres Kinds. Und Hancocks.

Garrett stieß einen Pfiff aus. »Oh Gott, das wird ihm noch so manches Mal aufs Brot geschmiert werden. Damit werde ich den Scheißkerl den Rest seines Lebens aufziehen. Das ist unbezahlbar!«

Honor biss die Zähne zusammen und stellte sich dicht vor den großen Mann hin. Beinahe hätte sie ihn sogar überrannt, und sie hätte das wohl auch getan, wäre er nicht mit dem Rücken gegen die Wand gestoßen, weshalb er effektiv in der Falle saß.

»Was stimmt nicht mit Ihnen, dass Sie bei so etwas lachen müssen? Sie führen sich wie das letzte Arschloch auf.«

Garrett sah sie kleinlaut an. »Es tut mir leid, Ma'am. Ich wollte nicht respektlos sein.« Er ließ den Blick hilfesuchend zu seinen Kollegen schweifen, doch die lachten nur noch lauter.

Honor warf die Hände in die Höhe. »Sinnlos. Ich habe einen ganzen Tag vergeudet, um hierherzukommen. Aber gut. Dann finde ich ihn eben selbst. Schönen Dank auch.«

Sie drehte sich um und stolzierte, Conrad im Schlepptau, zur Tür, doch Sam ergriff ihren Arm und hielt sie sanft zurück.

Seine Augen blitzten noch immer fröhlich, aber er gab sich alle Mühe, ernst zu bleiben.

»Wir wissen wirklich nicht, wo Hancock ist, aber ich kenne vielleicht jemanden, der Ihnen helfen kann. Geben Sie mir zwei Sekunden, damit ich einen Anruf tätigen kann?«

Sie musterte ihn einen Moment lang und kam zu dem Schluss, dass er das wirklich ernst meinte. Endlich jemand mit ein bisschen Hirn. Sie nickte.

Sam griff nach dem Telefon und drückte eine Taste, offenbar eine gespeicherte Nummer.

»Eden, Schatz? Hier ist Sam. Könntest du so schnell wie möglich in die Einsatzzentrale kommen? Bitte? Es ist wichtig.«

Es folgte eine kurze Pause, dann sagte Sam lächelnd: »Du bist die Beste.«

»Joe, geh raus und nimm Eden in Empfang, damit sie sich nicht komisch fühlt, wenn sie in die Einsatzzentrale kommt«, befahl Sam.

Donovan warf einen Blick auf die Überwachungskameras, die Bilder von über dreißig Geländeabschnitten lieferten. Er grinste. »Nicht nötig. Swanny begleitet sie, und offenbar ist er nicht gerade begeistert, dass er nicht mit eingeladen wurde.«

»Gott bewahre uns vor frisch Verheirateten«, sagte Joe angewidert.

Alle im Raum sahen ihn wissend an.

»Deine Zeit wird schon noch kommen, kleiner Bruder«, sagte Garrett süffisant. »Und ich prophezeie, dass es dich schlimmer erwischen wird als alle anderen.«

Joe zeigte ihm den Mittelfinger, und alle fingen lauthals an zu lachen.

P. J. und Skylar, die beiden weiblichen KGI-Mitglieder, waren zu Honor getreten, entweder aus Solidarität, damit sie nicht von so viel Testosteron umgeben war, oder weil sie einfach nett sein wollten.

»Wie geht es Ihnen, Honor?«, fragte P. J. leise. »Wirklich?«

Irgendetwas in P. J.s Blick verriet Honor, dass sie schreckliche Dinge gesehen und erlebt hatte und dass sie wusste, was Honor durchgemacht hatte und noch immer durchmachte.

Honor lächelte, auch wenn es sich eher anfühlte, als würde sie eine Grimasse ziehen. »Am Anfang nicht so gut. Aber jetzt … bin ich recht zuversichtlich. Wenn ich einen gewissen arroganten Idioten dazu bringen kann, mit seinem Selbstmitleid Schluss zu machen, wird alles ganz prima sein.«

Skylar lachte lauthals los, was ihr misstrauische Blicke seitens ihrer männlichen Kollegen einbrachte. Sie schenkte ihnen ein unschuldiges Lächeln, das die Aufgeregtheit in ihren Augen Lügen strafte.

P. J. sah Honor noch immer ernst an. »Wie es auch läuft, was auch passiert, ob Sie Hancock zur Vernunft bringen können oder nicht – er liebt Sie jedenfalls. Jeder hier im Raum kann Ihnen bestätigen, wie sehr Hancock Sie liebt. Er ist eine harte Nuss. Keiner hier hätte es für möglich gehalten, dass er fähig ist, jemanden zu lieben, aber im Laufe der Zeit haben wir doch immer mal etwas Menschliches in ihm aufblitzen sehen, und wir haben begriffen, dass Hancock ein Produkt seiner Ausbildung ist. Er ist mörderisch, aber er hat ein Herz. Er ist ein guter Mensch, Honor.«

Honor lächelte. »Ich weiß. Und danke.« Sie berührte P. J.s Hand. »Das hat mir viel bedeutet. Und ich bin froh, dass ich nicht die Einzige bin, die hinter seine Fassade blickt.«

Die Tür wurde geöffnet, und herein kam eine absolut umwerfende, große blonde Frau, begleitet von einem Mann, der wenige Zentimeter größer war als sie und ein schlimm vernarbtes Gesicht hatte sowie einen muskulösen Körper, der dem der anderen Männer auf dem Gelände in nichts nachstand.

Angesichts sämtlicher KGI-Mitglieder, die hier versammelt waren, riss Eden riss erstaunt die Augen auf. Dann sah sie ihren Begleiter, von dem Honor annahm, dass er ihr Ehemann war, ängstlich an. Er zog sie an sich und küsste sie auf die Schläfe.

»Schon okay, Schatz«, beruhigte er sie.

Sam ging auf Eden zu und nahm sie liebevoll in die Arme. »Danke, dass du so rasch gekommen bist. Hier ist jemand, der Hancock unbedingt ungespitzt in den Boden rammen möchte, und wir haben uns gefragt, ob du dabei vielleicht behilflich sein könntest.«

Eden runzelte verwirrt die Stirn, aber bevor sie sich im Raum nach dem »jemand« umsehen konnte, zog Sam sie zur Seite und sprach so leise auf sie ein, dass die anderen nicht verstehen konnten, was er sagte.

Zunächst wirkte Eden geschockt, dann glitzerten Tränen in ihren Augen, die eine ungewöhnliche Färbung hatten, und schließlich lächelte sie so erleichtert, dass Honor sich fragte, was um Himmels willen Sam ihr da wohl erzählte.

Schließlich zog Sam Eden am Arm zu Honor, und da stürzte Eden plötzlich los, schlang die Arme um die völlig verwirrte Honor und drückte sie fest an sich. Honor konnte spüren, wie Eden, von Gefühlen überwältigt, am ganzen Körper zitterte.

Als Eden Honor schließlich losließ, strahlte sie über das ganze Gesicht, gleichzeitig standen ihr nach wie vor die Tränen in den Augen. Dann nahm sie Honors Hände in ihre und hielt sie fast so fest, wie sie Honor umarmt hatte, und die wusste gar nicht recht, wie ihr geschah.

»Du hast gar keine Ahnung, wie lange ich dafür gebetet habe, dass dieser Tag einmal kommt.« Eden war anzuhören, wie sehr ihre Gefühle sie überwältigten. »Guy war so ein verlorener kleiner Junge. Meine Mutter und mein Vater haben ihn aufgenommen. Er war genauso ihr Sohn wie meine Brüder, Raid und Ryker. Meine Familie ist die einzige, die Guy je gekannt hat.«

Sie drehte sich um und strahlte die KGI-Mitglieder an, die allesamt aufstöhnten. Dann wandte sie sich mit einem süffisanten Lächeln wieder zu Honor um.

»Die sind nur genervt, weil Guy zu meiner Familie gehört und KGI jetzt ebenfalls meine Familie ist, womit Guy und KGI auch eine Familie sind. Eine Tatsache, über die beide Seiten nicht sonderlich begeistert sind. Aber sie werden es überleben«, fügte sie fröhlich hinzu. »Vor allem jetzt, wo du da bist. Du wirst Guys Leben verändern.«

»Sie hat es bereits verändert«, warf Conrad ein, der zum ersten Mal den Mund aufmachte.

Die KGI-Leute sahen Conrad mit gerunzelter Stirn an, als wäre ihnen gerade erst wieder bewusst geworden, dass er Honor begleitet hatte. Honor runzelte ebenfalls die Stirn und bedachte sie alle mit einem bösen Blick.

»Wagen Sie ja nicht, ihn so anzusehen. Er ist *meine* Familie, und Guy wird auch meine Familie sein. Also ist auch Eden meine Familie, und letztlich sind es dann auch Sie. Das bedeutet, dass Conrad jetzt ebenfalls Ihre Familie ist.«

Conrad sah aus, als verstünde er die Welt nicht mehr. Sein verblüfftes Gesicht war zum Schreien komisch. Die KGI-Leute kicherten, und irgendjemand flüsterte, dass Frauen die Welt regierten.

»Ich weiß, dass du es eilig hast, deshalb werde ich dich nicht länger aufhalten«, sagte Eden zu Honor. »Guy ist mit meinen beiden Brüdern im Haus meines Vaters, und laut ihrer Aussage ist er seit seiner Ankunft in einer dermaßen grässlichen

Stimmung, dass sie kurz davor stehen, ihn im Schlaf zu ermorden.«

Honor sah Sam mit einem Blick an, der einen Stein erweicht hätte, und Sam schmolz dahin.

»Bringen Sie mich zu ihm?«, fragte sie zögerlich.

Sam trat auf sie zu und nahm sie in die Arme. »Aber natürlich, Liebes. Sobald der Jet betankt und startklar ist.«

Dann drehte er sich um und grinste seine Brüder an. »Wer will mitkommen und den größten Untergang aller Zeiten miterleben?«

Von allen Seiten ertönten zustimmende Rufe, *Hooyahs* und *Oorahs*, und Honor sah Sam noch verwirrter an. Waren die allesamt verrückt geworden?

Er lächelte. »Nehmen Sie es uns nicht übel. Wir haben verdammt lange darauf gewartet, dass sich Hancock doch noch als menschlich erweist.«

Er wandte sich an Eden. »Ruf deinen Vater an, Schatz, und sag ihm, er soll Hancock ja nicht aus den Augen lassen, bis wir dort ankommen.«

Dann brüllte er eine Reihe Befehle, damit sie innerhalb einer halben Stunde in der Luft sein konnte.

Big Eddie Sinclair legte den Telefonhörer auf und wandte sich zu seinen Söhnen, Raid und Ryker, um.

»Das war Eden«, sagte er verwirrt. »Sie will, dass wir Hancock nicht aus den Augen lassen und aufpassen, dass er ja nicht aus dem Haus geht, bevor sie hier ist. Sie sagt, sie hat das Heilmittel für sein Leiden.«

»Na prima, dass das endlich jemand hat«, erwiderte Ryker düster. »Viel mehr an Selbstverachtung und Selbstmitleid hätte ich auch nicht mehr mit ansehen können.«

»Das kannst du laut sagen«, stimmte Raid ihm zu.

46

Eden ging ihnen zur Eingangstür ihres Elternhauses voran. Nur gut, dass es inzwischen dunkel war, sonst hätten sie bestimmt eine Menge Aufmerksamkeit erregt, mit über zwanzig einschüchternd aussehenden Leuten, die Honor, Eden und Swanny folgten, der immer an der Seite seiner Frau blieb.

Die Tür öffnete sich, bevor Eden auch nur geklopft hatte. Dahinter kamen ein Mann zum Vorschein, von dem Honor annahm, dass er Edens Vater war, und ihre beiden älteren Brüder. Guys Familie.

Die drei Männern sahen von Swanny zu Eden und ließen den Blick schließlich erstaunt auf Honor ruhen.

Der ältere Bruder schüttelte den Kopf. »Das gibt's doch nicht«, murmelte er.

»Das kann nicht sein«, stimmte ihm sein jüngerer Bruder zu.

Edens Vater, der besorgt und kummervoll gewirkt hatte, lächelte und sah auf einmal viel jünger aus.

»Verdammt will ich sein«, sagte er ehrfürchtig. »Ich hätte nie gedacht, dass dieser Tag mal kommt.«

Das ärgerte Honor, und sie stemmte die Hände in die Hüften und starrte die männlichen Mitglieder von Edens Familie böse an.

»Was stimmt bloß mit euch allen nicht? Wieso redet ihr von Guy, als hätte er nichts Menschliches an sich? Ich weiß gar nicht, was schlimmer ist – dass er selbst glaubt, keine Seele zu besitzen, oder dass seine Familie es glaubt.«

Edens Brüder fingen an zu lachen, aber ihr Vater strahlte

über das ganze Gesicht. Er trat auf Honor zu und nahm sie so fest in die Arme, dass sie rasch ein wenig von ihm abrückte. Sie hatte ihre Schwangerschaft zwar gut versteckt, aber bei solch einer engen Umarmung würde man den kleinen Babybauch spüren.

»Willkommen in der Familie, meine Liebe! Wir haben lange darauf gewartet, dass jemand wie du kommt und Hancocks Welt auf den Kopf stellt. Mein Name ist Eddie, und das sind meine Söhne, Raid und Ryker.« Mit einer Handbewegung zeigte er, wer wer war.

Und dann, als würde er gerade erst die Horde kräftiger Männer entdecken, die ein Stück hinter Eden, Swanny und Honor standen, sah Edens Vater seine Tochter fragend an.

»Eden? Wer sind all diese Leute in meinem Vorgarten?«

»Oh, die sind hier, um zu sehen, wie Guy in die Knie geht«, erwiderte Eden fröhlich. »Es ist dunkel, deshalb kannst du sie nicht erkennen, aber es ist KGI.«

»Nathan? Joe?«, fragte Ryker und trat vor seinen Vater, um zu sehen, wer alles Eden und Honor begleitete.

Eddie strahlte, als er den Rest des Teams seines Schwiegersohns vortreten sah, um die Sinclairs zu begrüßen.

Skylar wurde herzlich von Eddie und Ryker umarmt, während Zane den Männern die Hand schüttelte.

»Schön, Sie zu sehen, Sir«, sagte Joe. »Und falls Sie sich fragen, wieso das gesamte KGI-Team hier ist – wir wollten unbedingt dabei sein, wenn Hancock von einer gerade mal einen Meter fünfzig großen Frau in die Knie gezwungen wird. Wir haben vor, dafür zu sorgen, dass ihm das den Rest seines Lebens immer wieder unter die Nase gerieben wird. Nicht einmal Steele hat für so viel Unterhaltung gesorgt, als ihm seine Eier von seiner Frau auf dem Silbertablett präsentiert wurden.«

»Leck mich«, knurrte Steele unhöflich aus dem Dunkel, aus dem er noch nicht hervorgetreten war.

»Hallo?«, sagte Honor ungeduldig und frustriert. »Wo ist er?«

»Ich bin überglücklich, dich höchstpersönlich zu ihm zu bringen«, sagte Raid selbstgefällig.

»Tja, dann kommt mal rein«, lud Eddie die versammelte Mannschaft in sein Haus ein. »Wir werden die beiden bestimmt irgendwann sehen. Im Wohnzimmer lässt sich viel angenehmer warten.«

Raid ließ die anderen stehen und führte Honor die Treppe hinauf und einen langen Flur entlang zu einem Zimmer ganz am Ende. Dort blieb er stehen und sah mit erstem Gesichtsausdruck auf sie hinunter.

»Wenn du ihn uns zurückbringen kannst, werde ich dir mein Leben lang etwas schuldig sein. Er hat aufgegeben, Honor. Er hat nicht den geringsten Lebenswillen mehr, und er leidet so fürchterlich, dass ich meinen eigenen Bruder kaum noch ansehen kann.«

»Oh, der kommt schon zurück«, versprach sie. »Und wenn ich ihn bewusstlos schlagen muss, ich gehe jedenfalls nicht ohne ihn hier weg.«

Raid kicherte und beugte sich hinab, um sie auf die Schläfe zu küssen. »Weißt du was? Ich glaube dir, kleine Schwester.« Dann wurde er wieder ernst. »Soll ich zuerst reingehen?«

Sie verdrehte die Augen. »Guy würde mir niemals etwas antun. Du solltest dir eher Sorgen machen, dass ich *ihm* etwas antue. Aber nein. Das hier ist eine Sache ganz unter uns. Ich will niemanden dabeihaben.«

Raid nickte und ging über den Flur zurück. Sie wartete, bis er verschwunden war, bevor sie den Blick wieder auf Guys Tür richtete. Ihre Hand schwebte über dem Türknauf. Sie hatte

Angst, dass die Tür verschlossen war und er sie nicht hereinlassen würde. Dann schüttelte sie den Kopf. Unten waren mehr als zwanzig Leute, die problemlos die Tür aufstemmen konnten.

So oder so, sie würde dort hineinkommen.

Als sie den Knauf leicht drehte, stellte sie zu ihrer Erleichterung fest, dass die Tür nicht abgesperrt war. Behutsam schob sie sie ein Stück auf. Noch immer zögerte sie, denn trotz ihres Muts und ihrer Entschlossenheit hatte sie fürchterliche Angst, dass Guy sie nicht einmal anschauen würde. Ihre Gegenwart zur Kenntnis nehmen würde. Ihr zuhören würde.

Aus dem Zimmer drang ein gereiztes Knurren. »Verdammt, ich habe gesagt, ihr sollt mich in Ruhe lassen. Ist das so schwer zu verstehen, ihr aufdringlichen Arschlöcher?«

Honor stieß die Tür auf und stürmte in das Schlafzimmer, die Hände in die Hüften gestützt. Bei ihrem Anblick wäre er beinahe aus dem Bett gefallen. Rasch setzte er sich auf und starrte sie schockiert an. Doch dann änderte sich sein Gesichtsausdruck, und ihr schwindelte angesichts dessen, was sie dort an Kummer, Bedauern und Selbstverachtung sah.

In dem Moment wurde ihr klar, dass sie die Starke würde sein müssen. Sie konnte es sich nicht erlauben, ihn irgendetwas von den alten Verletzungen sehen zu lassen, denn das würde ihn zerstören, und er würde ihr niemals mehr zuhören. Was sie zu sagen hatte, würde gar nicht erst zu ihm durchdringen. Er würde sie davonjagen, überzeugt, dass er ihr nur wieder und wieder wehtun würde. Immerhin war noch einer von ihnen bei klarem Verstand, aber das war im Moment nicht er.

Anstatt sich ihm also in die Arme zu werfen, wie sie das am liebsten getan hätte, und um all das zu weinen, was verloren war, und ihm zu sagen, wie sehr sie ihn liebte, würde sie ihn erst einmal hart anpacken müssen.

»Spricht man so mit seiner Familie?«, sagte sie vorwurfsvoll und tippte mit dem Fußballen auf den Boden.

»Honor?«

Seine Stimme zitterte und klang so rau, dass sie ihren Namen kaum als solchen erkannte. In seinem Blick lag so viel Kummer und Schmerz, dass es ihr die Kehle zuschnürte und sie einen Moment lang nichts mehr herausbrachte. Hart zu bleiben und ihn unter Druck zu setzen war vergessen.

Sie hielt den Abstand zwischen ihnen nicht länger aus und warf sich so heftig auf ihn, dass er gezwungen war, sie aufzufangen, wollte er nicht von ihr umgeworfen werden. Ihre Hände kamen auf seinen Wangen zu liegen, und als sie auf ihn hinabstarrte, sah sie den leisen Hoffnungsschimmer in seinen Augen. Hancock schluckte, dann drehte er den Kopf rasch weg, als weigere er sich, solch ein Gefühl auch nur zuzulassen. Aber das konnte sie nicht akzeptieren. Auch sie hatte sich der Hoffnung verschlossen, und das war ein Fehler gewesen. Sie hätte kämpfen sollen, so wie sie jetzt zu kämpfen bereit war. Diesen Kampf konnte sie nicht verlieren, denn das würde sie zerstören. Sie *würde* ihn nicht verlieren.

Energisch drehte sie seinen Kopf wieder zu sich hin und starrte auf ihn hinab, bis er schließlich widerwillig den Blick hob und sie ansah.

»Ja, ich bin es«, sagte sie mit heiserer Stimme. »Und ich muss dir sagen, Guy Hancock, dass ich im Moment nicht sehr glücklich mit dir bin.«

»Wieso solltest du das auch sein?«, fragte er gequält.

Sie seufzte genervt. »Du hast mich nicht verraten, und das wissen wir beide. Du zumindest solltest es wissen. Wenn du nicht so darauf aus wärst, dich davon zu überzeugen, dass du ein schreckliches Monster bist, würdest du feststellen, dass du mich nicht verraten hast.«

»Wie kannst du bloß auf die Idee kommen, dass ich es nicht getan habe?«, fragte er ungläubig.

Sie verdrehte die Augen. »Natürlich habe ich am Anfang genau das geglaubt. Aber, Mensch, wenn sich irgendjemand die Mühe gemacht hätte, mir zu erzählen, was wirklich passiert war, während du mich in dem Glauben gelassen hast, dass du mich im Flugzeug zu *Eine Neue Ära* bringst – etwas, worüber ich übrigens auch total sauer bin –, dann hätte keiner von uns die letzten Monate so leiden müssen.«

»Ich habe dich angelogen. Ich habe dich betäubt, obwohl ich geschworen hatte, das nie wieder zu tun. Und ich habe dich im Stich gelassen, Honor. Ich habe zugelassen, dass du diesem Dreckskerl in die Hände gefallen bist, und er hat dich tagelang gefoltert, bevor ich dich gefunden habe.«

»Ist dir auch nur ein einziges Mal der Gedanke gekommen, mir zu erzählen, was passiert ist, und mir den Luxus zu gestatten, selbst zu entscheiden, ob du mich verraten hast oder nicht? Statt mir die Entscheidung zu überlassen, hast du an meiner Stelle Richter und Geschworene gespielt. Du warst so überzeugt, dass du all das getan hattest, dass du einfach beschlossen hast, es mir nicht zu sagen. Das ist das *Einzige*, weshalb ich dir böse bin. Eigentlich bin ich dir nicht mal böse, aber es hat mich verletzt. Du hast mir wehgetan, Guy«, fügte sie mit schmerzerstickter Stimme hinzu. »Fünf lange Monate habe ich gelitten. Ich konnte nicht schlafen, konnte nicht essen. Die Wahrheit ist, ich wollte sterben. Ich hatte aufgegeben. Ohne dich wollte ich nicht leben. Kannst du das nicht verstehen?«

Sie klang flehend. Sie stand knapp davor, ihn anzubetteln. Himmel, wenn es um diesen Mann ging, kannte sie keinen Stolz. Wenn nötig, würde sie vor ihm kriechen. Sie täte alles, was nötig war, damit er zu ihr zurückkehrte. Um sie so innig zu lieben, wie sie ihn liebte.

Er starrte sie gequält an. Offenbar hatte er keine Ahnung, wie er reagieren sollte. Er war so fest von seiner Schuld überzeugt, dass er gar nicht auf die Idee gekommen war, ihr das Urteil zu überlassen.

Er strich ihr über das Gesicht, die Lippen, den Hals, die Schultern, immer wieder, als könnte er nicht glauben, dass sie wirklich da war.

»Du hasst mich«, flüsterte er mit gequälter Stimme. »Himmel, ich hasse mich selbst.«

»Sieh mich an, Guy«, sagte sie zärtlich. »Sieh mich *wirklich* an.«

Er starrte ihr in die Augen, und es schien eine Ewigkeit zu dauern, bis er wirklich begriff. Da war nichts von Hass zu sehen. Oder von Angst. Nichts, was darauf hinwies, dass sie sich verraten oder verletzt fühlte. Nur Liebe. Und Zärtlichkeit, Mitgefühl und der Schwur, ihn immer zu beschützen. Bei ihr würde er immer in Sicherheit sein. Sein Herz würde bei ihr immer in Sicherheit sein.

»Ich hasse dich nicht, ich liebe dich«, flüsterte sie voller Inbrunst. »Ich liebe dich. Und du hast nicht das Recht, Entscheidungen für mich zu treffen. Du hast nicht das Recht, mir zu sagen, dass ich dich nicht liebe. Nichts, was du tun könntest, könnte mich dazu bringen, dich nicht zu lieben.«

Zwei dünne Rinnsale liefen an seinen Wangen herab. Seine Nasenlöcher bebten bei jedem Einatmen, und er kämpfte verzweifelt darum, nicht die Beherrschung zu verlieren und völlig zusammenzubrechen.

Sie legte die Hände an sein geliebtes Gesicht und sah ihm tief in die Augen.

»Und jetzt hör mir gut zu, Guy, denn das ist wichtig. Es ist *alles*. Unterbrich mich nicht, bevor ich geendet habe. Hast du verstanden?«

Er nickte kurz, und sie fragte sich, ob es wirklich nötig gewesen war, ihm zu sagen, er solle sie nicht unterbrechen. Im Moment war er gar nicht in der Lage, etwas zu sagen. Dafür war er einfach zu überwältigt.

»Also, wenn du mich verlassen hast, weil du mich nicht willst und nicht liebst, dann muss ich das akzeptieren.«

Er gab ein ersticktes Geräusch von sich, und sie sah ihn warnend an, um ihn an sein Versprechen zu erinnern. Aber er wirkte ganz und gar nicht glücklich. Er wirkte sauer, und seine Augen blitzten.

Gut, dachte sie begeistert. Wut und Zorn waren ihr tausendmal lieber als dieser seelenlose Blick.

»Andererseits, wenn du mich verlassen hast, weil du geglaubt hast, dass ich dich hasse, weil du wirklich geglaubt hast, du hättest mich verraten und belogen, und das Gefühl hattest, du wärest meiner nicht wert, dann werde ich das *nicht* akzeptieren. Denn das ist Schwachsinn. Das ist alles Schwachsinn. Und ich werde nicht das Beste in meinem Leben wegwerfen, weil der Mann beschließt, er habe eine unverzeihliche Sünde begangen – an einer, die ihm längst verziehen hat.«

»Bist du fertig?«, fragte er.

Sie nickte.

»Gut. Weil ich dich verdammt noch mal mehr liebe, als ich jemals im Leben irgendeinen anderen Menschen geliebt habe. Du bist meine Welt. Der einzige Grund, weshalb ich lebe. Dich verlassen, weil ich dich nicht will oder nicht liebe? Ich habe dich verlassen, weil du etwas Besseres als mich verdienst. Weil du einen Mann verdienst, der nicht versagt, wenn er dich beschützen soll, und der nicht zulässt, dass du beinahe vergewaltigt und dann auch noch gefoltert wirst. Und der Mann bin ich nicht«, fügte er aufgebracht hinzu.

»Doch«, erwiderte sie ruhig. »Der bist du.«

Wieder schlich sich Verzweiflung in seinen Blick.

»Du hast keine Ahnung, was für ein Leben du führen müsstest, wenn du mit mir zusammen wärest. Da ich mir im Laufe der Jahre mehr Feinde gemacht habe, als ich Monster aus dem Verkehr gezogen habe, würdest du immer in Gefahr schweben. Du bist meine größte Schwäche, und jeder auf dieser verdammten Welt würde das wissen und versuchen, mich zu treffen, indem er sich an dich hält. Und man würde dir etwas antun. Man hat dir bereits etwas angetan.« Seine Stimme klang gequält. »Und das könnte ich nicht ertragen, Honor. Ich könnte mir nicht mehr in die Augen schauen, wenn ich dich verlieren würde.«

»Dann bin ich froh, dass du so ein knallharter Krieger bist«, erwiderte sie leichthin. »Du würdest nie, niemals, zulassen, dass mir jemand etwas antut.«

Guy schloss die Augen und ballte die Hände zur Faust.

»Dein Vertrauen in mich verschlägt mir den Atem. Es demütigt mich, schließlich hast du keinen Grund, irgendetwas zu glauben, was ich sage oder verspreche. Aber, Honor, die Gefahr … die ist nur ein Teil davon. Ich bin ein Mann, der absolute Kontrolle verlangt und erwartet. In jeder Hinsicht. Wärest du meine Frau, würde ich dich dominieren. Ich würde über jeden Schritt, den du tust, Bescheid wissen. Ich würde erwarten, dass du mich jedes Mal informierst, wenn du auch nur zum Einkaufen gehst.«

Er hob die Hand und strich sich fahrig über den Kopf.

»Ich bin sexuell sehr fordernd. Ich gebe in keinem Bereich meines Lebens die Kontrolle ab, Schatz.« In seiner Stimme lag so viel Schmerz, als würde er gerade einen Mord gestehen. »Ich kann es nicht. Die Kontrolle zu haben ist mir im Lauf meines Lebens in Fleisch und Blut übergegangen. In meiner Ausbildung habe ich gelernt, jeden Bereich meines Lebens in jeder Situation unter Kontrolle zu behalten. Wie lange, glaubst du, würde es dauern, bis du anfangen würdest, dich erdrückt zu fühlen? Wie lange würde es dauern, bis ich zerstört hätte, was dich so grundlegend vom Rest der Welt unterscheidet? Dein Lächeln, dein sonniges Gemüt, deine Freundlichkeit und Großzügigkeit. Ich würde dich erdrücken, Honor. Und am Ende würde ich dich zerstören.«

Sie lachte, und als sie sah, wie verblüfft er über ihre Reaktion auf sein schmerzhaftes Eingeständnis war, grinste sie ihn breit an.

»Dann lass uns doch mal sehen«, sagte sie und zählte die einzelnen Punkte an den Fingern ab. »Erstens. Sexuell dominant? Allein der Gedanke daran versetzt mich in Erregung. Einen kleinen Vorgeschmack vom Sex mit dir hatte ich ja bereits bekommen, Hancock, und jeder Idiot hätte längst kapiert, dass du höllisch fordernd und dominant bist. Ich versichere dir, ich werde jeden Moment deiner Dominanz genießen.«

Sie hob einen weiteren Finger. »Zweitens. Dass du zu jedem Zeitpunkt wissen musst, wo ich bin, und dass du überbehütend sein wirst. Na und? Ich bin keine Idiotin, Guy. Ich habe das Schrecklichste gesehen, was diese Welt zu bieten hat, und ich habe einen Blick in deine Welt werfen können. Ehrlich gesagt, werde ich gar nicht das Bedürfnis haben, ohne dich irgendwohin zu gehen. Falls dir danach ist, mich von einer ganzen Armee beschützen zu lassen – nur zu.«

Dann hob sie den dritten Finger. »Und jetzt zum Erdrücken, Umbringen, Ersticken, Zerstören. Darauf gehe ich gar nicht erst ein, weil es keiner Antwort würdig ist.«

Sie beugte sich vor, strich ihm zärtlich über das Gesicht und presste die Lippen auf seine.

»Der einzige Weg, wie du irgendetwas in mir töten kannst, ist, wenn du mich nicht mehr liebst und willst. Wenn du mich wieder verlässt. *Das* würde mich zerstören. Nichts anderes.«

Er erwiderte ihren Kuss wild, heiß, leidenschaftlich, als wäre er am Verhungern. Und Himmel, sie war genauso hungrig nach ihm wie er nach ihr. Die letzten Monate hatte sie ohne die andere Hälfte ihrer Seele gelebt. Das wollte sie nie wieder durchmachen müssen.

Hancock glitt vom Bett, ging auf die Knie, packte sie und stellte sie vor sich hin. Er schlang die Arme um sie und vergrub das Gesicht zwischen ihren Brüsten. Heiße Tränen rannen über ihre Haut, und jede traf sie wie ein Dolch ins Herz.

»Es tut mir so leid, Honor«, sagte er mit erstickter Stimme. »Es tut mir so leid. Ich bin in diesen Tagen fast durchgedreht. Jede Stunde, die du in seinen Händen warst, bin ich ein bisschen mehr gestorben. Zu wissen, dass er dich foltert und dass du glaubst, ich hätte dich verraten und ihm ausgeliefert. Ich kann nachts nicht schlafen. Auch jetzt nicht. Obwohl ich weiß, dass er tot ist. Dass *Eine Neue Ära* nicht mehr existiert. Dass sie dir nichts mehr tun können. Ich kann nicht schlafen, ich kann nichts essen. Jede Sekunde ist mir bewusst, wie sehr ich dich verletzt und wie oft ich dich enttäuscht habe. Bitte, vergib mir«, flüsterte er. »Bitte, gib mir die Chance, dir zu beweisen, dass ich dich nie wieder enttäuschen werde. Ich werde alles daransetzen, dass du nie auch nur einen Kratzer bekommst. Ich möchte ein guter Mensch sein. Für dich. Ich möchte ein Mann sein, auf den du stolz sein kannst.«

»Ach, mein Herzblatt«, flüsterte sie. »Verstehst du es denn nicht? Ich liebe dich so, wie du bist. Du darfst dich nicht einfach verändern. Einen Mann, den du aus dir machst, weil du glaubst, das brauche und will ich, werde ich nicht lieben. Ich brauche *dich*.«

Sie strich ihm mit dem Daumen die Tränen aus dem Gesicht, dann legte sie die Hände an seine Wangen und beugte sich hinunter, um ihn zu küssen.

»Außerdem habe ich dir bereits verziehen. Du brauchst mich nicht noch einmal darum zu bitten.«

»Du hast mir verziehen, ohne dass ich dich jemals darum gebeten habe«, erwiderte er leise. »Ich hätte auf Knien vor dir robben und dich um Verzeihung anflehen müssen, und deshalb habe ich das jetzt getan, denn das ist es, was du verdienst, auch wenn mir dein großzügiges Herz bereits verziehen hat.«

Als er sie wieder an sich ziehen wollte, widersetzte sie sich, denn sie wusste, dass seine Wange genau an ihrem gerundeten Bauch zu liegen kommen. Erstaunt und ein wenig verunsichert sah er zu ihr hoch.

Sie lächelte, setzte sich wieder auf das Bett und klopfte neben sich auf die Matratze. »Komm. Es gibt da noch etwas, worüber wir reden müssen.«

Er setzte sich neben sie und runzelte die Stirn, weil sie sich plötzlich verkrampft hatte und ihm das sofort aufgefallen war. Er nahm ihre Hand, legte sie auf seinen Oberschenkel und verschränkte die Finger mit ihren.

»Was ist los, Honor?«

»Zunächst einmal möchte ich sagen, dass ich dich nicht getäuscht habe. Ich täusche dich nicht. Ich bin nur … egoistisch.« Sie verzog das Gesicht.

»Du bist der am wenigsten egoistische Mensch, den ich kenne«, widersprach er.

Sie lächelte. »Ich musste einfach erst wissen … ich musste wissen, ob du *mich* willst. Ob du mich liebst. Ich wollte nicht, dass du dich verpflichtet fühlst, mit mir zusammen zu sein. Deshalb habe ich es dir nicht gleich gesagt. Aber jetzt sage ich es dir.«

Er sah sie besorgt an. Nicht wütend oder voller Bedenken, als hätte sie irgendetwas Schreckliches getan. Er machte sich Sorgen um sie, und dafür liebte sie ihn umso mehr.

»Ich bin schwanger«, sagte sie leise. »Ich bekomme ein Kind von dir, Guy. Ich bin schon fast im fünften Monat.«

Schockiert sah er auf ihren Bauch hinunter und dann wieder zu ihr hoch, als könne er schlicht nicht fassen, was sie ihm da erzählte.

»Man sieht es nur, wenn ich enge Sachen trage. Deshalb habe ich für diese Reise so unförmige Kleidung gewählt. Die anderen wissen von nichts. Nur meine Eltern und meine Geschwister. Ich hatte bei meiner Heimkehr so viel Gewicht verloren und war so abgemagert, dass ich nur noch Haut und Knochen war. Deshalb hat die Gewichtszunahme durch die Schwangerschaft so gewirkt, als würde ich langsam mein altes Gewicht zurückgewinnen.«

»Zeig es mir«, sagte er mit brechender Stimme. »Zeig mir unser Kind. Bitte.«

Sie raffte den Saum ihres übergroßen Hemds und zog es langsam nach oben. Sanft legte er beide Hände auf die kleine Ausbuchtung ihres Bauchs, und sie spürte, wie seine Finger zitterten.

»Geht es dir gut?«, fragte er besorgt. »Du hattest so viele Verletzungen, und wie du schon sagtest, warst du halb verhungert. Es kann nicht gut für deine Gesundheit sein, ein Baby zu bekommen.«

Sie lächelte, um seine Sorgen zu zerstreuen. »Meine Frauenärztin hat mir eine ganze Reihe von Vitaminen verordnet und einen Ernährungsplan aufgestellt, den meine Mutter wie ein General umsetzt.«

»Bist du glücklich über das Kind?«, fragte er und wirkte auf einmal sehr verletzlich.

Sie schenkte ihm ein Lächeln, das ihm ihre ganze Freude zeigte. »Und wie«, flüsterte sie. »Die Frage ist, bist du es auch?«

»Glücklich?«, fragte er mit heiserer Stimme. »Ich glaube, glücklich ist nicht der richtige Ausdruck für meine totale Verblüffung. Himmel, Honor, ich verdiene dich oder unser Kind nicht. Hast du auch nur die geringste Ahnung, wie viele Feinde ich habe? Ist dir klar, in was für eine Gefahr du dich und das Kind bringst, wenn du ein Leben mit mir möchtest?«

Seine Hände zitterten immer stärker, und sie legte die Hände auf seine, die noch immer auf ihrem Bauch lagen.

»Gott hat mich nicht vergessen«, sagte er voller Erstaunen. Er hob den Blick, und sie sah, dass Tränen in seinen Augen glitzerten. »Ich bin *nicht* verdammt. Kein Mensch ohne Seele, kein Mensch, der auf Ewigkeit verdammt ist, könnte zwei so kostbare Geschenke bekommen.«

Bei der Vorstellung, wie lange Guy schon litt, tat ihr das Herz weh. So lange war er völlig allein auf der Welt gewesen, ohne einen Anker, der ihn hielt.

»Nein, mein Schatz«, sagte sie liebevoll. »Du bist wirklich sehr gesegnet. Das sind wir beide. Du hast jetzt eine dritte Chance bekommen. Sag mir, wirst du sie ergreifen?«

»Ja«, erwiderte er voller Inbrunst. »Zum Teufel, *ja*.«

Leidenschaftlich presste er die Lippen auf ihre. Er war wild, fast schon animalisch. Besitzergreifend ließ er die Hände über ihren Körper gleiten, wurde jedoch sofort ganz sanft in seinen Bewegungen, sobald er über die Stelle strich, wo ihrer beider Kind im Leib seiner Mutter ruhte. Auf einmal lehnte er sich zurück und schnappte kräftig nach Luft. Seine Augen funkelten wie die eines Raubtiers.

»Nachdem du dich mir nun zum zweiten Mal angeboten hast, hast du dein Schicksal besiegelt«, sagte er grimmig. »Einmal habe ich dich gehen lassen. Das werde ich nie wieder tun. Also überleg es dir gut, Honor. Überleg dir sehr gut, ob es das ist, was du willst, und ob ich derjenige bin, den du willst. Denn wenn du dich erst mal auf mich eingelassen hast, bedeutet das lebenslänglich.«

»Himmel, danke«, sagte sie und tat so, als wäre sie unglaublich erleichtert. »Ich meine – was muss ein Mädchen heutzutage eigentlich alles anstellen?«

»Mir sagen, dass sie mich liebt«, erwiderte er mit brechender Stimme. Sein unsicherer und ängstlicher Blick brach ihr fast das Herz.

»Ich liebe dich«, flüsterte sie. »So sehr. Nie werde ich irgendeinen anderen so sehr lieben wie dich.«

»Gott sei Dank«, flüsterte er und presste sie an sich, als ginge es um sein Leben. Tränen traten ihm in die Augen, aber das war ihm egal. Er war erlöst worden, nachdem er geglaubt hatte, nie mehr das Licht zu sehen.

»Du bist ein Wunder«, sagte er mit rauer Stimme. »Mein Sonnenschein, Honor.«

»Ich bin froh, dass du das endlich begreifst«, erwiderte sie grinsend.

Epilog

Vorsichtig trug Hancock das Tablett von der Küche ins Wohnzimmer, wo Honor gerade Reece fütterte, der jetzt etwas über acht Monate alt war. An diesem Morgen hatte er sich besondere Mühe mit dem Frühstück gegeben, hatte alles kunstvoll arrangiert – so kreativ, wie es ihm gegeben war. Neben dem Teller und einem großen Glas mit Apfelsaft, dem Lieblingsgetränk seiner Frau, stand in einer hohen, geriffelten Vase eine einzelne gelbe Rose.

Selbst nach all diesen Monaten blieb er bei dem Anblick stehen, wie Honor ihrer beider Sohn liebevoll an ihre Brust drückte. Mit der einen Hand hielt sie das Fläschchen in der richtigen Position, mit der anderen strich sie dem Kleinen zärtlich über die flaumigen Locken. Sie sah dabei so umwerfend schön aus, dass es ihm jedes Mal aufs Neue den Atem raubte.

Leise sprach sie mit Reece und erzählte ihm, wie sehr er von seiner Mutter und seinem Vater geliebt wurde. Und das war die unbestrittene Wahrheit. Die Sonne ging zu Füßen seiner Frau und seines Sohns auf und sank dort auch wieder. Jeden Morgen, wenn er wach wurde, lag Honor in seinen Armen. Jeden Abend lag er glücklich im Bett, nachdem er seine Frau geliebt hatte, deren verschlafenes »Ich liebe dich« oder »Ich brauche dich so sehr, Guy« ihm noch in den Ohren klang. Jedes Mal machte es ihn fassungslos, und er flüsterte ein Dankesgebet, dass er Erlösung und Verzeihung gefunden hatte, eine zweite Chance mit der Frau, die er mehr liebte als sein Leben.

Die wenigen Male, die er von ihr getrennt war, wollte alles in ihm nur so schnell wie möglich zu ihr zurück. Er war sich nicht sicher, ob er jemals seine Angst würde überwinden können, die beiden zu verlieren, nach Hause zu kommen und sie dort nicht mehr vorzufinden. Gerade er war sich schmerzlich bewusst, dass es sehr viel Böses auf dieser Welt gab, und im Laufe der Jahre hatte er sich mehr Feinde gemacht, als er zählen konnte.

Deshalb lebten sie als einzige Einwohner auf dieser entlegenen Insel, die man nur per Boot oder Hubschrauber erreichen konnte. In seinen Jahren als Söldner, während er für das Gute gekämpft hatte, hatte er viel Geld verdient. Geld, das er nie gebraucht hatte. Er hatte nie gewusst, wofür er es ausgeben sollte. Es hatte nie jemanden gegeben, für den er es hätte ausgeben können.

Aber jetzt? Jetzt hatte er eine Frau und einen Sohn, die er maßlos verwöhnen konnte, und das tat er auch regelmäßig, zu Honors großem Kummer. Er musste sich immer das Grinsen verkneifen, wenn sie ihn kräftig ins Gebet nahm und ihm sagte, sie habe doch alles, was sie sich nur wünschen könne. Sie brauche sonst nichts. Aber das hieß nicht, dass er auf sie hörte. Wenn sie auch nur in all ihrer Unschuld andeutete, dass ihr etwas gefiel, oder wenn er merkte, dass es etwas gab, das ihre Aufmerksamkeit fesselte, dann gehörte es ihr.

Auch jetzt freute er sich schon diebisch darauf, ihr das Geschenk zum ersten Hochzeitstag zu überreichen, sobald Reece im Bett war, und sich eine gesalzene Strafpredigt anzuhören, weil es in ihren Augen völlig überdimensioniert war. Er liebte es so sehr, jeder ihrer Launen nachzugeben. Er liebte es, sie glücklich zu machen. Ihr Lächeln gab seinem Leben erst einen Sinn.

Honor, die seine Gegenwart spürte, sah hoch und lächelte ihn so liebevoll an, dass ihm das Herz wehtat. Wenn sie ihn nur anschaute, schwoll seine Seele an, bis sie schier platzte. Niemals würde es ihm zu viel werden, diese Liebe zu ihm in ihren Augen aufleuchten zu sehen und diesen Blick genauso zu erwidern.

»Nicht dass es mir nicht gefällt, wenn du mich so verwöhnst, aber was hat das zu bedeuten?«, fragte sie neckend.

Er stellte das Tablett auf dem Couchtisch vor ihr ab, setzte sich neben sie und beugte sich vor, um sie zu küssen und seinem Sohn seine riesige Hand an den Kopf zu legen.

»Jetzt sag nicht, du hast vergessen, dass heute unser Hochzeitstag ist«, sagte er mit gespielter Empörung.

Sie grinste ihn frech an. »Nein. Ich habe ebenfalls ein Geschenk für dich, aber du wirst noch ein bisschen warten müssen. Im Moment bin ich noch beschäftigt.«

»Dass du mich liebst, ist das einzige Geschenk, das ich je brauchen werde«, erwiderte er voller Ernst.

»Nun, das ist einfach. Ich liebe dich, Guy. Ich werde dich immer lieben. Daran wird sich niemals etwas ändern, und ich hoffe, du empfindest genauso. Aber dieses Geschenk bekommst du jeden Tag. Doch heute? Heute habe ich etwas ganz Besonderes für dich.«

»Du redest manchmal den größten Unsinn, Weib.« Er hatte die Augen zusammengekniffen, wusste aber, dass er nicht im mindesten verärgert wirkte. Honor sah ihn lächelnd an. »Als ob ich jemals *nicht* dasselbe empfinden würde«, sagte er empört. »Du bist mein Leben, Honor. Ohne dich habe ich nichts. Ohne dich will ich nicht leben.«

Sie streichelte sein sauber rasiertes Kinn, und er konnte nicht anders, er musste sich einfach vorbeugen und sie küssen, ihren Mund erforschen, ihren Geschmack genießen, etwas, dessen er nie müde werden würde.

Als er sie schließlich losließ, waren ihre Wangen gerötet, und ihre warmen braunen Augen blitzten vor Erregung.

»Wie lange dauert es noch, bis er mit seiner Mutter fertig ist und ein Schläfchen macht, damit sein Vater sie ihm eine Zeit lang stehlen kann?« Hancock war deutlich anzuhören, wie erregt er war.

Und auch gewisse Teile von ihm waren erregt, fast schon schmerzhaft erregt.

Sie lachte. »Er ist gerade erst wach geworden. Es wird noch ein paar Stunden dauern, bis er ins Bett geht.«

Hancock unterdrückte einen Fluch. Wenn er nicht ein so paranoider, überbehütender Idiot wäre, wäre er schon längst auf die zahlreichen Angebote seiner und Honors Familie eingegangen, Reece für ein verlängertes Wochenende zu nehmen, sodass er Honor ganz für sich allein hatte.

Aber so verließen sie die Insel nur selten. Kurz huschte ihm ein dunkler Gedanke durch den Kopf. Fühlte sich Honor wie eine Gefangene? Die nie hinausgelassen wurde und nie die Freiheit besaß, zu kommen und zu gehen, wie sie wollte? Hancock war ein absoluter Kontrollfreak. Niemals verließ sie die Insel ohne ihn. Niemals ließ er sie allein auf der Insel zurück.

Die meisten Frauen würden sich erdrückt fühlen und solche Einschränkungen hassen, aber nicht Honor. Doch das hinderte ihn nicht daran, sich Sorgen zu machen, dass eines Tages … er schüttelte die dunklen Gedanken ab. Darüber wollte er sich jetzt nicht den Kopf zerbrechen. Honor hatte ihm versichert, dass sie ihr Leben liebte. Dass sie *ihn* liebte.

»Lässt du ihn sein Bäuerchen machen und setzt ihn dann in seine Babyschaukel?«

Honors liebevoll vorgebrachte Bitte verscheuchte seine dunklen Gedanken. Sofort schob er seine großen, klobigen Hände unter Reeces Kopf und seinen windelgepolsterten Po und hob ihn an die Schulter, damit er ihm auf den Rücken klopfen konnte. Ein paar Minuten und einige beeindruckende Bäuerchen später setzte Hancock das Baby lachend in die Babyschaukel mit dem Blick auf den Sandstrand und das glitzernde Wasser.

Als er sich umdrehte, strahlte seine Frau vor Vergnügen, und er bedachte sie mit seinem ungnädigsten Blick. Es amüsierte sie königlich, dass er noch immer überzeugt war, er würde das Baby fallen lassen oder seinen winzigen Körper mit seinen Händen erdrücken, die bisher nur als Waffen gedient hatten. Die zur Gewalt gedient hatten, nicht für Zärtlichkeit. Um Schmerz zu bereiten, nicht um zu trösten.

Honor klopfte neben sich auf die Couch und richtete den Oberkörper auf. Das war schade, denn ihre vorherige Position hatte ihm einen guten Blick auf ihre Brüste gewährt, die noch immer stark gerundet waren. Sie griff nach einem Teller und reichte ihn ihm, dann nahm sie sich den anderen, und so saßen sie Seite an Seite und genossen das Frühstück, das Hancock zubereitet hatte.

Oder besser gesagt: Sie aß, während er es einfach genoss, ihr zuzusehen. Ihr zuzusehen wurde ihm niemals langweilig.

Himmel, wie er diese Frau liebte!

Honor betrachte Guy unter gesenkten Augenlidern hervor. Selbst wenn sie seinen heißen Blick nicht hätte fühlen können, hätte sie gewusst, dass er da war. Er beobachtete sie ständig. Am Anfang hatte sie sich verraten, indem sie rot geworden war. Sie hatte ihn sogar gefragt, warum er sie dauernd anstarrte.

Ganz ernsthaft hatte er ihr geantwortet, dass sie das Schönste auf der Welt sei und er noch immer nicht glauben könne, dass sie ihm gehörte. Dabei gehörte sie ihm in jeder nur denkbaren Beziehung.

Er hatte sie vor seinem besitzergreifenden Wesen gewarnt. Vor seiner Dominanz. Vor seinem Bedürfnis, jeden Aspekt ihres Lebens zu kontrollieren – ihrer beider Leben. Und vor seiner Entschlossenheit, stets auf ihre Sicherheit bedacht zu sein. Als ob dieser Teil seiner Persönlichkeit sie hätte abschrecken können. Manchmal spürte sie, wie er sich zurücknahm, weil er Angst hatte, sie zu vergraulen, aber so etwas wollte sie nicht, und das ließ sie ihn auch mit Nachdruck wissen. Sie wollte den echten Guy oder gar nichts.

Es hatte ihr sehr viel Geduld abgefordert, und auch heute musste sie ihn manchmal noch mühsam überzeugen, dass Dinge, die er für Fehler hielt, Dinge waren, die sie nicht nur liebte, sondern genoss. Sie *brauchte* sie. Sie brauchte *ihn*. Himmel, wie sie ihn mit jedem Atemzug brauchte *und* liebte.

Während er sich über ihre Zufriedenheit Gedanken machte, sorgte sie sich um sein Glück. Sein Leben hatte im letzten Jahr eine völlige Kehrtwende genommen. Er lebte nicht mehr mit dem Gefühl, dass jeder Tag sein letzter sein konnte, und so verrückt das klingen mochte – sie wusste, dass ihn das angetrieben hatte. Nicht weil er ein Adrenalinjunkie war oder es etwa genoss. Nein, er wollte wirklich etwas verändern auf dieser Welt. Die Unschuldigen beschützen, das Böse vernichten. Er hielt sich für einen schlechten Menschen, dabei hätte nichts weiter von der Wahrheit entfernt sein können.

Und ausgerechnet die, die Titan aufgebaut hatten, zum Wohl der Menschheit, hatten sich von ihm und seinen Teamkollegen abgewandt, hatten sie als Abtrünnige und Verräter gebrandmarkt, weil Guy und seine Männer nicht länger gewillt gewesen waren, die dreckige Arbeit für sie zu erledigen.

Dafür hasste sie diese Leute. Dafür, dass sie Guys Ehre beschmutzt und gewagt hatten, seine Motive infrage zu stellen. Reine Motive, waren sie doch eine kleine Elite, die jene schützte, die niemanden sonst hatten, der sie schützte. Sie machten sich stark für die, die keine Stimme hatten, und nahmen den

Kampf gegen jene auf, die ihr Land verrieten und die Menschen, die zu repräsentieren sie geschworen hatten.

Sie beugte sich vor, um den leeren Teller auf dem Couchtisch abzustellen, doch Guy kam ihr zuvor, nahm ihn ihr ab, stellte ihn auf die hölzerne Tischplatte und zog Honor an sich.

Mit einem zufriedenen Seufzer kuschelte sie sich an ihn.

»Du klingst glücklich«, sagte er erfreut.

»Oh, das bin ich«, erwiderte sie leise.

Sie hob den Kopf, um sein geliebtes Gesicht zu betrachten. Den sinnlichen Mund, die Wärme in seinen Augen, sein eckiges Kinn und die ausgeprägten Wangenknochen. Sie strich ihm zärtlich über die Brust und legte die Hand dann auf sein Herz, um das beruhigende, gleichmäßige Klopfen zu spüren.

»Erinnerst du dich noch an unsere Hochzeit?«

Er sah sie an, als habe sie den Verstand verloren. »Als ob ich jemals den Tag vergessen könnte, an dem du offiziell meine Frau geworden bist! Ich erinnere mich an jede einzelne Sekunde. Es ist unwahrscheinlich, dass ich jemals auch nur einen einzigen Moment vergessen werde. Oder wie du ausgesehen hast. Wie es klang, als du gesagt hast: ›Ja, ich will‹. Wie ich alle Anwesenden vergessen habe, als ich die Süße deines Munds geschmeckt und dich ewig geküsst habe und überhaupt nicht mehr damit aufhören wollte. Wie die Zeit stehen blieb und es für einen kurzen Moment nur dich und mich gab. Zusammen. Mit dem Schwur, den Rest unseres Lebens miteinander zu verbringen. Du kannst dir gar nicht vorstellen, was mir dieser Tag bedeutet hat, Honor. Jeden Abend denke ich daran, wenn ich dich geliebt habe und du in meinen Armen eingeschlafen bist. Wenn ich dich einfach halte und betrachte, dann lasse ich unsere Hochzeit noch einmal vor meinem geistigen Auge ablaufen.«

»Wow!«, flüsterte sie. Ihre Wangen waren rot angelaufen,

und ihr Herz war so angefüllt mit Liebe, dass es schier zu bersten drohte.

»Diesen Tag werde ich für den Rest meines Lebens in mir tragen«, fuhr er voller Ernst fort. »Denn an dem Tag hast du mir etwas sehr Kostbares gegeben, Honor. Du hast mir dich gegeben, und das nehme ich sehr ernst und werde das auch immer tun. Nie werde ich dich und unser Kind als selbstverständlich betrachten.«

»Ich liebe dich«, sagte sie mit einer Stimme, in der so viel Gefühl mitschwang, dass es ihm kaum entgehen konnte.

Er küsste sie, lang und ausdauernd, selbst noch als Reece glücklich in seiner Babyschaukel vor sich hin gluckste, mit den Füßen strampelte und die Ärmchen ausstreckte. »Und ich liebe dich, Honor Hancock. Für immer. In alle Ewigkeit.«

Sie kuschelte sich noch enger an ihn, strich ihm gedankenverloren über die Brust und genoss seine Wärme und seine Kraft.

»Vermisst du sie? Bereust du manchmal, dass du nicht bei deinem Team geblieben bist? Dass du gegangen bist, ohne jemals zurückzuschauen?«

Er löste sich ein wenig von ihr und sah sie durchdringend an. »Nein. *Nie*!« Er setzte sich so hin, dass er ihr die Hände an das Gesicht lagen konnte. »Mehr als ein Jahrzehnt war Titan mein ganzes Leben. Meine Familie. Titan und die Sinclairs, auch wenn ich sie nicht oft gesehen habe. Aber, Honor, jetzt bist *du* meine Familie. Meine ganze *Welt*. Du und unser Sohn. Der einzige Grund, weshalb ich lebe. Ihr gebt meinem Leben einen Sinn. Einen Grund, warum ich existiere, warum ich wirklich *lebe*. Das hatte ich nie zuvor. Meine Missionen waren nur Jobs, die ich rein mechanisch ausgeführt habe. Mein Herz und meine Seele waren nie beteiligt. Ich hatte mich in dieses Leben geschickt. Nie hatte ich etwas für mich. Ich wollte es auch gar nicht. Bis du kamst. Ob ich *das* Leben vermisse? Verdammt, nein. Ein Leben ohne dich und unser Kind kann ich mir gar nicht mehr vorstellen. Ich will es mir auch gar nicht vorstellen, weshalb ich alles tun werde, um euch zu beschützen und sicherzustellen, dass euch niemals ein Leid geschieht. Denn ohne euch habe und bin ich nichts. Ihr seid *alles* für mich.«

Tränen traten ihr in die Augen, und sie sah ihren Mann schockiert an. Guy war kein Mann vieler Worte, und er war auch kein Mann, den man hätte poetisch oder redegewandt nennen können. Er war brüsk, oft sogar barsch, aber das nahm sie nicht persönlich. Meistens schwieg er einfach. Sein leidenschaftlicher Ausbruch war so untypisch und so ernst, dass jedes Wort tief in ihrer Seele widerhallte.

Sie wusste keine Antwort. Was hätte sie auch entgegnen können auf die schönsten, so wohl gewählten Worte, die sie je im Leben gehört hatte? Und sie alle galten ihr. Er liebte *sie*.

Tränen rannen ihr die Wangen hinab. Selbst wenn ihr die entsprechenden Worte eingefallen wären, hätte sie mit dem Kloß, den sie in der Kehle hatte, nicht sprechen können.

»Nicht weinen«, sagte Guy verzweifelt und sah sie mit typisch männlich-panischem Gesichtsausdruck an.

Wäre sie nicht so überwältigt gewesen, hätte sie gelacht, denn Guy hielt es nicht aus, sie weinen zu sehen. Einmal hatte er ihr anvertraut, dass er sich dann entsetzlich hilflos fühlte. Und dass ein Mann wie Guy zugab, sich hilflos zu fühlen … nun, das war schon etwas Besonderes.

Sie hatte das Gefühl, dass sie dringend einen Themenwechsel brauchten, außerdem benötigte sie noch ein bisschen Zeit, bis sie ihm ihr Hochzeitsgeschenk enthüllte, und so stürzte sie sich auf das erstbeste Thema, das ihr in den Sinn kam. Seine bevorstehende Reise in den Nahen Osten.

»Hast du noch immer vor, in zwei Wochen aufzubrechen?«,

fragte sie leichthin, ohne ihn die Gefühle sehen zu lassen, die ihr die Kehle zuschnürten.

Sofort sackten seine Mundwinkel nach unten. Er hasste es, Honor und Reece zurückzulassen, aber die Alternative war, dass Honor selbst hinflog, und er hatte ganz deutlich gemacht, dass sie dorthin nur über seine Leiche zurückkehren würde.

Obwohl *Eine Neue Ära* weitgehend geschlagen und entmachtet war, galt Honor noch immer als Zielscheibe für viele, die mit *Eine Neue Ära* sympathisiert hatten oder einfach gekränkt waren, weil es einer Frau gelungen war, eine ganze Terrororganisation zu zerstören. Dass sie überhaupt nichts getan hatte, spielte keine Rolle. Titan und KGI hatten die Operation durchgeführt, mithilfe eines CIA-Mitarbeiters.

Nicht einmal in den Staaten war sie sicher, denn die verbliebenen Mitglieder von *Eine Neue Ära* hätten nichts lieber getan, als sie zu ermorden. Und auch Sympathisanten und andere Terroristen wären stolz gewesen, diejenigen zu sein, die sie umbrachten. Das wäre eine Tat, die ihnen Ruhm und Ehre bei denjenigen einbringen würde, die genau das Gegenteil von all dem wollten, wofür Honor stand. Ihr Mut. Ihr Widerstand. Eine Frau, die überlebt hatte und als Siegerin aus einem Kampf hervorgegangen war, in dem andere mit Sicherheit gestorben wären.

Honor hatte das Versprechen gehalten, das sie sich gegeben hatte, nämlich dass *Eine Neue Ära* sie nicht davon abhalten würde, weiter zu helfen. Hancock jedoch hatte darauf bestanden, dass sie nie wieder einen Fuß in diese Region setzte, und Titan hatte ihn darin voll und ganz unterstützt. Oder besser gesagt, was von Titan übrig war. Conrad, Cope, Viper und Henderson. Beim Gedanken an Mojo wurde Honor noch immer traurig. Es war schier unerträglich für sie, dass einer von Hancocks Männern wegen ihr getötet worden war.

Also hatte man einen Kompromiss gefunden, und der funktionierte für alle Beteiligten überraschend gut. Honor hatte eine Wohltätigkeitsorganisation gegründet, die Hilfszentren in Dörfern förderte, die so etwas dringend brauchten – Orte, in die sich niemand sonst wagen würde. Und die ehemaligen Titan-Mitglieder hatten festgestellt, dass der Ruhestand nicht so toll war, wie immer behauptet wurde, weshalb sie neue Mitglieder rekrutiert hatten, um Mojo und Hancock zu ersetzen und ihre Zahl zu erhöhen. Aber Titan unternahm keine Missionen mehr. Sie handelten nicht mehr so, wie Titan in der Vergangenheit gehandelt hatte. Ihr einziges Ziel war, Honors Hilfszentrum und seine Mitarbeiter zu schützen. Sie bildeten auch die Frauen und Männer in den Dörfern aus, damit sie Angriffen nicht so hilflos ausgeliefert waren. Es war ein Arrangement, das für alle Beteiligten von Vorteil war.

Aber Honor kannte Guy, und sie wusste, er würde niemals glücklich sein, wenn er nichts anderes tat, als jeden Tag mit Frau und Kind zu Hause zu sitzen. Also handelte er als Honors Gesandter, fuhr drei- bis viermal im Jahr in die Hilfszentren und sorgte dafür, dass Ärzte, Krankenschwestern und Freiwillige alles hatten, was sie brauchten. Honor war klar, dass er vor allem Zeit benötigte, um mit den Männern zusammen zu sein, die mehr als ein Jahrzehnt für ihn wie Brüder gewesen waren.

Und dann gab es Phasen, da wurde er ruhelos, und Honor wusste immer, wann es Zeit wurde, dass er mal wieder ein paar Tage ein einsamer Wolf sein konnte. Sie fragte nie, und er sagte von sich aus auch nicht, wohin er verschwand. Aber er hatte die meiste Zeit seines Lebens allein und isoliert gelebt, und ab und zu brauchte er das wieder. Er hatte sich noch immer nicht so recht daran gewöhnt, ein »normales« Leben zu führen, und sie verstand es und akzeptierte es. Und dafür liebte er sie nur umso mehr.

Auch sie profitierte von diesem Arrangement, denn niemals hätte Guy seine Frau und seinen Sohn ohne Schutz zurückgelassen. Wenn Guy also nach Übersee aufbrach, um nach der Arbeit im Hilfszentrum zu schauen, oder an irgendeinen unbekannten Ort verschwand, brachte er sie immer zu der einzigen Person, der er – abgesehen von Honor – wirklich vertraute. Maren Steele. Das schloss auch ihren Ehemann Jackson Steele mit ein, den allerdings außer seiner Frau niemand »Jackson« nannte, genau wie niemand außer Honor und Eden Hancock »Guy« nannte.

Das hatte dazu geführt, dass Honor voll in den Kelly-Clan integriert worden war. Lachend sagte man ihr, sie sei Mama Kellys neuestes Adoptionsopfer. Während solcher Zeiten sah sie auch immer ihre Familie. Sam Kelly flog ihre Eltern und Geschwister auf das Gelände, fort von den neugierigen Blicken der Medien und anderer Gerüchte verbreitender Quellen. Und Honor genoss es immer, ihre *gesamte* Familie besuchen zu können.

Eddie, Raid und Ryker Sinclair kamen, wann immer sie konnten. Allerdings vermutete Honor, dass Eddie jetzt, nachdem sein Enkel geboren war, jedes Mal nach Tennessee kommen würde, wenn sie dort zu Besuch weilten.

»So sieht der Plan aus«, erwiderte Guy auf Honors Frage. »Außer es käme etwas dazwischen. Ich werde höchstens eine Woche weg sein. Sam schickt einen der Kelly-Jets und eins der Teams, um Reece und dich nach Tennessee zu begleiten.«

Honor biss sich auf die Lippen, um nicht zu lächeln. »Außer es käme etwas dazwischen« stand für die anderen Nebenbeschäftigungen, die Guy sich gesucht hatte. Auch wenn er sorgfältig darauf bedachtet war, in nichts verwickelt zu werden, was zu seinem Tod hätte führen können – und seine Familie schutzlos zurückgelassen hätte –, war er für viele Leute von

Bedeutung. Er versorgte Resnick mit Informationen, einen einzelgängerischen CIA-Agenten, der vermutlich genauso undurchsichtig war, wie Guy es gewesen war, außerdem eine Reihe von Regierungsbehörden – und nicht nur die der amerikanischen Regierung – und sogar KGI. Allerdings hätte er sich vermutlich eher die Zunge abgebissen, als zuzugeben, dass er ihnen tatsächlich half.

Guy machte eine Menge Beratungsarbeit. Er hatte jahrelang im Untergrund operiert und gelebt. Er wusste Dinge, von denen die meisten gesetzestreuen Mitarbeiter keine Ahnung hatten. Er wusste, wie die Führungspersonen des organisierten Verbrechens tickten. Er wusste eine Menge über Menschenhandel und die Leute, die ihn organisierten.

Hätte Honor nicht Guys Herz gekannt, wäre sie schreiend davongelaufen, denn ihm stand ins Gesicht geschrieben, welchen Schrecken er verbreiten konnte. Und doch war er ein ehrenhafter Mensch. Er hatte einen Ehrenkodex. Einen strengen Ehrenkodex. Einen, von dem er sich immer leiten ließ. Er machte sich sein eigenes Gesetz, und doch missbrauchte er nie seine Macht, sein Wissen, seine Fähigkeiten oder Kontakte.

Er war einer der Guten.

»Wie viele Kinder möchtest du?«, brach es auf einmal aus ihr heraus.

Sofort ärgerte sie sich, dass sie so wenig subtil vorging. Himmel. Da konnte man nur vom Peitschenschlagsyndrom reden – so von einem Thema zum nächsten zu springen, obwohl überhaupt kein Zusammenhang bestand.

Guy sah sie für den Bruchteil einer Sekunde verblüfft an, dann runzelte er die Stirn. Oh, oh. Vielleicht hätte sie mit ihrer Enthüllung bis zum Abend warten sollen, wenn er sie geliebt hatte und satt und zufrieden neben ihr lag.

Er rutschte ein Stück herum und legte die Hände an ihre Hüften, damit sich ihre Gesichter genau gegenüber waren. Guy war während ihrer ersten Schwangerschaft ein bisschen – nun gut, ziemlich – verkrampft gewesen. Er hatte darauf bestanden, dass Maren Honor betreute und sein Kind auf die Welt brachte, obwohl sie nicht einmal Frauenärztin war. Sie war Allgemeinmedizinerin. Aber er mochte Maren, und er mochte nur wenige Menschen. Wichtiger noch, er vertraute ihr, dabei vertraute er höchstens einer Handvoll Leuten.

Also waren sie zwei Wochen vor dem Geburtstermin nach Tennessee geflogen, und Guy hatte verkündet, dass sie bleiben würden, bis das Kind auf der Welt war und Maren Honor die Rückkehr nach Hause erlaubte. Er machte sich allerdings nie die Mühe, irgendjemandem zu verraten, wo »nach Hause« war. Das war ein sorgfältig gehütetes Geheimnis, das nur Guy und Honor kannten. Er hatte sogar darauf bestanden, dass nicht einmal ihre Familien Bescheid wissen durften. Informationen, die sie nicht hatten, konnte man ihnen nicht mit Gewalt entreißen.

Honor musste schlucken, denn Guy hatte sich über sie gebeugt und sah sie aufgewühlt und wütend zugleich an, nur weil sie das Thema weiterer Kinder angeschnitten hatte.

»Das lasse ich dich nie wieder durchmachen«, sagte er und schob das Kinn vor. Doch dann wurden seine Gesichtszüge wieder weicher, und er sah sie liebevoll an. »Du hast mir einen Sohn geschenkt, etwas, worauf ich nie zu hoffen gewagt habe. Du hast mir eine richtige Familie geschenkt. Etwas, das mir gehört. Mein Blut. Reece und du, ihr reicht mir. Ihr werdet mir *immer* reichen.«

Sie lachte. Sie konnte nicht anders, auch wenn ihm ihr Lachen nicht behagte. »Guy, die Geburt war so unkompliziert, wie man es sich nur wünschen kann. Alles lief bestens, und es gab keine Probleme. Die Wehen haben nur sechs Stunden gedauert.«

Er wurde blass und sah sie gequält an. Ihr brach es schier das Herz, wie sich seine Gefühle in seinem Blick spiegelten.

»Himmel, Honor, du hattest so *schreckliche* Schmerzen«, sagte er mit gequälter Stimme. »Du hast mehr als genug gelitten. Und ich war der Verursacher dieser Schmerzen. Ich! Verdammt will ich sein, wenn ich dir das noch mal antue.«

Sie schmolz dahin, und ihr Herz füllte sich mit so viel Liebe für diesen Mann. Wie sollte sie jemals ohne ihn leben? Sie legte die Hand an seine Wange und streichelte sie zärtlich.

»Schatz, Schmerzen bei der Geburt sind normal. Das war schon in Urzeiten so. Aber die Belohnung … oh, Guy, die Belohnung wiegt jeden Schmerz auf, denn das Ergebnis ist ein kostbarer kleiner Junge oder ein kostbares kleines Mädchen.«

Sie löste sich aus seinem Griff, stand auf und ging zu der Babyschaukel, auf der ihr Sohn vergnügt herumkrähte und für die er schon fast zu groß war. Als er sie auf sich zukommen sah, schenkte er ihr ein strahlendes Lächeln, das oben und unten je zwei schon fast ganz herausgewachsene Zähne sehen ließ. Sofort fing er an, mit den Beinen zu strampeln und den Armen zu fuchteln, was Honor erneut vor Augen führte, dass die Schaukel bald abgebaut werden musste, bevor sie entweder zusammenbrach oder Reece sich hinauskatapultierte. Sie hob ihn heraus, nahm ihn auf den Arm und strich ihm zärtlich über die weiche Haut. Dann richtete sie den Blick auf Guy, und darin spiegelte sich all die Liebe, die sie für ihren Mann und ihren Sohn empfand.

»Was ich hier in den Armen halte, ist jeden Schmerz wert, gleich, wie heftig er sein mag. Das wirst du mir niemals ausreden können.«

Guy schüttelte den Kopf und sah sie mit jenem sturen Blick an, den sie nur zu gut kannte. Er hatte die Arme vor der Brust verschränkt und die Lippen zusammengekniffen.

»Reece wird unser einziges Kind bleiben. Ich lasse nicht zu, dass du das alles noch einmal durchmachst.«

Sie verdrehte die Augen und stellte sich dann lächelnd auf die Zehenspitzen, um Guy zu küssen.

»Ich liebe dich, aber es ist zu spät, mir ein weiteres Kind zu verweigern. Du wirst dich einfach mit dem Unvermeidlichen abfinden müssen.«

Schockiert starrte er sie an. Ein paarmal öffnete er den Mund, brachte aber nichts heraus. Er sah aus, als hätte man ihm mit einem Vorschlaghammer auf den Kopf gehauen.

»Du bist wieder schwanger?«, fragte er schließlich mit rauer Stimme. »Das ist zu früh, Honor.« Er klang panisch, und dann fing er von Kopf bis Fuß heftig an zu zittern. »Du hast dich doch noch nicht einmal von deiner ersten Schwangerschaft richtig erholt!«

Sein Blick verriet, was für eine Todesangst er ausstand.

»Ich kann dich nicht verlieren. Du bist mein Ein und Alles. Himmel, was habe ich getan? Was habe ich getan? Du hast doch die Pille genommen! Das hätte nicht passieren dürfen. Was habe ich getan?«, wiederholte er. Er war kurz davor, vor Verzweiflung den Verstand zu verlieren. »Ich werde dir wehtun. Ich kann dir das nicht schon wieder zumuten. Vor allem nicht so bald.«

Er rieb sich über das Gesicht und dann über den Kopf. Vor Verzweiflung war er ganz in sich zusammengesunken. Noch nie hatte sie ihn so gesehen. Er war stark. Unbesiegbar. Immer selbstbeherrscht. Er konnte Gefühle einfach abstellen, und doch fiel er nun vor ihren Augen völlig in sich zusammen.

Sie durfte ihm jetzt auf keinen Fall ernsthaft antworten. Sie musste ihm zeigen, dass sie das auf die leichte Schulter nahm und nicht die geringste Angst hatte.

»Ich würde sagen, du hast da ein paar sehr potente Schwimmer«, neckte sie ihn. »Die Pille hat versagt, und das kann nur an dir liegen.«

Er starrte sie aufgebracht an.

»Wie kannst du über so etwas Witze machen? Wenn dir irgendetwas passiert, hat Reece keine Mutter, und ich habe *dich* nicht mehr.«

Okay, Humor verfing also nicht. Dann blieb ihr nur, die schweren Geschütze aufzufahren. Sie sah ihn aus großen traurigen Augen an und machte sogar einen Schmollmund. Sie hätte sich niemals vorstellen können, so etwas einmal zu tun. Aber wenn es half, nun gut, dann gab es da nichts zu bereuen. Es gab keine andere Lösung, so angespannt und überbehütend, wie ihr Mann war.

»Guy, dass ich eine große Familie will, wusstest du schon vor unserer Heirat«, sagte sie mit leicht zitternder Stimme, als könnte sie vielleicht gleich in Tränen ausbrechen. »Willst du mir das wirklich verweigern? Wo du doch weißt, dass das mein größter Herzenswunsch ist?«

Er starrte sie finster an, dann strich er sich über den Kopf, legte die Hand in den Nacken und schloss die Augen.

»Du weißt genau, dass ich dir alles geben würde, was du dir wünschst. Ich würde dir die ganze Welt zu Füßen legen. Aber, verdammt, Honor, *ich will dich nicht verlieren*!«

Sie schob Reece ein Stückchen höher, sodass sein Kopf an ihrem Hals zu liegen kam, und sah ihren Mann ernst an. Den Mann, den sie mehr liebte, als sie je gedacht hätte, dass man ein anderes menschliches Wesen lieben konnte.

»Ach, Guy, du wirst mich nicht verlieren«, sagte sie und legte all ihre Liebe für ihn in ihre Stimme. »Ich fürchte, du bist für den Rest deines Lebens mit mir geschlagen.«

Er schlang die Arme um seine Frau und sein Kind und strich mit dem Kinn über Honors Kopf. »Und ob, verdammt«, murmelte er. »Ich gebe dich nie wieder her, Schatz. Du hast mir bereits etwas gegeben, wovon ich nie zu träumen gewagt hätte, und jetzt gibst du mir noch *mehr*.«

Er legte den Kopf in den Nacken, um ihr in die Augen schauen zu können, denn sie sollte sehen, was seine Worte ausdrückten. »Ich liebe dich«, sagte er voller Inbrunst. »*Für immer*. Ich weiß, ich bin ein dominantes Arschloch, manchmal sogar Schlimmeres, aber ich danke Gott jeden Tag für dich, und immer, wenn ich denke, besser als jetzt gerade kann es gar nicht mehr werden, lächelst du mich an und erhellst meine ganze Welt, und es wird immer noch besser. Jeder verdammte Tag ist besser als der vorherige. Ich verdiene dich nicht, aber ich werde dich niemals gehen lassen.«

In seinen Augen schien so viel Verletzlichkeit auf, und dann entdeckte sie zu ihrem Entsetzen sogar eine Träne, die jedoch gleich wieder verschwunden war, sodass sie sich fragte, ob sie sich das nur eingebildet hatte. Sie hob Reece auf die Hüfte, damit er nicht zwischen seinen Eltern erdrückt wurde, und stellte sich dann wieder auf die Zehenspitzen, um Guy lange und innig zu küssen. Er küsste sie genauso innig zurück, was bewies, dass er nicht *immer* dominant und fordernd war.

Als Reece anfing, unruhig zu werden, lösten sie sich widerstrebend voneinander, und Guy nahm ihn Honor ab.

»Dann werden wir wohl bald zu Maren fliegen müssen«, sagte sie und lächelte.

»Nächste Woche«, erwiderte er, wieder ganz der Dominante und Bestimmende. Er sah sie durchdringend an. »Und du lässt es langsam angehen, Honor. Mit einem Baby, dazu schwanger, und so übel, wie dir bei deiner ersten Schwangerschaft immer war, wirst du keinen Finger rühren, und darüber lasse ich nicht mit mir verhandeln.

Und«, fügte er hinzu und drohte ihr mit dem Finger, als sie versuchte, den Mund aufzumachen, »du wirst mir einen weiteren Sohn schenken, wenn du unbedingt ein ganzes Haus voller Kinder großziehen willst. Unsere Tochter wird große Brüder brauchen, die sie beschützen.«

Honor lachte und umarmte ihn von der Seite, die nicht von Reece belegt war. »Ich lebe, um dir zu gefallen, mein Herr und Meister.«

Zärtlich sah er auf sie hinunter, seinen Sohn im Arm auf der einen Seite, seine Frau auf der anderen an ihn gekuschelt.

»Du gefällst mir bereits. Jeden Morgen neben dir aufzuwachen? Dich jede Nacht in den Armen zu halten? Zu erleben, wie sich meine gesamte Welt erhellt, wenn du mich anlächelst und mir sagst, dass du mich liebst? Um mehr werde ich in diesem Leben niemals mehr bitten. Du *bist* mein Leben, und es gibt nichts, das mir mehr bedeutet.«

Sieben Monate später machte Honor ihren Mann erneut glücklich, indem sie ihm den Sohn schenkte, den er sich gewünscht hatte.

NICHT FÜR JEDE LIEBE GIBT ES EINE ZWEITE CHANCE

Meredith Wild
ALL FOR YOU
– SEHNSUCHT
Aus dem amerikanischen
Englisch von
Stefanie Zeller
384 Seiten
ISBN 978-3-7363-0588-5

Maya Jacobs hat ein Geheimnis. Vor fünf Jahren zwang es sie, die schmerzhafteste Entscheidung ihres Lebens zu treffen: Sie sagte Nein, als Cameron Bridge – ihre erste und einzige große Liebe – um ihre Hand anhielt. Noch heute leidet sie unter dem Verlust, fragt sich, was gewesen wäre, wenn ... Doch da steht Cameron plötzlich wieder vor ihr. Wie damals raubt er ihr mit einem einzigen Blick den Atem, all die Gefühle – und all die Sehnsucht – sind sofort wieder da. Aber ist ihre Liebe dieses Mal stark genug?

Nach HARD – die neue Reihe von Spiegel-Bestseller-Autorin Meredith Wild

LYX

Er ist nicht bei ihr, um sie zu beschützen.
Er ist bei ihr, um sie zu töten.

Vanessa Sangue
COLD PRINCESS
352 Seiten
ISBN 978-3-7363-0436-9

Als Erbin einer der mächtigsten Mafiafamilien der Welt darf sich Saphira De Angelis keine Schwäche erlauben. Seit sie mit ansehen musste, wie ihre Familie bei einem Attentat ums Leben kam, regiert sie stark, unnachgiebig und Furcht einflößend über ihre Heimatstadt Palermo. Einzig für Madox Caruso, neuestes Mitglied ihrer Leibwache, hegt sie tiefere Gefühle, als sie sich selbst eingesteht. Die zerstörerische Energie, die ihn umgibt, zieht Saphira mehr und mehr in seinen Bann – ohne zu ahnen, in welche Gefahr sie sich damit begibt …

»Düster, sexy und voller Intrigen: Vanessa Sangue weiß, wie man verbotene Liebesgeschichten schreibt!« MONA KASTEN

LYX